Lisa Summer

Die Farben meiner Hoffnung

D1995573

SUMMER
BOOKS

Außerdem von der Autorin erschienen:

Observe – Die neue Welt (2016)
Observe – Die andere Seite (2018)
Ich kann dich verdammt gut riechen (2018)
British Love (2019)
Swedish Kisses (2019)
French Desire (2019)
Italian Feelings (2020)
High Seas – Leidenschaft auf hoher See (2020)

Unverkäufliches Leseexemplar! Nicht zum Weiterverkauf bestimmt!

Lisa Summer

Die Farben meiner Hoffnung

Deutsche Erstausgabe August 2020
Copyright © Lisa Summer, Germering 2020
Alle Rechte vorbehalten!
Vervielfältigungen, auch auszugsweise, bedürfen der ausdrücklichen Erlaubnis der Autorin.

1. Auflage
Umschlaggestaltung: Eva Baumann – Eva Baumann Design – https://evabaumanndesign.blogspot.com/ unter Verwendung von Bildmaterial von www.depositphotos.com
Rose: Vadim Vasenin / depositphotos.com
Kapitelschmuck: pixabay.com
Lektorat: Anett Hoffmann
Korrektorat: Anna Dörscheln, Korrekturleserlich
Herausgegeben von:
Summer Books
Lisa Wüllenweber, Ludwigstr. 16, 82110 Germering
kontakt@lisa-summer.de
www.lisa-summer.de
Printed in Poland by bookpress.eu
Vertrieb: Nova MD
ISBN: 978-3-9669-8410-2

Bibliografische Information der Deutschen Nationalbibliothek:
Die Deutsche Nationalbibliothek verzeichnet diese Publikation in der Deutschen Nationalbibliografie; detaillierte bibliografische Daten sind im Internet über http://dnb.d-nb.de abrufbar.

Für meinen Großvater,
Hans Wüllenweber

Der Pulsschlag im Leib mich heimlich beglückt.
Die Zukunft des Kindes, mich heimlich bedrückt.
Die Zeiten sind schwer, die Not noch so groß.
Ich bin noch so jung. Was wird nun bloß?

Aus: Hans Wüllenweber:
Ruf der Götter – Schöne Balladen (1996),
Kinderwunsch, 2. Strophe, S. 97.

1

Verflucht! Ich duckte mich zur Seite, um mich weiter an der Wand entlang zu schlängeln. Unter keinen Umständen durfte ich den drei Violetten zu nahekommen, dabei war ich selbst bis vor Kurzem eine von ihnen gewesen – eine Ausgestoßene. Den Rücken an den kalten Felsen gepresst, tastete ich mich bis zum Felsspalt am Ende des Ganges durch die Dunkelheit. Die drei Frauen ließ ich nicht aus den Augen, auch wenn ich nicht mehr als ihre dunklen Silhouetten durch das karge Licht, das über ihnen durch ein Loch in der Höhlendecke fiel, erkannte. Es wäre so viel leichter gewesen, wenn ich ihren Weg hätte kreuzen können, doch das ging nicht. Abgesehen von anderen Ausgestoßenen kam niemand auf die Idee, einer Violetten näherzukommen. Wir hielten uns von ihnen fern, um nicht in den Verdacht zu geraten, etwas Verbotenes zu tun. Und im System war so ziemlich alles verboten – wie zum Beispiel nach dem Glockenschlag auf den Gängen rumzuschleichen. Den Violetten mochten nächtliche Ausflüge nicht mehr viel ausmachen, sie waren bereits bestraft, doch ich konnte mir keine erneuten Vergehen, so kurz vor der Türkisen Nacht, leisten.

Ich erinnerte mich noch gut daran, wie ich mein orangenes Jugendgewand aus reiner Wolle gegen den rauen violetten Stoff getauscht hatte und Maria mich darin eingewickelt hatte. Danach musste ich die Amme fast ein Jahr lang meiden, bis meine Schuld beglichen war.

Von oben tropfte Schlamm auf mein blaues Gewand. Dieses zeigte, dass ich in ein paar Tagen an der Türkisen Nacht teilnehmen würde. Ich wischte ihn mit den violetten Handschuhen, die ich heimlich behalten hatte, weg. Außer den Sünderinnen trug normalerweise niemand Handschuhe, wozu auch? Zum Arbeiten brauchten wir sie nur selten und wirklich kalt wurde es in der Wüste nicht.

Nur noch ein paar Meter und ich konnte durch eine Aussparung auf Höhe meines Kopfes herausklettern. Wie sehr ich es hasste, durch die Höhlengänge abseits der gängigen Wege zu kriechen und mich zwischen den schmalen Pfaden der Felsspalten hindurch zu quetschen – wäre Kyra nicht, hätten mich alle mal gekonnt. Nur für sie tat ich das.

Ich bog um die Ecke und die Silhouetten, die ich bis gerade noch beim Gestikulieren beobachten konnte, verschwanden. Dunkelheit hüllte mich ein.

Weit konnte die Aussparung, der Riss im Felsen, nicht sein. Jeden Moment müsste ich mit der linken Schulter gegen die Wand prallen und dann einfach nur zwei, drei Meter nach oben klettern. Wieder dachte ich an die Violetten von eben. Was taten sie so spät auf den Gängen? Hoffentlich wollten sie sich nicht auch rausschleichen, wobei es da einen besseren Weg durch ihren Tunnel gäbe. Eine von ihnen war Kataja, ich kannte sie aus früheren Bildungskursen und hatte in meinen ersten Tagen als Ausgestoßene ein paar Ausflüge an die Oberfläche mit ihr unternommen. Kataja war eine Diebin und Schmugglerin, wie sie im Buche stand. Sie konnte einem alles besorgen und war über alles und jeden informiert – noch ein Grund, wieso ich sie heute Nacht mied. Kurz vor der Türkisen Nacht wollte ich auf keinen Fall mit einer Diebin erwischt werden. Mein heutiges Vorhaben war auch so gefährlich genug.

Endlich berührte mein Arm den schroffen Felsen. Nun begann die weniger angenehme Arbeit. Eine Hand an den rauen Stein links gepresst und eine an jenen vor mir, drückte ich mich die Felsspalte hoch.

Das letzte Mal, dass ich diesen Weg zum nördlichen Ausgang genommen hatte, war sieben Jahre her. Damals war ich noch eine Gelbe, beinahe ein Kind, gewesen. Aber vor allem hatte ich zwanzig Kilo weniger gewogen und mir war das Klettern weitaus leichter gefallen als heute.

Ich brauchte all meine Kraft, um meinen immer noch schlanken, aber inzwischen wesentlich größeren Körper nach oben zu befördern. Das schwache Licht des Mondes schien mir entgegen und ein Lächeln zeichnete sich auf meinen Lippen ab. Hier oben wurde die Felsspalte breiter. Ich konnte meinen Oberkörper endlich wenden und mich mit beiden Händen an die Aussparung klammern und hochziehen. Wenn mein Kopf heute noch hier durch passte, dann auch der Rest – und er passte, wenn auch gerade so.

Ich presste mich durch den Spalt, wandte mich und ließ mich schließlich kopfüber an der Wand herunterhängen. Nur meine angewinkelten Beine schützen mich davor, mit dem Schädel auf Stein zu landen. Meine zarten Finger, deren Nägel in den letzten paar Minuten enorm gelitten hatten, griffen die Felskante neben den Kniekehlen und ich stieß mich kopfüber nach hinten ab. Mein Körper machte eine Rückwärtsrolle und ich kam sicher auf den Füßen auf. Geschafft!

Ohne zurückzusehen, durchquerte ich den Raum und betrachtete im rötlichen Schein der Notausgangslampe die dreckigen und kaputten Nägel. So kurz vor der Türkisen Nacht würde das Maria überhaupt nicht gefallen und auch Kyra würde mich mit diesen Händen nicht an sich ranlassen. Dabei gab es nichts, wonach ich mich mehr sehnte, als ihren nackten Körper zu berühren.

Ich war schon fast an der vergitterten Luke, die nach draußen führte, angekommen, als ich Stimmen hörte – nicht aus dem Spalt hinter mir, sondern aus jenem Gang, den ich eigentlich hatte nehmen wollen.

»Verdammt«, flüsterte ich. Ich kannte die tiefe Stimme, sie kam von der Obersten Wächterin. Was wollte die Rote hier? Niemand durfte seine Kammer so spät noch verlassen. Nur die Violetten taten es, weil es ihnen egal war. Seit wann brachen die Wächterinnen ihre eigenen Gesetze? Wenn sie mich hier fand, dann war es das mit der Türkisen Nacht und ich würde für immer hier unten festsitzen. Nächstes Jahr würde ich schon zwanzig werden, wer sollte mich dann noch wollen? Es gab kaum eine, die so spät noch einen Mann gefunden hatte und einen vernünftigen Preis bekam. Für mich gab es jetzt nur einen Weg, nämlich weg von der Wächterin und ihrer Begleitung.

So leise es ging, lief ich zu der vergitterten Luke und genoss die frische Luft, die mir entgegenschlug, während ich die lose Gitterstange herausnahm, die ich immer nutzte, wenn ich mich mit Kyra traf. Ob die Wächterinnen wussten, dass dieser Weg nach draußen existierte? Wahrscheinlich – und es war ihnen egal, dass er genutzt wurde. Wer die Wüste betrat, war schließlich selbst schuld.

Ich setzte die Stange gerade wieder ein, als der rote Saum eines langen Gewands aufblitzte. Rasch kletterte ich auf den bewachsenen Felsen und verschwand im Dickicht der vertrockneten Sträucher hinter den Sonnenkollektoren, die uns ein paar Stunden Strom am Tag bescherten.

Einen letzten Blick warf ich auf das System, meine Heimat, zurück. Früher haben die Menschen hier nicht unter der Erde gelebt und an einigen Stellen konnte man noch die Ruinen Kongjiacums, aus denen nach dem vierten Weltkrieg das unterirdische System entstanden war, aus den Sandbergen herausragen sehen. Heute nutzten wir die verfallenen Häuser der Stadt nicht mehr. Das System basierte einzig auf den Kanälen und früheren Versorgungsschächten der Gegend. Das Einzige, was nicht zerbombt wurde, da es zu tief lag.

Nicht weit entfernt streifte ein schmaler Flusslauf, fast schon ein Bach, die mongolische Einöde, unter der ich lebte. Dort zog es mich als Erstes hin.

Mein Blick fiel auf die goldenen Ziffern meiner Uhr, dem einzigen Erbstück, das mir von meiner Familie geblieben war. Bis zum Treffen mit Kyra war noch genügend Zeit, um mich zu waschen. Ich pellte die Gamaschen, die ich unter dem blauen Gewand trug, von den Beinen und stülpte anschließend mein Kleid über den Kopf. Maria hatte erst kürzlich gemeint, dass sich die Männer um meinen Körper reißen würden. Ich fand ihn nicht besonders. Im Gegenteil. Die wenigen Male, bei denen ich während der Türkisen Nacht zugesehen hatte und auf die Männerwelt gestoßen war, hatte ich nicht das Gefühl, mit meinen vernarbten Beinen begehrt zu sein. Die meisten Frauen, auf die viel geboten wurde, waren makellos.

Meine Lippen kräuselten sich und ich betrachtete die hellen Innenflächen meiner honigfarbenen Hände. Immerhin hatte ich den Dreck von ihnen wegbekommen. Ich lächelte mein Spiegelbild im Wasser an, auch wenn ich kaum etwas in der Dunkelheit erkennen konnte.

Nachdem meine Hände sauber waren, fuhr ich mit den Fingern durch die langen, dunklen, gekräuselten Haare und versuchte, so etwas wie eine anständige Frisur hinzubekommen. Erst heute Morgen hatte ich gesehen, wie Maria einem der gelben Mädchen einen wunderschönen Zopf band. Bei meinem dicken Haar hatte sie das noch nie versucht. Meine Hand glitt zu der Brosche, die Maria mir vorletztes Jahr zum Geburtstag geschenkt hatte, und die seitdem mein Gewand schmückte, und ich drapierte sie in meinem Haar. Hoffentlich sah ich so weniger wild aus.

An meiner Gamasche steckte noch immer das Messer, das ich mir damals als Violette besorgt hatte. Ich zog es heraus, klappte es auf und säuberte mir mit der Spitze die Fingernägel. Mein Blick glitt erneut auf die Uhr und anschließend zum Mond. Weit in der Ferne war die Sonne bereits hinter den Dünen als rote Kugel verschwunden. Schade, hätten wir uns ein paar Minuten früher verabredet, hätten wir dieses Erlebnis gemeinsam genießen können. Es war komisch, sich vorzustellen, dass die meisten Mädchen in der Spike noch nie den Sonnenuntergang gesehen hatten. Manche erlebten ihn, wenn sie mit fünfzehn das erste Mal bei der Türkisen Nacht zuschauen durften, die draußen stattfand, doch der Großteil der Mädchen hat die Höhlen noch nie verlassen.

Es wurde Zeit, weiterzuziehen. Ich zog mich an und sah in die Ferne. Niemand war hier, wir lebten unter einer weitestgehend trockengelegten Einöde. Der Bewang River, der jährlich schmäler wurde, war unser ganzer Lebensinhalt. Würden die Männer aus der Spike ihn stilllegen, müssten wir vermutlich verdursten. Doch das würden die Wächterinnen nicht zulassen – egal, was man von den weisen Frauen hielt.

Ich kehrte dem Mond den Rücken zu und blickte ins Tal, wo der riesige Turm in den Himmel ragte. Die Spike – Ulanqab, die Stadt der Männer und verheirateten Frauen. Ich wurde dort geboren. Ganze drei Tage durfte ich mit meinen Eltern in der Spike verbringen. Seitdem war die Sonne und die frische Luft der Wüste für mich tabu.

Plötzlich wehte ein heftiger Wind über die Dünen und ich lief los – genoss jeden Moment der süßen Freiheit. Für Gedanken an meine Eltern war keine Zeit, außerdem kannte ich sie nicht.

Neben dem Fluss war die Erde schön braun und feucht, sodass ich gut Halt bekam. Ich liebte die Erde, ganz anders als den Sand, der uns ansonsten umgab. Trotzdem musste ich auch ihn überqueren. Bis zu jener Düne, bei der ich mich mit Kyra treffen würde, waren es nur noch wenige Meter. Ich sprintete durch den Sand, so schnell es ging, und hüpfte über einen der vertrockneten Sträucher, ehe ich ins Straucheln kam, hinfiel und den kleinen Hang hinunterrutschte.

»Das hast du schon mal eleganter geschafft, Eliza«, sagte eine klare Stimme hinter mir und eine junge Frau im gleichen blauen Gewand wie meines, trat glucksend neben der Düne hervor.

»Kyra, wann hast du mich überholt?« Ich lächelte meine Freundin überrascht an.

»Vermutlich gar nicht, ich bin von Norden aus gekommen.« Kyra strich sich das goldblonde Haar hinter die Ohren und half mir hoch.

»Danke. Hast du die Decke mit?«

»Auch«, antwortete Kyra und sah mich gespannt an. Musste sie immer so geheimnisvoll sein?

»Auch?«, fragte ich schließlich, als sie nichts rausrückte. »Was denn noch?«

Ein ausgedehntes Grinsen breitete sich auf Kyras schmalem Gesicht aus und sie zog einen Krug Wein und eine Schale mit Erdbeeren aus ihrem ledernen Rucksack hervor.

Mein Herz begann schneller zu schlagen und ich machte große Augen. »Wie bist du denn an die rangekommen?« Mir lief das Wasser im Mund zusammen. Erdbeeren, so etwas Leckeres und Kostbares gab es sonst nur zu ganz besonderen Anlässen, wenn eine neue Wächterin erkoren wurde oder es hieß, ein neuer Herrscher sei geboren worden. Ich schaffte es kaum, meinen Blick von den kräftig rotschimmernden Früchten abzuwenden und wieder meine Freundin anzusehen.

»Komm, hilf mir mit der Decke«, sagte Kyra schließlich. »Dann erzähl ich's dir.«

Ich sah auf und nahm ein Ende des weichen Stoffes an mich. Gemeinsam breiteten wir unser Liebesnest im Schutz der Dünen aus und ließen uns im Schneidersitz darauf nieder. »Also, erzähl«, bat ich Kyra, und schob mir genüsslich eine Erdbeere in den Mund.

Ich legte mich auf die Seite und stütze den Kopf mit der Hand ab. »Ist weniger spannend, als du denkst. Kennst du Cathrine?«

»Die kleine Orangene? Die mit den Sommersprossen?«

»Ja genau, die hat sie mir besorgt. Es heißt, sie hätte sie von ihrem Vater. Kannst du dir das vorstellen?«

Niemals! Ich schüttelte ungläubig den Kopf. Niemand von uns kannte den eigenen Vater, so etwas gab es einfach nicht. »Wie soll das gehen?«

Kyra zuckte die Schultern und griff nach dem Wein. »Keine Ahnung.«

Ob es wirklich stimmte? Konnte dieses junge Mädchen noch Kontakt zu ihrem Vater haben? Cathrine war doch niemand, der verbotene Dinge tat, geschweige denn, sich rausschleichen würde. Und erst recht nicht jemand, der seinen Vater freiwillig suchen würde. Es war uns verboten, Kontakt mit unseren Familien außerhalb des Systems aufzunehmen. Ich hätte auch gar nicht gewusst, wie ich meinen finden sollte. Meine Mutter war schließlich längst tot. Sie würde mir nicht helfen können.

»Eliza?«

Ich schrak hoch.

»Möchtest du?« Kyra hielt mir den Krug hin und ich nickte. Dann nahm ich einen großen Schluck des blau-rötlichen Getränk und grinste Kyra lüstern an. Immerhin hierfür war das System gut. Wir stellten den besten Wein in der Gegend her und den einzigen, der wunderbar bläulich schimmerte, wenn man ihn ins Licht hielt.

»Du wirst mir fehlen, das hier wird mir fehlen.« Ich zeigte auf die Decke, rutschte neben sie und schloss die Augen. Als ich sie wieder öffnete, spürte ich ihren heißen Atem dicht bei mir.

Kyra legte sich neben mich und öffnete die Schnalle, die mein Gewand verschloss. Sie krabbelte mit ihrer Hand unter den Stoff. Mit sanften Bewegungen ließ sie ihre Fingerspitzen um meinen Bauchnabel kreisen und ich kicherte. Es kitzelte leicht und die feinen Härchen auf meinem Körper stellten sich auf. Ein wohliger Schauer überkam mich, als Kyras Lippen meinen Bauch berührten und sich ihren Weg hoch zu meinen Brüsten bahnten. Wie sehr ich dieses Gefühl vermisst hatte, für das ich hierherkam – für das ich alle Gefahren außer Acht ließ und mich ihr ganz hingab.

Ich strich Kyra die Strähnen aus dem Gesicht und zog sie an mich. Mit einem Ruck wandten wir uns und ich saß auf ihr, die Lippen auf ihre gepresst und krallte mich in ihr helles Haar.

»Versprich mir, dass du mich nie vergisst«, raunte Kyra und streifte mir das Gewand vom Körper. Obwohl die Temperaturen nach Sonnenuntergang beträchtlich sanken, hatte ich das Gefühl, zu glühen.

»Niemals«, hauchte ich und fuhr mit meiner Nasenspitze über ihren Hals. Ich schloss die Augen. »Niemals«, wiederholte ich und küsste meine Freundin leidenschaftlich. Ganz egal, wie gespannt ich auf die Männerwelt war, ich würde sie nie vergessen.

Zwei Monate war es her, dass ich Kyra das letzte Mal auf dieser Weise genossen hatte. Zwei Monate, in denen Maria mir alles beigebracht hatte, was ich vor der Türkisen Nacht, vor meinem Leben außerhalb der Höhlen in der Spike, in Ulanqab, wissen musste.

Kyra drückte mich auf die Decke und ihr Kopf verschwand in meinem Schritt, bis mir ein spitzes Stöhnen entfuhr und Kyra grinsend aufsah. Die Blondine wusste ganz genau, was mir gefiel und ich genoss das Lustspiel in allen Zügen.

2

Die Sonne war längst untergegangen, als wir unsere Sachen zusammenpackten und Richtung Fluss liefen, um uns den Sand aus den Haaren zu waschen. Sollte uns bei der Rückkehr jemand erwischen, so würde man wenigstens keine Beweise mehr an unseren Körpern finden, dass wir das System für eine Nacht verlassen hatten und in den Dünen gewesen waren. Trotzdem gäbe es einen kleinen Aufstand und wir würden den Wächterinnen vorstellig werden müssen. Vielleicht würde es als Ausrede reichen, dass wir uns gemeinsam auf die Türkise Nacht vorbereiten wollten. Hauptsache, es käme niemals raus, was wir tatsächlich getan hatten. Denn dieses Mal würde ich sicherlich nicht mit einer einjährigen Strafe als Violette davon-kommen – dieses Mal würde man mich für immer in die Wüste verbannen, und dort gab es auf die Dauer kein Überleben. Aber egal. Es tat nie gut, alles schwarzzumalen.

An einer kleinen Mündung, in der sich der Flusslauf für wenige hundert Meter teilte, blieben wir stehen und setzten uns ans Ufer.

»Hast du Angst vor der kommenden Woche?«, fragte ich und beobachtete das plätschernde Wasser, ohne Kyras Hand, die warm in meiner lag und mir Halt gab, loszulassen.

»Ein bisschen. Aber meine Mutter meint, das sei normal. Sie wäre damals auch so nervös gewesen.« Kyras Mutter Astrid war klasse. Selbstbewusst, fürsorglich und nicht zu streng. Aber vor allem akzeptierte sie mich, obwohl ich ausgestoßen wurde. Manchmal erzählte Astrid mir von meiner eigenen Mutter, an die ich keine Erinnerungen hatte. Sie starb wenige Tage nach meiner Geburt an einer Infektion durch die Blutungen, kaum dass wir im System ankamen. Lange hatte ich mir die Schuld dafür gegeben. Wäre ich ein Junge geworden, hätte meine Mutter nie ins System zurückkehren müssen und wäre von den Heilern in der Spike versorgt worden. Bestimmt hätte sie dann überlebt.

Doch jetzt war nicht die Zeit, darüber nachdenken, sondern die letzte Nacht mit Kyra zu genießen. Sollten wir nicht zufällig beide ein Mädchen gebären und deshalb zurückkehren, würden wir uns nach der Türkisen Nacht nur selten sehen. Der Turm war eine Metropole, eine Stadt, die fast bis zum Himmel reichte. Sie war einfach zu groß, um Kontakte zu halten und ich war mir nicht einmal sicher, ob Treffen unter alten Freundinnen erlaubt waren. Wer wusste schon, wie unsere Männer uns behandeln würden? Frauen hatten in Ulanqab noch nie das Sagen. Maria hatte gemeint, das wäre gut so, so müssten wir uns nicht über Belanglosigkeiten, die passierten, ärgern.

Ich ließ nun doch Kyras Hand los und setzte mich aufrecht hin. Würde ich sie tatsächlich wiedersehen, wenn wir beide ein Mädchen bekämen? »Was machst du, wenn es kein Junge wird? Kehrst du zurück, oder ... du weißt schon?« Meine Stimme war belegt. Ich starrte geradeaus auf die Dünen unter dem Nachthimmel.

Kyra schluckte. Sie wollte nicht zurück – niemand wollte zurück. Das war mir klar. Die wenigen Frauen, die gar nicht erst heiraten wollten, die gingen auch nicht zur Türkisen Nacht, sie blieben einfach. Manche von ihnen wurden später Wächterinnen.

»Darüber möchte ich mir noch keine Gedanken machen«, antwortete Kyra leise und griff erneut nach meiner Hand. Das war nicht die Antwort, die ich erhofft hatte.

Ein leiser Seufzer entfuhr mir. »Freust du dich? Auf die Spike und die Ehe und alles?«, fragte ich flüsternd. Keine Ahnung, ob Kyra meine Frage über das Rauschen des Flusses hinweg überhaupt gehört hatte.

Ihre Antwort kam zögerlich. »Ja, ich denke schon. Wir sind dann frei, oder? Wir können in den Gärten der Vorstadt sitzen und die Sonne genießen, die Wüste beobachten, die Sterne anschauen, über den Basar schlendern, ins Theater gehen ... und Erdbeeren essen, so viele wir wollen«, antwortete sie schließlich euphorisch. »Es heißt, dort gibt es allen Luxus der Welt.«

Ich sah Kyra an, die einen verträumten Ausdruck angenommen hatte. »Meinst du denn, du kannst einen Mann lieben? Einen, der dir völlig fremd ist? Vielleicht ist er nicht gut zu dir.«

Kyra zuckte mit den Schultern und legte den Kopf in den Nacken. Wie konnte sie nur alles so leicht hinnehmen? Wenn ich nur daran dachte, erzitterte alles in mir. Es waren nicht mal die Veränderungen, die mir Angst machten, sondern eventuelle Entscheidungen, die ich nicht treffen wollte.

»Eliza, warum fragst du das alles? Lass es doch einfach auf dich zukommen. Es wird gut gehen, da bin ich mir sicher.« Mit diesen Worten beugte Kyra sich vor und gab mir den schönsten Kuss, den ich je gespürt hatte, bis sich alles in mir zusammenkrampfte.

Es passierte binnen des Bruchteils einer Sekunde. Drei Männer umzingelten uns auf ihren Pferden. Ohne nachzudenken, sprang ich auf und packte Kyra am Arm, um sie auf die Beine zu ziehen. Wir hatten keine Chance gegen den schnellen Ritt der Pferde, trotzdem lief ich los und Kyra stolperte hinter mir her.

Die Männer hinter uns lachten schallend – Frauenjäger. Ich hatte von ihnen gehört, als mal eine Violette tot vor den Toren zum System lag. Maria hatte sich damals geradezu verplappert, als sie die Jäger erwähnte.

Hinter uns zischte die Klinge eines Säbels, die durch den Wind schnitt, während die Reiter ihre Pferde antrieben und auf uns zu galoppierten. Ich versuchte, nach vorne zu blicken und mich zu konzentrieren, doch die Versuchung war zu groß. Ich wollte nur wissen, wie weit die Männer noch weg waren, als ich stolperte und Kyras Hand losließ. Die Chance, sie erneut zu greifen, hatte ich vertan, und rutschte unfreiwillig die Düne herunter.

»Kyra, vergiss mich nicht!«, waren die letzten Worte, die ich an meine Freundin richten konnte. Hoffentlich konnte sie fliehen.

Kyra blieb starr vor Schreck stehen und blickte auf mich herab, während ich versuchte, durch den tiefen Sand zu ihr zurückzukehren.

In diesem Moment waren es die Männer, die schneller waren und sie vor mir erreichten. Einer der Jäger, ein braungebrannter Mann mit Schnauzbart, packte Kyra an der Hüfte und zog sie auf sein

Pferd – dann verschwand er mit ihr und ich konnte nichts tun. Mein Atem ging schnell, während ich ihr nachsah und noch ihren erstickten Schrei hörte. Die anderen beiden Reiter kamen auf mich zu und umzingelten mich.

»Wo bringt er sie hin?« Wieder das schallende Lachen, das an gackernde Hühner in einer der unterirdischen Ställe erinnerte.

»Wenn sie Glück hat, dort, wo du auch hinkommst.« Der größere der beiden Jäger sprang vom Pferd und kam auf mich zu. Er trug eine weite braune Hose und ein ausgebeultes weißes Hemd, das gewaschen gehörte. Ich starrte sein schmutziges Gesicht an. Kampflos würde ich mich nicht geschlagen geben.

Ich zückte das Messer aus meinem Riemen an der Gamasche und ließ es im Mondschein aufblitzen. Die Männer lachten erneut. Es interessierte sie nicht einmal, dass ich bewaffnet war. Mein Herz raste. Ich konnte mich kaum konzentrieren. Einer der Männer griff nach seinem Säbel. Die Klinge schimmerte silbrig. Noch nie war ich einem Mann so nah gewesen. Es gab nur eine Möglichkeit, lebend hier rauszukommen. Und es war die, die ich am meisten hasste: Weglaufen. Ich duckte mich und lief kurzerhand an einem der perplex dreinsehenden Männer vorbei und die Düne hoch. Wenn ich Glück hatte, würden die Männer erst aufsitzen und dann versuchen, den rieselnden Sand mit den Pferden zu durchqueren. So einfach kamen die Tiere die Düne sicherlich nicht hoch.

Dieses Mal wollte ich keinen Fehler machen und blickte nicht zurück. Das hätte ich besser getan, stellte ich im nächsten Moment fest, als eine Schlinge aus Stahl meinen Körper umschlang und niederwarf. Das würde mein Ende sein.

Ich versuchte, den Sand von meinen feuchten Lippen mit der Schulter zu wischen. Sand war so gar nicht das, was ich unter einem guten Nachtmahl verstand.

Der kleinere Mann kam auf mich zu, beugte sich runter und grinste mir frech ins Gesicht. Schmierige Zahnlücken zierten seine dumme Fratze. Ohne zu zögern, riss er mich an den Haaren hoch und ich schrie auf. Schmerz schoss durch meinen Kopf und trieb mir Tränen in die Augen, während der andere Mann das Seil über die Winde enger zog und meine Hände festband. Ich war gefangen.

Sie brachten die Pferde zu mir und hievten mich auf einen der Hengste. Der Stahl des Seils schnitt in meine Brust. Wenn ich das überlebte, würden meine bisherigen Narben nicht mehr die einzigen bleiben. »Lasst mich runter!«

»Klappe, Kleines.« Ohne Vorwarnung stieß das Arschloch mir seinen Säbel in die Oberschenkel und ich zog scharf die Luft ein.

Mein Herz raste. Ich sah mich um. Vielleicht sollte ich während des Ritts einfach zur Seite kippen, wobei mir das vermutlich mehr als nur blaue Flecken bringen würde. Mein Blick schweifte über die Dünen in die Ferne. Das System war nur eine Viertelstunde entfernt. Ich konnte die Kollektoren in den Dünen im Mondschein schimmern sehen. Doch der Wind und die vielen Sandhügel würden meine Schreie einfach schlucken. Ich musste mir das letzte bisschen Kraft gut aufbewahren und durfte nicht durchdrehen. Ich wehrte mich nicht mehr und wir ritten stur geradeaus. Weg vom Fluss, weg vom System.

Es war immer noch dunkel, nur die Lichter der fernen Stadt und der matte Schein des Mondes gaben eine ungefähre Orientierung, wo wir waren. Von Kyra und dem dritten Jäger fehlte jede Spur. Wenn ich meine Freundin finden wollte, musste ich mit den Männern mitkommen, wo auch immer sie mich hinbringen würden.

Die Stadtmauern, die den Turm von Ulanqab umgaben, kamen in Sicht. »Sagt mir bitte, wo meine Freundin ist.« Ich musste all meinen Mut zusammennehmen, um überhaupt einen Laut herauszubringen. Jeder Ton brachte einen unsäglichen Schmerz hervor. Wahrscheinlich hatte ich mir den Kiefer verletzt, als ich die Dünen hinabgestürzt war und mit dem Kopf aufgeschlagen bin. Die restlichen Schmerzen machten es nicht besser.

»Wenn sie Glück hat, tot.« Wieder lachte der Mann, der Atari hieß, wie ich inzwischen herausgehört hatte. »Jazar hat sie, der Schlächter, wahrscheinlich hat er sie gefickt und dann entsorgt. Ich würde dich auch gerne durchnehmen, aber dann bist du nicht mehr viel wert und ich brauche das Geld. Stehst kurz vor der Türkisen Nacht, was? Mal schauen, wie viel die Männer der Allianz für dich bieten werden. Mit Sicherheit mehr als die Dumpfbacken aus der Spike.«

Ich schluckte. Tränen liefen über meine trockenen Lippen. Jazar und Atari, diese Namen würden sich für immer in mein Gedächtnis brennen. Ich musste hier weg. Niemand durfte mich verschachern. Mit aller Kraft begann ich zu strampeln. Ich wollte runter von diesem verdammten Pferd und zurück zum System. Die Wächterinnen mussten Bescheid wissen. Nur sie konnten einen Suchtrupp hinausschicken, jene Soldatinnen, die sonst nur innerhalb des Systems für Ordnung sorgten. Und was würde Astrid sagen? Wie sollte ich es Kyras Mutter er-klären? Was hatte ich nur getan? Wie konnte ich nur so kurz vor der Türkisen Nacht auf die törichte Idee kommen, mich heimlich mit Kyra in der Wüste zu treffen? Die ganze Sache konnte doch nur schiefgehen, aber so? Ich hatte immer nur damit gerechnet, dass eine der Soldatinnen oder Wächterinnen uns erwischte, aber dass Männer uns jagen würden? Dass Kyra in Lebensgefahr steckte und ich unter der Hand verkauft werden sollte?

Ataris Finger bohrten sich in mein Bein und ich wurde ruhig vor Schmerz. »Still Mädchen, wenn du nicht auf der Stelle sterben willst. Wir sind gleich da.«

Ich brauchte all meine Kraft, um den Krampf im Bein, den sein Druck ausgelöst hatte, zu ignorieren und mich zu entspannen. Wie sollte ich mich überhaupt jemals wieder entspannen? Meinetwegen war Kyra vermutlich tot. Es ist alles meine Schuld! Hätte ich mich nur nicht umgesehen und wäre einfach weitergelaufen, wie die Violetten es mir damals beigebracht hatten. Oder besser, hätte ich einfach die Finger von ihr gelassen, wie es unsere Gesetze verlangten! Vor zwei Jahren hatte ich sie bereits beinahe ins Verderben gezogen. Es war mehr als Glück, dass sie meinetwegen nicht auch ausgestoßen wurde.

Vor uns thronte die Stadtmauer auf und Atari stieg ab. Er sprach ein paar Worte mit einem der Männer vor dem Tor, dann wurden wir eingelassen. Die Spike direkt vor mir zu haben, war ungewohnt. Sie ragte hoch in den Himmel auf und ließ den Palast vor uns wie ein mickriges Gartenhäuschen aussehen. Kein anderes Gebäude in dieser verdammten Wüste war so hoch wie dieses und mir klappte die Kinnlade runter.

Wie es wohl war, hier zu leben? In ein paar Tagen hätte ich es erfahren sollen, doch nun war meine Zukunft nicht mehr als ein blasser Schleier im undurchsichtigen Nebel.

Während wir das Stadttor von unserer Hauptstadt Ulanqab passierten, konnte ich nur noch an Kyra denken. Daran, wie sie schmutzig und nackt vor den Toren des Systems, so wie jene Violette damals, lag. Eine Gänsehaut überzog meinen Körper und ich begann zu zittern. Das glühende Prickeln unserer gemeinsamen Nacht war erloschen und ich spürte die Kälte des kommenden Herbstes.

Die Pferde scharrten und rissen mich aus den Gedanken. Wir blieben vor den sandsteinernen Mauern des Palastes stehen.

»Absteigen, Mädchen, wir sind da.«

3

Ich blickte mich um, während einer der Jäger mir vom Pferd half. Unsanft kam ich auf dem Boden auf und hoffte innerlich, dass Kyra irgendwo hier war. Doch nirgends gab es ein Lebenszeichen von ihr.

Unter lautem Knarzen öffnete sich ein weiteres schmiedeeisernes Tor und wir betraten den prächtigsten Garten, den ich mir nicht einmal in meinen schönsten Träumen hätte vorstellen können. Wenn die Blumen hier schon so wundervoll blühten, wie musste es dann erst in der Spike sein? Und wo nahmen sie all das Wasser her? Kein Wunder, dass sich der Fluss zunehmend zu einem Bach schmälerte. Vermutlich ging ein Drittel des Wassers für die Bewässerung der abertausenden Pflanzen drauf, die selbst in der Dunkelheit noch eine elegante Schönheit versprühten.

Vor uns öffnete sich ein kleineres Portal und wir wurden in den Palast hereingebeten. Was machten wir hier? Atari sprach doch von Händlern? Die konnten nicht hier ... Ein Schauer überkam mich. Offenbar wusste man im Palast ganz genau von der grauenhaften Jagd auf Frauen und davon, dass ich nun verkauft werden sollte.

Ein gut gekleideter Mann, der bestimmt doppelt so alt war wie ich, bat uns in eine von innen vergoldete Halle hinein. Wir sollten dort warten. Plötzlich ging eine seitliche Tür auf und ein Mann um die fünfzig, mit spitzem Gesicht und leuchtend blauen Augen, trat auf uns zu und musterte erst mich, dann Atari und schließlich den anderen Jäger.

»Du hättest sie nicht herbringen sollen«, sagte er mit ruhiger, aber bestimmter Stimme.

»Aber Herr, Ihr wolltet doch neues Frischfleisch für die Händler. Seht doch, sie ist wunderschön. Wir hatten ewig keine so Hübsche mehr. Außerdem steht sie kurz vor der Türkisen Nacht. Sie wird viel Geld bringen, da bin ich mir sicher.«

Der Mann schritt um mich herum. Ich hätte ihm am liebsten ins Gesicht gespuckt. Er musterte mich wie Seide auf dem Basar. »Sportlich, nicht zu klein, aber die Haare.« Er griff in meine Locken, blieb aber in den krausen Strähnen hängen, sodass es wehtat. Wenn ich gekonnt hätte, hätte ich ihm die Hand vor meinem Gesicht weggeschlagen, doch das ging dank der Fesseln nicht. Also knurrte ich ihn stattdessen an. »Oh, hier muss wohl jemand gezähmt werden.«

Der Mistkerl gab mir einen leichten Klaps auf die Wange und ich drehte rasch den Kopf weg. In dem Moment sah ich die Spitze eines ledernen Schuhs neben einem der hohen Tonkrüge hervorlugen. Da war noch jemand im Raum und er beobachtete uns heimlich.

Ehe ich mich ihm bemerkbar machen konnte, packte mich der eklige Kerl am Kinn und sah mir in die Augen. »Bring sie zu den anderen. Und sieh zu, dass euch niemand sieht.«

»Jawohl, Herr.« Atari und der andere Jäger, der mich festhielt, verbeugten sich tief vor dem Mann. Ich war mir sicher, dass er nicht der Khan war. Der sah anders aus, definitiv. Ehe ich ein Wort verlieren konnte, zerrte Atari an meinen Fesseln und führte mich nach draußen.

»Wer war das?«, fragte ich, als man mich die Treppe hinunter bugsierte. Während wir gingen, schaffte ich es endlich, meine Fesseln ein wenig zu lockern. Jetzt, wo wir nicht mehr auf dem Pferd saßen, war es leichter, die Hände hinter dem Rücken so aneinander zu reiben, dass sich etwas am Seil tat.

»Das eben?«, fragte Atari. »Ihr bekommt da unten aber auch nichts mit. Ich verstehe überhaupt nicht, was die Männer an euch finden, dass sie so viel bieten. Ihr habt doch überhaupt keine Ahnung vom Leben und seid mit euren achtzehn oder neunzehn Jahren noch wie Kinder.«

Stimmte das? Wusste ich tatsächlich nichts vom Leben, nur weil ich den Dreckskerl eben nicht erkannt hatte? Aber im Grunde musste es wahr sein, ich hatte keine Ahnung, wie die Welt hier draußen tickte.

Für mich hatte es immer nur das System mit seinen kahlen Felsen und den Wächterinnen, die über alles herrschten, gegeben. Nie hatte ich daran gedacht, dass ich nach der Türkisen Nacht womöglich nicht mehr zurechtkam. Ich dachte immer, Maria hätte mich auf alles vorbereitet, auf die Männer, die Spike ... doch da lag ich offenbar falsch, denn das hier war nie Thema unserer Gespräche gewesen.

»Das war Emir Burka, die rechte Hand des Khans, um deine Neugierde zu stillen. Glaub mir, bald wird sie dir vergehen, dann willst du gar nicht mehr wissen, was um dich herum passiert.« Wieder zeigte er sein süffisantes Grinsen und die fiesen Lücken zwischen seinen dunklen Zähnen.

Atari packte mich fester am Arm und ich unterdrückte ein Aufheulen. Er zog mich über den flachen Weg, vorbei an einer Böschung und auf das goldene Palasttor zu. In der Ferne leuchtete der Mond uns den Weg, der sich hinter uns in den gläsernen Wänden des Turms spiegelte. Es musste jetzt kurz nach Mitternacht sein.

Der andere Jäger trottete hinter uns her und stupste mich ständig mit seinem beknackten Säbel in den Rücken, wenn ich auch nur einen Ticken langsamer wurde. Kurz überlegte ich, beim nächsten Mal die Hände zu heben, in der Hoffnung, dass der Säbel genau auf die Fesseln traf. Doch so wie ich mich kannte, würde ich dabei eher ein paar Finger, als die Fesseln, verlieren. Außerdem konnte er den Stahl vermutlich eh nicht durchtrennen. Dann erduldete ich doch lieber die Sticheleien.

Wir gingen dicht an der Mauer entlang, versteckt hinter der prächtigen Fauna des Gartens. Nicht weit vor uns war ein Abgang. Er wirkte wie der schmale Eingang zu einem Bunker, so wie das System sie teilweise hatte. Wenn ich fliehen wollte, musste ich es jetzt tun, denn gleich würde es keine Chance mehr geben. Ruckartig blieb ich stehen und trat dem Jäger hinter mir so heftig auf den Fuß, dass der seinen Säbel fallen ließ, der surrend gegen die Mauer stieß. Ohne zu zögern, schnappte ich die Winde und lockerte die Fesseln. Wie gut es tat, seine Handgelenke wieder zu spüren. Ich war frei ... für mindestens zwei Sekunden. Dann packte Atari mich und stieß mich zu Boden. Keuchend kam ich auf dem sandigen Steinweg auf.

Im nächsten Moment prallte sein schwerer Körper auf mich und schien mich zu erdrücken. Mir blieb die Luft weg. Ich hustete und versuchte, irgendwie seinen ekligen, offenbar leblosen Körper von mir zu schieben. Was war gerade passiert? Als ich es endlich schaffte und aufstand, lag sein komischer Kompagnon reglos im Gebüsch. Waren sie tot? Aber wer?

Kopfschüttelnd sah ich mich nach meinem Retter um, doch es war niemand zu sehen. Ich betrachtete die beiden Körper. Sie waren nur bewusstlos. Jetzt sah ich, wie sich ihre Oberkörper hoben und senkten. Ohne auf ein weiteres Zeichen zu warten, kletterte ich über die Mauer und lief zurück zur Grenze. Unentschlossen blieb ich im Schatten des Turms stehen und lugte um die Ecke. Der Palast und der Wolkenkratzer dahinter schienen immer noch wie ausgestorben. Nur der Wachturm an der riesigen Mauer neben dem Eingangstor war besetzt. Ob man mich durchließ, wenn ich einfach hinging und freundlich drum bat? Vermutlich nicht. Durfte ich als Frau überhaupt alleine unterwegs sein? Wenn jemand erfuhr, dass ich das System verlassen hatte, würde es schließlich mehr als nur Ärger geben.

Ich atmete erschöpft aus und wollte gerade umkehren, um einen anderen Weg aus der Stadt zu suchen, als irgendwo ein Baby schrie. Plötzlich ging im Fenster neben mir das Licht an. Erst jetzt nahm ich die kleinen Häuschen entlang der Stadtmauer wirklich wahr. Das musste die Vorstadt sein. Jene Häuser, die den Krieg der Allianzstaaten überstanden hatten. Diese Häuser hier passten so gar nicht zur modernen Spike. Sie sahen kümmerlicher aus als die Höhlen, in der wir lebten. Plötzlich trat eine Frau ans Fenster, das Baby dicht an sich gedrückt und sah mich an.

»Martha?«, flüsterte ich und starrte erstaunt auf ihr rundliches Gesicht.

Marthas blonder Haarschopf zuckte Richtung Haustür, dann legte sie den Zeigefinger auf ihre Lippen.

Ich senkte den Kopf und schlich durch die dunkle Gasse. Das Licht im Fenster war schon wieder erloschen.

Die Tür knarzte leise, als sie geöffnet wurde. »Was machst du hier?«, fragte Martha mit leiser Stimme und wippte ihren Sohn im

Arm. Es konnte nur ein Junge sein, sonst wäre sie längst zurück ins System gekehrt. Martha öffnete die Tür einen weiteren Spalt und blickte ängstlich die Gasse hinab.

Ich seufzte. »Ich hab' mich mit Kyra in den Dünen getroffen.« Kyra, an sie hatte ich überhaupt nicht mehr gedacht. Sobald ich zurück war, musste sie gesucht werden.

»Du dummes Mädchen«, fluchte sie.

Ich wusste, dass sie recht hatte. »Ein Jäger Trio hat uns entdeckt und gefangen genommen.«

Wieder sah Martha sich in der Gasse um. »Wo ist deine Freundin?« Dieses Mal klang Sorge in ihrer Stimme mit. Martha kannte Kyra, wir alle hatten als Kinder miteinander gespielt.

»Ich weiß es nicht. Jazar hat sie, so heißt er. Mich hat man zum Palast gebracht, aber ich konnte fliehen. Jetzt weiß ich nicht, wie ich die Stadt verlassen soll.«

»Jazar, dieser Name ist sehr bekannt unter den Männern hier.« Plötzlich verstummte sie und ich schrak auf. Im Haus stieg jemand die Treppe runter.

»Mein Mann«, sagte Martha schnell. »Geh die Gasse runter, dann nach links, rechts, links und du müsstest an der Zweigung einen Durchschlupf in der Mauer finden. Lass dich nicht fangen. Man beobachtet die Vorstadt von der Spike aus. Pass auf dich auf. Die Götter des Horizonts seien mit dir.«

Hinter ihr öffnete sich eine Tür, als ich loslaufen wollte. Im Hintergrund fragte jemand mit tiefer Stimme, warum die Tür offenstehe und Martha meinte, dass sie mit ihrem Sohn die Sterne sehen wolle, damit er aufhöre zu weinen.

Was für eine schlechte Ausrede, wo die herausragenden Dachtraufen und der riesige Turm den Himmel über uns versteckten. Dennoch schien sie zu funktionieren, denn niemand trat mehr hinaus, um sich umzusehen.

Ich lief, so leise ich konnte, über den sandigen Weg, bog erst links, dann rechts und an der nächsten Gabelung wieder links ab, bis ich schließlich an einem Abzweig loses Mauerwerk auf dem Boden fand. Es war noch immer dunkel. Doch nicht mehr lange, und das geschäftige Treiben, das ich aus den vielen Erzählungen der Zurückgekehrten kannte, würde einbrechen. Ich musste mich beeilen und irgendwie durch das schmale Loch hindurchkommen. Bevor ich weiter darüber nachdenken konnte, ob ich wirklich hindurch passte, legte ich mich flach auf den Rücken, streckte die Arme durch das Loch, griff die Steinkante und zog mich nach vorne, bis mein Kopf statt des sandigen Steinbodens nur noch auf weichem Sand gebettet war. Ich hatte es geschafft und atmete erleichtert aus. Mit einem weiteren Ruck war auch der Rest meines Körpers auf der anderen Seite angelangt und ich rappelte mich auf. Laut meiner Uhr, die einen tiefen Kratzer abbekommen hatte, war es kurz nach ein Uhr nachts. Ab jetzt mussten mir die Sterne zeigen, wo ich hinmusste. Wie weit war das System von der Spike entfernt? Fünfzehn bis zwanzig Kilometer? Auf dem Hinweg hatten wir einen kurzen Teil der alten Straße passiert. Viele Wege gab es nicht mehr im Wüstenreich Ulanqab. Die meisten Handelswege hatte sich die Natur zurückerobert und sie mit Sand geflutet.

Ich hatte Durst, unbändigen Durst und meine Gelenke schmerzten sehr. Die einzige Hoffnung, die ich noch in mir trug, war, vor sieben Uhr da zu sein, wenn alle aufstanden und zum Unterricht oder der Arbeit gingen. Niemand durfte mich so, wie ich jetzt aussah, sehen: dreckig, geschunden und mit zerrissener und durchlöcherter Kleidung. Immerhin hatte der Schmerz in meinem Kiefer nachgelassen.

Die Sonne ging allmählich auf. Vor mir erkannte ich endlich die Dünen, bei denen man uns verschleppt hatte. Nun war es nicht mehr weit. Ich lief zum Fluss, trank und wusch mich kurz. Von Kyra waren keine Spuren mehr zu finden. Selbst die Abdrücke unserer Schuhe und der Pferde waren im Sand verweht.

Ich kehrte zurück zu jenem Ausgang, durch den ich gestern Abend abgehauen war, entfernte die Stäbe und schlüpfte blitzschnell durch die Ritze im Felsspalt. Dann nahm ich den Weg zurück, den ich eigentlich schon gestern Abend nehmen wollte. Den ganzen Weg über betete ich, dass alles gut gehen und niemand mich erwischen würde; doch wirklich aufatmen konnte ich erst, als ich nur fünf Minuten vor dem großen Gong – dem Zeichen, dass alle ihre Nischen verlassen durften – in meiner Kammer ankam und völlig kaputt und geschunden ins Bett fiel.

4

Es war bereits Mittag, als jemand an meine Tür klopfte. Ich schrak hoch und bemerkte, dass ich immer noch das dreckige blaue Gewand trug. Es wurde in der Nacht stark in Mitleidenschaft gezogen. Meine ledernen Schuhe und die Gamaschen, die meine Beine vom Sand und der Kälte schützten, versauten mir das Bett. Überall war Sand auf dem Laken.

»Eliza, Liebes, du warst gar nicht bei der morgendlichen Ansprache, geht es dir nicht gut?« Maria steckte ihren Kopf zwischen den Türrahmen hindurch und lugte durch das kleine, karg eingerichtete Zimmer zu meinem Bett.

Musste sie ausgerechnet jetzt reinplatzen, wo ich so schlimm aussah? Ich zog die Decke bis zum Kinn, damit meine Amme meinen geschundenen Körper und die zerschlissenen Kleider nicht sah. »Alles gut, Maria. Ich hatte ziemlich starke Kopfschmerzen heute Morgen und habe mich wieder hingelegt.« Ich schluckte. Wenn es etwas gab, was ich hasste, dann war es, meine engste Vertraute belügen zu müssen. Doch was blieb mir anderes übrig? Würde ich Maria die Wahrheit sagen, so wäre sie gezwungen, es den Wächterinnen zu erzählen und in diese missliche Lage wollte ich eine Freundin nicht bringen. Außerdem hatte ich ihr Vertrauen schon zu oft missbraucht und ihr versprochen, mich an die Regeln zu halten.

Maria war wie eine Mutter für mich. Sie hatte mich großgezogen und mich immer wie ihre eigene Tochter behandelt. Wenn sie erfahren würde, was ich in der Nacht getan hatte, würde sie sich sicherlich vor den Kopf gestoßen fühlen. Maria hatte mich damals,

als ich zur Violetten wurde, eindringlich gewarnt. Doch obwohl ich ein Jahr lang wie eine Ausgestoßene behandelt wurde, hatte sie mich gleich nach Abschluss des Sündenjahrs in die Arme geschlossen.

»Soll ich dir dein Mittagessen aufs Zimmer bringen?«

»Das wäre sehr lieb. Danke dir, Maria. Und könntest du mir wohl auch ein frisches Gewand hinlegen?« Eigentlich mochte ich es nicht, Maria darum zu bitten. Sie war schließlich nicht meine Dienerin. Doch so, wie ich jetzt aussah, konnte ich unmöglich durch die Gänge des Systems schleichen, um mir frische Kleidung aus der Wäscherei zu holen.

»Natürlich Liebes. Ich lasse dir auch etwas gegen die Kopfschmerzen zusammenrühren. Bis gleich.«

Meine Amme schloss leise die Tür und ich atmete erleichtert aus. Dann stieg ich aus dem Bett und zog die schmutzigen Sachen aus, ging hinüber zu der Nasszelle an der Wand und wusch mich. Erst jetzt fielen mir die vielen blauen und grünen Male auf der geröteten Haut auf. Ich hatte zwar vermutet, dass ich ein paar blaue Flecken haben würde, aber dass meine Haut wie ein buntes Mosaik aussah, überraschte mich nun doch. Ein breiter Striemen zog sich um mein Becken an der Stelle, an der mir gestern das Stahlseil ins Fleisch geschnitten hatte. An jenen Partien, die nicht blau gemasert waren, funkelten blutrote Striemen auf der geschürften Haut.

Die würden doch nie wieder weggehen. Wie sollte ich so an der Türkisen Nacht teilnehmen? Ich schüttelte den Kopf. Wollte ich das überhaupt noch? Langsam kamen die Erinnerungen an gestern Abend zurück. An Kyra, die mich küsste und streichelte. An die Männer, die uns umzingelten. An Jazar, der Kyra packte und wegschleppte. Mir stiegen Tränen in die Augen, die ich rasch wegwischte. Jeden Moment konnte Maria wiederkommen und ich wollte nicht, dass sie mich weinen sah und unnötige Fragen stellte. Dennoch musste ich mit jemandem reden. Wie sollten die Wächterinnen sonst erfahren, dass man Kyra suchen musste?

Ich band mir gerade noch rechtzeitig ein Handtuch um die schmerzenden Hüften, als es abermals klopfte und Maria eintrat, um mir das saubere Gewand und das Tablett mit der Suppe und dem Tee zu bringen. »Hier Kind. Ruh dich noch ein wenig aus und komm bloß heute Abend zum Appell. Ich glaube nicht, dass dir die Wächterinnen ein weiteres Fehlen verzeihen werden. Außerdem sollen nachher alle Details wegen Sonntag geklärt werden. Ich habe dir übrigens ein paar hübsche Kleider rausgesucht. Du kannst sie später anprobieren.« Maria legte das frische Gewand aufs Bett und stellte das Tablett auf den schmalen Tisch, der neben der Nasszelle stand, ab.

»Danke, Maria.«

»Soll ich die alte Kleidung mit zur Wäscherei nehmen?«

Ich schüttelte den Kopf. »Nein, das mache ich später. Ab nächster Woche muss ich mich schließlich auch selbst um alles kümmern.«

Maria lächelte beherzt und streichelte mir über das krause Haar. Wie ich diese Geste vermissen würde. »Wir können es glätten am Sonntag, wenn du willst.«

»Ja, mal schauen«, antwortete ich betrübt. Meine Lust, immer noch an der Türkisen Nacht teilzunehmen, begann sich in Luft aufzulösen.

»Gut, ich lass dich jetzt alleine. Du weißt ja, wo du mich findest.«

Ich nickte und rieb meine Zunge über die trockenen Lippen. Es schmeckte immer noch alles nach Sand.

Dann verschwand sie durch die Tür.

Ich seufzte und begann, mich anzuziehen. Die rote Brosche, die ich extra für Kyra getragen hatte, pulte ich aus dem Haar und steckte sie an den blauen Stoff. Dann betrachtete ich den Sprung auf meiner goldenen Uhr, die ich so sehr liebte. Bestimmt war es passiert, als ich gestürzt war. Sobald ich in der Turmstadt wäre, musste ich sie reparieren lassen. Der Gedanke an das riesige Glasgebäude, die schimmernden Goldveredelungen und die beiden ineinander verschlungenen Spitzen, die in den Wolken verschwanden, trieben mir eine Gänsehaut über den Körper.

Mein Leben lang hatte ich davon geträumt, eines Tages einen tollen Mann aus der Spike zu heiraten. Vielleicht einen Heiler, oder einen Ingenieur. Eigentlich war es mir egal, welchen Beruf er hatte, solange er mich liebte. Diese Traumblase war zerplatzt. Wie konnte ich denken, dass die Männer so etwas wie Heilige wären? Dass sie uns Frauen lieben und gut behandeln würden? Und wer garantierte überhaupt, dass ich in den Turm kam? Martha lebte schließlich auch nur in einer mickrigen Steinhütte in der Vorstadt, statt in einem der prächtigen Appartements, von denen die zurückgekehrten Frauen immer so schwärmten. Ich hatte von den anderen Frauen nur Gutes über die Männer gehört und dass es zum Schutz aller geschehe, dass wir hier, im System, aufwuchsen. Es hieß, zu viele Frauen in der Stadt hätten die Männer krank gemacht. Beinahe wären so viele gestorben, dass es keine Männer mehr gegeben hätte. Deswegen fingen sie an, die Geburten zu kontrollieren. Nur noch die Söhne sollten leben, um das Gleichgewicht der Geschlechter wiederherzustellen. Nicht alle Frauen wollten das hinnehmen und verließen die Stadt. Sie haben sich ein paar Beduininnen angeschlossen und gründeten das System. Angeblich wäre es gut für alle, wenn wir getrennt aufwüchsen. So würden wir jungen Frauen keine Gier in den Männern wecken und die Gefahr, dass wir die Männer ansteckten, sank. Als damals mehr und mehr Frauen die Stadt verlassen hatten und die Sterberate der Männer rückläufig wurde, wurde irgendwann die Türkise Nacht ins Leben gerufen. Angeblich hätten die jungen Männer es sattgehabt, alleine alt zu werden, weil es keine Frauen mehr in ihrem Alter gab. Tja, und ich hatte jetzt schon die Männerwelt satt. Es gab nur eine Person, nach der ich mich sehnte, und das war ganz sicherlich kein Mann – Kyra. Niemand hatte mich bisher nach ihr gefragt. Niemand lief schreiend durch die Gänge, weil sie tot vor den Toren lag.

Ich ließ mich erschöpft aufs Bett fallen. Allmählich war ich meiner eigenen Gedanken müde. Ich wollte etwas tun. Ich musste ihr doch irgendwie helfen. Stattdessen lag ich hier und schmollte, weil ich unsicher war, ob ich immer noch an der Feierlichkeit teilnehmen wollte. Dabei gab es nur eines, was ich tun konnte, um ihr zu helfen. Und das war, den Wächterinnen alles zu gestehen – oder wenigstens einen Teil von allem. Ich sprang auf und geriet kurz ins Taumeln, als mir der Schmerz in die Rippen schoss. Fluchend drückte ich die Hand auf die gerissene Haut unter meinem Gewand und beugte mich keuchend nach vorne.

»Eliza, alles in Ordnung?«

Ich schrak hoch. Und wieder presste ich vor Schmerzen die Lippen zusammen. Wer wollte denn heute noch alles bei mir hereinplatzen?

»Ja, geht schon«, murmelte ich und versuchte, eine aufrechte Haltung einzunehmen.

Auf Astrids Stirn traten Sorgenfalten. »Du siehst nicht gut aus. Ich habe dich auch bei der Ansprache nicht gesehen.«

»Kopfschmerzen«, presste ich hervor und vermied es, Kyras Mutter in die Augen zu sehen. Eigentlich war es Quatsch, denn sie konnte mir noch am ehesten helfen. Immerhin ging es um ihre Tochter und sie wusste als Einzige, dass wir verbotenerweise etwas miteinander hatten.

»Hmm«, murmelte Astrid. »Hast du Kyra gesehen? Ich suche sie schon den ganzen Morgen. Sie war nicht in ihrem Zimmer und wir wollten heute das Kleid für Sonntag aussuchen.«

Wieder wurden meine Augen beim Hören ihres Namens feucht. Konnte ich Astrid sagen, was passiert war? War ich es ihr nicht schuldig? Sie musste doch wissen, dass ihre Tochter nicht wiederkam. Außerdem hatte ihre Mutter so viel bessere Kontakte zu den Wächterinnen als ich.

Ich nickte zum Bett hin, schloss die Tür und setzte mich. Meine Stimme zitterte, als ich zu sprechen begann. Ich musste tief Luft holen, um mich zu überwinden. »Astrid, Kyra wurde entführt«, presste ich zwischen den Lippen hervor.

Astrid sah mich erschrocken an. »Wie soll sie jemand entführt haben? Hier kommt niemand rein! Wovon redest du?« Sie schien völlig verwirrt, als sie neben mich sank und mir die Hand an die Stirn hielt, als glaubte sie, dass ich halluzinierte. Na danke.

Ich streifte die Hand weg und sah sie ernst an. Wie sollte ich ihr erklären, dass wir uns schon wieder rausgeschlichen hatten?

Ein metallischer Geschmack trat in meinen Mund. Hatte ich die ganze Zeit auf meinen Lippen herumgekaut? Ich senkte meinen Kopf und starrte auf die hölzerne Kante des Bettes. »Sie ... wir ... wir waren draußen.«

Astrid zog scharf die Luft ein und sprang auf. »Nein!« Mehr brachte sie nicht hervor. Ihre Augen waren geweitet, während sie mich anstarrte. Offenbar wusste sie ganz genau, was es bedeutete, wenn man draußen entführt wurde.

Ich nickte abermals und zog Astrid an ihrer Hand herunter, um sie in den Arm zu nehmen. »Es tut mir so leid«, flüsterte ich und drückte sie trotz Schmerzen an mich. Sie vergrub ihr kurzes, verstrubbeltes Haar in meiner Schulter. »Wir waren dumm. Wir waren so dumm!«

»Und ob ihr das wart. Wie ist es passiert?« Offenbar hatte Astrid ihre Stimme wiedergefunden. Sie drückte mich ein Stück weit von sich weg und sah mich mit geweiteten Augen an.

»Wir waren gerade am Fluss gewesen und wollten zurück zum System laufen, da kamen sie. Drei Reiter, bewaffnet. Sie folgten uns und trieben uns auseinander. Der eine, Jazar, er griff sich Kyra und zog sie von mir weg. Ich wollte ihr helfen ... Die anderen beiden Männer schlangen ein Stahlseil um mich. Sie brachten mich zum Palast. Ich stand direkt vorm Turm. Das war un-« Ich schüttelte den Kopf. »Sie wollten mich versklaven, kannst du dir das vorstellen? Ich sollte an diesen schmierigen Emir übergeben werden und der wollte mich sonst wohin verkaufen.« Tränen liefen meine glühenden Wangen herunter. »Ich konnte fliehen. Ich weiß nicht wie. Martha hab' ich auch gesehen. Kennst du sie noch?«

Astrid schien nicht mehr richtig zuzuhören, denn sie antwortete nicht.

»Du musst es den Wächterinnen sagen, Astrid, nur bitte verrate mich nicht«, flehte ich und sah die Mutter meiner verschwundenen Freundin an. Sie hatte dieselben grünen Augen wie ihre Tochter, dieselbe breite Nase und die vollen Lippen. Kyra war eine jüngere Version ihrer schönen Mutter. »Sie müssen sie retten.«

Astrid schüttelte den Kopf und stand auf. »Wenn die Jäger sie haben, ist sie verloren.«

Das war nicht ihr Ernst! Sie wollte jetzt einfach gehen? Ich sprang auf. »Was soll das heißen? Du musst den Wächterinnen sagen, dass sie verschwunden ist. Sie müssen sie suchen lassen!«

»Das werden sie nicht. Sie werden lediglich dich bestrafen, weil du sie verführt hast.« Astrid sah mich traurig an.

»Wie bitte? Ich habe sie nicht verführt! Sie wollte das genauso.«

»Mag sein. Eliza, du warst mal eine Violette, sie werden es so auslegen. Das weißt du.«

Ich schüttelte den Kopf und vergrub das Gesicht in den Händen. Das konnte nicht ihr Ernst sein! »Astrid, bitte! Sie ist deine Tochter!« Meine Stimme wurde lauter als beabsichtigt. Hoffentlich hat uns niemand auf dem Gang gehört.

»Eliza, mach jetzt nichts Dummes! Meinst du nicht, du hast schon genug Schande verursacht? Wenn es tatsächlich Jazar ist, der sie hat, dann ist ihr nicht mehr zu helfen! Wahrscheinlich ist sie längst tot. Du musst das realistisch sehen. Tamalya wird niemanden in die Wüste schicken, um ein totes Mädchen zu suchen.«

»Woher willst du das wissen?«, fragte ich unter Tränen.

»Jeder in Ulanqab kennt seinen Namen. Jede der älteren Frauen hier kennt ihn, seit dieses arme Ding damals draußen gefunden wurde. Wenn ich den Wächterinnen sage, dass sie verschwunden ist und sie tatsächlich einen Suchtrupp rausschicken, dann werden die Jäger diesen vermutlich genauso einfangen.«

Ich starrte sie mit aufgerissenen Augen an. »Aber ... wieso jagen sie uns überhaupt?«

»Glaubst du wirklich, dass alle Männer da draußen gut sind?« Astrid schüttelte den Kopf. Sie sah dabei aus wie eine Besessene. »Nein, Kind, Männer sind getrieben von ihren Gelüsten. Was glaubst du, warum wir hier sind? Damit sie mit uns nicht von klein auf machen, was sie wollen. Der Turm hält sie zurück. Darin leben nur verheiratete Frauen und die verlassen ohne ihren Mann selten ihr Heim. Die Unverheirateten würden doch sonst über sie herfallen wie Tiere. Deswegen bieten sie doch auch so viel für uns. Sie wollen das jüngste, das hübscheste Ding für sich selbst haben.« Astrid stoppte und sah mich nervös an. »Ich wollte dir keine Angst so kurz vor der Türkisen Nacht machen«, betonte sie nun ruhig.

»Das haben die Männer, die uns entführt haben, schon getan«, antwortete ich mit rauer Stimme.

»Nicht alle Männer sind so. Kyras Vater war ein guter Mann, ebenso dein Vater. Zumindest sagte deine Mutter das vor ihrem Tod. Aber es gibt auch die anderen, und Jazar soll der Schlimmste sein. Er wurde deswegen vom Khan verbannt. Ich habe damals die

Oberste Wächterin mit einem der Boten des Khans über ihn sprechen gehört. Ich liebe meine Tochter, Eliza. Das musst du mir glauben. Aber ich liebe auch dich. Für Kyra kann ich nichts mehr tun, doch dich kann ich vor den Strafen der Wächterinnen schützen. Schau, dass du am Sonntag einen guten Mann bekommst. Zieh dir etwas Schickes an und lächle, wenn du nach vorne trittst. Du bist eine hübsche und kluge Frau, da wirst du sicherlich den Passenden finden. Bestimmt bieten sie viel auf dich.«

Ich hob die Hand und unterbrach sie. »Wie soll ich denn jetzt noch in die Spike ziehen, nach dem, was du mir gerade erzählt hast? Nach allem, was heute Nacht passiert ist? Ich werde meinem Mann niemals vertrauen können.«

Astrid lachte. »Doch, das wirst du. Das haben wir Frauen alle irgendwann getan. Tu mir einfach den Gefallen und behalte das mit Kyra für dich.«

»Die Wächterinnen werden es merken, wenn sie am Sonntag nicht auftaucht.«

»Dann sage ich ihnen, dass sie aus Angst weggelaufen sein muss. Reisende Frauen soll man nicht aufhalten.«

Das hat sie nicht gesagt! Ich konnte einfach nicht glauben, was Astrid mir gerade erzählt hatte. Wie konnte sie ihre Tochter so verraten? Nur ihretwegen war sie nach ihrer Geburt ins System zurückgekehrt. Sie kam hierher, verließ ihren Mann und den Luxus im Turm, um Kyra zu retten. Um ihr das Leben zu schenken – und nun lag ihr nichts daran, sie zu finden? Das durfte nicht sein! Bisher wurde niemand tot vor den Toren gefunden, also war sie sicherlich noch am Leben. Ich klammerte mich an diesen Gedanken. Vielleicht hatte Jazar tatsächlich Schreckliches mit ihr angestellt, doch wer sagte, dass er sie danach nicht ebenfalls zum Palast gebracht hatte? Offenbar gab es viel Geld für entlaufene Frauen. Geld, das, anders als jenes während der Versteigerung, nicht ins System floss, damit wir auch weiterhin sauberes Wasser und reichlich zu essen hatten. Ob der Khan wusste, was der Emir trieb?

»Geh jetzt bitte«, bat ich höflich.

Astrid sah mich mitleidsvoll an, nickte und trat zur Tür. »Ich liebe sie. Doch wir können sie nicht retten, wenn es stimmt, was du erzählst. Pass auf dich auf, Eliza und such nicht nach ihr. Das wird dich nur dein eigenes Leben kosten.«

Als die Tür verschlossen war, schmiss ich die dreckigen Klamotten in den Müll und verkroch mich im Bett. Ich wusste nicht mehr, was ich denken sollte. Ich dachte, wer, wenn nicht Kyras Mutter, würde sie retten wollen und könnte tatsächlich etwas bewirken, ohne mich tiefer mit hineinzuziehen? Tief in meinem Innersten wusste ich jedoch, dass Astrid recht hatte. Die Wächterinnen würden sie nicht suchen, wenn ich mich an sie wandte. Dafür würden sie mich für unser Vergehen bestrafen. Ich vergrub das Gesicht im Kissen und bekam zu spät mit, dass sich die Tür erneut geöffnet hatte.

»Eliza, geht es dir besser? Ich habe gesehen, wie Astrid aus deinem Zimmer kam. Was wollte sie?«

»Kyra ist verschwunden«, antwortete ich ohne Umschweife und biss mir auf die Lippen. Als ich mich zu Maria umdrehte, sah die Amme mich unschlüssig an.

»Bestimmt hat sie nur Muffensausen wegen Sonntag. Wie geht es dir inzwischen? Vielleicht kommen die Kopfschmerzen ja auch von der Aufregung. Hast du den ... Du hast das Essen ja gar nicht angerührt.«

Ich hatte das Tablett auf dem Tisch vollkommen vergessen. »Tut mir leid«, murmelte ich und ging zum Tisch, um mir einen Löffel Suppe nach der andern reinzuschaufeln, ohne groß auf meine Manieren zu achten.

Maria schnalzte missbilligend mit der Zunge. »Beim Fest isst du bitte gediegener!«

»'Tschuldigung. Ich hatte bloß so Hunger.«

»Also sind die Kopfschmerzen verschwunden?«

»Ja, ich glaube schon.« Ich zögerte. »Maria, vermisst du deine Tochter?«

Die Augen meiner Amme schienen bei meiner Frage zu leuchten und das alte, dunkelhäutige Gesicht wirkte plötzlich um einige Jahre jünger. Mir fiel auf, dass sie einen neuen Ohrring an der linken Seite trug. Ein kleiner goldener Ring. Ob sie ihn auf dem Basar gekauft hatte?

»Natürlich vermisse ich sie. Gleichzeitig bin ich um jeden Tag froh, den sie nicht im System verbringen muss. So weiß ich, dass sie nie vor der Entscheidung stand, sich für ihren Mann oder ihr Kind entscheiden zu müssen.«

Ich runzelte die Stirn. »Woher willst du das wissen? Sie könnte doch-«

»Tsch, Mädchen. Red' nicht so einen Stuss. Ameliana würde nie ...« Maria verfiel in Schweigen, was ich nachvollziehen konnte. Jede der Frauen hier hatte sich für die eigene Tochter und gegen den Rest der Familie und den Luxus der Spike in Ulanqab entschieden. Niemand konnte verstehen, wie andere Frauen ihre Töchter töten ließen, nur um selbst weiterhin die Freiheit dort draußen genießen zu dürfen. Hätte Ameliana ein Mädchen geboren, wäre sie sicherlich zurückgekehrt – wie ihre Mutter damals.

»Wenn du wüsstest, dass ihr etwas passiert wäre. Dass ... sie entführt wurde oder so. Was würdest du tun?«

»Wieso fragst du das?«

»Nur so. Würdest du andere um Hilfe bitten?«

Maria zuckte mit den Schultern. »Vielleicht. Wahrscheinlich würde ich mich selbst auf die Suche begeben. Glaubst du, Kyra wurde entführt?«

Verdammt! Maria kannte mich zu gut. »Keine Ahnung. Ich habe sie gestern Abend gesehen, wie sie zu einem der verbotenen Ausgänge ging. Und offenbar ist sie noch nicht wiedergekommen«, verdrehte ich die Wahrheit. Das war nun schon das zweite Mal, dass ich die derzeit wichtigste Person in meinem Leben anlog. Wieso konnte ich zu ihr nicht einfach genauso ehrlich sein wie zu Astrid?

»Soll ich den Wächterinnen Bescheid geben?«

»Das würdest du tun?« Ich lächelte das erste Mal an diesem Tag.

»Natürlich, sie können die Soldatinnen rausschicken. Keine Angst, dich erwähne ich nicht.«

Hoffnung keimte in mir auf. Ich schloss Maria in die Arme und atmete den vertrauten Duft nach Kamille ein. »Dankeschön.«

Maria gab mir einen Kuss auf den Schopf und nahm mein Gesicht in ihre warmen Hände. Altersflecken bildeten sich inzwischen von den Fingerspitzen bis zum weißen Ärmelsaum ihres Gewands. »Dich bedrückt doch noch etwas. Das sehe ich. Geht es um Sonntag, hast du Angst?«

Ich senkte den Kopf. »Ich bin mir nicht mehr sicher, ob ich noch teilnehmen will«, gestand ich.

»Natürlich musst du teilnehmen. Du willst doch nicht wie ich einsam und alleine hier verrotten. Du bist hübsch, intelligent und jung. Die Männerwelt wird dir zu Füßen liegen. Schau nur, dass du jemanden findest, den du gut erziehen kannst. Dann wird das schon. Abrahim war so ein lieber Mann damals. Er wäre ein wunderbarer Vater für Ameliana gewesen. Ich hoffe sehr, dass die beiden sich noch begegnet sind. Und du wirst sicherlich einen genauso tollen Mann wie ich damals finden. Da bin ich mir sicher. Und solltest du eines Tages vor derselben Entscheidung wie wir alle stehen, dann höre einfach auf dein Herz. Die Welt wird nicht untergehen, wenn du mit einer Tochter hierher zurückkehrst.«

»Aber es sind nicht alle Männer da draußen gut, oder? Nicht jeder behandelt Frauen so, wie wir es verdienen.«

Maria sank die Stimme. »Nein, nicht alle. Aber die meisten. Lass uns nicht über das Schlechte im Menschen sprechen, sondern positiv nach vorne blicken. Ich werde gleich zu den Wächterinnen gehen. Du kannst mitkommen, die Ballkleider hängen bei ihnen in der großen Kammer.«

Wieso wichen alle diesem Thema aus? Das war schon immer so. Als wollten die Wächterinnen geradezu, dass wir nur gut von den Männern dachten. Dass wir nichts hinterfragten.

Ich stand auf und ging zum Waschbecken, um mir kaltes Wasser ins Gesicht zu schaufeln. Den Tee hatte ich endlich ausgetrunken und spürte nun, wie die Schmerzen langsam nachließen. Die Mittel, die in dem Getränk waren, müssen stark gewesen sein.

Ich richtete mein zerknittertes Gewand und folgte der Amme über den betonierten Gang zum großen Saal. Von dort aus gingen die sieben Kammern der Wächterinnen sowie die Kleider- und die Speise-kammern ab.

»Du kannst mit der Anprobe beginnen, während ich mit der Obersten spreche. Keine Angst, ich halte dich da raus.« Ob sie das auch noch sagen würde, wenn sie wüsste, dass ich wieder einmal gegen die Regeln verstoßen hatte und mit Kyra unterwegs gewesen war?

»In Ordnung.«

Maria führte mich zu der kleinsten der großen Kammern, in der stangenweise türkisfarbene Kleider hingen, eines schöner als das andere. »Ich habe dir ein paar in deiner Größe raushängen lassen. Diese Stange hier ist für dich reserviert. Ich helfe dir bei der Auswahl, sobald ich das Gespräch hinter mich gebracht habe.«

»Danke dir«, sagte ich und ließ meine schmalen Finger durch die verschiedenen, geschmeidigen Stoffe gleiten.

5

Ich stand alleine in einem Meer aus blau-türkisem Stoff. Ein Kleid nach dem anderen zog ich hervor und hielt es mir an den Körper, bis ich jenes Knistern spürte, das ich von den Berührungen mit Kyra kannte. Ich hielt inne und strich über die türkisfarbene Seide, die über meinen Arm hing und gleitend bis zum Boden fiel. In diesem Moment wusste ich, dass dies das Kleid sein würde, das ich tragen wollte, wenn ich tatsächlich an der Feierlichkeit teilnahm – wenn.

Ich streifte mein Gewand ab. Die Flecken auf meiner Haut hatten sich alle einem dunkel violetten Ton zugewandt. Wie passend. Würde jetzt jemand meinen geschundenen Körper erblicken, würde man mich sogleich wieder in den kratzenden violetten Stoff hüllen.

Damit dies nicht passierte, zog ich rasch das Kleid an und trat barfuß vor den Spiegel. Der Raum war nur spärlich beleuchtet. Hier drinnen würde ich nie die ganze Pracht des Kleides entdecken können. Also ging ich hinaus in den hellen Vorsaal. In dessen Mitte sprudelte ein kleiner Brunnen, der zwei Frauen als Tonfiguren, die gerade Wasser schöpften, beherbergte. Er hatte etwas Anziehendes an sich. Ich schritt auf ihn zu und blieb abrupt stehen, als leise Stimmen aus der Kammer der Obersten Wächterin erklangen. Das letzte Mal, dass ich hier stand und nach Stimmen lauschte, war am Ende meiner Bestrafung gewesen. Auch damals war es Maria gewesen, die mit der Roten sprach.

Langsam trat ich auf die angelehnte, eichengetäfelte Tür zu. Ich atmete ganz ruhig. Was würde Maria zu meiner Kleiderwahl sagen? Und noch viel wichtiger: Werden die Wächterinnen jemanden für die Suche nach Kyra rausschicken?

»Sie ist also nicht nach Hause gekommen? Wieso war Astrid dann noch nicht bei mir?«

Ich schluckte. Was sollte Maria darauf antworten? Wenn die Wächterinnen nun zu Astrid gingen, dann hatte sie ein Problem. Bestimmt würden sie Astrid hart bestrafen, wenn sie merkten, dass sie log.

»Das weiß ich nicht, Oberste. Vermutlich macht sie sich weniger Sorgen um ihre Tochter, als ich es derzeit tue. Mir ist jedoch zu Ohren gekommen, dass sie gestern Abend auf Höhe einer der Ausgänge gesehen wurde. Ihr kennt Kyra. Es wäre nicht das erste Mal ... Was ist, wenn ihr dabei etwas zugestoßen ist? Ihr wisst selbst, dass es nicht ihre Art ist, einfach wegzubleiben.«

»Wenn Ihr Recht behaltet, so ist es ihre eigene Schuld, falls ihr etwas zugestoßen ist. Die Mädchen kennen die Regeln. Sie brauchen nicht zu glauben, dass diese jetzt, wo sie bald das System verlassen werden, nicht mehr für sie gelten.«

»Tamalya, ich bitte dich jetzt als deine langjährige Freundin, bitte lass nach ihr suchen.«

»Maria, ich weiß deine Sorgen um sie zu schätzen. Doch die Antwort ist nein. Ich kann nicht jeder Regelbrecherin hinterherrennen. Ich muss dabei auch an meine Truppen denken. Meine Zwillinge gehören inzwischen zu ihnen. Ich werde sie nicht da rausschicken, um jemanden zu suchen, der nicht gefunden werden will. Wenn Kyra alleine raus gegangen ist, dann wird sie ihren Grund dafür gehabt haben. Wenn du oder Astrid sie suchen wollt, so gebe ich euch die Erlaubnis, das System zu verlassen. Doch verlangt nicht von mir, dass ich weitere Mädchen den Gefahren der Wüste aussetze. Du weißt, was für Männer sich dort draußen rumtreiben. Erst kürzlich hat man wieder zwei tote Frauen entdeckt. Und sie trugen seine Handschrift. Dort draußen gelten andere Regeln als bei uns oder im Turm.«

Ich hörte Maria keuchen und mir wurde bang ums Herz. Wer waren die Frauen und von wessen Handschrift sprach die Oberste Wächterin?

»Er war es? Bist du dir sicher? Und die Frauen, kamen sie von uns?«

»Nein. Aus einem Nomadendorf zwei Stunden von hier entfernt. Es war eindeutig Jazar. Er treibt schon viel zu lange sein Unwesen und der Khan lässt es zu. Ich habe versucht, mit ihm zu reden. Wir müssen die Mädchen doch schützen, aber er ging nicht darauf ein. Und nun Schluss. Ich werde keine meiner Frauen der Gefahr aussetzen. Wenn sie es nicht alleine zurückschafft, dann können ihr nur noch die Götter des Horizonts helfen.«

Meine Amme – nein, wir – hatten den Kampf verloren. Also war es sicherlich auch damals Jazar gewesen, der die Violette getötet und vor dem System abgelegt hatte. Ob es eine Warnung für uns sein sollte? Und was machten die Nomaden-Frauen in der Wüste? Woher wusste die Oberste überhaupt von ihnen?

Maria seufzte laut. »Ja, meine Oberste. Ich wollte nicht aufdringlich sein.«

Mein Puls schellte nach oben und ich musste mich an der Wand abstützen. Also hatte dieser Atari die Wahrheit gesagt. Die Wahrscheinlichkeit, dass Kyra lebte, lief gegen null. Gab es dann überhaupt noch eine Chance für sie? Ich hoffte es, und dennoch zerbrach in mir etwas. Ich trat rasch ein paar Schritte zurück, als die Tür im nächsten Moment aufschwang und Maria heraustrat. Sie wirkte geknickt, lächelte aber sogleich wieder, als sie mich erblickte.

»Ist es das? Eine vortreffliche Wahl!«

Ich runzelte die Stirn und brauchte einen Augenblick, um mich zu sammeln und zu begreifen, wovon sie sprach. Die alte Dame musterte das bodenlange Kleid, das sich eng an meinen Körper schmiegte und meine sportlich-schlanke Figur besonders betonte. Ein tiefer, mit schimmernden Pailletten verzierter Ausschnitt verlief zwischen meinen Brüsten und endete knapp über dem Bauchnabel. Die Haut wurde durch ein dünnes Tuch, das meine Brüste bedeckte, vor unangebrachten Blicken geschützt. Zum Kleid gehörte noch eine passende Augen-Maske, die ich während der Begegnung mit den Männern zu tragen hatte.

Ich starrte sie einen Moment zu lange sprachlos an. »Ja. Als ich es in den Händen hielt, habe ich mich sofort verliebt«, sagte ich schließlich und versuchte, zurück in die Wirklichkeit zu kehren. Ich drehte mich einmal im Kreis und blieb abrupt vor der kurzhaarigen Dame, deren dunkler Schopf die ersten grauen Strähnen durchzogen, stehen.

»Es ist wirklich wunderschön. Aber deine Haare, Eliza ... die müssen wir unbedingt glätten.« Sie lenkte vom Thema ab.

»Du konntest wohl nichts erreichen?«, fiel ich ihr ins Wort und nickte Richtung Tür.

Maria schüttelte den Kopf und ließ die Schultern hängen. »Bedauerlicherweise nicht. Tut mir leid, dass ich nichts für deine Freundin tun kann. Vielleicht hat sie auch nur die Zeit vergessen und kommt bald wieder.«

»Ja, vielleicht ...« Natürlich würde das nicht der Fall sein. Selbst Maria sah nicht so aus, als würde sie ihren eigenen Worten Glauben schenken. Für mich wurde in diesem Moment jedoch eines klar: Wenn die Wächterinnen nichts taten, musste ich etwas tun. Doch das würde ich nie von hier aus schaffen. Es gab nur einen Ort, wo ich mehr über Jazar und die verschleppten Mädchen erfahren würde. Ich hatte keine Ahnung, wie oft es schon vorgekommen war, dass jemand aus dem System in der Wüste verschwand. Jedoch gab es einige Gesichter, die mir plötzlich nicht mehr begegnet waren. Ich war nicht mit den Mädchen befreundet gewesen, deswegen fiel es mir nie richtig auf. Einige von ihnen waren Violette gewesen. Die mied man sowieso. Trotzdem war es verdächtig, dass ich manchen Frauen seit Wochen oder Monaten nicht mehr begegnet war. Wo waren diese jungen Frauen bloß und vor allem: Wo war Kyra?

Ich raffte das lange Kleid an mich, hob den Stoff etwas an, damit er durch die fehlenden Absätze von Schuhen nicht über die kalten Fliesen schleifte und ging zurück in die dunkle Kammer, um mich umzuziehen.

»Soll ich dir aus dem Kleid helfen?«

»Nein, danke. Das schaffe ich schon. Ich möchte einen Augenblick alleine sein.« Ich drehte meiner Amme den Rücken zu und diese schloss die Tür. Tief ein- und ausatmen. Ich musste Ruhe bewahren. Und ich musste an dieser verdammten Türkisen Nacht teilnehmen. Nur so konnte ich mehr herausfinden. Nur so konnte ich dem Palastgarten nahekommen, ohne erneut alleine durch die

Wüste streifen zu müssen. Irgendwo da draußen, im Garten des Palastes, vor den Mauern des Turms, muss es ein Verlies geben. Eines, das ich finden würde. Vielleicht, wenn ich Glück hatte, war sogar Kyra dort. Wenn nicht, hatte ich wenigstens ein paar anderen Frauen geholfen.

Ich streifte das türkisfarbene Kleid über den Kopf und hing es zurück an den Ständer. Mein Blick fiel auf mein Spiegelbild. Ich sah einfach schrecklich aus. Aber wieso fühlte es sich nicht so schmerzhaft an, wie es tun sollte? Ich presste den Daumen so feste es ging auf einen der Flecken an meinem Bauch. Tränen stiegen mir in die Augen und liefen bis zu den Lippen herunter. Ich brauchte den Schmerz. Ich brauchte den salzigen Geschmack im Mund. Ich wollte mir alles in Erinnerung rufen, was die Schmerzen verursacht hatte. Jede Sekunde in Gedanken noch einmal erleben, um ja nichts zu vergessen. Ich biss mir auf die Lippen, bis der salzige Geschmack von dem nach Metall abgelöst wurde. Ich musste meine Freundin finden, um nicht ein Leben lang diesen Schmerz zu spüren. Und wenn ich sie nicht fand, dann wollte ich mich zumindest rächen.

6

Jetzt nicht durchdrehen! Ich schritt durch den fensterlosen Raum, der neunzehn Jahre lang mein Zimmer gewesen war. Früher hat hier eine Wiege gestanden, in der ich schlafen musste, bis ich drei war, weil Maria nichts anderes für mich hatte. Dann hatte ich endlich eine größere Matratze bekommen. Das Teil war nicht sonderlich bequem gewesen. Erst, als ich mit dreizehn zur Orangenen wurde, hatte ich ein richtiges Bett und einen Tisch bekommen. Vorher hatte ich meine Lernaufgaben immer bei Maria in der mickrigen Küche erledigen müssen. Irgendwann hatte dann mal jemand eine kleine Kommode, deren Tür bereits aus den Angeln hing, vor seine Kammer gestellt und nun zierte diese ebenfalls mein Zimmer. Kyra war es gewesen, die mir die Tür eingehängt hatte. Das war der Tag gewesen, an dem sie meine beste Freundin wurde. Meine Vertraute.

Ein breites blaues Tuch legte ich über meine Schultern und musterte mich im Spiegel. Auch diesen besaß ich noch nicht lange. Früher gehörte er Maria und hatte bereits einen kleinen Sprung am unteren Rand. Nichts in meinem Zimmer war neu. Alles gehörte schon einmal jemand anderem. Das war normal im System. Keine der Frauen brachte Hab und Gut mit. Die meisten hatten nur das, was sie täglich an ihrem Körper trugen, dabei. Mehr brauchten sie nicht, oder besser gesagt, mehr konnten sie nicht mitnehmen.

Manche schafften es, etwas Kleines mit einzuschmuggeln: ein Kuscheltier, das sie bereits für ihr Kind gekauft hatten, einen Schnuller, ein Tragetuch oder etwas Simples wie eine Haarbürste. Lange Zeit besaß ich nicht einmal die. Vielleicht waren meine Haare deswegen so komisch und verfilzt. Ich habe mir selbst eine aus einem kleinen Ast schnitzen müssen. Manchmal splitterte das Holz, wenn ich meine Mähne zähmen wollte. Bei der Erinnerung musste ich grinsen. Inzwischen besaß ich immerhin eine richtige Bürste, nicht nur so einen komischen Kamm aus Treibholz vom Fluss. Ich hatte sie erst vor wenigen Wochen auf dem wöchentlichen Basar gekauft, um mir und Kyra damit heute die Haare zu richten. Daraus wurde nun nichts mehr.

Ich starrte in den Spiegel, ließ das glatte Plastik der Bürste durch die Finger gleiten, strich mit dem Daumen über die Borsten und begann, Strähne für Strähne einzeln hindurch zu ziehen. Kaum hatten die Haare die Zwischenräume der Borsten verlassen, kräuselten sie sich wieder. So ein Mist! Ich hatte deshalb schon oft überlegt, sie einfach abzuschneiden. Nur was würde das bringen? In ein paar Monaten wären sie wieder lang und würden sich erneut kräuseln. Außerdem machten kurze Haare alt. Erst recht, wenn sie so lagen wie meine. Ich würde dann aussehen wie Maria, nur ohne Falten und Altersflecken.

Kopfschüttelnd gab ich schließlich auf und legte die Bürste zur Seite. Hatte die weise Dame nicht etwas von Glätten gesagt? Würde die Amme es tatsächlich schaffen, meine Mähne zu bändigen?

Als hätte sie meine Gedanken gehört, klopfte es und Maria steckte ihren Kopf durch die Türöffnung. »Bist du bereit? Wie fühlst du dich?«

»Ich schon, nur meine Haare nicht.« Ich griff nach einer Strähne und zog sie lang. Kaum ließ ich los, sprang sie wie eine Sprungfeder zurück in ihre Form. Na toll. Ich zog die Stirn kraus und blickte Maria ernst an. »Wie soll ich mit dieser Löwenmähne jemals jemanden Gescheites finden? Die denken doch, ich sei eine Wilde.«

»Quatsch nicht so einen Stuss. Das bekommen wir schon hin. Komm mal rüber in meine Stube.«

Ich folgte ihr und setzte mich auf den Stuhl, den Maria mir hinstellte, ehe sie in den Nebenraum, den sie als Küche nutzte, ging. Maria hatte irgendwann direkt auf die glatte Felswand ein Bild gemalt. Wo sie wohl die Farben dafür herhatte? Vielleicht hatte sie sie selbst hergestellt. Auf dem Basar hatte ich so kräftige Farben noch nie gesehen. Außer den Schneiderinnen, die unsere Kleider färbten, gab es kaum jemand, der mit Farben arbeitete. Durch die unterschiedlichen Gewänder sollten wir den Überblick im System behalten und uns einer Gruppe zugehörig fühlen. Außerdem brachten sie ein bisschen Farbe in die triste Umgebung.

Ich wollte Maria gerade nach dem Bild fragen, als sie mit zwei Eisenplatten aus der Küche kam.

Ich zog die Brauen hoch. Was hatte sie damit vor?

»Hitze«, sagte sie nur und wedelte mit den Zangen in der Hand herum. »Die habe ich in den Ofen gelegt, als ich dich geholt habe. Wir warten kurz, bis sie etwas abgekühlt sind, dann ziehen wir deine Haare mit ihnen glatt. Solange kannst du sie dir kämmen und die erste Strähne freilegen.«

Während Maria schließlich Strähne für Strähne hindurch zog, schielte ich unentwegt auf die heißen Platten. Eben hatte die untere kurz meine Stirn berührt und ein anderes Mal das Ohrläppchen. Ich hatte es mir gerade so verkniffen, schreiend aufzuspringen und hatte lediglich die Lippen zusammengepresst und gehofft, dass das alles den Schmerz wert war.

Es dauerte fast eine Stunde, bis alle Haare glatt waren. Zwischendurch mussten die Platten ein weiteres Mal in den Ofen, da sie zu sehr abgekühlt waren.

»Du siehst wunderschön aus. Geh rüber, schau in den Spiegel und bring die Brosche mit, die ich dir geschenkt habe. Wir können deine Haare damit hochstecken.«

Ich konnte es kaum erwarten, mein eigenes Spiegelbild zu sehen. Statt normal zu gehen, lief ich die paar Schritte über den Gang zu meiner Kammer und blieb schließlich abrupt vor der Zimmertür stehen. Leicht außer Atem, was mich selbst überraschte, trat ich ein und stellte mich vor den Spiegel. Vorher gingen mir die Haare nur bis zu den Schultern, jetzt wirkten sie beinahe doppelt so lang. Ich drehte mich und blickte nach hinten. Sie fielen bis kurz unter die Schulterblätter. Wieso ist Maria nicht schon viel früher auf die Idee gekommen, die Haare so zu glätten? Immerhin nervte ich sie seit Jahren damit, dass ich die Locken hasste.

Die Brosche lag noch immer auf dem Tisch, auf den ich sie gestern

Abend gelegt hatte. Ich griff danach und ging zurück zu der Amme, die meine Haare damit locker hinten hochsteckte. »Perfekt. Die Männer werden dich lieben. Alle werden dich lieben.«

Ob die anderen mich überhaupt erkannten?

»Komm, Kind, wir gehen zu den Wächterkammern, dann kannst du dir dein Kleid anziehen und ich schminke dich. Du wirst so umwerfend aussehen. Ich bin jetzt schon neidisch.«

»Du sahst damals bestimmt auch toll aus.«

»Nicht so gut wie du heute. Nicht einmal annähernd. Jetzt komm. Es ist fast zwei und in einer Stunde geht das Fest los.« Heute würde ein regelrechtes Fressfest anstehen. Das war jedes Jahr so, wenn die Männer die Köstlichkeiten aus der Spike mitbrachten. Ich musste aufpassen, dass ich nicht zu viel aß und die Kleidernähte platzten. Das ist mal einer Goldenen passiert. Einer von jenen, die gerade mit Kind zurückgekehrt waren. Sie war noch rundlich von der Schwangerschaft gewesen, der volle Bauch hatte dem schönen goldenen Kleid, das sie an diesem Abend trug, den Rest gegeben. Zwei große Feste so kurz hintereinander war für viele zu viel. Erst feierten wir Frauen unter uns, nach der Versteigerung dann mit den Männern.

»Eliza?«, schallte es fragend durch die dunkle Kammer, in der es jetzt vor halb nackten Frauen, die sich umzogen, wimmelte. Ein Glück war es so chaotisch. So schenkte hoffentlich niemand meinen blauen Flecken Aufmerksamkeit.

Ich drehte mich suchend nach der Stimme, die ich noch nicht zuordnen konnte, um. Erst, als ich meinen Namen abermals hörte, sah ich Kirstin, die in den Bildungskursen hinter mir gesessen hatte und die mich nun anstarrte, als käme ich von einem anderen Planeten.

»Wow, deine Haare. Du ... das steht dir.«

»Danke«, sagte ich und spürte, wie ich rot anlief. »Dein Kleid, das sieht toll aus.« Kirstins Kleid ging nur bis zu den Knien, war aber dafür bis zum Hals zugeschnürt und stand ihr unwiderstehlich gut.

»Danke«, sagte die Brünette und strich sich die Saumfalten glatt. »Welches ist deins?«

»Ich weiß nicht.« Ich sah mich im überfüllten Raum um. Die Stange mit meinem Kleid hatte beim letzten Besuch noch ganz vorne, gleich bei der Tür gestanden. Jetzt standen dort Stühle, auf denen die Frauen saßen oder ihre alten Gewänder ablegten.

»Ich kann dir beim Suchen helfen«, schlug Kirstin eifrig vor.

»Okay.« Ich drehte mich zu Maria um, doch die quatschte gerade mit einer anderen Weißen, deren Namen ich nicht kannte.

»Die Kleider hängen alle dahinten. Ist es ein langes oder ein kurzes Kleid?«

»Lang, aus Seide.« Alle waren so aufgedreht hier drinnen. Sie schnatterten wie Enten und liefen umher wie aufgescheuchte Mäuse. Wie würde das erst beim Fest aussehen?

»Wir sollten uns aufteilen. Du links, ich rechts«, schlug Kirstin vor und kehrte mir den Rücken zu, ehe ich antworten konnte. Na gut.

Ich schritt die Kleiderstange ab und zog ein Kleid nach dem anderen hervor und wartete darauf, noch einmal das Knistern zu spüren. Doch Kirstin kam mir zuvor. »Hier, das ist es, oder? Da steht dein Name dran.«

Aus der Ferne konnte ich es nicht direkt erkennen, doch als ich schließlich davor stand, verliebte ich mich sofort erneut in den zarten Stoff.

»Soll ich dir beim Anziehen helfen?«

»Nein!«, sagte ich etwas zu barsch und Kirstin zuckte zurück. »Sorry, ich meine nur ... ich schaff das schon. Du musst dich doch sowieso noch schminken. Hast du jemanden, der dir hilft? Sonst kannst du Maria fragen. Ich brauche noch ein paar Minuten, bis ich fertig bin.«

»Meine Mutter schminkt mich, sie müsste gleich hier sein.« Sie reckte den Kopf und sah über die Meute hinweg. »Ah, dahinten ist sie. Sie redet mit Maria und Saliba.«

»Richte Maria aus, dass ich gleich komme.«

»In Ordnung, bis nachher beim Fest dann.«

»Ja, bis nachher.« Ich sah erschöpft zu Boden. Ich hatte noch nie ein Faible für Menschenansammlungen wie diese. Am liebsten war ich alleine oder maximal mit meinen Freundinnen zusammen.

Ich strich über den Stoff, der geschmeidig durch meine Finger glitt, als würde er nichts wiegen, und verzog mich in eine Ecke. Es war nicht leicht, das Kleid anzuziehen, ohne dass jeder meine geschundene Haut sehen konnte. Doch irgendwie hatte ich es geschafft, ohne dumme Blicke auf mich zu ziehen.

»Du wirst sie alle ausstechen heute, glaube mir.« Maria stand plötzlich hinter mir, drückte mich an sich und begann, die Schnüre an meinem Rücken fester zu ziehen. »Denk hin und wieder an mich, wenn du da draußen bist. Okay, mein Mädchen?«

»Dich würde ich nie vergessen.«

Die Amme zog mich noch näher an sich, sodass mir kurz die Luft wegblieb. Doch das machte mir nichts aus. Ich liebte es, den blumigen Duft der Frau einzuatmen, die mich großgezogen hatte.

»Lass dich noch einmal richtig ansehen.« Maria hob mein Kinn an und strich mit dem Daumen über meine Wange. »Du bist auch ohne Schminke wunderschön.«

»Dankeschön«, sagte ich verlegen und folgte ihr nach vorne zu einem der Tische, auf denen Pinsel, Töpfchen, Schwämme und feuchte Tücher lagen.

»Wie auffällig darf es denn sein?«

Ich schaute nach den anderen Mädchen, die bereits angepinselt wurden. Viele trugen türkisfarbene Ornamente auf der Stirn oder den Wangen. Das war Tradition so. »Wie du es für richtig hältst.«

Maria nickte und legte los. Sie malte mir feine Federn um die Augenpartien, tupfte türkise Farbe auf die Lippen und setzte blaue Highlights auf die zierlichen Ornamente um meine Augen, die bis hoch zur Stirn und runter über die Wangen reichten. Zum Schluss lackierte sie auch die Nägel in einem dunklen Türkis. Es war perfekt. Ich sah elegant und gleichzeitig rebellisch aus, willensstark und romantisch. Die Maske, die seitlich spitz zu lief und im Schein der Lampen glitzerte, rundete das Outfit ab. Ich war bereit.

7

»Eliza, hier!« Kirstin winkte mir von einem Platz rechts außen zu. »Ihr könnt bei uns sitzen. Wo ist eigentlich Kyra, ihr bewegt euch doch sonst wie Siamesische Zwillinge?« Sie runzelte die Stirn, reckte ihren langen Hals und sah sich im Raum um.

Ich zuckte die Schultern und blickte mich ebenfalls um. »Weiß nicht«, sagte ich trocken und setzte mich. Hoffentlich ging das nicht den ganzen Abend so. Ich vermisste meine Freundin auch so schon genug und das schlechte Gewissen, das ich auch ohne die vielen Fragen hatte, machte es nicht besser. Wenn ich wenigstens wüsste, dass sie noch lebte.

Ich konnte das alles nicht! Ich sollte überhaupt nicht hier sein! Mit einem Satz sprang ich auf. Kirstin und Maria riefen mir etwas hinterher. Das große, hölzerne Eingangsportal war nicht mehr verriegelt. Natürlich nicht, sie mussten schließlich ständig Sachen rein- und raustragen, um die Bühne und alles rechtzeitig fertigzubekommen. Es würde keinen besseren Zeitpunkt als jetzt geben, um nach Kyra zu suchen. Ich quetschte mich an den Mädchen, die Stühle nach draußen trugen, vorbei und trat hinaus ins gleißende Sonnenlicht. Der Zaun, der in einem weiten Bogen um die Bühne stand und vor dem sie gerade die Stühle für die Gäste aufstellten, sollte leicht zu überwinden sein. Ich schlich an ein paar älteren Frauen vorbei auf ihn zu. Sobald ich das System verlassen hatte, konnte ich mir überlegen, wo ich als Erstes nach Kyra suchen würde.

»Eliza?«

Wer? Mit einem Ruck drehte ich mich um.

»Was machst du hier draußen? Drinnen beginnt jeden Moment

das Festmahl. Du solltest wirklich etwas essen, die Zeremonie kann Stunden dauern.«

»Astrid, ich ...«

Sie legte ihren Kopf schief und sah mich traurig an. »Such nicht nach ihr. Es reicht doch, wenn wir sie verloren haben, da müssen wir nicht auch noch dich ...«

Ich ließ den Kopf hängen. »Ich wollte nicht ...«, murmelte ich und sah mich um. Wie immer hatte sie recht. Und trotzdem – wenn ich einfach loslaufen würde ... Aber mit den hohen Schuhen kam ich sicherlich nicht weit. Mein Blick traf Astrids. »Braucht ihr Hilfe? Ich – ich wollte nur sehen, ob ich euch helfen kann.« Bei den Göttern des Horizonts, war das eine schlechte Ausrede.

Astrid trat auf mich zu und legte ihre Hand auf meine glühende Wange und strich mit der anderen eine Strähne zurück, die sich gelöst hatte. »Du siehst fabelhaft aus, Eliza. Meine Tochter wäre stolz auf dich gewesen. Aber wenn dieser Jazar sie hat, dann musst du mit ihr abschließen. Du stürzt dich sonst in dein eigenes Verderben. Ich liebe Kyra. Aber ich habe es schon einmal gesagt. Du bist mir auch wichtig. Du bist wie eine zweite Tochter für mich. Bitte höre auf deinen Verstand und lass sie ziehen. Du kannst sie nicht retten. Geh jetzt rein und iss etwas, mein Kind. Sicherlich vermisst man dich drinnen schon.«

»Astrid, ich ...« Tränen liefen über meine Wangen und ich presste meine Lippen aufeinander, um den Schmerz zurückzuhalten. Sie drückte mich an sich und gab mir einen Kuss auf die Stirn.

»Ich weiß, du hast sie geliebt und ich auch. Aber wir können an dem, was geschehen ist, nichts ändern. Versprich mir bitte, dass du nicht nach ihr suchen wirst. Die Wüste ist zu gefährlich. Jazar mag ihr schlimmstes Monster sein, doch es lauern noch so viele andere Gefahren dort draußen. Vertrau mir, Liebes. Ich will nur dein Bestes. Und jetzt geh rein und genieße die Feier.« Sie tupfte mir das Gesicht vorsichtig mit einem Taschentuch ab, dann stieß sie mich behutsam weg und ich lief zurück nach drinnen, wo das festliche Treiben begonnen hatte.

Wieso tat es nur so weh, an Kyra zu denken? Wieso wollte mein

Herz nach ihr suchen, wenn mein Verstand wusste, dass ihre Mutter recht hatte? Was sollte ich schon tun? Was konnte ich, Elizara, eine einfache Nummer aus vielen des Systems, ausrichten? Ich war nur eine Frau. Ich war keine Kriegerin, ich war nicht einmal eine besonders gute Kämpferin. Auch Spuren konnte ich nicht lesen. Ich war froh, dass ich mich halbwegs am Stand der Sonne orientieren konnte. Aber wie sollte ich meine Freundin finden? Und was würde Jazar tun, wenn ich ihm gegenüberstünde?

Mit trübem Blick ging ich zurück zu meinem Platz. Maria stand auf und zog meinen Stuhl vor, damit ich mich setzte.

»Alles in Ordnung, Liebes?« Sie wischte mit ihrem Daumen in meinem Gesicht herum. Bestimmt hatten meine Tränen das Make-Up etwas verschmiert.

»Ja, ich brauchte bloß kurz frische Luft. Reichst du mir den Wein?«

Maria sank auf den Stuhl neben mir und schenkte uns allen ein.

»Danke fürs Platzfreihalten«, sagte ich und blickte in die Runde, die mich musterte.

»Wir werden auch jedes Jahr mehr hier. Irgendwann platzt der Saal aus allen Nähten«, warf Maria ein, als wollte sie unbedingt Stimmung an den Tisch bringen.

»Was glaubst du, wie viele werden es heute sein?«

Ich sah zu Kirstin rüber. »Männer? Ich weiß nicht, hoffentlich genug für uns alle. Kam es denn schon mal vor, dass weniger Männer als Frauen teilnahmen?« Ich schaute zu Maria und die Erinnerung an die erste Türkise Nacht, bei der ich zugesehen hatte, kam auf. Damals war es ein amüsantes Wettbieten gewesen, bei der jeder jeden übertrumpfen wollte. Manchmal hatte ich das Gefühl gehabt, es ginge den Männern gar nicht darum, die Richtige zu finden. Sie wollten einfach nur irgendeine ergattern. Das war wohl gar nicht so einfach, da viel mehr Männer als Frauen teilnahmen. Gerade die ärmeren Männer hatten es schwer. Einige boten sogar ihre Wohnungen an, wenn sie nicht genug Geld hatten. Hoffentlich würde mein zukünftiger Mann nicht so dumm sein. Wenn ich in Ulanqab obdachlos wäre, könnte ich auch gleich hierbleiben. Von der einen Armut in die nächste wollte schließlich niemand.

Außerdem war es leichter, Informationen über Kyra zu sammeln, wenn ich nicht darum kämpfen musste, nicht zu verhungern.

Die tiefe Stimme von Kirstins Mutter riss mich aus den Gedanken. »Weniger Männer als Frauen? Ich glaube nicht.« Sie blickte zu Maria, die mit den Achseln zuckte.

»Nicht, dass ich wüsste. Also, Mädchen, wie sieht euer Traummann aus?«

Kirstin kicherte und begann zu erzählen, doch ich hörte kaum hin. Nie hatte ich mir Gedanken darüber gemacht. Klar, er musste gepflegt sein und er sollte genug Geld haben, um die künftige Familie zu versorgen. Ein Apartment in der Spike wäre toll, am besten eines mit Blick auf den Palast. Schließlich reichte es, wenn ich die Wüste bisher Tag für Tag um mich herum hatte, da wollte ich endlich etwas an-deres sehen.

Wie die Männer wohl tickten? Ich hatte keine Ahnung, was mich erwartete. Die einzigen Männer, mit denen ich jemals gesprochen hatte, waren jene Untiere, die mich verschleppt hatten. Wenn alle Männer so waren wie sie ... aber das konnte ich mir beim besten Willen nicht vorstellen. Es musste auch normale da draußen geben, Männer, die sich nicht viel anders als die Frauen verhielten, mit denen ich die letzten zwei Jahrzehnte verbracht hatte. Männer wie jene, von denen Maria immer schwärmte.

Als die Oberste Wächterin läutete, schrak ich auf und schluckte den letzten Bissen meines Salates herunter. Mehr hatte ich in der letzten Stunde nicht geschafft zu essen. Ein paar Blätter Salat und etwas Gemüse, das es sonst nur selten hier unten gab.

»Liebe Frauen, liebe Mädchen, es ist mir eine große Ehre, euch heute durch die fünfundsechzigste Türkise Nacht zu führen. Für den Abend haben sich dreihunderteinundzwanzig Männer angemeldet, die darauf warten, euch türkisfarbene Schönheiten kennenzulernen. Geht euch nun frischmachen, ehe ich euch aufrufe und ihr mir nach draußen folgt.«

Kirstin beugte sich zu mir rüber. »Über dreihundert? Das sind ... fast sechzig Männer mehr als im letzten Jahr. Hoffentlich prügeln die sich nicht wieder.«

»Hmm.« Ich stand auf.

Kirstin folgte mir zum Brunnen.

»Es gab eine Prügelei letztes Jahr?«, fragte ich.

»Stimmt, du warst ja nicht dabei. Ja, ein paar Männer haben sich wegen Renee geprügelt. Diese Schlanke, die so groß war und diese unendlich langen Wimpern hatte.« Ich hatte keine Ahnung, von wem Kirstin sprach. So wirklich interessierte es mich auch nicht. Über dreihundert Männer und nur hundertzwanzig Frauen. Wenn mich da keiner haben wollte, dann wusste ich auch nicht mehr.

»Bist du aufgeregt?«

»Klar, wer nicht?«, sagte Kirstin. »Ich meine, wir werden dieses blöde System bald verlassen. Du warst ja schon mal draußen.«

Ich schluckte. Woher ...? Wusste sie etwa von Kyra und mir?

»Jetzt guck nicht so. Du warst immerhin ein Jahr lang eine Violette, als ob du dich da an die Regeln gehalten hättest. Also, wie ist es da draußen? Hast du ... schon mal einen gesehen?«

»Einen was?«

»Na, einen Typen. Einen Mann. Oder glaubst du, ich will mit dir über rosa Flamingos reden?«

»Spinn nicht rum. Ja, ich war ein-, zweimal draußen. Aber nein, gesehen habe ich keine. Außer einmal einen kleinen Jungen, aber das ist schon Jahre her.« Verdammt. Ich presste meine Lippen aufeinander.

»Jahre? Für so taff hätte ich dich gar nicht gehalten. Und ich dachte immer, dein Drang, Regeln zu brechen, kam erst, nachdem du Kyra kennengelernt hast.«

Wenn sie wüsste ... Ich schüttelte den Kopf und steckte die lose gewordenen Strähnen wieder fest. »Quatsch. Mit Kyra hat das gar nichts zu tun.«

»Wie du meinst. Trotzdem komisch, dass sie nicht hier ist. Ich hab' sie seit Tagen nicht gesehen.«

Mein Herz begann heftiger zu schlagen. »Ich auch nicht«, sagte ich atemlos und drehte mich um. Ich wollte hier weg. Musste sie schon wieder von Kyra sprechen? Ich sollte weg von Kirstin und ihren dummen Fragen, weg von den vielen Leuten, die mich alle anzustarren schienen und – einfach weg. Ganz egal, wie unhöflich das jetzt war oder was Astrid gesagt hatte. Mein Kopf musste frei werden. Ich drehte mich um und ging. Luft würde mir guttun. Warme, klare Wüstenluft. Es gab nichts Besseres, wenn man die Nerven verlor. Außerdem würde die Zeremonie eh jeden Moment beginnen und sich unsere Wege trennen. Ich schüttelte den Kopf und lief zurück zum Portal.

Vor dem Tor staute sich bereits eine kleine Menschenmenge an. Jemand hatte das Portal geschlossen, doch das war mir egal. Ich schlich an den Frauen vorbei und direkt auf die Tür zu. Niemand hielt mich auf, als ich sie wie selbstverständlich öffnete und hinaustrat. Die Damen hinter mir schnatterten weiter, als gäbe es nichts Sorgloseres als das triste Leben im System. Warme Abend-Luft wehte mir entgegen. Die Sonne war ein gutes Stück weitergezogen. Lange würde es nicht mehr dauern, bis sie unterging. Für viele würde der heutige Abend der Erste sein, an dem sie das Licht der Sonne erblickten. Es war nur an diesem einen Tag im Jahr gestattet, das System zu verlassen. Im Grunde verließen wir es nicht einmal wirklich, denn nach wie vor thronten die Zäune im Hintergrund der Aufbauten.

Vor mir stand die Bühne, um die weit mehr als hundert Stühle gestellt wurden. Ein hoher Bogen aus Blumenranken thronte in der Mitte des Podests. In nur ein oder zwei Stunden würde ich dort oben meinen Platz einnehmen. Ich ließ mich gegen die kalte Wand aus Sand und Lehm sinken, die uns Frauen im System seit so vielen Jahren Zuflucht und Schutz bot – und gleichzeitig wie ein Gefängnis war. Ich schloss die Augen. Ich könnte immer noch abhauen. Aber wo sollte ich hin? Wahrscheinlich wäre es nicht sinnvoll, Astrids Warnung zu ignorieren.

Einatmen, ausatmen, einatmen, ausatmen. Nur nicht in Panik verfallen. Meine Hände wurden mit jeder Sekunde hier draußen feuchter.

»Elizara, was tust du hier?«

»Oberste, ich ... ich brauchte frische Luft.«

Die Wächterin nickte. »Du kannst dich auf deinen Stuhl setzen. Der achte von links. Die anderen Mädchen kommen gleich. Und streich dein Kleid vorher glatt. Es ist schon ganz verknittert. Die Männer sollen einen guten Eindruck von dir bekommen.«

»Natürlich, Oberste. Ich danke Euch.«

»Du wirst deinen Weg finden, Elizara. Und ich hoffe, es wird der richtige sein.«

Was sollte das schon wieder heißen? Ich blickte dem roten Gewand der Obersten, das in der untergehenden Sonne ein feuerrotes Leuchten annahm, hinterher. Musste die Wächterin ausgerechnet jetzt ihre weisen Sprüche rauslassen? Als würde ich nicht schon genug an meiner Entscheidung zweifeln. Doch sie stand fest. Ich würde in die Turmstadt ziehen und mich an jenem Mann rächen, der mir Kyra genommen hatte. Nur wie, das wusste ich nicht.

Um mich herum wurde es laut. Kichernde Mädchen traten aus dem System heraus und kamen auf mich zu. Vielleicht war es nicht die beste Idee, den Rat der Obersten anzunehmen. Nun starrte mich jeder an, weil ich als Einzige dort draußen war und bereits meinen Platz eingenommen hatte.

Die Wächterin musste ihnen drinnen bereits einen Stuhl zugewiesen haben, da jeder gleich Platz nahm. Kirstin winkte aufgeregt von der anderen Seite der Reihe aus. Ich beugte mich gerade vor, um zurückzuwinken, als Dirka sich neben mich fallen ließ und mich mitleidig ansah. Heute war echt nicht mein Tag.

»Na, dieses Jahr dabei? Ich hatte ja gehofft, sie nehmen dich nicht so schnell wieder auf. Wenn du mich fragst, einmal eine Regelbrecherin, immer eine Regelbrecherin. Ich bin gespannt, ob die Oberste bei dir erwähnt, dass du mal 'ne Violette warst.« Dirka gab ein eigenartiges Glucksen von sich. Ihre arrogante Stimme passte so gar nicht zu ihrem makellosen Aussehen, dafür jedoch umso mehr zu ihrem ekelhaften Charakter.

»Lass gut sein«, sagte ich und versuchte, meine Stuhlnachbarin zu ignorieren. Ich blickte über die anderen Reihen hinweg und beobachte Kirstin dabei, wie sie sich mit einer dunkelhäutigen Frau unterhielt, die ich noch nie im System gesehen hatte. Generell hatte ich das Gefühl, viele Gesichter nicht zu kennen. Lag es daran, dass sie alle in die schönsten Stoffe gehüllt waren oder hatte ich sie in der Zeit, in der ich eine Violette war, nur so selten gesehen und vergessen, wer sie waren?

Erneut läutete die Glocke der Wächterin und wir verstummten. Dafür trat ein anderes Geräusch über die Dünen hinweg zu uns. Es klang nach dem Geklapper einer Scharr Hufen und männlichen Rufen. Sie kamen.

Mein Herz schlug schneller. Jeden Moment war es soweit. Jeden Moment würden wir den Männern gegenüberstehen und einer von ihnen würde unser zukünftiger Ehemann sein. Ich wurde nervös und wünschte mir, Kirstin und nicht Dirka würde neben mir sitzen und meine Hand bei diesem wichtigen Moment halten. Doch Kirstin war fast vierzig Meter von mir entfernt und ich konnte sie gerade so am Halbkreis vorbei erkennen.

Tamalya, die Oberste Wächterin, räusperte sich. »Frauen, seid stolz auf euch. Auf das, was ihr im System geleistet habt und auf das, was ihr in Ulanqab, der Hauptstadt, leisten werdet.«

Dirka gluckste erneut. »Tja, muss sich komisch anfühlen, wenn sie von Leistung spricht und du nie etwas fürs System getan hast.«

Einfach ignorieren. Ich atmete tief aus und faltete die feuchten Hände im Schoß.

»Ab heute beginnt euer neues Leben. Ein Leben unter dem anderen Geschlecht. Ich wünsche euch alles Gute auf diesem Weg. Bevor die Zeremonie beginnt, wird Kahina euch segnen.«

Ein kurzes Raunen ging durch die Reihe, während alle nach der Priesterin, die man nur zur Taufe nach der Geburt und während der Türkisen Nacht sah, Ausschau hielten. Die Heilige trat aus den Schatten der Dünen heraus und wir verstummten. Selbst die Männer auf der anderen Seite der Dünen gaben keinen Ton mehr von sich. Es war, als hätte man eine Schweigeminute für all die toten Mädchen der Frauen eingelegt, die sich gegen ihre Töchter und für die Freiheiten der Spike ausgesprochen haben. Denn genau dafür wurden wir gesegnet. Die Priesterin bat die heiligen Götter des Horizonts darum, uns und unsere zukünftigen Kinder zu schützen.

Ich zuckte kurz zusammen, als das kalte, geweihte Wasser meine Stirn benetzte. Dieses Mal war es ein ganz anderes Gefühl als heute Mittag, als Maria mir etwas Wasser nach dem Haareglätten ins Gesicht gesprüht hatte. Ich schloss die Augen und öffnete sie erst wieder, als die Priesterin einen Segensspruch in der alten Sprache unseres Landes aussprach. Es war soweit. Die Männer kamen.

Ein hochgewachsener, etwas rundlicher Mann in einem roten Anzug, passend zum Gewand der Obersten Wächterin, trat vor uns und gab Tamalya mit tiefer Verbeugung einen Handkuss. Der Khan war gekommen. Hatte dieser Mann eine Ahnung, was sein eigener Emir jungen Frauen antat? Am liebsten würde ich aufspringen und ihn fragen, doch dann wäre ich vermutlich schneller einen Kopf kürzer, als ich Emir buchstabieren konnte.

Der Khan richtete sich wieder auf und sah selbstbewusst über die Schar aus Frauen. Seit fünfzehn Jahren lebte er alleine, da seine Frau jung starb. Viel wusste ich nicht über diesen Mann, nur dass er mit strenger Hand regierte, aber durchaus mit sich verhandeln ließ.

Die anderen Männer stellten sich im Halbkreis dicht aneinandergedrängt hinter ihn und um die Bühne herum, auf und warteten offenbar darauf, dass es endlich losging. Ein paar von ihnen sahen wirklich gut aus. Doch nur einer zog meinen Blick in den Bann. Mein Herz begann zu klopfen, auch wenn ich nicht sagen konnte, wieso. Das letzte Mal hatte ich dieses komische Grummeln im Bauch gehabt, als ich mit Kyra nackt in den Dünen lag und sie mich anlächelte. Ich fühlte mich ihm verbunden, als wären wir uns schon einmal begegnet. Doch dann würde ich mich sicherlich an dieses charmante Lächeln erinnern.

Der Mann starrte zurück und ich könnte schwören, dass er mir zugezwinkert hat. Oder bildete ich mir das nur ein?

»Vergiss es, der Sohn des Khans gehört mir«, raunte Dirka plötzlich und mir klappte der Mund auf. Natürlich, ich kannte den Mann aus dem Unterricht.

Ich blickte von Dirka auf Aslan Khan und wieder zurück. Wem von uns hatte er zugelächelt und gezwinkert? Mir oder ihr? Aber im Grunde war es eh egal. Als ich seinen Blick das nächste Mal suchte, sprach er sowieso mit seinem Vater und schenkte uns Frauen keine Beachtung mehr.

Die anderen Frauen des Systems traten heraus und stellten sich hinter uns. Maria legte mir die Hände auf die Schulter und gab mir einen kurzen Kuss auf den Kopf. »Ich hab' dich immer lieb.« Wie sehr ich ihre Stimme und den Kamille Duft vermissen würde.

Ich streichelte über ihre Hände, dann trat sie einen Schritt zurück zu den anderen Frauen und begann, mit ihnen eine Melodie zu summen, die einem durch alle Knochen ging.

Die Wachen des Khans gaben drei Schüsse in die Luft ab und Tamalya trat erneut auf die Bühne, tippte kurz gegen das Mikrofon unter ihrem Kinn und alle verstummten. »Die Zeremonie kann beginnen. Frauen und Männer, ich bitte um Ruhe, während ich die heutigen türkisfarbenen Schönheiten vorstelle ...«

8

Die drückende Luft der Wüste schien uns alle um den Atem zu bringen und mir schwirrte der Kopf vom Wein.

»Samira, Nummer 17-35-D, tritt nach vorne.« Samira war eine junge Frau, die nur ein paar Plätze neben mir saß. Ich nickte ihr zu, als sie an mir vorbeiging und nach vorne schritt, um sich neben Tamalya zu stellen. Sie verbeugte sich leicht vor der Obersten Wächterin, ehe diese sie vorstellte. »Samira ist achtzehn Jahre alt und sehr kreativ. Neben unserer Sprache spricht sie außerdem Khoisan, da ihre Großmutter afrikanische Wurzeln hat. Sie kann gut kochen und zeichnen, außerdem hat sie eine sportliche Figur. Ihre Noten waren stets zufriedenstellend und sie arbeitete bis zuletzt als Schmiedin im System.« Die Wächterin machte eine Geste mit der Hand und Samira begann, sich zu drehen.

Es hatte etwas zirkusartiges an sich und erinnerte mich an die Vorführungen der Gelben zum Jahreswechsel. Nur, dass diese immer span-nender war. Dieses Mal wirkte Tamalya fast schon gelangweilt, während sie Samira anbot. Das war vor zwei Jahren bei den Mädchen anders.

»Wer bietet dreitausend Jíts?«

Ich riss die Augen auf. Hatte ich richtig gehört? Dreitausend Jíts? Das war ein hohes Einstiegsgebot, normalerweise begann die Wächterin mit tausend. Offenbar wollte sie den Abend schnell hinter sich bringen. Desto höher der Einstieg, desto weniger würden mitbieten.

Die ersten Hände schossen in die Höhe, bestimmt drei Dutzend. Ich blickte mich erstaunt um. Vielleicht fanden die Männer Tamalyas kleine Rede spannender als ich.

»Viertausend?«

Ein paar der Hände sanken und ich lehnte mich zurück. Dirka zog neben mir die dunklen Brauen hoch.

»Achtzehntausend«, rief plötzlich ein Mann und drängelte sich nach vorne. »Ich biete achtzehntausend.«

Nicht nur ich lehnte mich nach vorne und riss die Augen auf, um den Mann besser sehen zu können. Er war gut gekleidet, aber das waren die meisten heute. Der rote Kummerbund passte hervorragend zu seiner Fliege und dem weißen Hemd. Aber dass er so reich wäre, damit hatte ich nicht gerechnet. Und Samira ihrem Blick zu Folge auch nicht. Vielleicht wurde der Abend doch noch spannend.

»Wie kann man nur so viel für *die* bieten?«, maulte Dirka neben mir und ich verdrehte die Augen. Natürlich waren wir alle überrascht, dennoch gönnte ich es Samira.

Selbst die Wächterin sah den jungen Mann verblüfft an. »Achtzehn? Bietet jemand mehr?« Dieses Mal hob niemand die Hand. Die Wächterin nickte. »Sie gehört Ihnen. Ihre Daten fürs Protokoll?«

Der Mann trat auf die Bühne und legte einer anderen Wächterin seinen Ausweis vor, während er zu Samira ging und sie auf die Stirn küsste. Achtzehntausend, so viel wurde nur selten geboten. Sie musste sehr stolz sein, und ihre Mutter erst. Trotzdem lächelte Samira nicht, was ich komisch fand. Beinahe könnte man meinen, sie kannte ihren Mann, so wie sie ihn ansah. Aber das konnte nicht sein.

Jetzt griff er ihre Hand und zog sie unter den Bogen, damit Kahina sie weihen konnte. Dann wurde der nächste Name aufgerufen. So ging es weiter; Dame für Dame, Gebot für Gebot.

Es würde ein langer Abend werden. Das war mir zwar schon vorher klar gewesen, dennoch bereute ich allmählich, nicht mehr getrunken oder etwas zum Wachbleiben eingenommen zu haben. Erst, als Dirka aufgerufen wurde, war ich für einen Moment wieder geistig anwesend. Zu meiner Zufriedenheit bot der Sohn des Khans nicht mit. Generell hatte er noch nicht einmal die Hand gehoben, dabei wurden bereits zwanzig Frauen nach vorne gerufen.

Dirkas Mann war schon etwas älter, Mitte dreißig, schätzte ich.

Er sah nicht sonderlich gepflegt aus und ich glaubte nicht, dass ihr die Wahl passte. Hatte ich eine Träne gesehen, als er sie küsste? Na ja, geschah ihr ganz recht. Sie war die verlogenste Person, die ich kannte. Sie ging zu den anderen Getrauten nach drinnen und mir kam es vor, als würde sich das Drahtseil um meinen Hals endlich lösen. Ich hatte gar nicht gemerkt, wie unwohl ich mich neben ihr gefühlt hatte. Nun war ich frei und sah zuversichtlich nach vorne. Ich lächelte sogar, auch wenn mir nicht gerade zumute danach war. Wie gerne hätte ich diesen letzten Abend mit Kyra verbracht. Es fühlte sich an, als würde ich sie verraten, wenn ich nun heiratete und sie zurückließ. Aber ließ ich sie überhaupt zurück? Tat ich das alles nicht für sie? Nur wie sollte es weitergehen, wenn ich in der Spike war? Ich würde dort genauso wenig wie hier etwas erreichen können. Vielleicht konnte ich den Khan überzeugen nach ihr zu suchen, oder seinen Sohn. Aber wahrscheinlich steckten sie selbst in der Sache mit drin, also wäre es nicht sehr sinnvoll, mich ihnen anzuvertrauen. Vermutlich würden sie einer einfachen Frau wie mir sowieso nicht zuhören.

Aslan Khan stand noch immer an seinem Platz. Hin und wieder sah ich zu ihm rüber, wenn ich das Gefühl hatte, er beobachtete mich. Doch immer wenn ich ihn anblickte, sah er weg. Wahrscheinlich bildete ich es mir nur ein.

Nach eineinhalb Stunden wurde eine kurze Pause eingeläutet und ich konnte endlich etwas trinken, doch außer Wein fand ich nichts am Buffettisch, der fast leer gefuttert war.

»Ganz schön mau die Auswahl.«

Ich blickte zur Seite. »Wem sagen Sie das. Wenn sie wenigstens Kaffee oder starken Tee hätten. Ich bin kurz vorm Einnicken.«

Der Herr mit dem angegrauten Bart neben mir lachte und zog einen kleinen Beutel aus seiner Tasche. »Hier, probieren Sie eine davon. Dann halten Sie den Abend problemlos durch.«

»Was ist das?«

»Schokolade. Ein Schokobonbon.«

Meine Stirn legte sich in Falten. »Noch nie gehört.«

Der Mann kicherte. »Nicht? Die Frauen in der Spike lieben Schokolade. Alle lieben Schokolade. Sie wird aus Kakao hergestellt. Probieren

Sie ein Bonbon.« Wieder hielt er mir das Säckchen hin.

Zögerlich nahm ich ein braunes Stück und hielt es ins Licht.

»Es schmeckt süß und zergeht auf der Zunge. Nur zu.«

Was soll's? Ich nahm das Bonbon und legte es auf meine Zunge. Der Mann hatte recht. Es war köstlich. »Wie heißt das?«

»Schokolade.«

Ich nickte, den Namen musste ich mir merken. »So etwas gibt es im System nicht.«

»Dann wird es Zeit, dass sie es einführen. Schokolade gibt es seit Jahrtausenden auf der Erde. Wir pflanzen die Kakaobäume jedoch erst seit Kurzem. Durch den großen Krieg war es nicht leicht, an Ware aus den Tropen dranzukommen. Doch nun kommt alles langsam wieder zu uns. Eine Karawane hatte uns die Früchte mitgebracht und nun stehen sie überall im Tropengarten des Palastes. Wollen Sie noch welche? Sie können den Beutel haben. Ich habe noch genug daheim für meine Zukünftige.«

Ich war wahnsinnig hungrig. »Danke, gerne.« Der Mann gab mir den Beutel, verbeugte sich und ging zurück nach draußen, während ich mir ein weiteres Stück in den Mund schob. Die Schokolade war süß und hatte gleichzeitig einen herben Abgang, als wäre sie mit etwas Anderem gemischt.

Ich sah zurück, doch der Mann war verschwunden. Ob er ein Auge auf mich geworfen hatte? Die meisten Männer waren draußen geblieben und unterhielten sich miteinander. Kaum einer war uns Damen nach drinnen zum Buffet gefolgt. Eigentlich niemand, fiel mir auf. Durfte er überhaupt zum Buffet oder war es nur für uns Frauen?

Kirstin war nicht mehr da, als ich nach draußen zu der Bühne trat. War ich vielleicht eingenickt während der Zeremonie eben und hatte ihre Versteigerung verpasst? Das konnte ich mir kaum vorstellen. Aber wo war sie dann? Drinnen hatte ich sie nicht gesehen und es sollte doch gleich weitergehen.

Immer mehr Menschen strömten zurück nach draußen und ich nahm Platz, doch es war keine Spur mehr von Kirstin zu sehen. Auch den seltsamen Mann von gerade erblickte ich nirgendwo. Kirstins Mutter stand jedoch wieder hinter ihrem leeren Stuhl. Sie sah sich mit fragendem Blick um. Als ihre Augen auf meine trafen, zuckte ich mit den Schultern und sie nickte. Musste ich mir Sorgen um meine Freundin machen?

Ich überlegte schon, zu ihrer Mutter zu gehen und sie nach ihrer Tochter zu fragen, als die Wächterin läutete und alle ihre Plätze wieder einnahmen. Alle außer Kirstin und die versteigerten Frauen, die sich nun drinnen beim Brunnen mit ihren Männern unterhalten und sich von ihren bereits versteigerten Freundinnen und Müttern verabschieden konnten.

»Elizara, Nummer D-18-39.«

Ich schrak hoch und blickte ein letztes Mal über die Menge. Dann stand ich auf und trat nach vorne. Würde ich das System vermissen? Mein Magen zog sich zusammen, während ich den Wein, den ich hastig in der Pause getrunken hatte, bereute. Nervös blickte ich mich um. Alles schien sich zu drehen und mit jedem Schritt wurde es schlimmer. Was passierte gerade? Irgendwie schaffte ich es trotzdem, stehen zu bleiben und nach ein paar Sekunden verschwand auch das Rauschen in meinen Ohren wieder. Ich blickte gefasst ins Publikum.

Maria hatte sich auf die Seite der Männer gestellt und lächelte mir zu. Ich nickte, und während die Oberste Wächterin sprach, fokussierte ich meinen Blick auf sie. Marias Augen hatten schon immer etwas Beruhigendes gehabt. Solange sie bei mir war, konnte mir nichts passieren. Solange sie hier war und zusah, würde alles gut gehen.

»Elizara, von uns allen Eliza genannt, ist eine junge rebellische Frau, die einen starken Willen hat. Sie ist treu und ehrlich. Ihre Leidenschaft gilt dem Sport und dem Lesen. Als ehrgeizige Frau weiß sie, was sie will und kämpft dafür, es zu bekommen. Außerdem steht sie ihren Mitmenschen stets zur Seite, was ihr schon einige Male Ärger eingebracht hat. Wir beginnen mit dreihundert Jits. Wer bietet dreihundert?«

Dreihundert nur? Bei Samira stieg sie mit dreitausend ein und bei Dirka immerhin mit tausend. Das musste die Strafe für meine Sünde im letzten Jahr sein. Wahrscheinlich kam ich noch gut davon. Immerhin hatte sie meine Vergehen nicht direkt erwähnt.

Auch Maria verzog kurz ihre Miene und runzelte für einen Augenblick die Stirn, ehe sie mich wieder anlächelte. Selbst wenn ich nur für dreihundert Jíts wegging, wäre sie noch stolz auf mich. Dafür liebte ich sie.

Zwei Dutzend Hände gingen in die Höhe und ich atmete erleichtert aus. Immerhin war ich ihnen wenigstens etwas wert. Wenn auch nicht viel.

»Vierhundert?« Alle Hände blieben oben.

»Siebenhundert?«

Zwei sanken, dafür bemerkte ich nun eine andere Hand nach oben gleiten. Nicht nur ich erkannte sie. Ein Raunen ging plötzlich durch die Dünen und die Oberste musste die Leute zur Ruhe ermahnen.

»Tausend?« Immer noch fünfzehn Hände oben. Ich war überrascht, dass sich überhaupt so viele Leute trauten, gegen Aslan Khan zu bieten. Langsam lächelte auch ich. Es war sowieso lächerlich, sich über einen Wert definieren zu lassen. Wir waren Menschen, verdammt. Wieso machten wir bei diesem Mist mit? Es war, als würde man uns vom System freikaufen.

In diesem Moment stieg eine Erinnerung in mir hoch, die bestimmt schon sechs oder sieben Jahre her war. Wir hatten die Türkise Nacht im Unterricht besprochen und ein Mädchen hatte genau das eine der Wächterinnen gefragt. Eine Antwort hatte sie nicht bekommen, nur ein paar Schläge mit dem Rohrstock auf ihre Hände. Danach hatte nie wieder jemand die Türkise Nacht infrage gestellt – ich bis vor ein paar Tagen auch nicht.

Ich sah über die Menge. Wie viele dachten wohl wie ich oder das Mädchen damals?

Die Oberste Wächterin erhöhte auf zweitausend und der Khan warf seinem Sohn einen kritischen Blick zu. Trotzdem hielt er ihn nicht davon ab, bei weiteren drei Geboten zu erhöhen.

Plötzlich trat Aslan Khan vor und mir wurde erneut schwindlig. Was hatte er vor? Nervös sah ich mich um. »Ich biete achtzigtausend für die Dame, die ich gerne zähmen würde.«

Ich riss die Augen auf. Seine tiefe, ruhige Stimme ging mir bis ins Mark und brachte meine Knochen zum Vibrieren. Hatte er wirklich?

Wieso? Was interessierte ich ihn? Es sei denn ... es sei denn, er wüsste, wer ich bin und was passiert war. Das war die einzige Erklärung. Aber deswegen gleich achtzigtausend setzen? Das ergab keinen Sinn. Noch nie hatte jemand so hoch geboten.

»Bietet jemand mehr?« Tamalyas Augen funkelten. Natürlich hob niemand die Hand.

Der Sohn des Khans trat auf die Bühne. Sein Gang war so anmutig wie all sein Gebaren. Er musste seinen Ausweis nicht fürs Protokoll vorzeigen. Jeder hier wusste, wer er war und ich konnte mir ein Grinsen nicht verkneifen. Dann war ich es tatsächlich gewesen, den er angelächelt hatte. Kirstin war für einen Moment vergessen. Kyra war vergessen. Alles um mich herum vergaß ich, als ich in seine goldenen Augen blickte – so lange, bis ich den Emir im Publikum sah.

»Was ist los, meine Schöne?«

»Ni- nichts«, stotterte ich. Der Sohn des Khans stand direkt vor mir und musterte mich. Aslan Khan hob mein Kinn an, doch ich schielte an ihm vorbei zu dem Mann, den ich für Kyras Verschwinden verantwortlich machte.

Ich sah nach vorne und in seine goldschimmernden Augen. Ich würde den Sohn des Khans heiraten. Bald würde ich dem Emir ganz nah sein, und mit ihm auch den verschwundenen Mädchen und vielleicht sogar meiner Kyra.

9

Die Priesterin schritt auf uns zu und sprach ihren Trauspruch. Ich fühlte mich wie in einer Blase, während Aslan Khan meine rauen Hände, die sich noch immer nicht ganz von meinem Kampf mit Atari erholt hatten, in seinen weichen hielt. Seine Finger fühlten sich nicht so an, als wären sie jemals in einen Kampf verwickelt gewesen oder als hätte man die Knöchel mit einem Rohrstock beinahe zertrümmert. Seine Haut war weich und glatt, als badete er seine Finger täglich in Milch und Honig.

»Du musst mich jetzt küssen.«

»Was?« Perplex sah ich von seinen wie Harz schimmernden Händen in seine tiefbraunen Augen, die ebenfalls einen leichten Goldstich hatten.

»Mich küssen. Das ist so Tradition.«

Ich hatte noch nie einen Mann geküsst. Aslan grinste und ließ die feinen Grübchen um seine vollen Lippen spielen. Schweißperlen standen auf seiner glatten Stirn. War er nervös oder war es die Hitze? Er hob mein Kinn an und legte seine Lippen auf meine, sodass sein spitzes Kinn meines streifte. Es fühlte sich komisch an, so anders. Wahrscheinlich, weil er einen leichten Bartansatz und ich die Maske aufgesetzt hatte. Trotzdem war es nicht unangenehm, als seine vollen Lippen auf meine trafen und ich seinen süßen Duft nach frischen Früchten einatmete.

Er lächelte, als er sich von mir löste und ich versuchte, es ihm gleich zu tun. Die Menge klatschte und jemand rief: »Hoch lebe die zukünftige Königin.«

Ich zuckte zusammen. Königin? Meinten die mich? Alles in mir rumorte, mein Herz schien einen Salto zu machen und der Magen drehte sich um. Ich zitterte am ganzen Körper. Doch es war kein normales Glücksgefühl.

»Prinzessin, was ist mit dir?« Das war die schöne Stimme des Khan Anwärters. Ich vernahm nur noch sie, während sich alles zu drehen begann.

Das Rauschen trat erneut auf und mein Herz raste auf eine ungesunde Weise. Mit einem Mal fühlte ich mich schwach, unendlich schwach und erschöpft.

Die Leute hörten auf zu jubeln, stattdessen redeten alle durcheinander. Aus jeder Ecke der Dünen traten Stimmen zu mir heran. Manche leise gemurmelt, andere gerufen, aber immer vom Rauschen begleitet.

»Wir brauchen einen Heiler. Vater, wo ist Thomasin? Sie ist ganz blass und zittert.« Da war sie wieder, Aslans beruhigende Stimme. Würde ich sie jetzt täglich hören dürfen?

Vor meinen Augen flimmerte es, als starrte ich in die gleißende Sonne. Dabei war diese längst untergegangen. »Aslan«, murmelte ich. Im nächsten Moment tauchte ich in die Dunkelheit ein. Was passierte mit mir?

»Prinzessin!« Seine Stimme verlor sich mehr und mehr in der Ferne. Alles war schwarz. »Wir müssen sie reinbringen.«

Ich schwebte. Jemand hob mich hoch. Er musste es sein. Ich lag in Aslans starken Armen. Doch da war noch jemand, der mich nach drinnen begleitete. Ihren Geruch würde ich immer erkennen. »Maria?«

»Ich bin hier, Prinzessin.« Prinzessin, das klang so falsch aus ihrem Mund. Ich war keine Prinzessin. Ich würde nie eine Königin sein. Ich war doch nur Eliza. Eine Nummer von vielen im System.

Was Kyra wohl sagen würde, wenn sie jetzt hier wäre? Kyra, meine Schöne ... meine Liebste ... Wo war sie nur?

»Hier, legt sie hierhin, Sohn des Khans.«

Aslans starke Hände verließen mich. Sie hatten mich in die Krankenstation gebracht. Ich kannte die harten Betten zu gut.

»Ich muss sie untersuchen. Sie können hierbleiben, dann ist jemand Vertrautes da, wenn sie aufwacht. Die anderen verlassen bitte den Raum.«

»Das ist meine Station, Sir.«

»Ich bin der Heiler des Palasts. Wenn ich sage, dass Sie den Raum verlassen und mich meine Arbeit erledigen lassen, dann tun Sie das.« Die Stimme des Mannes ließ keine Widerworte zu und im nächsten Moment hörte ich die Tür zuschlagen. Ich kannte Tori, sie hatte mich schon oft wegen kleiner Verletzungen behandelt. Und sie würde das sicherlich nicht auf sich sitzen lassen.

Ich lächelte in mich hinein, als Maria meine Hand nahm. Meine Lider flatterten schwach, doch ihre Silhouette erkannte ich sofort. Ich war dem Heiler jetzt schon dankbar, dass er sie nicht auch rausgeschickt hatte.

»Soll ich sie ausziehen?«

Ausziehen? Was? Nein! Sie konnte mich nicht ausziehen. Dann würden sie ... Wieder drehte sich alles. »Nicht«, flüsterte ich.

»Liebes, dir passiert nichts.«

»Nicht«, wiederholte ich, doch Maria drehte mich bereits zur Seite, um die Schnüre an meinem Rücken zu lockern.

Sie hielt inne. »Kind?«

»Alles in Ordnung?« Das war die Stimme des Heilers aus der Spike. »Was ist das?«

»Ich weiß es nicht ...« Maria wirkte plötzlich zurückhaltend. Der Heiler musste sie zur Seite geschoben haben, denn im nächsten Moment tasteten seine kalten Hände an meinem Rücken herum.

Mein Kleid hing nur noch locker an mir herunter, als er mich aufrichtete und es mir von den Schultern zog. Mein Magen gab ein lautes Rumoren von sich, als knurrte er den Mann zu meiner Verteidigung an. Ich hatte das Gefühl, mich jeden Moment übergeben zu müssen. Glücklicherweise blieb mein Mageninhalt dort, wo er hingehörte.

»Prinzessin ... das klingt nicht gut«, der Heiler setze sich vor mich und leuchtete mir in die Augen. Ich blinzelte. »Haben Sie irgendetwas Verdorbenes heute gegessen?«

»Nein«, sagte ich und hielt mir die Hand vor meine Augen, damit er endlich die blöde Lampe wegnahm.

»Sind Sie sich sicher? Oder vielleicht etwas Aufputschendes?«

»Vielleicht Schokolade? Ein Mann gab sie mir und meinte, sie würde mich munter machen. Und ich habe in der Pause ein Glas Wein getrunken. Kann ich mich bitte wieder hinlegen?« Mein Blick klarte sich zwar langsam auf, doch wohl genug, um zu sitzen, fühlte ich mich nicht.

»Natürlich.« Der Heiler bettete mich auf der Liege und trat ein paar Schritte weg. Seine Stimme klang gedämpft, als er mit Maria sprach. »Schokolade verursacht so etwas nicht, außer sie enthält weitere Substanzen.« Er wandte sich wieder an mich. »Haben Sie die Schokolade noch?«

»Sie liegt neben meinem Stuhl an der Bühne«, sagte ich schwach. Eigentlich wollte ich sie komplett essen, doch sie war leicht geschmolzen gewesen, als ich das nächste Mal in das Säckchen griff.

Der Heiler kam erneut auf mich zu und leuchtete ein weiteres Mal in meine Augen. Maria trat neben ihn. »Sehen Sie das, die Pupille verkleinert sich kaum und wird auch nicht größer, wenn ich die Lampe ausschalte. Ich tippe auf Schlafmohnextrakt. Ich verstehe nur nicht, wieso sie jemand damit vergiften wollte. Von wem haben Sie die Schokolade bekommen?«

»Einem Mann«, antwortete ich schwach.

»Was sollen wir tun?« Das war Marias besorgte Stimme.

»Eine Magenspülung könnte helfen. Haben Sie viel davon gegessen?« Er blickte wieder zu mir.

»Nur zwei Bonbons.«

Nun nickte er. »In Ordnung, geht es Ihnen schon besser? Vielleicht kommen wir um die Magenspülung herum. Ich lasse die Schokolade holen und untersuchen. Doch nun müssen wir uns um Ihre anderen Probleme kümmern.«

Ich sah fragend von ihm zu Maria und zurück.

»Ihre Male. Der Sohn des Khans wusste ja, dass Sie eine rebellische Ader haben, aber dass Sie offenbar zu Kämpfen neigen, davor hat man ihn nicht gewarnt. Ich werde es dem Khan und ihm mitteilen müssen. Ein solch geschundener Körper ist nicht gerade hübsch anzusehen für die Weiße Nacht.«

Ich starrte auf meinen Körper herunter. Die Weiße Nacht. An sie hatte ich überhaupt nicht mehr gedacht. Wenn Aslan mich so sähe, würde er Fragen stellen. Fragen, die ich ihm erst beantworten konnte, wenn ich wusste, dass er nichts mit den Machenschaften im Palast zu tun hatte.

»Sie ist keine Kämpferin. Sicherlich gibt es eine gute Erklärung dafür. Du bist doch kürzlich so schlimm gestürzt, ist es davon?«

Gestürzt? Wovon redete Maria? »Hmm?«, machte ich bloß. Mir schwirrte der Kopf.

»Heiler, ich bürge dafür, dass sie in keinen Kampf verwickelt war. Aslan Khan wird seine Wahl nicht bereuen.« Sie log für mich. Ich wollte schon etwas einwenden, doch ihr Blick brachte mich zum Schweigen.

»Geben Sie mir das schriftlich?«

»Natürlich.« Maria stand auf und ging zu dem Tisch am Ende des Raumes. Sie bürgte für mich? Was passierte, wenn herauskam, dass ich eben nicht gestürzt war? Nur wie sollte es jemand herausfinden?

Der Heiler sah mich mit zusammengezogenen Brauen an. Sorge stand in seinen Augen, und Misstrauen. »Ich gebe Ihnen eine Salbe auf die verwundeten Stellen. Die wird Ihnen gegen die Schmerzen helfen. Die Male werden jedoch noch einige Tage bleiben. Ich schätze, dass Ihre Rippen geprellt sind. Ich werde Aslan Khan sagen, dass er mit der Weißen Nacht noch eine Woche warten soll. Ich denke, er wird es verstehen. Sollte sich jedoch herausstellen, dass Sie oder die Amme gelogen haben, wird es Konsequenzen haben. Dessen bin ich mir sicher. Ich werde Sie gleich an den Khan und seinen Sohn übergeben. Trinken Sie viel während der Fahrt zum Palast. Dann sollte sich das Gift von alleine herausspülen. Ich werde die Schokolade untersuchen und den Khan von meinem Verdacht einer Vergiftung durch Schlafmohn unterrichten. Das Fest heute Nacht sollten Sie ausfallen lassen. Ruhen Sie sich noch etwas aus, ehe es nach Ulanqab geht.«

»Vielen Dank«, sagte ich und nahm das Glas Wasser, das Maria mir reichte, entgegen und trank es in einem Zug aus. Mit jeder Minute, die verstrich, während ich lag, ging es mir besser. Mein Puls beruhigte sich und das Zittern ließ nach. Nur eines blieb, die Angst, mich vor Aslan in diesem Zustand entblößen zu müssen. Und überhaupt mit ihm zu schlafen. Ich kannte ihn doch gar nicht. Natürlich wusste ich, was auf mich zukommen würde. Ich kannte die Traditionen. Jedoch hatte ich nie darüber nachgedacht, wie es sein würde, wenn es soweit war. Vielleicht war ich noch nicht bereit für die Türkise Nacht, nicht bereit für einen Mann und erst recht nicht für Aslan, den Prinzen.

Der Heiler trat zur Tür und ging hinaus auf den Gang, wo mein Ehemann auf ihn wartete.

»Kind, du stellst Sachen an. Aber wer kann Schokolade schon widerstehen?«

»Du kennst diese Bonbons?« Ich sah Maria überrascht an und die Haut um ihre schmalen Lippen warf tiefe Fältchen.

Sie lächelte mich fürsorglich an und nahm meine Hände in ihre. »Natürlich, Liebling. Oder sollte ich *Prinzessin* sagen? Wären die Kakaobohnen nicht so teuer, würde ich diese süße Speise nur noch essen. Aber jetzt sollten wir nicht über Schokolade sprechen. Woher stammen die Verletzungen wirklich?«

Ihr Blick war immer noch milde, trotzdem konnte ich ihr nicht die Wahrheit sagen. Sie wusste schon zu viel und ich wollte mich nicht im Streit von ihr trennen. »Ich bin gestürzt. Wie du schon sagtest. Maria, hast du Kirstin gesehen?« Ihr Verschwinden fiel mir wieder ein, als ich an die Zukunft dachte. Ich wollte mich von ihr verabschieden, wenn ich schon nicht zum Fest gehen konnte.

Ein überraschter Ausdruck trat in ihr Gesicht. »Nein, wieso fragst du?«

»Wurde sie schon versteigert?«

Maria schüttelte den Kopf.

»Aber wo ist sie dann?«

»Sie war doch oben. Sie saß auf der anderen Seite, hast du sie nicht ...«

»Nur bis zur Pause«, unterbrach ich sie. »Was ist, wenn man sie auch vergiftet hat? Maria, suchst du sie bitte?«

»Ihr wird schon nichts passiert sein.« Sie zögerte. »Aber ja, ich halte nach ihr Ausschau. Und nun denk nicht immer nur an andere, sondern konzentriere dich auf dich. Der Sohn des Khans. Aslan Khan ist dein Mann. Er hat viel auf dich geboten. Ich bin mir sicher, dass er dich sehr lieben wird.«

Als könnte man Liebe in Geld messen, dachte ich und schloss die Augen für einen Augenblick, während sie sich daranmachte, mein Kleid zu schließen.

Draußen herrschte ein reges Stimmgewirr, als sich die Tür erneut öffnete und der Khan mit seiner Gefolgschaft eintrat. Was sie wohl noch zu besprechen hatten? Ich öffnete die Augen und zuckte zusammen. Mein Blick fiel geradewegs an ihm und seinem Sohn vorbei. Dahinter stand der Emir und ... der Mann, der mich vergiften wollte. Was hatte das zu bedeuten? Was für ein Spiel war das?

Ich wollte schon den Mund aufreißen und Aslan und den Heiler warnen. Doch der Emir senkte leicht das Kinn und schüttelte den Kopf, so, dass nur ich es sah. Eine eindeutige Geste: Schweig oder stirb. Er wusste ganz genau, was sein Kompagnon getan hatte.

Ich senkte die Lider, presste die Lippen aufeinander und nickte. Wieder trommelte mein Herz schnell los. Heute war nicht der Tag, um sich ein weiteres Mal mit ihm anzulegen. Dennoch musste ich die Fäuste ballen, um nicht aufzuspringen und die Show platzen zu lassen. Wahrscheinlich wäre ich eh nur über den steinigen Boden getorkelt und der Gesellschaft schließlich in die Arme gefallen.

Aslan kam auf mich zu, küsste meine Stirn und half mir hoch, um mich nach draußen zu geleiten. Als er mich dieses Mal berührte, stellten sich die Haare auf meinen Armen auf. Dabei wusste ich selbst nicht, ob es aus Angst vor ihm war, oder weil er trotz allem etwas Anziehendes an sich hatte. Konnte ich diesem Mann, meinem Mann, vertrauen? Seine Augen wirkten so weich und liebevoll und doch wurde er von zwei Männern, die es eindeutig auf mich abgesehen hatten, begleitet.

Ein letztes Mal sah ich meiner Amme in die Augen und nahm sie in den Arm.

Ein letztes Mal ging ich durch die steinernen Wände des Systems.

Ein letztes Mal trat ich auf wackligen Beinen durch das Tor und hinaus in die Wüste.

Der feine Wüstensand schlängelte sich um meine Füße und rieselte hinter mir die Dünen hinab, während ich mich neben Aslan in die Kutsche des Khans setzte. So viel Gold an Holz geklebt hatte ich noch nie gesehen.

Die Zugpferde scharrten mit den Hufen und traten den Sand nach hinten, dann fuhren wir los. Weg vom System, in die Nacht hinaus und auf den Turm zu, dessen Spitze wie ein greller Stern in der Dunkelheit leuchtete.

Der Emir und sein Handlanger fuhren, zusammen mit dem Heiler, in einer der weniger edlen aber dafür umso schnelleren Wüstenkutschen und hatten uns nach wenigen Metern überholt. Wir schaukelten auf unseren Plätzen herum, während ich an den edlen Vorhängen vorbei auf die glänzenden Spitzen der Sonnenanlagen des Systems schaute, die im Mondlicht schimmerten. Kurz überlegte ich, mein Schweigen zu brechen, entschied mich jedoch rasch dagegen. Dies war kaum der richtige Ort, um den Emir des Menschenhandels und seinen Kollegen für meine Vergiftung anzuklagen. Außerdem wusste ich nicht, wie der Khan zu dessen Machenschaften stand. Wer wusste schon, ob er sie nicht sogar guthieß oder unterstütze. Und was war Aslans Rolle bei allem?

Ich schloss die Augen und dachte lange darüber nach, bis ich schließlich an Aslans Schulter gelehnt einschlief.

10

»Wir werden nicht im Palast leben?«, fragte ich überrascht.

Aslan ging vor mir her. »Nein, ich bevorzuge die Spike. Dir wird unser Loft gefallen. Hätte mein Vater nicht solche Höhenangst, hätten wir den Palast längst abgerissen und eine Fabrik oder so dorthin gestellt. Irgendetwas Nützliches.«

Ich blieb perplex stehen. »Der Khan hat Höhenangst?«

»Ja, unter anderem. Aber das tut jetzt nichts zur Sache. Beeil dich bitte, du musst dich für das Interview umziehen.« Aslan verschränkte die Arme und nickte ungeduldig Richtung Ausgang. Ich würde mir viel lieber alles ansehen und in mich aufsaugen, als zu irgendeinem Interview zu gehen – oder einfach nur schlafen. Schlafen wäre nach dieser aufregenden Nacht wirklich wunderbar.

»Welches Interview? Kann ich nicht vorher schlafen?« Mein Blick fiel auf die goldene Uhr an meinem Handgelenk, die immer noch einen großen Sprung im Glas hatte. Ich war hundemüde. Gleich, nachdem wir angekommen waren, hatte man mich in eines der Gästezimmer des Khans gebracht, wo der Heiler mich erneut untersucht hatte. Danach wurde viel geredet. Mit mir, über mich ... Zum Schlafen kam ich jedenfalls nicht. Danach zeigte Aslan mir den Palast und nun liefen wir zu meinem zukünftigen Zuhause.

»Wir stellen dich der Stadt vor. Wie man das eben so macht, wenn jemand aus der Dynastie heiratet. Und jetzt komm. Deine Zofe wartet sicherlich schon.«

Zofe? Das klang wie ein vornehmes Wort für Folter, aber das würde es kaum sein. »Ich kann nicht so schnell. Lauf du mal auf zehn Finger breiten Absätzen.«

Aslan schnaubte laut, kehrte auf der Stelle um und – schmiss mich ohne eine Widerrede zu dulden über seine Schulter.

Ich dachte, ich sterbe und jaulte laut auf. Der Schmerz in meinem Becken und dem Unterbauch zerrte so stark an meinen Nerven, dass mir übel wurde und ich mich beinahe über seine Schulter hinweg übergeben hätte. »Lass mich runter, du tust mir weh. Aslan, mir ist schlecht.«

Er hielt sofort inne. »Ich dachte, dir ginge es wieder gut. Ich habe dich doch heute Nacht in der Kutsche gefragt, ob alles in Ordnung sei.«

»Ja, da hast du mir aber auch nicht deine knochige Schulter in den Bauch gerammt«, sagte ich, hielt meine Hand an mein Becken gepresst und knirschte mit den Zähnen.

Endlich setzte Aslan mich ab und begutachtete mich, als könnte er so abschätzen, ob ich nun wieder in Ordnung wäre. »Dann zieh dir wenigstens die Schuhe aus beim Laufen. Wir stehen heute wirklich unter Zeitdruck.« Das merkte ich, denn von der guten Laune, die er noch während der Kutschfahrt hatte, war nichts mehr übrig.

»Wieso? Wäre es mir gestern Abend nicht so schlecht gegangen, wären wir doch auch noch beim Fest geblieben und erst viel später hierhergekommen.«

»Sind wir aber nicht, und das wissen die Leute. Also gib mir deine Schuhe.«

Na super. Würde ich jetzt jeden Tag so durch die Gegend gehetzt werden? Ich lockerte die Riemen und zog die Schuhe von meinen Füßen. Sandkörner hingen mir immer noch zwischen den Zehen. Wenn ich gleich etwas brauchen würde, dann eine Dusche und Zeit für mich, um mir einen Plan zu überlegen, wie ich die nächsten Monate in Gegenwart des Emirs überleben sollte – und wie ich ihn und Jazar zur Strecke bringen konnte.

»Hier«, sagte ich und drückte Aslan die High Heels in die Hand. »Und jetzt hör bitte auf, mich herumzukommandieren. Was ist eigentlich mit den anderen vom Fest, die mit uns hierhergekommen sind. Die beiden Männer, die beim Heiler im Wagen saßen. Gehören sie auch zum Palast?« Ich horchte auf und lauerte auf seine Antwort.

Aslan ließ die losen Riemen durch seine langen Finger gleiten, ohne mich aus den Augen zu lassen. Es dauerte eine Weile, bis er etwas sagte. »Du meinst den Emir und Timur, seinen Sekretär? Ja, sie leben beide auf dem Palastgrundstück. Der Emir ist Vaters engster Vertrauter und sein bester Freund. Timur wohnt vorne bei den Angestellten-Häusern in der Vorstadt.«

»Angestellten-Häuser? Wieso wohnen die Bediensteten nicht mit im Palast oder der Spike? Die Häuser um den Palast sahen nicht sehr komfortabel aus.« Ich erinnerte mich an Martha. Ob ihr Mann dann auch für den Khan arbeitete oder vielleicht sogar sie selbst? Ich wusste, dass viele Frauen in der Spike, anders als im System, nicht arbeiteten und sich nur um den Haushalt und die Kinder kümmerten. Im System hatte jede einen Job, na ja, außer man war eine Sünderin wie ich.

»Du verwechselst das mit den Armenhäusern am Stadtrand. Die Angestellten wohnen natürlich direkt vor dem Palastgelände. Viele arbeiten seit Generationen für meine Familie und sind in den Häusern großgeworden, da gab es die Spike noch gar nicht. Sie möchten ihre Heimat nicht verlassen. Außerdem wird der Wohnraum im Turm für hübsche Frauen wie dich gebraucht.« Aslan blieb plötzlich stehen, zwinkerte mir zu, zog mich an sich und küsste mich einfach.

Ich hatte keine Ahnung, wieso ich es tat. Doch ohne darüber nachzudenken, glitt meine Hand nach oben und ihm mitten ins Gesicht, mit einer Wucht, die mich selbst überraschte und einen Schritt zurücktreten ließ.

Ich sah ihn geschockt an.

Mein Mann rieb sich die gerötete Wange und blickte von den Schuhen in seiner Hand auf mich. Automatisch ging ich in Deckung, obwohl es gar nicht nötig war. Er schlug nicht zurück, sondern schüttelte einfach nur den Kopf und ging den gläsernen Gang von der Palasthalle zur Spike weiter. Wut und Enttäuschung standen in seinen Augen.

»Aslan, es tut mir leid! Ich ...«

»Vergiss es!«

»Bitte, das war nicht absichtlich! Ich habe keine Ahnung, warum ich das getan habe.« Ich musste an Kyra denken und wie Jazar sie weggeschliffen hatte. An Atari, wie er mich festhielt und an den Emir, der mich verkaufen wollte. Wer weiß, was diese Leute noch alles mit mir angestellt hätten, wenn ich nicht geflohen wäre. Und ich hatte keine Ahnung, ob Aslan zu ihnen gehörte. Ob er vielleicht sogar etwas mit dem Schlafmohn in der Schokolade zu tun hatte. Wie sollte ich ihm vertrauen, wenn ich nichts über diesen Mann wusste? Das war doch völlig verrückt!

Aslan blieb abrupt stehen, als ich ihm nicht folgte. »Ich will dir nichts tun. Und es verletzt mich, dass du gerade zusammengezuckt bist. Ich werde dich nie schlagen. Nie! Keine Ahnung, was eure Goldenen euch erzählt haben. Aber wir Männer sind keine Arschlöcher, die euch nur ins Bett bekommen wollen. Ich habe dich ausgesucht, weil du etwas Besonderes an dir hast, Elizara. Du bist etwas Besonderes, meine Prinzessin. Und jetzt komm bitte endlich, wir haben genug Zeit vertrödelt. Ich küsse dich auch nicht mehr. Versprochen.« Seine Lippe zuckte nach oben. Es sollte wohl die Andeutung eines Lächelns sein.

Dieses Mal folgte ich ihm gehorsam. Ich hatte mich noch nie so verunsichert gefühlt, wie in diesem Moment. Wie hätte ich in dieser Situation reagiert, wenn die letzte Woche nicht stattgefunden hätte? Wäre ich ihm in die Arme gefallen? Mein Herz schlug noch immer viel zu schnell. Ich wollte ihn nicht verletzten, aber ich konnte ihm auch nicht blind vertrauen und mochte es nicht, wenn man mich einfach küsste. Wir kannten uns doch erst seit einer Nacht.

Die gläserne Röhre führte links an einem tropischen Garten vorbei, während rechts die dunklen Steine der Palastmauer zu sehen waren. Wirklich eine Röhre war es auch nicht, eher ein länglicher Glaskasten mit abgerundeten Ecken. Ich war begierig darauf, endlich die Spike zu sehen, doch dichte Palmwedel verdeckten den Ausblick auf den gläsernen Turm, der bis zu den Wolken ragte.

Kletterpflanzen hangelten sich an den metallenen Streben, die außen am Glas angebracht waren, entlang und lilafarbene, blaue, orangene und gelbe Blumen blühten in den eigenartigsten Formen hinter der Scheibe. Hier hätte ich Stunden verbringen und der Natur beim Wachsen zusehen können. Ich war mir sicher, dass ich hier und da Bewegungen von Tieren vernahm. Ich hatte diese Tiere und Pflanzen noch nie in meinem Leben gesehen. Ein paar erinnerten mich lediglich an Zeichnungen und Fotografien aus Büchern, die wir im Unterricht gelesen hatten.

Interessiert blieb ich stehen und presste meine Nase an die Scheibe. »Was sind das für Tiere da draußen?«, fragte ich Aslan, als die Schleuse zur Spike nur noch ein paar Meter entfernt war.

»Lemuren, Schlangen, Faultiere, Kolibris, ein Gürteltier und hinten beim Wasserfall leben zwei Riesenschildkröten. Vater sammelt seltene Tiere.«

Selten? Ich war mir ziemlich sicher, dass die Hälfte davon laut der Bücher im Unterricht schon vor hundert Jahren ausgestorben war. Wenn die Menschen sie nicht für Trophäen erschossen hatten, dann im Krieg um sie zu verspeisen, oder sie wurden einfach weggebombt. Wie fast alles, was uns die Natur geschenkt hatte. Nun nahm sie sich die Erde Stück für Stück zurück und ließ sie in Wasser und Sand versinken.

»Was macht er mit ihnen?«, hakte ich nach.

»Er beobachtet sie. Auf der Rückseite des östlichen Gebäudeflügels gibt es einen Platz, von dem aus man eine wunderbare Sicht auf das ganze Areal hat. Es ist unglaublich beruhigend. Außerdem verspreche ich dir, dass du noch nie eine so außergewöhnliche Luft wie die im Tropengarten eingeatmet hast. Wenn du möchtest, zeige ich ihn dir mal. Siehst du die Baumpfade dort?«, er zeigte zwischen zwei Palmen hindurch auf eine Art hölzerne Brücke. »Keine Angst, die Tiere sind alle ungefährlich. Vater führt nichts ein, was dich töten könnte.«

Ertappt, offenbar hatte er meinen Blick richtig gedeutet. »Jedenfalls kann man dort durch die ganze Anlage gehen und unten sind weitere Wege.« Das klang wundervoll. Unbedingt wollte ich diesen faszinierenden Garten besuchen.

Er setzte seinen Gang fort und ich folgte ihm. »So, da wären wir.« Aslan blieb stehen und legte seine Hand auf den Scanner, der rechts neben dem versperrten Durchgang angebracht war. Die Schleusentür öffnete sich und ich sah zum ersten Mal die gigantische Eingangshalle der Spike.

»Wow!« Mehr brachte ich nicht hervor. Der Palast und die Gärten waren bei diesem Anblick vergessen. Ich hatte gedacht, das Innere der Spike würde der prachtvollen, aber altmodischen Einrichtung des Palastes ähneln. Doch offenbar hatte man hier auf Modernität und Technik, statt auf Prunk gesetzt.

»Bietet ein bisschen mehr als euer unterirdisches System, was?«

»Wem sagst du das!« Für einen Moment vergaß ich alle Zweifel und Sorgen und versuchte, jedes Detail der Halle in mich aufzusaugen. Es gab so viel Neues zu entdecken. Ein Wasserfall, der durch eine gläserne Röhre von der Decke aus nach unten in einen Brunnen schoss, Basare und tausende Türen auf mehreren Etagen, Rolltreppen, die ich nur von Filmen und Bildern kannte. Und überall golden umrahmte Spiegel. Ich blickte nach oben und mir wurde schwindelig. Das Gebäude mit seinen zahlreichen Plattformen war so hoch, dass ich seine Decke nur noch als schwarzen Punkt wahrnahm. Ich musste wieder auf den Boden starren, um mich zu sammeln.

Apparaturen, ich glaubte, man nannte sie Automaten, standen an einem der Durchgänge. Ein Mann in einem blauen Anzug ging an ihnen vorbei, schmiss etwas in einen ein und der Kasten machte ein eigenartiges Geräusch, dann nahm der Mann sich einen Becher heraus und trank aus ihm.

Es war nicht so, dass wir im System ohne Technik aufwuchsen. Sie war bloß total veraltet. In der Küche und der Wäscherei gab es ein paar moderne Gerätschaften und auch in den Gewächshäusern. Die Wächterinnen besaßen sogar Kommunikationsmittel, um Kontakt zum Palast zu halten. Doch das war im Grunde alles. Keine dieser Rolltreppen, die quer durch die schmalen Höhlengänge führten oder uns gar nach oben brachten, und vor allem keine private Technik. Niemand besaß eigene Elektronik. Selbst den Ofen feuerten wir mit Holz oder Kohle an. Der Strom im System war knapp, genauso wie das Wasser.

Von den achtzigtausend Jíts, die Aslan gestern für mich geboten hatte, wurde nun sicherlich die wenige Technik, auf die sich das System stützte, instandgehalten. Vielleicht wurden neue Projektoren für den Unterricht angeschafft oder nach neuen Methoden zur Flora- und Faunazucht geforscht.

»Willkommen im Toliarum, der Spiegelhalle.«

»Können sich die Scheiben schließen?«, fragte ich überrascht und folgte den Bewegungen der Fensterscheiben, die den gesamten Rand des Foyers zum Garten hin verkleideten.

»Ja, gleich ist Arbeitsbeginn. Dann schließen sie den Blick nach draußen und werden zu Spiegeln. So können die Leute prüfen, ob sie vernünftig aussehen. Vor allem mein Vater legt viel Wert darauf. Ebenso auf Pünktlichkeit.«

Das war dann wohl eine Anspielung für mich ...

»Wir nehmen den Lift.« Aslan zeigte auf den Wasserfall.

»Wie, bringt der Wasserfall uns nach oben?« Ich starrte erstaunt die Röhre an, aus der das Wasser nach unten geschossen kam. Wir würden doch klitschnass werden, wenn wir dadurch mussten.

Aslan lachte laut auf und presste sich die Hände in die Hüfte. »Was? Wieso der Wasserfall?«

Jetzt verstand ich gar nichts mehr und zeigte in die Richtung, in die er gewiesen hatte.

»Achso, schau mal dahinter.«

Ich folgte ihm und erblickte einen gläsernen Kasten hinter der Wasserröhre, den ich gerade so erkennen konnte.

»Wie funktioniert das?«, fragte ich, nachdem wir eingetreten waren und die Türen sich schlossen. Ich fühlte mich etwas unwohl in dem gläsernen kleinen Kasten, ganz allein mit einem Mann – auch wenn es meiner war. Wir waren allein in dem komischen Konstrukt.

»Der Lift? Schau mal nach oben durch das Glasdach. Die Stahlseile ziehen uns über ein Gewinde in die Höhe.« Aslan schaute zur Decke. »Er bringt uns direkt zu unserem Loft.« Eine Lampe leuchtete auf und wir setzten uns in Bewegung.

Ohne ein Ruckeln glitten wir am Wasserfall entlang in die Höhe. Erst jetzt erkannte ich, dass der Lift und die Wasserröhre miteinander verbunden waren. Das Wasser klatschte direkt an unsere Scheibe, trotzdem hörte man es nicht rauschen wie den schmalen Fluss in der Wüste. Es war unheimlich leise hier drin.

Ich lehnte mich vor und schaute hinunter auf die Spiegelhalle und das mäßige Treiben im Foyer.

Es war früh am Morgen. Außer ein paar Männern, die offenbar

außerhalb Ulanqabs in den Fabriken des Khans arbeiteten und einigen wenigen Frauen, die ihre Stände auf dem großen Basar in der ersten Etage aufbauten, war nicht viel los.

»Arbeiten die Frauen dort?«, fragte ich Aslan und zeigte auf die winzigen Punkte unter uns, die mit jeder Etage, die wir passierten, schrumpften. Allmählich wurde mir mulmig im Magen. Wie hoch lag bitteschön unser Appartement?

»Du bist ja ganz blass«, sagte er plötzlich. »Soll ich den Heiler rufen?« Aslan sah mich besorgt an, statt mir meine Frage zu beantworten.

»Nein, es ist nur so hoch.« Auf den Ohren bekam ich einen leichten Druck, der unangenehm in meinem Gehörgang zu hängen schien. Ich habe noch nie einen Ort betreten, der höher als die Sandberge um das System herum war. Hier oben war mir ganz mulmig zumute.

»Wir sind gleich da, Prinzessin.«

»Bitte nenn mich nicht so.«

Aslan blickte überrascht auf und seine Augen schienen in der aufgehenden Sonne, die durch die Turmfenster an der östlichen Seite schimmerte, golden zu leuchten. »Wieso nicht?«

»Ich brauche Zeit, um mich wie eine Prinzessin zu fühlen. Das geht eben nicht von heute auf morgen.«

»In Ordnung, Elizara.«

»Eliza. Bei Elizara fühle ich mich immer wie eine Achtzigjährige.«

Er schmunzelte. »Natürlich, Eliza. Wir sind gleich da.« Aslan nickte zur Tür und in dem Moment stoppte der Lift. »Und zu deiner Frage, ja, manche führen die Basarstände zusammen mit ihren Männern. Aber keine Sorge. Du brauchst dich hier um nichts zu kümmern.«

Unsicher, ob mir dieses Leben nicht zu langweilig werden würde, folgte ich ihm hinaus auf eine schmale Plattform, wie man sie Etage für Etage in der Spike sah. Die unteren Plattformen, die man als Halbkreis um den Wasserfall gespannt hatte, waren mit mehreren Türen in der schieferfarbenen Wand versehen. Anders als auf den anderen Etagen, gab es auf unserer Plattform nur eine Tür. Gegenüber blickte ich hinaus in die triste Wüste.

Die Wasserfallröhre teilte die Spike in zwei Hälften. Die nordwestliche Seite war, außer den schmalen Wegen, die nach unten über Rolltreppen führten, vollkommen leer und bot dafür einen traumhaften Ausblick über die Dünen. Die andere Seite lag dagegen durch die schwarz-grau gemaserten Wände wie ein dunkler Schatten, in dem ich ab heute leben würde, da.

»Wir haben eine ganze Etage für uns?«

»Nicht nur das. Komm mit. Du wirst den Ausblick lieben.« Aslan trat vor die Tür, die automatisch zur Seite glitt, als wüsste sie genau, wer wir waren.

Ich folgte ihm in das größte Zimmer, das ich jemals gesehen hatte.

»Was sagst du?«

»Das muss ich aber nicht alles putzen, oder?«

Aslan lächelte ein bezauberndes Lächeln. »Nein, dafür haben wir Bedienstete.«

»Frauen aus dem System?« Ich kam aus dem Staunen kaum raus. Hier sollte ich leben? Ich hatte noch nie so viel Platz für mich gehabt.

»Auch, aber nun leben sie hier. Wie du. Komm, ich will dir etwas zeigen. Du wirst es lieben.«

Ich folgte ihm quer durch den Wohnraum. Zehn Familien hätten alleine in diesem Zimmer schlafen können. Beinahe vermisste ich meine kleine Kammer im System. Hier war alles so ... so unnötig. Was wollte ich mit zwei Sofas oder diesem riesigen schwarzen Spiegel an der Wand, der viel zu dunkel war? Darin konnte ich mich nicht einmal richtig spiegeln. Es wirkte alles unnütz. Das fing doch bloß Staub.

»Was ist?« Aslan blieb vor mir stehen, als ich ihm nicht folgte, sondern mich weiterhin umsah.

»Was wollen wir mit den ganzen Sachen?«

»Welche Sachen?«

»Die Polstermöbel, der schwarze Spiegel. Und dort stehen acht Stühle um den Tisch. Willst du so viele Söhne haben?« Beinahe hätte ich Kinder gesagt. Doch ich wusste, dass hier niemals eine Tochter von mir leben würde.

»Ich bin der Sohn des Khans. Es kommt durchaus vor, dass ich Besuch empfange. Geschäftlichen wie privaten. Und dieser Spiegel, wie du ihn nennst, ist ein Screen, ein Bildschirm.«

»So groß?« Im System gab es einen für den Unterricht, der war jedoch keine acht Fuß breit.

Aslan lächelte und seine Wangen leuchteten bronzen durch das Licht. »Na los, komm her, das wird dir gefallen.«

Ich trat näher an ihn heran und er stellte sich hinter mich. Sein warmer Atem streifte meinen Nacken, während er über meine Schulter blickte und auf eine kleine weiße Fernbedienung in seiner Hand drückte. Dann schlang er seine starken Arme gefühlvoll um meine Hüfte, während der Screen in der Mitte aufzubrechen schien und zu beiden Seiten in der dunkelgrauen Wand verschwand. Vor uns erstreckte sich die Weite der Wüste im Morgengrauen sowie der Palast mit seinem tropischen Garten und der tristen Vorstadt um ihn herum. Ich blickte nach unten und versuchte, mehr als ein paar grüne Schatten unter dem kuppelförmigen Glasdach zu erkennen, doch der Garten war zu weit entfernt und nicht mehr als ein kleiner Punkt in der Umgebung.

Mein Blick schweifte in die Ferne und ich meinte, eine Reflexion der Sonne zu erkennen. War dort das System? Konnte man die Sonnenkollektoren bis hierhin schimmern sehen? Irgendwo dort hinten war Maria und dachte vermutlich gerade an mich und irgendwo hier war Kyra. Ob sie noch lebte, oder hatte Jazar sie bereits in der Wüste verscharrt?

»Woran denkst du?« Aslan musste die Träne, die ich rasch weggewischt hatte, als ich an Kyra und meine Heimat gedacht hatte, bemerkt haben.

Wenn ich nur wüsste, dass ich ihm vertrauen konnte. Vielleicht konnte ich ihm einen Teil der Wahrheit erzählen. »Eine Freundin von mir tauchte nicht zur Türkisen Nacht auf. Ich weiß nicht, wo sie ist und konnte mich nicht von ihr verabschieden. Das – das macht mich traurig. Ich vermisse sie und hätte ihr gerne alles Gute gewünscht.«

Aslan beugte sich vor und streifte mit der Nasenspitze meine Wangen. »Sie spürt bestimmt, dass du in Gedanken bei ihr bist. Vielleicht hatte sie einfach nur Angst vor der unbekannten Zukunft in Ulanqab. So geht es doch bestimmt vielen Frauen. Hattest du Angst?«

Seine raue, ruhige Stimme war wie ein Summen, das meinen ganzen Körper beherrschte.

»Ja«, sagte ich leise und verlor mich im Ausblick der Wüste. Ich würde sie finden. Wo immer Kyra war, ich würde sie finden. Und wenn ich sie anschließend zu Grabe tragen musste. Das war ich ihr schuldig.

»Das kann ich mir vorstellen.« Aslan trat einen Schritt zurück. »Es ist gleich acht, dann kommt Serafine und kleidet dich ein. Um zehn hält mein Vater seine Ansprache und stellt dich vor.«

»Ich kann mich selbst einkleiden.«

»Da bin ich mir sicher, trotzdem wird sie es für dich tun.«

»Nein!«

»Wie bitte? Ach, das ist dieses Ding mit der rebellischen Art.« Er grinste. »Wie nannte eure Wächterin dich gleich? Eine rebellische junge Frau mit starkem Willen? Eliza, jetzt guck nicht so. Ich habe es dir schon einmal gesagt. Ich will dir nichts Böses. Aber hier in der Spike, und vor allem als Schwiegertochter des Khans, herrschen andere Regeln. Ich werde dich gleich alleine lassen, damit Serafine dir alles erklären und dich für nachher herrichten kann. Bitte tue mir den Gefallen, und veranstalte kein Drama. Serafine wird für die nächsten Jahre deine Vertraute sein, du solltest sie also nicht gleich vergraulen.«

Ich sah ihn geschockt an. Wofür hielt er mich? Eine Dramaqueen? Ich war nicht Dirka! »Natürlich, mein Gemahl.« Widerwillig trat ich von ihm weg und schritt die Wohnung ab. »Was ist in den anderen Zimmern?«, fragte ich etwas zu barsch.

Aslan seufzte. »Dort vorne ist die Küche und da das Bad und die Sauna, daneben unser Schlafgemach und auf der anderen Seite die drei Kinderzimmer. Neben dem Eingang ist außerdem mein Büro. Die Ankleidestube grenzt ans Schlafzimmer.«

Ich hatte keine Ahnung, wofür man so viele Zimmer brauchte. Und gleich drei Kinderzimmer? Er hatte offenbar viel mit mir geplant. Was eine Sauna war, wusste ich auch nicht. Ich wollte mir nicht noch mehr die Blöße geben.

Wenn ich etwas von Ataris Entführung gelernt hatte, dann, dass die Männer in der Spike uns für naiv und dumm hielten. Das wollte ich Aslan nicht bestätigen, auch wenn ich mir genau so vorkam.

Seine Arme waren verschränkt, als er sich von mir wegdrehte und hinaus in die Wüste starrte. Er war sauer und das nur, weil ich mich nicht vor einer Fremden entblößen wollte. Es reichte, dass der Heiler von meinen Wunden erfahren hatte. Ich wollte dieses Geheimnis nicht auch noch mit dieser Serafine teilen müssen. Wer wusste, ob sie es ihm, oder gar dem Khan, nicht sofort erzählen würde? Frauen waren Tratschtanten, wie Maria gerne sagte, das hatte ich im System zu oft zu spüren bekommen.

11

Es klopfte und die Tür öffnete sich wie von selbst. Noch etwas, an das ich mich gewöhnen musste. Würde so jeder einfach eintreten können oder war es vorgegeben, für wen die Tür aufging?

»Serafine, komm bitte herein.« Von Aslans mürrischen Art von eben war nichts mehr zu spüren.

Eine schüchtern wirkende Frau, mit rosigen Wangen und blondem Haar, um die fünfzig, kam auf uns zu und lächelte freundlich. Sie erinnerte mich an Maria und ein Gefühl von Wärme beschlich mich.

Aslan nickte ihr zu und nahm mich an seine Seite. Seine kräftigen Hände umschlungen fast schon besitzergreifend meine Hüfte und er küsste mich auf den verstrubbelten Haarschopf. Ich musste inzwischen fürchterlich aussehen, schoss es mir durch den Kopf. »Serafine, darf ich dir meine wunderschöne Elizara –«

»Eliza«, sprach ich dazwischen.

»Natürlich. Eliza vorstellen? Du wirst dich ab jetzt um meine Frau kümmern. Um zehn findet die Rede meines Vaters statt, bis dahin müssen wir unten und sie hergerichtet sein.« Hergerichtet, das klang wieder, als wäre ich eine Wilde.

»Das schaffen wir«, sagte Serafine zuversichtlich und warf Aslan einen Blick zu, der eindeutig sagte, er könne jetzt gehen und sie mache das schon. Ich mochte sie.

»Gut, dann bis nachher. Wir treffen uns unten vor dem Palastportal im Toliarum.« Aslan beugte sich zu mir vor und flüsterte in mein Ohr: »Sei nicht zu störrisch ihr gegenüber, sie ist eine der Guten.« Er zwinkerte und lächelte sein verzauberndes Lächeln, ehe er unser

Loft, wie er es nannte, verließ.

»Du bist also die berüchtigte Eliza.« Ihr Lächeln zog sich hoch bis zu ihren großen Augen, die von einem blonden Pony umrahmt wurden.

»Berüchtigt?«, fragte ich kritisch.

»Aslan soll achtzigtausend Jíts auf dich geboten haben, ist das wahr? Ich war gerade auf dem Basar und jeder spricht davon.« Na super, sie war eine Klatschtante. Aber vielleicht war das nicht schlecht. Klatschtanten waren immer die beste Anlaufstelle, wenn man Informationen brauchte.

»Hat das also schon die Runde gemacht?«

»Natürlich, Liebes. Und auch, dass du gleich nach eurem Kuss in Ohnmacht gefallen bist. War er so schlecht?« Sie kicherte, was sie gleich zwanzig Jahre jünger wirken ließ.

»Nein, Aslan küsst super. Mir ging es einfach nur nicht gut.« Ich konnte ihr schlecht erzählen, dass der Sekretär des Emirs mich vergiften wollte, also lenkte ich vom Thema ab. »Wie genau wird das Interview nachher ablaufen?«

»Ach, mach dir keine Gedanken darüber.« Serafine winkte ab und strich sich anschließend das lange blonde Haar über die schmalen Schultern. »Dir, Aslan und dem Khan werden vermutlich nur ein paar Fragen gestellt, die ihr beantworten müsst. Sitz einfach da und lächle. Wahrscheinlich wird es sowieso der Khan sein, der die meiste Zeit das Wort übernimmt.«

»Bist du auch dabei?«

»Bei der Zeremonie gleich? Ja, aber nur hinter den Kulissen.«

»Warte, wieso Zeremonie? Ich dachte, dass sei nur ein Interview.«

Serafine lachte. »Ach, das ist doch alles dasselbe. Also erst werdet ihr gesegnet. Dann spricht der Khan ein paar Worte und dann kommt die Pressekonferenz.«

»Diese Pressekonferenz, ist dies das Interview?« Ich hatte dieses Wort noch nie gehört.

»Ich vergesse immer, wie wenig von der Außenwelt man im System mitbekommt. Komm, wir gehen ins Bad. Dort wasche ich dich und erkläre dir alles.«

»Mich waschen? Das kann ich selbst.«

»Ich weiß. Nur werde ich dafür bezahlt, dass ich es tue. Also mache ich es auch.«

Ein schwerer Seufzer entfuhr mir. »Bitte, Serafine. Ich will nicht, dass du mich von vorne bis hinten bedienst. Es reicht, wenn du mir alles zeigst. Ich bin eine erwachsene Frau. Du musst mich weder waschen, noch mir beim Anziehen helfen.«

Serafine verschränkte die Arme und tippte mit ihren langen roten Fingernägeln auf ihren Bizeps. »Und ob ich das muss. Warte nur ab, bis du das Kleid für die Zeremonie siehst.« Ihr strenger Blick wandelte sich erneut in ein aufrichtiges Lachen und sie zeigte ihre geraden weißen Zähne. »Na komm, ich lasse dir ein Bad ein. Dann kannst du dich selbst waschen und ich komme erst wieder rein, wenn du in der Wanne liegst und den Schaum genießt.«

»Hier gibt es eine richtige Wanne?«, fragte ich erstaunt. Im System hatte nur das Bad der Wächterinnen eine. Ich hatte es einmal im Vorbeigehen gesehen. Für uns andere Frauen gab es nur einen Duschraum und die Nasszellen in unseren Kammern. Wie würde es sich anfühlen, im warmen Wasser zu liegen? Gleich konnte ich es herausfinden.

»Hast du dich noch gar nicht umgesehen?«

Ich blickte durch das geräumige Wohnzimmer. »Nein, nicht wirklich.«

»Dann wird es Zeit.« Sie zwinkerte und mir fiel ihr blauer Lidschatten auf, den sie hinter der dunklen Maske trug. Offenbar war es in der Spike normal, sich zu schminken. Im System taten wir dies nur in der Türkisen Nacht und ganz selten zu anderen Feierlichkeiten. Doch viel zu feiern gab es normalerweise nicht.

»Du kannst die Maske abnehmen, wenn wir alleine sind«, gestattete ich ihr. Meine hatte ich mir auch gleich beim Betreten abgestreift.

Sie lächelte wieder, dann löste sie das Band hinter ihrem Kopf und grinste mich an. »Man gewöhnt sich dran. Irgendwann vergisst man einfach, dass man sie trägt.«

Serafine verschwand hinter der Tür, hinter der ich das Badezimmer vermutete. Während das stetige Plätschern des Wassers in meine Ohren drang, öffnete ich Tür für Tür und lugte in die vielen Zimmer hinein. Wofür brauchten wir so viel Platz? Ich kam Jahre lang mit acht Armlängen in alle Richtungen aus und jetzt sollte ich in dieser gigantischen Kluft aus Platz leben? Das halbe System könnte allein in unserem Wohnzimmer unterkommen. Okay, vielleicht übertrieb ich. Unser Ehebett bot jedoch wirklich Platz für fünf. Das würde jedoch zu den vielen Kinderzimmern passen. Vielleicht wollte Aslan unsere Kinder alle nachts bei uns im Bett wissen. Im System hatte ich als Kind auch oft bei Maria im Bett geschlafen.

»Kommst du?«, hallte es durch das ganze Apartment von der anderen Seite aus.

»Ja, einen Moment.« Ich eiste meinen Blick vom Bett los und durchquerte die Stube. Draußen war die Sonne nun gänzlich aufgegangen. Mir kam alles so unwirklich vor. Gestern früh hatte ich noch in Ruhe mit Maria gefrühstückt, dann traf ich Kirstin bei der Ankleide, wir feierten gemeinsam bis zum Sonnenuntergang. Dann die Versteigerung, mein Trugschluss, einem Mann zu vertrauen und von seiner dummen Schokolade zu kosten, die Ohnmacht und unsere Rückfahrt mitten in der Nacht. Ein Glück konnte ich die zwei Stunden im Wagen schlafen und neue Kräfte gewinnen. Kaum waren wir wieder im Palast gewesen, untersuchte mich der Heiler erneut, ehe Aslan mich hierherbrachte. Und in knapp zwei Stunden sollte ich an irgendeiner dubiosen Zeremonie teilnehmen.

Ich betrat das Badezimmer und erschrak, als ich mein blasses, olivfarbenes Gesicht, die verschmierte Schminke und die krausen Haare im Spiegel sah. Kein Wunder, dass Aslan so erpicht darauf war, dass ich hergerichtet wurde. Unten in der Spike war mir mein Aussehen bei den vielen anderen Eindrücken gar nicht aufgefallen.

»Das Wasser ist fertig. Ich habe einen Pfirsichduft für den Schaum gewählt. Zieh dich aus und gib Bescheid, wenn du soweit bist.«

»Danke, Serafine. Es riecht herrlich.« Serafine verließ hinter mir das Bad und ich schälte mich aus dem verschwitzten Kleid, nahm meine kaputte Uhr ab und löste die Brosche aus meinem Haar. Das Wasser war heiß. Heißer als jedes Wasser, das meine Zehen jemals berührt hatten. Dennoch tat es wahnsinnig gut, die Hitze, die durch meinen ganzen Körper beim Eintauchen zog, zu spüren.

Es war das erste Mal seit Kyras Verschwinden, dass ich mich völlig entspannt fühlte, während mein geschundener Körper im dampfenden

Bad verschwand. Ich schloss die Augen und genoss den Moment für mich alleine.

Nach fünf Minuten rief ich nach Serafine. Ich war ihr dankbar, dass sie mir Zeit für mich gab, obwohl wir beide wussten, dass wir uns zu beeilen hatten.

»Tut gut, nicht wahr?«

»Unheimlich«, antwortete ich genussvoll.

»Ich wasche dir die Haare. Lehn dich einfach zurück.«

»Das brauchst du nicht.«

»Eliza, es ist mein Job als deine Zofe und ich erfülle ihn gerne. Also sträube dich bitte nicht ständig.«

Ein Seufzen entfuhr mir. »In Ordnung.« Sie gab sich eine flüssige Masse in die Hände und massierte sie in mein nasses Haar ein.

»Was ist das?«, fragte ich sie. Im System wuschen wir uns nur mit fester Seife.

»Shampoo. Sag nicht, das gibt es immer noch nicht im System? Die Wächterinnen schotten euch auch von jeder Modernität ab.«

»Ja, anscheinend ...« Die süße Freiheit in der Spike hatte wirklich etwas. Selbst in dem großen, weiß-gold gefliesten Bad und der freistehenden Wanne, fühlte ich mich inzwischen wohl. Vielleicht war der Fortschritt in der Spike tatsächlich etwas Gutes.

Serafine goss mir mit einem Krug Wasser über den Kopf, bis die komische Seife ausgespült war. »Und nun, möchtest du die Haare wieder glatt tragen?«

Ich blickte zu ihr auf und kräuselte die Stirn. »Dauert das nicht zu lange? Maria hat ewig gebraucht. Sind die Platten denn überhaupt schon erhitzt dafür?«

Ein fragender Ausdruck trat in Serafines Gesicht. »Was für Platten?«

Langsam dämmerte es mir. »Ihr habt irgendeine neumodische Technik dafür, oder?«

»Ja, nennt sich Glätteisen.« Plötzlich konnte sie sich kaum einkriegen vor Lachen und feine Grübchen umspielten ihre Mundwinkel. »Tut mir leid«, sagte sie schließlich glucksend. »Ich lebe seit dreißig Jahren hier und vergesse es einfach immer und immer wieder, wenn ich Frauen aus dem System treffe, wie wir aufwuchsen. Mit dem Glätteisen geht es jedenfalls ganz schnell. Komm einfach raus und dann fangen wir an. Soll ich dich abtrocknen?«

»Das mache ich lieber selbst. Ich brauche bloß Handtücher.«

»Natürlich.« Sie stand auf und legte mir ein großes Handtuch auf einen edel wirkenden Stuhl und ein weiteres kleines daneben. Dann zog sie den rosigen Bad-Vorleger zur Seite, sodass er direkt vor der Badewanne lag, und trat hinaus.

Es war nicht einfach, aus der hohen Wanne zu steigen. Doch schließlich gelang es mir. Ich schlang das eine Handtuch um meinen Körper und wickelte mich darin ein, mit dem anderen trocknete ich meine Haare. Ich konnte immer noch nicht wirklich fassen, was hier geschah. Ich war die neue Frau des Prinzen, dem Sohn des Khans. Aslans Frau. Und ich lebte in der Spike. In einer riesigen Wohnung mit Blick über die Gärten, den Palast, die Vorstadt und die Wüste. Es war, als könnte ich die Welt überblicken. Meine neue Welt.

An der Tür sah ich einen Mantel aus demselben Stoff, wie meine Handtücher waren, hängen und zog ihn über meine glatte Haut. Im System hatte sie sich nie so gut angefühlt nach dem Duschen. Das musste an dem duftenden Schaum liegen.

In den Mantel gehüllt, trat ich hinaus in die Wohnstube. Serafine hatte eine gräuliche Abdeckung vor dem Panoramafenster heruntergelassen, die uns vor den gleißenden Sonnenstrahlen abschirmte und dennoch das Tageslicht hereinließ.

»Setz dich, wir müssen uns jetzt wirklich beeilen.«

Ich nahm vor ihr auf einem Stuhl vom Esstisch Platz.

»Ich föhne dir rasch die Haare, dann glätten wir sie.« Sie nahm ein Gebläse vom Tisch, das einen fürchterlichen Krach verursachte und blies meine Haare mit ihm trocken. Dann zog sie einen eigenartigen Stab aus einem kleinen Koffer hervor. Sie wartete einen Augenblick und kämmte mein Haar, bis ein rotes Lämpchen am Stab ansprang. Dann zog sie eine Strähne aus meinem Schopf und ließ sie zwischen den Stabspitzen hindurchgleiten.

»Was ist das für ein Material?«, fragte ich, während ich auf den schwarzen Stab schielte.

»Keramik. Früher waren die Stäbe noch aus Eisen, doch Keramik ist sanfter zur Haarstruktur«, erklärte sie.

Plötzlich hielt sie inne und ich bemerkte, dass mein Mantel ein Stück zu weit hochgerutscht war. Meine blaugemaserten Knie lugten unter ihm hervor. Rasch zog ich den Mantel glatt und versteckte meine Beine wieder. Serafine fuhr mit ihrer Prozedur fort, als wäre nichts gewesen. Hoffentlich würde das Kleid gleich nicht nur bis zu meinen Knien gehen, dann hätte ich ein Problem.

Meine Haare waren endlich glatt und mein Gesicht war, wie eine der kostbaren Porzellanpuppen, die ich vom Basar kannte, geschminkt.

»Bist du dir sicher, dass ich dir nicht beim Ankleiden helfen soll?«

Ich würde ihr so gerne vertrauen, doch das konnte ich noch nicht. Niemand sollte von der Nacht in der Wüste erfahren, den es nichts anging. Ich würde nur noch mehr Probleme bekommen, wenn der Emir von all dem erfuhr. »Ich rufe dich, wenn ich Hilfe benötige.«

»In Ordnung.« Serafine verbeugte sich und ließ mich mit dem prächtigen roten Kleid alleine. Ich wusste nicht ganz, was ich von ihm halten sollte. Es war so viel voluminöser als jedes Kleid, dass ich jemals gesehen hatte. Am Rücken wurde es geschnürt, also würde ich nicht drum herumkommen, Serafine um Hilfe zu bitten. Doch zumindest die viel zu aufreizende Unterwäsche und die Strumpfhose wollte ich anziehen, bevor sie kam. Um den Bauch wickelte ich außerdem eine Art dunkleren Kummerbund, der dabei lag. Das Kleid bekam ich alleine über den Kopf, dann rief ich meine Zofe, die es hinten verschnürte.

Ich war mir sicher, dass man den einen oder anderen Fleck am Rücken sehen musste. Doch sie stellte keine Fragen, wofür ich dankbar war. Stattdessen ging sie zu meinem Kleiderschrank und zog ein rotes Tuch hervor, das meinen Rücken während der Zeremonie zusätzlich bedecken würde.

Die roten Puffärmel ließen meine Arme breiter aussehen, als sie waren. Trotzdem stand mir das Kleid. Der rote Ton ließ meine olivgelbe Haut golden schimmern und passte hervorragend zum dunklen Haar und den mandelförmigen Augen, die von der dunkelroten Maske mit angenähtem Spitzenschleier umrahmt wurden. Ich sah wahrhaftig wie eine Prinzessin aus.

»Bist du bereit?«

»Ich denke schon.«

12

Aslan wartete bereits in der Spiegelhalle auf mich. »Du siehst fantastisch aus, Prinzessin.«

»Danke, Aslan. Die Kleiderwahl ist vortrefflich. Ich wusste nicht, dass mir rot so gut stehen würde. Im System dürfen es nur die Wächterinnen tragen.«

»Und bald wirst du eine Herrscherin sein, wenn ich eines Tages den Thron besteige.«

Ein dicker Kloß trat in meinen Hals. So weit im Voraus wollte ich gar nicht planen.

Ich hakte mich bei Aslan ein und wir betraten die lange Röhre, den gläsernen Gang neben dem Tropengarten, der zum Palast führte. Serafine blieb mit großem Abstand hinter uns, umgeben von zwei Wachen, die uns folgten.

Ich spürte deutlich die Blicke der Umstehenden auf mir ruhen, während wir die Spike verließen: die der Frauen auf dem Basar ein Stockwerk über uns, die auf uns herunterblickten und die der Männer in ihren Uniformen, die hastig an uns vorbeischritten. Die vielen Spiegel machten es nicht leichter.

»Wieso schauen die uns alle so an?«

»Wundert es dich? Seit meine Mutter vor fünfzehn Jahren verstarb, gab es keine Frau mehr im Palast.«

»Hat dein Vater nie überlegt, erneut zu heiraten?«

»Das verbieten die Gesetze. Ich dachte, das wüsstest du.«

Ich nickte. Ja, so etwas wurde uns erklärt. Irgendwann mal. Aber uns wurde vieles erzählt und ich war mir inzwischen nicht mehr sicher, ob alles stimmte.

Hinter dem Tropengarten und dem langen Flur, der folgte, betraten wir jene vergoldete Halle, die wir schon bei unserer Ankunft passiert hatten. Es war ein anderer Eingang als der, zu dem die Jäger mich gebracht hatten. Dieser hier war weitaus prunkvoller und größer.

»Die Ahnengalerie«, hatte Aslan mir heute Morgen erklärt. »Hier siehst du alle männlichen Vorfahren, die je in diesem Palast gelebt haben. Khane, Könige, Präsidenten, erneut Khane. Sie trugen viele Titel im Laufe der Zeit, je nachdem, welche Kultur gerade Einzug erhielt und was sie bevorzugten. Mein Großvater hat sich den Titel Khan selbst zugeschrieben, wusstest du das? Vorher hatte König Konstantin von Ulanqab geherrscht. Er konnte keine Söhne gebären, also kam mein Großvater als seine rechte Hand auf den Thron. Ich selbst bevorzuge übrigens auch eher Prinz und werde mich wohl später König nennen. Die Könige des Landes waren meist weniger herrschsüchtig als die Khane.«

»Ihr sucht euch die Titel selbst aus?«, hatte ich verwundert gefragt.

»Ja. Mit dem Wachstum des Wüstenreiches und der Allianz kamen immer mehr Kulturen ins Land. Außerdem kam es häufig vor, dass die Söhne wenig mit dem Regierungsverhalten ihrer Väter anfangen konnten. Dann wechselten sie ihren Titel einfach. Letztendlich ist es eh nur eine Form der Höflichkeit, meinen Vater nicht bei seinem Namen zu nennen.«

»Und die Frauen?«

»Was soll mit ihnen sein? Du bist meine Prinzessin und wirst einmal Königin sein.« Ich hatte den Kopf geschüttelt und mich weiter umgesehen.

Auch jetzt konnte ich meinen Blick nicht von den vielen Gemälden abwenden. Die frühen Herrscher hatten noch sehr helle Haut, mit der Zeit wurde sie dunkler, dann wieder heller und schließlich hatten die letzten zwei Generationen denselben olivfarbenen Teint und die mandelförmigen Augen, wie auch ich sie besaß. Serafine hatte sie nicht, ihre Wangen waren viel rosiger. Ihre Eltern mussten von einer anderen Kultur abstammen als unserer.

»Da vorne ist der Königssaal. Dort empfängt mein Vater uns.«

»Muss ich etwas beachten?« Auf keinem Fall wollte ich gleich beim ersten Treffen etwas falsch machen. Mich beschlich sowieso das Gefühl, dass der Khan die Brautwahl seines Sohnes nicht sonderlich guthieß, so wie er mich im Krankenzimmer betrachtet hatte.

»Sei einfach du selbst und lass meinen Vater stets ausreden. Er mag es überhaupt nicht, unterbrochen zu werden.« Aslan strich sich nervös über die Unterarme.

»Das bekomme ich hin.« Zumindest hoffte ich es.

Ein Diener oder eine Wache – sie sahen fast gleich aus – öffnete das Portal zum Thronsaal und mir stockte der Atem. So viel Gold. Der Khan musste im Geld schwimmen, bei dieser Pracht. Und im System gab es nicht einmal dieses Schaumbad und Pfirsiche sowieso nur zu großen Festen.

Der Khan saß auf seinem Thron und besprach etwas mit dem verlogenen Emir. Als sie uns sahen, stockten beide und der Khan erhob sich. Er zwirbelte an seinem spitzen Bart herum und ich hoffte sehr, dass Aslan niemals auf die Idee käme, sich so ein Ding am Kinn wachsen zu lassen. Mir reichte der leichte Bartwuchs um sein Kinn, als hätte er die letzten Tage vergessen, sich zu rasieren. »Mein Sohn und meine Schwiegertochter, wie schön. Kommt her und nehmt Platz neben mir für ein Foto.«

Ich blickte fragend von ihm zu Aslan. Schon im nächsten Moment wurde meine stumme Frage beantwortet, als zwei Männer herschwirrten und Stühle neben den Thron stellten.

»Nehmt Platz«, wiederholte der Khan und wir setzten uns neben ihn. Es war ein ungewohntes Gefühl, direkt neben ihm zu sein. Selbst als wir mit der Kutsche zur Spike fuhren, hatte er eine eigene Sitzreihe für sich und war durch eine Glasscheibe von uns getrennt gewesen.

Aslan blickte an seinem Vater vorbei zu mir rüber und nickte kurz. Ich versuchte, mich so selbstbewusst und gerade auf dem hölzernen Stuhl mit der hohen Rückenlehne hinzusetzen, wie es ging. Wirklich bequem war es nicht. Hoffentlich sah man es mir nicht an.

Ein Mann mit einer Fotokamera kam und stellte sich vor uns. Sie war viel kleiner als die alte Kamera, die eine der Wächterinnen manchmal nutzte. Es hieß, ein Schmuggler hätte sie ihr verkauft, als er einst halb verdurstet vor den Toren des Systems auftauchte. Inzwischen gab es eine Fotowand auf dem Gang zum Speisesaal. Während des Unterrichtes hatte die Wächterin uns sogar einmal gezeigt, wie man die Fotos ausdruckte. Dafür brauchte man einen ganz dunklen Raum ...

Der Fotograf räusperte sich und ich sah auf. Im nächsten Moment lächelte ich und das Blitzlicht stob wie ein Gewitter über uns. Ich liebte Gewitter und war früher immer zu den Ausgängen gelaufen, wenn es losging, um es zu betrachten und das Donnern in den Dünen widerhallen zu hören.

»Wunderbar. Das wäre es vorerst. Draußen wartet bereits das Presseteam.«

»Lasst sie rein«, befahl der Khan und der Fotograf trat zur Seite.

Die Wachen öffneten erneut das Portal und ein ganzer Auflauf von Menschen kam hereingestürmt und platzierte sich vor uns. Ein Mann mit ganz heller Haut, wie ich sie noch nie gesehen hatte, stach deutlich aus der Menge hervor. Seine Stimme war tief, sodass jedes seiner Worte wie ein Raunen durch den Saal zu hallen schien, wenn er mit seinem Kollegen sprach. Er schien eine fremde Sprache zu sprechen. Hatte der Khan ihn aus einem anderen Land eingeladen? Die mongolische Allianz war in den letzten Jahren so sehr gewachsen, dass ich kaum noch wusste, welche Staaten und Städte dazugehörten. Meistens sprachen wir nur über das Wüstenreich Ulanqab mit der Spike direkt in Ulanqab, dem System in Kongjiacum und ein paar wenigen Nomadendörfern im Umland. Als wären das System und die Spike der Mittelpunkt der Erde. Doch dieser Mann konnte nicht aus der Wüste kommen. Vielleicht war er aus den mongolischen Ländereien Russlands. Es war aufregend, jemandem gegenüber zu stehen, der so weit gereist sein musste. Offenbar waren der Khan und sein kleines Reich wichtiger, als ich angenommen hatte.

Der Khan erhob sich und alle Männer beugten gleichzeitig ihren Oberkörper nach vorne und verstummten. Frauen waren keine gekommen. Serafine, die hinten bei den Wachen wartete, und ich, schienen die Einzigen zu sein.

»Beginnen wir.« Der Khan richtete seinen Blick Richtung Kamera und nickte. Alle im Raum waren still. Es war eine angespannte Stille.

»Liebes Volk, heute ist ein besonderer Tag. Mein Sohn, Prinz Aslan Hironimus der Zweite Immanuel Khan von Ulanqab, nahm gestern, im Alter von zwanzig Jahren, an der Türkisen Nacht teil, nachdem er letztes Jahr verhindert war. Dort traf er auf die schöne Elizara und bot um ihre Hand. Mit Stolz möchte ich euch heute meine Schwiegertochter, unsere Prinzessin Elizara, die zukünftige Königin von Ulanqab, vorstellen.«

Die Kamera schwang zu mir und ich überlegte kurz, ob ich auch aufstehen sollte, doch Serafine befahl mir mit einer Geste von der anderen Seite des Saales aus, dass ich sitzen bleiben musste. Also lächelte ich nur zaghaft und wartete darauf, dass der Khan weitersprach, doch das tat er nicht. Offenbar war meine Vorstellung bereits beendet.

Dafür trat ein anderer Mann mit langem Gewand aus dem Schatten und stellte sich vor uns. Er trug eine kleine Schale mit Wasser in den Händen und einen winzigen Paukenschlägel, dessen Ende mit rotem Stoff überspannt war, den er gegen die goldene Schale stieß, sodass ein eigenartiger, melodischer Klang, der nach kurzer Zeit in ein tiefes Surren überging, durch den Raum hallte. »Gesegnet seid ihr«, sprach er und spritzte uns Wasser auf die Brust. Dann verbeugte er sich tief und murmelte etwas. Ohne ein weiteres Wort trat er zurück und die Zeremonie schien beendet.

Das war es bereits? Da hatte sich selbst die Priesterin im System mehr Mühe gegeben. Die Kamera schwang erneut zum Khan und er gebot, nun Fragen an uns zu stellen. Damit begann das gefürchtete Interview. Mein Blick blieb an Serafines haften und ihre Worte drangen zurück in mein Ohr. Wahrscheinlich brauchte ich überhaupt nicht zu antworten und der Khan würde das Gespräch übernehmen. Und wenn nicht ...?

Es war jener Mann mit der faszinierend hellen Hautfarbe, der als Erster seine tiefe Stimme erhob und in einem fremdartigen Akzent sprach, der jenem Nataschas, einer Bekannten aus dem System, nicht unähnlich war. Vielleicht kam er tatsächlich aus dem Russischen Reich. »Wladis Ohura ist mein Name, Khan von Ulanqab. Der

Kaiser der russischen Förderation schickt mich, sie zu begrüßen und der neuen Prinzessin seine Ehre zu erweisen.« Er fiel plötzlich auf die Knie, kroch zu mir vor und küsste meine Schuhe. Sollte ich etwas sagen? Mein Blick ging hilfesuchend zu Serafine, die mir bedeutete, nichts zu tun.

Der Khan räusperte sich und schaute leicht abfällig zu Wladis Ohura herab. »Vielen Dank. Unseren Partnerstaat wissen wir sehr zu schätzen. Sprechen Sie Kaiser Lumpur meinen Dank für Ihr Kommen aus. Er ist jederzeit eingeladen, uns selbst zu besuchen.«

»Natürlich, Khan von Ulanqab. Prinzessin, Prinz.« Er nickte uns allen zu, dann stand er endlich auf und reihte sich zurück bei den anderen ein.

»Sonst noch etwas?« Wirklich interessiert klang der Khan nicht.

»Man schickt mich auch, um mit Ihnen über die Aufstände in Ulaanbaatar zu sprechen.«

»Später. Weitere Fragen?« Die Stimme des Khans hallte erneut durch den Raum.

Ein anderer Mann trat vor. »Prinzessin, wie ist es für Euch, das System verlassen zu haben und nun ein Teil der Königsfamilie zu sein?«

Ich wollte gerade dem älteren Herrn neben dem Mann mit der Kamera antworten, als mir der König ins Wort fiel: »Sie kommt gut zurecht. Im System war sie eine ausgesprochen gute Schülerin und fleißige Arbeiterin. So bin ich mir sicher, dass mein Sohn in ausgezeichneten Händen bei ihr ist.«

»Wie kommt es dann, dass Ihr ein Jahr lang eine Violette wart?«

Die Frage richtete sich eindeutig an mich, trotzdem war es erneut der Khan, der antwortete, nachdem sein puderroter Kopf wieder eine normale Farbe anzunehmen schien. »Ich weiß nicht, von wem Sie diese Information haben, doch ich verbitte mir die Verbreitung dieses Gerüchtes. Prinzessin Elizara ist eine anständige Dame.«

Nun waren es meine Wangen, die zu glühen begannen. Woher wusste dieser Mann von meiner Vergangenheit? Und wieso war er offenbar darauf aus, mir zu schaden?

Es dauerte eine Weile, bis das Tuscheln des Presseteams aufhörte.

»Haben Sie noch weitere Fragen, die sich nicht auf hanebüchene

Anschuldigungen stützen?« Der Khan sah streng zu ihm herunter.

Der Mann trat einen Schritt zurück und blickte gen Boden. Er wusste offenbar, dass er zu weit gegangen war. Als er wieder aufblickte, erkannte ich endlich, wo ich ihn schon einmal gesehen hatte und verschluckte mich beinahe. Diese linke Bazille! Natürlich! Ich hatte ihn erst gestern Abend bei der Türkisen Nacht gesehen. Es war der schmierige Kerl, der sich Dirka annahm. Das durfte doch nicht wahr sein! Offenbar hatte sie ihn bereits um den Finger gewickelt und ihm alles erzählt. Wie schaffte sie es nur, mir selbst hier das Leben schwer zu machen? Und wie sollte ich dem Khan sagen, dass es die Wahrheit war?

Ehe ich die Frage beantworten konnte, räusperte sich ein junger Mann, der aussah, als wäre er fast noch ein Kind. Trotzdem gebar er sich weitaus besser als Dirkas Partner. »Willkommen in Ulanqab, Prinzessin. Mich würde interessieren, ob Ihr bereits über die Zukunft mit dem Prinzen gesprochen habt. Wisst Ihr, wie viele Söhne Ihr bekommen wollt?«

»Mein Sohn hat drei Kinderzimmer einrichten lassen, das sollte die Frage beantworten.«

»Vielen Dank, Sire. Und die Weiße Nacht, wann ist sie geplant?« Die Weiße Nacht. Jenes Ereignis, auf das sich jede von uns Frauen entweder freute, oder es zutiefst fürchtete. Ich gehörte zur letzten Sorte und wollte sie so lange wie möglich vor mich hinschieben.

»Heute Nacht«, sprach der Khan aus und mir flutschte augenblicklich ein deutliches »Nein!«, raus.

Ein wütender Blick traf mich von rechts.

»Sire«, sagte ich und versuchte möglichst demütig zu klingen. »Euer Heiler riet mir, mindestens eine Woche nach dem gestrigen Schwächeanfall zu warten, hatte er Euch das nicht gesagt?«

Der Khan rümpfte seine wulstige Nase und seine tief schwarzen Augenbrauen zogen sich zusammen. Ich hatte ihm keine Widerworte zu geben, das wurde mir in diesem Moment bewusst.

»Heute Nacht, auch wenn ich nicht glaube, dass es Sie etwas angeht«, wiederholte er mit gefletschten Zähnen und blickte auf den Mann vor ihm.

Ich sah ihn sprachlos an.

Die nächsten Fragen drehten sich schließlich über andere Themen: Außenpolitik, Bildung und Gelder. Nichts, was mich noch wirklich interessierte. Meine Gedanken kreisten ausschließlich um den Khan und darum, dass mein Schwiegervater mich offenbar hasste. Außerdem war mir der Vollzug der Weißen Nacht zu früh. Es war das eine, mit Kyra zu schlafen, die ich seit Jahren kannte und das andere, mit einem Mann das Bett zu teilen. Die Verletzungen an meinem Körper begannen mit einem Mal alle zu kribbeln und schließlich zu brennen. Niemand durfte sehen, wie ich aussah, sonst würden mir Fragen gestellt werden, die ich nicht beantworten wollte. Das würde mich nur selbst in Gefahr bringen.

Mein Blick wanderte zu Aslan, der die Presseleute beobachtete. Ob er genauso streng und herrisch wie sein Vater war? Wollte er dieselbe Macht über mich besitzen, wie sein Vater sie sich nahm?

Ich dachte gerade, dass die Sitzung endlich enden würde, als mein Name fiel. »Prinzessin Elizara, möchtet Ihr Euch noch einmal äußern? Gibt es jemanden, den Ihr besonders vermisst und Grüße ausrichten wollt?«

Grüße? Wahrscheinlich würde außerhalb der Spike sowieso niemand davon erfahren. Mein Blick fiel auf das stoische Gesicht des Khans. Bevor er mir erneut ins Wort fallen konnte, sprach ich die beiden Namen aus, die mir als Erstes ins Gedächtnis kamen. Jene, von denen ich keinen Abschied nehmen konnte. Vielleicht hörten sie diese Nachricht und meldeten sich. »Ja, Kirstin und Kyra, Freundinnen von mir, von denen ich mich nicht verabschieden konnte. Und natürlich vermisse ich meine Amme Maria, die mich großzog, nachdem meine Mutter starb.«

»Gut jetzt«, sagte der Khan plötzlich und ich verstummte augenblicklich. »Die Sitzung ist hiermit beendet. Sie«, er zeigte auf Dirkas Mann, »kommen gleich zu mir. Der Rest ist entlassen.«

Ich schaute zu Aslan, ob mit dem Rest auch wir gemeint waren, doch er machte keine Anstalten, aufzustehen.

»Ihr Name?«

»Wilbert Radgar.«

»Radgar. Waren Sie nicht auch gestern beim System?«

»Ja, Sire.«

Die wulstige Nase des Khans begann zu zucken. »Dann wird Ihre Frau nun ohne Sie klarkommen müssen. Zwei Jahre Haft wegen Verunglimpfung der Krone und Streuung von Gerüchten über die Prinzessin.«

»Aber ...« Ich will gerade einwerfen, dass er das nicht tun kann, da fällt er mir erneut ins Wort.

»Mund halten, Mädchen. Wachen, führt ihn ab.«

»Sire, ich ...«

»Ich sagte, Mund halten!« Wie sollte ich dem Khan erklären, dass dieser Mann nicht log? Er konnte ihn doch nicht ins Gefängnis werfen, nur weil er die Wahrheit über meine Vergangenheit hervorgebracht hatte. Auch wenn es alles andere als dienlich für mich war.

»Sire, bitte. Lasst mich wenigstens mit meiner Frau sprechen. Sie muss es doch erfahren.« Er sah nicht so aus, als würde er das wirklich wollen. Vielmehr hatte ich das Gefühl, als würde er Dirka den Hals umdrehen, sobald er ihr begegnete – wenn er ihr noch einmal begegnete. Kein Wunder, hielt er sie wahrscheinlich für eine Lügnerin, die ihm Mist über mich erzählt hatte. Ob Dirka nun vergeblich in ihrem neuen Zuhause auf ihn warten würde? Was würde geschehen, wenn sie mir in der Spike entgegenkam?

Der Khan stand auf, während Wilbert abgeführt wurde. »Und nun zu dir, Fräulein. Ich weiß sehr wohl, dass dieser Mann recht hat. Und sollte auch nur ein Funke davon nach außen kehren, mache ich dich dafür verantwortlich. Du bist nur aus einem Grund hier – weil mein Sohn dich törichterweise interessant findet.«

»Vater, bitte!« Aslan war von seinem Stuhl heruntergeglitten und kam auf uns zu. »Lass sie in Ruhe! Sie kann nichts für die dummen Sprüche des Reporters.«

Der Khan stieß seinen Sohn zurück und funkelte ihn an. »Ach ja? Du hast es doch gehört. Sie war eine Violette. Sie wird nichts als Schande über unsere Familie bringen, dessen bin ich mir sicher. Und wenn Madame mir noch einmal widerspricht, wird sie sich wünschen, nie an der Türkisen Nacht teilgenommen zu haben. Und nun entschuldige mich, Sohn. Ich muss dafür sorgen, dass diese Leute keinen Mist verzapfen.«

Mit aufgeklapptem Mund und geweiteten Augen blickte ich dem

Khan nach, wie er den Raum durch eine Hintertür verließ.

»Stimmt es, warst du eine Violette? Bitte sei ehrlich zu mir, Eliza« Aslans Stimme klang enttäuscht.

»Ja«, antwortete ich mit gesenktem Kopf.

»Und, willst du mir auch verraten, warum?«

Ich stieß einen tiefen Seufzer auf. »Ein paar Jugendsünden, mehr nicht. Ich wollte einer Freundin helfen und das ging ein bisschen schief ...« Hoffentlich genügte ihm die Antwort.

Leider erfuhr ich nicht, was er darüber dachte. Er zuckte bloß mit der spitzen Nase und strich sich mit der Hand durch die kurzen Haare. »Du hättest es mir vorher sagen sollen.«

»Wann denn? Etwa während der Türkisen Nacht, als du auf mich botst? Oder danach, als ich vergiftet im Krankenzimmer lag? Vielleicht gerade eben, als Serafine eintrat?«

»Schon gut. Geh mit ihr nach oben, ich komme nach, sobald ich mit meinem Vater in Ruhe gesprochen habe. Vielleicht kann ich ihn zur Vernunft bringen, was den Reporter angeht. Und auch, was dich betrifft.« Er atmete laut durch die Nase aus und rieb sich die Schläfen. »Ich möchte dir ja helfen, Eliza, aber dazu musst du ehrlich zu mir sein. Bitte vertraue mir einfach, mehr verlange ich doch gar nicht.«

Wenn es so einfach wäre ... Wie gerne würde ich ihm vertrauen, ihm alles erzählen. Im Gegensatz zu mir, könnte er so viel ausrichten, wenn er alles wüsste. Doch genauso könnte er alles zerstören – mich zerstören. Wer wusste schon, was passierte, auf welcher Seite er stand? Solange ich das nicht sicher wusste, würde ich schweigen.

Aslan blickte mit seinen dunkel-goldenen Augen in meine braunen und mein Herz pochte schneller. Ich wünschte, ich könnte mich ihm wirklich öffnen.

»Danke, Aslan. Entschuldige, dass ich nicht gleich alles erzählt habe.« Meine Stimme klang belegt, so rau, wie ich mich fühlte.

Sein Blick ruhte auf mir, als analysierte er mich. Dann griff er zärtlich mein Kinn und berührte mit seinen sanften Lippen meine Nasenspitze und küsste mich. Dieses Mal stieß ich ihn nicht weg. Dafür fehlte mir innerlich die Kraft und ich war froh, dass er mir nach dieser Beichte überhaupt noch in die Augen sehen wollte.

»Versprich einfach, in Zukunft offen zu mir zu sein. Geh jetzt hoch. Ich komme gleich nach, Liebste.«

Ein Lächeln huschte auf meine Lippen.

Er verbeugte sich leicht vor mir und verschwand schließlich durch dieselbe Tür wie sein Vater. Ich blickte ihm nach, bis er den Raum verlassen hatte. Verliebte ich mich gerade in ihn? Oder was war das für ein Kribbeln, das mich während unseres Kusses eben beschlich? Aber womöglich bildete ich es mir nur ein. Kyra war seit einer Woche verschwunden. Ich sollte mich besser auf sie konzentrieren, statt auf meinen Prinzen.

Ich drehte mich um und suchte den Raum nach Serafine ab. Sie stand ruhig in einer Ecke bei der Tür und beobachtete mich. Was wird sie gedacht haben, als sie von meiner Vergangenheit erfuhr?

Mein Herz setzte kurz aus, als mein Blick weiter durch den Raum schweifte und ich nicht nur sie erkannte. Gegenüber von ihr stand der Emir mit verschränkten Armen und musterte mich. Dieser spitzbärtige Schleimbeutel. Hatte er den Raum nicht verlassen, als die Konferenz begann? Seit wann war er da? Ich sollte ihn einfach ignorieren.

Ohne ihn weiter zu beachten, schritt ich hinüber zu Serafine und gesellte mich an ihre Seite. Die Wachen öffneten uns das Portal und ich hatte das Gefühl, endlich wieder richtig Luft zu bekommen. Dennoch wurde ich den Gedanken nicht los, dass der Emir uns hinterher blickte. Kurz warf ich einen Blick über meine Schulter. Wir waren alleine. Kein Emir und auch sonst niemand, der uns folgte, während wir in die Richtung der Röhre neben dem tropischen Garten gingen. Erleichtert atmete ich aus und blieb stehen, als mir ein Gedanke kam. »Können wir vor die Tür gehen? Ich brauche etwas frische Luft.«

»Ja, du siehst angespannt aus«, stellte Serafine fest.

»Das bin ich auch. Waren meine Antworten wirklich so schlimm?«

»Nein, ich schätze, die Fragen passten dem Khan nicht.« War es wirklich nur das? Bei Serafine klang es, als hätte ich alles richtiggemacht.

»Also hasst der Khan mich nicht?«

Irgendwie überraschte mich die Frage selbst.

»Dessen bin ich mir nicht sicher«, antworte Serafine souverän und löste den Knoten, der ihre Haare am Hinterkopf zusammenhielt.

Wir standen immer noch mitten in der Röhre und ich betrachtete den Garten. In meinem Kopf ziepte der Schmerz und ließ mich die Augen zusammenkneifen. »Der Emir, war er die ganze Zeit dort?«, fragte ich und versuchte, mich auf einen Baum mit breiten, gefächerten Blättern zu konzentrieren. Wieso hielt der Emir es für nötig, mich immerzu zu beobachten? Was glaubte er, was ich herausfinden könnte?

»Emir Burka? Ja, er ist bei solchen Konferenzen stets anwesend, um im Anschluss Rede mit dem Khan zu halten.«

Warum wartete er dann, bis ich weg war?

Ich stutzte. »Wieso ist er dann nicht gegangen, als der Khan den Saal verließ?«

»Tut mir leid, Eliza. Das weiß ich nicht.«

Hielt er mich tatsächlich für eine Gefahr für ihn? Ich konnte mich keinen Schritt ohne Serafine oder Aslan außerhalb der Spike bewegen. Nicht einmal in den Palast kam ich alleine, dafür hatte ich noch keine Berechtigung. Aber jetzt war Serafine bei mir. Ich könnte mich also im Palastgarten umsehen. Der Emir und Aslan waren beim Khan, wie sollten sie es merken, dass wir draußen waren? »Was weißt du noch über ihn?« Ich hatte mich automatisch umgedreht und ging nun mit strammen Schritten zurück Richtung Palast.

Serafine hechtete hinter mir hier. »Den Emir? Nicht viel. Er ist der engste Vertraute und beste Freund des Khans. Seine Familie arbeitet schon seit Jahrzehnten für den Palast. Sie sind dafür bekannt, dass keine ihrer Frauen je ins System zurückgekehrt war.«

»Also bekam nie eine von ihnen ein Mädchen?«

»Doch, einige sogar.«

»Wie? Oh-« Ich verstand. Also waren die Frauen offenbar genauso empathielos wie er.

»Wo möchtest du hin?« Serafine hatte mich eingeholt und griff nach meiner Schulter.

Ich blieb stehen und versuchte, freundlich auszusehen. »Als wir ankamen, war dort ein Garten mit herrlichen Rosen, den wir durchquerten. Den würde ich gerne sehen. Vielleicht verschwindet dann endlich das Surren und Ziepen in meinem Kopf. Sicherlich brauche ich nur frische Luft.«

Serafine nickte. »Ja, der liegt vor dem Palast. Komm mit.«

Ich folgte ihr durch die schwach beleuchteten Flure, vorbei an der Ahnengalerie, nach draußen. Ob ich den Weg, den ich letzte Woche ging, wiederfinden würde?

Sie öffnete die breite Tür. Schwüle Luft schlug mir entgegen und wehte eine Erinnerung herbei, wie ich einmal am Tage aus dem System floh, um Pflanzen am Flussufer zu suchen. Es war stets gefährlich gewesen, die Wüste zu betreten und doch gab es mir den Adrenalinkick, den ich brauchte, um die tristen Stunden unter der Erde zu überstehen. Dennoch war ich jedes Mal froh gewesen, wenn ich lebend wieder zurückkam. Kyra und ich hatten oft überlegt, abzuhauen. Aber wie und wohin? Ich wusste zwar, dass es noch ein paar Dörfer im Umland gab, doch zu Fuß würden wir Tage brauchen, um sie zu erreichen. Außerdem hatten wir keine Ahnung, wo sie lagen. Wenn uns keine Jäger ertappen würden, würden wir sicherlich verdursten. Deswegen waren wir nie weiter als bis zum Fluss gelaufen.

»Wird der Garten viel besucht?«, fragte ich, als wir an einem Feld, gesäumt von Dahlien, entlangkamen. Es war so wunderschön hier draußen. Schon bei Nacht hatten mich die Pflanzen verzaubert und nun konnte ich sie wahrhaftig genießen – auch wenn ich nicht dafür rausgekommen war.

»Ich bin gelegentlich hier unten. Den Emir und einige Wachen sehe ich oft. Dann natürlich den Gärtner. Aslan ist nur selten hier. Wieso fragst du?«

»Nur so. Wie lange kennst du ihn eigentlich schon?«

»Aslan? Seit er ein Kind war. Ich habe ihn gewissermaßen mit großgezogen.« So lange war sie schon hier? Wie mein Mann wohl als Kind gewesen war? Bestimmt war es aufregend, im Palast groß zu werden. Alles war schließlich aufregender als das System.

Serafine sah mich neugierig an. Ihre Wangen schimmerten in der

Sonne rosa wie einige der Blumen. »Und ... und ist er ein guter Mann, Aslan?« Bestimmt hörte sich die Frage komisch für sie an, denn sie blieb stehen und legte den Kopf schief.

»Ja, ich würde ihm mein Leben anvertrauen, wenn es darauf ankäme. Es gibt niemanden, der so ehrlich und gutherzig ist wie er.« Serafine vertraute ihm, dann sollte ich das vielleicht auch tun. Aber sie wusste wahrscheinlich auch nicht, was ich über den Palast wusste.

»Eine Frage noch: Sind schon mal Frauen aus Ulanqab verschwunden? Einfach weg gewesen? Weißt du darüber etwas?«

»Du stellst eigenartige Fragen, Eliza. Es reisen alle paar Tage Frauen ab und kehren zurück ins System. Das weißt du doch. Oder worauf willst du hinaus?« Sie musterte mich kritisch und ich hatte das Gefühl, bereits zu viel gesagt zu haben.

»Tut mir leid. Es ist nur alles so neu für mich. Im System verschwinden manchmal Mädchen, weißt du. Es heißt immer, sie wären abgehauen. Aber es ist komisch. Mich interessiert nur, ob das hier auch vorkommt oder man hier sicher ist. Lass uns da entlanggehen.« Ich zeigte in Richtung des Eingangstors, durch das ich von Atari gezerrt wurden bin und schmerzhafte Erinnerungen kamen hoch.

Vor der Abzweigung, bei der wir damals abgebogen waren, blieb ich stehen und sah mich um. Alles lag ruhig dar.

»Eliza, ist wirklich alles in Ordnung?«

»Ja ... ja«, murmelte ich geistesabwesend und wollte bereits in die Richtung gehen, in die man mich damals bringen wollte, als der Emir an jener Palasttür auftauchte, die ich letzte Woche passiert hatte. Er stand in seiner roten Uniform mit verschränkten Armen vor uns, während die Sonne über uns brütete.

»Lass uns reingehen«, sagte Serafine mit Blick auf ihn. Sie sah genauso unglücklich über sein Kommen aus, wie ich mich fühlte.

Ich dachte nach. Was würde passieren, wenn ich einfach loslaufen würde, zu jener Stelle, von der aus ich damals fliehen konnte? Würde ich das Versteck, wo sie mich hinbringen wollten, finden? Aber was würde der Emir dann tun? Mich und Serafine einsperren? Sollte ich das Risiko tatsächlich eingehen? Für Kyra? Für jedes andere verschwundene Mädchen im Land?

Astrids Warnung trat in meinen Kopf. Ich sollte nicht nach ihr suchen – es wäre eine vergeudete Suche. Wahrscheinlich war sie überhaupt nicht hier.

»Komm jetzt«, sagte Serafine eindringlicher und griff nach meiner Hand. Erst jetzt bemerkte ich, dass das fiese Gesicht des Emirs sich uns genähert hatte.

»Meine Damen, Sie sollten sich nach der langen Nacht besser ausruhen. Nicht wahr, Prinzessin? Oder suchen Sie etwas im Garten? Erkenntnis? Die werden Sie hier nicht erlangen. Lesen Sie besser ein gutes Buch.« Er lächelte süffisant, sodass sein schmales Gesicht noch länger wirkte.

Serafine zerrte an meinem Ärmel. Was hatten die Worte des Emirs zu bedeuten? Dass hier nichts mehr war, was auf seine Taten hindeutete? Hatte er alle Beweise beseitigt? Bestimmt. Wie sollte ich Kyra dann finden? Wie sollte ich herausfinden, was hier geschah, wenn ich nicht einmal alleine rauskonnte – und selbst wenn ich es könnte, wo sollte ich hin, wo sollte ich sie suchen? Ich war die neue Prinzessin, alle Augen waren auf mich gerichtet. Aslan und Serafine würden es nie zulassen, dass ich nach Kyra oder anderen Mädchen suchte. Aber wollte ich das überhaupt noch? Die Spike war das, wonach ich mich immer gesehnt hatte und Aslan schien ein guter Mann zu sein. Würde ich fliehen, würde ich nicht nur das alles verlieren, sondern vermutlich auch mein Leben. Deswegen haben Kyra und ich diesen Schritt nie gewagt. Deswegen sind wir dem System treu geblieben. Sie würde nicht wollen, dass ich alles wegwerfe, worauf wir gehofft hatten.

Es knackste, als der Emir sich umdrehte und einen Ast zerbrach. Er ließ uns neben den Rosensträuchern zurück und ich folgte meiner Zofe zur Tür. »Lass uns hochfahren. Du siehst wirklich erschöpft aus.« Ich war tatsächlich noch müde und musste dringend den fehlenden Schlaf der Nacht nachholen und irgendwie einen klaren Kopf bekommen. Solange ich hier war und nicht wusste, wem ich trauen konnte, waren mir die Hände gebunden – und draußen wäre ich schneller tot, als dass die Götter des Horizonts mich schützen konnten. Ich hoffte, Aslan würde es verstehen, wenn ich mich ein wenig hinlegte, bis er kam. Glücklicherweise ließ er sich relativ lange Zeit und ich konnte nachdenken, ehe mich der Schlaf überwältigte.

13

Es klopfte und ich öffnete müde die Augen. Die Wimperntusche hatte einen klebrigen Film an meinen Lidern und dem weißen Kissen hinterlassen. Als ich mit den Händen über die Augen rieb, hinterließ sie dunkle Schlieren auf meiner Haut.

Ich wollte mich gerade wieder umdrehen, als sich die Tür öffnete. Aslan steckte seine gutaussehende, dunkle Mähne zwischen dem Türrahmen hindurch und blickte mich beinahe schüchtern an. »Alles in Ordnung? Ich wollte dich erst nicht wecken, dachte mir dann aber, dass es vielleicht besser sei. Sonst kriegst du heute Nacht kein Auge zu. Fine meinte, du hast dich gleich, nachdem ihr hoch seid, hingelegt.«

»Fine?« Ich stieß ein lautes Gähnen aus und streckte mich genüsslich, als wäre ich daheim in meiner Kammer im System.

»Serafine, entschuldige.« Aslan sah mich überrascht an und mir fiel wieder ein, dass ich nicht alleine war.

Rasch nahm ich meine Arme runter und klappte den Mund zu. So etwas gehörte sich vermutlich nicht für eine Prinzessin. »Wie spät ist es denn?«

Er blickte zurück in die Wohnstube, als könne er durch die Sonnenstrahlen, die hell bis ins Schlafzimmer fielen, die Uhrzeit ablesen. »Um drei.«

»Schon? Ja, ich stehe auf. Kann ich etwas anderes anziehen?« Das Kleid von heute Morgen war weg, obwohl ich es zerknittert auf dem Boden liegen gelassen hatte. Bestimmt hatte Serafine es mitgenommen. Ich selbst hatte nur ein Nachthemd, das gerade so bis zu den Knien ging und meine Unterwäsche an, die aussah, als hätte sie mehr gekostet als alles, was ich im System besessen hatte.

»Natürlich. Such dir irgendetwas aus dem Schrank aus. Wir haben bis heute Abend nichts mehr vor.« Aslan zeigte am Bett vorbei auf das Zimmer hinter mir, das ich vor lauter Hektik heute früh noch gar nicht richtig betrachtet hatte.

Ich stand auf und ging hinüber in meine Garderobe. Was um alles in der Welt sollte ich mit so vielen Kleidern anfangen? Fragend blickte ich zu Aslan, der immer noch im Türrahmen stand und offenbar zu vermeiden versuchte, mir auf den Po zu starren. Ich schüttelte den Kopf und ließ meine schmalen Finger über die sanften Stoffe gleiten. Für jeden Tag eines, schoss es mir durch den Kopf, als ich die Anzahl der Kleider grob überschlug.

»Was haben wir denn heute Abend noch vor?« Meine Lust, mich nachher erneut umziehen zu müssen, hielt sich in Grenzen, daher wollte ich gleich etwas finden, was ich bis zum Zubettgehen tragen konnte.

»Die Weiße Nacht«, raunte Aslan plötzlich in mein Ohr.

Ich sprang erschrocken einen Schritt zurück und verfing mich in den Kleidern hinter mir.

Aslan grinste. »Macht dich der Gedanke so nervös?«

»Was?«, fragte ich keuchend und begann zu lachen.

Aslan zog mich an sich und befreite mich aus dem Knäul aus Seide und Satin. »Die Weiße Nacht«, wiederholte er direkt neben meinem Gesicht, sodass seine Stimme meinen Magen wie ein tiefer Bass vibrieren ließ.

»Heute?« Mein Herz begann plötzlich einen Tick zu schnell zu schlagen. Hatte ich nicht unmissverständlich klargemacht, dass ich nicht dafür bereit war?

»Du zitterst«, stellte er fest und strich mit seinem Daumen über meinen blassen Handrücken und ich biss mir auf die Lippen. Ob er wusste, wie sehr ich seine leichten Berührungen mochte? Trotzdem war es zu früh, um einen Schritt weiterzugehen. Nicht jetzt, nicht nach einem Tag. »Du wusstest doch, dass es passiert.«

»Aber jetzt schon? Der Heiler meinte, ich solle mich erst erholen.« Das war nicht mal gelogen. Weder wollte ich ihm meinen geschundenen Körper offenbaren, noch in die Verlegenheit kommen, keine

Ahnung zu haben, wie so etwas ablief. Ich hatte Schiss vor dem Unbekannten – wie so oft in letzter Zeit. Mir wurde schwindelig. Warum waren alle so scharf darauf, dass ich mit meinem Mann schlief? Mein Kopf drehte sich zunehmend. Es fühlte sich ein bisschen wie gestern Abend an. »Ich muss mich setzen.« Meine Lippen waren trockener als die Wüstenluft.

Aslan führte mich zurück ins Schlafzimmer und ich ließ mich auf mein Bett fallen. Ich war noch nicht bereit, es mit ihm zu teilen. Nicht heute Nacht. Nicht so!

»Eliza, Sex gehört nun einmal zu einer Ehe dazu. Außerdem führen wir nicht irgendeine Ehe. Wir werden einmal dieses Land regieren. Da müssen wir uns an die Traditionen halten. Du hast meinen Vater doch bei der Konferenz gehört.« Er sah nicht wütend aus, als er sprach, dennoch konnten seine Worte mich nicht beruhigen.

»Trinken.« Mehr brachte ich darauf nicht hervor. Ich konnte mich kaum aufrecht halten. Was war nur immerzu los mit mir? In letzter Zeit schien mein Körper gegen mich zu arbeiten.

Aslan atmete schnaufend durch die Nase aus, als würde er mein Verhalten missbilligen, sprang aber dennoch auf und stürmte aus dem Zimmer. Als er nach einer Minute mit einem Glas Wasser wiederkam, lag ich schwer atmend auf dem Bett und hielt die Augen geschlossen.

»Ist die Vorstellung, mit mir zu schlafen, so schlimm für dich, dass du gleich wieder eine Panikattacke bekommst?«

»Nein«, antwortete ich schwach, unsicher, ob er mir wirklich einen Vorwurf machte oder es mir in dem Moment bloß so vorkam.

Aslan half mir, mich hinzusetzen und reichte mir das Glas, das ich in Ruhe austrank. Eine Panikattacke – ja, das würde vieles erklären.

Warum hatte ich so Angst vor dieser besonderen Nacht? Jeden Tag schliefen Paare miteinander. Kyra und ich hatten es schon bei unserem ersten Treffen in der Wüste, ohne groß darüber nachzudenken, getan. Aber Kyra war eine Frau. Ich kannte ihren Körper, ich wusste, was ich tun musste, damit wir beide Spaß hatten. Aslans Körper war sicherlich ganz anders als meiner. Natürlich hatten wir den männlichen Körper im Unterricht durchgenommen, trotzdem würde es ungewohnt sein, ihn zu sehen und zu spüren. Was war, wenn er mir wehtat? Wenn er nicht aufhörte, obwohl ich darum bat? Außerdem würde er sicherlich Fragen stellen, wenn er mich zum ersten Mal nackt sähe. Fragen, die ich nicht beantworten wollte. Fragen zu den vielen Malen auf meiner Haut, die mein Nachthemd gerade so verdeckte. Ich hatte Glück, dass der Heiler sein Schweigen noch nicht gebrochen hatte. Bestimmt würden er und Maria Ärger bekommen, wenn Aslan oder gar sein Vater davon erfuhren. Das wollte ich nicht riskieren. Der Heiler hatte etwas gut bei mir, und Maria sowieso.

»Jetzt ist einfach noch nicht die Zeit dafür, Aslan. Bitte gib mir die Chance, mich zuerst an alles hier zu gewöhnen. Mich an dich zu gewöhnen. Es ist alles neu. Die Spike, ein so großes Bett, plötzlich mit Männern zu tun zu haben, dich an meiner Seite zu haben. Die vielen Eindrücke überfordern mich ein bisschen, um ehrlich zu sein.«

Aslan rieb die Lippen übereinander und sah mich nachdenklich an. Nein, er beobachtete mich. »Und mein Vater?«, fragte er schließlich. »Er wird darauf bestehen, dass wir es bald tun.«

Dachte er denn immer nur an den Khan? Der Schwindel hatte sich inzwischen gelegt und wich meiner Wut. »Ist das dein Ernst? Ist dir die Meinung deines Vaters etwa wichtiger, als meine Angst vor der Weißen Nacht?« Automatisch schüttelte ich den Kopf. Ich konnte es kaum fassen.

»Er ist der Khan, verdammt. Wenn er sagt, dass wir ihm ein blutiges Laken vor die Nase halten sollen, dann tun wir das! Oder glaubst du, ich setze dein Leben aufs Spiel, nur weil du nicht mit mir schlafen willst?« Seine Stimme wurde mit jedem Wort lauter, bis er zum Ende hin sogar aufsprang und mich störrisch ansah.

»Raus! Ich will alleine sein.« Mein Atem ging immer schneller und mich beschlich das Gefühl, jeden Moment eine weitere Panikattacke zu bekommen. Was bildete er sich ein, wer er war? Noch durfte ich selbst über meinen Körper entscheiden!

Aslan schnaubte und verließ das Schlafzimmer, jedoch nicht ohne die Tür zuzuknallen. Das konnte ja ein toller erster gemeinsamer Tag werden ...

Wieso zählten meine Sorgen so überhaupt nicht in dieser Beziehung? War es denn völlig egal, was ich fühlte? Ohne es verhindern zu können, spürte ich meine Augen feucht werden und fing an zu weinen. Es war das erste Mal, seit Kyra verschwunden war, dass mich die Tränen übermannten.

Eingekugelt deckte ich mich wieder zu und vergrub das Gesicht zwischen meinen Knien. Was meinte Aslan damit, dass er mein Leben aufs Spiel setzte, wenn er nicht mit mir schliefe? Gab es etwa ein Gesetz, dass uns zur Weißen Nacht zwang? Und wenn ich dagegen verstieß, was war dann?

Frustriert stand ich auf und ging zurück zu dem Zimmer mit den Kleidern. Sie waren wirklich wunderschön und bestimmt kostspielig. Ich nahm mir eines aus violettem Stoff. Er erinnerte mich an meine düstere Vergangenheit und doch hatte er so gar nichts mit ihr zu tun. Dafür war er viel zu sanft und glatt. Das Kleid verkörperte die pure Reinheit. Ich schmiss es aufs Bett und setzte mich daneben.

Es dauerte eine Weile, dann klopfte es zum zweiten Mal an diesem Nachmittag und jemand öffnete die Tür zu meinem privaten Reich.

»Serafine«, flüsterte ich, als ich ihr langes blondes Haar erkannte, das ihr locker über die Schultern hing.

»Aslan hat mich gebeten, mit dir zu reden.«

»Traut er sich nicht, selbst zu kommen?«

»Eliza, sei ihm bitte nicht böse. Für ihn ist das auch alles neu.« Serafine kam auf mich zu und setze sich zu mir auf die Bettkannte. »Hier«, sagte sie und hielt mir ein Taschentuch hin. Ich hatte gehofft, man sähe nicht mehr, dass ich geweint hatte.

»Dankeschön. Weißt du, ich verstehe einfach nicht, wieso ihm das so wichtig ist. Und vor allem nicht, was seinen Vater die ganze Sache angeht. Dem Khan kann es doch egal sein, ob wir es heute, morgen, in drei Wochen oder erst in einem Jahr tun.«

Behutsam strich Serafine über meinen Arm und schüttelte leicht den Kopf. »So leicht ist das nicht, Eliza. Im Palast galt schon immer, dass die Weiße Nacht nach der Türkisen vollzogen wird. Es geht beim Sex nicht nur darum, dass ihr beiden euren Spaß habt. Der

Khan will einen weiteren Thronerben haben. Und den bekommt er nicht, wenn du dich weigerst, mit seinem Sohn zu schlafen.«

Also sollte ich nichts weiter als eine Gebärmaschine für den Palast sein. »Und deswegen hat der Khan das Recht dazu, mich dazu zu zwingen? Verstehe ich das richtig?«

»Das weiß ich nicht. Aber du solltest dich nicht weiter mit ihm anlegen. Er ist sowieso schon sauer, weil du eine ehemalige Violette bist. Ehrlich gesagt habe ich auch das Gefühl, dass der Emir es irgendwie auf dich abgesehen hat und er ist eigentlich kein Mann, den man sich zum Feind machen sollte.«

Ein tiefer Seufzer entfuhr mit. Dazu war es wohl zu spät. »Und was rätst du mir jetzt?« Langsam wusste ich wirklich nicht mehr, was ich tun sollte. Mein Herz war ganz klar dagegen, jetzt schon so intim mit Aslan zu werden, ganz egal, wie fürsorglich und nett er war. Gleichzeitig wollte mein Verstand mich nicht weiter in Gefahr bringen.

»Das kann ich dir nicht sagen. Für den Anfang solltest du mit deinem Ehemann sprechen. Und zwar in Ruhe und ohne mit den Türen zu knallen.« Na super, offenbar hatte sie unseren ganzen Streit mitangehört.

»Kannst du ihn reinbitten?« Meine Stimme klang wie die eines kleinen Kindes, dass seine Mutter um Hilfe bat.

Serafine nickte und stand auf. »Mach dir nicht so viele Gedanken. Aslan ist ein anständiger Mann. Erkläre ihm deine Sorgen in Ruhe, dann wird er dir auch zuhören. Für ihn ist das alles auch nicht leicht. Nicht nur für dich ist die Situation neu. Auch er wird Ängste haben.«

Ich schluckte. Dass sich auch für ihn seit gestern einiges geändert hatte, daran hatte ich noch gar nicht gedacht.

Meine Zofe ging und ließ mich mit meinen Gedanken zurück.

Es dauerte nur einen Augenblick, dann trat Aslan ein und sah mich mit reumütigem Blick an. »Tut mir leid, dass ich so laut geworden bin.«

Ich nickte zur Seite und klopfte auf das Bett. Er verstand die Aufforderung und setze sich zu mir. »Ich war auch nicht besser. Die ganze Situation überfordert mich einfach.«

»Nicht nur dich.« Seine Hände waren in seinem Schoß gefaltet und er blickte gen Boden, als ringe er mit dem, was er als nächstes sagen sollte. Doch dann schwieg er einfach nur.

»Du bist der erste Mann in meinem Leben, und das wortwörtlich. Ich weiß nicht, wie ich mit dir umgehen soll. Mein Leben lang hatte ich nur Frauen um mich. Ich wusste nicht mal, wie tief eure Stimmen klingen und dass ihr fast alle größer seid als wir Frauen. Oder wie stark ihr seid. Du hast solche Muskeln in den Armen, das habe ich noch nie gesehen.«

Er lachte und demonstrierte mir seinen Bizeps, sodass auch ich grinsen musste, doch dann ließ ich die Mundwinkel wieder hängen und wurde ernst. »Aslan, ich habe Angst, dass du mir versehentlich wehtust. Du müsstest es ja nicht mal absichtlich machen. Und ich habe Angst davor, dass die Weiße Nacht noch andere Konsequenzen mit sich bringt.«

Aslan wandte seinen Kopf in meine Richtung und runzelte die Stirn. »Ich würde dir nie wehtun, Eliza.«

»Aber das weißt du doch gar nicht.« Meine Stimme klang unabsichtlich flehend.

Seine Lippen verzogen sich zu einem leichten Lächeln, das nicht bis zu den Augen drang. Offenbar wusste er selbst nicht recht, wie er darauf antworten sollte. Schließlich kaute er auf seiner Unterlippe herum, ehe er fortfuhr. »Was genau meinst du mit Konsequenzen?«

Ich blickte in seine gold-braunen Augen und dachte über seine simple Frage nach. Vielleicht war es gar nicht die Angst vor dem ersten Mal, die mich so in Panik versetzte, sondern das, was dabei passieren konnte. »Was ist, wenn du mich gleich beim ersten Mal schwängerst? Ich bin noch nicht bereit dafür, vor allem dann nicht, wenn es ein Mädchen wird.«

»Das weiß ich ehrlich gesagt nicht.« Er zuckte mit den Schultern und ließ sich nach hinten aufs Plumeau fallen, das leicht nach oben puffte. »Darüber habe ich nie so wirklich nachgedacht.«

»Nicht? Immerhin hast du gleich drei Kinderzimmer in diesem Apartment eingeplant.« Das erste Mal an diesem Nachmittag musste ich aufrichtig lachen.

Aslan legte sich auf die Seite und stützte seinen Kopf auf seiner Hand ab, dann musterte er mich. »Du bist wirklich schön, meine Prinzessin.«

Verwirrt blickte ich ihn an. Wie kam er jetzt darauf? »Leider löst das keines unserer Probleme.«

»Stimmt.« Den Blick wieder abgewandt, drehte er sich auf den Rücken und starrte zur Decke. Ich musste mir eingestehen, dass er ziemlich attraktiv war: Das schmale Kinn, die dunklen Augen, lange Wimpern und die ebene Nase ... Auch den leichten Bartansatz mochte ich.

»Es gibt Möglichkeiten zur Verhütung«, sagte er, ohne mich anzusehen.

»Wieso nutzen wir sie nicht?«

»Sie sind verboten und ich wüsste auch niemanden, der uns welche besorgen kann. Ich habe auch bloß einmal von einem Mann aus dem Westen davon gehört.«

Innerlich konnte ich gar nicht aufhören zu seufzen. Konnte er diese Mittel nicht irgendwie besorgen? Ich wollte Kinder, so war es nicht. Ich hatte bloß Angst, eine Tochter zu bekommen und zurückzumüssen. »Es ist nicht fair, dass Mädchen kein Lebensrecht haben«, sagte ich geradeheraus und Aslan sah mich fast schon geschockt an.

»Irgendwie schon«, murmelte er, als sei er in Gedanken verloren. Ich wurde nicht schlau aus ihm, und das machte mich allmählich fertig. Hatte er nicht mehr zu sagen? Ich machte einen enttäuschten Gesichtsausdruck, doch er schien ihn nicht richtig zu bemerken. Stattdessen fuhr er fort: »Ich werde unsere Bedenken meinem Vater mitteilen, doch lange wird er sich nicht hinhalten lassen. Ich habe eben mitbekommen, was Fine zu dir gesagt hat und sie hat leider recht. Mein Vater hält sehr an den Traditionen des Landes fest und er ist erpicht darauf, dass du ihm rasch einen Thronfolger gebärst.« Er setzte kurz zu einer Pause an.

Es war komisch, diese Worte aus seinem Mund zu hören und ich fragte mich langsam, wieso ich überhaupt hier war. Wieso tat ich mir das alles an? *Kyra*, schoss es sofort in meinen Kopf und die schmerzlichen Erinnerungen an sie durchfuhren meinen Körper und stellten meine Härchen auf. Ich hatte nur ihretwegen an der

Türkisen Nacht teilgenommen und nun realisierte ich mit jedem Tag mehr, dass ich nicht die Macht haben würde, sie zu retten.

»Und du?«, fragte ich, ehe er weiterreden konnte.

»Ich?«

»Siehst du das auch so? Willst du nur mit mir schlafen, damit ich dir einen Sohn gebären kann?«

Er setze sich auf und schüttelte sein verstrubbeltes Haar. Erst jetzt fiel mir seine gerötete Wange auf. Es sah ein bisschen aus, als hätte ihm vor kurzem jemand ins Gesicht geschlagen. War es sein Vater gewesen? Hatte er seinen Frust über mich an ihm ausgelassen? Unwillkürlich hatte ich das Bedürfnis, seine Wange zu berühren, doch er zuckte zurück, als ich mich ihr mit meiner Hand näherte.

»Nicht«, flüsterte er und ich ließ sie wieder sinken.

»Entschuldige.« Mehr brachte ich nicht hervor.

»Mir ist es egal, ob wir Kinder haben, ich will nur glücklich mit dir sein.«

Damit hatte ich nicht gerechnet. Ich beugte mich vor und nahm seine andere Wange in meine Hand. Dieses Mal zuckte er nicht zurück, sondern senkte die Lider, während ich ihm näherkam und seinen Atem auf meiner Haut spürte. Unsere Lippen berührten sich und ein wohliges Kribbeln zog sich durch meinen gesamten Körper. Dieser Kuss war so anders, als alle vorherigen. Leidenschaftlich, aber nicht fordernd. Er wirkte mit einem Mal so verletzlich in meinen Händen, dass ich das Gefühl hatte, ihn nie wieder loslassen zu dürfen. Als wir uns schließlich dennoch voneinander lösten, legte ich meinen Kopf auf seinen Schoß und er streichelte mich, bis das Herzrasen nachließ und zu einem normalen Klopfen überging.

»Ich rede mit meinem Vater, versprochen.«

14

Wir hatten es nicht getan. Nicht an diesem Abend und auch nicht am nächsten oder übernächsten. Seit einer Woche war ich bereits hier und genoss die Annehmlichkeiten der Spike, ohne mit Aslan geschlafen zu haben. Ihm schien es wenig auszumachen. Zumindest hatte er sich noch nicht beschwert. Der Khan musste dagegen nicht sonderlich glücklich über unsere Entscheidung gewesen sein. Dennoch hatte er sie akzeptiert. Mehr oder weniger zumindest.

»Ich will noch zum Basar, kommst du mit?« Fines Stimme schallte durch die Wohnstube und riss mich aus meinen Gedanken. Ich liebte den Basar mit seinen Waren und Düften, den vielen bunten Farben und das Treiben der Frauen und Männer.

»Ja, ich wollte mir sowieso so eine Brille gegen die Sonne holen.« Ich wusste, dass ich sie nur selten brauchen würde. In der Spike waren die Fenster so getönt, dass uns die Sonne nie wirklich blendete und in den Garten kam ich viel zu selten. Langsam beschlich mich das Gefühl, dass Serafine mich lieber drinnen wusste. Sie achtete auch immer darauf, dass ich dem Palast nicht zu nah kam. Erst hatte ich gedacht, sie wüsste etwas über die verschwundenen Mädchen, doch das konnte ich mir inzwischen nicht mehr vorstellen. Eher glaubte ich, dass sie mich vom Emir und Aslans Vater fernhalten wollte.

Sie lachte. »Eine Sonnenbrille?«

»Ja, was hab' ich gesagt?«

»Eine Brille gegen die Sonne.«

Wir schmunzelten beide, dann setzten wir die Masken auf, die uns vor den Blicken der unverheirateten Männer schützen sollte.

Ich hakte mich bei Serafine ein, wie ich es früher immer bei Maria oder Kyra getan hatte und wir betraten gemeinsam die Plattform vor meinem Apartment, die das halbe Geschoss einnahm. Jedes Mal, wenn ich hier über die Reling schaute, wurde mir schwindelig. Es ging weit mehr als tausend Armlängen in die Tiefe. Die Menschen, die auf den Etagen herumliefen, waren nur noch als Punkte auf dem grauen Untergrund zu erkennen, wobei ich das Toliarum nur noch als verschwommenen Boden in der Tiefe wahrnahm. Die meisten Etagen waren mit Rolltreppen verbunden, nur zu unserer gelangte man ausschließlich mit einem privaten Aufzug, der uns mitten ins Toliarum brachte. Ich hatte eine Weile gebraucht, um zu bemerken, dass nur wir ihn benutzten. Erst am vierten Tag entdeckte ich die anderen Lifte versteckt in den Gängen, die von der Spiegelhalle wegführten.

Ich stieg vor Fine in den Aufzug. Sie ließ mir immer den Vorrang, obwohl es mir eigentlich lieber wäre, wenn ich ihr einfach folgen konnte. Der Lift setzte sich in Bewegung, kaum, dass er Fines Stimme wahrgenommen hatte und brachte uns sicher nach unten. Ich genoss die Aussicht, die sich uns bot, jedes Mal aufs Neue. Vor allem den Wasserfall liebte ich. Etwas derart Atemraubendes kannte ich nur von Zeichnungen und Fotografien. In der freien Natur musste es noch viel imposanter wirken.

Als der Lift stoppte, trat ich, gefolgt von Fine, heraus und sah mich um. Der Basar fand täglich statt und meistens hatte ich es hingeschafft, in der Hoffnung, zufällig auf Kirstin zu stoßen. Doch bisher fehlte jede Spur von ihr. Dafür hatte ich Dirka gesehen. Sie hatte eindeutig meinen Blick gemieden. Kurz war ich versucht gewesen, mit ihr über das zu sprechen, was bei der Pressekonferenz passiert war, doch sie war so schnell verschwunden, dass ich dazu keine Chance bekommen hatte.

Auch ein paar anderen Frauen aus dem System war ich begegnet. Die meisten waren mit ihren Männern unterwegs gewesen und hatten nicht wirklich Zeit für eine Unterhaltung gehabt. Ich konnte nicht einmal sagen, ob sie glücklich mit ihrem neuen Leben waren. Wie sollten sie auch, wo sich ihr Leben doch um hundertachtzig Grad gewendet hatte?

»Da drüben ist der Stand mit den Sonnenbrillen.« Fine blieb stehen und zeigte in Richtung einer der vielen Nischen auf dieser Etage. Wir waren im ersten Stock und von unten her schallte das laute Plätschern des Wasserfalls zu uns rauf.

»Die gefällt mir«, sagte ich, als wir vor dem Stand stehen blieben, und setze eine Brille auf, die von einer blauen Maske umrahmt wurde. Es war nicht leicht, die Masken zu tauschen, ohne dass die Männer auf der Etage mein Gesicht sahen. Eigentlich fand ich diese ständigen Verschleierungen blödsinnig. Gleichzeitig liebte ich die bunten Masken in ihren tausend Formen und diese hier stand mir besonders gut.

»Sie steht Euch ausgezeichnet.« Die Dame hinter dem Tisch nickte mir zu.

»Dann nehme ich sie. Wie viel bekommen Sie?« Es war immer noch ungewohnt, plötzlich so viel Geld zu haben. Mein Leben lang besaß ich nur Dinge, die bereits andere vor mir getragen hatten. Die wenigen Jìts, die ich im System besessen hatte, hatte ich mir hart verdient, oder besser gesagt ertauscht. Da ich nach meinem Sündenjahr noch einmal für die letzten Wochen vor der Türkisen Nacht die Schulbank drücken musste, hatte ich nie gearbeitet. Zumindest was diesen Vorwurf anging, hatte Dirka recht.

»Seht sie als Geschenk an, Prinzessin.«

»Das ist wirklich nicht nötig, Madame.«

»Ich bitte darum. Unsere zukünftige Königin soll bei mir nichts bezahlen.«

»Vielen Dank, Madame.« Ich rückte die Brillenmaske zurecht und drehte mich um.

Fine strahlte mich an. Dann musste sie mir wirklich gut stehen.

Unbemerkt ließ ich ein paar Münzen auf die Tücher, die mit auf dem Tisch lagen, gleiten, ehe wir gingen. Nur weil ich mit Aslan verheiratet war, wollte ich nicht besser behandelt werden.

»Und jetzt, was brauchst du, Fine?«, fragte ich, als wir bereits auf der anderen Seite des Plateaus waren.

»Fängst du jetzt auch schon damit an?«

»Hmm, womit?« Stirnrunzelnd sah ich meine Freundin an.

»Mich Fine zu nennen. Aslan hatte sich irgendwann mal dieser dummen Angewohnheit angenommen und nun meint der halbe Palast, mich so zu nennen.«

»Oh, ich wusste nicht, dass dir das nicht gefällt. Also soll ich wieder Serafine sagen? Aber Fine klingt wirklich schön, so leicht und jung.«

»Ich bin zweiundfünfzig und keine vierzehn«, erwähnte sie schmunzelnd und knuffte mir in den Arm. »Aber es ist in Ordnung, solange der Khan nicht irgendwann auch damit anfängt.«

Irgendwie konnte ich mir nicht einmal vorstellen, dass der Khan sie überhaupt duzte.

»Ich brauche noch Gemüse, heute Abend gibt es Ratatouille.«

»Das klingt nach irgendetwas Französischem. Wir haben eine Köchin im System mit französischen Vorfahren, die hat auch immer Sachen gekocht, die ich kaum aussprechen konnte.«

Fine lachte. »Aurélie?«

Ich staunte. »Ja, kennst du sie?«

»Natürlich, sie hat mir das Kochen beigebracht.« Plötzlich sah sie nachdenklich aus und ihre Stimmfarbe änderte sich. »Gut zu wissen, dass sie noch lebt.«

»Ja ...«, sagte ich. »Vermisst du die Mädchen aus dem System?«

Fine lächelte traurig, während sie mich durch die Löcher ihrer Maske mit ihren strahlend blauen Augen ansah. »Ja, schon ein paar. Viele habe ich später in der Spike wiedergesehen, einige waren verschwunden, nachdem sie schwanger wurden. Sie müssen zurückgekehrt sein. Aurélie war eine von ihnen.«

Ich versuchte auch zu lächeln, doch es gelang mir nicht.

»Wir sind da«, sagte sie trocken und begann, alles was sie brauchte, zusammenzusuchen.

»Kommt doch heute Abend zum Essen«, schlug sie vor, als wir zurück zum Lift gingen und die vielen Stände und Tische mit den bunten Stoffen, Kleidern und Lebensmitteln hinter uns ließen.

»Ich werde Aslan fragen.« Die Vorstellung, heute bei ihr zu essen, gefiel mir. Wie lebte Fine wohl? Ob sie auch so ein riesiges Loft wie wir besaß? Wahrscheinlich nicht. Aber ich fühlte mich in einer überschaubaren Wohnung sowieso viel wohler.

Wir fuhren hoch zu meinem Apartment, dann ließ sie mich alleine, um das Abendessen vorzubereiten und ich ruhte mich ein wenig aus.

Als Aslan eine halbe Stunde später kam, blieb er nur kurz, ehe er zurück zum Palast musste, um irgendwelche wichtigen Geschäfte zu tätigen. Trotzdem sagte er für heute Abend zu. An manchen Tagen vergaß ich regelrecht, dass er der Prinz war. Dann war er den ganzen Tag bei mir und wir sprachen darüber, wie wir aufgewachsen waren. Der heutige Tag gehörte jedoch nicht dazu. Heute musste er schon vor Sonnenaufgang zu seinem Vater, um einen Gast aus dem Nahen Osten zu begrüßen. Sie gehörten nicht zur Allianz, machten aber hin und wieder Geschäfte mit ihr, wie Aslan mir erklärt hatte. Ich verstand nicht sonderlich viel von Politik und Wirtschaft. Das war Aslans Metier. Würde ich eines Tages Königin werden, müsste ich viel lernen. Auf der anderen Seite hatten wir Frauen so wenig zu sagen im Wüstenreich Ulanqab, dass es fraglich war, ob man mich überhaupt zu Geschäftstreffen einladen würde.

Während ich gelangweilt aus dem Fenster starrte, musste ich an das Picknick mit Kyra denken und wie sie es irgendwie geschafft hatte, Erdbeeren zu besorgen. Diese sündhaft süßen Früchte. Irgendwie bekam ich nun auch Hunger darauf. In der Spike gab es alles, was mir im System gefehlt hatte, dann sicherlich auch Erdbeeren.

Dem Fenster den Rücken zukehrend, verließ ich unsere Wohnung und fuhr noch einmal runter zum Basar, um mir ein paar Erdbeeren zu kaufen. Wo, wenn nicht hier, würde es welche geben?

Es war das erste Mal, dass ich alleine unterwegs war. Doch es fühlte sich großartig an. Fast schon berauschend, die ganzen Eindrücke alleine genießen zu können. Niemand war da, der mir sagte, was ich noch zu tun hatte, der wollte, dass wir erst hier und dann dorthin gingen. Obwohl ich Fines Anwesenheit in der Spike genoss, hatte ich mich noch nie so frei wie in diesem Moment gefühlt. Dennoch beschlich mich ein leichtes Unbehagen. Würde es Ärger geben, wenn Fine oder Aslan erfuhren, dass ich das Loft verlassen hatte? Aber was sollte schon passieren? Weiter als bis zum Toliarum kam ich sowieso nicht. Aslan hatte seinen Vater bereits gefragt, ob sie meinen Handabdruck ins System aufnehmen könnten, damit ich mich auch im Palast oder dem Garten frei bewegen konnte – oder zumindest vorgehen konnte, wenn Aslan oder Fine noch etwas zu erledigen hatten, denn alleine würden sie mich sowieso nicht dorthin lassen. Der Khan war der Meinung, dass ich als Prinzessin nicht durch die Gänge zu streifen hatte. Daher konnte ich froh sein, dass ich zumindest in Begleitung unterwegs sein durfte.

Beim Basar stieg ich aus und beobachtete eine Weile die Stände von der Reling aus. Hinter mir schoss indes der Wasserfall in die Tiefe. Sein Geräusch hatte etwas Meditierendes.

Viele Obststände gab es nicht und ich war sicherlich auch schon sehr spät dran. In einer Stunde oder weniger würden sie die Tische abbauen und die Stände herunterklappen. Doch noch war es nicht soweit.

»Prinzessin, wie kann ich Euch dienlich sein?« Langsam wusste ich wirklich nicht mehr, wie ich diese vornehme Art der Leute ertragen sollte. In der Spike waren alle so anders und ich fragte mich, ob sie sich nur mir gegenüber so verhielten oder jedem. Ich hoffte jedes Mal, dass mich niemand hinter meiner Maske erkannte, doch daraus wurde selten etwas. Vermutlich waren es die teuren Kleider, die mich stets verrieten.

»Ich würde zu gerne ein paar Erdbeeren kaufen. Hätten Sie noch welche?«, versuchte ich mich der vornehmen Sprache anzupassen. Wenn ich mich nicht noch mehr mit dem Khan anlegen wollte, musste ich mich wie eine Dame benehmen.

Der Verkäufer lief rot an. »Verzeiht, Prinzessin, der Herr dort drüben kaufte die letzten. Aber ich reserviere Euch gerne ein oder zwei Schalen für morgen.«

Ich drehte mich um und erkannte den blonden Kurzhaarschnitt des Heilers. »Ja, gerne«, sagte ich wieder dem Verkäufer zugewandt und ging schließlich auf den Heiler zu.

Er stand an der Reling, fast am selben Platz, von dem aus ich eben noch die Aussicht über unsere Plattform, den Basar, seine bunten

Stoffe und die Köstlichkeiten, genossen hatte. Er sah jedoch in die andere Richtung und beobachte die Spiegelhalle mit ihrem imposanten Brunnen, dem raschen Treiben am Abend und den goldenen Verzierungen, die sich überall an den grauen Wänden hochschlängelten.

Gerade als ich den Heiler ansprechen wollte, fiel mir ein, dass ich seinen Namen vergessen hatte. Hatte Aslan ihn nicht an meinem ersten Tag erwähnt? Oder war es am Abend zuvor gewesen, als er mich auf die Krankenstation im System gebracht hatte? Unschlüssig blieb ich neben ihm stehen und wir starrten gemeinsam nach unten.

»Ganz alleine?«, fragte er plötzlich, ohne mich recht anzusehen.

»Manchmal brauche ich Zeit für mich. Aslan steckt in einer Besprechung oder so und Fine kocht Ratatouille.«

Der Heiler verzog kurz den Mund und rümpfte die Nase.

»Es soll appetitlicher sein, als es klingt«, sagte ich.

Nun nickte er. »Und was machen Sie hier? Es wäre mir neu, dass es sich für die Prinzessin geziemt, einfach alleine durch die Spike zu schleichen.«

»Ich schleiche nicht. Ich wollte lediglich etwas kaufen, was sie mir vor der Nase weggeschnappt haben.«

Offenbar hielt er es nun doch von Nöten, mich anzusehen und mir fiel auf, dass sein Auge leicht marmoriert wirkte. Kurz überlegte ich, ihn darauf anzusprechen, doch ich befürchtete, dass sich dies noch viel weniger geziemen würde, als das alleinige Einkaufen von Erdbeeren.

»Ich Ihnen vor der Nase weggeschnappt?«

»Ja«, sagte ich und zeigte auf die Schalen mit Erdbeeren, die in einem Netz an seiner Hand baumelten.

»Oh. Ja, die Früchte sind köstlich. Ich vermute, bei Ihnen gab es selten Beeren? Kommen Sie mit, ich wollte sowieso mit Ihnen reden, dann können Sie gleich ein paar essen.« Er stieß sich von der Reling ab und ging zu der Rolltreppe, die nach unten führte.

Was sollte das denn jetzt? Ich folgte ihm, so schnell es dieses unsäglich lange Kleid und die hohen Schuhe zuließen. So schön ich die Kleider des Palastes fand, so unmöglich waren sie für Verfolgungsjagden wie diese geeignet. Oder überhaupt für die Spike. Selbst Fine trug nie ein Kleid sondern höchstens einen Rock, doch meistens hatte sie, wie viele andere Frauen in der Spike, eine geschnürte Korsage und eine lange, seidig glatte Hose aus weitem Stoff an.

»Wo gehen wir hin?«, fragte ich, während ich hinter ihm auf der sich bewegenden Treppe stand, die uns nach unten beförderte.

»Zu meinem Büro. Die Proben sind angekommen.«

Also würde ich gleich erfahren, was mich während der Türkisen Nacht beinahe umgebracht hatte. Ein wenig mulmig war mir schon zumute und ich hoffte innerlich, dass alles ein Irrtum war und ich einen ganz normalen Schwächeanfall von der Aufregung hatte.

Wir durchquerten im Eilschritt die Halle, dann öffnete er mit seiner Hand auf dem Scanner die Röhre durch den Tropengarten. Wann würde meine Hand das endlich können?

Ich hatte das Gefühl, unnötig schnell gehen zu müssen. Er hetzte uns beinahe am Tropenwald vorbei.

Als wir schließlich den Palast betraten, bogen wir rechts ab und ich folgte ihm eine schmale Treppe nach unten. Diesen Teil des Palastes hatte ich noch nie gesehen. Es war dunkler als oben, das Licht schien viel schummriger zu sein und leicht zu flackern. Auch waren hier kaum Gemälde. Außer der gelben Tapete, die vermutlich einst golden aussah, waren die Wände leer.

»Da wären wir.«

»Das ist Ihr Büro?«, fragte ich kritisch. »Hier untersuchen Sie den König?«

Es sah erbärmlich aus. Noch erbärmlicher als die Krankenstation im System und das sollte schon etwas heißen. Die Möbel abgegriffen, es gab kein Fenster, die Glühbirne hing nackt von der Decke. Außer einem Schrank, einem Skelett und ein paar Apparaturen auf dem Schreibtisch, stand lediglich eine ausgeblichene Liege und ein einsam wirkender Stuhl hier drin.

»Hier? Um Himmelwillen, nein. Das Krankenzimmer ist oben, hier erledige ich nur meinen Papierkram. Normalerweise kommt niemand hier rein. Genaugenommen sind Sie seit langem, außer dem Boten, die Erste, die dieses, nennen wir es *Reich*, betritt.«

Ein leichtes Unbehagen schlich sich durch meinen Körper. Was wollte er hier von mir? Ich hätte nicht mitkommen sollen. Niemand wusste, dass ich hier war. Er konnte sonst was in diesem schäbigen Zimmer mit mir machen. Vielleicht wollte er mich, jetzt wo wir alleine waren, überwältigen. Steckte er mit dem Emir unter einer Decke? Eigentlich fand ich den Heiler sehr nett, konnte ich so falsch gelegen haben?

»Setzen Sie sich«, forderte er auf und ich nahm widerwillig auf der ramponierten Liege Platz.

Er zog indes eine Schale aus einem Schrank, bei der ich mir sicher war, dass man darin normalerweise medizinische Abfälle sammelte, und schüttete ein paar Erdbeeren hinein. Dann nahm er sich ein Messer und schnitt die Enden der Früchte ab, ehe er mir die Schale reichte. »Bitteschön, versprochen ist versprochen. Also, darf ich Sie Eliza nennen oder ist Ihnen Prinzessin Elizara lieber?«

Ich nahm die Schale entgegen und steckte mir eine der Erdbeeren in den Mund. Er konnte sie kaum vergiftet haben, das hätte ich mitbekommen.

»Eliza ist in Ordnung, dann müssen Sie mir aber auch ihren Namen verraten.«

Er lächelte zaghaft. »Thomasin, nennen Sie mich Thomasin – Aslan tut dies auch.«

Ich schluckte die erste köstliche Frucht hinunter und ihr süßer Geschmack breitete sich um meinen Gaumen herum aus. »In Ordnung. Also, Thomasin, womit wollte man mich vergiften?«

Er wedelte mit seinem gestreckten Zeigefinger herum und setzte sich hinter seinen Schreibtisch, aus dessen Schublade er eine Mappe hervorzog. »Jetzt wird es interessant. Sind Sie sich sicher, dass sie den Mann, der Ihnen die Schokolade gab, nicht kannten?«

»Nein«, log ich ohne Umschweife.

Er sah über meine Antwort etwas geknickt aus. »Das Säckchen mit der Schokolade fanden wir tatsächlich noch an ihrem Platz und wie vermutet, enthielt sie eine große, konzentrierte Menge Schlafmohn, jedoch auch weitere neuartige Substanzen. Man wollte Sie nicht einfach bewusstlos werden lassen. Hätten Sie den gesamten Beutel leergegessen, wären Sie gestorben.«

Ich schluckte bitter. Mir kam es vor, als stiege mir die Galle hoch.

»Mich umbringen? Aber wie-?«

Ich stockte. Natürlich wusste ich, wieso. Genau sosehr, wie ich wusste, wer.

»Eliza, Sind Sie sich sicher, dass sie nicht ...?«

»Tut mir leid, ich weiß von nichts.« Unschuldig zuckte ich mit den Schultern und versuchte, mir meine Nervosität nicht weiter anmerken zu lassen. Der Emir wollte mich töten. Irgendwie hatte ich es schon geahnt. Mit diesem Mann war sicherlich nicht zu spaßen, aber dass er so weit ging ... Mir lief es kalt den Rücken runter, als ich daran dachte, welch gefährliches Spiel ich mit diesem Mann spielte.

Thomasin musterte mich. »Ich glaube Ihnen nicht, Prinzessin. Ich denke, Sie wissen ganz genau, wer dafür verantwortlich ist. Sie sollten nur wissen, dass er dieses Gift nicht zum ersten Mal jemandem untergemischt hat und ich kann Ihnen eines sagen: Wenn Sie es sich mit ihm verscherzt haben, dann passen Sie gut auf sich auf. Dieser Mann ist gefährlich, und seine Macht innerhalb dieser Mauern macht ihn beinahe unberechenbar.«

Darauf hatte ich keine Antwort. Meine Hand mit der Erdbeere zwischen den Fingern sank wieder hinab in meinen Schoß.

Thomasin blickte auf seine Uhr. »Sie sollten jetzt gehen. Nehmen Sie die Erdbeeren mit, wenn Sie möchten. Und behalten Sie meine Worte im Kopf. Mit diesem Mann und seinen Handlangern ist nicht zu spaßen. Tun Sie nichts Unüberlegtes.«

Ich nickte zaghaft und verließ mit der Schale in den Händen sein kleines Kabuff. Ich musste dort weg. Was war gerade passiert? Hatte Thomasin mich offiziell vor dem Emir und seinem Sekretär gewarnt? Wusste er mehr – vielleicht sogar etwas über die anderen Mädchen und was der Emir ihnen antat? Ich wollte gerade zurück zu ihm ins Büro gehen, und ihn darauf ansprechen, als ich zwei bekannte Stimmen vernahm. Rasch öffnete ich die erste Tür neben mir und drückte mich hinein. Nur einen Spalt ließ ich sie offenstehen. Die beiden konnten nicht sehr weit weg sein, dafür verstand ich sie zu deutlich.

»Burka, er ist mein Sohn, was soll ich denn deiner Meinung nach machen? Danebenstehen, bis er es mit diesem Gör tut? So kriege ich ganz bestimmt keinen Enkel. Ich verstehe einfach nicht, was er an diesem Weib findet? Sie hat nichts Königliches, nichts Vornehmes an sich. Sie gibt Widerworte, ist vorlaut und –«

»Ich dachte, dir liegt etwas an deinem Land und den Traditionen.« Als ich den Emir hörte, zog sich alles in mir zusammen. Und ich wusste nun, dass ich recht hatte. Der Khan hasste mich und empfand mich als nicht würdig.

Die Stimme des Khans wurde härter. Es überraschte mich, dass der Emir sich überhaupt traute, dem Khan Vorwürfe zu machen. »Also bitte! Natürlich will ich die Tradition wahren. Ich werde diese kleine Rebellin schon noch zu ihrem Glück zwingen, da mache dir keine Sorgen. Aber nicht heute und nicht morgen. Wie auch? Drohungen scheinen bei ihr nicht viel zu bringen und bei meinem Sohn schon gar nicht.« Plötzlich wandelte sich seine Stimme und ein ironischer Unterton schwang mit: »Ich will ja bloß nicht, dass das arme Ding am Ende so leiden muss wie meine Frau zuweilen.«

Ich runzelte die Stirn. Seine Frau? Wieso musste Aslans Mutter denn leiden? Natürlich, sie war bei der Geburt ihres zweiten Kindes verstorben. So viel wusste ich. Ich hatte selbstverständlich nicht vor, zu sterben, nur was hatte dies mit der Weißen Nacht zu tun?

»Ich sage dir, mit dem Mädchen stimmt etwas nicht. Hast du nicht gesehen, wie sie deinen Sohn um den Finger wickelt? Wenn er sie nicht bald gefügig macht, das prophezeie ich dir, reißt sie das ganze Land in den Ruin. Sie ist einfach kein gutes Vorbild. Die Leute reden doch jetzt schon über sie. Stell dir vor, was passiert, wenn jemand erfährt, dass sie eine Violette war? Dein ganzer Ruf wäre dahin.« Aslan mich fügig machen? Wovon sprach der Emir? Und ich wickelte ihn überhaupt nicht um den Finger. Wut kochte in mir hoch und ich ballte meine Hand zur Faust.

»Dann sorgen wir eben weiterhin dafür, dass dies nicht geschieht. Es ist deine Aufgabe, dich darum zu kümmern.« Der Khan klang gereizt.

»Natürlich, Freund. Ich denke nur, du solltest das Mädchen nicht unterschätzen. Wir kennen uns, seit wir Kinder waren und ich habe dir immer in deinen Entscheidungen vertraut und hinter dir gestanden. Nun ist es an der Zeit, dass du mir vertraust. Sie tut deinem Sohn nicht gut. Und dass sie ihm den Beischlaf verweigert, macht es nicht besser. Vielleicht hat sie ja etwas zu verbergen. Möglicherweise hat sie ihre Jungfräulichkeit längst an einen anderen Mann verloren und ist daher gar nicht erst in der Lage, dir das befleckte Laken zu reichen. Bei ihrem Verhalten würde es mich nicht wundern. Hast du gesehen, wie sie Thomasin im System ansah, oder Timur? Letztes Jahr war sie während der Türkisen Nacht nicht anwesend. Wer weiß, was sie da tat, während so viele Männer in den Dünen waren.« Dieser Dreckskerl! Der einzige Mann, der mir beinahe zu nahegekommen wäre, war sein Handlanger Atari.

»Jetzt übertreibst du, Burka. Natürlich kann es sein, dass sie etwas zu verbergen hat und sollte sie mir tatsächlich kein beflecktes Laken liefern können, so werde ich sie in die Wüste verstoßen und zur Jagd freigegeben. Doch vorerst sollten wir keine voreiligen Schlüsse ziehen. Sie mag keine Heilige sein, das sicherlich nicht – aber ich sehe sie auch nicht als Gefahr an. Was soll so ein Frauenzimmer meinem Sohn oder mir schon antun? Dennoch werde ich deinen Vorwürfen nachgehen. Du glaubst aber doch selbst nicht, dass sich dein Cousin Timur auf so eine einlassen würde?« Durch den Türspalt sah ich, wie der Khan amüsiert seinen Kopf schüttelte. Sie standen nur sechs oder sieben Armlängen von mir entfernt. Ich überlegte hin und her, ob ich die Tür schließen sollte, doch dies würde vermutlich mehr Aufmerksamkeit auf mich lenken, als mir lieb war. Der Khan kratze sich am Kinn und strich anschließend den Spitzbart glatt. »Mit dem Heiler hatte ich heute Morgen übrigens eine Auseinandersetzung, die dir nicht gefallen wird.« Seine Stimme wirkte zunehmend belustigt.

»Was habe ich denn mit diesem Quacksalber zu schaffen?«, fragte der Emir nervös.

»Offenbar hat man das Mädchen vor der Zeremonie vergiftet. Du erinnerst dich doch sicherlich daran, wie sie in Ohnmacht fiel.«

»Ja und?« *Ja und?* Als wüsste der Mann nicht ganz genau, dass sein Sekretär dahintersteckte und er diese Tat beauftragt hatte.

»Oh, Thomasin glaubt, du hättest das Gift gemischt. Ich habe ihn eines Besseren belehrt und ihm eine ordentliche Schelte für diese ungeheuerliche Anschuldigung verpassen lassen. Wäre er kein so guter Arzt, hätte ich ihn längst gefeuert. Aber außer meinem Leibarzt gibt es keinen Besseren im System, den ich auf meine treue Dienerschaft loslassen würde.«

Beide begannen plötzlich zu lachen. »Warte – Ich? Was interessiert mich denn das Mädchen deines Sohnes? Aber vielleicht wäre es besser gewesen, ich hätte es getan. Dann hätte dein Sohn sich vielleicht eine Willigere gesucht und du hättest bald deinen Thronerben«, japste der Emir und mir wurde schlecht. Wie konnte dieser verlogene Mann es leugnen? Natürlich war er es. Leider schien der Khan davon genauso wenig zu halten, wie er selbst es ihn glauben lassen wollte. Mein Magen verkrampfte sich mit jedem ihrer Worte mehr. Ich hatte es geahnt. Für den Palast war ich nichts wert. Ich sollte ihm ein paar Söhne schenken, mehr nicht. Ob Aslan auch so dachte? Wieder plagten mich die Selbstzweifel, die mich, seit ich hier war, täglich zu ersticken drohten. Wie sollte ich mein neues Leben überstehen, wenn ich keine Ahnung hatte, wem ich tatsächlich vertrauen konnte?

Ich drückte mich an die Wand, als die beiden wieder losgingen. Schritte hallten durch den langen Palastflur. Erleichtert atmete ich aus, als mir klar wurde, dass sie sich entfernt hatten. Die gackernden Stimmen erloschen.

Ich trat aus der Tür hinaus in den Gang und schaute mich um. Sollte ich es riskieren, zurück zum Heiler zu laufen? Was, wenn sie dort waren, wenn der Emir ihn für seine Anschuldigungen zur Rede stellen wollte? Das würde ihn nur in seinen Anschuldigungen bestätigen, wenn ich jetzt bei Thomasin auftauchte. Also nahm ich die andere Richtung, hechtete die Treppenstiege hoch und bog in Richtung der Tropengartenröhre ab. Gerade, als ich überlegte, wie ich hinausgelangen konnte, hörte ich eine vertraute Stimme hinter mir, die mir viel lieber war als die Stimmen eben.

»Eliza, Liebes. Was machst du hier?«

»Aslan«, sagte ich im belegten Ton und hielt die Schale in die Höhe, »Erdbeeren holen.«

Aslan grinste und meine Wangen begannen bei seinem Anblick zu glühen. »Erdbeeren?«

»Ja, außerdem wollte der Heiler mich sprechen. Von ihm sind auch die Beeren.«

Aslans Brauen zogen sich zusammen und er lachte. Ich liebte es, wenn er aus dem Bauch heraus fröhlich war. Gerade in stressigen Zeiten wie dem heutigen Tag war ich froh, wenn er lachte. »Jetzt verstehe ich gar nichts mehr.«

Ich auch nicht. Durfte ich ihm überhaupt sagen, dass ich bei Thomasin war, wo der Emir doch eben erst dem Khan einreden wollte, ich hätte etwas mit dem Heiler?

Aslan schüttelte den Kopf. »Komm, wir sollten jetzt nach oben. Steht unsere Verabredung zum Abendessen bei Fine noch?«

»Ich denke schon«, sagte ich verwirrt über den Themenwechsel und folgte ihm durch die Öffnung in die Röhre. Es wurde wirklich Zeit, dass ich sie auch alleine öffnen konnte.

Wir gingen schweigend nebeneinander her. Wie sollte ich mit dieser verfahrenen Situation umgehen? Der Emir und sein Assistent wollten mich umbringen. Dass der Emir mich im Visier hatte, wusste ich natürlich. Dass er bereits dermaßen vorbereitet auf das Fest kam, erschreckte mich dennoch. Das bedeutete auch, dass er Angst davor haben musste, dass ich plaudere, auch wenn er es nicht zugab. Wieso sonst hatte er mich töten wollen, ehe der Prinz mir überhaupt nahekam? Es konnte nur diesen Grund geben und das würde bedeuten, dass der Khan nichts von den Machenschaften seines besten Freundes wusste.

In jedem Fall standen die beiden sich näher, als ich angenommen hatte, das war nach dieser Unterhaltung klar. Und dennoch hatte der Khan mich vor dem Emir verteidigt, zumindest ein bisschen. Mich überraschten die Äußerungen des Khans. Trotzdem würde ich misstrauisch bleiben müssen. Noch war nicht bewiesen, dass er nichts von den Mädchen und Kyra wusste. Immerhin hatte er selbst gesagt, man würde mich zur Jagd freigeben, wenn ich die Weiße Nacht nicht bestünde. Doch dazu würde ich es sicherlich nicht kommenlassen. Mich dem Prinzen heute Nacht um den Hals werfen, würde ich jedoch ebenso wenig.

»Woran denkst du?«

»An nichts«, antwortete ich aus Reflex. Eigentlich wollte ich mich ihm gegenüber gar nicht so verschließen.

Aslan nickte. »Und was war jetzt mit Thomasin?«

»Er wollte nur wissen, ob ich wirklich nicht wusste, wer mir die Schokolade gab. Er meinte, sie hätte mich umgebracht, wenn ich alles gegessen hätte. Ich sag's dir, so ein Zeug rühre ich nie wieder an.«

»Oh, das wäre schade. Fine macht eine fantastische Schokoladetorte und ich hatte sie gleich nach deiner Einladung gebeten, uns heute Abend eine zu kredenzen.« Seine Stirn kräuselte sich und ich blieb stehen. »Tut mir leid. Ich hatte gar nicht daran gedacht, was du mit Schokolade verbindest. Manchmal bin ich wirklich ein Trottel.« Er griff sich an den Hinterkopf und kratzte sich.

»Das ist es nicht. Wir sind eingeladen und du stellst Forderungen?«, sagte ich und legte den Kopf schief.

»Findest du das schlimm? Ich habe sie ja nicht gezwungen, sondern nur gefragt, ob es die erneut geben wird und sie hatte sofort gemeint, dass sie gerne eine vorbereite.«

Hmm, ich wusste nicht, was ich davon halten sollte. Ich hasste es, sie wie eine Dienerin zu behandeln. Auch wenn sie dafür bezahlt wurde, uns zu versorgen. Für mich war sie eine Freundin, keine Zofe.

»Also wirst du dennoch von der Torte kosten? Du musst nicht, wenn du nicht willst. Fine wird es verstehen. Sie war schon immer sehr gütig.«

»Solange nicht wieder Schlafmohn beigemischt ist, würde ich in dieser Schokolade baden.«

Aslan grinste und zwinkerte mir zu, dann betraten wir das Toliarum, und fuhren achtundzwanzig Stockwerke nach oben.

»Hier lebt sie?«, fragte ich und schaute auf die vielen Türen, die aneinandergereiht in die Wand eingelassen waren.

»Ja, ich war ehrlich gesagt lange nicht mehr hier. Das letzte Mal ist sicherlich zehn Jahre her. Da bin ich auf der Rolltreppe herumgeklettert und vor Schreck gestürzt, als ich Fine plötzlich auf mich zukommen sah. Sie hatte schon so oft mit mir geschimpft gehabt, weil ich ständig überall hochklettern musste.«

Ich schlug die Hand vor dem Mund zusammen. Er wird doch nicht – nein, dann wäre er tot. Er musste auf die Treppe gefallen sein, nicht in die andere Richtung. »Und was passierte dann?«

»Sie nahm mich in den Arm und klebte mir in ihrer Wohnung ein Pflaster aufs Knie.« Ja, so war Fine. Immer für einen da. Auch wenn ich sie erst seit einer Woche kannte, war sie diejenige, der ich hier noch am meisten vertraute.

»Wie eine Mutter«, rutschte es mir heraus und Aslan nickte, ohne darauf etwas zu erwidern.

Er klopfte an ihre Tür und Fine kam gleich darauf herangeeilt und öffnete uns. Ihre Wohnung war winzig. In etwa so groß wie unser Schlaf- und Ankleidezimmer. Aber immerhin größer als das Büro des Heilers.

15

»Das Essen war köstlich, Serafine.«

»Vielen Dank, Aslan. Eure Erdbeeren haben aber auch vorzüglich zu der Schokoladen-Torte gepasst.«

»Wir sehen uns dann morgen früh«, sagte ich und küsste Fine links und rechts auf die Wange, wie ich es schon bei einigen Frauen in der Spike gesehen hatte. Ich rückte meine Maske zurecht und trat zur Seite.

Fine kicherte. »Ja, bis morgen früh. Habt noch einen geruhsamen Abend.«

»Dankeschön, du auch«, sagte Aslan und Fine schloss die Tür.

»Der Abend war wirklich klasse«, betonte ich, als ich mich bei Aslan einhakte und wir Richtung Lift gingen. Nach dem ganzen Desaster am Nachmittag hatte mich das Essen wieder in Stimmung gebracht.

»Absolut.« Plötzlich blickte Aslan kritisch aus dem Lift.

»Was ist?«

»So ein Mist. Ich hab' meinen Bericht im Büro vergessen, den ich bis morgen früh für Vater fertigstellen wollte. Ich bringe dich rasch hoch, dann muss ich noch einmal runter. Ich beeile mich auch, Liebste.«

»Ach Quatsch«, sagte ich und stoppte den Lift an der nächsten Etage. »Nimm doch schnell einen anderen Aufzug runter. Bis wir oben sind, dauert es sicherlich einige Minuten.«

Aslans Nasenflügen blähten sich auf, er atmete schwer aus und seufzte. Doch dann willigte er ein und stieg aus. »Ich beeile mich. Bis gleich, meine Schöne.« Ich sah ihm an, dass es ihm überhaupt nicht gefiel, mich alleine zu lassen. Er war immer viel zu vorsichtig, wenn es um mich ging.

Aslan lief das Plateau entlang, während sich mein Lift erneut in Bewegung setzte. Ich lehnte meine Stirn gegen die Scheibe und beobachtete ihn dabei, wie er in einem der seitlichen Gänge verschwand. Die Augen geschlossen, lauschte ich den leisen Geräuschen des Aufzugs und stutzte. Ich war doch erst vier Etagen gefahren. Wieso wurde ich langsamer? Der Lift stoppte. Wie konnte das sein? Niemand benutzte normalerweise diesen Lift. Normale Passanten hatten nicht die Berechtigung dafür. Er war nur für die Königsfamilie und die höheren Palastangestellten vorgesehen. Aslan hatte mir erklärt, dass er jedes Gesicht scannte, wenn ihn jemand betrat und nur bei gespeicherten Personen losfuhr.

In der Dunkelheit vor mir bewegte sich ein Schatten auf mich zu und ich trat einen Schritt zurück. Hoffentlich war es nur irgendeine Wache. Erst, als sich die gläserne Tür öffneten und schwaches Licht nach draußen fiel, erkannte ich, wer vor mir stand und schluckte.

Der Emir setzte ein süffisantes Grinsen auf. Ich roch bis hierher, dass er getrunken hatte.

Instinktiv drückte ich mich in die hintere Ecke und hielt mich an der metallenen Stange an der Wand fest.

»Prinzessin Elizara, welche Freude«, raunte er und stieß anschließend einen Hickser aus. »Ganz alleine zu dieser späten Stunde. Weiß ihr Gatte denn Bescheid?« Seinen sarkastischen Unterton konnte er sich sparen.

»Natürlich«, sagte ich mit fester Stimme und löste mich aus meiner Erstarrung. Noch stand die Tür offen. Ich versuchte, mich an ihm vorbeizudrängen. Sollte er doch alleine, was weiß ich wohin, fahren.

Seine Hand schnellte vor, als ich unmittelbar neben ihm stand, und versperrte mir den Weg. Die Tür schloss sich, ehe ich ihm entkam. Ich war erneut in meinen Albträumen gefangen.

»Nicht so schnell. Sie sollten um diese Zeit nicht alleine herumschleichen. Es ist mir eine Ehre, sie auf ihre Zimmer zu begleiten.«

»Das kann ich gut alleine!«, betonte ich, doch der Emir kam immer näher. Ich wich zurück in meine Ecke und versuchte, so etwas wie eine abwehrende Haltung einzunehmen. Das war nicht so leicht, wenn man ein knöchellanges Kleid trug.

»Ach ja?« Sein stinkender Atem schlug mir entgegen, als er sich vorbeugte und sich hinter mir an der Scheibe abstütze. »Es gefällt Ihnen, alleine mit mir zu sein, nicht wahr?« Er griff mit seinen schmierigen Händen an meine Hüfte und ich schaffte es gerade so, mich unter seinem Arm hindurchzudrücken und auf die andere Seite des Lifts, wo die Tür war, zu flüchten. Es waren noch über hundert Stockwerke bis zu meinem. Wie lange würde der Lift brauchen?

Der Emir lachte und seine goldenen Zahnkronen kamen zum Vorschein.

Ich verzog mein Gesicht. »Bitte lassen Sie mich in Ruhe.«

Wieder dieses widerwärtige Grinsen, dass er schon draufhatte, als wir uns das erste Mal begegnet waren. »Nicht so zierlich, Fräulein, du willst es doch auch, oder warum verschmähst du deinen Gatten sonst? Du wirst doch von jedem lieber gefickt als von ihm.«

Ohne zu zögern, holte ich aus und schlug dem Schmierfink ins Gesicht. Das war zugleich die Rache für den offensichtlichen Schlag, den Thomasin seinetwegen einstecken musste.

»Du dummes Miststück. Ich hätte dich gleich erledigen lassen sollen, als Atari, der Idiot, dich damals brachte. Aber keine Angst, ich werde dich nicht töten. Ich werde dich so lange durchnehmen, bis du blutest und dann wird es der Khan sein, der dich zur Jagd freigibt. Und dieses Mal wird es Jazar sein, der dich findet. Dafür sorge ich!«

Jazar, der Name, der sich für immer in meine Erinnerungen gefressen hatte! Ich riss die Augen auf und tat das Einzige, was ich noch konnte. Er hatte mich längst gepackt und gegen das Glas gedrückt. Mit aller Kraft, die ich noch besaß, hob ich mein Knie an und trat ihm in den Schritt. Mein Kleid hielt die Spannung nicht aus und zerriss. Es war mir egal. Ich wollte mich nur befreien und fliehen. Während er japste, befahl ich der körperlosen Stimme des Aufzugs, augenblicklich anzuhalten. Die Türen öffneten sich und ich stolperte rückwärts hinaus, während der Emir sich vor Schmerz krümmte. Ich bekam kaum noch Luft und mir war schlecht geworden. Aus der Kabine drang sein penetranter Gestand nach Schnaps.

Ohne weiter nachzudenken, lief ich zu einem der anderen Aufzüge und fuhr zurück nach unten in die Halle. Der Königslift würde hoffentlich weiter nach oben fahren. Ich war völlig außer Atem und mein Herz schlug schneller, als es mir guttat, während ich zitternd auf den Boden des Aufzugs sank und mir die Tränen herunterliefen. Sollte das mein Schicksal sein? Musste ich mein Leben lang Angst vor diesem Mann haben?

Der Aufzug meldete sich zu Wort, dass ich das Toliarum erreicht hatte. Ich rappelte mich auf und wankte nach draußen, als mir auch schon Aslan entgegenkam. Ich stolperte geradewegs auf ihn zu.

»Eliza! Was machst du hier unten? Deine Haare.«

Ich blickte in einen der wenigen Spiegel, die noch einen Teil der Wände zierten. Ich sah aus, als käme ich geradewegs aus einer Schlacht. Meine Haare verstrubbelt, die Augen verheult und das Make-Up verschmiert. Doch am schlimmsten hatte mein Kleid gelitten.

»Der Emir!« Mehr brachte ich nicht heraus.

Aslan nahm mich sofort in seine starken Arme und ich atmete seinen wohltuenden, vertrauten Duft ein, den ich schon die ganze Woche genossen hatte. »Ich hätte dich nie alleine lassen dürfen. Das ist alles meine Schuld, komm mit.« Nein, es war nicht seine Schuld. Der Emir hatte es nur meinetwegen auf mich abgesehen, nur wie sollte ich es ihm erklären? Wie sollte ich ihm gestehen, was ich erfahren hatte? Was passierte dann? Tränen stiegen erneut auf und liefen meine brennenden Wangen hinab.

Aslan rief unseren Lift nach unten. Er war leer, nur der stinkende Geruch nach Schnaps hing noch drin. Mein Mann rümpfte die Nase und verzog sein Gesicht. »Erzähl mir, was passiert ist«, bat er, als sich die Türen geschlossen hatten.

Ich brauchte einen Moment, um mich zu sammeln, dann sprach ich wie ein Wasserfall los. »Der Emir stieg ein paar Etagen weiter oben zu. Er war sturzbetrunken und hat versucht – er hat versucht ... Aslan, ich glaube, er wollte mich vergewaltigen.« Ich zeigte auf das zerrissene Kleid.

Aslan zog scharf die Luft ein. Ich spürte, wie sich seine Hände hinter meinem Rücken zu Fäusten ballten und seine Schultern sich anspannten, während er mich immer noch fest in seinen Armen und an seine Brust hielt.

»Aslan, du musst mit deinem Vater reden und diesem Mann ein Ende setzen. Der Heiler meinte, er wäre es gewesen, der das Gift in die Schokolade gemischt hat. Er hätte schon einmal jemandem mit diesem Gift getötet.«

Aslans Kiefer mahlte. »Ja, der Emir ist bekannt dafür, auf diese Weise seine und die Feinde der Familie zu beseitigen. Aber wieso du? Was verspricht er sich davon?«

Ich wischte meine Tränen, die mich überrannt hatten, an seiner Schulter ab und sah ihn an. »Ich weiß es nicht«, log ich. Wie oft hatte ich ihn wegen dieser Sache nun schon angelogen? Ich konnte es nicht mehr zählen. Warum vertraute ich meinem Mann nicht? Vielleicht war es nur die Tatsache, dass ich nicht verstehen wollte, wieso er ausgerechnet mich erwählt hatte. Hunderte schöne Frauen hatte das System, doch er wählte mich, die ehemalige Violette.

»Hat er dir sonst noch etwas getan?« Seine Stimme klang belegt.

»Ne-nein.« Mein Blick ging gen Boden und ich schloss die Augen. Aslan zog mich stärker an sich und ich vergrub mein tränennasses Gesicht in seiner Halskuhle.

»Stopp«, sagte er mit einem Mal deutlich und der Lift hielt.

»Was ist?«, fragte ich und unterdrückte einen Schluchzer.

»Ich will, dass Fine bei uns einzieht. Sie soll dich auf Schritt und Tritt begleiten, nur zu deiner Sicherheit. Sie kann eines der Kinderzimmer bewohnen. Ich werde es umräumen lassen, sobald ich kann.«

Die Türen glitten auf und ich erkannte, dass wir Fines Stockwerk erreicht hatten. Aslan wollte gerade den Lift verlassen, da hielt ich ihn am Arm zurück. »Aslan, es ist bald Mitternacht. Sie wird schon im Bett sein oder gerade duschen. Du kannst sie jetzt nicht rausklingeln.«

»Aber sie ist deine Zofe.«

»Nein Aslan, sie ist vor allem eine Freundin und sie braucht Schlaf. Genauso wie wir. Du kannst ihr deine Entscheidung auch morgen früh mitteilen, wenn sie zu uns kommt. Du bist doch die ganze Nacht bei mir. Bei dir bin ich sicher.« Durch die dunkle Etage um uns sah ich mein verheultes Gesicht, das stur meinen Mann anblickte, in den Scheiben des Lifts spiegeln.

Aslan seufzte und trat von der Lichtschranke des Lifts weg. »Na gut.«

Wir fuhren nach oben und ich war endlos froh, als ich schließlich im Bett lag. Ich hatte einen Feind im Palast. Jemand, der vor nichts zurückschreckte und mir nach dem Leben trachtete. Als hätte ich nicht genug Sorgen, musste ich nicht nur um meine geliebte Freundin fürchten, die vermutlich längst verloren war, sondern auch um mich. Den Kopf auf Aslans nackte Brust gelegt, lauschte ich seinem Herzschlag und schloss die Augen, in der Hoffnung, so einschlafen zu können.

Müde öffnete ich am nächsten Morgen die Tür und ließ Fine rein. »Guten Morgen«, sagte ich und nahm sie in den Arm. »Du kannst gleich wieder runterfahren und einen Koffer packen.« Ich gähnte und lächelte matt. Mein Plan heute Nacht ging nicht wie gewünscht auf und ich schlief erst kurz vor Sonnenaufgang ein. Die ganze Nacht hatte ich darüber nachgedacht, was zu tun war, und bin doch zu keinem Entschluss gekommen.

Fine sah verwirrt aus. »Verreisen wir?«

Ich war noch nie verreist und fragte mich, ob sie in ihrem Leben mehr als die Spike und das System gesehen hatte. Das Wüstenreich Ulanqab war nicht so groß wie die anderen Staaten der Allianz und bestand zu neunzig Prozent aus Sand, weshalb sich ein Ausflug durch die Wüste kaum lohnen dürfte. Die nächsten richtigen Städte waren mehrere Tagesritte entfernt, soviel ich wusste.

»Nein, Aslan möchte, dass du hier einziehst und mich zukünftig auf Schritt und Tritt begleitest«, nutzte ich seine Worte. Mir war immer noch nicht klar, was ich von seiner Anordnung halten sollte, obwohl sie vermutlich die einzige Vernünftige war.

Fine runzelte die Stirn und kniff ihre Augen zusammen. So sah sie viel älter aus. »Darf ich fragen, wieso?«

»Lange Geschichte, die ich dir gleich beim Frühstück erzählen werde. Beeil dich nur, Aslan muss in den Palast und ich soll nicht alleine bleiben.«

Fine schüttelte den Kopf. »Gut, bis gleich.« Mit diesen Worten drehte sie sich um und verschwand in Richtung des Lifts. Ich blickte ihr nach und fragte mich, wie es wohl sein würde, mit ihr zusammenzuleben. Wir kannten uns erst seit wenigen Tagen und doch fühlte ich mich in ihrer Nähe immer wohl.

Aslan trat hinter mich, als ich die Tür geschlossen hatte, und legte seine warme Hand auf meine Schulter. »Das ist doch in Ordnung für dich, oder?«

»Ich denke schon. Redest du heute mit deinem Vater?«, wechselte ich das Thema. Wir konnten so nicht weitermachen. Der Khan musste doch wissen, was sein Emir für ein schrecklicher Mensch war.

»Das wird nichts bringen, außer noch mehr Ärger. Dein Wort steht gegen das von Burka, seinem besten Freund. Er vertraut ihm und wird glauben, du willst sie gegeneinander ausspielen.«

»Aber du bist sein Sohn, er wird auf dich hören«, sagte ich lauter als beabsichtigt. Das konnte nicht Aslans Ernst sein. Wie sollten wir sonst etwas gegen diesen Mann ausrichten können, wenn nicht mit Hilfe des Khans?

Ein tiefer Seufzer entfloh ihm, dann senkte er den Blick. »Das denke ich nicht. Tut mir leid, Eliza. Wir werden Burkas Hass nur noch mehr schüren. Und wenn wir Pech haben, auch den letzten Rest Vertrauen meines Vaters. Der Emir wird es sicherlich so hinstellen, als hättest du dich aufreizend ihm gegenüber verhalten und da er sein bester Freund ist, wird mein Vater es ihm glauben. Er ist ja sowieso schon sauer, weil du ihm noch kein beflecktes Laken geliefert hast. Trotzdem musst du keine Angst haben. Solange du bei mir oder Fine bist, bist du in Sicherheit.«

»Kann ich mir nicht einfach in den Finger schneiden und ein bisschen Blut darauf tropfen?«, fragte ich höhnisch und ging zu meinem Lieblingssessel.

Aslan lächelte, doch es wirkte nicht sonderlich echt. »Ich befürchte, das wird mein Vater merken.«

Ich seufzte und drehte meinen Sessel zum Fenster, um den herrlichen Ausblick in die weite Wüste zu genießen. »Ja, wahrscheinlich«, sagte ich betrübt. Was hätte Kyra in meiner Situation getan? Vermutlich wäre sie schnurstracks zum Khan marschiert und hätte ihm die Meinung gesagt. Sie war so viel taffer als ich. Damals war sie es auch gewesen, die den ersten Schritt gewagt hatte. Wahrscheinlich hätte sie auch in dieser Situation weniger Bedenken als ich gehabt. Sie ließ sich einfach nie nach dem Mund reden und ging schon immer ihren eigenen Weg. Wie gerne würde ich mit ihr über all das hier sprechen. Überhaupt mal mit einer Frau sprechen, die mich verstand. Vielleicht würde mir dann alles leichter fallen.

Ich blickte nach hinten über die Lehne zu Aslan, der immer noch an der Tür stand und etwas in seinen Screen eintippte. Jeden Moment würde Fine auftauchen, vielleicht war sie die Richtige für ein solches Gespräch.

»Um drei kommen die Maler und renovieren das Kinderzimmer«, teilte er mir mit.

»Du glaubst also, dass Fine nicht zwischen lauter Teddybären an der Wand schlafen will?«

Dieses Mal war sein Lachen echt. »Ich befürchte nicht.«

»Warum müssen das denn Handwerker erledigen? Fine und ich können genauso die Möbel austauschen und die Wände streichen. Im System habe ich auch schon Möbel zusammengebaut.« Dass ich das nur mit Kyras Hilfe geschafft habe, verschwieg ich besser.

»Ich weiß nicht. Das ist eigentlich nicht eure Aufgabe.«

Meine Augenbrauen wanderten gen Decke. »Ich habe hier überhaupt keine Aufgaben. Bitte Aslan, ich habe es einfach satt, den ganzen Tag herumzusitzen, in die Ferne zu starren und Fine auf den Basar zu begleiten. Lass uns das erledigen. Dann kann Fine auch selbst entscheiden, wie ihr Zimmer aussehen soll.«

»Na gut, aber das wirst du ihr sagen. Sie ist nämlich keine begeisterte Handwerkerin – so viel weiß ich von ihr.«

»Oh, aber ich kann da sehr überzeugend sein, versprochen. Dann lass die Handwerker nur das Material bringen.«

Seine Lippen wurden schmal, doch dann nickte er.

Fine klopfte kurz darauf und kam mit ihrem Trolley hereingerollt.

»Stell ihn dorthin, dann können wir anfangen, dein Zimmer auszuräumen. Du kannst das große Kinderzimmer haben.«

Sie blickte fragend von mir zu Aslan, der die Schultern zuckte und sich von uns verabschiedete. Feigling. Er wollte ihr nur nicht sagen, was anstand.

»Ich soll aber nicht in einem Baby-Bett schlafen, oder?« Fine lugte in das voll eingerichtete Kinderzimmer hinein.

»Natürlich nicht, deswegen müssen wir alles abbauen, ehe die Handwerker uns Farbe für die Wände und die neuen Möbel bringen. Du sollst dir noch aussuchen, welches Holz du haben willst und Aslan Bescheid geben. Der Screen liegt auf dem Wohnzimmertisch.«

Fine schien verwirrt. Sie blickte abwechselnd von ihrem neuen Zimmer in Richtung Wohnzimmer und kräuselte die Stirn. »Warte, sollen wir den Raum etwa selbst renovieren?«

»Ja, natürlich«, sagte ich enthusiastisch. »Das wird Spaß machen. Und es ist bestimmt nicht schwierig.« Das war eine Lüge, eine riesige Lüge oder sagen wir, zumindest ein dicker Irrtum.

Fine suchte uns Werkzeug aus einem Abstellraum heraus, den ich noch nie bemerkt hatte und wir machten uns ans Werk. Als die Handwerker schließlich kamen und uns Farbe und die neuen Möbel lieferten, baten wir sie schließlich doch noch, uns beim Abbau der alten zu helfen.

Was bei uns ewig gedauert hatte, ging bei ihnen ganz schnell und eine halbe Stunde später öffnete ich bereits den Farbeimer, um die bunten Teddybären zu überstreichen.

Fine grinste mich mit einem dicken weißen Farbklecks auf der Nase an. »Okay, ich gestehe, zumindest das Streichen macht Spaß. Aber bitte lass uns heute Abend die Möbel aufbauen lassen. Sonst kracht mein Bett bestimmt ein, wenn ich mich hineinlege.«

»Wahrscheinlich«, sagte ich lächelnd und tauchte die Farbrolle in den Eimer. »Kann ich dich etwas fragen?« Ich wurde ernst.

»Natürlich, worum geht's?«

Ich musste endlich mit jemandem über meine Gefühle reden, über gestern und darüber, was mit Kyra passiert war.

Meine Wangen begannen zu glühen und ich schaffte es nicht, ihr in die Augen zu sehen, als ich zu sprechen begann. »Wie ist das, mit einem Mann zu schlafen?«

Fine hielt inne, strich dann aber doch weiter. »Hmm«, machte sie. »Schön, würde ich sagen. Mit Makesh ist es immer schön gewesen, er war ein sehr fürsorglicher Mann und war immer bemüht, mir nur Gutes zu tun.«

»Was ist eigentlich mit Makesh passiert?« Ich wusste, dass Fine alleine lebte, doch wir hatten nie darüber gesprochen, warum. Hoffentlich empfand sie meine Frage nicht als aufdringlich.

»Er starb. Aber das ist schon lange her. Fast zwanzig Jahre. Er war Gärtner im Palast und sein Vater war damals der Küchenchef. Durch ihn bekam ich nach seinem Tod eine Anstellung im Palast. Für Frauen gibt es nicht viele Jobs in der Spike. Die wenigen, die auf dem Basar arbeiten, helfen ihren Gatten. Du hast es ja bestimmt schon gemerkt, aber Frauen sind hier bloß für den Haushalt und den Nachwuchs zuständig.«

»Und, wie ...?«

»Wie er starb? Oh, er war krank, hatte ein inoperables Geschwür auf der Lunge sitzen. Er schlief eines Abends einfach ein und wachte nicht mehr auf.«

»Oh Fine, das tut mir so leid.« Ich sah sie sprachlos an. Irgendwie hatte ich mir noch nie Gedanken darüber gemacht, wieso sie alleine lebte. Ich war eine wirklich grottenschlechte Freundin.

»Eliza, du kannst doch nichts dafür. Außerdem wolltest du gerade über Sex mit mir reden. Also hast du dich entschieden, endlich mit Aslan zu schlafen?«

»Fine!«, sagte ich entrüstet und sie lachte laut auf. Dennoch musste ich zugeben, dass ich über den Themenwechsel erleichtert war.

»Aslan ist ein guter Kerl, der beste Mann, den ich kenne. Du kannst ihm vertrauen, Liebes. Aber vor allem kannst du mit ihm reden. Sag ihm, wovor du Angst hast. Ich bin mir sicher, er wird vorsichtig bei eurem ersten Mal sein. Und wie ich schon einmal sagte, auch für ihn ist das alles Neuland.«

Ich seufzte, da ich wusste, dass sie recht hatte. Trotzdem war das nicht meine einzige Sorge. »Da ist noch etwas«, sagte ich vorsichtig und Fine sah mich mit ihren hellen blauen Augen an.

»Ja?«

»Gestern Abend, da war ich alleine im Aufzug und-«

»Wieso warst du alleine?«, fiel sie mir ins Wort.

»Aslan musste noch etwas aus seinem Büro holen«, sagte ich und Fine nickte, als verstünde sie. »Jedenfalls stieg der Emir zu. Er war betrunken und ich glaube, er wollte mich vergewaltigen. Fine, es war so schrecklich.« Wieder stiegen mir Tränen auf. Ich legte die Farbrolle zur Seite und wischte sie weg.

Fine stand auf und begann zu fluchen: »Dieser dreckige, schmierige Mistkerl. Er hat dich doch nicht angefasst, oder? Ich wusste, dass mit ihm etwas nicht stimmt. Seine dummen Bemerkungen ständig. Und neuerdings stinkt er immerzu nach Schnaps.« Sie redete sich vollkommen in Rage.

Ich griff nach ihrem Arm, um sie zu beruhigen und sie hielt inne. »Da ist noch mehr ...«

Sie riss die Augen auf und sah mich wachsam an.

»Bevor ich hierherkam, vor der Türkisen Nacht, da ist etwas passiert.« Ich ließ sie los und setzte mich auf die Folie, die den Boden bedeckte. Fine folgte der Geste.

Sie sagte nichts und sah mich bloß mit demselben fürsorglichen Blick an, den auch Maria immer draufhatte, wenn ich mich bei ihr ausheulen musste.

»Du weißt ja, dass ich eine Violette war. Das hatte natürlich seinen Grund. Ich wurde damals von einer Wächterin erwischt, wie ich von den Dünen zurückkam ...«

Fine zog die Luft ein. Sie wusste genauso wie ich, dass Frauen in der Wüste nichts zu suchen hatten und die Wächterinnen dies unter Strafe stellten.

»... und nicht alleine war. Ich hatte mich mit einem Mädchen draußen getroffen: meiner besten Freundin. Ihr ging es zuvor ziemlich mies und eigentlich wollte ich sie bloß ablenken und mit ihr anstoßen. Ihre Mutter war damals krank gewesen und wir dachten alle, sie würde vielleicht sterben. Ich bin schon vorher öfters abgehauen und habe Fische am Fluss gefangen, wenn ich etwas angestellt hatte und es kein Essen gab. Meine Amme meinte damals, dass es vielleicht eine Pflanze gäbe, dir ihrer Mutter helfen könnte. Eine heilende Kakteen-Art, die oft in der Nähe von Flüssen wächst. Also war ich so töricht und bin am Tage rausgeklettert, um sie zu suchen. Sonst war ich immer nur nachts draußen, im Dunklen hätte ich sie jedoch nie entdeckt.«

»Und, hast du sie gefunden?«

»Ja, ich glaube schon. Ich habe von so ziemlich jedem Kaktus, an dem ich vorbeikam, Fasern genommen. Ich wollte gerade mit den Pflanzenfasern zurück in meine Kammer, als Dirka, eine andere Orangene, mit der Obersten Wächterin auf mich zu kam. Sie hatte mich bei ihr verpfiffen. Erinnerst du dich an den Mann vom Interview, der festgenommen wurde? Er ist ihr Mann. Sie muss ihm erzählt haben, dass ich eine Violette war.«

Fine kräuselte die Stirn. »Und die Oberste hat dich ausgestoßen, weil du Pflanzen gesammelt hast?«

Ich schüttelte den Kopf. »Nein, das gab nur eine Verwarnung. Verstoßen wurde ich, weil ich mich mit Kyra, meiner Freundin, eine Woche später in den Dünen getroffen habe. Ihrer Mutter ging es besser und das wollten wir feiern. Es war das erste Mal, dass sie mit nach draußen kann. Ich hatte Wein aus der Küche geklaut und wir schlichen uns bei Einbruch der Dunkelheit raus. Irgendwie ist es dann passiert. Vielleicht, weil wir beide beschwipst waren, oder weil wir einfach nur Lust dazu hatten.«

Fine zog eine Braue nach oben, als wüsste sie nicht, was ich meinte.

Ich holte tief Luft. »Wir haben miteinander geschlafen, Fine. Es war nicht wirklich aus Liebe, ich wusste gar nicht, was das ist. Wir wollten es bloß mal ausprobieren – und, wie gesagt, wir waren ziemlich angeheitert. Wegen meiner Bewährung wurde ich für ein Jahr ausgestoßen und musste diesen grässlichen violetten Sack tragen. Anders als ich, ist sie mit Küchendienst davongekommen. Das war in Ordnung für mich. Sie war immer meine beste Freundin und ist es jetzt noch. Zumindest hoffe ich das.«

»Viele Freunde leben sich auseinander, wenn sie in die Spike ziehen. Es wird nicht deine Schuld sein, wenn ihr keine besten Freunde mehr seid.«

Ich schüttelte den Kopf. »Nein Fine, das ist es nicht. Sie ist seit zwei Wochen verschwunden.«

Fine nahm meine Hände in ihre. »Verschwunden?«

Ich seufzte. Es war nicht einfach, alles zu erzählen. Doch es musste sein. Wem sollte ich mich anvertrauen, wenn nicht ihr? Sie war die Einzige, die immer offen zu mir war und bisher all meine Entscheidungen akzeptiert hatte. »Wir haben es wieder getan. Wir schlichen uns raus, wann immer die Zeit war und versteckten uns in den Dünen.«

»Und bist du noch in diese Frau verliebt?«

»Nein, ich würde nicht von Liebe sprechen. Wie soll ich dir das erklären, Fine? Sie war – ist – meine beste Freundin, meine Vertraute. Ich empfinde so viel mehr als Liebe für sie. Wir waren immer eins. Wir hatten doch nur uns. Es war eine ganz andere Liebe als die Zuneigung, die ich für Aslan empfinde. Und ich habe sie im Stich gelassen. Kurz vor der Türkisen Nacht wollten wir uns ein letztes Mal treffen. Die Dünen waren schon lange zu unserem Lieblingsplatz geworden. Dort konnten wir ungestört sein und mussten keine Angst haben, dass uns jemand hört oder sieht. Du kennst das System ja, dort gibt es keine Schlösser an den Türen und Zärtlichkeiten unter den Mädchen schon gar nicht. Kyra hatte irgendwie Erdbeeren für uns besorgt. Erdbeeren im System, kannst du dir das vorstellen?« Beim Gedanken daran huschte mir ein Grinsen über die Lippen. »Und dann geschah es. Wir kamen gerade vom Fluss, wo wir uns gewaschen hatten, und wurden von drei Frauenjägern zurück in die Dünen getrieben. Zwei, der eine hieß Atari, nahmen mich gefangen. Ein gewisser Jazar hat Kyra gepackt und weggeschleppt, seitdem fehlt jede Spur von ihr. Es heißt, Jazar sei ein Monster. Kennst du ihn?«

Fine schlug sich die Hand vor den Mund und starrte mich erschrocken mit ihren hervorstehenden Augen an. Dann nickte sie langsam. Also stimmte es. Fine sah aus, als hätte sie ein Gespenst gesehen. Mir lief es bei ihrer Reaktion kalt den Rücken runter. Was musste Kyra in Jazars Fängen durchmachen?

»Mich brachte man zum Palast, der Emir nahm mich in Empfang. Fine, der Emir hängt in allem mit drin. Deswegen verfolgt er mich ständig und wollte mich töten. Die Schokolade – das war alles er. Er wollte mich versklaven oder so, ich weiß es nicht. Auf jeden Fall sollte ich weggesperrt werden. Irgendwie konnte ich entkommen. Bis heute weiß ich nicht, wie ich es geschafft habe. Atari und sein Kumpan verloren plötzlich im Kampf das Bewusstsein und ich konnte fliehen. Eine Freundin in der Vorstadt wies mir einen Weg aus der Stadt, dann kämpfte ich mich alleine durch die Wüste. Im System schwor ich mir, diesen Jazar zu finden und Kyra, falls sie noch lebt, zu retten. Doch allmählich glaube ich nicht mehr, dass ich viel tun kann. Alle sagten, meine Suche wäre hoffnungslos und wahrscheinlich ist sie das auch.« Ich machte eine Pause und ließ den Kopf hängen. »Gleichzeitig verlor ich in dieser Nacht den Glauben an die Männer. Kannst du das nachvollziehen?«

»Natürlich, Liebes.« Sie schloss mich in ihre Arme und ich ließ meinen Tränen freien Lauf.

Es tat so gut, mich in ihren wohlduftenden Haaren zu verstecken und ihr mein Herz auszuschütten. Ich hätte schon viel eher mit ihr darüber reden sollen. Ich vermisste Kyra so wahnsinnig, wurde mir klar. Wenn ich nur wüsste, was mit ihr passiert war. Oder mit Kirstin. Wo waren meine Freundinnen? »Weißt du, wer dieser Jazar ist?«

Fine ließ mich los und sah mich nachdenklich an. Dann begann sie, ihre Hände im Schoß zu kneten. »Man nennt ihn auch den Schlächter«, sagte sie schließlich teilnahmslos. »Eliza, es gibt schon lange das Gerücht, dass der Palast mit Sklavinnen handelt, doch ich wollte es nie glauben. Bist du dir ganz sicher, bei dem, was du mir erzählt hast?«

»Ja, natürlich. Ich habe es doch selbst erlebt. Er wollte mich irgendwo im Garten wegsperren.«

»Eliza, Aslan hat recht, du bist in großer Gefahr. Weiß er von alldem?«

Ich schüttelte den Kopf.

Fine leckte sich über die Lippen und schwieg. Schließlich sagte sie: »Jazar ist das Grauen der Wüste. Er sollte bereits einmal gehängt werden, weil er eine verheiratete Frau auf brutalste Weise vergewaltigt hat. Stattdessen entschied sich der Khan, ihn lediglich in die Wüste zu verbannen. Dort gelten die Gesetze der Spike nicht. Die Wüste ist wie das offene Meer. Zwar gehört sie zum Wüstenreich Ulanqab, doch sie obliegt nicht gänzlich der Gewalt des Khans, im Gegensatz zu den vielen Städten und Siedlungen des Landes.«

»Fine, bitte sei ehrlich, soll ich Aslan die ganze Wahrheit sagen?«

Sie seufzte und strich mir mit dem Handrücken über die Wangen. »Ich weiß es nicht, meine Liebe. Das ist ein Kampf, den du mit dir selbst austragen musst. Doch eines weiß ich, man gewinnt eine Schlacht nie, wenn man versucht, sie ganz alleine anzutreten.«

16

»Heute Abend findet ein Theaterstück statt, wollen wir hin? Aslan muss sicherlich wieder bis spät in die Nacht arbeiten.«

Ich legte den Miniscreen, auf dem ich meine Zeitung las, zur Seite und sah zu Fine auf. »Ja, meinetwegen. Hier ist sowieso nichts los.« Eigentlich war generell nie etwas los. Seit Fines Zimmer fertig war, fielen wir zurück in den alten, langweiligen Alltagstrott und hockten im Wohnzimmer rum, sahen fern oder lasen. Ich war wie eine Gefangene in meinen eigenen vier Wänden. Einmal hatte der Khan uns zum Abendessen eingeladen. Das Gespräch zwischen ihm und Aslan über die Syrer und Amerikaner war das Spannendste an diesem Abend gewesen. Ich fand es immer aufregend, etwas über die anderen Länder und Kulturen zu hören. Die Spike war wie eine Blase für ihre Bewohner. Die wenigsten hatten die Turmstadt, geschweige denn das Land, jemals verlassen. Wäre die Türkise Nacht nicht, würden viele nicht einmal das System kennen und wir Frauen nicht das Tageslicht.

Fine stand auf und ging zurück in die Küche, um weiter sauber zu machen. Ich folgte ihr, nahm das Geschirrtuch und begann, die gespülten Tassen unseres Kaffeetisches abzutrocknen.

»Lass nur, ich mach das schon.«

»Ach Quatsch, zu zweit geht es viel schneller. Wo findet das Theater denn statt? Im Palast?«

»Nein im fünfzigsten Stock. Dort ist ein weitläufiger Saal, der über die gesamte Etage geht. Manchmal werden dort alte Filme gezeigt, oder eben Theaterstücke.«

»Und was spielen sie?« Ich war noch nie in einem richtigen

Theater gewesen, habe aber selbst als Kind gerne Theater im Unterricht gespielt. Einmal im Jahr hatten wir eine Aufführung für unsere Mütter gemacht. Bei mir war es Maria, die immer zugesehen hatte. Sie hatte sich keine Aufführung von mir entgehen lassen. Ich glaubte, Hamlet war ihr liebstes.

»Alibaba und die vierzig Räuber«, sagte Fine und ich musste sofort an das Märchen denken.

»Passt ja zur Wüste.«

»Kennst du es?«, fragte Fine.

»Ja, ich hab' es als Kind gelesen. Ist es nicht faszinierend, wie die Geschichten all die Jahrhunderte und sogar vier Weltkriege überlebt haben, und uns immer noch begeistern?«

Fine nickte. »Ja, so habe ich das noch nie betrachtet.«

Ich hing das Handtuch auf und ging ins Badezimmer, um mich für den heutigen Abend zurecht zu machen. Bestimmt würde auch der Khan kommen, da wollte ich nicht aussehen wie ein Tölpel. Inzwischen konnte ich den Lidstrich schon gut alleine ziehen und auch das Laufen in den hohen Schuhen fiel mir täglich leichter. Wirklich bequem waren sie dennoch nicht, weshalb ich in unserer Wohnung stets barfuß lief, auch wenn Fine wenig begeistert von meiner Sorglosigkeit war.

Nach mir zog Fine sich um und schickte Aslan eine Nachricht raus, dass wir im Theater seien. Dann setzten wir die Masken auf und Fine band mir mein neues Kopftuch um, das im Licht die Farbe änderte und golden statt rot schimmerte. Es fühlte sich anders an als gewohnt.

»So sitzt es lockerer«, sagte sie und wir gingen los. Heute trug ich eine rote Maske, passend zu meinem Kleid und Fine hatte eine fliederfarbene gewählt, die wunderbar zu ihrer Korsage passte.

Der Vorsaal des Theatersaals, der fast das gesamte Plateau einnahm, war brechend voll. Offenbar waren die Aufführungen der Schauspielleute sehr beliebt, obwohl die Schauspieler selbst keine sonderlich geachteten Leute waren, wie Fine mir im Lift erklärt hatte. Deswegen gab es auch keine neuen Filme mehr. Die meisten, die gespielt wurden, stammten aus dem frühen zwanzigsten Jahrhundert, ein Vierteljahrhundert, ehe der dritte Weltkrieg ausbrach und hundert Jahre, bevor die Welt fast nur noch aus Wüste und Wasser bestand. Was die Wüstenstaaten schafften zu retten, das retteten sie. Nun gab es nur noch wenige Städte und die meisten waren wie unsere nach oben gebaut, um nicht jedes Haus für sich im Sand versinken zu lassen.

»Na super«, sagte Fine plötzlich und nickte in Richtung unseres Lifts.

»Bitte nicht.« Ich stöhnte auf. In dem Moment erblickte er uns, setzte sein süffisantes Grinsen auf und leckte sich genüsslich über seine widerlichen, spröden Lippen.

Ich gab ein kurzes Würgegeräusch von mir, das Fine zum Glucksen brachte, und drehte mich um. Der Emir konnte mir wirklich gestohlen bleiben. Ich würde mich wohler fühlen, wenn Aslan hier wäre. Hoffentlich kam er nach.

»Willst du trotzdem rein?«, fragte Fine.

»Ja, er wird mich wohl kaum vor dem ganzen Publikum angrabschen.«

Fine schürzte die Lippen und hakte sich bei mir ein. »Ich gebe deinem Mann Bescheid. Er wird wissen wollen, wenn der Emir in deiner Nähe ist.«

Ich nickte und sie nahm ihren Screen raus, um Aslan die Nachricht zu übermitteln, dann öffneten sich endlich die Türen zum Theatersaal und wir traten ein.

Der Saal musste über zwei oder drei Etagen gehen, da die Sitzreihen weit nach unten ragten und eine flache Treppe bis vor zur Bühne hinabführte. Hinten an den Wänden hingen Plakate von alten Filmen und darüber stand in großen Lettern *Luminarum Spike Cinematic.* Ich wollte unbedingt auch mal einen Film hier drinnen sehen. Es musste großartig sein.

»Aslan kommt gleich«, flüsterte Fine mir zu, als wir unsere Plätze eingenommen hatten. Wir saßen relativ weit außen in der Mitte des Saals. Fine stellte ihre Perlenhandtasche auf den Platz neben mich und sagte jedem, der sich dort hinsetzen wollte, der Platz sei für den Prinzen reserviert. Dieses Mal schien mich keiner zu erkennen. Vielleicht lag es am neuen Tuch, das mich mehr verschleierte als die anderen.

Als Aslan dann endlich kam, hatte das Stück bereits angefangen. Dennoch beschwerte sich niemand, als er sich durch die Gänge quetschte. Wenn im System jemand so drängelte, gab es immer gleich Ärger. Vielleicht sagten sie aber nur nichts, weil sie ihn, anders als mich, auch im Dunklen erkannten.

»Entschuldige die Verzögerung, Liebling.« Er küsste mich auf die Wange. »Fine, wo ist er?«

»Khan-Lounge.«

»Der Khan hat eine eigene Lounge?«, fragte ich.

»Natürlich. Theoretisch könnten wir auch dort vorne sitzen. Ehrlich gesagt, saß ich noch nie im gemeinen Publikum.« Er runzelte die Stirn und sah sich um. Dann legte er seine Hand auf meine und wir genossen alle drei den Abend.

Es war schön, etwas mit ihm zu unternehmen und nicht den ganzen Tag zuhause zu sitzen. Zwar sprachen wir immer viel miteinander, dennoch wollte ich mal raus. Er ließ mich nirgendwo alleine hin und Fine bekam die Anordnung, mit mir nur dann das Loft zu verlassen, wenn wir, wie jetzt, unter Leuten waren. Selbst Ausflüge in den Garten waren dadurch gestrichen. Ich bin hierhergekommen, um nach Kyra und den Mädchen zu suchen, doch das wäre vermutlich überall leichter, als von hier aus.

Als Mardschana schließlich weinend vor Dank für ihre Befreiung vor Ali Baba stand und mit seinem Neffen einen sinnlichen Tanz begann, verschränkten sich Aslans Finger mit meinen. Mardschana war endlich frei und ich fühlte mich dank des Emirs gefangener denn je. Zwei Mal in meinem Leben hatte ich bisher wirklich Angst gehabt und beide Male war der Emir mit Schuld daran gewesen.

Ich blickte in Aslans liebevolle Augen, die ruhig nach vorne sahen und das Schauspiel betrachteten. Ob er sich in den letzten Wochen auch in mich verliebt hatte?

Es war spät, als wir heimkamen. Die Sonne über den Dünen war bereits untergegangen. Aslan knöpfte sein Hemd auf und betrachtete mich in den Spiegelungen unserer Fensterfront. Er hatte die

Statur eines Kämpfers, nicht eines Khans. Anders als sein Vater, der bereits einen sich deutlich abzeichnenden Wohlstandsbauch besaß, war er durchtrainiert: die Arme muskulös, die Schultern breit und angespannt. Er drehte sich zu mir um und lächelte. »Wieso grinst du so?«

»Tue ich nicht«, sagte ich perplex und ließ rasch die Mundwinkel hängen.

Aslan kicherte. »Natürlich. Du hast mich gemustert und gegrinst. Ich habe es doch in der Spiegelung gesehen.« Mist, ertappt.

»Vielleicht ein bisschen«, sagte ich und lachte. »Du trainierst viel.«

»Ja, man weiß nie, wann man die gelernten Fähigkeiten einmal brauchen kann.«

Ich nickte. Vielleicht sollte ich auch trainieren, damit ich mich in Zukunft verteidigen konnte. Das letzte Mal, dass ich wirklich Sport getrieben hatte, war im System, vor Kyras Verschwinden, gewesen. Würde der Emir mich noch einmal anfassen wollen, sollte ich mich wehren können.

Mein Blick ruhte auf meinem Mann, an dem ich mich an diesem Abend kaum satt sehen konnte. Aslan hatte mir mehr als einmal bewiesen, dass ich ihm vertrauen konnte und meine Haut sah inzwischen auch wieder relativ normal aus. Die blauen Flecken und Schürfmale waren fast alle weg und die wenigen, die noch blieben, konnten auch durch einen Stoß an der Tischkante erzeugt worden sein.

»Mir gefällt dein Körper«, begann ich so eine Art Flirt.

Aslan zog die Brauen hoch. »Ach ja?« Er sah mich misstrauisch an, ohne sein Grinsen schwinden zu lassen. Das war irgendwie süß.

»Ja«, sagte ich. Etwas Besseres fiel mir nicht ein. Okay, vielleicht sollte ich ihm einfach sagen, was ich vorhatte. Fine meinte doch immer, wir müssten nur miteinander reden. »Aslan, ich ...«

»Ja?«

Ich seufzte. Musste er so grinsen, als würde er schon genau wissen, worauf ich hinauswollte? »Ich möchte, dass wir es tun, heute Nacht.«

Aslan lächelte erst, doch dann kräuselte sich seine Stirn und auch die Mundwinkel sanken. Er kam auf mich zu und nahm mich in den Arm. »Eliza, du musst das nicht tun, wenn du nicht bereit dafür bist. Nicht für meinen Vater oder mich und nicht, weil du Angst vor dem Emir hast.«

Erstaunt blickte ich in seine zart schimmernden gold-braunen Augen. Ich wollte es nicht ihretwegen tun. Ich wollte meine Angst überwinden, ich wollte unsere beiden Sehnsüchte nach Liebe und Geborgenheit stillen und ich wollte wissen, wie es sich anfühlte. »Es ist nicht ihretwegen. Ich möchte dir vertrauen und ich möchte dir so nah sein, wie nur möglich. Ich möchte dich wirklich, Aslan.«

Er lächelte wieder und beugte sich vor. Seine sanften Lippen berührten meine, während unsere Zungen zu tanzen begannen und ein prickelndes Gefühl durch meinen Körper zog. Das war einer der schönsten Küsse, die ich jemals gespürt hatte. Obwohl sein Bart mich leicht kratzte, wollte ich mehr von ihm. Viel mehr.

Aslans Finger glitten meinen Rücken entlang nach oben und er zog mir das Tuch, das meine Haare verschleierte, nach unten. Die Maske hatte ich längst abgestreift. Seine Finger hielten an meinem Nacken inne, dann küsste er mich erneut, noch fordernder als zu vor und ich wollte ihm in diesem Moment alles geben. Ein aufregendes Gefühl durchzog meinen Körper und ließ mich in seinen Händen innerlich erzittern. Seine Lippen streiften meinen Nacken und er löste die Schnüre meines Kleides an meinem Rücken, bis mir das rotschimmernde Kleid von den Schultern rutschte und zum Boden sank. Ich stand beinahe nackt vor ihm.

Sein Mund glitt über meinen Hals, hin zum Schlüsselbein, und ich schloss die Augen. Es fühlte sich genauso gut wie damals mit Kyra an, vielleicht sogar besser, weil ich wusste, dass es nicht verboten war. Dennoch schoss das Adrenalin durch meinen Körper und verlangte nach mehr von ihm.

Meine Hände strichen über die glatte Haut seines durchtrainierten Bauches und öffneten schließlich die Schnalle seines Gürtels.

Er hielt inne und blickte mir tief in meine dunklen Augen. »Ich liebe dich, Elizara Prinzessin von Ulanqab. Ich bin vollkommen verrückt nach dir.« Mit diesen Worten griff er mir unter die Kniekehlen und meine Arme und trug mich ins Schlafzimmer.

Ohne einen Augenblick zu verlieren, fegte er die vielen Decken von unserem Bett und legte mich vorsichtig darauf ab.

Nervös sah ich ihn an. Ich würde es tatsächlich tun. Ich würde mit einem Mann schlafen. Nein, nicht irgendeinem, sondern meinem Mann.

Er sah mich lüstern an und ich genoss seine Blicke. Seine Lippen wanderten über meinen Bauch und er zog tausend Küsse über meinen Körper, bis er am Bauchnabel ankam.

In mir kribbelte es und ich schlang meine Beine um seine Hüften. Ein Schwarm Schmetterlinge machte sich in mir breit und schlug heftig mit den Flügeln. War das schon Liebe? War es Verlangen? Es fühlte sich an, wie in jenen Nächten mit Kyra, und doch war es ganz anders.

Aslan zog mir die Unterwäsche vom Körper, während er mich unablässig küsste und sein breites Grinsen kaum verbergen konnte. Er wollte mich so sehr, das sah man. »Ich liebe dich, meine wunderschöne Eliza«, sagte er noch einmal, während er sich über mich beugte.

Ich legte meine Hände auf sein Gesicht und strich liebevoll mit dem Daumen über seinen Bartansatz. »Und ich dich, mein Prinz.«

Als ich die Augen schloss, küssten wir uns erneut. Dann glitt seine Hand zwischen meine Schenkel und seine Finger kreisten vorsichtig um meine Mitte. Es fühlte sich so vertraut an, wie in all den Nächten, die ich mit Kyra in den Dünen verbracht hatte. Auch, als er sie vorsichtig in mich führte, tat es nicht weh, sondern war einfach nur schön. Ich zog Aslan näher an mich und küsste ihn an seinem Hals. Er genoss es genauso wie ich. Das spürte ich sofort.

»Darf ich?«, fragte er und blickte nach unten.

Erst jetzt fiel mir auf, dass er auch seine Hose ausgezogen hatte und sein Glied steif geworden war. Ich biss mir auf die Lippen und hatte das Gefühl, innerlich zu zittern. »Sei vorsichtig«, flüsterte ich und er nickte.

Erschöpft ließen wir uns zurücksinken und sahen uns tief in die Augen. Was war gerade passiert? Hatten wir es wirklich getan?

Und was bedeutete das für unsere Zukunft?

Aslans Finger streichelten über meine nackte Haut am Bauch, während er mich lächelnd ansah, den Kopf mit der anderen Hand abgestützt. »Alles in Ordnung?«

»Es ging mir nie besser«, sagte ich ehrlich und schloss die Augen. Ich war unendlich müde und gleichzeitig würde ich es gerne noch einmal tun.

Aslan beugte sich zu mir, und küsste mich sanft auf die Stirn, dann auf meinen Mund. Er schmeckte so süß, ob er genascht hatte, bevor er ins Theater kam?

»Wie geht es jetzt weiter?«, fragte ich.

Aslan rutschte ein Stück zur Seite und zeigte auf das Bettlaken. Es war zu dunkel, um etwas zu sehen.

»Was?«, hakte ich nach.

Er seufzte und stand auf, um das Licht einzuschalten.

Wie unromantisch, schoss es mir durch den Kopf. Doch nun sah auch ich, was er meinte. Ein winziges bisschen Blut war dort verschmiert, wo wir gelegen hatten, als er in mich eindrang. Hoffentlich würde dies dem Khan genügen und der Emir mich nun endlich in Ruhe lassen. Ich lächelte und Aslan legte sich zu mir zurück.

»Das war wunderschön«, raunte ich meinem Mann zu, während er meinen Arm streichelte und meine Hand mit Küssen übersäte.

»Ich habe es auch sehr genossen.«

Für einen Moment hielt ich inne. »Aber was passiert jetzt? Wie geht es weiter?«

Aslan lächelte. »Wie immer, nur dass mein Vater uns nun hoffentlich in Ruhe lassen wird.«

»Und der Emir«, ergänzte ich.

»Ja, und der Emir.« Er gähnte laut, dann wandte er sich von mir ab und stand auf. »Ich werde Fine Bescheid geben, dass sie das Bett neu beziehen soll. Wir sollten uns etwas anziehen. Das Laken können wir dann morgen früh gleich meinem Vater zeigen.«

Ich konnte nicht anders, und verdrehte die Augen. »Lass sie schlafen, Liebling. Ich kann das auch machen.« Es war lächerlich, Fine wegen jeder Kleinigkeit aus dem Bett zu holen. Aber ich konnte ihn verstehen, anders als ich, war er so aufgewachsen. Vermutlich musste er noch nie in seinem Leben ein Bett selbst beziehen, einkaufen gehen oder auch nur Kaffee kochen.

»Aber eine Prinzessin bezieht doch keine Betten.« Es klang tatsächlich ein Hauch Empörung in seiner Stimme mit.

»Und eine Freundin weckt eine andere nicht mitten in der Nacht, damit sie ihr Bett bezieht. Ich bitte dich, Aslan. Ich mag es überhaupt nicht, wenn wir Fine wie unsere Dienerin behandeln. Das fühlt sich einfach nicht richtig an. Sie tut auch so schon genug für uns.«

Aslan stieß einen Seufzer aus. »Na gut, aber lass mich dir helfen.« Er krabbelte zu mir rüber, und küsste mich ein weiteres Mal. Dieser Kuss war jedoch nur flüchtig. Dafür biss er mir anschließend sanft in meine Nase und küsste auch sie, ehe er sich über mich beugte und das Laken in einer Ecke von der Matratze löste.

Ich stand auf und betrachtete unser Bett. Und deswegen hatte der Khan so einen Aufstand gemacht? Wegen einem Bisschen Schweiß, Blut und Sperma? Unweigerlich schüttelte ich den Kopf und half Aslan, das Bett abzuziehen.

Als wir am nächsten Morgen übermüdet aufstanden, grinste uns Fine gut gelaunt an.

»Alles in Ordnung?«, fragte ich sie und gähnte.

»Ihr habt es getan. Oh, ich wusste es, als ich gestern ins Bett ging und du ihn die ganze Zeit anstarrtest.«

Ein Lächeln umspielte meine Lippen. »Ertappt«, sagte ich.

»Und, wie war es?«

»Wundervoll.«

Fine nickte wissend. »Wann geht ihr zum Khan?«

»Gleich nach dem Frühstück.« Das war Aslan, der gerade mit nassem Haar aus der Dusche kam und uns zuzwinkerte.

»Guten Morgen, Aslan«, sagte Fine und verbeugte sich wie immer leicht vor ihm.

»Ich hab' einen Bärenhunger, also lasst uns bitte gleich loslegen.«

Aslan setzte sich und griff sofort nach dem frischen Brot, das Fine uns jeden Morgen backte.

Draußen knallte wie fast jeden Tag die Sonne durch die abgedunkelten Fenster der Spike, während wir nach unten zum Toliarum fuhren. Aslan trug das Laken in einem Jutebeutel versteckt bei sich. Er sah geradezu stolz aus, während er neben mir herging. Machte Sex das immer mit Männern?

»Du bist wirklich schlimm«, sagte ich, »nur am Grinsen. Ich wette, die ganze Spike weiß schon, dass wir es getan haben. Dein Gesichtsausdruck schreit ja geradezu danach.«

Sofort machte er eine ernste Miene, oder versuchte es zumindest. »Ach, die Leute können ruhig wissen, wie sehr wir uns lieben.« Er drückte mich an sich, lachte erneut und küsste meinen Schopf.

Der Khan sah uns überrascht an, als wir zehn Minuten später in seinem Büro eintraten. Ich war erstaunt über den riesigen, mit Stuck verzierten Raum, dessen Decke ein Wandgemälde überzog. Über dem fürstlichen Schreibtisch thronte ein imposant wirkender Kronleuchter, der den gesamten Raum in ein angenehmes Licht tauchte. Es war der absolute Kontrast zum schäbigen Büro des Heilers.

»Aslan«, sagte der Khan überrascht und erhob sich von seinem Lederstuhl.

»Vater, guten Morgen.«

»Guten Morgen«, erwiderte der Khan und blickte fragend von seinem Sohn zu mir. Ich war gespannt, wie er reagieren würde, wenn er erfuhr, warum wir hier waren. Hoffentlich saß er uns danach endlich nicht mehr im Nacken.

»Wir haben dir etwas mitgebracht.« Aslan schwang den Beutel nach vorne und zog das befleckte Laken aus ihm heraus. Dann breitete er es auf den polierten Marmor-Fliesen vor dem Schreibtisch aus.

Ich konnte mir das Lächeln nicht verkneifen, als ich Aslans gerötete Wangen sah. Vermutlich sah ich genauso aus.

Mein Blick schweifte zurück nach vorne und ich musterte den Khan. Ein breites Lächeln zog sich über seinen Mund und er klatschte vergnügt in die Hände. In diesem Moment hatte er etwas Kindliches an sich, das auch mich innerlich strahlen ließ. Verrückt, wie schnell sich sein strenges Gemüt ändern konnte und ich mich gleichzeitig viel freier fühlte.

Zumindest für einen Moment, bis sich die Tür öffnete und ein kalter Schauer über mich kam. Aslan griff augenblicklich meine Hand und zog mich näher an sich.

»Burka, sieh nur welche Freude mir mein Sohn und die Prinzessin bereiten«, sagte der Khan fröhlich. Er schien nicht einmal bemerkt zu haben, wie Aslan und ich erstarrt waren.

Der Emir schien alles andere als erfreut zu sein. Er rümpfte die Nase, sodass er noch mehr wie ein Kamel wirkte und verzog seinen Mund zu einem aufgesetzten Lächeln, das ihm niemals jemand abnehmen würde. »Sie haben es also getan. Bravo, bravo.« Er klatschte süffisant zwei Mal in die Hände. »Es ist nicht sehr viel Blut darauf, mein Freund. Bist du dir sicher, dass es echt ist? Vielleicht sollte der Heiler die Prinzessin sicherheitshalber untersuchen.«

Ich kniff die Augen zusammen. Das konnte nicht sein Ernst sein. Auch Aslan schüttelte neben mir den Kopf.

»Mein Freund, du bist zu misstrauisch. Ich vertraue meinem Sohn voll und ganz.« Der Khan nickte uns zu und erhob sich von seinem Stuhl, als würde er das Laken sicherheitshalber doch noch einmal mustern müssen.

»Vielen Dank, Vater.«

»Bitte, mein Sohn. Nun denn, ihr seid entlassen. Auf das ich schon bald wunderbare Enkelsöhne bekomme.«

Ich schluckte. Und was passierte, wenn es Töchter würden oder es niemals klappte?

17

Ich fühlte mich immer noch beflügelt von unserer Nacht. Drei Tage waren seitdem vergangen und es kam mir vor, als hätte es jedwede Befangenheiten in mir gelöst.

Aslan lag neben mir, den Kopf auf seine Hand gestützt, während er meinen Bauch mit der anderen kraulte und mich ansah.

»Woran denkst du?«, fragte ich nach einer Weile des Schweigens, während ich seine Streicheleinheiten genoss.

»An dich, an uns, unsere Nacht. Du kamst mir plötzlich so viel selbstbewusster vor als sonst. Das hat mich verwundert. Ich hatte nicht mehr damit gerechnet, dass du den ersten Schritt machen würdest.« Auf seinen zarten, vollen Lippen lag ein Lächeln, das mein Herz erweichte. Vielleicht war dies der richtige Moment, um ihm die Wahrheit, oder wenigstens einen Teil dessen, zu gestehen.

»Ja, es erinnerte mich an etwas und so konnte ich mich gänzlich fallenlassen.«

»Was kann eine solche Erinnerung sein, dass du plötzlich so entschlossen und frei agiertest?«

Meine Finger verschränkten sich mit seinen, während ich darüber nachdachte, wie ich diese Frage beantworten sollte. »Hast du eine Vorstellung davon, wie es ist, nur unter Frauen großzuwerden?«, fragte ich schließlich vorsichtig.

»Nicht annähernd. Wobei ich, Fine als meine Kinderfrau damals ausgenommen, auch fast nur mit Männern und Jungen zu tun hatte.«

»Aber immerhin hattest du eine weibliche Bezugsperson. Ich kannte nur die Mädchen und Frauen um mich herum. Die Regeln im

System waren ziemlich stumpf. Keine Liebe, keine Zärtlichkeiten, nichts, was einen Lust verspüren lassen konnte. Wir sollten uns ganz auf die Türkise Nacht konzentrieren und auf jenen Mann, den wir irgendwann heiraten würden. Das war nicht immer leicht.«

Aslan nickte, legte aber gleichzeitig die Stirn in Falten und sah mich nachdenklich an.

»Natürlich hatte ich einige Freundinnen im System und eben auch eine beste Freundin. Kyra«, fuhr ich fort und schloss die Augen, um mir ihr schlankes Gesicht, ihre grünen Augen und das lange, wie Gold glänzende, Haar vorzustellen. Es war ein Monat vergangen, seit ich in die Spike gezogen war. Im Garten würden keine Mädchen mehr sein, dessen war ich mir absolut sicher. Aber wo waren sie dann? Wo brachte man sie hin und wer könnte davon wissen? Aslan vermutlich nicht. Er würde so etwas nicht zulassen. So viel wusste ich inzwischen. Und Kyra selbst? Ich hatte mich gezwungenermaßen damit abgefunden, dass sie nicht mehr zurückkommen würde. Astrids Worte gingen mir in den letzten Wochen so oft durch den Kopf, dass ich sie inzwischen selbst glaubte. Ich konnte nichts mehr für meine Freundin tun. Niemand konnte das.

Ich sah in Aslans wachsame Augen, die heute dunkler schienen als sonst. Er nickte zwar auf meine Ausführungen hin, schien aber nach wie vor nicht wirklich zu wissen, worauf ich hinauswollte.

Ich seufzte. »Wie soll ich es dir erklären, ohne dass du schockiert sein wirst?«

»Ach, so leicht überrascht mich nichts.« Ich mochte es, wenn er so lächelte, wie er es jetzt tat. Er versuchte offenbar, seine Unbeholfenheit zu überspielen.

»Hmm. Jedenfalls war Kyra nicht einfach nur meine beste Freundin, sie war so viel mehr für mich. Wir erzählten uns alles, wir teilten alles miteinander. Sie war meine Vertraute, Aslan. Es war keine Liebe zwischen uns, nicht auf die Art, wie wir beide uns lieben, aber eine Freundschaft, die viel weiter ging, als du es dir vorstellen kannst. Und wir probierten viel aus, so viel, dass ich, als man uns erwischte, auf Grund meiner vorherigen, kleineren Vergehen zur Violetten wurde.«

Aslan schien sofort zu verstehen und riss die Augen auf. »Du hast mit ihr geschlafen?«

Dieses Mal war ich es, die nickte. Ich konnte ihm dabei kaum in die Augen sehen, so sehr schämte ich mich in diesem Moment. Es war ein absoluter Verstoß gegen die Gesetze des Systems gewesen. Es war immer falsch gewesen, und doch hatte es sich in jenen Momenten stets richtig angefühlt. Wie viele Diskussionen hatte ich mit Maria hinter mir? Wie oft saß ich heulend in meinem Bett und wusste nicht, was ich tun sollte? Ich brauchte Kyra, aber ich hatte Angst, dass man uns beide ganz hinauswerfen und uns zu Frischfleisch für die Aasgeier in der Wüste machen würde. Für das System wurde ich an jenem Tag, als wir beide zurück durch die Gitterstäbe kletterten und man uns bereits erwartet hatte, zu einer Verbrecherin.

Das wusste Aslan sicherlich genauso gut wie ich. Wir Frauen durften niemals etwas mit Unseresgleichen anfangen. Wir sollten unsere Liebe, unseren Körper, nur für einen aufbewahren. Für unseren zukünftigen Mann in der Hauptstadt. So hatten es die früheren Wächterinnen und die altehrwürdigen Khane und Könige vor über drei Generationen beschlossen.

Ich hatte erwartet, dass Aslan mich nun von sich stoßen würde. Dass er vielleicht sogar drohen würde, es seinem Vater zu sagen. Doch nichts dergleichen geschah. Er sah mich nur überrascht, aber dennoch liebevoll an, und ich atmete erleichtert aus.

»Aslan, ich ...«

Er legte mir den Zeigefinger auf den Mund und ich verstummte. »Du musst dich nicht entschuldigen. Man probiert eben aus, wenn man jung ist. Wären Mädchen im Palast gewesen, wer weiß, ob ich sie nicht auch hätte küssen oder berühren wollen, wie ich dich berührte. War deine Freundin auch bei der Türkisen Nacht dabei?«

Sollte ich ihm diese ungeheuerliche Wahrheit ebenfalls gestehen? »Nein«, sagte ich vorsichtig. »Ich weiß nicht, wo sie war. Sie verschwand ein paar Tage vorher, ohne dass ich mich richtig von ihr verabschieden konnte.« Mein Herz beschleunigte seine Schläge, als mir die Bilder von jener Nacht vor Augen kamen.

Erstaunen trat in Aslans Gesicht. »Wie kann man im System verschwinden? Ich kenne kaum einen Ort, der besser bewacht wird. Mit Ausnahme natürlich der Spike und dem Palast.«

Ich zuckte mit den Schultern, als wüsste ich es nicht. Ich war müde und für heute hatte ich ihm genug erzählt. Ich musste den Kopf freikriegen, bevor ich ihm die ganze Wahrheit sagte. Wie würde er reagieren, wenn er vom Emir und seinen Machenschaften erfuhr? Oder wäre er sogar sauer auf mich, weil ich es ihm die ganze Zeit verschwiegen hatte?

Aslan zog mich an sich und ich bette meinen Kopf auf seiner Brust und lauschte, wie so oft, den Schlägen seines Herzens, bis ich in seinen Armen einschlief.

In den kommenden Tagen ertappte ich ihn oft dabei, wie er mich musterte. Oftmals sah er mich an, beobachtete mich, wie ich hinaus in die Wüste und den Vorgarten des Palastes starrte, den man gerade so von hier oben erkennen konnte. Manchmal sah er mir auch bei den einfachsten Tätigkeiten hinterher, als versuchte er, mein ganzes Wesen zu studieren und zu analysieren.

»Kannst du das bitte lassen?«, fragte ich schließlich.

»Was meinst du?«

»Du starrst mich ständig an. Als würdest du über jeden meiner Schritte nachdenken.« Ich stand mit verschränkten Armen vor ihm und hatte den Kopf schräg gelegt. Aslan arbeitete seit drei Tagen von zuhause aus, da sein Vater unterwegs war und langsam fiel uns die Decke auf den Kopf.

»Ich finde dich bloß wunderschön und sehe dich deshalb gerne an.«

Aus den Augenwinkeln sah ich, wie Fine innehielt und unserer Unterhaltung aus der offenen Küche heraus, wo sie gerade den Mittagstisch eindeckte, lauschte.

Ein tiefer Seufzer entfuhr mir und ich verzog mich ins Bad. Ich hätte ihm das mit Kyra nicht erzählen dürfen. Ganz offensichtlich störte es ihn nun doch, warum sonst sollte er mich ständig anstarren? Als würde er sich immerzu vorstellen, wie ich eine Frau küsste oder mit ihr schlief.

Ich wusch mir das Gesicht, bis ich das Gefühl hatte, wieder klarer zu sehen und ging zurück in die Stube. Aslan und Fine saßen bereits am Tisch und warteten auf mich.

»Was hältst du davon, wenn wir heute Nachmittag ein Picknick im Tropengarten machen? Du hattest so von den Tieren und Pflanzen bei deiner Ankunft geschwärmt, und nun lebst du schon über einen Monat hier und hast ihn noch nicht einmal besucht.«

Ja, über einen Monat. Einen Monat, in dem ich nichts unternommen hatte, um Kyra oder die anderen Mädchen zu retten. In dem ich Jazar nicht gefunden und den Emir nicht überwältigt hatte. Ich war so mit meinen eigenen Sorgen beschäftigt gewesen, dass ich oft das Gefühl hatte, alles andere vergessen zu haben. Dabei wollte ich es sogar. Ich wollte vergessen, meine Vergangenheit hinter mir lassen und glücklich sein. War das zu viel verlangt? Doch mit jedem Mal, das ich in die Wüste hinausblickte, holte sie mich ein. Jedes Mal, wenn ich in Aslans Augen sah, dachte ich daran, wie es mit Kyra war. Und immer, wenn er mich musterte, fragte ich mich, ob ich ihm wirklich trauen konnte. Ob ich überhaupt jemandem trauen konnte.

Eigentlich hatte er mir nie einen Grund zum Zweifeln gegeben. Wieso war ich nur so misstrauisch? Ich liebte Aslan und doch fiel es mir schwer, ehrlich zu ihm zu sein. Bei Fine hatte ich dieses Problem nicht. Lag es nur daran, dass er ein Mann war?

Mein Blick schweifte in die Ferne. Die Spike war wie ein Gefängnis für mich. Fine und Aslan ließen mich nie aus den Augen. Wie sollte ich da hinaus in die Wüste flüchten, und nach einem grausamen Schatten suchen? Ich durfte nicht einmal allein zum Basar gehen und bekam keine Chance, Fragen in der Turmstadt zu stellen. Nur wen sollte ich überhaupt fragen? Niemand hier würde etwas von ihnen wissen. Schließlich wollte man auch mich wegschaffen. Wahrscheinlich an andere Länder verkaufen, an andere Herrscher. Jede Suche war vergebens, redete ich mir ein und blickte zurück zum Tisch. Jazar hatte mein Herz gebrochen – nein, er hatte es zerrissen, und die Spike den Rest in mir. An einem Tag war ich glücklich, am nächsten wusste ich nicht mehr, was mein Leben noch lebenswert machte.

»Also?«, fragte Aslan, faltete seine Hände vor seinem Kinn und blickte mich aufmerksam an.

Der Tropengarten – etwas Abwechslung würde mir sicherlich

guttun. Vielleicht kam ich dann endlich auf andere Gedanken. »Das klingt fantastisch.«

Aslan lachte erfreut auf, dann tat er uns allen Essen auf. Die Geste überraschte mich. Normalerweise überließ er diese Aufgabe Fine. Ob er sie meinetwegen übernahm? Weil ich nicht wollte, dass Fine sich wie unsere Dienerin fühlte?

Obwohl ich mich auf den Garten freute, konnte ich mein Versagen innerlich nicht beiseite wischen und so stocherte ich die nächste halbe Stunde lustlos in meinem Auflauf herum.

Nach dem Essen verschwand Aslan eine Weile, ohne mir zu sagen, wo er hinmusste. Für mich war es nichts Neues, dass er tagsüber weg war, auch wenn es diese Woche kaum vorkam. Meistens hatte er kurz etwas in seinem Büro zu klären oder ein Ferngespräch mit seinem Vater, der Presse oder Vertretern anderer Herrschaftsgebiete. Hin und wieder hatte ich gesehen, wie Hubschrauber oder kleine Jets auf dem linken Flügel des Palastes landeten. Auch dann musste er immer eiligst nach unten, die Gäste empfangen. Ich selbst durfte nie mitkommen, warum, konnte er mir nicht erklären. Ich wusste, dass es in anderen Ländern ganz normal war, wenn die Frauen der Herrscher an solchen Treffen teilnahmen. Manchmal meinte ich sogar, Frauen aus den Flugträgern aussteigen zu sehen. Anfang letzter Woche war Aslan selbst für zwei Nächte verreist. Zu gerne würde ich einmal mitfliegen und die Welt vom Himmel aus sehen. Im System hatte ich nicht einmal gewusst, wie diese Flugträger wirklich aussahen. Selbst bei meinen kleinen Ausflügen in die Wüste hatte ich nie einen beobachten können. Ich hatte sie mir wie Schiffe in der Luft vorgestellt, doch sie waren so anders. Lang und schmal mit breiten Flügeln, die sich zu den Seiten ausstreckten. Wie Falken aus Metall.

Es war faszinierend, wie viel freier die Menschen in der Spike waren. Oder zumindest jene im Palast, denn ich bezweifelte, dass die normalen Bürger der Spike in den Genuss eines Fluges kamen. Dafür bewunderten auch sie die gelandeten Flieger, die man von der zwanzigsten Etage aus am besten auf dem Palastdach beobachten konnte, viel zu sehr. Die Jungen hatten dann immer die Nase gegen die Fensterfront gedrückt und auch die Eltern sahen interessiert hinaus und bewunderten die Stahlkolosse. Sicherlich hätte auch Kyra die Aussicht genossen.

Ich kam gerade aus dem Bad, als hinter mir die Tür aufging und Aslan hereintrat. Ich zuckte zusammen, als das Schloss knackte. Es war, als fühlte ich mich in meinen Gedanken ertappt. Verging überhaupt ein Tag, an dem ich nicht an Kyra dachte?

Ich blickte zu meinem gutaussehenden Mann. Aslan hatte sich endlich rasiert, das war mir bereits heute früh aufgefallen. Die schwarzen Stoppeln waren seiner glatten, reinen Haut gewichen. Zwischendurch hatte ich schon Angst, er würde sich so einen komischen Spitzbart wie sein Vater ihn trug, wachsen lassen. Jetzt war er überhaupt nicht gekleidet fürs Büro, sondern trug sein schwarzes Freizeithemd mit dem roten Kummerbund drüber. »Wo warst du denn, Liebling?«

»Ein Picknick bereitet sich nicht von alleine vor.«

Ein breites Grinsen trat auf mein Gesicht. Trotz meiner sorgenvollen Gedanken war ich unheimlich gespannt, was er vorbereitet hatte und wie es sein musste, den Garten von innen zu erleben. Ich musste mich unbedingt entspannen. Immer kreisten meine Gedanken um Kyra, den Emir oder mein früheres Leben, anstatt im Hier und Jetzt zu bleiben und mich endlich frei zu fühlen. Es schien unmöglich, das alles zurückzulassen. Die Gedanken einfach abzuschalten. Doch genauso wenig konnte ich ihnen ständig nachhängen. Ich wollte etwas tun, nur was? Ich war in einer Spirale aus Schuld, Freiheit und Befangenheit gefangen. Ich war frei und doch fühlte ich mich eingesperrt. Ich wollte etwas tun, doch wusste ich nicht wie. Es war verzwickt.

Aslan reichte mir meine Maske, die ich umband, dann nahm er mich an die Hand und führte mich hinunter. Der Eingang zum Garten lag von uns aus im rechten Flügel des Palastes. Dort traten wir hinaus auf eine weitläufige Terrasse, von der aus eine Wendeltreppe nach unten führte. Warme, feuchte Luft schlug mir entgegen, als wir das Tropenreich betraten. Vielleicht hätte ich mir besser ein luftigeres Kleid anziehen sollen.

Ich folgte Aslan einen schmalen Pfad zwischen pinken und lilafarbenen herabhängenden Blumen entlang, vorbei an Palmen und wohlduftenden anderen Pflanzen, auf eine kleine Lichtung. Von oben fielen die gleißenden Sonnenstrahlen durch das kuppelförmige Dach auf uns herunter und wärmten meine Haut. Inzwischen war es Oktober geworden. Nicht mehr lange, und der milde Winter stand an.

»Das sieht fantastisch aus«, sagte ich zu meinem Mann und genoss den Anblick des Picknicks, das er vorbereitet hatte. Zwei große Decken lagen auf dem feuchten Boden. Wein hatte er mitgebracht und dann zog er noch Erdbeeren – als wüsste er von meinem letzten Picknick mit Kyra in den Dünen – sowie Streuselkuchen und Trauben, Käse und getrocknete Wurst und allerlei kleine Pasteten, die er sicherlich aus der Palastküche hatte, aus dem Korb. Ich selbst hatte erst drei Mal die Köstlichkeiten des Palastes bei Abendessen mit dem Khan genießen können und jedes Mal war es ein Fest für die Sinne gewesen. Dennoch war ich froh, dass Aslan sein eigenes Reich in der Spike, dem Leben im Palast, vorzog. Dort war alles so durchgetaktet und immerzu stand man unter Beobachtung. Nicht, dass es jetzt anders gewesen wäre, doch lieber wurde ich von Fine, als von der gesamten Palast-Brigade bewacht. Da wäre ich an seiner Stelle auch gleich ausgezogen. Wenn der Khan irgendwann sterben würde, hatte Aslan erklärt, kämen wir jedoch um einen Einzug in den Palast nicht mehr herum. Solange der Emir bis dahin ebenfalls dahingeschieden ist, wäre das für mich in Ordnung.

Wir setzten uns nebeneinander auf die Decken und ich lehnte mich an seiner Schulter an, während ich die aufregende Umgebung gedanklich in mir aufsog.

»Du kannst deine Maske ausziehen«, sagte Aslan und streichelte meine Wangen. »Wir sind hier unter uns.« Er nestelte am Band herum, das hinter meinem Kopf zusammengebunden war, dann glitt die Maske von meiner Nasenspitze und er küsste meine Schläfe. Hier, wo es so warm und die Luft feucht war, war es ohne Maske viel angenehmer. Über uns zwitscherten bunte Vögel ihre Lieder, wie ich es noch nie gehört hatte. Die Blätter raschelten, wenn ein Äffchen sie streifte, und in einer der Baumkronen entdeckte ich ein Faultier hängen. Es war unglaublich, diese Tiere von Nahem beobachten zu können, sie in echt und nicht nur auf einer

Filmscheibe oder einem Foto zu sehen. Dazu dieser herrliche Duft, die Wärme und die feuchte Luft, die meine Lunge vom staubigen Sand zu befreien schien.

»Ich habe da etwas für dich«, sagte Aslan und kramte in seiner Hosentasche, bis er eine Schatulle fand und sie herauszog.

»Was ist das?«, fragte ich.

»Etwas, was dir gehört und ich glaube, es bedeutet dir sehr viel.« Er reichte mir die dunkelblaue Schatulle und ich klappte sie auf.

»Aber, wie?« Ich lugte von der Schatulle auf mein Handgelenk, als bemerkte ich erst jetzt, dass ich meine Uhr seit über einer Woche nicht mehr angezogen hatte. Fine meinte, durch ihr gesprungenes Glas würde sie nicht zu einer Prinzessin passen, also hatte ich sie zur Seite gelegt.

»Sie lag so einsam auf deinem Nachtisch, da dachte ich, ich lasse sie reparieren.«

Ein Schmunzeln huschte über meine Lippen. »Die ganze Zeit hatte ich es mir vorgenommen und dann vollkommen vergessen. Ich habe ja nicht einmal gemerkt, dass du sie entwendet hast.«

Aslan beugte sich vor und wollte mir gerade die in Gold schimmernde Uhr umlegen, als wir Besuch bekamen.

»Oh, das ist ein Affe, oder?« Ich lächelte das Tier an.

»Ja, ein Totenkopfäffchen.« Plötzlich passierte es und Aslan sah auf. »Hey!«

Mit einem Satz sprang das Äffchen nach vorne und riss Aslan meine Uhr aus der Hand.

»Na warte!« Aslan hechtete dem Äffchen, das auf einen Baum verschwand, schneller hinterher als ich gucken konnte.

Ich konnte mich vor Lachen kaum einkriegen. Wieso haben wir mit diesem Besuch nur so lange gewartet? Das erste Mal seit Tagen musste ich laut lachen. Ich konnte kaum aufhören und hielt mir den Bauch.

Aslan sah ziemlich verzweifelt aus, während er zu dem Tier hochblickte und versuchte, es mit Obst herunter zu locken. Stattdessen kamen nun immer mehr Tiere und umkreisten unser Essen. Schließlich schaffte er es doch noch, den Affen mit Obst zu sich zu locken. Das Äffchen ließ meine Uhr fallen, als er danach griff. Dann stürmte Aslan wie ein Wilder auf unseren Picknick-Platz zu und die anderen Affen wichen ins Dickicht der Bäume zurück.

Völlig außer Atem blieb er laut lachend vor mir stehen.

»Was war denn das?«, fragte ich glucksend.

»Verdammte Affen.« Aslan presste die Lippen aufeinander und sah sich misstrauisch um. Er wirkte verlegen und leicht zerknirscht, was ich ganz süß fand. »Probieren wir es erneut?«

»Ist sie denn noch heil?«

Er hielt meine Uhr gegen das Licht. Jedoch sicherheitshalber fest mit beiden Händen umklammert, denn in den Büschen begann es bereits erneut zu rascheln. »Hmm, da ist ein kleiner Kratzer auf der Rückseite, aber wirklich winzig. Der wird dich hoffentlich nicht stören.«

»Ach Aslan, ich bin einfach nur froh, sie wiederzuhaben. Und dann auch noch mit repariertem Glas über dem Ziffernblatt. Wollen wir das Anlegen noch einmal probieren?«

»Natürlich.« Er beugte sich ein zweites Mal zu mir und dieses Mal gelang es ihm.

Es fühlte sich so vertraut an, das einzige Erbe meiner Mutter wieder am Handgelenk zu spüren.

Als könne er Gedanken lesen, fragte Aslan: »Woher hast du sie? Sie wurde in der Spike geschmiedet, es ist kein Schmuckstück von eurem Basar, das sieht man am Stempel.«

»Von meiner Mutter. Sie brachte sie aus der Spike mit, als sie nach meiner Geburt ins System zurückkehrte. Man darf nur mitnehmen, was man bei sich trägt. Sie sagte meiner Amme, dass ich sie bekomme solle, sobald mein kleines Ärmchen sie tragen könne. Mein Vater hatte sie ihr damals zur Schwangerschaft geschenkt.«

Er schlug die Lider nieder. »Vermisst du sie, deine Mutter?«

Was sollte ich darauf antworten? Ich zuckte mit den Schultern und ließ sie dann hängen. Konnte man einen Menschen vermissen, den man nicht kannte? Aslan stützte sich nach hinten ab und ich bettete meinen Kopf auf seinem Schoß und starrte in den Himmel. »Ich weiß es nicht. Ich kannte sie und meinen Vater nicht wirklich. Über meinen Vater weiß ich überhaupt nichts und über sie nur das wenige, was mir die Frauen im System erzählten. Sie starb wenige Tage nach meiner

Geburt an schweren Blutungen, die zu einer Infektion führten. Vielleicht hätte sie es überlebt, wenn sie hiergeblieben wäre. Nur wäre ich dann tot. Ich hab' mir jahrelang deswegen Vorwürfe gemacht, weißt du. Sie entschied sich für mich, und deswegen starb sie. Ist das nicht unfair? Nicht einmal ein Foto gibt es von ihr.« Ich schloss die Augen, während Aslan seinen Daumen über meine Hand kreisen ließ. »Und du, vermisst du deine Mutter?«

Aslan ließ mich los und faltete seine Hände im Schoß. »Ja, jeden Tag, um ehrlich zu sein. Ich war vier, als sie schwanger wurde und fünf, als sie starb. Sie sollte damals eine Tochter bekommen, doch sie verblutete bei der Geburt. Das Mädchen ließ mein Vater anschließend töten. Ich habe nie verstanden, wie er ihr und meiner Schwester das antun konnte. Ich konnte mich nicht einmal von ihr verabschieden.«

Ich schlug die Hände vor dem Mund zusammen. Wie konnte der Khan nur seine eigene Tochter töten lassen, wo er gerade seine Frau verloren hatte?

Aslan lief eine Träne die Wange herunter und er wischte sie rasch ab.

»Das tut mir so leid.« Dieses Mal war ich es, der ihn in den Arm nahm und nicht umgekehrt. Der Sohn des Khans, der Prinz von Ulanqab, weinte. Er ließ seinen Tränen, das Gesicht in meinen Haaren vergraben, freien Lauf. Es war ein ganz neues Gefühl für mich, ihn auf diese Weise zu spüren. Zu sehen, wie er seine empfindlichste Seite zeigte. Wie musste es sein, eine Mutter zu haben und sie dann zu verlieren? Wie musste es für all die Jungen sein, die in der Spike aufwuchsen und deren Mütter später ins System zurückkehrten, weil sie ein Mädchen gebären sollten? Ob die Kinder verstanden, warum ihre Mütter gingen? Warum sie sie im Stich ließen, um ein anderes, kleines Leben zu retten? Es war so sinnlos, an dieser Tradition festzuhalten, obwohl die Krankheit, wegen der sie eingeführt wurde, längst gebannt war.

Ich krallte mich in Aslans Schultern und weinte mit ihm. Weinte um all die Mädchen, die sterben mussten und all die kleinen Jungen, die ihre Mütter ziehen ließen oder verloren hatten. Die Menschen in der Spike hatten mit ihren ganz eigenen Sorgen zu kämpfen.

18

Fine stürmte herein. Sie war auf dem Basar gewesen, was konnte sie so aufgewühlt haben? »Aslan, du musst schnell zu deinem Vater, man hat eine Frauenleiche nicht weit von hier in der Wüste gefunden. Ich wollte gerade nach oben, als die Wachen losliefen.«

Automatisch entglitt mir das Gesicht. Fine wusste genau, warum. Sie blickte mir in die Augen, ihre blassen Lippen wurden schmal und sie nickte. Ich schluckte und sprang auf. »Kann ich mit, Aslan?«

»Nein, ich muss mir das alleine ansehen.« Aslan ging Richtung Tür und strich sich das Hemd glatt, dann trat er zu mir zurück, küsste meinen Schopf und griff nach seiner Tasche.

»Aber vielleicht kenne ich sie«, warf ich flehend ein und hielt mich an seinem Hemdärmel fest. Was war, wenn es Kyra war? Dann musste ich sie sehen. Ich musste mich verabschieden, mich entschuldigen, dass ich sie im Stich gelassen hatte. Wenigstens in diesem Moment wollte ich für sie da sein.

Unsere Tür fiel ins Schloss. Aslan hatte sich von mir losgeeist und war weg – ohne mich. Und wenn er Kyra auf dem Tisch hatte, würde er sie nicht einmal erkennen. Aber konnte ich sie nach anderthalb Monaten in der Wüste überhaupt noch wiedererkennen? Wie sah eine Leiche nach so langer Zeit, wenn sie Sand, Sonne und Wind ausgesetzt war, aus?

»Wo haben sie Kyra hingebracht?«, fragte ich Fine aufgebracht. Meine Stimme klang zittrig. Kein Wunder, mein ganzer Körper bebte innerlich und ich schaffte es kaum, meine Tränen zu unterdrücken. Ich krallte die Finger in die Rückenlehne des Sessels und blickte zu Fine, die auf mich zukam.

Sie stieß einen tiefen Seufzer aus, dann nahm sie mich in den Arm und ich vergrub mein Gesicht in ihrem nach Kokosnuss duftendem Haar. Mein Herz schlug schneller als es sollte. Trotzdem hatte ich keine Angst. Als hätte ich bereits abgeschlossen, dabei durfte genau das nicht passieren. Ich konnte nicht einfach abgeschlossen, sie ihrem Schicksal überlassen haben. Ein schwerer Kloß im Hals schnürte mir die Luft ab und ich schluchzte laut auf.

»Sie werden sie zum Heiler bringen, Eliza. Er wird sie obduzieren. Und noch wissen wir nicht, ob es deine Freundin ist. Mich sprachen die Wachen nur an, weil ich gerade auf dem Weg nach oben war. Nicht, weil sie das Mädchen mit dir in Verbindungen brachten. Lass Aslan sich selbst ein Bild von allem machen. Der Khan ist nicht da und da muss Aslan eben nach Protokoll vorgehen. Dazu gehört auch, dass er als aktuelles Oberhaupt die Leiche als Erstes begutachtet und die weiteren Schritte bestimmt. Ich bin mir sicher, wenn sie nicht völlig entstellt ist, wird er dich zu ihr bringen.«

Wenn sie nicht völlig entstellt ist? Mir wurde schlecht. Was wird er Kyra alles angetan haben? Dieser widerliche Jazar! Ich wollte mich an ihm rächen, ich wollte meine beste Freundin finden und stattdessen habe ich hier herumgesessen, ferngesehen und mich mit so belanglosen Dingen wie der Weißen Nacht beschäftigt. Und jetzt war sie tot! Sie war wirklich tot, lag vermutlich nackt auf der schäbigen Liege des Heilers, verstümmelt und halb verwest ...

Ich riss die Augen auf, um das Bild, das mir in den Sinn kam, zu verdrängen. Dann löste ich mich von Fine und lief ins Bad, um mich zu übergeben. Alle Erinnerungen, die ich versucht hatte zu verdrängen, kamen zurück und eine Welle der Übelkeit überkam mich. Ich sank kauernd auf den Boden, den Rücken an die kühle Wand gelehnt und vergrub mein Gesicht zwischen meinen Knien, sodass meine langen Haare, die ich heute ausnahmsweise wieder lockig trug, mich vor allem versteckten.

Aslan kam nach einer Stunde wieder. Ich war immer noch im Badezimmer eingesperrt und fühlte mich einfach schrecklich. Auch die Übelkeit hatte sich nicht gelegt. Vor der Tür redete Fine mit ihm, doch ich verstand nichts und schließlich klopfte es. »Du kannst jetzt mitkommen, wenn du möchtest. Wir wissen nicht, wer sie ist, aber vielleicht kannst du es uns sagen. Sie ist nicht in der Spike registriert, also wird sie noch zum System gehören. Komischerweise trägt sie ein türkisfarbenes Kleid«, sagte er laut hinter der Tür.

Dann konnte es nicht Kyra sein. Aber wenn sie ein türkisfarbenes Kleid trug, dann musste sie noch während der Türkisen Nacht verschwunden sein. Vielleicht hatte ihr Mann sie beim Fest entführt. Aber wer gab bitteschön erst Geld für seine Braut aus, um sie dann zu ermorden? Oder sie war vor ihrem Gatten weggelaufen und ist verdurstet.

»In Ordnung, ich komme gleich.« Es war nicht leicht, sich aufzurappeln. Meine Füße waren eingeschlafen und mein Gesicht von roten Flecken übersäht. Alles war irgendwie angeschwollen. Ich biss mir auf die Lippen und starrte in den Spiegel. Aslan hatte mich schon weinen sehen, aber so schlimm wie jetzt sah ich noch nie aus. Ich klatschte mir kaltes Wasser ins Gesicht, bis meine Haut eine halbwegs normale Farbe annahm. Dann wusch ich mir das alte Make-Up ab und puderte mich erneut, um die rotglühenden Wangen zu überdecken. Danach schloss ich auf und trat hinaus.

»Bist du dir sicher, dass du das tun willst? Wir können auch eine andere Ehemalige aus dem System fragen.«

Ich schüttelte den Kopf. »Nein, ich schaffe das.« Meine Stimme klang immer noch brüchig, aber ich war entschlossen, mir die Frauenleiche anzusehen. Wenn es Kyra war, wollte ich sie als Erstes erblicken. Doch sie konnte es nicht sein. Wieso sollte sie ein türkisfarbenes Kleid tragen? Als sie verschwand, trug sie das gleiche blaue Gewand wie ich damals. Wie alle, die kurz vor der Türkisen Nacht standen.

Ich folgte Aslan aus unserem Loft zum Aufzug, der uns nach unten brachte. Dieses Mal ignorierte ich die Höhe und schloss die Augen, während der Wasserfall an uns vorbeirauschte. Ein türkisfarbenes Kleid – ging es mir immer wieder durch den Kopf und ich begann, leise vor mich hin zu murmeln und mir das Farbengedicht des Systems in den Kopf zu rufen.

Gelb den Kindern, die wie die Sonne lachen.
Orange den Ältr'n, die Jugendspäße machen.
Blau den Anwärtern, bald in Türkis gehüllt.
Gold den Zurückgekehrten, denen der Sohneswunsch nicht erfüllt.
Weiß den Weisen, den Heilern, Ammen, Hebammen.
Grau den anderen, die nichts mehr haben, wofür es lohnt zu bangen.
Violett all jenen, die Sünde begangen
Und Rot den Heilg'n Wächterinnen, die um Kontrolle rangen.

Ich ging das Gedicht, das mir Maria so oft vorgesagt hatte, immer wieder im Kopf durch, bis wir im Toliarum ankamen. Trotzdem reichte es nicht zur Ablenkung. Ein Blick in die Wüste, und ich dachte an das tote Mädchen, das ich gleich erblicken sollte.

Während wir durch die Röhre, vorbei am Garten, gingen, überlegte ich, wer unglücklich während der Versteigerung gewirkt hatte und möglicherweise abgehauen sein könnte. Samira hatte komisch geschaut, als sie ihren Mann das erste Mal sah. Und er hatte auch gleich so ungewöhnlich hoch geboten. Hoffentlich war sie es nicht. Ich mochte Samira, auch wenn ich nicht viel mit ihr zu tun gehabt hatte. Sie war immer freundlich gewesen. Dirka konnte es nicht sein. Sie hatte ich bereits einmal hier gesehen und ihr Mann war im Gefängnis. Oh nein, hoffentlich hatte sie deshalb nicht Selbstmord begangen und ist in ihrem Festkleid abgehauen. Aber wie sollte sie es geschafft haben, die Spike zu verlassen? Gehörte man nicht zum Palast, kam man nur mit Genehmigung aus dem Turm. War man einmal in der Vorstadt, war es jedoch einfach. Das wusste ich selbst am besten.

Wir gingen nicht wie erwartet zum Büro des Heilers und auch nicht in jenen Raum, in dem er mich nach meiner Ankunft hier untersucht hatte. Stattdessen folgte ich Aslan in einen gänzlich anderen Flügel des Palastes, irgendwo auf der Westseite. Das Krankenzimmer lag im Erdgeschoss und ich fragte mich, warum man dem Heiler nicht auch hier irgendwo ein Büro gegeben hatte. Ich konnte mir kaum vorstellen, dass all die Räume hinter den Türen links und rechts des langen Zimmers besetzt waren und man ihn deshalb tagtäglich quer durch den Palast laufen ließ.

Das Zimmer war hell und wirkte sehr steril, ähnlich dem Krankensaal im System, nur viel moderner. »Versorgt der Heiler eigentlich auch die Leute in der Spike?«, fragte ich Aslan leise, als wir eintraten. Für so viele Leute schienen mir die sechs Betten, die aktuell durch offene Vorhänge getrennt waren, zu wenig. Ich rieb mir die Arme und sah mich weiter um. Obwohl es nicht kalt war, hatte ich eine Gänsehaut.

»Nein, die Spike hat eigene Heiler. Thomasin kümmert sich nur um die Bewohner des Palastes; außer um meinen Vater, der hat jemand Eigenes, der nur ihm zusteht. Thomasin war nur deshalb damals mit im System, weil Vaters Heiler selbst erkrankt war. Welche Ironie, nicht wahr?« Aslan klang nicht so, als würde er den Heiler des Khans großartig schätzen.

»Eure Hoheit, Prinzessin, kommt herein.« Thomasin war jetzt, wo Aslan dabei war, auch mir gegenüber viel förmlicher. »Ich habe die Leiche nach hinten gebracht, folgt mir.«

Wir gingen an den Betten vorbei durch einen zweiten Raum. Das musste das eigentliche Untersuchungszimmer sein. Durch eine weitere offene Tür konnte ich noch einen gefliesten Raum erkennen, in dem eigenartige Apparaturen und mehrere Bildschirme hingen. Sicherlich wurden dort Operationen durchgeführt.

Ein junger Herr mit dunklen Koteletten trat zu uns und schob eine Liege aus einem angrenzenden Kühlraum herein. Wer auch immer darauf lag, war durch eine Plane verdeckt.

Nun hatte ich wirklich das Gefühl, zu frieren. Aslan drückte mich an sich, als hätte er es bemerkt, und gab mir einen leichten Kuss auf die Schläfe. Ob er wusste, wovor ich mich so sehr fürchtete?

Der Mann sah ziemlich ernst aus, blieb vor uns stehen und verbeugte sich leicht. »Prinz, Prinzessin.« Er nickte uns zu, dann zog er ohne zu zögern die Plane zurück.

Mir stockte der Atem und erneut kam mir die Galle hoch. Ich schlug die Hände vor den Mund und stieß Aslan dabei zur Seite. »Kirstin«, flüsterte ich, dann fiel ich auf die Knie. Wer hatte ihr das angetan? Wieso war sie hier? Kyra hatte ich aufgegeben, aber doch nicht Kirstin. Sie war wohl auf, als wir uns beim Fest gesehen hatten. Wie konnte das passiert sein? Hat sie Angst bekommen und ist in die Wüste gelaufen, wo sie gejagt wurde? Oder wurde sie auf dem Fest entführt und war darum in der zweiten Hälfte nicht mehr da? Wer kann ihr das angetan haben? Ich traute mich nicht, noch einmal aufzustehen und sie anzusehen. Ihr Gesicht war ganz dreckig und verunstaltet gewesen. Hatte sie einen Monat lang draußen gelegen?

Aslan kniete sich neben mich und drückte mich an sich. »Kennst du sie?«

Ich kniff die Augen zusammen und lehnte meinen Kopf über seine Schulter. So konnte ich gerade so ihr blasses Gesicht erkennen, dabei wollte ich den Anblick gar nicht mehr vor mir haben. Meine Lippen wurden trocken und ich schaffte es nun, wo ich sie erneut ansah, kaum, den Blick von ihrem toten Körper abzuwenden. »Ja«, hauchte ich.

Ich brauchte einen Moment, um die Fassung wiederzugewinnen. Es war das eine, vor Aslan zu weinen aber etwas Anderes, es vor der gesamten Belegschaft des Heilers zu tun. Ich wollte nicht, dass sie mich so verletzlich sahen und womöglich dem Khan oder gar dem Emir davon erzählten. Der Emir hatte mich in genügend schwachen Situationen erwischt. Aber ich konnte meine Gefühle auch nicht abschalten. Am liebsten wäre ich einfach weggelaufen und hätte alles hinter mir gelassen.

Ich brauchte alle Kräfte, um aufzustehen. Aslan half mir und hielt auch jetzt noch meine Hand, als ich endlich stand und in Kirstins dunkle Augen blickte, die ihr Funkeln verloren hatten.

Ihr schwarzes Haar war ausgeblichen und verfilzt, das Gesicht zerkratzt und offenbar hatten Tiere an ihr genagt. Und dennoch hatte sie etwas Schönes an sich, wie vor fünf Wochen. Trotzdem wollte ich nicht wissen, wie der Rest des Körpers aussehen musste.

Ich musste mich schütteln, um meinen Blick endgültig von ihr losreißen zu können und mich zur Tür zu drehen. Jetzt kamen sie doch. Tränen traten in meine Augen, aber ich schaffte es, meine Stimme zu festigen. »Das ist Kirstin, eine Freundin von mir. Ich saß während des Festes in der Türkisen Nacht neben ihr. Als dann die Versteigerung begann, hatte sie auf der anderen Seite der Bühne Platz genommen. Vielleicht erinnert ihr beiden euch. Da war sie noch da. Nach der Pause hatte ich sie selbst nicht mehr gesehen. Auch ihre Mutter sah sehr verwundert aus, als ihre Tochter nicht kam. Ich wollte sie schon fragen, aber dann ging es weiter und ich musste nach vorne. Na ja, und dann bin ich ohnmächtig geworden ...« Bilder der Nacht schossen mir in den Kopf. Kirstin, wie sie lachte, wie sie mir zuwinkte hinter der Bühne ...

Aslan zog mich nochmals näher an sich und ich vergrub mein Gesicht an seiner Schulter. Es war schwer, nicht vor all den Leuten loszuheulen, doch irgendwie schaffte ich es, den Schmerz zu unterdrücken. Erst, als wir wieder oben in unserem Apartment waren, ließ ich ihn raus.

Fine strich mir über das Haar, während ich die Beine angezogen in einem der ledernen Sessel kauerte. Aslan saß mir gegenüber und schien relativ verloren zu sein.

»Immerhin war es nicht Kyra«, sagte Fine leise, während sie hinter mir stand und mich streichelte. Ihre Berührungen waren so behutsam, wie ich es sonst nur von Maria kannte.

Kyra, nein, aber sicherlich war sie genauso verloren inzwischen. Als Fine ihren Namen erwähnte, sah ich Aslan aus den Augenwinkeln aufblicken und die Brauen zusammenziehen.

Auch Fine schien seine Reaktion bemerkt zu haben. »Ich denke, es wird Zeit, Liebes, dass du ihm alles erzählst. Die ganze Geschichte. Ich lasse euch alleine.« Sie strich ein letztes Mal über meinen Kopf, dann glitt ihre filigrane Hand auf meine Schulter, ruhte dort für einen Moment, ehe sie sie runternahm und ich das Gefühl hatte, man hätte mir gerade den Boden unter den Füßen weggerissen. Fine verschwand in ihr Zimmer und Aslan sah mich interessiert an.

»Ich dachte, es sei Kyra gewesen, meine Freundin, die man gefunden hatte«, gestand ich und seufzte. Dann wischte ich mir Tränen aus dem Gesicht. Sollte ich erleichtert sein, dass sie es nicht war? Als wäre ihr Leben mehr wert gewesen als Kirstins? Ich mochte Kirstin, auch wenn wir lange nicht so verbunden waren wie Kyra und ich. Wir waren gute Freundinnen und wenn es darauf ankam, konnte ich mich auf sie verlassen. Und nun war sie tot. Hätte ich es verhindern können, wenn ich sie in der Türkisen Nacht gesucht hätte? Wenn ich ein letztes Mal mit ihrer Mutter gesprochen und sie nach ihr gefragt hätte? Ich schluckte und machte gedanklich einen weiteren Strich auf der imaginären Liste der Leute, die ich im Stich gelassen hatte. Kyra, Kirstin und irgendwie auch Dirka. Aslan hat nichts bezüglich ihres Mannes erreichen können. Und Frauen leben normalerweise nicht alleine in der Spike. Fine hatte Glück, dass sie es geschafft hat, sich im Palast durchzuschlagen.

Aslan horchte auf. »Kyra? Deine Freundin aus dem System?«

Ich nickte. »Ich habe dir noch nicht alles erzählt. Über sie – über ... uns. Aslan, als wir das letzte Mal in den Dünen waren, um eine letzte Nacht miteinander zu verbringen, wurden wir von Frauenjägern überrascht. Die drei Männer trieben uns auseinander. Zwei packten mich und brachten mich hierher. Aslan, es war einfach furchtbar. Und Kyra ist seitdem verschwunden.«

Aslan schob seine Hände hinter den Rücken und starrte permanent zum Boden, während er mir weiter lauschte, ohne zu fragen, was passiert war.

Ich sah ihn an, doch er reagierte nicht. Sondern wirkte auf seine Art nachdenklich. Wieso nahm er mich jetzt nicht in den Arm, sondern stand teilnahmslos da? Ich wollte, dass er für mich da war.

»Ich wurde zum Emir gebracht«, fuhr ich fort und er blickte auf. »Deswegen hat er es dermaßen auf mich abgesehen. Er weiß, dass ich von seinen Machenschaften unter der Hand deines Vaters weiß, deswegen wollte er mich töten. Zumindest gehe ich davon aus.« Ich war selbst überrascht, wie ruhig ich blieb. Auch wenn immer noch Tränen meine Wangen herunterliefen, schaffte ich es, nicht zu schluchzen.

»Wie konntest du ihm entkommen?« Offenbar wurde Aslan hellhörig, als ich den Emir erwähnte. Die Hände steckten jetzt in seinen Taschen und er sah mich neugierig an.

»Als sie mich in ein Versteck beim Garten bringen wollten, konnte ich fliehen. Ich weiß selbst nicht wie. Plötzlich kippten die beiden Männer einfach um.«

Aslan nickte, als reimte er sich etwas zusammen, was mir entgangen war. »Und deine Freundin?«, fragte er endlich.

»Die wurde von Jazar verschleppt.« Ich spuckte den Namen beinahe aus, so zuwider war er mir geworden.

Ein überraschter Ausdruck kehrte in Aslans Gesicht und er zog die Nase hoch. »Jazar ... Ich dachte, er wäre längst tot. Ich hatte es gehofft.« Endlich kam er auf mich zu und setzte sich neben mich auf die Lehne. »Das Schicksal deiner Freundin tut mir unendlich leid, meine Liebste. Ich werde Wachen nach dem Schlächter ausschicken lassen. Sie sollen auch die Wüste nach deiner Freundin durchkämmen.«

»Danke, Aslan.« Ich nickte leicht. »Und die anderen Mädchen? Glaubst du, Jazar hat auch Kirstin getötet?« Es tat so gut, endlich über alles mit ihm zu sprechen. Er war der Einzige, der hier tatsächlich etwas bewegen konnte.

»Welche Mädchen?«

»Ich glaube, unter dem Palastgarten sind weitere versteckt – oder waren es zumindest. Der Emir wollte sie verkaufen oder versklaven. Ich weiß es nicht genau.« Ich sah Aslan eindringlich an.

Der legte den Kopf schief und sah nachdenklich an mir vorbei. »Ich weiß nichts von anderen Frauen. Im Garten sagst du? Kannst du die Stelle beschreiben?«

»Ja.« Ich beschrieb ihm, in welche Richtung wir gegangen waren und wo ich den beiden Männern entkam.

»Ich werde dort nachsehen. Vielleicht entdecke ich eine Spur. Du weißt, ich traue dem Emir genauso wenig wie du, aber das ist schon ein heftiger Vorwurf.«

»Es ist die Wahrheit«, sagte ich bestimmt.

Aslan nickte abermals, dann stand er auf und trat vor zum Fenster. Er blickte hinunter auf den Palast und seinen Vorgarten. »Ich kümmere mich darum. Ich hoffe, wir erreichen deine Freundin lebend und finden heraus, was mit Kirstin passiert ist. Aber ich glaube nicht, dass Jazar ihr das angetan hat. Dann sähe sie jetzt anders aus. Außerdem hätte ich ihn erkannt, wenn er in der Türkisen Nacht im System gewesen wäre. Sein Gesicht werde auch ich nie vergessen.«

Ich blickte ihn Stirnrunzelnd an. »Was hat er dir angetan?«

Aslan setzte sich auf die Lehne des Sessels mir gegenüber. »Ich war noch ein Kind, als er sein Unwesen hier trieb. Wir hatten damals eine Köchin und ihr Mann war mit ihm befreundet gewesen. Jazar selbst war immer ein angesehener Herr gewesen. Ein Ingenieur, der stets viel zu tun hatte in der Spike. Und dann, als er die Leitungen in unserer Palast Küche neu verlegen sollte, und mit der Köchin alleine war, da ... da – tut mir leid. Ich schätze, du weißt, was passiert ist. Sie hat es nicht überlebt. Am Ende hat er sie noch zu Tode gewürgt.«

»Aber du hast doch nicht ...?«

Aslan senkte den Kopf. »Doch. Ich wollte mir etwas zum Essen stibitzen und hatte mich in einem der Küchenschränke versteckt. Eliza, wenn Jazar deine Kyra hat, dann mach dir bitte nicht zu große Hoffnungen.« Oh Gott, er musste mit ansehen, wie er diese Frau vergewaltigt hatte, und das als Kind. Seine Hand zitterte und er zog sie rasch weg, als ich es bemerkte.

Mir fehlten die Worte und wir starrten uns eine Weile nur an, ohne dass jemand etwas sagte. »Wieso hat dein Vater nichts unternommen? Er hätte ihn wegsperren oder hängen müssen.«

Aslan schnaubte durch die Nase. »Das habe ich auch nie begriffen. Vater verbannte ihn lediglich in die Wüste. Myras Leiche verbrannte man und ihrem Mann teilte man mit, dass sie ihm Offerten gemacht hätte. Sie trug damals keine Maske und daher sei es ihre Schuld gewesen. Es war so absurd, so surreal.« Aslan schüttelte den Kopf. »Mir hat man verboten, darüber zu sprechen. Burka hatte mich damals unter seine Fittiche genommen und immer wieder versucht, mir einzureden, dass es ihre Schuld gewesen sei und dass es nicht schlimm war, was Jazar getan hatte. Ich war erst sieben gewesen, doch mir war absolut klar, dass daran nichts in Ordnung war. Offenbar hatte es sich nach der Verhandlung, bei der ich aussagen musste, herumgesprochen, dass ich dabei war. Ständig warfen mir die Frauen beim Basar mitleidige Blicke zu. Manche sprachen mich auch unerlaubterweise an. Keine klang so, als wäre irgendetwas an ihrem Tod in Ordnung gewesen.«

»Wie hast du es geschafft, das alles zu verarbeiten?«

»Fine hat mir geholfen. Du kennst sie ja.« Er lächelte matt.

»Ja ...«, murmelte ich.

Aslan stand auf und steckte die Hände erneut in die Taschen. »Also, ich suche nach diesem Versteck und natürlich auch nach deiner Freundin«, sagte er und ging ins Bad.

Es war schrecklich, was er erlebt haben musste. Dennoch verhielt er sich irgendwie eigenartig. Misstrauisch blickte ich ihm hinterher. Hätte er nicht viel mehr nachfragen müssen, wie es mir erginge, wie ich entkam, über den Emir, Kyra, wie ich es alleine zurück ins System geschafft habe? Interessierte ihn das alles gar nicht? Aber vielleicht stand er auch unter Schock, nachdem ich Jazar erwähnt hatte. Mich hatte seine Geschichte definitiv geschockt. Aber vor allem hatte sie mir den letzten Funken Hoffnung genommen, Kyra lebendig zu finden.

An diesem Abend ging ich mit gemischten Gefühlen ins Bett – das änderte sich auch in den kommenden Tagen nicht mehr. Doch immerhin hatte er sein Versprechen gehalten und Leute nach Jazar und Kyra ausgeschickt. Drei Tage später befragte er mich ebenfalls erneut zu jener Stelle, an der ich entkommen war und die Gefangenen vermutete. Offenbar war nicht weit von dort ein Schutzbunker. Dieser sei jedoch leer gewesen, als er ihn ausgekundschaftet hatte.

19

»Fine, kannst du mal schauen, was ich da im Nacken habe?« Ich saß im Sessel vor der Panorama-Front und kratzte mich am Hals.

Fine trat auf mich zu und legte meine Haare zur Seite. »Sieht aus wie ein Stich. Vielleicht von einem Insekt. Warst du draußen in der Wüste?«

Ich zog die Brauen hoch und lachte. »Ich denke, das hättest du mitbekommen. Falls du es noch nicht bemerkt haben solltest, ich kann hier keinen Schritt ohne dich oder Aslan setzen. Also nein, seit der Türkisen Nacht nicht mehr.« Ich rieb mir den Nacken und versuchte, das Jucken, das mich seit über einer Woche quälte, loszuwerden.

»Darf ich dich etwas fragen, Eliza?«

»Ja, natürlich.« Dieses Jucken machte mich noch wahnsinnig. Ich versuchte, mich so zu kratzen, dass ich nicht wie einer der Affen im Garten aussah.

»Hattest du Streit mit Aslan?«

Ich hielt inne. »Nein, wie kommst du darauf?«

Fine sah mich fragend an und zuckte dann mit den Schultern. »Ich weiß auch nicht. Tut mir leid. Ich sollte mich nicht in eure Beziehung einmischen.«

»Ach Quatsch. Nein, wir hatten keinen Streit, aber er verhält sich so komisch in letzter Zeit. Seit – seit wir über Kyra gesprochen haben. Darf ich dir etwas anvertrauen?«

»Natürlich, immer. Was ist denn los? Ihr habt euch in den letzten zwei Wochen so distanziert.«

Ein Seufzer entfuhr mir und ich schaffte es endlich, meine frisch manikürten Nägel von meinem Nacken zu lassen. »Ach Fine, so ganz weiß ich es auch nicht. Seit er von Kyra und allem weiß, ist es so komisch zwischen uns. Serafine, sei ganz ehrlich und versprich mir, niemals mit jemandem über dieses Gespräch zu reden.«

»Ehrenwort. Aber was hast du denn?«

All meinen Mut musste ich sammeln, um ihr diese eine Frage zu stellen, die mich die ganze Zeit beschäftigte. »Kannst du dir vorstellen, dass Aslan in der ganzen Sache mit drinsteckt? Dass er von den entführten Mädchen weiß, vielleicht sogar von mir wusste? Was ist, wenn er mich nur deshalb ersteigerte, um mich unter Kontrolle zu halten oder so?« Seit Tage ging mir diese Frage durch den Kopf und zerfraß mich innerlich. Nicht er war mir in den letzten Tagen aus dem Weg gegangen, sondern ich ihm, wurde mir bewusst. Ich distanzierte mich von ihm und suchte in jeder seiner Handlungen nach einem Anhaltspunkt für meinen Verdacht. Wenn er nicht mit drinhing, wieso stellte er dann nicht viel mehr Fragen? Wieso machte er sich keine richtigen Sorgen und warum tat er nichts gegen den Emir? Ich würde mich an seiner Stelle ausquetschen.

Ein eigenartiger Ausdruck trat auf Fines Gesicht. Ihre Augen wurden groß und sie blickte bestürzt zu mir, dann stand sie auf und drückte mich. »Papperlapapp. Ich kenne Aslan schon lange und bin mir zu hundert Prozent sicher, dass er dich liebt. Aber ja, selbstverständlich weiß er von den Frauenjägern. So ziemlich jeder weiß von dieser dunklen Akte der Wüste – und zufällig weiß ich auch, dass er deswegen schon den ein oder anderen Konflikt mit seinem Vater hatte. Eliza, er führt seinen ganz eigenen Krieg mit Jazar, und nun hast du ihm noch einen weiteren Grund geliefert, ihn zu suchen und den Prozess zu machen.«

Ich biss mir auf die Lippen. Er musste Jazar genauso hassen wie ich. Vielleicht sogar noch mehr. Immerhin musste ich nie dabei zu sehen, wie er Kyra etwas antat. Fine glitt in den Sessel und starrte gedankenverloren aus dem Fenster, als suche sie die Wüste nach dem Monster ab. »Ich verstehe selbst nicht, wieso der Khan das zulässt. Die entlaufenen Frauen gefangen nehmen, okay. Immerhin machen sie sich strafbar, wenn sie das System verlassen. Aber sie jagen, vergewaltigen und töten? Das ist selbst der Allianz ein Dorn im Auge.« Fine atmete schwer aus. »Es ist barbarisch.«

»Da sagst du was ...«

Fine schüttelte sich und ließ die Sessellehnen los, als wollte sie jeden Moment aufspringen, doch sie verharrte in ihrer Haltung und wir sahen uns nachdenklich an, ohne weiterzureden.

In meinem Magen hatte sich ein schwerer Knoten gebildet, der mir Schmerzen bereitete. »Mir geht es nicht gut. Ich lege mich ein bisschen hin. Nachdenken und so«, sagte ich nach einer Weile und tastete nach dem Geschwür in meinem Bauch, das dieses Unwohlsein hervorzuriefen schien. Doch da war nichts, mir wurde nur noch schlechter.

»Mach das. Und Kopf hoch, es wird alles wieder. Aber ich kann mir wirklich nicht vorstellen, dass Aslan in irgendeiner Weise etwas mit dem Verschwinden deiner Freundin oder den Machenschaften des Emirs zu tun hat. Sein Vater vielleicht, aber nicht Aslan.«

Ich nickte, dann ging ich ins Schlafzimmer und gönnte mir etwas Zeit für mich. Der Gedanke quälte mich, dass Aslan mit drinstecken könnte. Aber wieso sonst mied er plötzlich meinen Blick? Wieso stellte er nicht die Fragen, die wichtig gewesen wären? Sorgte er sich überhaupt nicht um mich? Oder stand er wirklich unter Schock, weil ich bei Jazars Erwähnung Erinnerungen wachgerufen hatte, die hätten verborgen bleiben sollen?

Meine Gedanken trieben mich in den Abgrund und das Jucken trieb mich in den Wahnsinn. Plötzlich stellte ich unsere ganze Beziehung in Frage. Liebte er mich tatsächlich, oder sagte er das nur, um mich ihm irgendwie gefügig zu machen? War Liebe nicht die mächtigste Waffe der Welt? Aber vielleicht bildete ich mir alles nur ein. Aslan war mir in den letzten Wochen so vertraut geworden. Und nun hatte ich seit drei Wochen das Gefühl, dass all die Vertrautheit, die Liebe, das Knistern zwischen uns verpufft waren. War dort überhaupt Liebe gewesen? Es hat sich so real angefühlt. So anders als mit Kyra, und doch auf einer besonderen Weise vertraut und schön.

Ich drehte mich zur Seite und massierte meine Schläfen. Seit Tagen schon quälten mich immer wieder Kopfschmerzen und es wurde nicht besser. Erst letzte Woche war ich mit Fine einen Tag im Tropengarten gewesen, um die Tiere zu beobachten. Ich hatte beschlossen, um wenigstens etwas in der Spike zu tun zu haben, das Fotografieren zu erlernen. Seitdem schmerzte mir der Kopf, dabei hatte ich gedacht, dass gerade die warme, feuchte Luft meiner Gesundheit guttun würde.

Ich öffnete die Nachttischschublade und zog meine Bilder heraus. Die Kameras in der Spike waren viel besser als jene im System. Sie fotografierten schärfer und die Bilder wirkten nicht so ausgeblichen. Die Farben waren wesentlich kräftiger. Ich habe nur drei der über hundert Bilder, die ich geschossen hatte, entwickeln lassen. Auf einem war eine Pflanze zu sehen, mit einem feuerroten Stängel und Blüten so bunt wie der Regenbogen. Auf dem anderen grinste eines der Äffchen frech in die Linse und zog an der Schlaufe der Kamera. Beinahe hätte es mir das gute Stück, das Aslan mir geliehen hatte, gestohlen. Das letzte Bild war ein Selfie, wie Fine es nannte, von uns beiden vor der schmalen Hängebrücke, die den Bachlauf im Garten überspannte.

Die Bilder legte ich schließlich wieder zurück, dann schlief ich ein, während ich auf diesen Tag zurückblickte.

Als ich einige Stunden später aufwachte, torkelte ich benommen ins Wohnzimmer und merkte, dass die Sonne bereits untergegangen war. Hatte ich so lange geschlafen? Eigentlich wollte ich mich nur kurz ausruhen und hatte daher nicht einmal mein Kleid abgelegt.

Aslan war noch wach und saß alleine am Küchentisch. Er tippte etwas in seinen Screen ein und sah sehr konzentriert aus.

Ohne dass er mich bemerkte, ging ich zum Regal und nahm mir ein Glas. Erst, als ich den Wasserhahn aufdrehte, schreckte er auf. »Eliza, um Himmels willen.« Er starrte mich an. »Du siehst aus wie ein Gespenst.« Plötzlich wurde er ruhiger. Er nahm mich an der Hand und zog mich zu sich auf den Stuhl neben ihm. »Du hast lange geschlafen«, stellte er mit besorgter Stimme fest. »Deine Hand ist ganz kalt.« Er ummantelte sie mit seiner und strich mit dem Daumen über meinen Handrücken.

Es fühlte sich so vertraut an und dennoch wollte irgendein Teil, ganz tief in mir, dass ich aufsprang und weglief.

Aslan regte sich und legte seine warme Hand auf meine Stirn und runzelte seine. »Du glühst ja förmlich und ganz verschwitzt bist du auch.« Fieberte ich? Ging es mir deshalb so mies? Nun strich er mir das nasse Haar aus dem Gesicht und streifte ein paar Strähnen hinter mein Ohr. Ich mochte die Art, wie er das tat. Seinen fürsorglichen Blick, den er dabei hatte. »Ich werde Thomasin wecken lassen, er soll dich sofort untersuchen.«

»Mir geht es gut, Aslan«, flüsterte ich und merkte selbst, wie schwach ich war. Ich schaffte es kaum, mich aufrecht auf dem Stuhl zu halten, geschweige denn wieder aufzustehen. Während meine eine Hand immer noch zitternd das Wasserglas festhielt, umklammerte ich mit der anderen die Tischkante, um nicht zur Seite zu kippen.

»Eliza?«

Vor mir flackerte es und alles begann sich zu drehen. War ich vielleicht zu schnell aus dem Bett aufgestanden? Es fühlte sich fast so wie damals während der Türkisen Nacht an. Nur dass mir jetzt auch noch übel wurde.

Aslan packte mich und hob mich hoch, Sekunden später spürte ich die weiche Matratze unseres Bettes unter mir. Er hatte mich ins Schlafzimmer getragen.

Plötzlich stand Fine in ihren Nachtkleidern an meiner Seite und hielt meine Hand. War sie die ganze Zeit wach gewesen? »Der Heiler ist unterwegs.«

Ich nickte schwach, unsicher, ob die Aussage mir galt. Dann flatterten meine Lider, ich schloss endgültig die Augen und dämmerte weg.

Es dauerte nicht lange und ich erwachte wieder. Fine kniete immer noch neben mir am Bett und hielt meine Hand, doch nun kam Thomasin dazu. Ich warf ihm bloß einen kurzen Blick zu. Dann schloss ich die Augen, während er mich untersuchte, da ich das Gefühl hatte, dass sich selbst jetzt noch alles drehen würde, sobald ich sie öffnete.

»Sie zittert immerzu«, sagte Fine besorgt. Es tat gut, ihre Nähe zu spüren und ich war froh, dass Thomasin es war, der mich untersuchte und nicht ein Heiler aus der Spike.

Langsam überkam mich das Gefühl, kaum noch richtig Luft zu bekommen. Als trüge ich eine enggeschnürte Korsage.

»Ihre Temperatur ist viel zu hoch. Wir bringen sie am besten runter auf die Krankenstation im Palast.«

»Ich bleibe bei ihr«, sagte Aslan sofort und ich spürte, wie er sich auf die andere Seite des Bettes setzte und mir über das schweißnasse Gesicht strich. Er musste ein Taschentuch hervorgezogen haben, denn im nächsten Moment tupfte er mir vorsichtig das Gesicht damit ab.

Was passierte nur mit mir? Immerzu hatte ich das Gefühl, erbrechen zu müssen, doch dann ging es wieder. Wenn nur die Kopfschmerzen und der Schwindel aufhören würden.

»In Ordnung, Prinz. Ich rufe zwei Wachen, sie sollen mir beim Tragen helfen. Der ganze Palast schläft schon. Heute Nacht müssen wir uns alleine um sie kümmern.« Thomasins Stimme wurde von einem unangenehmen Rauschen in meinen Ohren überschallt.

Es dauerte nicht lange, dann klopfte es heftig an der Haustür und Aslans Miniscreen vibrierte. »Die Wachen sind da und haben eine Liege mitgebracht.«

Er ließ sie rein, dann halfen der Heiler und er mir auf die Trage. Ich fühlte mich eigenartig benommen, als ich mich aufsetzte. Das war nichts gegen die Vergiftung im System. Vor meinen Augen flackerte es immerzu, mir war kalt und warm zugleich, ich zitterte, während ich wie draußen in der Wüste schwitzte, obwohl der Raum gut klimatisiert war. Ich sah in Aslans vertraute Augen. Sie bei mir zu wissen, war das Einzige, was mich beruhigte. Ich musste ihm endlich vertrauen. Er liebte mich! Solange er in meiner Nähe war, konnte mir nichts passieren.

»Haben Sie einen Verdacht, was sie haben könnte?«, fragte einer der Wachen, während ich aus unserer Wohnung geschoben wurde. Er klang beinahe so, als fürchtete er sich, sich bei mir anzustecken.

»Ja, aber das ist eigentlich nicht möglich.«

»Was ist es?«, wollte Aslan wissen.

»Sie hat alle Anzeichen von Malaria. Aber das kann nicht sein.

Diese Krankheit kommt in der Wüste nicht mehr vor.«

»Sie war seit Wochen nicht mehr draußen«, warf Fine aufgebracht ein. »Einmal waren wir im Palastgarten, aber das ist ewig her. Wie soll das passiert sein? Wo soll sie sich angesteckt haben?«

»Malaria wird von Mücken übertragen, tropischen Mücken. Ich werde das untersuchen müssen.«

Mücken, Malaria? »Der Tropengarten«, flüstere ich, obwohl ich eigentlich laut reden wollte.

Aslan beugt sich über meine Lippen und ich wiederhole die Worte.

»Thomasin, wir waren letzten Monat im Tropengarten picknicken und erst vor ein paar Tagen war sie mit Serafine dort, um die Flora und Fauna zu fotografieren.«

»Der Tropengarten? Das könnte passen. Erste Anzeichen treten oft nach ein bis zwei Wochen auf. Dennoch sind ihre Reaktionen ausgesprochen stark. Jedoch muss ich gestehen, dass ich mich nur wenig mit dieser seltenen Krankheit auskenne. Sie galt bereits als ausgestorben, nachdem mit dem letzten Weltkrieg eine mutierte Art über die Menschen hereinbrach. Ich komme eigentlich nur darauf, da ich erst gestern in einer Fachzeitschrift aus der westlichen Welt darüber las. Sollten sich tatsächlich bei den drei Tiertransporten in diesem Jahr Mückenlarven eingeschlichen haben, so muss der Khan dies in der Früh sofort erfahren. So oft, wie er durch den Garten spaziert, wird er sonst sicherlich der Nächste sein, der betroffen sein wird. Und Serafine, du warst mit ihr dort?«

»Ja, genau.«

»Dann muss ich dich auch untersuchen. Am besten morgen früh. Heute Nacht braucht die Prinzessin meine Aufmerksamkeit.«

»Natürlich, Thomasin. Kümmere dich um sie.« Fine blieb vor dem Lift stehen. Sie kam nicht mit nach unten. Aber für mehr Leute als uns fünf und der Liege war sowieso kein Platz.

Wir fuhren mit unserem Aufzug nach unten. Halb ohnmächtig beobachtete ich den Tropengarten dabei, wie er an uns vorbeizog, während ich durch die Röhre geschoben wurde. Als wir endlich auf der Krankenstation ankamen, brachte man mich in ein separates Zimmer, dass ich beim letzten Besuch nicht entdeckt hatte. Das

Grelle Deckenlicht blendete mich, während der Heiler mich untersuchte und Aslan mir aus meinem Kleid half. Stattdessen bekam ich einen dieser grauenvollen Schürzen, die sie auch im System hatten. Thomasin nahm schließlich eine Blutprobe und untersuchte den Stich in meinem Nacken. »Der Stich ist noch relativ frisch«, stellte er fest und pulte unangenehm an meinem Hals herum.

Ich fühlte mich so elendig und schwach wie noch nie. Der Schweiß lief an meiner Haut wie das Wasser in der goldenen Spiegelhalle hinab, während ich an einem Stück zitterte und meine Augen sich immer wieder verdrehten. Konnte das wirklich ein so kleines Tier verursacht haben?

»Das hier könnte auch noch eine Einstichstelle sein«, sagte der Heiler und zeigte Aslan einen Punkt an meinem Knöchel, den er gerade untersuchte. »Sie ist jedoch älter als die im Nacken, aber immer noch deutlich gerötet. Wann war sie im Tropengarten?«

»Letzte Woche mit Fine und vor knapp einem Monat mit mir.«

Der Heiler nickte. »Dann wird sie sich den Stich hier unten sicherlich beim ersten Besuch und den im Nacken beim zweiten zugezogen haben. Am besten nehme ich Euch auch Blut ab. Ich schätze, dass sie die Parisiten schon einige Wochen in sich trägt. Malaria-574, wenn es sich denn tatsächlich darum handelt, braucht bis zum Ausbruch einige Wochen bis mehrere Monate. Theoretisch sind auch nach nur einer Woche erste Anzeichen wie Kopfschmerzen möglich, doch das wirkliche Leiden folgt meist später. Keine Sorge, sie wird es überleben. Wisst Ihr noch, der Heiler, der letztes Jahr aus Afrika mit seinem König zu Besuch war? Er wird mir sicherlich sagen können, wie wir am besten verfahren.«

»Ich gebe meine Frau in Ihre Hände. Tun Sie alles für sie, was in Ihrer Macht steht.«

»Selbstverständlich, Hoheit.«

Aus dem Augenwinkel sah ich, wie Aslan sich dankend und demütig vor dem Heiler verbeugte. Sprachlos starrte ich die beiden an. Der Prinz verbeugte sich normalerweise nur vor seinem Vater und anderen Herrschern.

Thomasin trat zu mir heran und leuchtete in meine Augen – ein schreckliches Gefühl. »Ich gebe dir etwas zum Einschlafen. Erhole dich, Prinzessin.« Ein weiteres Mal, dass er die höfische Etikette bei mir vergaß, doch es störte mich nicht. Aslan war vor die Tür gegangen und wir waren alleine.

»Danke«, flüsterte ich und griff den Arm des Heilers, der mir auf vertrauensvolle Weise zulächelte. Dann setzte er eine Nadel an meiner Armbeuge an, schloss sie an den Tropf und ich schlief ein.

Als ich aufwachte, mussten einige Stunden vergangen sein. Drei weitere Leute waren auf der Station und wuselten um mich und Aslan, der immer noch an meiner Seite war und auf mich aufpasste, herum.

Aslan half mir, mich aufzusetzen. Es fühlte sich immer noch alles sehr benommen an. Wie in einem Rausch. Er fütterte mich und mir wurden eine Reihe von Fragen zu meinem Wohlbefinden gestellt, dann brauchte ich eine Pause und schlief erneut ein.

Dieses Mal war der Raum abgedunkelt, als ich erwachte. Lediglich der Schein einer Tischlampe tauchte das Zimmer in schummriges Licht und warf lange Schatten zweier Männer auf den Boden. Ich brauchte ein paar Sekunden, um zu registrieren, dass es Aslan und der Heiler waren, die dort über den Tisch gebeugt standen und leise miteinander sprachen.

»Sie sind sich ganz sicher?«, drang Aslans Stimme zu mir durch und ich spitzte die Ohren. Mir ging es schon wesentlich besser als gestern. Offenbar hatte der Heiler ein Mittel gefunden, um zumindest die Symptome zu lindern.

»Absolut, Eure Hoheit. Aber die Wahrscheinlichkeit, dass es überlebt, ist gering.«

Aslan drehte sich zu mir um und ich schloss rasch die Augen. Wovon sprachen die beiden?

»Vermutlich ist es besser, wenn sie noch nichts erfährt. Sollte es zu einem frühzeitigen Abbruch kommen, wird es sie weniger schockieren. Sie macht sich sowieso schon viel zu viele Gedanken um alles. Haben Sie schon eine Vermutung, welches Geschlecht das Kind haben wird?« Kind? Welches Kind? Reden die beiden von mir?

»Das kann man zum jetzigen Zeitpunkt noch nicht sagen. Der Fötus ist noch viel zu klein dazu. Ich schätze, es ist in der Weißen Nacht passiert?«

»Wahrscheinlich, wir haben seitdem nicht mehr ... Es ist einfach zu viel dazwischen ...«

»Schon gut, ich verstehe.« Thomasin ging kurz zu meinem Bett und ich tat erneut so, als würde ich schlafen. Hin und wieder zwinkerte ich und beobachtete ihn dabei, wie er an meinem Tropf herumschraubte. Wollten sie mich damit ruhigstellen? Dann drehte er sich um, sodass er mit dem Rücken zu mir stand. »Eure Hoheit, ich kann Euch nicht versprechen – falls das Kind überleben sollte – dass es gesund zur Welt kommt. Wenn Ihr wünscht, leite ich sicherheitshalber einen Abbruch ein. Ihr wisst selbst, wie Ihr Vater über Abnormitäten denkt.«

Abnormitäten? Mein Herz begann kräftiger zu schlagen und kurz überkam mich die Angst, dass der Heiler es hören könnte und so wüsste, dass ich ihrem Gespräch lauschte. Niemand würde mir mein Kind wegnehmen, das stand für mich fest. Mir war es egal, ob es ein Mädchen wurde oder ob es eine Behinderung hatte. Lieber ging ich zurück ins System, als zuzulassen, dass uns jemand trennte.

Die Tür ging zu und ich öffnete meine Augen einen Spalt breit, um zu sehen, ob sie noch da waren, doch der Raum war leer. Aslans Antwort hatte ich nicht mehr mitbekommen. Ich würde nie erfahren, ob er ein Kind töten lassen würde, nur weil es abnormal war, wie der Heiler sagte. Gab es so etwas überhaupt? Ganz automatisch fasste ich mir an den Bauch und streichelte ihn. Er fühlte sich fest an und ich überlegte, ob ich es irgendwie bereits hätte merken können. Aslan und ich, wir würden Eltern werden. Ich war mir ganz sicher, dass das Kind gesund war. Immerhin fühlte ich mich auch schon viel besser. Wie viel Schaden konnte es dann bereits genommen haben?

Die Tür öffnete sich und Aslan sah mich überrascht an. »Du hast das Gespräch mitbekommen, nicht wahr?«

Ich nickte und er seufzte.

»Darf ich?« Aslan zeigte auf die Bettkannte und ich zog meine Beine zur Seite, damit er Platz hatte.

»Natürlich.« Es kam selten vor, dass er mich für irgendetwas um Erlaubnis bat, daher wusste ich dies in diesem Moment sehr zu schätzen.

»Du bist schwanger, vermutlich im zweiten Monat.« Er klang trübsinnig und besorgt zugleich.

»Ich weiß.«

»Thomasin ist sich nicht sicher, ob das Kind überleben wird. Du lagst vier Tage im Koma und ...«

»Wie bitte?«

Aslan senkte den Kopf und schloss meine Hände in seine, wie er es schon so oft getan hatte. »Ja, vier Tage. Heute ist Montag.«

Ich schluckte. Wie konnte ich das nicht bemerkt haben? »Und ... konnte er mich heilen?«

»Wir sind dabei.« Er klang überraschend zuversichtlich und vertrauensvoll, als er antwortete. »Mein Vater und auch die anderen auf dieser Station wissen noch nichts von der Schwangerschaft. Bis wir erfahren, ob das Kind überleben und gesund sein wird, sollten wir es dabei belassen. Der Khan ist ... wie drücke ich es aus, ohne dass es klingt, als würde ich meinen Vater nicht mehr ehren? Er hegt eine gewisse Abneigung gegen Menschen, die nicht gesund zur Welt kommen, ebenso wie er sie gegen Frauen hegt.«

Überrascht öffnete sich mein Mund und meine Brauen zogen sich zusammen. Aslan schien es bemerkt zu haben, denn er sagte weiter: »Eliza, mein Vater fürchtet sich vor euch. Er fürchtet sich vor allem, was er nicht kennt, was er nicht einschätzen kann. Und gleichzeitig faselt er seit Jahren davon, dass es zu eurem eigenen Schutz sei, dass ihr Frauen getrennt von uns aufwachst. Ja, wir Männer sind Monster, viele von uns und vor allem Jazar und Burka. Aber natürlich nicht alle. Und statt euch in die Wüste zu sperren, sollte man lieber die Monster selbst anketten. Doch es wird noch lange dauern, bis das passiert. Meinen Vater ängstigt die Macht der Frauen. Er weiß, wie gut ihr mit euren Reizen manipulieren könnt. Das ist ein Segen, der dem Großteil von uns Männern wohl vorenthalten bleibt.« Er schmunzelte. »Sieh nur, meine Liebste, welch mächtige Wirkung allein du auf mich hast. Seit Tagen sitze ich hier bei dir am Bett, statt zu herrschen, und bete, dass du aufwachst und genest.«

»Bist du denn nie von meiner Seite gewichen?«, fragte ich erstaunt und war zugleich gerührt.

Aslan schüttelte den Kopf und mir fiel auf, wie lang seine Haare geworden sind. Sowohl sein Haupthaar als auch sein Bartwuchs. »Maximal aufs königliche Klosett.« Ein breites Lächeln trat auf seine Lippen. »Ich bin unendlich glücklich, dass es dir besser geht, Eliza.« Seine Hand ließ meine los und er legte sie stattdessen auf meinen Bauch. »Spürst du es schon?«

»Nein, noch nichts.«

»Ich bin mir sicher, dass es ein wunderschöner, gesunder Sohn wird.«

»Und wenn es ein Mädchen wird?« Sorge durchdrang mich. Mit jedem Wort, das Aslan sprach, spürte ich, wie sehr ich unsere Gespräche vermisst hatte. Wie sehr ich ihn und sein Lachen vermisst hatte.

Er atmete laut durch die Nase aus. »Darüber brauchen wir uns heute keine Gedanken zu machen. Schlaf noch ein wenig. In ein paar Tagen kannst du zurück in unser Loft. Fine vermisst dich schon.« Er küsste mich auf die Stirn.

»Danke, Aslan.«

»Wofür?«

»Einfach, dass du da bist.« Dieses Mal lächelten wir beide. »Geht es Fine gut? Was haben eure Bluttests ergeben?«

»Wir sind gesund, aber es war tatsächlich Malaria. Mein Vater hat nun ein Mittel in den Garten spritzen lassen, dass die Mücken und ihre Larven töten soll. Den anderen Tieren kann es zum Glück nichts anhaben, aber ein paar der Pflanzen sind eingegangen.«

Ich fuhr mit der Zunge über die trockenen Lippen und Aslan reichte mir etwas zu trinken. Dann unterhielten wir uns über meine Fotografien, die er neben meinem Bett entdeckt hatte und schließlich schlief ich ein.

20

Meine Hand glitt über meinen Bauch. Eine leichte Wölbung, die nur ich zu sehen schien, hatte sich inzwischen abgezeichnet, die ich nun voller Stolz vor mir hertrug. Der Khan war unglaublich aufgeregt gewesen, als wir es ihm letzte Woche gesagt haben. Thomasin hatte eine ganze Reihe an Tests vorgenommen, um zu sehen, ob der Fötus gesund war. Er glaubte nicht, dass er irreparable Schäden durch meine Malaria-Erkrankung abbekommen hatte und ich betete zu den Göttern des Horizonts, dass es so war.

Ich war bereits im vierten Monat und schon bald würden wir erfahren, ob wir einen Sohn bekämen. Schon jetzt bangte ich darum, dabei würde die Prozession – eigentlich war es nur ein simpler Ultraschall – bei der das Geschlecht des königlichen Erben bestimmt wurde, erst in anderthalb Monaten stattfinden. Fast zwei Monate, in denen ich nicht wusste, ob ich mein Kind behalten konnte – ob ich hierbleiben durfte oder mit einer Tochter ins System zurückkehren musste. Niemals würde ich sie umbringen, nur weil Aslans Vater dies forderte. Dann lieber im System verrotten und es dort großziehen.

Es war nicht so, dass das System schlecht war oder dass ich nicht glücklich dort gewesen bin. Das bin ich gewesen, schließlich kannte ich nichts Anderes. Es war aber auch einengend und immerzu bestimmten die Wächterinnen über das, was du zu tun hattest.

Außerdem gab es inzwischen eine weitere wichtige Person in meinem Leben: Aslan. In den letzten Wochen, während ich erschöpft auf der Krankenstation oder in unserem Loft gelegen hatte und wir bangten, ob unser Kind und ich die nächsten Nächte überlebten, waren wir uns so nah wie nie gekommen. Der Khan war nicht sehr begeistert davon gewesen, dass Aslan ständig an meinem Bett gekauert hatte, anstatt zu arbeiten. Im Nord-Westen der Allianz, in Ulaanbaatar, spitzte sich der Bürgerkrieg zu und nun trafen sich die Herrscher der Allianz regelmäßig, um über ihr Vorgehen zu sprechen. So lange hatten wir alle in Frieden gelebt. Sollte die Allianz sich wegen den Aufständischen in Ulaanbaatar bekriegen, wäre es damit vorbei.

Ich legte mich auf die Couch, die Füße auf die Sofalehne gelegt und starrte die Decke an, während ich mir vorstellte, wie es wohl war, mit einem Baby ins System zurückzukehren. Wie würde man die Prinzessin des Reiches aufnehmen? Würde ich eine größere Kammer bekommen, vielleicht sogar ein neues Bett für meine Tochter? Im System waren wir alle gleich gewesen. Es gab nicht wirklich ein Arm oder Reich. Natürlich hatten manche mehr als andere. Einen Spiegel, der nicht zerbrochen war oder einen Schal aus Seide. Oft hatten diese Frauen ihre Schätze selbst hergestellt. Auf dem Bazar wurde schließlich auch nur das verkauft, was man selbst erstellt hatte, oder was die Wächterinnen von den Arbeitern der Spike bestellt hatten. Ich war handwerklich leider völlig unbegabt, sonst hätte ich gerne Waren feilgeboten. Vielleicht könnte ich meine Fotografien anbieten, wenn eine Rückkehr anstand. Aber vielleicht machte ich mir auch einfach zu viele Sorgen um die Zukunft. Wer wusste schon, ob ich eine Tochter oder einen Sohn gebären sollte? Aktuell niemand. Doch es würde weniger schlimm werden, eventuell zurückkehren zu müssen, wenn man sich mental darauf vorbereitet hatte.

»Was schaust du so in die Luft? Muss ich wieder Spinnweben entfernen?« Fine kicherte über ihren eigenen Witz.

»Keine Ahnung ...«, sagte ich trübselig und setzte mich auf, nur um gleich darauf meine Beine anzuziehen und mein Gesicht zwischen ihnen zu verbergen, um mit der Couch zu sprechen. Meine langen Haare, die Fine mir fast täglich in der Früh glättete, hingen bis zur Sofakante herunter. »Ich mach mir nur Gedanken um mein Baby.«

Fine ließ sich neben mir nieder und tätschelte meinen Rücken. »Aber es ist doch gesund, das hat Thomasin gesagt. Es hat diesen Parasiten, den du hattest, gut weggesteckt.«

»Ich weiß ...«, murmelte ich und schaute auf – direkt in ihre hellen Augen. Ich war immer froh, wenn ich mal alleine mit Fine sprechen konnte. Es war anders als mit Aslan. Wir redeten auch viel, sogar über die Zukunft. Aber bei vielen Fragen wich er mir aus und sagte nur, ich solle mir keine Sorgen machen. Aber die machte ich mir. Bald würde ich Mutter werden, natürlich machte ich mir Sorgen. Und wie. »Fine, was ist, wenn es ein Mädchen wird? Ich kann sie nicht töten lassen! Nie.« Automatisch glitt meine Hand zu der Wölbung am Unterbauch. »Ich liebe dieses Baby, aber ich liebe auch Aslan und dich. Ich will euch nicht verlassen und zurück ins System kehren. Du weißt, wie es dort ist.«

Fine sah mich nicht an, als sie zu sprechen begann. Das konnte nichts Gutes bedeuten. »Du wirst nicht zurück müssen, Eliza. Weißt du es nicht? Ich dachte, du kennst die Regeln.«

»Welche Regeln? Also darf ich sie behalten?« Ich machte große Augen, doch Fine seufzte nur laut.

Dann drehte sie sich zu mir um und schien den Tränen nahe. Es zerriss mir das Herz. Sie schüttelte den Kopf. »Du verstehst nicht, Liebes. Als Prinzessin hast du gar keine Wahl. Es braucht schließlich eine Prinzessin in Ulanqab, in der Spike oder dem Palast. Der Prinz braucht eine Frau, bis sie einen Nachfolger gebärt.«

Mit Falten auf der Stirn blickte ich sie an. »Du meinst ...?«

Sie senkte den Kopf und nickte.

»Das lasse ich nicht zu!« Ich war selbst überrascht, wie ruhig ich noch immer klang und dass ich nicht längst in Tränen ausgebrochen war.

Fine griff meine Hand, doch ich riss sie ihr weg und sprang auf. »Nein! Niemand nimmt mir mein Kind weg! Dann musst du sie nehmen und mit ihr fliehen. Bitte, Serafine! Bitte nimm mein Baby, wenn es eine Tochter wird, und geh mit ihr ins System.« Ich lief im Kreis vor der Couch umher. Von meiner inneren Ruhe war plötzlich nichts mehr zu spüren. »Bitte, Fine, ich flehe dich an. Ich werde mein Kind nicht töten lassen! Nie! Bitte Fine. Bitte.« Meine Stimme war ein einziges Zittern und nun übermannten mich doch noch die Tränen.

Fine trat auf mich zu und schlang ihre dünnen Arme um mich, während ich mich auf dem gefliesten Boden zusammenkauerte. »Eliza, ich würde, wenn ich könnte. Aber wenn es ein Mädchen wird, dann hat es keine Chance. Es darf keinen weiblichen Thronfolger geben. Nicht hier und nicht im System. So will es das Gesetz – die Tradition.«

Ich gab nur noch ein kümmerliches Jammern von mir und kauerte mich auf den Boden, rollte mich zusammen und schaukelte ein wenig, die Beine umschlungen.

Niemand wird meine Tochter töten! Das stand für mich absolut fest, auch wenn ich nicht wusste, wie ich sie schützen sollte. Ich hatte nicht die Kraft, mich gegen den Khan zu stellen. Meine Kräfte, mein Mut, starben in jener Nacht in der Wüste.

Die Lofttür ging auf. Aslan erkannte ich immer sofort an seinem schwerfüßigen Gang, auch ohne dass ich aufblickte. Er kam auf mich zu und ich stellte mir vor, wie er die Stirn runzelte und fragend von mir zu Fine sah.

Als er sich vor mich kniete, knacksten seine Knie und ich gab mir einen Schubs, ihn mit meinen verheulten Augen anzusehen.

Er wischte mir die Tränen aus dem Gesicht, sah dann mit seinen dunklen Augen zu Fine und nickte ihr zu. Das war das Zeichen, dass sie gehen durfte. Ich kannte diese Geste bereits wie so viele andere von ihm.

»Eliza, ist etwas mit dem Baby, hast du Schmerzen?«

Ich schüttelte den Kopf, sodass mir erneut die braunen Haare ins Gesicht fielen, strich sie weg und rieb mir die feuchten Augen. »Doch, irgendwie schon.«

Aslan sah verwirrt aus. Statt weiter Fragen zu stellen, half er mir hoch und bugsierte mich zurück zum Sofa. »Liebste, was ist passiert?«

»Stimmt es?«

Er zog die schwarzen Brauen hoch, dass sie fast spitz nach oben zeigten und machte einen fragenden Ausdruck.

»Man nimmt mir die Wahl, zurück ins System zu kehren, wenn

wir eine Tochter bekommen. Ist es wahr? Darf ich nicht selbst über mein Fleisch und Blut, um meiner Freiheit Willen, entscheiden? Habe ich keinerlei Mitspracherecht, was die Geburt und das Leben einer Tochter – meiner Tochter«, betonte ich, »angeht?«

Aslan schwieg. Wie konnte er bei einer so wichtigen Frage nur schweigen? Schließlich seufzte er, strich sich durchs rabenschwarze Haar, das er sich erst kürzlich hat kurzschneiden lassen und bestätigte meine Aussage. In mir zerbrach der letzte Funken Hoffnung auf eine glückliche, unkomplizierte Zukunft.

»Aslan, ich werde dieses Kind nicht töten, wenn es ein Mädchen wird! Bitte rede mit deinem Vater!« Noch nie hatte ich ihn so angefleht, fühlte ich mich so demütig, wie jetzt.

»Ich kann es versuchen, aber mach dir keine großen Hoffnungen.«

»Du sollst es nicht nur ver-«

»Eliza!« Er legte behutsam seine Hand auf meinen Rücken und sah mich schmallippig an. »Beruhige dich, bitte.« Jetzt klang er fast schon flehentlich. »Mir sind die Hände gebunden, das weißt du. Aber es ist nicht gut, wenn du dich aufregst, ohne zu wissen, was sein wird. Vielleicht bekommen wir gar keine Tochter. Die Chance, dass es ein Junge wird, ist genauso groß. Stress tut unserem Kind nicht gut, das hat dir Thomasin doch erklärt. Also bitte höre auf, dich dermaßen aufzuregen. Ich werde mit meinem Vater sprechen, versprochen. Aber rechne nicht mit einer positiven Antwort. Vater ist sehr auf die Traditionen des Landes bedacht, er wird sie nicht einfach brechen. Ihm liegt nichts an unserem Kind, wenn es kein Sohn wird. In dieser Hinsicht verhielt er sich schon immer, als wäre er dahingehend konditioniert worden. Ich habe es dir schon einmal gesagt, mein Vater fürchtet sich vor dem Unbekannten und eine weibliche Thronfolgerin ist etwas Unbekanntes.«

»Es ist verrückt, dass wir immer noch diese absurde Tradition am Laufen halten. Die Türkise Nacht, das System – hast du nie überlegt, ob wir das heute überhaupt noch brauchen?«

Wären diese ganzen Albernheiten nicht mehr, hätte Kirstin nie sterben müssen. Kyra wäre nicht entführt worden, meine Mutter nie gestorben ... Das alles hätte nie passieren müssen, wenn wir alle friedlich in der Spike, statt in Höhlen unter der Erde, aufgewachsen wären. Wie lange sollte uns Frauen dieses Schicksal noch bevorstehen? Wann dürften wir selbst entscheiden, welchen Weg wir gehen wollten? Wie lange mussten wir noch nach den Regeln des Khans spielen? Es war unfair! Dieses Spiel konnte nicht von uns gewonnen werden, solange der Khan als Einziger zum Zug kam.

»Natürlich habe ich das!« Aslan sah mich scharf an.

Trotz seiner Antwort sprach ich einfach weiter. »Es ist mehr als vier Generationen her, dass dieses Virus in der Wüste ausbrach. Vier Generationen, Aslan! Es ist inzwischen längst besiegt. Es gibt keine Frauen mehr, die es übertragen können und ihr Männer könnt nicht mehr daran sterben. Ja, vielleicht war es vor knapp hundert Jahren noch sinnvoll, diesen Weg zu gehen. Aber hat dein Vater denn nie etwas vom Fortschritt gehört? Sieh dir die Spike an. Als ich hier eintrat, war es, als hätte ich einen Sprung in die Zukunft getätigt. Im System lebten wir wie Einsiedler. Wir hatten nichts. Wir hatten weniger, als ihr vor fünfzig Jahren, als die Spike gen Himmel gebaut wurde, um die Männer zu schützen. Wenn dein Vater solche Angst vor uns Frauen oder dem Virus hätte, dann dürfte es doch auch die Türkise Nacht nicht geben! Wieso lasst ihr uns Frauen denn überhaupt in eure Nähe, wenn wir doch so manipulativ und gefährlich sind? Wieso?« Ich schrie beinahe und Aslan sah aus, als müsse er jeden Moment vor mir in Deckung gehen. »Bitte verrate mir das, Aslan, Prinz von Ulanqab.« Meine Stimme senkte sich und ich sah meinen Mann mit verschränkten Armen an. Ich wusste, dass er nichts dafürkonnte. Aber ich brauchte Antworten. Ich verstand nicht, wie man Babys, nur weil sie das falsche Geschlecht für die feinen Herrschaften hatten, töten sollte.

»Ich weiß es nicht. Okay. Ich habe keine Ahnung. Glaubst du, mir gefällt das? Glaubst du, ich will, dass unser Kind stirbt? Meinst du, ich lasse es gerne zu, dass Jäger durch die Wüste streifen und Frauen abschlachten, als wären sie Tiere? Nein, verdammt! Aber mir sind die Hände gebunden. Mein Vater wird nicht an den Traditionen rütteln, nur weil ich ihn darum bitte. Er wird nicht einfach so unsere Tore öffnen und die Frauen hereinbitten, sie willkommen heißen. Dass die Türkise Nacht lächerlich ist, weiß ich. Dort geht es nur ums Geld.

Geld, dass in die Arme deiner tollen Wächterinnen und meines Vaters fließt.«

»Von diesem Geld bauen wir das System aus, ohne hätten wir weder Platz, noch etwas zum Essen gehabt«, verteidigte ich die Wächterinnen.

»Papperlapapp. Die Wächterinnen sitzen auf einem Arsch voll Kohle, den wir Männer ihnen in den Rachen schieben. Weißt du, was die Wächterinnen machen, wenn sie das System verlassen? Sie vergnügen sich hier in der Spike. Es gibt eine ganze Etage, die nur für eure Anführerinnen gedacht ist.«

Ich rang um Fassung und hatte das Gefühl, kaum noch Luft zu bekommen. Noch nie hatte ich Aslan sich derart vulgär ausdrücken hören und dann waren seine Vorwürfe fatal. Wenn es stimmte ... Ich konnte es mir kaum ausmalen. »Das kann nicht sein, das würden sie nicht tun.«

»Du weißt so vieles nicht, meine Liebste.« Aslan wollte mich umarmen, doch ich wich ihm aus und er sah mich traurig an. »Eliza, ich liebe dich und ich liebe unser Ungeborenes. Wenn ich es irgendwie kann, werde ich es retten. Aber es bringt nichts, wenn wir dermaßen streiten. Glaube mir einfach, dass die Wächterinnen nicht perfekt sind. Genauso wenig wie mein Vater es ist. Auch ich bin es nicht. Ich habe in der Vergangenheit Fehler gemacht, viele. Aber ich stehe dazu und ich bin bereit, etwas zu verändern, alles gutzumachen, wenn die Zeit dafür gekommen ist. Aber nicht heute und nicht morgen. Veränderungen geschehen nicht über Nacht. Sollte das System abgeschafft werden, wird es viele geben, die dies nicht hinnehmen werden. Es wird Widerstand geben, auf beiden Seiten. Dessen bin ich mir sicher. Außerdem haben wir in der Spike nicht den Platz, um alles umzubauen. Wir können nicht alle Frauen auf einmal hier aufnehmen. Viele werden allein deshalb im System bleiben müssen, nur dass sie es dann jederzeit verlassen können. Und alles ist auch an der Türkisen Nacht nicht schlecht, meinst du nicht? Glaubst du, ich hätte dich kennen- und lieben gelernt, wenn du einfach eine von tausenden Frauen in der Spike gewesen wärst?« Seine Augen schimmerten bei seinem letzten Satz und mir wurde warm ums Herz. Ich musste mir eingestehen, dass er mit vielem recht hatte. Ein Reich wie dieses ließ sich nicht über Nacht verändern, Regeln und Traditionen konnten nicht von heute auf morgen gebrochen werden.

»Du wirst ein guter Khan werden«, gestand ich ruhig und lehnte meine Stirn an seine Brust. Sein Herzschlag beruhigte mich jedes Mal und gab mir die Geborgenheit, die ich nach einem solchen Streit braucht.

Er legte einen Arm um meine Schulter und zog mich an sich, um meinen Schopf zu küssen. »Und du eine hervorragende Königin. Manchmal glaube ich, würde meine Mutter noch leben, wäre heute vieles bereits anders. Das Land braucht den kühlen Verstand einer Frau.« Seine Lippen gespitzt, küsste er mich abermals, dieses Mal jedoch auf den Mund. Der Kuss schmeckte salzig und süß zugleich. Salzig von meinen Tränen, die meine Lippen benetzten und süß von seiner Leidenschaft.

Aslan lächelte, als er von mir abließ. »Was hältst du davon, wenn wir gemeinsam einen Ausflug in die Wüste unternehmen? Ich kenne eine Priesterin, die uns segnen kann. Vielleicht gibt sie uns die Kraft und hilft, dass es ein Junge wird und wenn nicht, dass wir eine Lösung finden.«

Ich wollte nicht wieder streiten. Auch wenn ich nicht an die Kraft der Priesterinnen glaubte, willigte ich ein. Jetzt, wo unser Baby in mir heranwuchs, würde die Priesterin uns noch so oft segnen können. Das Geschlecht stand längst fest. Niemand konnte noch etwas daran ändern – weder jetzt, noch in zwei Monaten, wenn es offiziell getestet wurde.

21

Es war das erste Mal seit über einem Vierteljahr, dass ich den sandigen Wind und die quälende Hitze der Wüste spürte. Wir hatten uns dafür entschieden, die Pferde zu nehmen. Sie waren schneller als die Palastkutschen. Ich saß hinter Aslan auf seinem Araber. Hinter uns ritt eine Wache, die eine Schusswaffe über die Schulter trug.

»Warum haben wir keinen der Wagen genommen?«, fragte ich Aslan, als wir die Stadt durch das Wachtor verließen. Früher wollte ich immer mal ein Pferd sehen, auf ihm sitzen und reiten. Seit Atari mich auf seinem weggeschleppt hatte, war dieser Wunsch in mir erloschen und auch heute fühlte ich mich nicht sonderlich wohl auf dem Tier. Aslan hatte mir erklärt, wie ich mich bewegen musste, um die Bewegungen des Tieres auszugleichen. Trotzdem tat mir nach wenigen Minuten alles weh.

»Es gibt keine Autoindustrie mehr in der Gegend, auch nicht in der Spike. Die wenigen Wagen, die noch laufen, stammen aus dem letzten Krieg. Militärs hatten sie in der Wüste gelassen und die Arbeiter der Spike haben sie lediglich auf Vordermann gebracht. Aber viele sind es nicht. Fünf oder sechs besitzt mein Vater, ebenso wie zwei ausgeschlachtete Militärbusse, mit denen die Männer zur Türkisen Nacht gebracht und ihre Frauen von dort abgeholt werden, wenn sie in die Spike ziehen. Das Problem ist jedoch, dass wir nicht mehr viel Treibstoff haben. Früher war das kein Problem. Wir hatten eine eigene Ölquelle im Osten, doch die ist inzwischen versiegt. Deswegen stehen die Autos still und die Flugzeuge werden nur noch für unumgängliche Staatsbesuche genutzt. Außerdem kann ich nicht fahren und Straßen gibt es auch kaum«, ergänzte er.

»Was ist, wenn wir einem der Wüstenpiraten oder Frauenjäger begegnen?« Unsicher sah ich mich um. Wüstenpiraten raubten die Reiter und Nomadendörfer aus. Ob unsere Wache sie besiegen konnte, wenn es darauf ankam? Doch bisher war die Wüste ruhig, obwohl die Spike langsam am Horizont verschwand.

»Das wird nicht passieren. Außerdem wird sich kaum jemand trauen, uns anzugreifen. Du glaubst doch nicht, Vater würde sie weiter walten lassen, wenn man uns überfiel?« Und wenn sie uns nicht erkannten? – schoss es mir durch den Kopf. Ich konnte mir kaum vorstellen, dass man Aslan in seinem weißen Gewand, das er statt seinem normalen Anzug oder mich in meiner Vollverschleierung und der weißen Maske, die ich trug, von Weitem erkennen würde. Wir könnten genauso gut reiche Nomaden sein, falls es so etwas gab.

»Woher kennst du die Priesterin, zu der wir reiten?«, wechselte ich das Thema und krallte mich an Aslans Becken fest. Reiten war wirklich nicht meins.

»Zu meiner höfischen Ausbildung gehörte die Jagd nach Wüstenfüchsen und Wildkamelen. Bei einem Ausritt gerieten wir in einen heftigen Sandsturm, der uns vom Palast wegtrieb. Einen meiner Wachen verloren wir dabei und ich selbst stürzte vom Pferd und brach mir die Hand. Die Priesterin fand mich und meine andere Wache am nächsten Morgen, als der Sturm vorübergezogen war, gab mir Wasser und versorgte meine Wunden. Ich hoffe sehr, dass sie noch immer bei jenem Stamm lebt, bei dem sie mich damals aufnahm. Falls nicht, gibt es etwa drei Reitstunden entfernt von hier noch ein weiteres Dorf.«

Eines verstand ich nicht. »Wieso leben die Priesterinnen denn nicht im System?« Ich erinnerte mich an jene Frau, die uns bei der Türkisen Nacht gesegnet hat. Auch sie kam nicht aus unseren Reihen, sondern besuchte uns nur jedes Jahr. War es überhaupt immer dieselbe Frau gewesen?

Aslan zuckte die Achseln und lenkte das Pferd um eine Düne herum, dabei behielt ich die Umgebung stets im Auge. Dann drehte er sich um und blickte zur Wache.

Ich folgte seinem Blick und der Wachmann schüttelte leicht den Kopf.

»Anders als die Wächterinnen, die nicht an der Türkisen Nacht teilnehmen, eben weil sie ewig im System bleiben wollen, verweigern die Priesterinnen die Hochzeit, weil sie nur den Göttern des Horizonts folgen möchten. Sie ziehen durch die Wüste und wechseln alle paar Jahre das Nomadendorf, dem sie sich angeschlossen haben, um die Kraft der Götter zu verteilen. Übrigens gibt es auch Männer unter ihnen.«

»Es gibt männliche Priester?«, fragte ich erstaunt.

»Natürlich. Ich kannte mal einen als Kind, der später die Spike verließ, um seinem Glauben zu folgen.«

»Darf man als Mann einfach so die Spike verlassen?«, fragte ich überrascht. Fine hatte mir erklärt, dass dies nur mit einer Genehmigung oder im Auftrag des Palastes ging.

»Nein, nicht einfach so. Man braucht einen triftigen Grund oder einen Diplomatenstatus. Du dürftest eigentlich auch nicht hier sein. Vater weiß nichts von unserem Ausritt. Aber da du bei mir bist und ich Diplomatenstatus habe, ist es in Ordnung. Mich kontrolliert sowieso niemand. Die Nomaden im Land werden von Vater nur geduldet. Sie tun ihm nichts und er tut nichts für sie. Eigentlich sind sie ihm ein Dorn im Auge, gleichzeitig ist er zu faul, sich mit ihnen zu beschäftigen. Er sagt immer, dass sie eh dem Untergang geweiht seien. Wahrscheinlich hat er sogar recht damit. Die Wüste ist ein weitestgehend rechtsfreier Raum. Vermutlich würde niemand ihnen zur Hilfe eilen, wenn sie angegriffen würden. Ich vielleicht, weil ich sie kenne. Doch dafür müsste ich davon etwas mitbekommen. Sie nutzen so gut wie keine Technologien, unsere Screens sind hier draußen wirkungslos. Bis ein Bote dort oder in der Spike ankäme, wäre längst alles verloren.«

Es war nicht leicht, die vielen Informationen zu verarbeiten, während ich damit zu kämpfen hatte, auf dem Pferd sitzen zu bleiben. Außerdem spürte ich ein beständiges Ziehen im Unterleib, das es nicht leichter machte. Vielleicht wäre es doch besser gewesen, wenn wir die Kutsche genommen hätten. Jedoch gab es in diese Richtung keine Straßen mehr. Wir hätten ewig gebraucht.

Aslan schien meine Unruhe zu bemerken und wurde langsamer. »Alles in Ordnung?«

»Keine Ahnung, ich bin das Reiten nicht gewöhnt.«

»Du musst dich mehr den Bewegungen des Pferdes anpassen«, sagte er. »Wir sind noch über eine Stunde unterwegs. Schaffst du das?«

Ich biss die Zähne zusammen. »Bestimmt.«

Die nächste halbe Stunde schwiegen wir und ich konzentrierte mich auf den Ritt, dabei musste ich immer wieder an seine Anmerkungen denken. »Glaubst du an die Götter des Horizonts?«, fragte ich irgendwann, als die Sonne immer höher stieg und mir auf den Kopf schien. Da es Winter war und nicht gerade warm in der Wüste, waren die Sonnenstrahlen eine wahre Erleichterung für meine steifen Glieder.

»Ja und nein«, sagte er bedächtig. »Ich glaube daran, dass es mehr um uns herum gibt. Aber ob es drei Gestalten auf Pferden sind, die durch die Wolken wie wir Menschen durch die Dünen reiten und dabei alle Elemente beherrschen? Ich weiß es nicht. Göttersagen gab es übrigens schon immer, wusstest du das?«

»Du meinst über andere als die des Horizonts?«

Aslan zog die Zügel straff und presste seine Schenkel in den Bauch des Pferdes. Automatisch krallte ich mich fester an ihn, umschlang seinen Körper quasi und wir preschten los. »Festhalten, wir werden verfolgt.«

Was? Wo? Der Sand rauschte an uns vorbei und verhüllte meine Wahrnehmung in einen braunen Schleier. Ich musste mich an Aslans Körper festkrallen, um nicht vom Pferd zu fallen. Dafür hatte ich endlich das Gefühl, das mit den Bewegungen richtig hinzubekommen. Trotzdem zog sich ein Schmerz von meinem Unterleib aus durch meinen Körper, der mir die Luft raubte.

Die Wache gab eine Salve Schüsse ab, während wir über den Sand donnerten und Richtung Sonne galoppierten. Ich glaubte, jeden Moment ein Schütteltrauma zu erleiden. Zum Glück hatte Aslan das Tier unter Kontrolle. Hätte ich die Zügel in der Hand, wären wir verloren.

Es fielen weitere Schüsse, und ich duckte mich automatisch, dann wurde es ruhig. Die Piraten hatte ich nicht einmal gesehen. Es blieb keine Zeit, sich zu ihnen umzudrehen.

Der Wachmann holte uns ein und wurde langsamer. Wir passten

uns seinem Tempo an. »Drei Männer, einer gefallen oder verletzt. Jetzt sehe ich sie nicht mehr«, sagte unsere Wache und kreiste die Schultern, bis er wieder entspannter wirkte.

»Was genau machen die Piraten, wenn sie jemanden erwischen?«

Meine Frage war an Aslan gerichtet, doch die Wache war es, die antwortete: »Wenn man Glück hat, ausrauben und töten.«

Das klang nicht nach Glück.

Aslans Fingerknöchel traten den restlichen Weg weiß hervor, während er die Zügel hielt und im Minutentakt angestrengt über die Schultern blickte.

»Da vorne ist es«, sagte er endlich, als die Sonne bereits ein gutes Stück gen Westen gewandert war.

Die Häuser vor uns waren aus Lehm geformt und wurden durch eine nicht wirklich hohe Mauer geschützt. Die Dächer der Hütten konnte man schon von Weitem sehen und desto näher wir dem Dorf Meiguiyingzhen kamen, desto mehr Zelte sah ich zwischen den Bauten hervorlugen.

»Wissen sie, dass wir kommen?« Mein Blick fiel auf die beiden bewaffneten Frauen, die am Eingang standen und uns unverblümt anstarrten. Ich hatte noch nie Frauen gesehen, die Waffen wie diese trugen. Die Messer der Violetten waren nichts gegen die Maschinengewehre und Säbel der Damen in den braunen Gewändern. Sie sahen nicht so neu und sauber aus, wie jene, die wir im System trugen, sondern schienen mir nur praktischer Art zu sein, um die Frauen vor dem Sand und der Sonne zu schützen. Über ihrem Gewand trugen sie ein dickes Fell wie eine Weste, dass ihnen genügend Wärme im Winter spenden dürfte. Es gab nicht viele Tiere in der Wüste, sicherlich mussten sie lange gejagt haben oder viel Geld ausgegeben haben, um es zu bekommen.

Aslan wurde langsamer und hielt schließlich vor ihnen. »Prinz Aslan von Ulanqab zu euren Diensten«, sagte er mit tiefer, charmanter Stimme und verbeugte sich leicht. Wieder überraschte es mich, dass er Demut vor anderen bewies.

»Ihr seid hier nicht willkommen, das wisst Ihr. Dies ist ein freies Dorf, wir Nomaden leben nicht nach euren lächerlichen Regeln.«

Konzentriert sah ich von ihr zu Aslan und wartete auf seine Antwort. Er wirkte nachdenklich und bedacht. Vermutlich konnte uns ein falsches Wort ins Verderben stürzen.

»Das weiß ich. Deswegen sind wir nicht da. Ich möchte mit der Priesterin Amandria sprechen. Lebt sie noch hier?«

Die Wachfrau mit den kurzen Haaren blickte zu mir und dem Wachmann hinter uns, dann nickte sie. »Ihr könnt reinreiten, aber er muss die Waffen ablegen.« Nickend deutete sie auf unsere Wache, der seinen Gürtel abnahm und die breite Schusswaffe vor die Pferde auf den Boden warf. Unser Araber scharrte mit dem Huf, als das Gewehr in den staubigen Sand fiel. Dann bedeutete die Frau uns, dass wir eintreten dürften.

Es war ein komisches Gefühl, hier zu sein. Die Einfachheit der Bauten, aber auch der Menschen auf den ausgetretenen Wegen, erinnerte an das System. Nur dass ich hier Frauen und Männer, Mädchen und Jungen, zusammenleben sah. Und nicht zu vergessen das Tageslicht. Allmählich bereute ich es, die Maske mit den Sonnengläsern in der Spike gelassen zu haben. Die Sonne setzte mir stark zu und mich plagten schon seit Anritt leichte Kopfschmerzen.

»Wo müssen wir hin?«, fragte die Wache.

»Es sieht anders aus als bei meinem letzten Aufenthalt, aber ich schätze, dort hinten.« Er zeigte auf eines der Zelte, das irgendwann einmal weiß gewesen sein musste und nun die sandige Farbe der Umgebung angenommen hatte.

Aslan stieg zuerst ab, dann half er mir herunter und wir führten die Pferde zu einem Pfahl, wo wir sie anbanden. Aslan bat einen der Jungen auf dem Platz in der Mitte, ihnen zu trinken zu bringen. Dann ging er auf das Zelt zu.

Ich folgte ihm, ohne die anderen um uns herum aus den Augen zu lassen, die uns neugierig musterten. Die Menschen hier waren alle braun gebrannt von der Sonne, da stachen wir mit unserer milchigen und honigfarbenen Haut deutlich hervor. So musste sich der Russe damals im Palast gefühlt haben.

Aslan blieb plötzlich stehen, sodass ich beinahe in ihn hineinlief, doch der Wachmann hinter mir hielt mich gerade rechtzeitig fest.

»Was ist?«, fragte ich.

Aslan schüttelte den Kopf. »Nichts, ich dachte bloß, dass ich die Frau kenne, die gerade dort hinten ins Haus verschwunden ist. Amandria«, sagte er im nächsten Moment und winkte der Frau zu, die aus dem Zelt trat und auf uns zu kam.

»Prinz Aslan, welche Ehre! Und das muss Eure Prinzessin sein.« Amandria musterte mich und lächelte dabei. Sie hatte langes, zu engen Zöpfen geflochtenes Haar, das fast bis zum Boden reichte. Sie schien mir in etwa so alt wie Fine zu sein und trug, anders als die anderen Frauen hier, ein gelbes Kleid, das ihre fast schwarze Haut zum Schimmern brachte.

»Amandria, das ist meine wunderschöne Frau Eliza. Wir erwarten bald unser erstes Kind und ich wollte dich um eine Segnung bitten.«

Das Lächeln der Priesterin erstarb. »Ich verstehe.« Sie presste die Lippen aufeinander und nickte Richtung Zelteingang.

Wir folgten ihr hinein, während unser Wachmann davor stehen blieb und Amandria das Zelt verschloss. Es wurde kurz dunkel und Amandria zündete drei Öllampen an, die auf Ziertischen an den Seiten standen. Auf dem Boden lagen Decken und Kissen, die zum Hinsetzen einluden. Traumfänger, wie es sie auch auf dem Basar zu kaufen gab, hingen von der Decke und ein eigenartiger Geruch, den ich nicht zuordnen konnte, lag in der Luft. Ich kam nicht darauf, woran er mich erinnerte.

Amandria blieb vor uns stehen und zeigte auf die Kissen. »Ich kann Euch meinen Segen aussprechen, Prinzessin. Aber es wird Eurer Tochter nicht helfen.«

Ich riss die Augen auf und trat einen Schritt zurück. Hatte ich sie richtig verstanden? Meine Hand glitt zu meinem Bauch, den wir alle drei anstarrten. Eine Tochter?

»Bist du dir sicher, Amandria?« Aslan klang verängstigt und drückte mir seine langen Finger in die Schulter, sodass es leicht schmerzte.

»Sicher können sich nur die Götter des Horizonts sein. Nein, es ist bloß ein Gefühl. Aber meistens liege ich richtig mit meinen Gefühlen. Außerdem sagten mir die Karten, dass zwei Männer und zwei Frauen heute meinen Weg kreuzen werden, die hier nicht leben.«

Eine Tochter ... Mir wurde schlecht. Es kam so plötzlich, dass es mich selbst überraschte. Übelkeit überrannte meinen Körper, doch Amandria war schnell an meiner Seite und bugsierte mich nach draußen, um den Teppich im Zelt zu schützen. Wir schafften es bis an den Rand des Lagers hinter eine Hausmauer, ehe ich mich übergab. Eine Woge der Erleichterung überkam mich und ich hatte das Gefühl, das erste Mal klar zu sehen. Das machte meinen innerlichen Schmerz nicht weniger schlimm. Eine Tochter ... wir bekamen eine Tochter ... sie war dem Tod geweiht ... mein Baby sollte sterben ...

»Wie weit bist du?« Ihre Stimme war ungewöhnlich tief für eine Frau und riss mich für einen Augenblick aus meinen dunkelsten Gedanken.

»Anfang vierter Monat«, sagte ich, während sie meine Haare losließ und ich mich aufrichtete.

Sie lächelte und ein paar goldene Kronen traten hinter ihren vollen Lippen hervor. »Das wird noch öfters passieren, Kind. Ich gebe dir ein Mittel gegen die Übelkeit mit. Nimm das, es wird dir helfen. Und trinke viel.«

Was konnte die Priesterin für ein Mittel kennen, das mir der Heiler nicht auch geben konnte? Doch die Übelkeit überkam mich inzwischen so oft, dass ich nickte.

Wir kehrten zurück ins Zelt, wo die Priesterin mir einen Krug Wasser reichte, den ich begierig austrank, um den Geschmack des Erbrochenen loszuwerden.

Während ich trank und versuchte, nicht zu viel über ihre Worte nachzudenken und ruhig zu bleiben, zündete sie Stäbchen an, die den Raum in wohlriechenden Rauch tauchten. Wahrscheinlich kam daher auch der Duft, den ich bei unserer Ankunft bemerkt hatte.

Amandria trat vor mich und legte ihre Hände auf meinen Bauch. Mir fiel auf, dass sie viele Armbänder mit zahlreichen Anhängern daran trug und ich fragte mich, was sie bedeuten mochten.

Ihre Hände waren warm wie der Sand im Sommer. Sie schloss die Augen und begann, fremde Worte vor sich hin zu murmeln. Es klang wie eine sehr alte Sprache und hatte nichts mit den Worten der Priesterin aus dem System zu tun. Mich durchfuhr eine innere Kraft, eine Energie, die die Haare auf meinem Körper sich aufstellen ließen. Es war eine wohlige Wärme, die durch meine Adern glitt und mir Hoffnung spendete. Ich würde für meine Tochter kämpfen. Ich würde alles für sie tun.

Als sie fertig war und mir tief in die Augen sah, sodass ich mich in ihren verlieren konnte, verbeugte sie sich vor mir und küsste meinen Bauch, bis ein Kribbeln mich durchzuckte. »Ich habe deine Tochter gesegnet und für sie gebetet, dass sie ein hohes Alter erreichen wird. Ich kenne die Regeln des Palastes und ich sehe an deinem Gesicht, dass du sie nicht hinnehmen wirst.« Nein, das werde ich nicht. Ich sah sie wie gebannt an. Wie sollte ich es anstellen? Wie sollte ich meine Tochter retten? Amandria lächelte. »Trinkt noch etwas, dann solltet ihr heimkehren. Heute Abend erwartet uns ein Sandsturm, bis dahin solltet ihr zur Turmstadt zurückgekehrt sein.«

Ich nickte nur noch. Zu mehr war ich nicht in der Lage. Ihre Energien trieben noch immer durch meinen Körper. Das spürte ich – und es machte mir Angst und Mut zu gleich.

Als wir uns auf den Rückweg zu unseren Pferden begaben, ließen Aslan und der Wächter sich hinter mir zurückfallen. Dennoch bekam ich mit, wie mein Mann ihm drohte, nichts von Amandrias Deutungen im Palast zu erwähnen.

Würde er zu meinem Mann halten, wenn es darauf ankäme? Ich war mir sicher, dass der Emir einige Wachen bestach. Anders hätte er nie seine illegalen Geschäfte fortführen können. Oder standen sie freiwillig auf seiner Seite? Ich kannte nur wenige von ihnen. Würden sie alle mich verraten, wenn es darauf ankam? Diese Frage beschäftigte mich den ganzen Rückweg über und ich kam dennoch zu keiner Antwort.

22

Unruhig lief ich den ganzen Morgen auf und ab, während ich darüber nachdachte, wie ich meine Tochter behalten konnte – wie ich sie retten konnte. Wenn es überhaupt nötig war und die Priesterin die Wahrheit gesagt hatte. Ich hielt nie viel von deren Weissagungen und Predigten. Dennoch schien sie sehr zuversichtlich zu sein, was die Wahrheit ihrer Worte betraf und das verursachte eine innere Unruhe in mir, die mich allmählich verrückt zu werden lassen schien.

Immer wieder hielt ich meinen Bauch und streichelte ihn. Ich sehnte mich nach einem erneuten Zeichen meiner kleinen Maus. Heute Nacht, als ich still dalag, war ich mir sicher, den ersten Tritt gespürt zu haben. Nun hoffte ich, dass sich dieses berauschende Gefühl in mir bald wiederholte. Nicht mehr lange, und ich würde Mutter sein – und wenn mir nicht bald eine Lösung einfiel, dann würde ich dieses Gefühl nur sehr kurz genießen können. Kyra-Maria sollte meine Tochter heißen – und ich würde alles dafür tun, dass meine kleine Ky am Leben bliebe. Dass sie geliebt würde und unter guten Herzen aufwuchs.

Wie sehr ich sie vermisste, meine Kyra. Aber auch die Gespräche mit Maria fehlten mir. Bestimmt wüsste sie eine Lösung. Was hatte sie damals gesagt? Sie sei sich sicher gewesen, dass ich mich für das Richtige entscheiden würde. Aber was war das Richtige, wenn man keine Entscheidungsfreiheit hatte?

»Ich habe dir Tee gekocht, Baldrian.«

Ich riss den Kopf hoch. Vollkommen in Gedanken versunken war ich. »Danke, Fine. Ich weiß, ich verbreite nur Unruhe mit meiner

Durch-den-Raum-Lauferei. Bitte entschuldige.«

»Du klingst mehr und mehr wie eine Prinzessin«, sagte sie und nahm meine Hand. »Komm, wir setzen uns in die Küche und du erzählst mir, was dir auf dem Herzen liegt.«

Ich lächelte matt, während ich ihr folgte und wir uns an dem hellen Holztisch niederließen. »Kannst du es dir nicht denken?«, fragte ich und umklammerte meine Tasse beruhigenden Baldriantee mit den Händen.

»Doch, natürlich. Aber ich möchte es aus deinem Mund hören. Rede dir deine Sorgen von der Seele. Das hilft eigentlich immer.«

»Ja, wahrscheinlich ...« Ich seufzte. »Hat Aslan mit dir über unseren Besuch bei der Priesterin gesprochen?«

»Nein, aber sein kurzer Wutschrei im Bad nach eurer Ankunft sprach Bände. Also vermutet sie eine Tochter?«

Ich nickte und Fine legte den Kopf schief, wie sie es oft tat, wenn sie nachdachte.

»Wie geht es dir dabei?«, fragte sie.

»Beschissen«, antwortete ich und entschuldigte mich gleich darauf für meine Wortwahl, auch wenn sie mein Befinden ziemlich trefflich beschrieb. »Fine, ich kann doch meine Tochter nicht umbringen lassen, das kann der Khan nicht von mir verlangen! Dieses Land hat mir schon meine Freundinnen und meine Familie genommen, und nun will es mein eigenes Fleisch und Blut zerstören. Das lasse ich nicht zu!«, sagte ich verzweifelt und musste die Tränen unterdrücken. Seit der Schwangerschaft hatte ich das Gefühl, ständig vor einem emotionalen Ausbruch zu stehen. Tee schwappte über den Tassenrand, als ich die Tasse etwas zu fest auf den Tisch stellte.

Fine sprang sofort auf und holte einen Lappen, um den Tisch zu säubern. Manchmal machte mich ihr Sauberkeitszwang wirklich fertig. Aber vielleicht war es auch nur ihre Art, sich von all dem abzulenken. Ich wünschte, ich hätte auch etwas, womit ich mich ablenken könnte.

Ich sah ihr dabei zu, bis sie sich wieder setzte und mich mit zusammengepressten Lippen anstarrte. »Wusstest du, dass die Königin damals auch in dieser Situation war? Mehrmals sogar?«

»Mehrmals?«, fragte ich erstaunt. Das war mir neu. Die Königin hatte doch nur einen Sohn – Natürlich hatte sie nur einen Sohn, bei diesen stumpfsinnigen Regeln.

»Ja. Wahrscheinlich darf ich es dir gar nicht sagen. Aber vielleicht hilft es dir bei deiner Entscheidung. Ich denke, mir würde es an deiner Stelle helfen.«

Jetzt war ich gespannt. Immer sprachen alle von Entscheidungen und dann hatte ich doch keine Wahl, dachte ich missmutig, war aber bereit, Fine zuzuhören.

»Tu mir nur den Gefallen, und erzähle Aslan nichts von diesem Gespräch. Ich weiß nicht, was er alles über die Vergangenheit seiner Mutter weiß.«

Ich nickte zögerlich. Was konnte Fine wissen, was mein Mann über seine Mutter nicht wissen sollte?

»Also ... Wie fange ich an? Die Königin und Aslans Vater hatten schon vor seiner Geburt versucht, einen Sohn zu bekommen. Insgesamt wurde Königin Estelle ganze fünf Mal schwanger, Eliza.«

Fünf Mal und nur einen Sohn? Das musste schrecklich sein. Ich konnte mir kaum vorstellen, wie es der Frau dabei erging, so viele Töchter sterben zu sehen.

»Ich war damals neu am Hof gewesen, frisch mit meinem Mann vermählt, als ich sie kennenlernte. Estelle war wie ich oft im Garten und so wurden wir Freundinnen. Der Khan war damals schon sehr streng, dennoch wollte er unbedingt einen Sohn, einen Erben für sein Land. Wird kein männlicher Nachfolger geboren, so fällt das Land vorerst in die Hände seines engsten Vertrauten. Dem Emir. Und Emir Burka war schon damals so unausstehlich wie heute. Die Königin hasste ihn und wollte unter keinen Umständen, dass er das Land erbte. Gleichzeitig hatte sie Angst, der Emir könne seinen besten Freund töten. Denn sie liebte den Khan trotz seiner Schwächen. Zumindest zu Beginn ihrer Ehe, später war ich mir da nicht mehr so sicher ...«

»Das klingt wie ein Märchen«, fiel ich ihr ins Wort. Sie sah mich mit zusammengekniffenen Augen an, und ich hörte weiter zu.

»Ja, ein bisschen. Jedenfalls wurde Königin Estelle endlich schwanger. Alle waren glücklich und der Khan veranstaltete ein großes Fest. Bei der Prozession sah es aus, als würde sie einen Sohn bekommen. Du hättest sie sehen sollen. Sie war so glücklich. Doch dann kam der Tag der Geburt und sie bekam eine Tochter – keinen Sohn. Sie war völlig aufgelöst. Es war, als sähe man in ihren Augen eine Welt zusammenbrechen. Ich war damals dabei gewesen und sollte sie bei der Geburt unterstützen. Es war schrecklich. Das Baby starb nach wenigen Minuten in ihren Armen. Man hatte ihr sofort eine Spritze angesetzt und die Schreie ihrer ersten Tochter verstummten.«

Ich schlug mir die Hände vor den Mund und war schon wieder den Tränen nahe.

»Ein halbes Jahr später war sie erneut schwanger, doch dieses Mal wurden ihre Hoffnungen schon früh gedämmt. Ihre zweite Tochter starb auf natürliche Weise. Es war eine Totgeburt, deren Ursache nicht weiter nachgegangen wurde. Unter uns wenigen Frauen am Hof munkelte man jedoch, dass man der Königin möglicherweise Gift untergemischt hatte, das ihr nichts Großartiges antat, aber dem Baby schadete. Die dritte und vierte Tochter wären Zwillinge gewesen. Estelle war inzwischen über dreißig. Das war normalerweise ein Alter, in dem die wenigsten Frauen in Ulanqab noch Kinder bekamen. Ich war nicht dabei, doch es heißt, der Khan habe die Zwillinge eigenhändig getötet, was seine Frau noch mehr verstörte. Ihr Herz war gebrochen, der Wille war ihr genommen. Für den Khan waren die Zwillingsmädchen Teufelswerk. Er ist sehr gläubig, musst du wissen.« Fine legte eine Pause ein und ich versuchte, alles irgendwie sacken zu lassen. So viele tote Töchter, so viel Schmerz. War das meine Zukunft?

»Und dann wurde sie erneut schwanger«, fuhr sie fort.

»Mit Aslan«, schlussfolgerte ich.

»Genau. Sie war so stolz auf ihn und weil sie Angst hatte, noch einmal ein Mädchen sterben zu sehen, ließ sie sich operieren. Doch offenbar ging dabei etwas schief, denn nach fünf Jahren wurde sie ein letztes Mal schwanger. Sie war völlig in Panik, als man ihr sagte, dass sie erneut eine Tochter bekommen sollte. Sie hatte so gelitten bei den letzten Geburten, dass sie sich nicht noch einmal gegen ihr Kind entscheiden wollte.«

»Und dann starb sie bei der Geburt und Aslan wurde zum Halbwaisen«, beendete ich ihre Ausführungen.

»Ja, so heißt es.«

Ich horchte auf. »Wie meinst du das?«

»Estelle flehte mich damals an, mit dem Kind ins System zu fliehen, aber ich sagte ihr, dass das Mädchen seine Mutter bräuchte. Ich hatte nie Kinder. Zwar habe ich Aslan mit großgezogen, aber das war etwas Anderes. Eliza, das, was ich dir jetzt sage, muss unter uns bleiben. Versprich es mir! Aber ich glaube, es wird dir helfen.«

»Was Fine, was denn?« Meine Finger zitterten und ich hatte völlig vergessen, weiterzutrinken. Inzwischen war die Tasse fast kalt.

»Ich glaube, die Königin lebt noch und dass sie damals mit ihrer Tochter ins System geflohen ist.«

»Nein!«, rief ich aus.

»Doch, ich denke schon.«

Ich schüttelte ungläubig den Kopf. »Aber dann müsste ich sie doch kennen«, sagte ich. »Ich müsste sie schon tausendmal gesehen haben, wenn sie eine der Zurückgekehrten ist. Bist du dir sicher?«

»Sicher? Nein. Aber sie hat es oft angedeutet. Die Königin war eine wahnsinnig starke Frau, die am Frauenhass des Khans beinahe verendet wäre. Ich glaube nicht, dass sie tot ist, Eliza. Sie und ihre Tochter werden irgendwo da draußen sein.« Fine blickte zum Fenster.

»Und du glaubst, sie hätte Aslan einfach bei seinem Vater zurückgelassen?« Ich konnte mir das beim besten Willen nicht vorstellen. Aslan hatte immer nur gut über sie gesprochen. Er liebte seine Mutter und sie hatte ihn geliebt. Würde sie ihn da tatsächlich bei diesem schrecklichen Mann zurücklassen?

Fine seufzte. »Ja. Wahrscheinlich dachte sie, dass er gut aufwachsen würde. Immerhin ist er der einzige Sohn des Khans.«

»Aber wie kann das sein? Wie will sie es angestellt haben? Wenn sie geflohen ist, dann wird man sie gesucht haben. Sie kann doch nicht einfach nach der Geburt aus dem Palast spaziert sein.«

»Ihre Beerdigung fand ohne Leiche statt. Angeblich soll sie sofort nach dem Tod eingeäschert worden sein. Das wäre jedoch ein starker Traditionsbruch gewesen. Nur die einfachen Leute aus der

Spike werden eingeäschert, weil es für die Familien günstiger ist. Die Königsfamilie wird stets im eigenen Mausoleum im Garten begraben. Ich weiß nicht, wie sie es angestellt hat. Aber mein Gefühl sagt mir, dass meine Freundin noch lebt und irgendwo da draußen auf ihre Rückkehr wartet. Sie hätte es nicht übers Herz gebracht, ein weiteres Kind töten zu lassen. Ihr Kind.«

»Also soll ich fliehen, willst du mir das sagen?« Ich war völlig verwirrt. Natürlich hatte ich mit dem Gedanken gespielt; aber es plötzlich von einer Freundin vorgeschlagen zu bekommen ...

Sie legte ihre warmen Hände auf meine und ich bemerkte die ersten Falten auf ihrer Haut. »Ich rate dir gar nichts. Ich möchte nur, dass du die für dich richtige Entscheidung triffst. Du bist stark. Du hast schon so viel durchgestanden und bist nicht daran zerbrochen. Aber wenn du dieses Kind liebst – und ich sehe dir an, wie sehr du dies tust – dann musst du euch retten.«

Ich fiel ihr um den Hals. Wenn die Königin noch lebte und es hier rausgeschafft hatte, dann würde auch ich es schaffen. Ich war schon einmal dem Palast entkommen und zurück zum System gekehrt. Und dann dachte ich an Aslan. Wie er mich hochhob und durch die Wohnung trug. Wie er tagelang an meinem Bett gesessen hatte, als ich krank war. Wie er mir sagte, dass er mich liebte. Ich würde ihn allein zurücklassen müssen. Ich musste das Baby ihm vorziehen, wenn ich fliehen wollte. Bei dem Gedanken wurde mir schlecht.

»Was ist mit Aslan?«, fragte ich.

»Oh, ich denke, er wird sehr gut alleine klarkommen, wenn er weiß, wieso du das getan hast. Und irgendwann wird es eine Zeit geben, in der Aslan an der Macht ist und so wie ich ihn kenne, wird er euch schneller zurückholen, als du es dir vorstellen kannst.«

»Wirst du es ihm sagen, wenn es soweit ist?«

»Dass du geflohen bist, um das Kind zu retten?«

»Auch. Aber er muss doch wissen, dass seine Mutter womöglich noch lebt.«

Fine biss sich auf die Lippe. »Ich habe oft überlegt, mit ihm darüber zu sprechen. Nur weiß ich nicht, ob es die Wahrheit ist. Ich vermute es nur. Sie würde nicht wollen, dass er sein Leben aufs Spiel setzt, um sie zu suchen – und das würde er. Außerdem würde er sie nur in Gefahr bringen. Was denkst du, was der Khan macht, wenn er es erfährt. Vielleicht hat er damals alles vertuscht, vielleicht wusste er aber auch von nichts. Mit dem Khan möchte ich mich nicht anlegen.«

Ich nickte und überlegte, wie es nun weitergehen sollte. Aslan hatte ein Recht darauf, zu erfahren, was ich vorhatte. Er musste wissen, wo er mich später fand und ich war mir sicher, dass er mir helfen würde. Er war so enttäuscht und sauer auf diese Welt gewesen, als die Priesterin davon sprach, dass wir eine Tochter bekämen. Er liebte dieses Kind wie mich. Wie ich ihn liebte.

23

»Ich weiß, du bist aufgeregt.«

»Natürlich, du denn nicht?«

Aslan seufzte. »Doch, und wie. Dann lass es hinter uns bringen. Vielleicht hatte die Priesterin unrecht.«

Ich ballte die Hände zu Fäusten und spannte den ganzen Körper an. Es musste sein. Wir durften nicht auffallen und dies war Tradition. »Ja, vielleicht …«, sagte ich beiläufig und konzentrierte mich auf meine Schritte. Ich folgte Aslan zur Krankenstation, in der ich fast zwei Wochen gelegen hatte.

Thomasin wartete bereits und begrüßte uns mit einem breiten Lächeln. Wäre der Besuch bei der Priesterin vor fast zwei Monaten nicht gewesen, würde ich wahrscheinlich auch lächeln, doch so gab es wenig zu lachen heute. Die Situation war angespannt. Das schien auch Thomasin zu bemerken, da sich seine Miene verfinsterte. »Es wird alles gut werden, Prinzessin«, sagte er.

Thomasin wusste genau, was heute auf dem Spiel stand. Die kommenden Minuten würden darüber entscheiden, ob mein Kind leben durfte oder nicht. Ob wir hierblieben und als Familie älter werden würden, oder ob ich fliehen musste, um mein Kind zu retten.

Er setzte sich an seinen Schreibtisch und stellte mir eine Reihe von Fragen, während sein Assistent mir Blut abnahm und den Blutdruck maß. Aslan wich währenddessen nicht von meiner Seite.

»Die Werte sind in Ordnung«, sagte er, nachdem er meine Blutprobe in ein Gerät gab und es einen Zettel mit tausend Zahlen und Zeichen ausspuckte. »Lasst uns nach nebenan gehen.«

Er führte uns in einen weiteren Raum, der hell und nur karg eingerichtet war. Ich dachte, dieses Zimmer würde für Operationen dienen. Er wird meine Tochter doch nicht gleich aus mir herausholen wollen. Panisch sah ich zu Aslan, der mir beruhigend über den Rücken streichelte und meine Nasenspitze küsste.

Meine Gedanken kehrten in die Realität zurück und ich wusste, dass es Quatsch sein musste. Thomasin wollte mich bloß untersuchen. Er würde nie ... oder doch? Würde er es sein, der meinem Kind eine tödliche Spritze geben musste?

Er wies mich auf eine Liege und schaltete den Screen daneben an, der hell aufleuchtete und dann ein schwarzes Bild zeigte.

Ich legte die Maske zur Seite. Hier, wo wir unter uns waren, brauchte ich sie nicht mehr. Aslan half mir, das Kleid aufzuschnüren, das durch meinen gewachsenen Bauch inzwischen leicht spannte. Er streifte es mir über die Schultern, bis zu meiner Hüfte, sodass es knittrig herunterhing. Weiter brauchte ich es nicht auszuziehen. Ich legte mich auf den Rücken und beobachtete Thomasin dabei, wie er mir ein kaltes Gel auf den Bauch schmierte, das mir eine Gänsehaut verpasste. Dann glitt er mit einer Art Stab über meine Haut und auf dem Screen erschienen gestochen scharfe Bilder, die mein Kind zeigten. Es war so wunderschön. Mein Baby war schon so groß. Ich konnte deutlich den Mund und die kleine Stupsnase erkennen, die mir ein Lächeln ins Gesicht zauberten.

»Und?«, fragte Aslan. Man hörte, wie angespannt und nervös er war. Außerdem tippelte er die ganze Zeit mit seinem Fuß auf dem Boden und schloss seine Hände zur Faust, ehe er die Finger im nächsten Moment wieder spreizte. Das machte mich nervös und ich wünschte, er würde damit aufhören, damit ich mich ganz auf das Abbild meines Kindes konzentrieren konnte.

»Nicht so hastig, Prinz Aslan«, sagte Thomasin und glitt mit dem Gerät auf die andere Seite meines Bauches.

Die Beinchen tauchten auf dem großen Screen an der Wand auf und ich hielt die Luft an. Gleich würde ich es sehen. Wollte ich es überhaupt wissen? Brauchte ich die Gewissheit, die so viel Unglück bringen konnte?

Thomasin drückte auf meinen Bauch herum, bis das Baby sich

wand und er ihm zwischen die kleinen Gliedmaßen schauen konnte. Doch da war nichts. In dem Moment, als ich es begriff, liefen mir stumm Tränen die Wangen hinab.

»Tut mir leid«, sagte Thomasin und klang tatsächlich bedrückt. »Vielleicht versteckt es auch nur etwas, das kommt manchmal vor. Aber ihr solltet euch keine zu großen Hoffnungen machen.« Er reichte mir ein Taschentuch und ich schnäuzte hinein. Die Erinnerung an das Gespräch mit Fine kam wieder. Bei der Königin war es andersherum gewesen. Vielleicht war es ein Finger oder die Nabelschnur gewesen, die sie gesehen hatten und daraufhin dachten, sie bekäme einen Sohn.

Ich wusste, wie sie sich gefühlt haben musste, als es anders als erwartet kam. Wie sie gelitten hatte, wie ihr Herz zerrissen war. Noch war es nur eine Andeutung dessen, was ich bei der Geburt erleben würde, wenn mir nicht bald etwas einfiel, wie ich fliehen konnte.

Aslan hatte seine Hand auf meine Schulter gelegt und massierte sie etwas zu fest. Er sah verbittert aus, die Lippen schmal, die Stirn faltig. Würde er mir folgen? Würde er für uns kämpfen? Er war so anders als sein Vater. So viel besser. Aslan hatte ein gutes Herz.

Ich stand auf und Aslan schloss mein Kleid, ohne ein Wort mit mir oder dem Heiler zu wechseln.

»Es tut mir leid, Prinzessin«, sagte Thomasin, als wir das Zimmer verließen.

»Lass uns in den Garten gehen«, schlug Aslan vor und ich folgte ihm die langen Palastflure entlang, dessen Wände durch das tief einfallende Sonnenlicht der fast deckenhohen Fenster golden schimmerten.

»Wird er es dem Khan sagen?« Mein Hals war immer noch wie zugeschnürt. Sie würden sie töten. Sie einfach umbringen. Ich musste hier weg, wenn meine Tochter leben sollte.

»Das muss er.« Aslan seufzte. »Es ist so ungerecht. Ich weiß, du leidest sicherlich noch mehr als ich, deine Bindung ist viel stärker als meine zu unserem Kind.«

Ich stoppte und zog Aslan zu mir, um ihn zu küssen. Ich liebte es, seine vollen Lippen auf meinen zu spüren und ihn zu schmecken.

Und ich wollte ihn bei mir wissen, solange es noch ging – jede verbleibende Minute mit ihm genießen. Meine Hand glitt in seinen Nacken und er raunte mir ein tiefes »Ich liebe dich« zu, während er meine Hüfte griff und die Augen schloss.

Als wir endeten, streichelte er meinen Bauch und zuckte zusammen, als unsere Tochter gegen seine Hand trat. Ein Lächeln trat augenblicklich in sein Gesicht und er riss die Augen auf. Sie funkelten hell in der allmählich untergehenden Sonne. Es war ein wunderschönes Gefühl. Es war immer schön, sie zu spüren, zu wissen, dass es ihr gutging.

»War das ...?«

Ich nickte und schmunzelte.

»Lass uns rausgehen, hier drinnen können wir nicht frei reden.« Obwohl er streng klang, lächelte er. Unsere Tochter machte ihn glücklich und das war das Einzige, was mir Hoffnung spendete. Er würde uns nie im Stich lassen.

Wir traten durch jenen Ausgang, durch den ich den Palast vor all den Monaten das erste Mal betreten hatte, in den Garten hinaus. Sofort schlug mir der Duft der Rosen entgegen. Inzwischen war es Frühling geworden, doch auch der Winter hatte die Blumen nicht vom Blühen abgehalten, als wären sie manipuliert worden. In der Wüste gab es keinen richtigen Winter, zwar fielen die Temperaturen um einige Grad, doch gefroren hatte es seit fast hundert Jahren nicht mehr. Auf unserem Screen hatte ich Bilder von weißen Landschaften gesehen. Schnee nannten die Leute das. Er musste sehr kalt sein. Hier hatten wir noch nie Minusgrade gehabt. Nachts fror man zwar schnell, doch nie so, dass die Landschaft weiß wie im Film wurde.

»Woran denkst du?«, fragte Aslan.

»Hast du schon einmal Schnee gesehen?«, fragte ich, während ich eine der Blumen betrachtete. Eine weiße Rose, die inmitten von türkis- und lilafarbenen Blüten stand. Im System hatte es keine Blumen gegeben. Generell gab es hier vieles, was es dort nicht gab. Zwar hatten wir ein Gewächshaus gehabt, doch das diente nur unserer Versorgung. Pflanzen zur Zierde und Augenfreude hielten die Wächterinnen offensichtlich für unnötig.

»Schnee? Nein, wie kommst du darauf?«

»Vor ein paar Tagen lief eine Dokumentation über Russland. Dort soll es noch Schnee geben. Erinnerst du dich an den Mann von der Zeremonie? Bestimmt hat er ihn schon einmal gesehen.«

Aslan nickte und schob das Kinn nach vorne. »Mag sein. Wir stehen erst seit Kurzem wieder in Kontakt mit den Russen. Seit sie der Allianz beigetreten sind. Nach dem letzten Krieg verweigerten sie unserem Land die Hilfe, als wir den Sandmeeren entkommen wollten. Anders als wir hatten sie Maschinen, mit denen wir der Sache wesentlich schneller hätten Herr werden können. Aber das ist lange her.«

»Glaubst du, sie kämpfen jetzt gegen den Schnee an, wie wir damals gegen den Sand?«

»Nein, ich glaube, den gibt es schon sehr lange dort. Bestimmt sind sie an die Winter gewöhnt. Aber wollen wir jetzt wirklich über Schnee sprechen?«

Ich zuckte mit den Schultern. »Weil du gefragt hast ...« Wir setzten uns auf eine Parkbank inmitten von Hyazinthen. Ich mochte Pflanzen, also hatte ich nach meiner Ankunft alles über sie in Erfahrung gebracht. »Redest du mit deinem Vater? Du liebst unser Kind, du darfst nicht zulassen, dass er unsere Tochter tötet«, sagte ich. Hoffnung, dass es etwas bringen könnte, hatte ich keine. Den Khan stimmte man nicht einfach so um. Niemand konnte ihn zur Vernunft bringen. Nicht in dieser Sache.

»Das werde ich. Auch wenn ich es schon vergeblich versucht habe. Er ist so engstirnig, wenn es um diese bescheuerten Traditionen geht.« *Engstirnig* beschrieb seinen Vater tatschlich ganz gut.

»Was ist das?«, fragte ich plötzlich und Aslan verstummte. In den Büschen raschelte etwas – oder war es jemand?

»Wir sind nicht alleine«, sagte Aslan streng und kniff die Augen zusammen. Die Sonne stand bereits tief und die Dämmerung hatte längst eingesetzt. Er nickte Richtung Mauer und wir standen auf. Aslan griff meine Hand und wir gingen langsam, wie ein verliebtes Paar, jenen Weg entlang, den Atari mich damals zwang zu gehen.

Als wir an der Gablung ankamen, der rechts zu jenem Ort führte, wo sie mich hinbringen wollten, wurde mir ganz übel. »Aslan, dahinter ist der Bunker, oder?«

Aslan nickte. Ich wusste, dass er ihn längst hatte kontrollieren lassen, dennoch war es komisch, ihm so nah zu sein. Was war, wenn dort erneut Mädchen gefangen gehalten wurden? Wochenlang hatte ich nicht mehr an die armen Frauen gedacht, hatte Kyras Schicksal über die Sorge um meine Tochter fast vergessen, doch jetzt kam wieder alles hoch. Ich zitterte leicht, während Aslan mich schützend festhielt und wir nachsahen, wer so spät herumschlich.

An der nächsten Weggabelung sahen wir ihn. Wie kam es, das er immer dann hier draußen war, wenn ich den Garten besuchte? Als würde er mich verfolgen. »Aslan, Prinzessin, was tut ihr hier? Die Sonne geht bereits unter.«

»Burka, das könnten wir dich auch fragen«, sagte Aslan bitter.

»Ich war auf der Suche nach dem Gärtner. Habt ihr ihn gesehen? Die Buschwindröschen drohen einzugehen.«

Aslans Nase zuckte. »Du spionierst uns hinterher, nicht wahr?«

Der Emir kniff die Augen zusammen und lachte hämisch. »Mein Freund, ich glaube nicht, dass ich das nötig habe.«

»Ich wüsste nicht, dass wir Freunde sind, Burka. Geh ruhig zu meinem Vater und halte ihm Bericht, dass wir ganz normal einen Abend im Garten verbracht haben. Oder hast du doch mehr zu verbergen und wolltest gar nicht uns einen Besuch abstatten.« Er sah wissend in Richtung des Bunkers.

Schweiß trat dem Emir auf die Stirn. »Ich weiß nicht, wovon du sprichst. Und nun entschuldigt mich, der Gärtner wird sich schon irgendwo herumtreiben.« Der Emir nickte und trat an uns vorbei, nicht ohne noch einen abwertenden Blick auf meinen Bauch zu werfen.

»Glaubst du, er war im Bunker?«, fragte ich, als er außer Sicht war.

»Ich weiß es nicht. Aber ganz sicherlich streift er nicht wegen des Gärtners hier entlang. Komm mit.«

Wir gingen ein paar Schritte an der Mauer entlang, dann blieb ich stehen.

»Was ist?«

»Hier passierte es«, sagte ich. »Hier konnte ich fliehen.«

»Ich weiß. Komm, wir müssen schauen, ob er jemanden oder etwas im Bunker versteckt hält.«

Stirnrunzelnd folgte ich ihm. »Warte, Aslan. Was soll das heißen, *du weißt es?*«

Man sah seinen Kehlkopf hervortreten, als er schluckte. Dann seufzte er und schüttelte den Kopf. Er ging einfach weiter. Das konnte nicht sein Ernst sein!

»Aslan!«, sagte ich deutlich und er wurde etwas langsamer. Trotzdem kam ich auf meinen hohen Schuhen kaum hinterher. Außerdem drückte diese blöde Maske schon wieder und ich fragte mich, ob ich auch im Gesicht zugenommen hatte. Ich riss das Teil runter und blieb mit in die Hüften gestemmten Händen vor ihm stehen. »Aslan! Woher weißt du das?«

»Wie soll ich es dir erklären? Ich habe damals noch im Palast gelebt«, sagte er, während ich versuchte, wieder mit ihm Schritt zu halten. Seine Hände waren zu Fäusten geballt und die Knöchel und Sehnen traten weiß hervor. Ihm musste es gar nicht passen, dass ihm etwas rausgerutscht war. »Als du hergebracht wurdest, war ich gerade auf dem Weg in den Garten für einen nächtlichen Spaziergang. Der Himmel war so wundervoll klar an diesem Abend. Nur zufällig hatte ich die Stimmen im Vorsaal vernommen und bin euch schließlich gefolgt. Ich hatte schon länger eine Ahnung, dass der Emir ein falsches Spiel treiben könnte. Als ich hörte, dass sie dich wegsperren wollten, lief ich zur Waffenkammer und nahm die nächstbeste Waffe, die ich entdeckte.«

Ich runzelte die Stirn und versuchte, mich an jene Nacht vor einem halben Jahr zu erinnern. Atari und sein Kumpan fielen einfach um, als wären sie gelähmt worden. »Was war es?«

»Ein Blasrohr und Giftpfeile. Winzig, aber sehr effektiv. Sie betäubten die Männer lange genug, damit du fliehen konntest.«

Wir waren am Bunker angekommen. Eine Treppe führte zu der Tür, die gut zwei Meter unter der Erde lag. »Und dann?«

»Dann suchte ich den Weg ab und stieß auf den alten Bunker. Er lag versteckt hinter einem Busch, war verschlossen und mein

Handscan funktionierte nicht.« Hieß das, er kannte diesen Ort vorher gar nicht? »Ich lief zurück zum Palast, als Burka mir entgegenkam. Wahrscheinlich war er auf dem Weg zu dir. Als ich zurückkam, öffnete sich die Bunkertür problemlos, jedoch waren die Räume dahinter leer. Ich schätze, Burka entdeckte die beiden Männer und zählte eins und eins zusammen. Er wird die Frauen weggeschafft haben, ehe ich nochmals nachsehen konnte.«

»Und jetzt glaubst du, dass er wieder jemanden dort gefangen hält?«

»Nein«, er ging endlich langsamer, »ich denke nach wie vor, dass er uns hinterher spionieren wollte. Hier wird niemand sein. Aber ich gehe lieber auf Nummer sicher.« Was sollte ich davon halten? Wieso hatte er mir nicht viel eher die Wahrheit gesagt? Ich hatte gedacht, er würde mit dem Emir zusammenarbeiten und nun erfuhr ich, dass er es war, der mich gerettet hatte. Das hätte er mir doch sagen können!

Die Hecke um den Eingang war frisch geschnitten und offenbar wurde erst kürzlich der Efeu, der sich auf der Tür breitgemacht hatte, gestutzt. Aslan wischte ein paar Spinnweben zur Seite und legte seine Hand auf den Scanner. Die Tür schwang auf.

Der Gang dahinter war kalt und modrig. Hier hatten sie mich also hinbringen wollen. Bei dem Gedanken, was sie mir hier unten antun wollten, breitete sich eine Gänsehaut über meine Arme aus und ein Schauer lief über meinen Rücken.

Es gab nur drei kahle Räume, alle waren sie durch dicken Stahl ausgekleidet. Sie sollten vor den Atombomben schützen, die den großen Krieg beendet und die Welt ins Straucheln gebracht hatten. Jenen Krieg, der die Kontinente zerrüttet, der Wassermassen auf die Inseln gebracht und Ulanqab lange im Sand vergraben hatte; bis es sich freischaufelte und aus der einst kleinen Stadt die Spike und das System errichtete, während der Rest der Umgebung nur noch dem Sand geweiht war.

»Hier ist niemand«, sagte ich verbittert. Kurz hatte ich gehofft, tatsächlich etwas bewirken zu können. Eine Frau, vielleicht sogar Kyra, aus den Fängen des Emirs zu retten. Doch inzwischen machte ich mir wenig Hoffnung, dass sie noch lebte. Das irgendjemand von ihnen noch lebte oder zumindest in der Nähe war. Seit sie Kirstin in der Wüste gefunden hatten, war jener Teil in mir, der noch an das Gute glaubte, weggebrochen. Wenn ich mich wenigstens von ihnen hätte verabschieden können.

»Sieh mal«, sagte Aslan plötzlich und zeigte auf eine Schale mit Wasser. »Es sieht aus, als würde er hier bald wieder jemanden erwarten.«

»Glaubst du, er ist so dumm?«

»Eigentlich nicht«, sagte Aslan. »Lass uns gehen. Ich schicke meine Männer noch einmal raus in die Wüste. Vielleicht entdecken sie etwas Verdächtiges.«

»Kannst du ihnen vertrauen, Aslan?«

»Ich hoffe es. Die meisten kenne ich seit Kindheitstagen.«

»Dann kennt der Emir sie auch«, warf ich ein und erinnerte mich an das Gespräch mit Fine. »Könnte er sie bestechen?«

»Die Möglichkeit besteht.« Aslan sah aus, als hätte er dies bisher nicht bedacht.

»Der Mann, der uns damals die Tür öffnete, er muss auch mit drinstecken«, fiel mir ein. An den Pagen hatte ich gar nicht mehr gedacht.

»Sergej? Der ist verschwunden seit ... seit du da warst ... Ob Burka? Möglich ... Er war meinem Vater immer treu. Vielleicht sollte er dich nie zu Gesicht bekommen.« Er schien in Gedanken versunken, doch dann blickte er wieder klar nach vorne. »Wir sollten zurück in die Spike, Liebling«, sagte er schließlich und ging vor. Was war nur los mit ihm?

Draußen war es inzwischen dunkel und kalt geworden. Ich griff automatisch seine Hand, damit er mich sicher durch den Garten führte.

24

»Wieso hast du es mir nicht gesagt?« Wir standen oben in der Stube und ich sah ihn enttäuscht an.

»Vermutlich aus demselben Grund, aus dem du mir erst nichts von deiner Freundin erzählt hast.«

»Das ist doch etwas ganz Anderes«, sagte ich. Aber war es wirklich etwas Anderes? Ich folgte ihm vors Fenster und ließ mich in einem der beiden Sessel nieder.

Aslan starrte hinaus in den Sternenhimmel.

»Wo ist Fine?«, fragte ich.

»Vermutlich schon im Bett, sie war doch den ganzen Tag so müde.« Es war untypisch für sie, vor uns schlafenzugehen. Ich hatte das Gefühl, dass unser Schicksal sie sehr mitnahm. Ihre Augen trugen dunkle Ringe, als hätte sie seit Tagen nicht richtig geschlafen und sie trank sehr viel mehr Beruhigungstee als sonst, wurde aber nicht wirklich ruhiger. Ob sie bereute, dass sie mir von der Königin erzählt hatte?

»Es tut mir leid«, sagte Aslan plötzlich und drehte sich zu mir um. »Ich hatte Angst, dass du sauer wirst; dass du denkst, ich stecke da irgendwie mit drinnen. Verzeihst du mir?«

Er hatte auch mir verziehen, dass ich ihm die Wahrheit erst so spät mitgeteilt hatte. Es wäre also nur fair.

Seine gold-braunen Augen sahen mich konzentriert an, während er auf eine Antwort wartete. Wie konnte ich ihnen nicht nachgeben?

»Liebst du mich?«, fragte ich.

»Über alles.«

»Warum hast du dich in der Türkisen Nacht für mich entscheiden? Weil du mich schon einmal gesehen hast? Hier?« Ich musste es wissen. Hatte er sich nur deshalb für mich entschieden?

Aslan fuhr sich mit der Zunge über die Lippen und sah mich nachdenklich an. Dann setzte er sich vor mich auf den anderen Sessel und schlug die Beine übereinander. Er nickte behutsam. Was hatte das alles für uns zu bedeuten? »Ja und nein«, sagte er schließlich. »Eigentlich wollte ich gar nicht an der Türkisen Nacht teilnehmen. Im letzten Jahr bin ich auch nicht dabei gewesen, auch wenn das eher einer Verletzung geschuldet war. Ich wollte noch nicht heiraten, ich hatte Angst vor der Ehe. Und dann sah ich dich in jener Nacht. Wie diese Männer dich in den Palast zerrten, wie Burka sich über dich lustig machte und wie sie dich wegsperren wollten. Ich folgte dir und befreite dich. Und dann wollte ich wissen, ob du es geschafft hattest. Also entschied ich mich, doch an der Türkisen Nacht teilzunehmen und kein weiteres Jahr auszusetzen. Mein Vater war begeistert und schenkte mir spontan das Panorama-Apartment in der Spike, damit wir unser eigenes Reich haben würden. Er konnte mit den Räumen sowieso nichts anfangen und ich glaube, er ertrüge es nicht, dich im Palast leben zu sehen, wo seine Frau ... gestorben ist.« War das tatsächlich der Grund, warum wir hier waren? Dass er mich nicht um sich haben wollte – wegen der Königin? Nachdem, was Fine mir erzählt hatte, konnte ich es kaum glauben. Aber vielleicht stimmte es, und der Khan liebte seine Estelle noch, auch wenn er an all ihrem Leid schuld war.

Ich wollte nicht über den Khan nachdenken, sondern Klarheit zwischen Aslan und mir schaffen. Wir mussten uns endlich die Wahrheit sagen, sonst würden wir uns nie vertrauen können. »Was hättest du getan, wenn ich nicht zurück zum System gekehrt wäre? Wenn ich nicht im türkisen Kleid vor dir gestanden hätte?« Hätte er nach mir gesucht oder wäre es ihm nach einer Weile egal gewesen?

Aslan hob die Schultern und schürzte die Lippen. »Keine Ahnung. Vielleicht hätte ich auf niemanden geboten, vielleicht auf eine andere Frau. Du warst ja da, ich entdeckte dich sofort unter all den Frauen. Auch wenn ich gestehen muss, dass es nicht leicht war. Mit den glatten Haaren, dem reinen Gesicht und diesem wunderschönen Kleid ähneltest du kaum dem Mädchen, das ein paar Nächte zuvor beinahe gestorben wäre.«

»Glaubst du, der Emir hätte mich getötet?«, fragte ich ruhig.

»Ist es nicht egal, was ich glaube? Wer kann schon sagen, was passiert wäre?« Ich nickte und hörte aufmerksam zu. »Du warst so bildhübsch im System und ich war unendlich froh, dass ich dich gefunden hatte. Obwohl du ganz anders aussahst, hatte ich dich sofort an deinen Lippen erkannt.«

»Nur an meinen Lippen?« Ich sah ihn ungläubig an.

»Und an deiner Uhr und der Brosche im Haar. Die waren mir schon aufgefallen, als Burka dich im Palast gemustert hatte.« Er grinste, als fühlte er sich ertappt. »Eigentlich wollte ich damals nur wissen, ob du wirklich heil angekommen bist. Dich auch zu ersteigern war nicht mein Plan gewesen. Doch dann tauchte der Emir mit Timur auf. Ich wusste nicht, dass sie auch da sein würden. Die beiden fuhren mit einer anderen Kutsche als ich. Burka zeigte auf dich, als du dich gerade hingesetzt hattest und mir war klar, dass sie eine Gefahr in dir sahen. Ich wusste nur nicht, was sie planten. Timur hat dir damals die Schokolade gegeben, nicht wahr?«

Ich nickte.

»Das dachte ich mir. Du hättest es mir sagen sollen. Ausrichten kann ich zwar nichts gegen ihn, da nur mein Vater oder Burka ihn seines Amtes entheben können, doch beide halten zu sehr zu ihm. Der Emir sowieso. Sicherlich war es seine Idee gewesen.«

»Und dann?«, wollte ich wissen.

»Ich hatte dich in der Pause gesucht, aber nicht gefunden. Als du wieder draußen warst, wirktest du plötzlich benommen. Wahrscheinlich vom Gift. Ich hatte zwar den Emir die ganze Zeit im Blick, aber nicht seinen Cousin. Wie ich nun weiß, war das ein Fehler ... Und dann hörte ich deinen Namen und sah, wie die Hand Timurs hochschoss.«

Mir klappte der Mund auf. »Er hatte für mich geboten?« Tatsächlich waren sie mir gar nicht in der Menge aufgefallen.

»Ja, sicherlich in Burkas Auftrag. Als Verheirateter konnte er schließlich nicht selbst mitbieten. Sie boten sogar relativ lange mit. Deswegen habe ich mich schließlich entschieden, mein Erspartes auf dich zu setzen. Ich wusste, dass die beiden, selbst wenn sie zusammenlegten, nicht so viel haben würden. Ich musste dich einfach retten. Vielleicht habe ich mich da schon in dich verliebt. Du sahst blendend aus, musstest taff sein – immerhin hattest du es allein durch die Wüste bis zum System geschafft, du warst eine Kämpferin und bist es immer noch. Ja, ich glaube, ich war dort schon hin und weg von dir.« Ein breites Lächeln trat auf sein Gesicht und er zeigte seine geraden, weißen Zähne. »Ach Eliza, ich bin immer noch so verrückt nach dir«, sagte er verträumt.

»Ich liebe dich, Aslan.«

Er kam zu mir, hob mein Kinn an und glitt mit seinen samtweichen Lippen über meine. »Ich dich auch.«

Wir küssten uns, doch dann hielt ich inne, da eine neue Frage in mir aufkeimte. »Aslan, warum wollte der Emir mich ersteigern, wenn er mich doch gerade erst vergiftet hatte? Das verstehe ich nicht.«

Wieder fuhr er sich mit der Zunge über die Lippen, während er offenbar nachdachte. »Ich schätze, sie hatten gehofft, du würdest direkt alles essen. Das Gift in Schokolade zu füllen, war genial. Schokolade gab es im System nicht, da sie sehr teuer ist und das System keine Möglichkeit hat, die Kakaobäume anzupflanzen. Bei uns wachsen sie in Vaters Tropengarten. Hättest du die fast schon süchtig machende Schokolade komplett verzehrt, wärst du noch vor deiner Versteigerung tot gewesen. Vielleicht hatten sie das noch volle Säckchen neben deinem Stuhl gesehen und deswegen entschieden, mitzubieten. Der Emir hätte sicherlich einen Weg gefunden, dich später anderweitig zum Schweigen zu bringen, ohne dass es auffallen würde. Aber das sind nur Mutmaßungen. In jedem Fall wollte ich dich bei mir wissen. Der Emir durfte dich auf keinen Fall in die Finger bekommen. Inzwischen hat er übrigens auch mich auf dem Kieker. Er redet schon seit Wochen auf meinen Vater ein, dass du mich verderben würdest. Der Mann ist ein Meister der Manipulation und ich bete, dass mein Vater seinen freien Willen behalten wird.«

Mein Kopf lehnte an Aslans Brust, dessen Herz schnell schlug. Er hatte sich neben mich auf die Sessellehne gesetzt und streichelte über mein Haar.

»Niemand nimmt dich mir weg«, flüsterte er und küsste meine Stirn.

»Und unser Kind?«, fragte ich.

Er legte die Hand auf meinen Bauch und tatsächlich spürte ich in diesem Moment einen leichten Tritt. »Wir werden eine Lösung finden.«

»Rede mit deinem Vater, Aslan. Mach ihm klar, wie sinnlos diese Tradition ist. Er könnte als Revolutionär eingehen, wenn er die Regeln ändert. Er könnte seine Macht sogar auf das System ausweiten.«

»Ach Eliza, ich schätze, er hat mehr Macht im System, als du denkst. Die Wächterinnen arbeiten doch Hand in Hand mit ihm.«

Ich stieß einen Seufzer aus. »Sprich einfach mit ihm. Ich werde meine Tochter nicht hergeben, nie! Entweder sie, oder ich bin weg, Aslan. Ich werde dieses Kind nicht töten lassen!«

Aslan sah mich mit bedrückter Miene an. »Und was soll ich deiner Meinung nach tun? Ich kann die Regeln nicht ändern. Mein Vater bestimmt, wie wir zu leben haben. Bis ich den Thron besteige, wird es noch dreißig oder vierzig Jahre dauern. Bitte verstehe doch, dass mir die Hände gebunden sind.«

»So lange willst du das Leid unseres Landes noch ertragen?«

Aslans Lippen wurden schmal. »Mir sind die Hände gebunden, Liebste.«

Ich seufzte. »Dann werde ich fliehen müssen, wenn unsere Tochter leben soll.«

Aslan atmete schwer aus, ohne auf meine Aussage einzugehen.

Es musste eine Lösung geben. Eine, in der ich mein Kind nicht alleine aufzog und mein Leben lang auf der Flucht war.

25

Aus meinem Bauch war inzwischen eine gigantische Kugel geworden, die ich genüsslich vor mir hertrug. Auch bei meinem letzten Besuch auf der Krankenstation bestätigte Thomasin, dass es ein Mädchen werden wird. Ich hatte mich mit der Tatsache abgefunden und versuchte, irgendwie nach vorne zu blicken. Meine Tasche war für den Notfall gepackt – wenn es sein musste, würde ich fliehen. Das stand fest. Nur wie, das wusste ich noch nicht. Aslan wusste, dass ich für unsere Tochter kämpfen würde. Er wusste, dass ich nicht hierbleiben würde, wenn es soweit war. Nur wie es weitergehen sollte, darüber hatten wir nicht gesprochen.

Ich wollte zurück ins System – zurück in meine Heimat, auch wenn mich dort alles an Kyra erinnern würde. Obwohl ein Dreivierteljahr vergangen war, saß der Schmerz noch immer tief. Ich hatte meine Freundin nicht vergessen. Ihr Schicksal hatte sich in mein Gedächtnis gebrannt und würde immer ein Teil von mir sein. Doch meine Aufgabe hatte sich gewandelt. Ich habe mit der Vergangenheit abgeschlossen und sie mit mir. Es hat gedauert, doch irgendwann wurde es Zeit, nicht mehr auf mein Herz, sondern auf meine Vernunft zu hören. Ich trug ein kleines Lebewesen in mir und Kyra hätte nicht gewollt, dass ich unser Leben für sie riskierte.

Ich hätte gerne mehr getan. Mich auf eines der Pferde geschwungen und die Wüste selbst nach ihr und den Mädchen abgesucht, doch das ging nicht. Tagelang hatte ich nach unserem Ausritt zu der Priesterin Schmerzen gehabt. Außerdem war ich seit der Schwangerschaft zu schwach und ich wollte meine Kleine unter keinen Umständen mehr gefährden als nötig. Unsere Flucht würde genug Gefahren verbürgen. Die Hoffnung, Kyra lebend wiederzusehen, hatte sich längst in Luft aufgelöst.

Letzte Woche hatten Fine und ich damit begonnen, das Kinderzimmer einzurichten. Ein ganz kleiner Funke in mir hoffte immer noch auf das Wunder eines Jungen, auch wenn ich wusste, dass dies unmöglich schien. Eigentlich waren die Arbeiten nur eine Ablenkung, die ich dringend nötig hatte. Es machte mich fertig, nichts tun zu können. Aslan hatte seinen Kopf in einen Berg aus Arbeit gesteckt – das war seine Art, mit der Situation umzugehen. Er fehlte mir. Wir redeten kaum noch miteinander. Wenn er nach Hause kam, war ich oft zu müde, um noch lange mit ihm wachzubleiben.

»Lass uns über den Basar gehen«, sagte Fine plötzlich und sah von ihrem Screen auf. »Ich sehe doch, dass du wieder am Grübeln bist. Du musst damit aufhören, Eliza. Entweder, es wird ein Mädchen, oder nicht. Und entweder, du fliehst dann, oder nicht. Deine Grübeleien zwei Monate vor der Geburt bringen doch nichts außer Kopfschmerzen, meinst du nicht?«

»Ja, wahrscheinlich hast du recht«, sagte ich und packte den Roman, den ich vor meinen Überlegungen gelesen hatte, zur Seite.

Wir standen auf und ich legte mir meinen Schleier zurecht, ehe ich meine Maske – heute war es eine aufwendig blau-gestaltete, mit dunklen Federn und Strass-Steinen an der Seite – aufsetzte. Sie gehörte zu meinem liebsten Kopfschmuck und drückte nicht so sehr wie die anderen. Ich hatte mich so an das Tragen gewöhnt, dass ich es manchmal sogar komisch fand, sie abzulegen, wenn wir nachhause kamen. Im System hatte man uns erklärt, wie wichtig die Masken und Tücher seien. Sie würden uns schützen. Seit der Emir mich im Fahrstuhl angegriffen hatte, wusste ich, dass sie nicht mehr als ein nettes Accessoire waren. Keine Ahnung, wieso der Khan darauf bestand, dass wir Frauen sie in der Öffentlichkeit trugen. Es war lächerlich. Draußen in der Wüste könnte sie uns immerhin ein wenig vor dem Sand schützen. Hier drin sah sie nur schick aus. Wenn die Männer uns etwas antun wollten, würde eine Maske sie nicht davon abhalten. Bestimmt war es nur eine dieser Traditionen, auf die der Khan so viel Wert legte.

Fine befestigte die feuerrote Maske mit dunklen Schmuckelementen an den Seiten an ihrem Hinterkopf, ehe sie an ihrem gelben Kopftuch herumzupfte, das heller als die Sonne strahlte. Ich mochte diese Kombination an ihr besonders. Sie wirkte dadurch noch selbstbewusster, als sie eh schon war.

Auf dem Bazar tummelten sich heute besonders viele Frauen mit ihren Männern. Ein Durchkommen war nur schwer möglich. Dafür roch es köstlich: nach Rosenblüten und Rosmarin, am nächsten Stand nach Koriander und dann nach Seife in tausend Variationen. Wir blieben an einem Stand mit Aufstrichen stehen und ich kostete das süßeste Rosenblütengelee, dass ich jemals zwischen meine Lippen bekommen hatte. Am nächsten entdeckte ich ein Tuch aus Seide, das im Sonnenlicht die Farbe wechselte und statt lila plötzlich türkisfarben schimmerte. Der Mann hinter der Kasse schenkte mir eine weiße Rose dazu, die Wochen lang blühen sollte.

»Prinzessin«, ertönte plötzlich eine tiefe Stimme hinter mir, die ich nicht kannte. Wieso erkannten mich die Leute selbst von hinten jedes Mal? Als klebe ein Etikett mit meinem Namen auf meinem Rücken.

Ich erschrak und riss Fine beinahe um, als ich mich zu dem Boten drehte. Inzwischen wusste ich, dass ich die Boten trotz ihrer Alltagsanzüge an den geschwungenen Manschettenknöpfen, die einen Bateleur Adler mit aufgespannten Flügeln zeigten, erkennen konnte. Mein rasendes Herz beruhigte sich langsam wieder. »Wie kann ich Ihnen behilflich sein?«

Fine griff nach meiner Hand, als witterte sie Gefahr, doch die Leute um uns herum gingen ihrem normalen Treiben nach und auch der Bote sah nicht wirklich gefährlich aus.

»Man sagte mir, dass man Euch hier gesehen hätte. Der Khan möchte Euch sprechen. Bitte folgt mir.«

Fine nickte, ließ meine Hand jedoch nicht los. Was wollte der Khan von mir? Es war ungewöhnlich, dass er mich zu sich rief. Normalerweise war Aslan immer dabei, wenn etwas zu besprechen war.

Wir folgten ihm die Rolltreppe nach unten und am Tropengarten vorbei, den ich seit meiner Schwangerschaft mied. Einmal Malaria im Leben reichte mir zu Genüge.

»Sie müssen draußen bleiben«, sagte der Bote zu Serafine, als wir am Thronsaal ankamen.

Fine sah nicht sonderlich glücklich darüber aus. Sie positionierte sich so neben der Tür, dass sie jederzeit dazu schreiten konnte, wenn ich nach ihr rufen sollte. Mir wäre es lieber gewesen, wenn sie mitgekommen wäre. Ihre Anwesenheit hatte stets etwas Beruhigendes an sich, das ich gerade jetzt, so kurz vor der Geburt, gut hätte gebrauchen können.

Der Bote öffnete eine Seite der vergoldeten Flügeltür, verbeugte sich leicht vor mir und ließ mich eintreten.

Der Khan saß alleine auf dem Thron, in Papiere vertieft, als würde er mich nicht erwarten. Erst, als ich mich räusperte und vor ihm knickste, schob er seine Lesebrille zurück und legte den Stapel Unterlagen beiseite.

»Schwiegertochter, danke für Euer Erscheinen«, begrüßte er mich förmlich und nickte in meine Richtung. Schwiegertochter – so hatte er mich noch nie genannt. Normalerweise sprach er mich mit Elizara an, was ich genauso wenig mochte.

»Ihr wolltet mich sprechen, Sire.« Ich kam mir in seiner Gegenwart winzig vor. Der Thron aus Gold stand auf einem Podest, das mir fast bis zur Brust ging, sodass ich gut einen Meter hinaufschauen musste, um ihm in die Augen zu sehen.

»In der Tat. Ich schätze, Ihr wisst, wieso ich Euch habe rufen lassen?«

»Nein«, sagte ich ehrlich.

»Nun denn. Es ist eine eher weniger freudige Angelegenheit. Genaugenommen zwei. Zum einen teilte mir unser Heiler mit, dass auch beim erneuten Ultraschall keine explizit männlichen Gliedmaßen entdeckt werden konnten und wir davon ausgehen müssen, dass mein erster Enkel ein Weibsbild wird. Ich gehe davon aus, dass ich Euch nicht mitteilen muss, wie sehr mich dies enttäuscht. Ich habe mich wirklich auf das Kind gefreut, doch unter diesen Umständen bleibt mir keine andere Wahl.«

Ich begann zu zittern und wie so oft in den letzten Monaten, überkam mich eine eigenartige Übelkeit, die durch meine Gedärme kroch und mir gleichzeitig die Luft zum Atmen nahm. »Sire …«

»Tsch. Die Tradition und die Regeln des Landes wollen es so. Ihr habt die Wahl, Prinzessin. Ich möchte von Euch nur wissen, ob ihr bei der Gabe der Spritze dabei sein wollt, oder ob ihr Euer Kind alleine in Frieden sterben lasst.«

Tränen traten in meine Augen und meine kleine Kyra gab einen kräftigen Tritt von sich, als könnte sie meine aufkommende Angst um ihre Zukunft spüren. »Ich ... ich ...« Was sollte man auf so eine Frage antworten?

»Ihr müsst Euch nicht heute entscheiden, Prinzessin. Ich weiß, dass dies keine leichte Entscheidung ist. Geht und denkt darüber nach.«

Ich wollte mich bereits umdrehen, ehe mir das Gesicht völlig entgleiten würde, als er mich zurückrief. »Ach nein, da ist noch etwas. Mein Sohn wird nächsten Monat für ein paar Wochen Verhandlungen in Ulaanbaatar durchführen. Ihr wisst vom Krieg und den Aufständen dort. Er soll hinfliegen und dabei helfen, sie zu lösen.«

»Wann genau?« Ich musste meine Lippen zusammenpressen, um nicht loszuschreien. Das machte er doch extra, um mich zu quälen.

»In zwei Wochen wird er fliegen.«

»Wird – wird er bis zur Geburt wieder zurücksein?«

Ein breites Grinsen trat auf das Gesicht des Khans. »Vielleicht, vielleicht aber auch nicht. Wir werden sehen.«

Ich ballte die Hände zu Fäusten. War das der Plan des Khans? Wollte er mich auf diese Weise demütigen? Aslan sollte nicht bei der Geburt dabei sein. Nur darum ging es doch. Der Krieg ging seit Monaten und es hatte ihn kaum geschert. Und nun, wo die Geburt anstand, sollte er hinfliegen? Es fiel mir nicht leicht, ruhig zu bleiben. »In Ordnung«, sagte ich verbittert und verließ den Raum, ohne darauf zu warten, dass er mich entließ.

Fine wartete vor der Tür und nahm mich gleich in den Arm, als ich hinaustrat. Ich heulte auf der Stelle los. Was war das nur für eine grausame Welt, in die ich hineingeraten war? Ich liebte Aslan, doch in Momenten wie diesen wünschte ich, wir wären uns nie begegnet. Ich wäre eine normale Frau in der Spike und könnte jederzeit zurück ins System. Doch ich war nicht normal. Ich war die Prinzessin, die zukünftige Königin. Nur wie lange noch?

Wir standen fast fünf Minuten Arm in Arm da, ehe ich mich halbwegs beruhigt hatte und meine Tränen am Schleier abwischte. Immerhin zu etwas war die Maskierung gut.

»Was wollte er?«, fragte Fine, als wir alleine im Lift nach oben fuhren. Ich zitterte immer noch bei dem Gedanken an die Frage, die der Khan mir gestellt hatte. Es fühlte sich so surreal an. Wie konnte man einer werdenden Mutter solch eine Frage stellen?

»Wissen, ob ich dabei sein möchte, wenn sie meine Tochter töten. Das ist so krank!« Ich ließ den samtenen Stoff, den ich mir eben auf dem Basar geholt hatte, durch die Finger gleiten. Am liebsten würde ich ihn zerreißen. Oder noch besser, den Khan eigenhändig damit erwürgen.

»Ich dachte mir so etwas in die Richtung.«

»Du hättest mich vorwarnen sollen«, sagte ich und bereute gleich darauf meinen Tonfall. »Entschuldige. Ich sollte meine Wut nicht an dir auslassen. Aslan schickt er außerdem nach Ulaanbaatar. Er fliegt in zwei Wochen. Wahrscheinlich will er nicht, dass er in der Nähe ist, wenn ich Kyra bekomme.«

»Ins Kriegsgebiet? Erst heute Morgen ging eine Bombe in einer der beiden Skyscraper hoch. Ich hatte es eben erst auf dem Screen gelesen. Wie kann er nur seinen eigenen Sohn dorthin schicken?«

Ich zuckte die Schultern und lehnte meine Stirn gegen die kühle Scheibe, während ich den Wasserfall unter uns beobachtete. Langsam überkam mich das Gefühl, dass das alles geplant sei. Dass er wusste, dass wir seine Entscheidungen nicht länger hinnehmen wollten. Würde er seinen eigenen Sohn tatsächlich deswegen opfern? Würde er riskieren, dass er im Krieg fiel, nur damit ich weiterhin nach seinen Regeln spielte?

»Weiß Aslan schon von seiner Aufgabe?« Fine riss mich aus meinen Gedanken.

»Keine Ahnung. Wahrscheinlich. Vielleicht auch nicht. Er hätte es mir doch gesagt, oder?« Wir hatten uns versprochen, nichts mehr zu verheimlichen. Aber verheimlichte ich ihm nicht auch meine Pläne der Flucht? Ich hatte es schon einige Male angedeutet, aber noch nie konkret mit ihm darüber gesprochen.

»Sicherlich. Wahrscheinlich wird er dich heute Abend darauf ansprechen.«

»Ja, vermutlich ...« Ich war schon wieder in Gedanken versunken. Ich hatte immer gedacht, das Leben in der Spike wäre irgendwie unkompliziert. Meistens war es das auch, aber dann gab es Tage wie heute.

Tage, die mich in Schrecken versetzten. Die mir das Liebste entreißen wollten.

Aslan kam, als Fine gerade das Abendessen vorbereitete. Ich war inzwischen froh, dass sie immer in meiner Nähe war. Sie bot mir so viel Halt in diesen Zeiten.

Er seufzte, als er sich setzte und schenkte sich selbst sehr viel mehr Wein ein, als ihm guttat. »Ich habe gehört, Vater hat es dir bereits gesagt.«

»Ja, unter anderem«, antwortete ich.

Aslan trank das Glas in einem Zug leer. »Ich brauche etwas Stärkeres.«

Fine sprang auf und nahm die Flasche Soyombo aus dem Regal. Aslan nickte und trank direkt aus der Flasche.

»Mein Vater ist ein verräterisches Schwein, der selbst seinen Erstgeborenen für mehr Macht verkaufen würde.«

Wir sahen ihn überrascht an. Noch nie hatte ich ihn so über den Khan reden hören.

»Aslan«, sagte ich und nahm behutsam seine Hand.

»Ist doch so. Erst will er unser Kind töten und nun schickt er mich auf dieses Himmelfahrtskommando. Was ist, wenn die Geburt in der Zeit stattfindet? Dann bist du ganz alleine.« Er lachte plötzlich. Es klang schrecklich. »Bestimmt war das Burkas Idee. Eigentlich wäre es seine Aufgabe gewesen, dort für Schlichtung zu sorgen.« Er ballte die Hände zur Faust und schlug einmal kräftig auf den Tisch, sodass mein Herz einen Aussetzer machte und ich kurz bangte, dass die Tischplatte bersten könnte.

»Ich gehe ins Bett. Gute Nacht«, sagte er verbittert und stand auf. Die Flasche nahm er mit.

Wir sahen ihm hilflos nach und erneut kamen mir Tränen. War das mein Schicksal? Der Mann im Nord-Westen verschollen und ich mit meiner Tochter auf der Flucht, nichts wissend, ob ich Aslan wiedersehen würde?

»Du kannst bei mir schlafen«, sagte Fine. »Er ist betrunken. Das ist kein Zustand, bei dem du dich neben ihn legen solltest. Nicht jetzt.« Sie blickte auf meinen Bauch und ich nickte. Vermutlich hatte sie recht.

26

Aslan war seit drei Wochen in Ulaanbaatar und seit vier Tagen gab es kein Lebenszeichen mehr von ihm, dabei hätte er vor drei Tagen zurückkommen sollen. Da der Flughafen von Ulaanbaatar einem Bombenangriff zum Opfer fiel, sollte er mit dem Auto zurückkehren. Anders als wir hatte der Nord-Westen der Allianz noch genügend Fahrzeuge und Treibstoffe.

Normalerweise hatten wir täglich über eine Satellitenverbindung der Screens miteinander gesprochen. Er war in einem Hotel untergekommen, von dem ich nicht einmal wusste, ob es noch stand. Die Nachrichtenkommunikation mit Ulaanbaatar war mehr als mangelhaft. Selbst der Khan sah nun aus, als würde er seine Entscheidung, Aslan dorthin geschickt zu haben, bereuen. Ulaanbaatar lag rund zwei Flugstunden von Ulanqab entfernt, erklärte mir der Khan beim Abendessen. Er hatte mich und Serafine am Samstag in den Palast geladen, um die Situation bei einem wenig gemütlichen Essen zu erklären. Lange hatte ich keinen so angespannten Abend mehr erlebt.

Die Aufständischen im mongolischen Stadtstaat hatten ihren Khan gestürzt und versuchten nun, auch in den umgrenzenden Wüstenstaaten Ärger zu machen und das Regime an sich zu reißen. Aufgrund des Vertrages der mongolischen Allianz, der nach dem letzten großen Krieg geschlossen wurde, war Ulanqab verpflichtet, Aufständen im Reich gewaltfrei entgegenzuwirken. Sollte der Bürgerkrieg nicht bald beendet werden, könnte es passieren, dass sich die anderen Nationen abspalteten und sich auf die Seiten der Gegenparteien stellten. Dann drohte ein erneuter Krieg.

Der Khan hatte immer wieder etwas davon gefaselt, dass wenn Aslan nicht an den Verhandlungen teilnahm, die Möglichkeit bestünde, dass sie auch ihren Teil des Wüstenreiches bedrohten.

Ich tippte auf meinem Screen herum und sah mir die letzten Nachrichten von Aslan an, um irgendeinen Hinweis auf seinen Aufenthalt zu finden. Nichts. Ein Bild von ihm vor einem Autokonvoi, ein anderes, wo man ein zerstörtes Haus im Hintergrund sah. Bilder eines Nomadendorfes, wo das Leben noch seinen Weg ging. Kinder, die auf der Straße im Schmutz spielten. Eine vergoldete Halle und er, wie er an einer der Säulen lehnte. Ulaanbaatar war gespalten. Nicht Männer gegen Frauen, wie es hier gewissermaßen war, sondern Arm gegen Reich. Die Sozialisten gegen die Führungskräfte. Jedes Reich der mongolischen Allianz kämpfte seinen eigenen Kampf.

In Ulaanbaatar war es normal, dass Frauen mit den Männern zusammenlebten. Sie hatte das Virus damals nicht so stark getroffen wie uns. Doch auch dort hatte man die Frauen für einige Wochen verstoßen. Solange, bis man einen Impfstoff gefunden hatte. Sie impften die ganze Stadt durch und tausende Frauen starben, weil der Stoff das Herz so stark angriff, dass es aussetzte. Königin Amelia verbot den Impfstoff in Ulanqab. Als sie selbst schließlich von aufständischen Männern ermordet wurde, entschied der damalige Khan, dass man die Geschlechter trennen musste. Für Frauen seien die Männer zu gefährlich, für die Männer die Krankheit lebensbedrohlich. So begann unser Schicksal. Die Krankheit war seit Generationen ausgestorben und die meisten Männer kamen mir nicht mehr gefährlicher vor als wir Frauen. Und dennoch wollte der Khan meine Tochter töten lassen – weil sie eine Frau war, weil sie eine weibliche Thronfolgerin war. Es war absurd. Es war alles absurd.

Ich strich mit dem Daumen über Aslans Kopf auf dem Bildschirm. Wenn ich wenigstens wüsste, dass es ihm gutging. Er müsste eigentlich schon längst auf der Rückreise sein. Was ist, wenn sein Konvoi den Wüstenpiraten zum Opfer fiel? Ich brauchte ihn gerade jetzt so sehr. Da hatte ich den stärksten Menschen gefunden, der mich selbst noch in seinen schwächsten Momenten in den Arm nahm und dann war er in meinem schwächsten Moment, wo ich am stärksten zu sein hatte, nicht da. Zwar dauerte es noch einen Monat, bis der Geburtstermin anstand, doch die ersten Wehen hatten in der letzten Woche eingesetzt. Ich brauchte seine Geborgenheit, seine Nähe. Dieses Gefühl, das er mir gab, wenn er einfach nur da war – für mich da war. Ein Gefühl, dass ich sonst nur bei Kyra und Maria empfunden hatte. Ich brauchte ihn, jetzt und hier. Er machte mich stark, wenn ich mich schwach fühlte. Und gerade war ich das. Wie sollte ich die Geburt überstehen, wenn er nicht hier war? Wie sollte ich fliehen, ohne dass wir darüber gesprochen hatten, wo es hingehen sollte? Würde er im System nach mir suchen? Konnten die Wächterinnen mich verstecken, wenn der Khan kam, oder würden sie mich ihm ausliefern? Aber das konnte ich mir nicht vorstellen. Die Wächterinnen wachten über uns. Solange wir im System waren, standen wir unter ihrem Schutz. Das hatten sie geschworen, als sie ihr Amt antraten.

Ich starrte auf Aslans goldene Augen und hatte das Gefühl, er zwinkere mir auf dem Bild zu. »Wo bist du nur, Liebster?«, flüsterte ich zu mir selbst. Dann drückte ich den Knopf an der Seite und legte den Screen vor mir auf den Couchtisch. Ich war müde, wenn es nach mir ginge, würde ich nur noch schlafen, doch meine kleine Ky ließ mich nicht. Sie strampelte ständig herum und hielt mich dadurch Nacht für Nacht wach. Hoffentlich hielt das nach der Geburt nicht an.

Jemand klopfte und Fine rannte rasch aus dem Bad, mit dem Handtuch um den Kopf, um die Tür zu öffnen. So flink wie sie oft war, schaffte ich es mit meinem Bauch nicht einmal aus dem Sessel. Wieder ein Bote, den ich nicht kannte. Jedes Mal waren es andere Männer, die mir schlechte Nachrichten brachten, mich zum Khan riefen oder einfach nur wollten, dass ich runter zum Heiler kam.

Mit zittrigen Knien stand ich auf und trat vor. Würde er mir heute mitteilen, dass Aslan gefallen war? Mein Herz schlug schnell, als ich in die grauen Augen des Mannes vor mir blickte. Ich trug weder meine Maske, noch ein Kopftuch. So sahen mich die Männer in der Spike nur selten. Heute war mir alles egal. Seit Tagen hatte ich mich nicht mehr geschminkt, das Loft nur noch auf Bitten der Boten verlasen. Am liebsten hätte ich mich in meinem Zimmer verkrochen und mich in Aslans Kissen gekuschelt, das immer noch nach ihm roch. Ich hatte Fine verboten, es zu waschen, da sein Geruch das Einzige war, was mich beruhigen konnte, wenn es mir ging wie heute.

»Prinzessin, Euer Mann wollte, dass ich Euch in diesem Fall unterrichte. Man fand die Reste einer Frauenleiche in der Wüste. Zwar ist von ihr nicht mehr viel übrig, jedoch konnten wir das Gesicht als Bild rekonstruieren. Ihr seid gebeten, Euch die Rekonstruktion anzusehen.«

Ich sah hilfesuchend zu Fine, die meine Hand griff und drückte. Ich betete, dass es nicht Kyra war. Dass es niemand war, den ich kannte. Und gleichzeitig hoffte ein winziger Teil in mir, dass sie es doch war, damit diese schreckliche Ungewissheit, die mir schon so lange die Träume verdarb, aufhörte.

Fine hielt noch immer meine Hand, als er den Screen hervorzog und den Bildschirm einschaltete. Ich zog die Luft ein – dann sah ich sie und schaffte es nicht mehr, auszuatmen. Ich stand einfach nur da und starrte auf den Bildschirm. Starrte auf das Gesicht der jungen Frau, die mir direkt in die Augen blickte – die Kyra aus dem Gesicht geschnitten war. Meiner Kyra. Meiner Seelenverwandten. Meiner Vertrauten.

Ich biss mir auf die Lippen und schluchzte laut auf. Sie war tot. Man hatte mir meine Kyra genommen. Jazar hatte seinem Namen die Ehre gemacht. Der Schlächter war über sie hergefallen. Meine Hände ballten sich zu Fäusten und ich spürte schmerzhaft, wie sich meine Fingernägel in meiner Haut vergruben. Womit hatte sie das verdient? Womit hatte irgendjemand das verdient?

Meine kleine Ky trat mir so heftig in die Rippen, dass ich mich nach vorne beugen musste und mir den Bauch hielt. Wusste sie, was passiert war? Spürte meine Tochter meine Verzweiflung?

Mein Körper zitterte. Als ich in den Spiegel neben der Tür schaute, blickte ich einer Fremden ins Gesicht. Blass, aufgedunsen und dennoch fahl und abgemagert. Die Haare lockig und zerrsaust, die Augen trüb. War ich das? Hatten meine Verzweiflung, meine Sorgen, das aus mir gemacht?

Aslan, wo warst du nur? Wieso konntest du mich nicht retten?

Wieso konnten wir sie nicht retten?

Mir wurde alles zu viel und ich hätte am liebsten laut aufgeschrien. Wo war mein Mann jetzt, wo ich ihn so dringend gebraucht hätte? Meine beste Freundin war tot. Der Khan wollte meine Tochter umbringen und Aslan war vermutlich unter einem Berg Staub und Asche vergraben.

Fine hatte die Tür geschlossen und den Boten zurückgeschickt. Wir waren alleine – und dann passierte es. Ein Knacks, so laut, als würde ein Ast zerbrechen, kam aus meinem Bauch und ich starrte geschockt nach unten. Im nächsten Moment bildete sich eine Pfütze zwischen meinen Beinen und ich begann aufgeregt zu hecheln, dann zu hyperventilieren. Das war zu früh! Das war viel zu früh!

Fine stützte mich und brachte mich ins Bad, während das Fruchtwasser weiter aus mir herauslief. Ich hielt mir den Bauch und konnte nicht aufhören zu weinen, während mir allmählich die Luft ausging. Was sollte ich tun?

Fine bugsierte mich auf den Boden der Dusche, wo ich wie ein Häufchen Elend zusammensackte, dann ließ sie mich in eine Tüte atmen, bis ich mich beruhigt hatte.

»Ruf Thomasin, er soll alleine kommen«, presste ich schließlich schnell atmend hervor. Konnte ich Thomasin vertrauen? Ich würde ihm alles geben, was wir besaßen, wenn er mir nur half, mein Kind zu retten. Ich hatte zu viel verloren, meine Tochter musste leben!

Das Wasser hörte einfach nicht auf zu laufen. Der ganze Boden war eine einzige Pfütze. Ich schälte mich aus meinen Kleidern und ließ sie zu Boden gleiten. Fines Stimme drang gedämpft aus dem Flur zu mir durch. Sie sprach noch immer über ihr Screen mit dem Heiler.

Endlich wurde das Wasser weniger. Ich drehte den Duschkopf vorsichtig auf, sodass lauwarmes Wasser sanft auf mich herabrieselte. Dann wusch ich mich, während Fine das Schlafzimmer vorbereitete. Sie nahm alle Handtücher bis auf eines mit, mit dem ich mich abtrocknete. Einen Mantel zog ich mir über, um nicht nackt vor den Heiler zu treten. Meine kleine Ky trat so heftig in meinem Bauch herum, als würde sie unbedingt aus mir herauswollen.

»Prinzessin«, rief Thomasin erschrocken, als Fine ihn einließ. Ich stand mitten im Wohnzimmer vor den abgedunkelten Fenstern. Es tropfte nur noch leicht. Er kam auf mich zu und tastete sofort meinem Bauch ab. Ich war wie erstarrt. Was passierte hier? Es war zu früh, viel zu früh, schoss es mir erneut durch Kopf. Thomasins Lippen wurden schmal. »Schnell, Eliza, du musst dich hinlegen. Das Kind liegt noch nicht richtig im Becken.«

Es zog alles wie in einem Film an mir vorbei. Thomasin führte mich ins Schlafzimmer, wo Fine schon bereitstand, die Handtücher auf dem Bett ausgebreitet. Was bedeutete das: *Das Kind läge nicht richtig im Becken?* Ich wischte mir meine schweißnasse Stirn ab und sah flehend zu Thomasin, der in seinem kleinen Koffer herumsuchte.

»Ich gebe dir ein Medikament, das wird die Geburt beschleunigen und ein weiteres gegen den Schmerz, der folgen wird.«

Ich nickte stumm, während sich meine Augen weiteten und Panik in mir aufstieg. Aslan war nicht da, während ich unsere Tochter gebar. Wir hatten nicht mehr darüber reden können, wie wir vorgehen sollten. Nun würde er sie nie kennenlernen, wenn der Khan etwas von der verfrühten Geburt mitbekam.

»Eliza, du blutest«, sagte Serafine plötzlich und ich sah entsetzt, wie Blut bis zu meinen Knöcheln hinabfloss.

»Schnell«, wiederholte der Heiler und ich legte mich auf die Handtücher.

Ich war nicht bereit hierfür. Nicht bereit für diese Geburt, die Flucht, unseren Plan, der überhaupt nicht ausgereift war. Für alles.

Fine zog mir die Unterhose aus, den Mantel behielt ich an. Dann spritze Thomasin mir etwas in den Arm und eine zweite Spritze folgte. »Hol Wasser«, sagte er zu Fine, die sofort loslief und mich mit ihm alleine ließ. Aber ich vertraute Thomasin. Er würde mich nicht im Stich lassen ... bestimmt nicht. Oder doch?

Thomasin tastete über meinen Bauch und kramte schließlich einen kleinen Screen aus der Tasche, der sich als mobiler Wehenmesser entpuppte.

»Hast du Schmerzen?«, fragte er leicht aufgebracht und zog sich Handschuhe über.

»Nicht wirklich«, sagte ich ehrlich. Ich war bloß wahnsinnig nervös und Ky gab immer wieder heftige Tritte von sich. Zum Glück hatte ich aufgehört zu bluten. Thomasin meinte, dass wahrscheinlich nur eine Ader geplatzt sei.

»Der Muttermund ist noch nicht richtig geöffnet«, erklärte er mit seinen Fingern zwischen meinen Beinen. Es war ein komisches Gefühl und hatte nichts mit jenem zu tun, das ich verspürt hatte, wenn ich mit Kyra oder Aslan geschlafen hatte.

Fine kam wieder und reichte mir etwas zu trinken, während sie meine Stirn mit Wasser aus einem Eimer abtupfte. »Sag Aslan, dass ich ihn liebe, sollte ich die Nacht nicht überstehen. Versprich es mir!«

Sie griff meine Hand. »Das sagst du ihm schön selbst!« Sie lächelte, doch wirklich zuversichtlich schien sie nicht zu sein. Da sprachen ihre Augen Bände. Die Frage war nur, meinetwegen oder Aslans? Wieso musste das Ganze ausgerechnet jetzt passieren, wo er nicht bei mir war? Was war, wenn ihn dasselbe Schicksal wie meinen Freundinnen ereilt hatte? Wenn ich ihn nie wiedersehen würde? Mich nicht einmal verabschieden konnte?

»Hier, nimm das. Die soll deine Wehen beschleunigen.« Thomasin hielt mir eine Tablette hin und riss mich zurück ins hier und jetzt.

Ich war in der Spike.

Ich war in meinem Schlafzimmer.

Und ich würde bald eine Tochter gebären.

Das waren die Fakten. Ob mein Mann lebte oder nicht, konnte ich nicht wissen.

Ich nahm die Tablette mit einem Schluck Wasser zu mir und starrte an die Decke. Kyra bewegte sich noch immer heftig. Erst vor einer Woche hatte sie sich gedreht und lag immerhin mit dem Kopf nach unten. Der Wehenschreiber zeigte endlich leichte Kontraktionen auf und eine Spur Erleichterung trat auf Thomasins Gesicht.

»Es geht bald los«, sagte er und tastete mich erneut ab.

Es ging nicht los. Fast zwei Stunden dauerte es, bis die Wehen regelmäßig kamen. Fine hatte mir irgendein eklig schmeckendes Zeug mit jeder Menge Alkohol drin gegeben, dann tat sich etwas.

Schmerz, wie ich ihn noch nie gespürt hatte, durchzuckte mich.

Fine reichte mir ein Stück Stoff, auf das ich beißen sollte, während die Wehen nun alle paar Sekunden meinen Körper durchtrieben und ich hechelnd zu Atmen begann, wenn sie es zuließen. Ich biss die Zähne zusammen, um meine Schreie zu unterdrücken. Auf keinen Fall durften die Leute erfahren, dass ich meine Tochter gebar. So lange niemand außer uns dreien wusste, dass sie lebte, war sie sicher.

Ich wusste nicht, wie ich es schaffte, die Schmerzen zu ertragen. Einzig der Gedanke, jeden Moment meine Tochter in den Armen zu halten, ließ mich bei Verstand bleiben.

Fine hielt die ganze Zeit tapfer meine Hand und ich hatte Angst, ihre zierlichen Finger zu zerbrechen.

»Weiteratmen, und jetzt pressen. Du machst das gut.« Wieder vergaß er die höfische Höflichkeit, doch inzwischen war mir sowieso alles egal. Ich glaubte, jeden Moment ohnmächtig zu werden, wenn der Schmerz nicht bald aufhörte.

Ich presste.

»Eliza, ich sehe den Kopf«, sagte Fine plötzlich aufgebracht. Ihre Augen waren weit aufgerissen und versprühten eine unbändige Freude.

»Noch einmal. Gleich ist es geschafft.«

Eine Minute später legte mir Thomasin meine Tochter auf die Brust. Sie schrie und wieder überkam mich die Angst, jemand könnte uns hören und würde gleich den Khan informieren. Doch nichts geschah. Die Spike war ruhig. Niemand klopfte, um nach uns zu sehen.

Ich lächelte erleichtert.

Ich war Mutter. Ich war Mutter einer Tochter, einer wunderschönen Tochter.

Fine half mir, den Mantel zu öffnen und meine Brüste offenzulegen. Kyra-Maria tastete mit ihren Fingerchen unkoordiniert an ihnen herum und suchte offenbar nach der Brustwarze, als wäre sie bereits am Verdursten. Wirklich daran saugen tat sie jedoch nicht, stattdessen sah es aus, als wäre sie eingeschlafen. Ihre Haut war ganz weiß von der Käseschmiere und schleimige Blutfäden zogen sich über ihren Körper. Und dennoch war sie das Schönste, was ich je in meinem Leben gesehen hatte.

»Du musst noch einmal pressen«, erklärte Thomasin und ich sah ihn überrascht an. »Die Plazenta hat sich noch nicht ganz gelöst.«

Ich presste und eine gehirnartige Masse flutschte im nächsten Moment mit Thomasins Hilfe aus mir heraus. In dem Moment war ich ganz froh, dass Aslan nicht hier war.

Es fühlte sich alles so surreal an. Ein Mädchen in der Spike. Meine Tochter in meinen Armen. Wenn Aslan nur hier wäre ... Ich streichelte über Kys Rücken. Sie war so umwerfend. Ich durfte sie nicht verlieren. Niemals.

»Was passiert jetzt?« Meine Stimme klang piepsig.

»Das Protokoll schreibt vor, dass wir es umgehend dem Khan melden, dann bekommt sie die Spritze.«

Wieder stiegen mir Tränen in die Augen und Fine griff erneut nach meiner blassen Hand. »Gibt es keinen anderen Weg?«, fragte sie.

Thomasin schüttelte den Kopf.

»Es weiß doch niemand, dass sie auf der Welt ist. Wenn Sie schweigen ... Ich bitte Sie, Thomasin«

»Aber wie lange? Es wird auffallen.«

»Wenige Tage reichen. Sobald Aslan kommt, wird sich eine Lösung finden. Ich habe Geld«, sagte ich plötzlich und dachte an die vielen Scheine, die in Aslans Safe lagen. »Ich zahle Ihnen alles, was sie wollen, wenn Sie mir einfach noch ein paar Tage Zeit lassen.«

Der Heiler leckte sich über die Lippen und knetete die Hände. Mir fielen die dunklen Male auf seinen Fingern auf, ob er krank war? »Eine Woche«, sagte er. »Eine Woche kann ich euch geben. Dann komme ich hoch und wir täuschen die Geburt vor.«

Meine Lippen hoben sich zu einem Lächeln. Eine Woche. Ich betete, dass es reichte.

27

Morgen würde die Woche enden und Aslan war noch nicht wiederaufgetaucht. Die Sorge, ihm könnte etwas passiert sein, stieg mit jeder Sekunde. Wo war er? Lebte er noch? Seit Tagen waren wir alle unruhig. Auch Fine schien das Ganze mitzunehmen. Ständig begann sie neue Projekte, nähte und strickte, nur um sich abzulenken. Im Palast wurde indes die Nachricht verbreitet, ich sei krank und bräuchte Bettruhe. Thomasin hatte sein Wort gehalten und niemandem etwas von meiner kleinen Ky erzählt. Ich hatte ihm siebentausend Jíts gezahlt, genug, um vier oder fünf Monate gut davon leben zu können.

Es war Abend, draußen schien der Mond über der Spike und lachte mich an. Ich trug meine Ky in einem Tuch, dicht an meine Brust gebunden. Fine hatte mir gezeigt, wie es funktionierte. Es war wunderbar, sie so nah an mir zu wissen. Außerdem schien sie die Nähe zu beruhigen. Sie weinte selten, eigentlich nur, wenn sie Hunger hatte, ansonsten war sie ein Sonnenschein. Wie die frühere Kyra. Man hatte mir eine Kyra genommen und eine andere geschenkt.

Kyra-Maria schlief, wie fast immer, wenn ich mit ihr durch die Wohnung spazierte und die Landschaft hinter der Fensterfront beobachtete. In den letzten Tagen war es oft bewölkt gewesen. Dann blickten wir hinaus in eine Welt aus Watte. Doch heute war der Himmel sternenklar.

Irgendwo da draußen war er. Irgendwo war Aslan. Ich glaubte nicht, dass er tot war. Sein Herz schlug, das spürte ich einfach. Dieses Gefühl war anders als bei Kyra. Bei ihr hatte ich früh den Glauben verloren. Trotzdem hatte ich ein mulmiges Gefühl. Wieso meldete er sich nicht? Was mir Hoffnung machte, war, dass noch niemand seinen Tod herausgeschrien hatte. Hätten die Aufständischen dies nicht für ihre Seite genutzt? Es wäre sicherlich durch die Medien gegangen, wenn man irgendwo seine Leiche entdeckt hätte. Nein, er lebte noch, das spürte ich. Er musste leben. Man konnte mir doch nicht alles nehmen!

Fine trat aus ihrem Zimmer und rückte ihre Maske und das Tuch zurecht. »Gleich kommt Thomasin, du solltest deine auch aufsetzen.«

»Er hat gesehen, wie ich ein Kind aus mir herauspresse, da wird ihn diese blöde Maske kaum interessieren.«

Sie zupfte an ihrer herum. »Trotzdem. Wir haben in der Geburtsnacht gegen genug Regeln verstoßen. Da müssen wir nicht alles Weitere aufs Spiel setzen. Wenn uns jemand sieht ...«

Ich seufzte. »Als würde es noch eine Rolle spielen. Sie wollen mir meine Ky wegnehmen. Ich kann das einfach nicht. Kannst du sie nicht nehmen und mit ihr ins System ...?« Wir hatten es schon so oft durchgekaut. Würde sie gehen, wäre es die beste Lösung. Ich könnte nachkommen, sobald Aslan zurückkäme. Doch ich kannte ihre Antwort bereits.

»Nein, Eliza. Ich habe es dir schon mal gesagt. Sie gehört zu dir oder zu niemanden.«

Ich verschränkte die Arme und sah ihr dabei zu, wie sie die Maske schließlich ablegte, an ihrem Nasenrücken rieb und sie erneut aufsetzte. Im Grunde verstand ich es. Sie hatte ja recht, ich musste mich selbst um meine Tochter kümmern. Außerdem wollte ich sowieso nur wegen Aslan hierbleiben. Und es reichte, dass ich mein Leben aufs Spiel setzte, da sollte ich nicht auch noch Fines gefährden. »Dann werde ich es tun. Ich werde die Spike verlassen und ins System flüchten. Du musst Aslan sagen, wo ich bin, sobald er zurück ist. Nur er kann das alles beenden.« Zum Fenster gedreht starrte ich hinaus. »Wo auch immer er sein mag ...«

Fine trat zu mir und tätschelte meinen Rücken. »Irgendwo wartet er auf dich, vertrau mir.«

»Ja, vielleicht.« Ich war erstaunt, wie ruhig ich war. Gleich sollte Thomasin kommen, damit wir die Geburt vortäuschen können und anschließend mein Kind töten. Aber das würde ich nicht zulassen. Ich betete zu den Göttern des Horizonts, dass mein Plan aufging und Thomasin uns ein weiteres Mal half. Ohne ihn würde ich es nicht schaffen.

Mein Blick fiel auf Kys Hinterkopf und ich küsste sie auf den zarten Flaum aus dunklem Haar, der ihr Köpfchen bedeckte. »Glaubst du, er hilft mir bei der Flucht?«

»Bist du fest entschlossen?«

»Ja. Es gibt keinen anderen Ausweg, oder fällt dir etwas Besseres ein?« Wir hatten das bereits mehrmals besprochen. Nur dachten wir immer, Aslan würde dabei sein. Das er mitkommen würde und wir als Nomaden durch die Wüste ziehen könnten. Wie es danach weiterging, wussten wir nicht. Das war etwas, was wir entscheiden wollten, wenn es soweit war. Doch nun war Aslan nicht da und mein Plan lag in Trümmern. Wenn Thomasin mir heute Abend den Dienst verweigerte, dann würde meine kleine Ky sterben.

Ich würde kämpfen für sie. Solange es in meiner Macht stand, würde ich kämpfen. Auch wenn ich mich dafür selbst opfern musste.

»Ich bin mir sicher, er hilft dir. Ich hoffe nur, dass du keine Probleme im System bekommen wirst, dass die Wächterinnen dich nicht verstoßen werden. Du weißt, dass es der zukünftigen Königin nicht erlaubt ist, zurückzukehren.«

Ich senkte den Kopf und betrachtete meine kleine Tochter. »Ja. Aber ich kann mir nicht vorstellen, dass ...« Tamalya würde nie ... oder doch? Unsicherheit stieg in mir auf.

Es klopfte und ich hielt inne. Mein Blick fiel auf den Screen, der auf dem Sofa lag. Thomasin stand vor unserer Tür. Er war alleine. Immerhin. In der Hand trug er denselben Koffer, den er auch bei Kys Geburt dabeigehabt hatte.

Fine ging vor und ließ ihn herein. »Guten Abend, Thomasin.«

Er nickte nur. Man sah ihm an, dass ihm absolut unbehaglich zumute war. Ich konnte es ihm nicht verübeln. Bestimmt ahnte er, was ich vorhatte.

»Thomasin«, sagte ich und dann wusste ich nicht mehr weiter. Wie begrüßte man einen Mann, der das eigene Kind töten sollte?

Er nickte mir zu. »Prinzessin.« Dann sah er Ky an meiner Brust und lächelte. »Sie sieht prächtig aus.«

»Ja, das tut sie«, antwortete ich und streichelte über das Tuch an ihrem Rücken. »Thomasin. Ich weiß nicht, wie ich es fragen soll.«

Er zog die Brauen nach oben, sodass seine Augen dichter beieinanderstanden. »Wenn du nicht mit ihr fliehen willst, kann ich nichts für sie tun. Der Khan kennt in dieser Hinsicht keine Gnade.« Er ahnte es.

Trotzdem ließ ich die Schultern hängen. Ich musste langsam an alles herantasten. »Ich weiß. Deshalb bleibt nur diese Möglichkeit.« Meine Stimme war erstaunlich fest, als ich weitersprach. Ich war noch nie gut im langsamen Herantasten gewesen. »Zehntausend, so viel zahle ich, wenn du mich vor dem System absetzt. Mehr verlange ich nicht. Fine wird hierbleiben und dem Khan morgen früh mein Verschwinden melden. Ich bin mir sicher, dass die Frauen im System mich gut verstecken werden. Hilfst du mir?« Er musste mir einfach helfen! Wenn er nicht mitspielte, war alles umsonst gewesen. Niemand würde mir meine Kyra rauben!

Der Heiler trat nachdenklich vor die Fensterfront. Sein Haar wurde gefühlt mit jedem Tag grauer, ob er sich auch um all das sorgte? »Zehntausend?«

»Ja.«

Er drehte sich um stellte seinen Koffer ab. »Wie sieht der Plan genau aus?«

»Du bringst mich und Kyra hier raus in die Wüste. Am besten mit einem Auto. Hast du eines?«

Mein Freund blickte durchs Fenster auf den Palast. »Nein, nur der Khan besitzt welche, und ich kann auch nicht fahren. Aber reiten. Ich weiß, wo die Pferde stehen. Doch es wird nicht leicht.«

Er wirkte selbstsicher, den Rücken gerade, die Schultern durchgedrückt. Und dennoch sah ich, dass seine Finger leicht zitterten.

»Was ist mit deiner Hand?«

Er hob sie ins Licht der Deckenleuchte und das Zittern wurde stärker. »Eine seltene Krankheit und der Grund, warum ich das Geld nehmen und euch helfen werde.« Sollte ich mir Sorgen machen, dass er es nicht auch unseretwegen tat? Seine Hand verschwand in der Hosentasche seines Anzugs.

»Ich hoffe, das Geld wird dir helfen«, sagte ich, ohne mir etwas anmerken zu lassen und ging in unser Schlafzimmer. Aslans Safe war in seiner angrenzenden Garderobe versteckt, an dessen Ende ein kleines Landschaftsgemälde eines Palastes im Norden der Mongolischen Allianz hing. Ich nahm es ab und stellte es auf den Boden, dann ließ ich meine Hand scannen und der Safe klappte auf. Immerhin vertraute Aslan mir genug, um meine Daten im System des Safes zu hinterlegen. »*Für den Notfall*«, hatte er gesagt, bevor er verreist war. Als hätte er gewusst, dass ich es brauchen würde. Als wäre das sein stummes Einverständnis damit gewesen, dass ich fliehen wollte.

Die siebentausend Jíts, gebündelt in Säckchen, hatte ich auch hier rausgenommen. Ich wusste, dass Aslan noch wesentlich mehr Geld haben musste. Dieses war für Notfälle gedacht. Ich griff nach zwei der Säckchen, in denen jeweils fünftausend Jíts in Münzen steckten, und nahm mir das vergoldete Messer, das daneben lag und steckte es in den Riemen meiner Schnürschuhe, sodass es unter meinem langen hellbraunen Kleid versank.

Ky reckte das Köpfchen und sah mich mit ihren goldenen Augen interessiert an. Sie sah ihm so ähnlich.

Dann nahm ich mir den kleinsten der Geldbeutel und ließ ihn an meinem Gürtel, der von einem Teil des Kleides verdeckt wurde, verschwinden. Anschließend verschloss ich den Safe und trat zurück in die Wohnstube.

Alle Augen waren auf mich gerichtet. Ich warf dem Heiler eines der Säckchen zu und er fing es mit der gesunden Hand auf. »Ein Anteil jetzt, den anderen, wenn wir am System sind. Ich muss Kyra noch stillen und wickeln, dann können wir los. Fine, packst du ein paar Sachen für mich?« Normalerweise durften die Goldenen, die zurückkamen, nichts mitnehmen, was sie nicht an sich trugen, doch ich hoffte, man würde in meinem Fall eine Ausnahme machen. Immerhin war ich ihre Prinzessin. Sosehr sich das System auch von den Menschen in der Spike abgespaltet hatte, gehörte es doch immer noch zu Ulanqab. Außerdem wusste ich nicht, wie lange ich bleiben würde. Ich hatte nicht vor, im System alt zu werden. Sobald Aslan zurückkehrte, würde ich mit ihm fliehen.

Fine lief los und holte eine Tasche, dann verschwand sie erst ins

Bad und anschließend in mein Schlafzimmer, während ich mich auf dem Sofa niederließ und Ky die Brust gab. Es war mir egal, dass Thomasin dabei zusah. Er war bei ihrer Geburt dabei gewesen, dann würde er auch das ertragen können.

Als wir fertig waren, legte ich mir meine Maske an. Sie war braun wie mein Kleid und verdeckte fast mein ganzes Gesicht. Heute Nacht sollte sie mich vor der Wüste schützen, nicht vor den Blicken der Männer. Das Tuch wickelte ich heute anders als sonst. Es sollte Kys Gesicht verhüllen, ohne ihr Luft zu nehmen. So würde sie nichts vom Wüstensand abbekommen. Von Weitem sah ich immer noch wie eine normale, schwangere Frau aus: unauffällig mit einem runden Bauch. »Wir können los«, sagte ich nach einem Blick in den Spiegel.

Fine begleitete uns bis ins Toliarum. Dort verabschiedeten wir uns. Würde sie bis zu den Ställen mitkommen, müsste sie ihre Hand auf dem Rückweg scannen lassen und wir waren uns nicht sicher, ob die Daten gespeichert wurden. Es würde nur unnötige Fragen aufwerfen, wieso sie im Palast war. Für Thomasin war das Ganze dagegen normal. Sollte der Khan Fragen stellen, würde Fine behaupten, dass es mir schlecht ging und sie Thomasin daher rief. Von den Angestellten-Häusern aus kam man nur durch den Palast in die Spike.

Der Heiler öffnete die Schleuse und ich folgte ihm. Der Tropengarten lag still und dunkel da. Seit meiner Erkrankung hatte ich ihn nicht mehr betreten. Ein bisschen würde ich ihn vermissen. Die Affen, wie sie spielten und die wunderschönen Pflanzen. Ob Fine die Kamera eingepackt hatte? Jetzt war jedenfalls nicht die Zeit, nachzuschauen.

Als wir den Palast betraten, blieb Thomasin angespannt stehen und wir lauschten, ob irgendwo Wachen herumliefen.

Ich blickte nach unten, Ky schlief noch immer friedlich und es gab keinen Grund zur Sorge.

Thomasin winkte mir, ihm nach links zu folgen. Dort betraten wir einen Aufzug, der uns unter die Erde brachte.

»Ich dachte, die Ställe liegen draußen«, sagte ich überrascht. Als wir damals zur Priesterin geritten waren, nahmen wir einen Weg am Palastgarten vorbei, um zu ihnen zu kommen.

»Nachts werden die Pferde reingebracht. Es kam schon einige Male vor, dass Jäger oder Piraten einbrachen und sie stahlen.«

Ich hätte nicht gedacht, dass der Palast so großflächig unterkellert war. Kutschwagen an Kutsche reihte sich hier unten. Darunter waren auch andere Gefährte; sie sahen aus wie Gerätschaften zum Ernten. Dabei gab es überhaupt keine Felder in der Nähe. Nur die gigantischen Gewächshäuser, die hinter der Spike standen. Vielleicht waren die Konstrukte Relikte von früher.

»Wir müssen hier lang«, sagte Thomasin und zeigte auf eine versiegelte Tür.

»Sie ist verschlossen«, sagte ich.

»Verdammt. Tut mir leid, Prinzessin. Damit hatte ich nicht gerechnet.« So schnell wollte ich nicht aufgeben. Wir hatten es unentdeckt durch den Palast geschafft, dann schafften wir es auch gemeinsam hier raus.

»Warte hier.« Ich ging zurück zu den verschiedenen Wagen. Es war ein einfaches Vorhängeschloss, das uns den Weg versperrte. Kein Handscan oder so. Irgendwo musste doch ... Ahh, ich hatte entdeckt, was ich suchte.

»Hier«, sagte ich und brachte Thomasin zwei schwere Eisenstangen, die neben einem der Räder hervorgelugt hatten. »Wir brechen sie auf.«

»Mit wir meinst du mich?« Thomasin grinste. Er sah aus, als gefiel ihm die Vorstellung, etwas zerstören zu dürfen.

»Sozusagen.« Mir fehlte die Kraft dafür. Ich konnte froh sein, wenn ich es gleich schaffte, mich auf dem Pferd zu halten.

Er schob beide Stangen durch die Öffnung des Bügels und brach das Teil durch die Hebelwirkung auseinander. Thomasin runzelte die Stirn und zog die Lippe hoch. »Hmm, das war leicht.«

Kyra hielt noch immer still. Sie schlief, wie sie es die meiste Zeit tat.

»Gut, wir sollten uns beeilen.«

Ich folgte ihm durch die Tür und mir trat der Geruch nach Pferd in die Nase.

»Kannst du reiten?«, fragte Thomasin.

»Ich saß schon mal auf einem Pferd.«

Der Heiler leckte sich über die schmalen Lippen und zog die angegrauten Brauen hoch. »In Ordnung. Am besten gibst du mir deine Tochter.«

»Was, wieso?« Was wollte er mit Ky? Sie gehörte zu mir!

Wir kamen den Pferden immer näher. Einige von ihnen mussten wach sein. Wir hörten, wie sie sich in ihren Boxen bewegten.

»Du bist keine geübte Reiterin, Eliza. Die Wahrscheinlichkeit, dass du stürzt, ist viel größer als bei mir. Außerdem kann ich die Bewegungen des Tieres besser ausgleichen. Du kannst dich hinter mich setzen, in Ordnung?« Thomasin sah mich flehentlich an und mir lief die Zeit davon, um zu diskutieren. Er wusste wahrscheinlich eher als ich, was auf dem Pferd zu tun war.

»Na gut«, willigte ich schließlich ein.

Ky wurde wach, als ich sie aus dem Tuch wickelte und an Thomasin übergab. Ich fragte mich, ob sie nicht weinte, weil sie seinen Geruch oder seine Wärme erkannte. Immerhin waren seine Hände die ersten gewesen, die sie berührt hatten.

Es war gar nicht so leicht, Ky bei jemand anderem ins Tuch zu wickeln. Die Dunkelheit in den Ställen machte es nicht einfacher und ich hatte keine Ahnung, wo wir das Licht einschalten konnten. In unseren eigenen Räumen erledigten wir fast alles über die Screens, doch hier schien der Technikfortschritt einen Schritt zurück gemacht zu haben.

Als Ky dicht an Thomasins Brust gewickelt war und ihr Köpfchen an seinen Hemdknöpfen ruhte, half ich dem Heiler, das Pferd zu satteln. Es war spannend, zu lernen, wie alles funktionierte. Vielleicht würde ich das Wissen auf meiner Reise gebrauchen können – nicht im System, aber womöglich danach.

Er stieg zuerst mit Ky vor der Brust auf und half mir vom Sattel aus hoch. Obwohl es erst ein halbes Jahr her war, dass ich mit Aslan durch die Wüste geritten bin, fühlte es sich absolut ungewohnt an.

Das Tor zum Weg raus öffnete sich automatisch, als wir darauf zuritten. Es musste auf unsere Bewegung reagiert haben. Nun blieb zu hoffen, dass vor dem Morgengrauen niemand unser Fehlen bemerkte. Fine sollte ganz unschuldig tun, wenn sie meldete, dass ich verschwunden war. Vorher sollte sie die Dateien auf unserem Screen, die zeigten, wie Thomasin uns abholte, löschen.

Ich hielt mich an Thomasins Hüften fest und versuchte den Schmerz, der durch meinen Unterleib schoss, als das Pferd lostrabte, zu unterdrücken. Es war mitten in der Nacht. Die Wüste war still. Der Palast hinter uns lag friedlich dar und man sah kaum ein Licht in der Spike aufleuchten. Nur die hellen Fluchtlichtschilder, die rotes Licht abgaben, waren auch von der Wüste aus zu erkennen.

Der Weg von den Ställen aus führte direkt zu den Dünen, ohne dass wir ein Stadttor streiften. Schade, dass ich diesen Weg bei meiner damaligen Flucht noch nicht gekannt hatte.

Wir ritten geradewegs zwischen zwei Mauern, die uns von der Vorstadt und den Palastangestellten trennten, hindurch und hinein in die Wüstenlandschaft. Es gab keine richtige Straße mehr, die von Ulanqab wegführte. Jeder Versuch, Straßen anzulegen, wurde durch den Sand vereitelt.

»Geht es dir gut?« Thomasins Stimme wurde vom Wind zu mir nach hinten getragen und ausnahmsweise war ich froh um mein Kopftuch und die Maske.

»Ja«, schrie ich nach vorne und das Pferd wurde schneller, sodass ich meine Schenkel dichter an seinen Bauch pressen musste. Ich beobachtete die Sterne. Sie zeigten mir, ob wir noch auf dem richtigen Weg waren. Sie waren wie eine Himmelskarte, die mich noch nie im Stich gelassen hatte.

Es war nicht leicht, meinen Körper die ganze Zeit anzuspannen. Mir taten die Oberschenkel weh und der Rücken, doch das war nichts zu den Schmerzen zwischen meinen Beinen. Sobald wir im System waren, musste ich mich ausruhen. Wahrscheinlich konnte ich die nächsten Tage keinen Schritt mehr wagen.

Der Fluss, der am System vorbeiführte, tauchte vor uns auf. Daneben waren noch die wenigen Reste der früheren Handelsstraße zu sehen. »Wir sind gleich da«, sagte ich und Thomasin zog die Zügel straff. Das Pferd wurde langsamer.

»Wo hast du so reiten gelernt?«, fragte ich ihn.

»Mein Vater war Stallmeister für den Palast. Ich bin mit den Tieren großgeworden. Eigentlich wollte ich Tierarzt werden, doch der Khan wollte mich lieber als Leibarzt ausbilden. Und man widerspricht dem Khan nicht.«

Ky wand sich in ihrem Tuch und legte sich irgendwie ihr Köpfchen frei. Wenn ich mich streckte, konnte ich gerade so an Thomasins Hals vorbei auf sie blicken. Sie begann zu schreien und ihre Klänge hallten laut durch die Nacht. Hoffentlich hörte uns niemand. Allein der Gedanke daran, was passieren könnte, trieb mir einen Schauer über den Rücken.

Thomasin brachte das Pferd zum Stoppen und stieg ab, dann half er mir herunter. »Sie wird sicherlich wieder Hunger haben. Du kannst sie stillen. Es ist sowieso nicht mehr weit.«

»Danke dir«, sagte ich aufrichtig und setzte mich im Schneidersitz auf den kalten Sand, um sie anzulegen. Er wickelte sie aus dem Tuch und reichte sie mir.

»Kannst du mir einen Gefallen tun?« Die Stimme des Heilers klang rau und bedrückt.

Ich nickte. »Natürlich.«

»Meine Frau lebt auch im System mit unserer Tochter. Vielleicht kennst du sie. Tybia und Malin.«

Ich erinnerte mich an eine rundlichere Frau, die laut »*Malin!*« durch die Tunnel des Systems rief und an ein kleines Mädchen, vielleicht fünf oder sechs Jahre alt, die auf sie zugerannt kam.

»Ja, ich denke schon. Malin ist eine Gelbe, oder? Also erst fünf oder sechs.«

»Nächsten Monat wird sie sieben. Sag ihnen, dass ich sie liebe und irgendwann raushole, in Ordnung? Und –« Er zögerte. »Dass ich jetzt das Geld für Tamlins Operation habe. Dank dir.«

»Mir?«

Er nickte und dann verstand ich. Er brauchte das Geld nicht nur für sich, sondern auch für seinen Sohn, der noch bei ihm leben musste. Ich nahm das Säckchen, dass ich an meinen Gürtel gebunden hatte, und gab es ihm.

»Was hat er?«

Er hielt seine Hand hoch. »Dasselbe wie ich, nur wesentlich

schlimmer. Irgendwann wird er im Rollstuhl sitzen. Und du weißt, wie der Khan zu Invaliden steht. Er weiß daher nichts von seiner Krankheit. Jetzt aber habe ich genügend Geld, um ihn außer Landes zu Ärzten zu bringen, die mehr Erfahrung haben als ich und vor allem mehr Möglichkeiten. Sie werden ihn retten. Dafür wirst du immer etwas bei mir guthaben. Auf unsere Prinzessin.«

In diesem Moment hallte ein Schuss durch die Dünen und ich sah jenen Mann auf seinem Schimmel sitzen, der mir das einst Wichtigste in meinem Leben genommen hatte. Meine Augen weiteten sich und ich drückte meine kleine Ky an mich. Es dürfte sich nicht wiederholen!

Doch das tat es, und viel zu schnell. Thomasin drehte sich zu ihm um und zuckte ein letztes Mal zusammen. Die nächste Kugel traf ihn mitten in die Brust. Ich griff schützend nach meiner Tochter und wich zur Seite, während er stumm vorn über kippte und das Flussufer herunterrollte. Blut quoll aus seiner Brust hervor, an die eben noch Kyra gekuschelt war, und durchtränkte sein Hemd.

Ky schrie in meinen Armen und ich sah mich hilflos um. Es war keine Zeit, um groß nachzudenken. Jazar hatte mir schon eine Kyra genommen, doch dieses Mal würde ich siegen.

Ich wickelte Ky noch im Laufen in mein Tuch ein. Ich wusste, dass sie nicht sonderlich fest saß, und betete, dass sie nicht herausfallen würde. Ich musste irgendwie das Pferd erreichen. Es stand nur ein paar Meter hinter uns. Thomasin hatte es an einen der vertrockneten Baumstämme gebunden, die hier in Flussnähe noch vereinzelt standen.

Ich konnte das. Ich musste es schaffen. Für sie! Wenn ich meine Ky nicht retten konnte, war Thomasin umsonst gestorben, und das dürfte ich nicht zulassen. Es wurde schon genug Blut vergossen.

Die Stute war nervös, als ich auf sie zu lief. Bestimmt hatte der Schuss sie erschreckt. »Du schaffst das, Eliza«, flüsterte ich mir zu. »Für deine Tochter!«

Jazar war schneller als ich und kam auf mich zu galoppiert. Die Waffe hatte er weggesteckt. Wahrscheinlich wollte er mich lebend. Schützend drückte ich Kyra an mich, die immer noch weinte, und zog das Messer aus der Lasche an meinem Bein.

Ich schloss die Augen und hörte Jazars Pferd laut wiehern und näherkommen. Dann atmete ich ein letztes Mal tief aus, öffnete die Lider und warf mein Messer so, wie Kataja es mir vor fast drei Jahren beigebracht hatte.

Es traf Jazar an der gleichen Stelle, wo seine Kugel Thomasins Brust getroffen hatte. Er kippte lachend von seinem Pferd, blieb in den Steigbügeln hängen und wurde durch den Sand geschliffen. Jetzt war ihm das Lachen vergangen. Als das Pferd endlich anhielt, war er nur noch ein elendiger Anblick. Wie eine zerbrochene Vase lag er am Boden, das braune Gewand durch Blut getränkt. Er hatte nichts mehr von dem ehrfürchtigen Mann, der meine Freunde getötet hatte.

Ich sah ihn an. Mir fehlte jegliches Mitleid für ihn. Dennoch war es kein Triumph für mich, auch wenn Kataja sicherlich stolz auf meinen Messerwurf gewesen wäre.

Ky schrie aus tiefster Lunge, doch bevor ich sie beruhigen konnte, musste ich wissen, ob er wirklich tot war. Ich wollte ihm nicht zu nahekommen. Meine Angst, dass er Kyra packen und von mir reißen konnte, war zu groß. Doch er gab keine Lebenszeichen mehr von sich. Erst jetzt sah ich die große Wunde, die zusätzlich seinen Kopf zierte. Das musste beim Sturz passiert sein.

Ich blieb drei Armlängen von ihm entfernt stehen. »Jazar. So geht eine Feindschaft zu Ende«, flüsterte ich und schaufelte etwas Sand mit dem Fuß auf sein Gesicht, dann zog ich das Messer aus seiner Brust und wischte es am unteren Saum meines Gewands ab.

Als wüsste Kyra, wie wichtig dieser Moment für mich war, hielt sie inne und sah mich mit ihren kleinen großen Augen neugierig an.

»Wir haben einen Feind besiegt«, sagte ich zu ihr und küsste sie auf die Stirn. »Doch für welches Opfer?«

Ich hätte diesen Mann gerne erwürgt, ihm die Kehle aufgeschlitzt. Ihm gesagt, was für ein Mistkerl er war. Ihn beschimpft, weil er mir Kyra genommen hatte und wer wusste, ob er nicht auch für Kirstins Tod verantwortlich war? Ich hätte ihn packen und foltern sollen. Aber sein Brustkorb hatte längst aufgehört sich zu bewegen. Die Augen hatten das Flackern aufgegeben, sein dummes

Grinsen war erstarrt. Ich hatte Jazar getötet, meine Rache bekommen, und doch fühlte ich mich leerer als jemals in meinem Leben zuvor.

Sein Pferd war weggerannt. Das arme Tier würde wahrscheinlich nicht sehr lange in der Wüste überleben. Ich werde den Wächterinnen sagen, dass sie die Chance nutzen und es einfangen sollten. Das Fleisch würde viele von uns ernähren können. Mein Blick fiel auf meine Stute. Ob sie dasselbe Schicksal erleiden würde, wenn ich sie mitnahm?

Über mir fiel eine Sternschnuppe und erlosch plötzlich. Ich nahm meine Tasche, dann folgte ich den Spuren, die Thomasin im Sand hinterlassen hatte und fand ihn schließlich am Wasser. Seine erkrankte Hand zitterte nicht mehr. Sie lag im Fluss, den Saum des Ärmels mit Wasser aufgesogen. Seine Augen waren geöffnet und blickten zu den Sternen hoch.

Ich presste meine Lippen zusammen und sank neben ihn, dann schloss ich seine Augen. Seine Stirn war ganz kalt. Was sollte ich jetzt tun? Ihn begraben? Ihn mitnehmen? Dafür war keine Zeit. Ich fühlte mich leer, unendlich leer, während ich auf seinen toten Körper hinabstarrte. Das hatte er nicht verdient! Hier zu liegen, meinetwegen. Weil ich ihn gebeten habe, mir zu helfen. Wieso starb jeder, den ich mochte?

Das Geld, das ich ihm gegeben hatte, baumelte noch in seinem Beutelchen an seinem Handgelenk. Ich nahm es ihm ab und auch den Rest, den er in seine Tasche gesteckt hatte. Sobald ich seine Frau treffen würde, würde ich ihr die Jíts geben. Ich wollte sie nicht mehr. Sie sollte sie bekommen und ihrem Sohn damit das Leben retten.

Ich presste die Lippen aufeinander und wischte mir die Tränen mit meinem Kopftuch aus dem Gesicht. Dann zog ich die verbogene Maske herunter und schmiss sie in den Fluss. Es gab keinen Grund mehr, mich vor den Männern zu verstecken. Hatte ich den Schlimmsten unter ihnen nicht gerade erst besiegt?

Meine Ky war ganz ruhig. Sie sah mich einfach nur an und ich küsste sie ein weiteres Mal. Ich stieg zurück die Düne hoch und ging zu unserem Pferd, um seine Zügel zu lösen und es wegzuschicken. Dann machte ich mich, mit salzigem Geschmack auf den Lippen, zu Fuß auf den Weg ins System. Hoffentlich würde mein Pferd seinen Weg zurückfinden.

28

Wieso befriedigte mich Jazars Tod überhaupt nicht? War es wegen Thomasin? Wegen des Mannes, der meinetwegen sein Leben riskiert hatte und gestorben war? Ich musste unbedingt Kontakt zu Fine aufnehmen, damit sie sich um seinen Sohn kümmern konnte. Ob sie von seiner Krankheit wusste? Was würde sie denken, wenn Thomasin nicht mehr auftauchte? Sicherlich würde man Wachen losschicken, um ihn zu suchen.

Jeder Schritt brachte mich ins Wanken. Trotzdem wollte ich nicht wieder reiten. Es war zu anstrengend und es war nicht mehr weit bis zum System. Durch die Schmerzen brauchte ich dennoch doppelt so lange wie früher und der ständige Anblick von Thomasins leblosen Körper vor meinen Augen, wenn ich blinzelte, machte es nicht besser. Meine kleine Ky war eingeschlafen und ich beneidete sie um die Fähigkeit, wann immer sie wollte, ihre Augen zu schließen und weg zu dämmern.

In zwei Stunden würde die Sonne aufgehen und ich würde hoffentlich schlafen können. Ich betete, dass die Wächterinnen mich heute in Ruhe lassen würden und ich erst morgen von ihnen ausgefragt würde.

Das Plätschern und Rauschen des Flusses ließen allmählich nach. Die Dünen, bei denen ich mich vor fast einem Jahr zuletzt mit Kyra getroffen hatte, lagen östlich von hier. Jeden Moment müssten dafür jene Sandhügel, unter denen sich unsere Stadt befand, auftauchen. Doch noch war es zu dunkel, um sie, oder die Schatten der Sonnenkollektoren, zu sehen – um überhaupt etwas zu sehen. Nur die Sterne, der Mond und das Rauschen des Wassers im Hintergrund lieferten mir annähernd Hinweise, wo wir waren.

Kys kleine Hand tastete sich unter meinem Kleid in Richtung meiner Brust. Sie konnte doch nicht schon wieder Hunger haben. Doch ihr Atem blieb ruhig, sie wachte nicht auf.

Endlich sah ich ihn, den Eingang zum System. Ich musste ungefähr dort in der Wüste stehen, wo die Bühne für die Türkise Nacht gestanden hatte. In anderthalb Monaten würde sie wieder stattfinden. Dieses Mal würde ich nicht zu den Feierlichkeiten gehen, auch nicht als Zuschauerin. Die Gefahr, dass mich jemand aus dem Palast erkannte, war zu groß.

Es war so ungewohnt, hier zu stehen. Die Absperrungen, die das Gelände während des Festes umkreist hatten, fehlten. Die Bühne war abgebaut. Kein Duft nach Essen drang nach draußen und keine Musik in meine Ohren.

Ein kräftiger Wind schlug mir von rechts entgegen und ich zog das Tuch, das mich nicht nur vor den Blicken der Männer, sondern auch vor dem Sand, schützen sollte, vor mein und Kys Gesicht und blieb stehen. Erst, als die Windböe nachließ, ging ich die letzten Schritte voran. Es fiel Licht durch den oberen Türspalt des hölzernen, ringsum mit Eisen beschlagenen, Tores. Normalerweise wäre ich durch einen der seitlichen Gänge, durch die ich schon so oft rein und rausgeklettert war, eingebrochen, doch dieses Risiko wollte ich mit meiner kleinen Ky nicht eingehen. Ich klopfte mit dem massiven Türring, und ein lautes Pochen verhallte in der Wüste. Drinnen musste es durch den Schall sehr viel lauter geklungen haben.

Ich hörte die Schritte erst, als sie schon fast an der Tür waren, dann klickte ein Schlüssel und schließlich stand Tamalya müde vor mir. Ich verbeugte mich tief. »Eure Oberste Wächterin, ich komme zurück als Goldene und bitte um Eure Obhut.«

Ihr überraschter Blick fiel auf Kys Köpfchen. »Du hättest nicht herkommen sollen«, sagte sie streng. »Folge mir.«

Ich biss mir auf die Lippen. Wo sonst hätte ich hingesollt, wenn nicht hierher? War dies nicht die Zufluchtsstätte für all jene, die der Spike den Rücken kehren mussten? Mich beschlich allmählich ein ungutes Gefühl. Hatte Fine nicht angedeutet, dass sie nicht wisse, ob das System mich aufnehmen würde?

Die verwaisten Gänge des Systems wirkten einsamer als sonst. So spät in der Nacht war ich nur selten unterwegs gewesen. Wir gingen den breiten Zugang Richtung Wächterinnensaal entlang, dann bogen wir rechts ab in einen Teil des Systems, den ich erst einmal betreten hatte. Bei meinen Verhandlungen, ob ich ausgestoßen oder eine Violette werden sollte.

»Hier runter«, sagte die Wächterin und hielt mir die Tür zu den Kerkern, wie ich sie liebevoll nannte, auf. Entweder war oben schlicht kein Platz mehr für mich, oder es war wirklich ein Fehler, hierher zurückzukehren.

Das Licht der Treppe war mehr als spärlich. Wieso konnten sie oben bei der Tür die ganze Nacht das Licht brennen lassen, aber die steilen Treppen musste man fast im Dunklen hinabsteigen? Ich wusste, dass das System Strom sparen musste. Hier gab es nur wenige Generatoren und die paar Sonnenkollektoren, die wir uns leisten konnten, litten regelmäßig unter dem vielen Sand. Deswegen verzichtete man, wann immer es ging, auf den Komfort der Elektrizität.

Hier unten war es kalt und ich raffte mein Gewand näher an mich. Die Tasche in meiner Hand wurde mit jedem Meter, den ich ging, schwerer. Ich hätte eigentlich nichts mitbringen dürfen, nur mich und Kyra. Brachte sie mich deshalb nach unten?

Ich humpelte durch die Schmerzen in meinem Unterleib. Bei jeder Bewegung spannte sich mein ganzer Körper an. Trotzdem hatte die Wächterin mich nicht einmal nach meinem Befinden gefragt. War es ihr so egal, wie es mir ging? Mit jedem Schritt verstärkte sich das ungute Gefühl.

Tamalya zeigte auf die erste Zelle. Es gab kein Bett, nur eine Holzbank, einen Nachttopf und eine leere Schüssel zum Waschen.

Ich setzte mich, unsicher, was passieren würde, auf die Bank und streichelte über Kys Rücken und küsste ihr Köpfchen. Was war hier los? Ich war völlig übermüdet und erschöpft, meine Beine schmerzten, der Unterleib brannte und der Rücken tat weh – und die Wächterin behandelte mich wie eine Verbrecherin.

Ausdruckslos blickte sie mich durch die Gitterstäbe an, dann schloss sie die Tür und verschwand in der Dunkelheit des Ganges.

Panik stieg in mir auf, die sich jedoch löste, als ich Wasser plätschern hörte. Sie musste nur ein paar Meter nach hinten gegangen sein, denn wenige Sekunden später stand sie erneut vor mir und füllte mit einem Schlauch in der Hand die Waschschüssel auf. Dann reichte sie mir eine Decke sowie eine Flasche Wasser und wollte gehen.

»Tamalya, was passiert jetzt?« Ich streckte die Hand nach ihr aus.

»Du hättest nicht kommen dürfen, Eliza.« Mit diesem Satz fiel die Tür ins Schloss. Sie verschwand ohne ein weiteres Wort und ließ mich ratlos zurück.

Was hatte das alles zu bedeuten? Das System war schon immer die Zuflucht für jene Frauen und Töchter gewesen, die in der Spike nicht mehr willkommen waren. Normalerweise gab es immer eine Ansprache, einem kleinen Fest gleich, wenn eine Goldene zurückkehrte. Wieso wurde ich dann eingesperrt? Was hatte ich verbrochen, dass ich so behandelt wurde? Ich wollte nur meine Tochter schützen. Deswegen waren wir hier – weil wir unsere Töchter liebten und schützen wollten.

Ich wickelte Ky aus dem Tuch und schaukelte sie in meinen Armen. Es war dunkel und modrig hier unten. Die Wände waren leicht feucht und der Geruch nach Schimmel hing in der Luft. Wie lange wollten sie uns hierlassen? Das war kein Ort für ein Baby, sie könnte krank werden oder Schlimmeres.

Als Ky aufwachte, stillte ich sie und wusch ihr kleines Gesicht, dann hielt ich sie über den Nachttopf. Im System gab es keine Wegwerfwindeln, wie sie Fine in der Spike besorgt hatte. Kys Windel war voll und roch nicht sonderlich angenehm. Ich rollte sie zusammen und schob sie durch die Gitterstäbe von mir weg. Und nun? Meine Tasche stand seitlich an der Tür. Hatte die Wächterin sie überhaupt bemerkt?

Ich betete, dass Fine mir Einwegwindeln eingepackt hatte, doch dort waren keine. Dafür aber genügend Tücher, die ich ihr wie eine Windel umbinden konnte.

Obwohl der Kerker kalt war, meckerte Kyra nicht, als ich sie auszog und nur auf ihrer dünnen Decke versorgte. Anschließend band ich sie wieder in mein Tragetuch und wir legten uns zusammen auf die Bank, die Decke zu einem Kissen zusammengerollt. Ich trank einen Schluck, dann dämmerte ich weg. In meine Gedanken versunken, dachte ich an Aslans Worte: »*Ach Eliza, ich schätze, er hat mehr Macht im System, als du denkst. Die Wächterinnen arbeiten doch Hand in Hand mit ihm zusammen.*« Vielleicht stimmte es, auch wenn ich es nicht wahrhaben wollten. Hatte ich so lange die Augen verschlossen, dass ich es nicht bemerkt hatte? Und wie kamen wir nun aus diesem Schlamassel raus? Ich bin nicht aus der Spike geflohen, habe meine Tochter in Gefahr gebracht und einen Freund verloren, nur um nun in Gefangenschaft zu leben. Ich musste hier raus. Soweit weg wie möglich. Aber erst musste ich schlafen. Ohne Schlaf würde ich es nicht mal bis in die Dünen schaffen.

Als ich aufwachte, stand Astrid vor mir. Sie wirkte traurig. Die Stirn in Falten gelegt und mit hängenden Mundwinkeln blickte sie mich an. »Ach Eliza, du hättest nicht kommen dürfen.« Arbeitete sie mit Tamalya zusammen? Ich konnte es mir kaum vorstellen. Dennoch hielt ich meine Antwort ein paar Sekunden zurück und musterte sie. Sie sah krank aus und alt. Von ihrer einstigen Fröhlichkeit war nicht mehr viel geblieben. Bestimmt vermisste sie Kyra wie ich es tat. Jetzt, wo ich Mutter war, konnte ich ihre Reaktion damals noch weniger verstehen.

»Astrid, ich musste! Sie wollten mir meine Kyra wegnehmen.« Sie sah mich überrascht an und lächelte. Ob es ihr viel bedeutete, dass ich meine Tochter nach ihrer benannt hatte? Ich setzte mich auf und schaute nach unten auf meinen Sonnenschein. Sie öffnete die Augen und sah mich neugierig an, dann riss sie ihren Mund auf und gähnte wie eine kleine Löwin.

»Armes Kind«, sagte Astrid, doch ich wusste nicht recht, was sie meinte. Sie seufzte und streckte ihre Hände nach mir aus. Erst jetzt fiel mir auf, dass die Tür hinter ihr offenstand. Wieso hatte sie einen Schlüssel zu den Kerkern? »Gib sie mir.«

Ihr Ton war nicht unfreundlich gewesen, dennoch drückte ich meine Tochter näher an mich. »Warum?«

Astrid seufzte erneut und trat in die Zelle hinein. »Eliza, der Khan hat ein riesiges Kopfgeld auf euch beide ausgesetzt. Es darf keine weibliche Thronerbin geben, das weißt du doch sicherlich. Die Wächterinnen sind nicht bereit, mit dir zu verhandeln. Bitte gib mir deine kleine Kyra.« Sie lächelte und schaute dennoch ernst. Plötzlich wechselte ihre Tonlage. »Sie werden gleich kommen.« Ihr Blick wurde kritischer. Sie beugte sich runter und strich sich das blonde Haar hinter die Ohren. »Dein ganzes Gewand ist voller Blut«, bemerkte sie.

Das war doch vollkommen egal. Wen interessierte mein Gewand, wenn sie mir meine Tochter wegnehmen wollte und der Khan uns suchte? Das war nur vom Wochenfluss. »Astrid, das spielt doch jetzt keine Rolle! Ich kann dir meine Tochter nicht geben, und du lässt sie dann töten.«

Sie sah mich erstaunt an. »Das würde ich niemals zulassen und das weißt du. Eliza, ich will sie vor diesen Barbaren retten. Aber uns läuft die Zeit davon. Wenn ich sie nicht bald hier rausgeschafft habe, werden sie sie töten.« Erneut streckte sie die Arme nach ihr aus.

»Wohin? Wohin willst du mit ihr?« Ich zog die Augenbrauen zusammen und sah sie völlig verwirrt an. Was bedeutete das alles?

»Eliza, bitte vertraue mir. Ich habe dich mit großgezogen. Ich würde deiner Tochter nie – Bitte glaube mir einfach. Aber ich kann dir nicht sagen, wohin. Das ist zu gefährlich. Du wirst sie wiedersehen. Das verspreche ich dir. Bitte gib sie mir jetzt. Die Wächterinnen sind gerade in einer Besprechung. Das ist ihre einzige Chance.« Ihre grünen Augen flehten mich an.

»Und ich? Ich soll hier eingesperrt bleiben?« Noch immer hielt ich meine Ky schützend an mich.

»Um dich kümmern wir uns später. Sag ihnen nur nicht, dass ich sie habe. Denk dir eine Lüge aus.« Was sollte ich tun? Konnte Astrid mir wirklich helfen? Sie hatte ihre eigene Tochter damals im Stich gelassen und nun wollte sie meine Kyra retten? Aber was hatte ich zu verlieren? Ich war eingesperrt und wenn es stimmte, was sie sagte, würden die Wächterinnen mich ausliefern. Mich und Kyra – und was das für sie bedeutete, war klar.

Widerwillig wickelte ich meine Tochter aus dem Tuch. Meine Hände zitterten. »Ich muss sie noch stillen, sonst platzen meine Brüste«, sagte ich resigniert. Sie schmerzten tatsächlich sehr. Jetzt verstand ich, was Fine meinte, als sie erklärte, ich solle Ky auch meinetwegen regelmäßig stillen.

Astrid wirkte genervt und schaute immer wieder auf ihre Uhr, dennoch nickte sie.

Ich legte Kyra an. Es war jedes Mal eine wahnsinnige Erleichterung für meine spannenden Brüste, wenn sie aus ihnen trank.

Astrid schaute mir interessiert zu, ohne sich zu bewegen. Es war eigenartig, bei etwas so Intimen dermaßen angestarrt zu werden. Thomasin hatte immer weggeschaut, wenn ich sie stillte und auch Fine war bedacht gewesen, uns stets unsere Privatsphäre zu gewähren.

Thomasin. Sollte ich Astrid sagen, was passiert war? Aber wahrscheinlich hatte man seine Leiche inzwischen gefunden, wenn der Khan sogar wusste, dass ich verschwunden war. Es ängstigte mich, an meinen Freund zu denken, der tot in den Dünen lag. Wieder fragte ich mich, ob es Aslan ähnlich ergangen war oder ob er jeden Moment hier reinschauen würde. Und was wurde nun aus Fine? Konnte sie Aslans Vater überzeugen, dass sie nichts von meinen Fluchtplänen gewusst hatte?

»Weißt du, wo mein Mann ist?«, fragte ich Astrid, die mich immer noch musterte. Sie sah wehmütig aus. Vermisste sie dieses Gefühl der Nähe, das mich und Ky beim Stillen verband?

»Der Prinz? Nein. Kam er mit dir hierher?«, fragte sie nachdenklich.

Ich schüttelte den Kopf. »Nein, er war in Ulaanbaatar und hätte längst zurückkehren müssen. Zurück wollte er mit einem Auto reisen, dann hätte er diesen Teil der Wüste passieren müssen, wenn er nicht durch die anderen Kriegsstaaten wollte.«

»Ich verstehe«, sagte Astrid nur. Dann war sie wohl schlauer als ich, denn ich verstand überhaupt nichts mehr.

Ky löste sich von meiner Brust. Ich ließ sie aufstoßen, wie Fine es mir beigebracht hatte, dann übergab ich sie mit zittrigen Händen an die Mutter ihrer Namensgeberin. Hatte ich eine andere Möglichkeit, als ihr zu vertrauen? Ich kannte sie mein Leben lang – aber war das nicht auch bei Tamalya der Fall? Ich musste die Zweifel abschütteln, wenn ich raus wollte. Alleine würde ich es nicht schaffen. Ich brauchte Freunde, Verbündete, an meiner Seite. »Passt du gut auf sie auf?«

»Ich werde sie mit meinem Leben beschützen. Mach's gut, Eliza. Ich hoffe, wir kriegen dich hier raus. Maria wird dich holen kommen. Bleib hier, auch wenn ich die Tür offenlasse. Sollte Tamalya zuerst kommen, greif sie an und habe kein Erbarmen mit ihr. Sie wird auch keines mit dir haben.«

Ich starrte zur Tür, während Astrid mit meiner Tochter hinausging. Ich sollte die Oberste Wächterin angreifen? Wäre ich dann nicht vollends verloren?

Einsam zog ich mich in eine Ecke der Zelle zurück. Wieso dürfte ich nicht einfach fliehen? »Vertrauen, Eliza. Hab' Vertrauen«, flüsterte ich mir selbst zu. Kaltes Blut klebte an meinen Beinen. Wenn ich so flüchten würde, hätte ich die Insekten an mir kleben, sobald ich den Sand vor den Toren betreten hatte. Also begann ich mich zu waschen und die blutigen Einlagen zu wechseln. Dann kuschelte ich mich in Kyras Decke und genoss ihre Wärme. Obwohl sie sie kaum genutzt hatte, kam es mir vor, als rieche sie nach ihr.

Ich wollte gerade die Augen schließen, um Kraft für die kommenden Stunden zu sammeln, da öffnete sich die Tür zu den Kerkern ein weiteres Mal und Licht fiel herein. Es war jedes Mal ungewohnt, mehr als den roten Schein des Notlichtes zu sehen. Automatisch griff ich zu dem Messer an meinem Schuhriemen, dass die Decke auf meinem Schoß verdeckte. Wenn sie mir zu nah kam, würde ich zustechen.

»Wo ist sie?« Die Stimme der Obersten Wächterin klang kalt und ... ängstlich? »Wo ist dein Kind? Das Mädchen?« Zitterte sie? Sie sah eher nervös als gefährlich aus. Offenbar hatte sie noch nicht gemerkt, dass meine Tür offenstand. Konnte ich sie einfach angreifen? Ich war geschwächt und mir tat immer noch alles weh vom Ritt.

»Ich, ich weiß nicht«, wimmerte ich. »Sie war weg heute Morgen. Ich dachte, Ihr hättet sie.« Dieses Mal fiel es mir überhaupt nicht schwer, zu lügen. »Ich war eingeschlafen und als ich eben aufwachte, war sie fort.«

»Veräpple mich nicht, Kind. Du hast sie doch im Tuch getragen, wie soll sie da jemand geholt haben?«

»Was soll das heißen? Ist meine Tochter denn nicht bei Euch? Wer hat sie mitgenommen? Sie wird doch nicht – Wenn ihr etwas passiert ist, dann-« Ich trat vor zu den Gitterstäben und umklammerte sie. Das Messer hatte ich in meinem Ärmel versteckt. Noch ein Trick, den ich von Kataja hatte. Die Wächterin musste nur einen Schritt näherkommen, dann könnte ich ihr die Tür vors Gesicht stoßen.

Sie rührte sich nicht. »Still, Kind. Ich muss nachdenken. Das wird dem Khan nicht gefallen.«

»Wieso dem Khan? Ihr wollt doch nicht ...?« Aslan hatte recht – mit allem.

»Ich sagte, still!« Sie schrie und ich zuckte zurück. Angst stand in ihrem Gesicht. Angst vor mir oder dem Khan? Was würde er ihr antun, wenn ich, wir beide, weg wären? »Sein Emir kommt in einer Stunde und holt dich. Ich suche solange das Kind und erwürge es notfalls eigenhändig.« Sie musterte mich. »Es stinkt hier drin. Wasch dich besser, bevor du abgeholt wirst. So willst du sicherlich nicht vor unseren Herrscher treten.«

Ich war kurz davor, sie auf die Windel hinzuweisen, hielt mich aber zurück. Das würde ihren Blick nur auf meine Tasche lenken, die offenbar genauso wenig hier sein sollte wie ich.

Stattdessen lehnte ich meine Stirn gegen die Tür. »Wenn du meiner Tochter auch nur einen Finger krümmst ...« Ich funkelte die hinterhältige Schlange an.

»Ob sie durch meine oder die Hand des Emirs stirbt, welchen Unterschied macht das?« Noch nie hatte ich sie so hinterlistig und kalt erlebt. Was war aus der Frau geworden, die schützend ihre Hand über uns hob, uns Obdach gab und immer ein offenes Ohr hatte?

Darauf hatte ich keine Antwort. Ich wusste nur eines, ich musste hier raus. Wo wird Astrid meine Tochter hingebracht haben?

Die Tür fiel ins Schloss und ich stand erneut im Dunklen. Ich war ein Idiot! Wieso bin ich nicht einfach mit Astrid hier rausspaziert oder habe Tamalya niedergestreckt? Was war Astrids Plan? Ich hatte ihr einfach so vertraut – ihr mein Baby anvertraut.

Ich sank auf den Boden, kauerte mich in die Ecke neben der Bank und ließ die leere Flasche auf dem Boden kreisen. Die Zellentür stand mir offen, doch die Tür hoch zum Flur hatte Tamalya sicherlich verschlossen. Alleine konnte ich nicht fliehen. Ich musste auf Maria warten. Dennoch schlich ich mich durch den Gang und schaute, ob ich etwas finden würde, was mir als Waffe dienen könnte. Doch da war nicht viel. Außer weitere Waschschüsseln, Lappen und ein paar Flaschen Wasser fand ich nichts. Ich nahm mir eine weitere Flasche und trank sie in einem Zug leer. Die Wüstenluft machte mich immer durstig. Eine weitere Flasche nahm ich mit in meine Zelle und setzte mich auf die Bank. Ich war nervös. Jeden Moment könnte die Tür aufgehen und der Emir eintreten. Doch es dauerte ewig, bis sie sich erneut öffnete.

»Steh auf, Liebes. Wir müssen uns beeilen«, sagte eine vertraute Stimme und ich blickte hoffnungsvoll auf.

»Maria!« Sofort war ich auf den Beinen und trat an die Zellentür. Ich fiel ihr, ohne nachzudenken, um den Hals. Wie sehr hatte ich ihre Stimme vermisst, ihre nüchterne, liebevolle Art und den geliebten Geruch nach Kamille.

»Schnell, wir müssen uns beeilen. Astrid ist bereits vorgegangen. Keine Angst, deine Tochter ist in Sicherheit. Wir mussten euch trennen. Zusammen hätten wir euch nur schwer rausschmuggeln können. Zieh dir das an.« Sie hielt mir ein frisches, oranges Gewand hin, das ich rasch überzog. Es tat gut, aus den dreckigen Kleidern herauszukommen.

Die drei Geldsäckchen, die ich alle an meinem Gürtel trug, band ich mir erneut um und versteckte sie geschickt unter dem gleitenden Stoff.

»Lass die Tasche hier. Sie ist zu auffällig.«

Seufzend faltete ich die Decke, die Fine für Ky gestrickt hatte, und legte sie hinein. Maria hatte leider recht. Ich musste die Sachen hierlassen und hoffen, dass, wo immer wir auch hingingen, wir dort ausreichend versorgt wurden. Ich war mein Leben lang mit so gut wie keinem eigenen Besitz ausgekommen, dann würde ich auch auf dieser Reise nicht viel brauchen.

Ich zog mir die Kapuze über und folgte Maria hinaus auf die Treppe. Meine Haare waren, wie so oft im System, verfilzt und es hatten sich leichte Wellen gebildet. In der Spike hatte Fine sie täglich geglättet, nun sah ich fast wieder aus wie früher. Hoffentlich erkannte mich niemand.

Der Flur, den wir betraten, war leer. »Hier entlang«, sagte Maria und zeigte in eine Richtung, die weg vom Ausgang führte. Noch immer humpelte ich leicht und musste die Zähne zusammenbeißen, um nicht zu jammern. Sobald wir in Sicherheit waren, musste mich jemand untersuchen. Maria hatte mich früher oft versorgt, vielleicht konnte sie es noch.

Im nächsten Gang war es wesentlich voller. Ich zog den Kragen des Gewands höher und die Kapuze tiefer. Dann ging ich, dicht hinter Maria, mit gesenktem Kopf auf die Frauen, die vor dem Speiseraum standen, zu. Niemandem in die Augen schauen! Einfach gehen!

Wir drängten uns hindurch und waren schon fast an allen vorbei, als ich meinen Namen hörte und automatisch schneller wurde. Keiner verfolgte uns, dessen war ich mir sicher. Doch irgendjemand hatte mich erkannt. Maria bog um eine Ecke und im nächsten Moment sah ich rot. Eine der Wächterinnen stand dort am Ende des Ganges und unterhielt sich mit einer anderen Orangenen. Ob die Jugendliche etwas angestellt hatte? Sie hatten mich noch nicht erkannt, trotzdem wollte ich es nicht wagen, wie bei den anderen an ihnen vorbeizugehen.

»Was jetzt?«, fragte ich Maria, die sich umsah.

»Hier lang«, bestimmte sie und nahm einen anderen Abzweig. »Dann nehmen wir eben den unbequemeren Weg.«

»Wie hatte Astrid es hier durch geschafft?«

»Kennst du noch Samira? Sie war auch eine Türkise letzten Herbst. Sie kam vor vier Tagen hier an, musste gleich in der Weißen Nacht schwanger geworden sein.« Irgendwie kam mir das bekannt vor ... »Hochschwanger mit einer Tochter war sie. Die arme Frau starb bei der Geburt ihrer Kleinen. Schrecklich. Ich wünschte, wir hätten nur annähernd so gute Heilerinnen und Mittel wie die in der Spike. Aber was macht für sie schon ein Frauenleben aus?« Sie schüttelte den Kopf und nickte zur Seite, damit ich ihr, dicht an die kalte Felswand gedrängt, folgte. »Astrid und Lenola kümmern sich um das Kind. Ein süßes Mädchen. Jedenfalls ist es deswegen nicht ungewöhnlich, wenn sie mit einem Baby durchs System läuft. Niemand wird bei ihr Verdacht schöpfen.«

»Warte, Samira ist tot?«, schoss es mir plötzlich durch den Kopf und ich blieb kurz stehen. Maria nickte und packte mein Handgelenk, ohne anzuhalten. Ich kam mir vor wie eine Shinigami – ein Todesengel. Mussten alle sterben, die ich mochte?

Wir gingen durch einen Teil des Systems, in dem ich lange nicht mehr war, und doch war mir die Umgebung ausgesprochen vertraut. Hier lebten die Violetten in kläglichen Baracken. Manche hatten nicht mehr als eine Nische zum Schlafen, in die sie eine Decke gelegt hatten. Ich hatte damals immerhin eine eigene Kammer gehabt.

Normalerweise betrat niemand diese Flure, denn niemand wollte mit ihnen gesehen werden. Es war wie eine andere Welt innerhalb dieser anderen Welt. Das System war schon das komplette Gegenteil der Spike, und dies hier waren die Slums des Systems. Pappkartons als Behausungen stapelten sich in den Ecken, Zimmer ohne Türen, nur mit einer Matratze darin, es roch modrig und verbrannt. Bestimmt kokelte eine von ihnen wieder rum oder stellte Opiate her. Ich hatte es hier gehasst.

Wir liefen an der schäbigen Küche, die sich die Violetten teilten, vorbei. Drei von ihnen saßen dort drinnen. Ihre Köpfe drehten sich nach uns um, während wir ihre Tür passierten. Ich wusste jetzt, wo Maria hinwollte und war überrascht, dass sie diesen Ausgang kannte.

Sie stoppte an der letzten Tür und stieß sie auf. Hier ging nie jemand hin und da man offenbar nichts dagegen hatte, wenn die Violetten das System verließen und in der Wüste starben, konnte man aus dem Felsloch problemlos herausklettern. Die Gitterstäbe hatte irgendwann mal jemand angesägt, sodass man vier von ihnen einfach herausziehen konnte.

»Geh vor«, sagte Maria und half mir hoch.

Ich starrte auf die Toilette, die keine Spülung mehr besaß und trat auf ihren Rand, dann zog ich mich nach oben. Ich hatte immer noch einen leichten Bauchansatz, dennoch passte ich gut durch die Lücke zwischen den Stäben hindurch.

»Kommst du mit?«

»Natürlich«, sagte Maria fest entschlossen, griff nach den beiden übrigen Streben und zog sich hoch.

Ich packte sie unter den Armen und zog mit, dann plumpsten wir beide in den Sand. Es war ungewohnt hell. Die Sonne schien auf unsere Köpfe und ich brauchte einen Moment, um mich an das grelle Tageslicht zu gewöhnen. »Und jetzt?«, fragte ich.

»Jetzt müssen wir zum Fluss und warten, bis unser Taxi kommt.«

»Taxi?«

Maria zwinkerte. »So nennt man die Mitfahrgelegenheiten in den zivilisierteren Gegenden.«

Wirklich wohl fühlte ich mich nicht dabei, zurück zum Fluss zu kehren. Immer wieder musste ich an Thomasin und Jazar denken. Doch zu meinem Glück fanden wir ein gutes Stück weiter flussaufwärts ein Versteck.

»Wieso helft ihr mir alle?«, fragte ich Maria, während wir unter einem Überhang kauerten.

»Wir haben Dinge über die Wächterinnen erfahren, die uns nicht passten. Eliza, weißt du, was mit Astrids Tochter, deiner Freundin Kyra, passiert ist?«

»Ja, Jazar hat sie sich geschnappt und getötet.« Gänsehaut bildete sich bei den Erinnerungen an jene Nacht auf meinen Armen. Er hatte sie getötet und ich ihn. Wie lange würde es dauern, bis ich mit all dem abschließen konnte?

»Genau. Ist es nicht schrecklich? Ich mochte das Mädchen sehr. Sie war doch deine beste Freundin.«

»Aber was hat Tamalya damit zu tun?«

»Sie wusste es. Tamalya hat es die ganze Zeit gewusst.«

Mir klappte der Mund auf, während ihr Geständnis in der Luft hing und das Dröhnen eines Motors erschallte.

29

Ich hatte den Mann, der uns mitnahm, schon einmal gesehen. Nur wo, das wollte mir partout nicht einfallen.

Noch immer dachte ich über Marias Aussage nach. Konnte das tatsächlich sein? Steckte die Oberste Wächterin in all den Machenschaften des Emirs und der Frauenjäger mit drin? Wieso? Das war so unlogisch! Sie war unsere Wächterin, unsere Beschützerin. Warum sollte sie uns Frauen verraten? Warum sollte sie wissen, was mit Kyra passiert war, wenn nicht von Jazar selbst? Sie wuchs mit uns Frauen im System auf, hat zwei Töchter, Zwillinge, und wurde selbst vor zwanzig Jahren aus der Spike verstoßen und kehrte zurück. Warum tat sie das? Sie kannte Jazar, das wusste ich von ihrem Gespräch mit Maria. Sie hatte selbst gesagt, wie schlimm er war. Dann konnte sie doch nicht mit ihm zusammenarbeiten. Er war der Schlächter und sie sollte uns Frauen vor ihm schützen.

Das Auto ratterte. Es war das erste Mal, dass ich in so einem Wagen saß und es fühlte sich wesentlich besser an, als zu reiten. »Wo fahren wir hin?«, fragte ich Maria, die neben mir saß und sich, wie ich, an der Stange über unseren Sitzen festhielt. Der Geländewagen bretterte dahin. Mein Blick schweifte über die Wüste. Vor ein paar Tagen hatte es einen heftigen Sandsturm gegeben. Ich hatte ihn gut von unserem Loft aus beobachten können. Jetzt war alles ruhig. Nur unser Wagen machte einen unbändigen Lärm.

Ob sie Aslans Stute schon gefunden hatten? Bestimmt würde der Krach sie erschrecken. Sie war zurück Richtung Spike gelaufen, als ich mich auf den Weg gemacht hatte. Hoffentlich war sie durchgekommen. Sonst hätte ich noch ein Opfer mehr auf dem Gewissen.

Ob man mich für Jazars und Thomasins Tod verantwortlich machen würde? Der Gedanke kam mir erst jetzt und ich verdrängte ihn, so gut es ging. Aktuell war ich frei. Zumindest noch.

»Nicht weit von hier gibt es eine Nomadensiedlung, die bald weiterziehen will, bis dahin können wir dort bleiben.«

Nomaden? Etwa dort, wo ich mit Aslan war? Ich rieb mit dem Daumen über meine Uhr, die er repariert hatte und musste bei der Erinnerung daran, wie er mit einem Affen um sie gekämpft hatte, schmunzeln. Wenn ich nur wüsste, wo er war und ob er überhaupt noch lebte. Was würde er sagen, wenn er zurückkam und erfuhr, dass sein Vater ein Kopfgeld auf mich und unsere Tochter ausgesetzt hatte? Wäre er wütend, verletzt? Oder würde er selbst mich ausliefern? Das konnte ich mir kaum vorstellen. Aslan liebte mich wie ich ihn. Dessen war ich mir sicher. Wenn ich nur wüsste, wo er war. Diese Hilflosigkeit konnte einen seelisch auffressen.

»Ich denke, ich kenne die Siedlung«, gestand ich Maria. »Aslan fuhr mit mir dorthin, um unser Kind segnen zu lassen. Doch die Priesterin wusste schon bei unserer Ankunft, dass ihre guten Worte nichts mehr bewirken können.«

»Dann sollten wir nicht zu lange dort verweilen.« Maria schrie beinahe. Der Motor des Geländewagens war viel zu laut, als dass wir vernünftig miteinander reden konnten.

»Warum?« Sand wirbelte nach oben und ich krallte mich in den Sitz, während wir um die Kurve bretterten. Wie kam es, dass dieses Volk sich ein Auto leisten konnte und man in Ulanqab selbst lieber auf Pferde zurückgriff?

»Wenn der Palast davon weiß, kann es gut sein, dass sie dort vorbeischauen werden.« Wusste denn außer Aslan, mir, Fine und der Wache jemand davon? Fine würde sicherlich schweigen. Ich vertraute ihr mehr als jedem sonst in der Spike. Viele vertrauenswürdige Personen gab es sowieso nicht mehr. Aber der Wachmann? Ich kannte nicht einmal seinen Namen. Würde er uns, jetzt wo Aslan verschwunden war, verraten?

Nach zwei weiteren Kurven erblickte ich das kleine mir bekannte Dorf. Es waren dieselben Frauen in ihren braunen Kutten, wie bei meinem letzten Besuch, die Wache an der Einfahrt hielten. Sie hatten auch mich erkannt und nickten mir zu. Offenbar hatte das Kopfgeld des Khans hier keine Wirkung, oder die Frauen wussten noch nichts von ihrem Glück, eine geflüchtete Prinzessin zu beherbergen.

Astrid kam, mit meiner kleinen Ky auf dem Arm, auf uns zu. Sofort musste ich lächeln. Ich war nur wenige Stunden von ihr getrennt gewesen und dennoch hatte ich mir nie im Leben so viele Sorgen gemacht. Ich vertraute Astrid wieder, und nun wusste ich, dass es absolut die richtige Entscheidung gewesen war.

»Meine Schöne«, flüsterte ich und nahm meine Tochter in den Arm. Ich wünschte, Aslan wäre hier, um den Moment mit uns zu genießen.

»Folgt mir«, sagte Astrid plötzlich streng und ihre weiche Miene verfinsterte sich. Was war los? Waren wir jetzt nicht in Sicherheit?

Ich kannte das Zelt, in das wir gingen. Es gehörte der Priesterin Amandria. Dieses Mal gab es keine Kissen und Decken auf dem Boden, sondern nur einen Teppich, auf dem alle außer mir Platz genommen hatten. Mir bot man einen Stuhl an und es kam jemand, um meine Wunden und die Muskelschmerzen zu versorgen. »Das brennt jetzt kurz«, sagte der junge Mann und ich verzog das Gesicht, als er mir Alkohol auf die Kratzer an meinem Körper tat. Dann strich er meine Schenkel und den Rücken mit einer süß riechenden Salbe ein und verschwand wieder. Mehr als ein kurzes »Danke« brachte ich nicht heraus, so sehr schmerzte der desinfizierende Alkohol noch und brannte sich durch meinen Körper.

»Wir haben gleich mehrere Probleme.« Ich schrak hoch. Die Frau, die laut gesprochen hatte, stand hinter mir. Ich kannte sie von unserem letzten Besuch. Es war jene, die Aslan so überrascht betrachtet hatte. Sie fuhr sich mit der Zunge über die schmalen Lippen, ehe sie weitersprach und sich mit einer Hand an meiner Stuhllehne abstützte. Sie kam mir wahnsinnig bekannt vor. Nicht von unserem Besuch damals, sondern auch davor schon. Ob sie auch im System gelebt hatte, bevor sie hierherkam? »Der Khan ist sauer. Aber das ist bei seinem Temperament nichts Neues. Nun wirft man der Prinzessin aber auch den Tod des Heilers vor, sowie Diebstahl eines höfischen Pferdes. Immerhin haben sie Jazar nicht erwähnt. In dem Fall hielt es vermutlich selbst mein Ex-Mann für besser, dass er das Zeitliche gesegnet hat.«

Mein Kopf schellte zu ihr hoch und plötzlich wusste ich, wer sie war. Natürlich. Es gab sogar ein Bild von ihr mit Aslan auf dem Arm in unserem Flur. Er war noch ein Kind gewesen, drei oder vier. Ihrer Haut hat die Sonne der Wüste wahrlich nicht gutgetan. Sie sah älter aus als Maria, obwohl die beiden in etwa gleich alt sein mussten. Kein Wunder, dass Aslan sie damals so erstaunt angeschaut hatte. Er musste seinen Augen nicht getraut haben.

»Der Khan glaubt, ich hätte Thomasin ermordet?«, fragte ich geschockt, als ich meine Gedanken wieder beisammenhatte. »Ich hätte ihm nie etwas angetan! Jazar hat ihn erschossen, bevor ich ihn überwältigt habe«, gestand ich und ein Raunen ging durch den Raum.

Die Königin runzelte die Stirn. »Das spielt keine Rolle mehr. Eliza, du weißt sicherlich inzwischen, wer ich bin.«

Ich nicke. »Ja, Aslans Mutter, meine Königin.«

»Ja, das war ich mal. Heute bin ich nur noch eine einfache Frau auf der Flucht, die sich nach ihrem Kind und Frieden sehnt. Was die Rechtsprechung des Khans betrifft, habe ich kein Mitspracherecht mehr. Aber vielleicht werden sich die Zeiten bald ändern ...« Ihre Stimme hatte sich verändert. Sie wirkte beinahe melancholisch.

»Aslan ist verschwunden, seit fast zwei Wochen. Wisst Ihr, was ihm passiert ist? Er hätte diesen Teil der Wüste auf seinem Rückweg von Ulaanbaatar kreuzen müssen.«

Die Königin sah nachdenklich in die Runde. »Es heißt, man hat eine Gruppe, die wie Zivilisten gekleidet war, zu den Ruinen von Daliuhaoxiang gebracht. Da sich nur selten jemand hierher verirrt, kann es sein, dass mein Sohn dabei war. Ich werde Reiter ausschicken, um das zu überprüfen.«

»Wer hat sie entführt?«

»Eine Gruppe aus Frauenjägern und zwei Piraten, heißt es.« War Aslan dabei, konnte das sein?

»Was werden wir tun, wenn er dort ist?« Maria stellte diese Frage.

Sie sah nervös aus und mir fiel auf, dass sie den Blick der Königin mied. Ob sie sie von früher kannte?

»Ihn befreien. Ich möchte meinen Sohn nach all den Jahren wieder in die Arme schließen.« Sie sah in die Runde, als wäre dies das einzig Selbstverständliche. »Gut, ich würde sagen, Eliza, du ruhst dich nun aus. Dein Köper hat viel gelitten in den letzten Tagen und deine Tochter braucht deine schützende Nähe. Ich lasse nach Aslan suchen und wir sorgen dafür, dass du hier sicher bist. Major Karim kann dich in seinem Haus aufnehmen. Amandria wird dich zu ihm bringen. Sobald ich mehr weiß, ziehen wir los. Lange können wir sowieso nicht hierbleiben. Sicherlich werden Burka oder die Wächterinnen bald auftauchen.«

»Vielen Dank, meine Königin.« Ich stand auf und verbeugte mich leicht, wie wir es auch vor dem Khan immer taten.

Amandria kam auf mich zu und führte mich und Kyra, die ich in ein Tuch eingewickelt hatte, hinaus. Wir überquerten den Platz, dessen sandiger Boden festgetreten war und sie klopfte an einer kleinen Hütte aus Lehm an.

Ein durchtrainierter und doch sehr alter Mann öffnete mir die Tür. Eine Zahnlücke trat hervor, als er lächelte. »Amandria, du bringst mir meine Gäste. Kommt herein.«

Die Hütte bestand nur aus einem Zimmer, zumindest dachte ich das, bis er den vergilbten Teppich umklappte und eine Luke im Holzboden öffnete. Die Priesterin ging vor und ich folgte ihr mit Kyra vor der Brust. Dann schloss er die Luke über uns und zog mittels einer Schnur und einem Loch in der Klappe den Teppich oben zurecht.

Wir standen in einem Raum, der etwas größer war als jener über uns. Ein Tisch mit drei Stühlen in der einen, und ein Regal mit Büchern, neben dem eine ausgefranzte Couch stand, in der anderen Ecke.

»Hier könnt ihr euch ausruhen. Die wenigsten wissen von diesem Raum, aber selbst wenn, braucht ihr euch nicht zu fürchten. Unsere Gilde hasst den Khan. Niemand hier würde auf die Idee kommen, euch beide zu verraten. Ich bringe euch gleich etwas zum Essen und zum Trinken. Ruht euch aus.«

»Vielen Dank, Major.«

Ich senkte meinen Kopf und er lachte laut auf, dann schüttelte er sich. »Dass ich das noch erleben darf. Eine Prinzessin, die sich vor mir verbeugt.«

Der Major schritt nach oben und Amandria sah mich interessiert an. »Sie ist ein sehr liebenswürdiges Kind. Hat nicht einmal geschrien, seit sie hier ist.«

»Ja, Ky schläft sehr viel. Bestimmt hat sie bald Hunger.«

»Ja, sicherlich. Du solltest auch etwas essen. Ich lasse dich gleich alleine. Estelle wird wollen, dass ich mit nach ihrem Sohn suche. Manchmal habe ich Glück, und die Götter weisen mir den Weg. Pass gut auf dich auf, Prinzessin Elizara.«

»Dankeschön. Wird Maria auch mit euch kommen?«

Sie neigte den Kopf. »Nein, ich denke nicht. Sie und Astrid sind hier sicherer. Bestimmt sucht man schon nach ihnen. Wir haben auch für sie sichere Verstecke im Dorf.«

»Das ist gut. Aber mir wäre es lieber, wenn Maria bei mir wäre. Könnte sie herkommen? Ich habe so viele Fragen ...«

»Natürlich. Ich gebe ihr Bescheid. Wir sehen uns heute Abend oder morgen, wenn wir zurück sind. Ruht euch aus.«

Ich bedankte mich, dann stieg sie die Treppe hoch. Ein paar Minuten später kam Maria herunter und hielt ein Fladenbrot und Gewürzpaste in der Hand. Der Major folgte ihr und brachte uns einen Krug Wasser sowie Gläser mit, die er auf dem Tisch abstellte. Dann legte er ein Funkgerät daneben. Die Technik war veraltet, doch ich wusste, dass viele in der Wüste sie noch nutzten. Die Screens aus der Spike funktionierten hier nicht.

»Das ist für den Notfall. Falls etwas ist oder die Truppen des Khans einmarschieren, informieren wir euch hierrüber. Ich werde die Tür abschließen. Schaut, dass Eure Tochter nicht weint, Prinzessin.«

»Vielen Dank, Major. Für alles.«

Er nickte kurz, dann verschwand er nach oben. Das Licht hier unten war spärlich, doch es reichte, um genügend zu sehen.

Maria setzte sich zu mir auf die Couch, während ich Kyra anlegte, die auch im Halbschlaf gerne trank. »Du wolltest mich sprechen?«

»Ja.« Ich überlegte kurz, was ich genau fragen wollte. »Die Königin. Estelle. Sie lebt, wusstest du davon?«

Meine Amme sah mich nicht an, sondern drehte sich zur Seite und starrte auf die Buchrücken im Regal, während sie ihre Hände knetete. Was war mit ihr los? So verlegen kannte ich sie überhaupt nicht. »Ja, in gewisser Weise.«

»Wie meinst du das?«

»Es ist sehr lange her, dass ich sie zuletzt sah. Sechzehn Jahre genau. Erinnerst du dich nicht an sie?«

Ich runzelte die Stirn. »Nein, wieso sollte ich?«

Sie zuckte die Schultern. »Du warst fast vier und bist mitten in die Geburt geplatzt.«

»Also hat sie ihre Tochter im System bekommen? Sie ist noch während der Schwangerschaft geflohen?« Aslan konnte davon nichts wissen, sonst hätte er es mir sicherlich erzählt. Ob der Khan wusste, dass sie noch lebte?

Maria nickte, dann stieß sie einen tiefen Seufzer aus. »Ja, sie kam mitten in der Nacht zu uns, ähnlich wie du. Sie hatte bereits mehrere Fehlgeburten, wusstest du das? Und sie ließ ihre ersten Töchter noch töten. Aber dieses Kind, das sollte leben. Sie wollte sich nicht weiter den sturen Regeln des Khans unterwerfen, also floh sie. Die damalige Oberste Wächterin nahm sie zuerst bereitwillig auf. Das war ein Fehler. Der Khan hatte sie für dieses Verbrechen hinrichten lassen, als er es später herausfand.«

»Deswegen hatte Tamalya mich gleich weggesperrt.«

»Genau. Aber da gibt es noch einen anderen Grund. Es ist nur ein Gerücht, doch inzwischen denke ich, dass es wahr ist.«

»Welches?«, fragte ich neugierig und sah zu ihr auf. Was hatte Tamalya noch alles vor uns verborgen halten können?

»Es heißt, die Oberste sei eine Geliebte des Khans.«

Beinahe wäre mir Kyra vom Schoß gerollt. Ich schnappte nach Luft und schüttelte den Kopf. »Niemals. Ich hatte immer das Gefühl, sie hasse unseren Herrscher.« Das konnte ich mir wahrlich nicht vorstellen! Und doch trat Aslans Stimme in meinen Kopf und erinnerte mich daran, dass sie regelmäßig die Spike besuchte.

»Manchmal liegen Liebe und Hass sehr nah beieinander, mein

Kind. Das wirst du auch noch lernen. Und jetzt solltest du dich ausruhen. Du kannst mir Kyra geben. Ich passe auf sie auf, solange du schläfst. Ein schöner Name übrigens, den du gewählt hast. Deine Freundin wäre sehr stolz gewesen.«

Noch mehr würde ich mir wünschen, dass sie sie hätte kennenlernen können, dachte ich, sagte aber nur: »Ihr zweiter Name ist Maria.«

Maria lächelte. »Dankeschön, meine Liebe. Ein größeres Geschenk hättest du mir nicht machen können. Und nun ruhe dich aus. Du siehst leider fürchterlich aus und wenn du diese scheußlichen Augenringe jemals wegbekommen willst, musst du schlafen. Sollte etwas sein, wecke ich dich sofort.«

»Danke, Maria.« Ich übergab ihr Kyra, die inzwischen wach war und mit ihren Ärmchen in der Luft herumfummelte, und rollte mich auf dem Sofa ein. Es roch nach Zigarre und Moschus, doch das war mir in diesem Moment egal. Maria hatte wie immer recht, ich brauchte den Schlaf. Trotzdem drehte ich mich noch einmal zu ihr um. »Was war bei der Geburt passiert?«

»Ihre Tochter starb in meinen Armen.«

Wieder sah Maria mich nicht an und ich schluckte.

Ihre Stimme schien zu vibrieren, als sie weitersprach. »Estelle hatte viel Blut verloren und wir mussten uns entscheiden. Retten wir die Königin oder das Kind, das sowieso unerwünscht war. Wir entschieden uns für sie und ich glaube, das hat sie mir nie verziehen.«

»Wer war damals noch bei der Geburt dabei?«

Endlich sah Maria mich wieder an. »Relès, die damalige Oberste Wächterin. Wie gesagt, sie wurde erhängt und Estelle hatte keinen Grund mehr, auf sie wütend zu sein. Ich kam mit ein paar Peitschenhieben des Khans davon, weil ich der Königin geholfen hatte.«

Ich zuckte zusammen. Peitschenhiebe? »Das ist schrecklich, Maria. Was ist dann passiert? Wie ist die Königin ihrem Mann entkommen?«

Ihre Schultern hingen herab, während sie lächelnd Kyra betrachtete. »Die Priesterin half ihr. Sie lebte damals noch im System. Die beiden flohen gemeinsam. Es gab Gerüchte, dass sie nach Bulgan flohen. Das war damals autonom. Inzwischen gehören auch sie zur Mongolischen Allianz und sind somit Verbündete des Khans. Die beiden müssen sich einer Gruppe Nomaden angeschlossen haben, mit denen sie durch die Wüste gezogen sind und die sich nun hier, keine zwei Reitstunden vom Palast entfernt, niedergelassen haben. Ein riskantes Unterfangen, aber sie werden schon wissen, was sie tun. Ich schätze, dass die Königin einen Plan verfolgt, nur welchen, das weiß ich nicht.«

»Woher wussten du und Astrid, dass sie hier waren? Und dass ich im System war?« Mir schwirrte der Kopf.

»Oh, ersteres wusste ich nicht. Ich wusste nur, dass es hier ein relativ autonomes Dorf gab, das einem Sicherheit versprach. Ich war genauso überrascht wie du eben, die Königin vor mir zu sehen. Das Amandria hier sei, davon hatte ich zumindest gehört.« Sie machte eine Pause und sah mich an. »Dass wir von dir hörten, war Tamalyas Unachtsamkeit geschuldet. Jemand hatte sie beobachtet, wie sie dich runter in die Zellen brachte. Kataja, diese Violette, hatte euch beide gesehen und eins und eins zusammengezählt. Offenbar mag sie dich. Sie ist gleich zu mir gekommen und erstattete mir Bericht. Und jetzt schlaf endlich.«

Ich nickte und drehte mich wieder um. Wie sollte ich nach all den Informationen ein Auge zu bekommen? Ich hatte es Kataja zu verdanken, dass meine Ky und ich noch lebten. Dass mein Leben einmal in ihren Händen liegen könnte, hätte ich bei unseren Streifzügen damals nicht gedacht. Ich schickte ihr einen gedanklichen Gruß zu und betete, dass ich mich eines Tages persönlich bei ihr bedanken konnte.

30

Als ich aufwachte, hörte ich ein leises Schnarchen aus Marias Richtung. Sie hatte die Augen geschlossen, während Kyra auf ihrem Bauch lag und schlief. Ich stand mit knacksenden Knien auf und sah auf die Uhr. Inzwischen war es Abend geworden und eigentlich Zeit zum Essen.

Ich ging rüber zum Tisch und schmierte mir etwas von der roten Paste auf ein Stück Fladenbrot, das ich abriss. Ich wollte die beiden auf keinen Fall wecken, also setzte ich mich vorsichtig wieder zurück auf die Couch und aß. Es tat so gut, wieder etwas in den Magen zu bekommen. Unter all der Aufregung hatte ich meinen Hunger völlig vergessen, doch jetzt, wo Ruhe eingekehrt war, kam auch er zurück und ließ meinen Magen leise grummeln.

Und nun? Mir war langweilig! Ich starrte auf die rund hundert Buchrücken im Regal neben mir und zog *Atlas der Mongolischen Allianz* heraus. Die Innenseite des harten Umschlags zeigte eine Karte unserer Reiche, wie ich sie noch nicht kannte. Dort gehörte Ulanqab zu China. So etwas Absurdes! Die Karte musste uralt sein. Und tatsächlich entdeckte ich eine kleine Jahreszahl am unteren Rand: 2013.

Dann war sie jünger, als ich dachte. Gerade mal über hundertsechzig Jahre. Ich wusste nicht viel aus dieser Zeit, nur dass es zwanzig Jahre später, während des großen Krieges, einen Virus gab, der so oft mutierte, dass niemand ihn unter Kontrolle zu bringen wusste. Irgendwann schaffte man ein Heilmittel, das die meisten Virenstämme im Körper abtötete. Außer jenen Viren, die bei Frauen anders als bei Männern wirkten. Die Frauen überlebten ihn, während er die Männer tötete. Und obwohl wir Frauen nicht krank wurden, übertrugen wir das Virus weiter. Deswegen wurden wir getrennt. Deswegen das ganze Spiel. Ob sie 2013 schon ahnten, was achtzig Jahre später begann?

Ich blätterte ein paar Seiten und stieß auf eine weitere Karte von 2075. Die Mongolische Allianz wurde vor genau hundert Jahren gegründet, fiel mir auf. Sicherlich würde der Khan in zwei Monaten dazu ein Fest veranstalten. Alles andere würde mich stark wundern. Vielleicht würden sie den Tag auch im System feiern. Wahrscheinlich überall in der Wüste. Ulanqab gehörte zu den Gründungsstaaten der Allianz, inzwischen umfasste sie neben der ursprünglichen Mongolei fast ganz China und den Süden Russlands. Nur der südöstliche Teil mit Hongkong und Shanghai, sowie die paar Städte zwischen ihnen, die den letzten asiatischen Krieg überstanden hatten, schafften es dank ihrer Waffen, unabhängig zu bleiben.

Hinten waren weitere Karten abgebildet. Eine von der ganzen Welt, eine nur von Asien und eine von der Kontinentalverschiebung, die seit letztem Jahrhundert zunehmend fortgeschritten war. Und von der Verteilung der Religionen, wegen denen es immer wieder Krieg gab. Deswegen beteten wir heute nur noch zu den Göttern des Horizonts.

Es überraschte mich oft, dass wir überhaupt noch lebten. So viel Krieg, so viel Smog. Es gab Monate, in denen es überhaupt nicht regnete, fast ganz Asien war zur Wüste und Steppe verbrannt. In den vorderen Teilen der Allianz stand Fabrik an Fabrik und der Himmel war auch am Tage fast schwarz. In der Spike hatte ich so viele Bilder von dort gesehen, dass ich sogar froh war, im Wüstenreich Ulanqab großgeworden zu sein. Hier gab es kaum Fabriken. Wozu auch? Ulanqab war das kleinste Reich der Allianz. Wir hatten die Hauptstadt mit der Spike und dem Palast, das System und ein paar umliegende Dörfer wie dieses. Wir lebten nicht im Überfluss, wie die anderen Staaten. Wir exportieren auch kaum. Ulanqab versorgte nur sich selbst. Immerhin etwas, dass man dem Khan zu Gute halten konnte.

Ich klappte das Buch zu und schob es zurück ins Regal. Ich hatte im System nie ein Buch selbst besessen und kannte nur die wenigen Sachen, die uns im Unterricht zur Verfügung gestellt wurden und jene fünf, die Maria besaß. Eines davon stand auch hier. Es war ein altes Märchenbuch und ich schlug jenes Märchen auf, das ich mit Fine und Aslan im Theater angesehen hatte.

Gerade als ich es lesen wollte, rührte sich Maria und öffnete die Augen. »Du bist wach. Konntest du etwas schlafen?«

Ich nickte und schob das Buch zurück ins Regal. »Ja, das tat wirklich gut.«

»Bist du schon lange auf? Du hättest mich wecken können.«

»Ich habe gelesen«, sagte ich und zeigte auf die Bücher. »Wusstest du, wie klein die Mongolei früher war? Bevor sich die Allianz zusammenschloss?«

Maria gähnte und schüttelte leicht den Kopf. Nun erwachte auch Kyra, riss ebenfalls ihren Mund auf und begann, gleich darauf zu schreien.

Maria reichte sie mir und sie begann sofort, nach meiner Brust zu suchen. Es war toll, wie einfach es war, sie zu beruhigen. »Sie muss gewickelt werden«, stellte ich fest und sah mich im Raum um. Keine Windeln oder Tücher.

»Ich frage nach«, sagte Maria und griff nach dem Funkgerät. Wahrscheinlich war das nicht die Art von Notfällen, von denen der Major gesprochen hatte. Aber ein Notfall war es trotzdem.

Es dauerte eine Viertelstunde, bis jemand kam und frische Tücher sowie Wasser, Waschlappen und ein Handtuch mitbrachte. Erstaunt sah ich, dass die Handtücher das Emblem des Palastes trugen. Einen Tigerkopf. Ob er auf den tropischen Garten des Khans anspielen sollte? Glücklicherweise waren die Mücken dort am gefährlichsten und er verzichtete bisher auf Raubkatzen. Aber was hatten die Tücher hier zu suchen? Waren es Mitbringsel der Königin?

Bevor ich Kys Popo mit dem sauberen Wasser wusch, säuberten Maria und ich uns. Hier war es viel wärmer als in den Höhlen des Systems oder in den klimatisierten Räumen der Spike. Nun verstand ich auch, warum die Frauen damals in den Hohlgängen Unterschlupf gesucht hatten und nicht in den Zelt- und Hüttendörfern der Nomaden.

Der Abend wurde lang und die Nacht länger. Irgendwann hatten wir das Licht ausgeschalten und uns hingelegt. Dieses Mal überließ ich Maria die Couch und legte mich selbst mit Kyra auf den ausgetretenen runden Perserteppich. Ein Glück hatten wir noch Sommer, sonst wäre es bitterkalt gewesen. Es muss Mitternacht gewesen sein, als wir einschliefen und gegen zwei, als uns Rufe und Getrampel weckten.

Sie waren da.

Sie suchten nach uns.

Auf Zehenspitzen schlich ich zu Maria und weckte sie. Es dauerte keine Sekunde, und sie saß kerzengerade mit gespitzten Ohren auf dem Sofa. Ich ließ mich mit Kyra neben sie sinken und legte meine Tochter sofort an, auch wenn sie eigentlich gar nicht wach war. Satt würde sie hoffentlich nicht schreien, wenn sie kamen. Man hörte nur ihr Nuckeln und das Ticken meiner Uhr, das mir verdächtig laut vorkam.

»Hier ist niemand, der nicht hier sein sollte, das habe ich dir doch gesagt!« Das war die Stimme von einer der Frauen, die immer Wache an der Einfahrt hielten.

»Du lügst doch, wenn du den Mund aufmachst. Durchsuchen, los!« Der Emir war da. Seine tiefe und dennoch quirlige Stimme würde ich überall erkennen.

Wir hörten, wie Türen aufgingen und zuschlugen. Wie Leute riefen, dass sie verschwinden sollten. Kindergeschrei und weinende Frauen. Und dann fiel ein Schuss und Kyra riss die Augen auf. Mir stellten sich die Haare auf und ich sah Maria erschrocken an. War das unser Ende? Was würden sie mit uns anstellen, wenn man uns fand?

»Tsch, tsch ... Alles ist gut meine Maus, trink weiter«, sagte ich leise zu Ky und versuchte sie irgendwie zu beruhigen. Dabei schaffte ich es selbst kaum, Ruhe zu bewahren. Ich schaukelte Ky auf dem Arm und begann leise zu summen. Mein Herz raste. Sie würden sie töten, wenn sie uns fanden. Und Maria und mich vermutlich auch.

Meine frühere Amme sah angespannt aus. Sie starrte zur Decke und tiefe Falten bildeten sich auf ihrer Stirn.

Ich schloss die Augen und lauschte, doch noch waren sie nicht bei uns angekommen – noch bestand Hoffnung, dass wir diese Nacht überlebten. Oder waren sie bereits an unserer Hütte vorbei? Eben mussten sie direkt vor der Tür gestanden haben, sonst hätte ich sie nicht verstanden.

Plötzlich kam das Getrampel näher und Maria legte ihren Zeigefinger auf die Lippen. Kyra war noch wach und nuckelte an meiner Brust. Ich wechselte rasch die Seite, damit mehr als genug für sie herauskam und sie hoffentlich keinen Ton von sich geben würde.

»Hast du alle?« Die tiefe Stimme eines Mannes drang gedämpft zu uns durch.

»Ne, die beiden noch.«

Ich stellte mir vor, wie der andere auf unsere Hütte zeigte. Im nächsten Moment pochte jemand gegen die Holztür und im Hintergrund sagte jemand, dass die Hütte leer stünde. Dann klapperten Schlüssel und die Tür sprang unter lautem Quietschen auf.

Ich hielt die Luft an und selbst Kyra hörte auf zu nuckeln. Ich streichelte ihr Gesicht. Sie musste ruhig bleiben! Interessiert schauten ihre gold-braunen Augen mich an, als hätte sie erst jetzt erkannt, dass ich ihre Mutter war. Ich lächelte.

Von oben rieselte in einer Ecke etwas Staub durch die Holzbalken herunter. Maria und ich blickten uns panisch an. Man hätte ein Sandkorn fallen hören können.

»Leer«, sagte endlich einer und im nächsten Moment knallte die Tür oben zu.

»Sie muss dort sein. Sie hatte doch auf diese Tür gezeigt. Wo ist das Ding wieder?« Das war der Emir. Was meinte er damit, dass jemand auf unsere Hütte gezeigt hatte? Wer sollte uns verraten?

»Da ist niemand drin, hab' ich dir doch gesagt. Bestimmt verarscht uns deine Kleine nur. Lass uns weiterziehen. Die nächste Siedlung ist zwei Stunden entfernt.«

Ich verstand überhaupt nichts mehr. Dennoch durchströmte mich eine Welle der Erleichterung, als sie abzogen, und ich ließ mich nach hinten sinken. Oben fluchte jemand.

Dann vernahm ich die deutliche Stimme des Emirs, die mir das Blut gefrieren ließ. »Zündet alles an und dann weiter. Weit können die nicht sein.«

Die Schritte verhallten und ich lief zum Funkgerät, um die anderen zu warnen. Im nächsten Moment roch ich den ersten Rauch und jemand schlug tief klingende Trommeln. Ein Rhythmus, der wie ein Tanz klang und meine Sinne einnahm.

»Komm her«, sagte Maria und begann, Kyra in das Tragetuch, das Astrid mir bei meiner Ankunft gegeben hatte, zu wickeln. »Und jetzt raus hier, bevor das ganze Dorf in Flammen steht.«

Wir wollten gerade die Treppe hochsteigen, als die Luke aufging und der Major auf uns runter blickte. »Beeilt euch.« Er reichte mir die Hand und zog mich hoch. Maria folgte.

Draußen herrschte ein heilloses Durcheinander. Staub wurde durch die herumeilenden Menschen und vor allem den Tieren, die das Feuer auseinandertrieb, aufgewirbelt. »Lauft zu den Ställen, man erwartet euch dort.«

Ich packte Maria an der Hand und betete, dass ich nicht schon wieder auf ein Pferd musste. Zwar hatten sich die Schmerzen gelegt, doch ich fürchtete mich schon jetzt vor den neuen.

»Könnt ihr reiten?« Das war eine der Wachfrauen vom Tor, die uns unschlüssig ansah.

Konnte ich reiten? Für eine Flucht musste es reichen. Ich blickte zu Maria, die verneinte. »Ja«, sagte ich. Eigentlich war es eine Lüge, aber wir durften keine Zeit verlieren und ich war mir sicher, dass ich es hinbekommen würde. Wie schwer konnte es sein, sich auf einem Pferd zu halten?

Die Wache führte uns abseits zum Rand der Ställe. »Einige Tiere sind ausgebrochen, doch die Pferde scheuen nur. Hier lang. Ihr könnt Hàixiū nehmen. Sie ist scheuer als die anderen, hört aber besser.« Sie öffnete eine der Stalltüren und griff nach den Dingern, die sie ihr um den Kopf spannte. Ich hatte keine Ahnung, wie man die Sachen nannte. Vielleicht war es doch nicht so schlau gewesen, zu behaupten, reiten zu können.

»Hier, nimm die Zügel, ich helfe euch hoch.«

Aslans Pferd hatte wenigstens einen Sitz gehabt. Hier wusste ich überhaupt nicht, wie ich mich richtig halten sollte.

Maria stieg hinter mir auf und ich schaffte es irgendwie, den Schimmel aus dem Stall zu führen. »Wo sollen wir jetzt hin?«

»Immer mir nach«, sagte die Wachfrau und schwang sich auf ein schwarzes Pferd. Dann galoppierte sie los und wir hinterher. Zumindest versuchten wir es. Ich trat dem Pferd in den Bauch, so wie sie es getan hatte, doch statt loszulaufen, stieg es in die Höhe und ich musste mich an seinem Hals festklammern und Maria an mir. Kurz sah ich mein Leben an mir vorbeiziehen und war froh, dass Kyra, die zu weinen begonnen hatte, noch dicht an meinen Oberkörper gebunden war. Dann lief es plötzlich los und der Wache hinterher – und preschte an ihr vorbei.

»Wartet«, hörte ich aus dem Rücken, während sie uns folgte.

Kys Tuch saß viel zu locker, bemerkte ich und versuchte, das Tier irgendwie zum Anhalten zu bringen. Immerhin wurde es jetzt etwas langsamer. Ky weinte und es zerriss mir das Herz. Sie musste unheimliche Angst haben, während der Wind durch unsere Haare saute. Ich presste sie mit einer Hand an mich, während meine andere sich in die Pferdemähne krallte und Maria hinter mir um Hilfe jammerte. Ich musste das Ding irgendwie zum Stehen bekommen. Wir konnten uns beide kaum halten. Noch ein paar Sekunden, und ich würde in den Sand stürzen, und mit mir meine kleine Ky. Alles tat weh. Mein Körper war für diese Erschütterungen nicht gemacht. Wie musste es dann erst Ky gehen?

Endlich holte die Wache uns ein. Sie war eine begnadete Reiterin. Irgendwie schaffte sie es, die locker herunterhängenden Zügel des Schimmels zu greifen und ihn zum Stehen zu bewegen.

Mir lief der Schweiß von der Stirn, als wir endlich anhielten und ich hechelnd aufatmete. Auch Maria klang, als bekäme sie kaum Luft und Ky schrie immer noch laut in die Nacht hinein. Sofort begann ich, meinen Oberkörper auf und ab zu wippen, um sie zu beruhigen, während ich das viel zu kurze Tuch fester zog und Maria den Knoten neu band.

»Ihr könnt also reiten? Aha.« Die Wachfrau schien unsere Eskapade überhaupt nicht lustig zu finden. »Gib mir deine Tochter, wenn du nicht willst, dass sie ein Schütteltrauma erleidet.«

Ich starrte sie einen Augenblick an. Vermutlich war es das Beste, auf sie zu hören.

Maria half ihr, Kyra an ihre Brust zu binden. Dann nahm sie das Seil, das an ihrem Gürtel hing und band es an unseren Schimmel an. Maria setzte sich hinten auf ihr Pferd. Offenbar vertraute sie meinen Reitkünsten noch weniger als ich selbst. Ich schaffte es irgendwie zurück auf meinen Schimmel, dann ritten wir weiter. Ein Glück war vom Emir und seinen Leuten nichts mehr zu sehen. Nur die Spuren ihrer Pferde, die sie im kalten Sand hinterlassen hatten.

Kyra hörte auf zu weinen, als wir im leichten Trab durch die Dünen ritten. Offenbar machte es ihr weniger aus als mir, dass sie von jemand Fremdem getragen wurde.

»Wohin?«, fragte Maria nach einer Weile außer Atem. Sie schien immer noch nicht wirklich in der Lage zu sein, in ganzen Sätzen zu sprechen. Mir ging es nicht anders.

»Wir sind gleich da.«

In dieser Richtung war ich noch nie gewesen. Da wir den Hufspuren folgten, die nur noch ganz blass zu sehen waren, und die zum Dorf hin- und nicht wegführten, ritten wir offenbar zu jenem Ort, an dem sie zuvor nach uns gesucht hatten. Hoffentlich ritten wir nicht von einem brennenden Trümmerland ins nächste.

»Gibt es viele Dörfer wie eures?«, fragte ich mit trockener Stimme.

»Einige. Wir reiten nach Gonggouxiang, dort liegt das nächste Dorf und ich schätze, dort waren sie bereits. Eure Freundin hat jemandem im System einen Zettel hinterlassen, dass sie dorthin fliehen will mit dem Kind.«

»Welche Freundin?«

Maria antwortete: »Astrid natürlich. Das gehörte zum Plan. Die Information gab sie an Inara.«

»Aber dann werden sie Kirstins Mutter doch bestrafen, dass sie falsche Informationen weitergereicht hat.«

»Wenn alles nach Plan verlief, ist sie längst geflüchtet. Seit Kirstin in der Türkisen Nacht verschwand, hat sie sich verändert. Erst dachte sie, Kirstin wäre weggelaufen, doch dann kamen die Gerüchte über die Wächterin und den Khan auf und man hörte noch so einiges anderes im System. Ihr wurde klar, dass Kirstin entführt wurde und da inzwischen auch bekannt war, dass Kyra ebenfalls verschwunden ist, zählte sie eins und eins zusammen.«

»Kirstin ist tot, Maria. Ich musste sie identifizieren. Und Kyra auch«, sagte ich bitter, den letzten Satz jedoch mehr zu mir selbst als zu ihr.

Langsam gewöhnte ich mich an die Schmerzen im Becken und das ständige Auf und Ab. Gleichzeitig vermisste ich die Wärme, die meine Tochter mir gespendet hatte.

»Ich weiß«, sagte Maria. »Aslan hat einen Boten zum System gesandt, um es uns mitzuteilen. Der Khan hätte es vermutlich verschleiert.«

Ich versuchte, das alles irgendwie zu verdauen und beobachtete die Wache und Ky für einige Minuten, während wir stumm dahinritten.

»Warum lässt die Wächterin das zu? Dass Frauen einfach verschwinden, verkauft oder ermordet werden?« Langsam taten auch die Schenkel weh und ich musste mich stark konzentrieren und festhalten, um nicht vom Pferd zu fallen.

»Geld«, sagte die Wache. »Es geht doch immer nur um Geld. Die Mädchen werden gefangen und entweder an Menschen außerhalb des Wüstenreiches Ulanqab verkauft, oder von Männern, deren Frauen zurück ins System kehrten und die nicht erneut heiraten durften, als Sklavinnen verscherbelt und bei ihnen wie Tiere behandelt.«

»Woher weißt du das?«, fragte ich schockiert.

Die Wache blickte gen Boden und zuckte dann eigenartig mit den Augen, als müsse sie das Gesehene vertreiben, und ich verstand.

»Du warst eine von ihnen.«

Sie nickte. »Sieben Jahre habe ich als Sklavin gedient. Nicht nur für einen Mann. Ich wurde herumgereicht wie Vieh. Manche behandelten mich immerhin annähernd wie einen Menschen, andere banden mich an und sperrten mich in ihre Abstellkammer. Ich durfte nur zum Pinkeln raus und um mich zu waschen, ehe sie sich an mir vergingen. Mit vierundzwanzig konnte ich fliehen und Amandria nahm mich auf. Es ist grausam, was diese Welt aus uns

Frauen macht. Ich hörte von anderen, die verschleppt wurden, nur damit sie von einer Gruppe reicher Männer in der Wüste gejagt werden konnten. Wer zuerst den tödlichen Schuss abgibt, gewinnt das Spiel. Wer mordet, ohne zu schießen, bekommt extra Punkte. So läuft das hier draußen. In der Wüste gibt es keine Regeln. Und der Khan lässt es zu. Estelle hatte Glück, dass sie fliehen konnte. Als er mit dem Trinken anfing, soll er sie oft geschlagen haben. Hoffentlich hat ihr Sohn das Temperament seines Vaters nicht geerbt«, sagte sie bitter.

»Nein, Aslan ist ein guter Mensch«, antwortete ich. Aslan war ein wunderbarer Mann und ich sehnte mich zunehmend nach ihm. Wie gerne würde ich ihn jetzt an meiner Seite wissen. Ihm zusehen, wie er mit seiner Tochter spielte und ihr zartes Händchen hielt. Noch einmal seine Lippen auf meinen spüren und in seinen starken Armen einschlafen.

Die Reiterin nickte nur, doch dabei wirkte sie nicht, als würde sie meinen Worten groß Glauben schenken.

Mir war zunehmend schwindlig und heiß. Wie lange waren wir bereits unterwegs? Ich biss die Zähne zusammen und hielt es irgendwie durch. Das Dorf tauchte zum Glück wenige Minuten später vor uns auf. Hier sah man noch die Trümmer der alten Stadt. Gonggouxiang war anders als Meiguiyingzhen. Hier stand sogar noch ein alter Tempel zwischen den Zelten und Baracken. Doch auch dieses Dorf wollte man durch eine Mauer schützen. Früher hatte hier keine gestanden, das wusste ich aus den Büchern. Kaum eine Stadt oder ein Dorf war von Ziegeln eingekesselt gewesen. Das änderte sich alles erst nach dem Krieg und der Entscheidung, die Wüste zu weitestgehend rechtsfreien Staaten zu erklären. Nun schützte sich jeder Ort so gut er konnte vor den Wüstenpiraten.

»Sally, meine Damen, reitet rein. Man erwartet euch.«

Ich blickte runter auf den Mann, der sein Maschinengewehr locker an einem Gurt über die Schulter trug und der seine Basketball-Kappe, die ein Relikt aus der westlichen Welt war, ein Stück herunterzog und unserer Wache zunickte. Sally hieß sie also. Seit über einer Stunde ritten wir durch die Wüste und ich hatte keine Ahnung gehabt, wie die Frau, der ich folgte, hieß.

»Sam, schön dich zu sehen. Dann mal rein, Mädels. Willkommen in Gong, meiner alten Heimat.«

Maria lockerte ihren Griff um ihre Hüften und kurz dachte ich, sie kippe nach hinten über. Ich glaubte, ihr war schlecht geworden. Zumindest sah sie ziemlich blass aus, als man uns runterhalf.

Sally sah kritisch auf mein nasses Gewand, ich musste den ganzen Weg über und hatte es nicht halten können, gleichzeitig tropfte Blut von meinen Beinen. Es war ein unangenehmes Gefühl.

Sie nickte mir zu, ihr zu folgen und brachte mich zu einem Brunnen, wo ein Mädchen kam und mir einen Lappen reichte. Es war demütigend, dass sie mir dabei zusah, wie ich mir Blut und Urin von den Beinen wischte. Dann schrie Kyra auch noch und verlangte nach meiner Aufmerksamkeit, sodass ich alle Blicke des Dorfes auf mir spürte. Obwohl es mitten in der Nacht war, schien es, als wären alle auf den Beinen.

Maria kam auf mich zu getrottet, man sah ihr die Schmerzen vom Reiten an, und nahm mir Kyra ab, damit ich mich in Ruhe waschen und etwas gegen den Wochenfluss tun konnte. Im Palast war es kein Problem gewesen, doch hier standen mir die modernen Mittel der zivilisierten Spike nicht mehr zur Verfügung. Ich musste mich einwickeln, als würde ich eine Windel tragen. Dennoch tat es gut, sich wieder sauber zu fühlen.

Sally brachte mich zu Maria und Ky, die vor dem Palast auf mich warteten. Das rote Gebäude hatte wenig vom prachtvollen Palast in Ulanqab. Dieser musste einige Bomben abbekommen haben, denn Teile der Hinterseite waren zerstört und die Fenster fehlten in allen Räumen. Ich blickte mich neugierig um, in der Hoffnung, auf bekannte Gesichter zu stoßen. Doch bisher waren wir alleine.

Dies war kein Ort, in dem man gerne lebte. Es reichte allemal zum Versteckenspielen der Kinder. Dennoch lagen Matratzen wie in Lagern auf dem Boden und aus einem der Räume kam der Duft von gebratenem Fleisch.

Sam musste am Tor abgelöst worden sein, denn er stand in einer der Türrahmen, die Arme verschränkt, und wartete offensichtlich auf uns. »Willkommen, Prinzessin, Madame und Sally. Und die kleine Thronerbin habt ihr auch dabei. Wie heißt sie?«

»Kyra-Maria«, sagte ich unsicher, ob ich Sam leiden mochte.

»Ein hübscher Name.« Sam grinste. Er war unrasiert und roch so, wie ich mir einen Wald vorstellte. Seine dunklen Augen musterten mich über seine schmale Nase hinweg durch die tiefen Augenhöhlen. »Estelle wird auch gleich da sein. Einer unserer Späher hat sie nicht weit von hier gesehen.«

»Wieso wurde euer Dorf verschont?«, fragte ich, ohne auf Estelles Kommen einzugehen.

»Es wurde nicht verschont. Ihr habt doch die Hütte am Eingang gesehen.«

Tatsächlich hatte ich den Eingang nur am Rande wahrgenommen. Ich hatte zu starke Schmerzen, um mich darauf konzentrieren zu können. Aber es roch auch hier leicht verkohlt. Doch offenbar hatten sie das Feuer schneller in den Griff bekommen.

»Ihr könnt euch im Palast aufhalten, bis die Königin kommt. Gleich sind die Kamelschenkel fertig gebraten, ihr solltet sie kosten.« Mit diesen Worten verließ er den Raum und ließ uns zwischen den erdrückenden roten Wänden zurück.

Mein Magen knurrte und ich sank zu Boden. Ky gab erneut einige Töne von sich und schließlich musste ich sie anlegen, damit sie aufhörte zu weinen. Es war, als bestünde ihr Leben bisher nur aus Schlafen und Essen. Jedes Mal, wenn ich in ihre Augen sah, dachte ich an ihren Vater und mein Herz schlug schneller. Wo war Aslan nur? Wurde er wirklich nicht weit von hier gefangen gehalten?

31

»Die Königin kommt.« Ein Murmeln ging durch unsere Reihen. Es war immer noch unbegreiflich für mich, dass Estelle lebte. Aslans Mutter war am Leben.

Der Bote, der die Nachricht überbracht hatte, verschwand und wir richteten uns alle auf. Ich klopfte mir den Staub der Ruine vom Gewand und übergab Ky an Maria, auch wenn ich mir nicht wirklich sicher war, ob Estelle mich tatsächlich bei Aslans Rettungsmission dabeihaben wollte. Ich war geschwächt und mir tat noch immer alles weh, auch wenn die Salben, die sie mir gaben, einigen Schmerz gelindert hatten. Ich musste einfach mitkommen und Aslan in meine Arme schließen.

Ein leichtes Zittern ging durch meinen Körper, das meine Fingerspitzen vibrieren ließ. Was war, wenn er nicht mehr leben würde? Wenn Estelle ihn nicht gefunden hatte und er immer noch in Ulaanbaatar festsaß? Vielleicht irrte sich die Königin und er hatte nie den Weg zu uns angetreten. Wer wusste das schon?

Estelle trat ein. Sie ging aufrecht, wie es sich für eine Königin gehörte und strich sich das lange, braune Haar nach hinten. Alles an ihr strahlte Anmut und Kampfkraft aus. Sie war eine königliche Kämpferin, eine Kriegerin. In ihr loderte ein Feuer, wie ich es noch nie bei jemandem vernommen hatte und ich sah sie geradezu neidisch an. Was passierte, wenn das alles vorbei war? Würde ich dann wieder Prinzessin sein? Würden Aslan und ich fliehen und nie zurückkehren? Was würde aus meiner Kyra? Ich blickte sehnsüchtig auf ihr kleines Köpfchen und auf Maria, die sie behutsam im Arm hielt. Konnte ich meiner Tochter jemals das geben, was sie brauchte?

Frieden und eine Welt, in der man ihr nicht nach dem Leben trachtete? Sie war so unschuldig. So rein. Ich würde alles dafür tun, damit sie in einer friedlichen, humanen Welt aufwüchse.

»Geht es euch allen gut?« Die Königin blickte in unsere zerknirschten Gesichter. Die meisten waren müde, vor allem Maria. Ich hatte ihr gesagt, sie solle schlafen, doch sie wollte lieber auf uns aufpassen.

»Wir sind in Ordnung«, sagte ich. »Und Ihr? Konnten Eure Truppen Aslan ausfindig machen?«

Die Königin schwieg und warf mir einen nachdenklichen Blick zu. Schließlich sagte sie »Ja.« Doch mir schien da noch mehr zu sein. Noch keimte keine Hoffnung in mir auf.

»Lebt er?«

Sie nickte. Ich hasste es, wenn Leute nicht einfach mit der Sprache rausrückten.

Ich hob die Hände. »Ja und? Werden wir ihn retten?«

»Er sieht nicht sehr gut aus. Amandria meinte, sie hätten ihn übel zugerichtet und von seinen Mitreisenden fehlte jede Spur. Ich weiß nicht, ob er die nächste Nacht überleben wird.«

Angestrengt biss ich mir auf die Lippen und starrte zu Boden. »Dann müssen wir los. Worauf warten wir noch?«

»Du willst mit?« Die Königin sah mich erstaunt an und auch Maria warf mir einen überraschten Blick zu.

»Natürlich komme ich mit. Wir reden hier von meinem Mann!«

»Und meine Enkelin? Es ist zu gefährlich für euch beide.«

Ich verdrehte die Augen. »Kyra bleibt selbstverständlich hier. Ich würde Maria mein Leben anvertrauen und erst recht Kys. Sie ist in guten Händen bei ihr.«

Maria schenkte mir ein Lächeln, dennoch wirkte sie zerknirscht. Ich konnte mir denken, was sie quälte. Sie kannte die Wüste und ihre Gefahren. Wenn mir etwas passieren und Aslan es nicht schaffen würde, dann würde Kyra eine Waise sein. Aber wir würden es schaffen.

Ich warf der Königin einen entschlossenen Blick zu und sie nickte schließlich. »In Ordnung. Auf deine Verantwortung. Ich lasse die Pferde fertigmachen. Kannst du reiten?«

Ich wollte schon »Ja« sagen, als Sally vor mich trat.

»Sie kann mit mir reiten. Glaub mir, Estelle, es ist besser so.«

Ich schluckte. Mein Verstand wusste, dass sie recht hatte. Ich war selbst überrascht, dass weder Maria noch ich vom Pferd gefallen waren.

Ich verabschiedete mich von meiner schlafenden Schönheit und gab ihr einen Kuss auf die Stirn. Meine Schlafmütze war so süß, wenn sie die Äuglein zu hatte und leise vor sich hin atmete. Maria drückte mich und dann folgte ich Sally und Estelle. Noch immer schmerzte es beim Gehen, doch ich musste durchhalten. Für Aslan.

Draußen standen weitere vier Männer und zwei Frauen bereit und schienen auf uns zu warten.

»Unser Geleit: Andras, Marcus, Chin, Efraim, Simsek und Navi.«

Die Männer und Frauen nickten uns zu, dann half Sally mir auf ihr Pferd, ehe sie sich vor mich schwang und die Zügel packte. Wir trabten los. Langsam gewöhnte ich mich an die Bewegungen des Tieres und bewegte mich rhythmisch auf und ab. Zwei der Männer ließen sich zurückfallen und schlossen sich hinter uns wieder an. Dann ritten wir gemeinsam durch das Tor.

»Wie sieht der Plan aus?«, fragte Sally vor mir.

»Es gibt keinen. Außer du hast eine konkrete Idee.« Die Königin klang viel zu entspannt für die Situation. Vielleicht war es gerade diese Art, die sie zu einer guten Herrscherin gemacht hätte. Sie bewahrte stets die Ruhe.

»Wir könnten sie mit ihren eigenen Waffen schlagen«, warf ich ein.

»Und die wären?«, fragte Estelle neben uns.

»Feuer. Wir setzen einen Teil der Ruine in Brand. Natürlich sollte es möglichst weit von Aslan entfernt geschehen. Sie werden hinrennen und wir können ihn befreien.« Ich zuckte mit den Schultern, als wäre meine Idee die logischste der Allianz.

»Feuer? Gewagt, aber vielleicht gar nicht so schlecht«, warf die Königin ein. »Ich werde es vor Ort entscheiden. Folgt mir.« Und damit trieb sie ihr Pferd an, galoppierte an den vorderen Reitern vorbei und wir ihr nach.

Sally beherrschte ihr Pferd so viel besser als ich es jemals gekonnt hätte. Spätestens jetzt wäre ich zurückgefallen und hätte die ganze Mission durch meine fehlenden Reitkünste ins Wanken gebracht.

Es war mehr Glück als mein Können, dass Maria, Kyra und ich es überhaupt auf einem Pferd in die Stadt geschafft hatten.

Sand wirbelte auf und wir ließen eine kleine, staubige Wolke hinter uns. Es war längst Abend geworden und draußen dämmerte es. Die Kälte kroch unter unsere Gewänder. In diesem Moment beneidete ich die anderen Frauen um ihre Hosen.

»Wir sind gleich da. Steigt alle ab und verteilt euch. Sally, Eliza, Andras, ihr kommt hierum mit mir. Sucht euch etwas, um die Pferde zu befestigen, dann sehen wir weiter.« Die Königin wäre wirklich eine wunderbare Anführerin für unser Land gewesen.

Andras wechselte die Seite und kam elegant zu uns herübergeritten. Erst jetzt konnte ich ihn und sein Tier näher betrachten. Er hatte etwas Ritterliches an sich. Den Rücken gerade, stieg er erhobenen Hauptes ab und machte einen Knicks vor mir, ehe er mir seine Hand reichte und mir von Sallys Stute half. Die Königin stand bereits fest am Boden und Sally folgte ihrem Beispiel. Die beiden brauchten keine ritterliche Hilfe.

»Und nun?«, fragte ich. Hier war keine Ruine. Nur ein paar Dünen und hier und da ein vertrockneter Baum. Ein mulmiges Gefühl beschlich mich und kroch durch meine Glieder, bis ich mich schütteln musste.

»Alles in Ordnung?«, fragte Sally.

»Sag du es mir. Wo ist diese ominöse Ruine?«

»Ominös?« Ihre Augenbrauen krochen wie Raupen nach oben. »Da ist nichts Eigenartiges dran. Sie liegt einen Kilometer in diese Richtung. Es bringt bloß nichts, dorthin zu reiten und gleich entdeckt zu werden. Also gehen wir und schauen, wo wir die Pferde anbinden können. Viel ist hier ja nicht. Nur Sand und noch mehr Sand.« Sally schaufelte mit ihren ledernen Schnürschuhen etwas Sand in die Luft.

Sie hatte recht. Ich ließ den Kopf hängen und folgte den dreien, die ihre Pferde an Seilen führten. Die Sonne war inzwischen vollständig untergegangen und außer ein paar Eidechsen im Sand hörte man kaum etwas. Der Wind blies kühl um unsere Ohren und ließ den Sand die Dünen hinab rieseln, wie die große Sanduhr, die früher in unserem

Studienzimmer stand, wenn wir unterrichtet wurden. Wie viele Körner wohl rieseln mussten, bis wir Aslan gefunden hatten?

»Wir lassen die Pferde hier«, sagte Estelle plötzlich und zeigte auf einen morschen Baum, der vermutlich seit Jahren kein Wasser mehr abbekommen hatte.

Die Pferde banden wir an, dann zogen wir weiter und erreichten endlich die Ruine von Daliuhaoxiang. Hier gab der Wind andere Töne von sich. Es klang, als spiele er eine traurige Melodie, während er durch die Fensterrahmen und zahlreichen Türen des zertrümmerten Palastes strich. Daliuhaoxiang war eine einzige Trümmerstadt, die sich die Wüste nach dem Krieg zurückerobert hatte. Wo man nur hinsah, war Sand. Die alten Mauern des einst prächtigen Palastes und ein paar Ampeln, dessen Lichtfelder oben aus dem Sand schauten, waren das Einzige, was noch daran erinnerte, dass hier mal eine Zivilisation geherrscht hatte.

»Eliza, du bleibst bei mir«, bestimmte die Königin und ich gehorchte. Andras und Sally hatten die Aufgabe, die Ruine von der anderen Seite auszukundschaften, bis sie auf die anderen trafen. Dann würden wir uns alle oberhalb der Düne unterm Polarstern treffen.

»Du frierst«, stellte Estelle fest, als ich mir die Arme rieb.

»Ja, die Gewänder des Systems sind nicht sonderlich tauglich, wenn es um das Überleben in der Wüste geht.«

Sie nickte, bot mir jedoch keines ihrer Kleiderteile an, obwohl sie noch eine wärmende Tierweste über ihrem Gewand trug. »Es hat einen Grund, wieso du heute mitkommen durftest. Eigentlich hielt ich es nicht für sonderlich gut. Du bist noch schwach und eine miese Reiterin, wenn ich Sally richtig verstanden habe. Außerdem gehört eine Mutter zu ihrem Kind.«

»Ihr habt Aslan verlassen, als er fünf war.«

»Ich hatte keine Wahl, genauso wenig wie du, als du dich für deine Tochter entschiedst. Doch in dieser Nacht hättest du eine Wahl gehabt und wenn du mich fragst, ist dir deine Entscheidung ein wenig zu leichtgefallen.«

Ich verstand nicht. »Wie meint Ihr das?«

»Du solltest dich nicht zu abhängig von meinem Sohn machen.

Das meine ich. Wir wissen nicht, wie dieser Krieg ausgeht. Sollte Aslan den Thron am Ende besteigen, bleibt die Chance, dass wir bald frei sind. Aber nur, wenn. Erreichen wir heute Nacht nicht unser Ziel, hast du umsonst dein Leben riskiert.«

»Will der Khan denn noch, dass Aslan sein Erbe antritt?«

»Eine gute Frage, die ich nicht zu beantworten weiß. Es hängt davon ab, ob er weiß, was Aslan macht und ob er andere Dinge vermutet.«

Mir schwirrte der Kopf. Musste Estelle immer in Rätseln sprechen? »Was soll er denn vermuten?«

Die Königin seufzte. »Hat Maria dir von meiner Vergangenheit erzählt?«

»Nicht viel. Ihr hattet Fehlgeburten und musstet Euch mehrmals gegen Eure Töchter entscheiden, ehe Aslan geboren wurde. Und dann wurdet Ihr erneut schwanger.«

»Ja, und wieder war es ein Mädchen. Ich hatte das Gefühl, ich sei verflucht. Fünf Mädchen vom Khan und keinen Sohn.«

»Aber Aslan ...«

Sie schüttelte den Kopf und meine Augen weiteten sich. »Ich sagte ja, ein Fluch.«

»Weiß Aslan es? Kennt er seinen richtigen Vater?« Wir wurden langsamer und näherten uns den verfallenen Mauern. Was die Königin mir gerade anvertraute, bedeutete Hochverrat.

»Nein, und deswegen erzähle ich es dir. Ich bin nicht mehr die jüngste, Eliza. Und mein Körper bereitet mir mehr und mehr Probleme. Wenn ich heute Nacht nicht sterbe, dann vielleicht in einem Monat oder in einem Jahr. Viel länger wird es nicht dauern. Doch es ist wichtig, dass dein Mann, mein Sohn, von meiner Untreue dem Khan gegenüber erfährt. Solange er denkt, er wäre das Fleisch und Blut dieses Mannes, wird er sich niemals gegen ihn stellen.«

»Ihr wollt, dass Aslan den Khan tötet, habe ich recht?«

»Nein, ich will, dass er es will. Dieser Mann hat nichts mehr mit dem freundlichen Wesen, das ich damals heiratete, zu tun. Er hat mich verprügelt und genötigt. Jedes Mal, wenn ich ihm eine Tochter schenkte, hat er mich grün und blau geschlagen, wenn er es erfuhr.

Dadurch hatte ich die Fehlgeburten. Er war so versessen darauf, einen Thronerben zu bekommen. Deswegen ist er auch hinter dir her und deswegen hat er das Gesetz erlassen, dass die Prinzessinnen nicht ins System zurückkehren dürfen. Das war nicht immer so. Auch wenn es die wenigsten gewagt haben. Wer gibt schon die Süße des Palastes für die triste Bitterkeit des Systems her?«

»Wenn der Khan nicht sein Vater ist, wer dann?«

Die Königin blieb stehen und malte mit ihren Stiefeln in den Sand, während sie gen Himmel schaute und die Sterne beobachte. »Er war ein guter Mann. Aslan mochte ihn sehr. Meo war eine Wache im Palast. Der Khan war wieder betrunken gewesen und hatte mich zugerichtet, da flüchtete ich mich in seine Arme. Er gab mir den Halt und die Liebe, die ich mir von meinem Mann so sehr gewünscht hatte.«

Ich hielt die Luft an, während sie sprach. »Was ist dann passiert?«, flüsterte ich.

»Unsere Affäre ging fast sechs Jahre lang. Dann wurde ich erneut schwanger. Ich kann gar nicht genau sagen, von wem. Für den Khan und seine Lustspiele musste ich immer bereit sein, vielleicht war er der Vater meiner Tochter. Es kann aber genauso gut Meo gewesen sein. Dieses Mal hielt ich die Schwangerschaft lange geheim. Es war nicht leicht, das kannst du dir bestimmt vorstellen. Ich verschloss mich mehr und mehr und zog mich zurück. Es dauerte also nicht sehr lange, und mein Mann kam dahinter und schleifte mich zum Heiler. Und es sollte wieder ein Mädchen werden. Ich liebte Aslan sehr. Es war so schön gewesen, ihn das erste Mal in den Armen zu halten. Ihn atmen zu sehen. Mit ihm zu spielen, seine ersten Sprechversuche, seine ersten Schritte. Das erste Mal *Mama* zu hören. All das hätte ich erneut erleben können mit meiner Tochter. Ich flehte meinen Mann an, sie am Leben zu lassen. Wir hatten doch einen Sohn, auch wenn es nicht seiner war. Ich glaube nicht, dass er das jemals geahnt hatte. In dieser Hinsicht war er ziemlich naiv. Aber der Khan blieb stur und bestand darauf, dieses wunderbare kleine Wesen in mir zu töten. Am liebsten noch vor der Geburt. Ein neuartiges Gift sollte ich zu mir nehmen, das mich nicht tötete, aber mein Mädchen sofort umgebracht hätte. Also floh ich ins System, und statt mit offenen Armen empfangen zu werden, wie ich es von den anderen Frauen kannte, sperrten sie mich nach kurzer Zeit ein und meine Tochter starb bei ihrer Geburt.« Estelle klang traurig und bitter zugleich. »Meo habe ich nie wiedergesehen, bis ich ihn vor zwei Jahren in der Wüste gefunden hatte. Er war mit seinem Trupp, dem auch Aslan angehörte, in einen Sandsturm gekommen und hatte es nicht überlebt. Er ist kurz vor unseren Toren dehydriert. Wenn ich die Reiter nur eher gesehen hätte. Aber ich war zu sehr in meinen Gedanken gewesen, statt meinen Auftrag als Wache zu erfüllen.«

»Ihr konntet das doch nicht ahnen. Es war nicht Eure Schuld.«

»Vielleicht ...«, antwortete sie nur und blickte weiter zu den Sternen.

»Wieso habt Ihr es Aslan damals nicht gesagt?«

»Ich weiß von Astrid, dass du weißt, was es heißt, einen geliebten Menschen zu verlieren. Ich brauchte meine Zeit. Und wie sollte ich ihm sagen, dass sein echter Vater sein ganzes Leben über ihn gewacht hatte und er nun niemals eine Beziehung zu ihm aufbauen würde können. Nein, ich verkroch mich in meinen Kummer und schwelgte in Erinnerungen an meinen geliebten Meo.«

32

»Dort rührt sich etwas«, löste ich die trübe Stimmung auf.

»Ist das Timur?«, fragte die Königin und legte ihre Stirn in Falten. Sie schien verwirrt. Kannte sie ihn noch von früher?

»Ja, ich denke schon. Er hat mal versucht, mich zu vergiften.«

»Das sieht ihm ähnlich. Komm mit, wir müssen weiter vor, um besser zu sehen.« Ähnlich? Ich dachte, das mit dem Gift wäre eine unsittliche Eigenart des Emirs gewesen und nicht seines Handlangers. Aber vielleicht hatte der mehr zu melden, als ich ahnte.

Ich folgte Königin Estelle durch die Dünen. Der Mond war hinter einer Wolke verschwunden, doch aus den Fenstern der Ruine drang schwaches Licht. Vermutlich hatten sie ein paar Öl-Lampen angezündet.

»Timur arbeitet schon lange für den Palast, sicherlich siebzehn Jahre. Früher war er mir sehr ergeben gewesen, doch er wandte sich mehr und mehr dem Emir zu, bis er seiner charmanten Art vollends verfallen war. Jetzt ist er genauso korrupt wie er«, erklärte sie mir.

»Meint Ihr, der Khan weiß, dass er seinen Sohn, also – ich meine Aslan – hat?« Aslan war nicht der Sohn des Khans, wie sollte ich ihm das erklären? Würde er mir überhaupt glauben? Irgendwo knallte eine Tür zu, riss mich aus den Gedanken und ich zuckte zusammen. Der Assistent des Emirs war hinter den scheibenlosen Fenstern verschwunden.

»Wahrscheinlich nicht. Wenn, dann lässt er sich nichts anmerken. Ich habe viele Kontakte in der Spike und dem Palast. Wenn er etwas über seinen tatsächlichen Verbleib wüsste, dann hätte ich diese Information viel eher gehabt. Hier aber haben meine Späher Aslan erst kürzlich entdeckt.«

»Wenn er ihn nicht findet, erklärt er ihn dann für tot? Was wird dann aus seinem Erbe. Ich dachte, das sei ihm so wichtig.«

»Das kann er dir nur selbst erklären. Wenn Aslan stirbt, wird Burka und später einer seine Söhne für ihn eintreten. Deswegen hat er ihn vermutlich entführt. Jedoch glaube ich, auch wenn Burka sein bester Freund ist, dass der Khan das nicht will. Es ist nur eine Ahnung. Teneg Khan ist kein herzloser Mensch. Anders als Burka, der nur für sich selbst Empathie hegt. Das hat in einer gewissen Weise selbst mein Ex-Mann verstanden.«

»Ich höre die anderen«, unterbrach ich ihre Ausführungen.

»Ja, sie sind nicht sonderlich geübt im Anschleichen.« Die Königin setzte eine weniger erfreute Miene auf und drehte sich zu ihnen um. »Ihr seid lauter als eine Horde Kamele beim Koitus. Ihr solltet doch woanders auf uns stoßen.«

»Entschuldige, Estelle. Aber vielleicht interessiert es dich, dass sie Aslan verlegt haben. Und es ist noch eine Frau bei ihm. Eine Violette aus dem System, wenn ich ihr Gewand richtig gedeutet habe.«

»Danke Chin, für den Bericht. Die Violette könnte das Mädchen sein, das der Amme von der Prinzessin erzählt hat.«

»Ich sitze neben Euch«, warf ich ein. »Und die Violette ist wahrscheinlich Kataja. Wir sollten sie mit rausholen.«

»Nein, diese Mission gilt nur meinem Sohn. Wir können nicht jede dahergelaufene Regelbre-« Das konnte nicht ihr Ernst sein!

Ich hielt die Königin am Arm fest und stierte sie an. »Kataja ist meinetwegen dort unten. Wir werden sie retten!«

Die Königin presste ihre schmalen Lippen aufeinander und rümpfte die Nase. »Wenn wir deinet- oder ihretwegen draufgehen, bist du für den Untergang des Landes verantwortlich. Unser oberstes Ziel sollte Aslan sein.«

»Beruhigt euch, wir kriegen das hin«, sagte Sally und wir drehten uns alle zu ihr um. »Sie sind beide in einem Verlies rechts des Turms eingesperrt. Von der Stadtmauer aus konnte ich sie gut sehen.«

»Und man dich wahrscheinlich auch«, murmelte Andras.

Sally verschränkte die Arme und verdrehte die Augen. »Ich dachte, wir hätten das geklärt. Und niemand hat mich gesehen. Da bin ich mir sicher.«

Andras zuckte mit den Schultern und wand sich wieder uns zu. »Dann mal los, ich will endlich auch mal etwas in Brand stecken.«

»Wenn sie von hier aufgebrochen sind, lagern sie sicherlich noch irgendwo Brandbeschleuniger«, warf Sally ein und rieb sich genüsslich die Hände. Waren die denn alle verrückt? Sally hatte etwas Wahnhaftes an sich, wenn sie sich so auf das Feuerspiel freute.

Wir teilten uns ein weiteres Mal auf. Ich bestand darauf, mich der Königin anzuschließen und Aslan sowie Kataja zu retten. Zumindest ging ich davon aus, dass sie es war. Andras kam mit uns, der Rest schloss sich Sally an und lief nach vorne zum Tor – oder das, was davon übrig war – und suchte nach einem Beschleuniger für das Feuer.

»Wie sah Aslan aus?«, fragte die Königin mit besorgter Stimme.

»Ich habe ihn nicht gesehen. Sally ist alleine auf die Mauer geklettert. Aber sie meinte, er lebt. Mehr hat sie nicht gesagt. Dort vorne war es.« Andras zeigte auf den abgebröckelten Vorsprung, von dem man gut auf die Mauer klettern konnte. Hoffentlich schaffte ich es mit meinen Schmerzen hoch. Wenn alles klappte, konnte ich meinen geliebten Mann gleich wiedersehen und er würde schon in ein paar Stunden unsere Tochter in seinen Armen halten können.

Die Königin nickte und wir traten an die Mauer heran. »Bist du bereit, Elizara?«

»Ich denke schon.« War ich das? War ich bereit, einen ganzen Ort anzuzünden, mein eigenes Leben zu riskieren, um meinen Mann und eine alte Verbündete zu retten? Ich seufzte und drückte mir die Nägel in die Hand, als ich eine Faust bildete. Das würde mein Sieg sein. Hatte ich es nicht gerade erst mit Jazar aufgenommen und ihn überwältigt? Doch zu welchem Preis? Thomasin ist an meiner statt gefallen. Was würde aus meiner kleinen Ky werden, wenn ich es nicht schaffte? Was, wenn auch Aslan starb? Wie oft bin ich dieses Szenario in den letzten Tagen durchgegangen ...?

»Wie lange werden sie brauchen, um das Feuer zu legen?«, fragte ich Andras, um mich abzulenken.

»Bei der Trockenheit nicht sonderlich lange. Im Ort gibt es ein paar Hütten aus Holz, vermutlich werden sie die zuerst anzünden.«

Ich nickte, doch wirklich weiter brachte mich diese Information nicht. Andras und ich halfen der Königin, auf die Mauer zu klettern. Dafür, dass sie nicht mehr die Jüngste war, war sie noch sehr agil. Vermutlich hätte sie es sogar ohne unsere Hilfe geschafft. Ich war seit Monaten nirgendwo mehr hochgeklettert. Zuletzt in jener Nacht, in der mein Schicksal begann. So lang war es bereits her. So viele Monde waren vergangen.

Andras half mir hoch und kletterte hinter mir her. Er musste das oft machen. Seine Körperspannung war beeindruckend.

Estelle glitt auf der anderen Seite von der Mauer und Andras folgte ihr, während ich mich flach hinlegte und Ausschau hielt. Das war unser Plan. Zum Kämpfen war ich zu schwach und untrainiert. Außerdem kamen der Muskelkater und die Beckenschmerzen wieder.

»Sie haben es geschafft, ich sehe Rauch«, sagte ich zu den anderen.

»Gut, bleib dort. Falls etwas Unerwartetes passiert, renn weg. Versuche nicht, uns zu retten. Das ist zu gefährlich. Lauf einfach, soweit du kannst.«

Ich nickte, doch einverstanden war ich mit ihrem Plan nicht.

Flach auf die Mauer gepresst, beobachtete ich die Lage. Ich kam mir so nutzlos vor. Die beiden riskierten da unten ihr Leben und retteten meinen Mann, während ich hier oben lag und nichts tat.

Der Rauch am anderen Ende der Ruinenstadt verdichtete sich und ich hörte Timur etwas Unverständliches rufen. Also war er nicht alleine. Wie viele seiner Leute waren hier? War der Emir bereits auf anderem Weg zurückgekehrt? Da ich mit auf dem Pferd gesessen hatte, hatten wir nicht galoppieren können. Das war Estelle so kurz nach der Geburt zu gefährlich gewesen. Wenn ich an die Schmerzen in meinem Becken dachte, die mit jedem Atemzug zunahmen, war es vernünftig gewesen, auch wenn wir dadurch wichtige Zeit verloren hatten. Zeit, in der er womöglich zurückgekehrt war.

Die Flammen züngelten in die Höhe und breiteten sich über die Stadt aus. Ein Windstoß wehte mir entgegen und warf Funken in meine Richtung. Der Rauch verdichtete sich zunehmend. Wir mussten hier weg. So schnell wie möglich. Obwohl wir unter freiem Himmel waren, musste ich husten. Wo blieben die nur? Und was war mit Sally und den anderen? Es war viel zur ruhig. Man müsste Leute um Hilfe schreien hören, doch außer dem Knistern der Flammen vernahm ich nichts mehr. Wenn sie ... Ich wollte es mir nicht ausmalen. Aus der Ferne erklangen Schüsse und ich schrak hoch.

Mit einem Ruck glitt ich von der Mauer und befand mich mitten in der Stadt aus Flammen. Die Königin und Andras waren nach links gegangen. Wieso sah ich sie nicht mehr? Andras meinte doch, Sally hätte Aslan und Kataja von der Mauer aus gesehen. Doch hier war kein Verlies. Hier war weder Aslan, noch Kataja, noch sonst irgendwer.

Eine schwarze Rauchwolke zog über mir hinweg und nahm mir das letzte bisschen Licht, das durch die Wolkendecke geschienen hatte. Doch das Feuer kam immer näher und zeichnete mir den Weg durch die sandigen Gassen. Und dann hörte ich sie. Rufe, Stimmen, die über das knisternde Feuer hinweg um Hilfe schrien. Sie kamen dumpf aus dem Inneren des Palastes, hinter dem ich mich befand. Irgendwo musste es einen Eingang geben.

Ich tastete mich an der sandsteinernen Mauer des Gebäudes entlang. Über mir ragten die Türme der Ruine in den Himmel und wurden gänzlich vom Schwarz des Rauches eingenommen. Ein unsäglicher Gestank nach Verbranntem kroch in meine Nase und allmählich näherte sich die Hitze der Flammen.

»Estelle, Andras, wo seid ihr? Ist Aslan bei euch?«

Stille, keine Antwort, nur das Knistern und Knacksen des Feuers. Noch hatte es den Palast nicht erreicht, doch es musste sich schnell ausbreiten.

Endlich entdeckte ich eine offene Tür, die mich in einen dunklen Flur führte. Nach zwei Schritten sah ich nichts mehr. Kein Licht drang von außen herein. »Estelle, wo seid ihr?«, rief ich erneut.

Jemand räusperte sich und in diesem Moment wurde mir schwarz vor Augen.

33

Es roch verbrannt. Nein, es stank gerade zu. Wo war ich? Langsam öffnete ich die Augen und rieb mir den Hinterkopf. Blut klebte an meinen Fingern. Alles drehte sich und ich brauchte einen Moment, um zu mir zu finden. Jemand hatte mich niedergeschlagen. Das letzte, an das ich mich erinnerte, war, dass ich den Palast betrat. War ich noch immer hier, und wo waren die anderen?

Ich schloss die Augen und versuchte, mich zu sammeln. Alles schmerzte – noch mehr als zuvor. »Ruhig bleiben und atmen, Eliza«, flüsterte ich mir selbst zu. Doch es war nicht nur mein Atem, den ich vernahm. Ich war nicht alleine.

Durch die Dunkelheit tastend, krabbelte ich durch den verdreckten Raum. Steine drückten sich in meine Handflächen und einmal stieß ich gegen etwas Großes mit dem Knie. Wo war ich und wer war noch hier? »Aslan, Estelle? Seid ihr das? Andras, bist du hier? Kataja?«

Ich vernahm ein Stöhnen. Es musste irgendwo von rechts gekommen sein. Wie lange blieb uns noch, bis dieser Teil des Palastes in Flammen stand und wir verbrennen würden?

Ich stieß auf etwas Weiches. Nein, auf jemanden. Vorsichtig tastete ich den Körper ab. Weiches Fell umgab die Brust und schwache Atemzüge drangen aus ihrer Lunge. Vor mir lag die Königin, dessen war ich mir sicher. Dann musste auch Andras irgendwo sein.

Ich rüttelte an ihrer Schulter, bis sie endlich einen japsenden Laut von sich gab. »Königin, seid Ihr wach?«

Sie brabbelte etwas vor sich hin, dass ich nicht verstand, dann richtete sie sich auf. »Eliza?«

»Ja. Was ist passiert?«

Sie musste ihren Kopf schütteln, denn ein Luftzug streifte mein Gesicht und ein paar ihrer Haare trafen meine Wangen. »Wo sind wir? Bist du in Ordnung?«

»Ich denke schon. Habt Ihr etwas, um Licht zu machen?«

»Ja, einen Moment.« Ihre Stimme klang noch immer benommen. Es raschelte, dann ging eine Taschenlampe an.

Wir standen in einem langgezogenen Raum. Auf dem Boden lagen Kadaver und abgeknabberte Skelette von toten Wüstentieren. Ratten, vermutete ich. Ich ekelte mich nicht vor ihnen, dafür hatten wir sie im System zu oft gejagt und verspeist. Estelle schwenkte die Lampe durch den Raum. »Aslan«, rief ich, als ich meinen Mann erkannte, und lief zu ihm hin. Seine Mutter folgte mir.

»Er atmet noch.« Ein Glück. Ich lauschte den schwachen Atemzügen und beobachtete seine Brust, wie sie sich hob und senkte. Er trug eine Art Kutte aus Leinen, wie ich sie von unserer Kultur her nicht kannte. Er sah ungepflegt aus, als hätte er sich seit Wochen nicht gewaschen oder rasiert. Wahrscheinlich war das auch so. Immerhin hatten wir seit fast zwei Wochen keinen Kontakt mehr gehabt. Trotzdem küsste ich ihn. Doch dies war kein Märchen, mein Kuss weckte ihn nicht. Wie lange war er bereits hier, gefangen in den Ruinen von Daliuhaoxiang? »Wir müssen hier raus, Königin.«

Estelle hatte sich über ihren Sohn gebeugt und begutachtet ihn wie ein Versuchsobjekt. »Er ist nur ohnmächtig. Siehst du die Handgelenke?« Sie hob seinen rechten Arm an, an dessen Gelenk tiefe Schürfwunden waren. »Er wurde gefesselt. Wo ist Andras?«

»Ich weiß es nicht«, sagte ich und die Königin stand auf und leuchtete in den breiten Flur hinein. War es überhaupt ein Flur? Jetzt erst fielen mir die stuckbesetzten Decken und der tiefhängende Kronleuchter auf. So schmal, wie mir der Raum zuerst vorgekommen ist, war er gar nicht. Wir hatten lediglich in einer Nische von ihm gelegen. »Das ist ein Ballsaal«, flüsterte ich. Und tatsächlich. Der Boden musste einst aus glattem Parkett gewesen sein. Doch nun war er von Sand und Staub bedeckt.

Estelle schritt zur Wand und zog die tiefhängenden Vorhänge zur Seite. Da waren Fenster. Schmutzige, verrauchte Fenster, dessen

Scheiben noch nicht gesprungen waren und die von außen vergittert wurden. Fast alle Häuser hatten heutzutage Gitter an den Fenstern. Ein Relikt aus den letzten Kriegen. Die Königin öffnete Vorhang für Vorhang und langsam trat Licht in den Saal. Gemälde altehrwürdiger Monarchen hingen an den Wänden. Ich wandte meinen Blick rasch zurück. Draußen spielte sich das viel spektakulärere Schauspiel ab. Die Stadt stand in Flammen, und der Palast war von ihnen umzingelt. Einer der Flügel brannte bereits lichterloh und ich war mir sicher, dass auch unser Gebäudeteil bald den Flammen erliegen würde.

Die Königin hielt inne und betrachtete das Flammenspiel mit geweiteten Augen. »Ich habe immer gewusst, dass mein Leben nicht lange gehen würde. Doch dass es so enden würde ...«

Ich trat an ihre Seite und nahm ihre Hand. »Das wird nicht das Ende sein«, flüsterte ich und nahm ihr die Taschenlampe ab. Sie bewegte sich nicht, sondern starrte einfach nur steif auf die Flammen hinaus.

Irgendwo hier waren sicherlich auch die anderen. »Andras, Kataja?«, rief ich und plötzlich ertönte ein Husten aus der anderen Ecke des Saals. Der Lichtkegel reichte nicht bis dorthin. Es klang nach Andras, in jedem Fall männlich. Mit großen Schritten durchquerte ich den Raum.

Andras saß vor mir, mit verdrehten Augen und blasser Haut. Er blutete am Hals und seine Pupillen waren unterschiedlich geweitet, als ich ihm in die Augen leuchtete.

»Andras, kannst du aufstehen?«

»Hä?« Er sah mich an, als hätte er mich jetzt erst bemerkt. So wurde das nichts.

»Komm, ich helf' dir.«

Mit einem Ruck kam er auf die Beine, schwankte kurz, stützte sich an der Wand ab und sah mich immer noch benommen an.

»Alles in Ordnung?«

»Ja, geht schon. Was ist passiert? Wo sind wir und wo ist Estelle?«

Ich leuchtete zu der Stelle, wo die Königin zuletzt gestanden hatte, doch dort war sie nicht mehr. Bestimmt ist sie zu ihrem Sohn gegangen, um nach ihm zu schauen.

»Es muss ein Hinterhalt gewesen sein. Ist Kataja auch hier? Oder jemand eures Trupps?«, fragte ich.

»Keine Ahnung. Ich sehe den Raum zum ersten Mal. Sieht aus wie ein Ballsaal.«

»Eliza, Andras? Seid ihr in Ordnung?« Die Stimme der Königin hallte durch den Raum.

»Ja, wir sind hier hinten. Andras hat auch gut was abbekommen. Habt Ihr Kataja entdeckt?«

Von irgendwo her ertönte ein eigenartiges Jammern. Es war nicht weit von mir entfernt. Wie ein Surren drang es zu mir durch. Rief da jemand meinen Namen – oder versuchte es zumindest?

»Kataja?«

Ein schwaches »Hier« kam aus einer Ecke nicht weit von uns. Andras musste sich an der Wand abstützen, während wir den klagenden Lauten folgten.

»Mein Gott, Kataja. Was ist dir passiert?« Ihr violettes Gewand war zerrissen und das Bein in einem eigenartigen Winkel verdreht. Sie blutete an der Hand sowie im Gesicht und ihr fehlten jede Menge Haare an der Schläfe, als wäre sie an ihnen durch einen Raum gezogen worden.

»Eliza. Du lebst ...«, flüsterte sie und versuchte ein Lächeln aufzusetzen.

»Kataja, wir müssen hier raus. So schnell wie möglich. Die ganze Stadt brennt.«

»Ich kann nicht gehen«, sagte sie und lachte. Was war an dieser Situation lustig? Sie musste den Verstand verloren haben. »Ihr müsst mich hierlassen.« Sie klang, als wäre sie mit Opiaten vollgepumpt.

»Kommt nicht in Frage. Ich werde dich tragen. Andras, geht es dir besser? Kannst du mir helfen?«

»Denke schon.«

Wir griffen beide nach ihren Armen und legten sie über unsere Schultern. Ich leuchtete in die Richtung, aus der wir gekommen waren und suchte gleichzeitig nach einer Tür. Irgendwie mussten wir schließlich hier reingekommen sein.

»Wir lassen dich kurz hier«, sagte ich, als ich den Ausgang entdeckt hatte und lief zu Estelle, die bei Aslan kauerte.

»Er will einfach nicht aufwachen.« Sie sah ängstlich aus.

»Dann müssen wir ihn auch tragen. Wir können ihn rausziehen. So.« Ich legte seinen Kopf gegen meine Knie und schlang meine Arme um seine Brust. Dann stand ich auf und zog ihn zur Tür. Dabei ließ ich die Fenster nicht außer Sicht. Die Flammen turnten direkt vor uns. Bald würden die ersten Fenster durch den Druck bersten, das hatte ich in einer Dokumentation gesehen.

Plötzlich erschütterte etwas anderes das Gebäude und ein lauter Knall ließ uns zusammenzucken. War das der Weltuntergang? »Eine Explosion«, sagte Andras von der Tür aus und hakte sich zusammen mit der Königin Kataja unter. Estelle sah nicht so aus, als würde es ihr passen, dass wir sie retteten.

»Die Tür ist versperrt«, sagte Andras, noch ehe ich meine Hand auf die Klinke gelegt hatte. Ich rüttelte an ihr, aber es tat sich nicht viel. Die Tür ging zwar auf, war aber von außen mit einer Eisenkette versehen.

»Und jetzt?« Kataja klang hilflos.

»Wir müssen sie aufbrechen.« Stellte sich nur die Frage, wie. Ich glitt mit der Taschenlampe durch den Raum. Die Gardinenstangen ... »Andras, Estelle. Ihr müsst mir helfen.«

Beide kamen zu mir und hoben mich hoch, sodass ich die vergoldete Stange aus den Halterungen heben konnte. Die rote Gardine rutschte herab und fiel auf den Boden. Ich drückte die Stange Andras in die Hand. Er war der Stärkste von uns. Während er und Estelle zurück zur Tür liefen, zerschnitt ich die Gardine mit meinem Messer und wickelte mir ein Stück um Mund und Nase. Ich betete, dass es den Rauch lange genug fernhalten würde, wenn wir draußen waren. Dann gab ich den anderen ihre Tücher und band Aslan eines um. Sein Atem war immer noch schwach. Hoffentlich bekam er durch das Tuch noch genügend Luft.

Ich half Andras, die Kette so um die Stange zu wickeln und diese nach unten zu hebeln, dass sie schließlich auseinanderbrach. Anschließend band er sich das Tuch um und übernahm Aslan, während ich mit Estelle Kataja half.

»Wo müssen wir hin?«

»Wahrscheinlich da lang«, sagte Kataja und zeigte nach links. »Der Raum, wo sie mich folterten, lag jedenfalls in der anderen Richtung.« Sie wurde gefoltert, meinetwegen. Wieso wurde allen Menschen, die mir beistanden, Schaden zugefügt? Ich war wahrhaftig ein Todesengel.

Ich leuchtete nach vorne, während sich langsam der Rauch um meine Augen schlich.

»Geht gebückt. Rauch zieht immer nach oben«, erklärte Andras und ich versuchte, mich unter Katajas Last zu ducken. Sie war nicht sehr schwer, aber auch kein Fliegengewicht. Und sie sah aus, als würde sie jeden Moment wegdämmern. Wenn sie das hier überleben wollte, wäre es hilfreich, wenn sie wach blieb.

»Was ist mit dir passiert, Kataja? Wie bist du hierhergekommen?«

»Jemand wusste, dass ich Maria von dir erzählt hatte. Sie haben mich gleich darauf gefangen genommen und hierhergebracht. Ich war zusammen mit dem Prinzen eingesperrt. Aber er war bewusstlos oder hat geschlafen, als ich ankam. Sah ziemlich K.O. aus. Die haben mich an Ketten gehängt und wollten immer wieder wissen, wo ihr hin seid. Nur woher sollte ich das wissen? Geschlagen haben die mich.«

»Wie viele waren es?«

»Drei. Der Emir des Khans und noch zwei andere. Atari oder so hieß der eine.«

»Atari war es, der mich damals in der Wüste gefangen nahm«, erklärte ich für alle. »Und wer hat dich verraten? Weiß du das?«

»Eigentlich dürfte mich keiner gesehen haben. Sonst wäre die Wächterin bestimmt früher gekommen. Ich meine, wer petzt denn erst Stunden später? Aber sie hat eine Salika erwähnt.«

Die Königin blieb stehen und kugelte ihr dabei fast die Schulter aus. Kataja schrie auf vor Schmerz und wir versuchten sie zu beruhigen.

»Wer ist Salika, kennt Ihr sie?«, fragte ich aufgebracht.

»Das ist Sallys richtiger Name.«

Mir wurde schlecht. Also hatte Sally uns verraten? Hatte behauptet, Aslan wäre dort an der Mauer in einem Verlies und sich dann hinter der Tür versteckt? Sie muss sich von den anderen getrennt haben, sonst konnte sie unmöglich vor uns dort gewesen sein. Aber wieso? Ich hatte dieser Frau mein Kind anvertraut. Sie kam mir so rebellisch vor. »Wie konnte sie sich auf die Seite des Emirs stellen?« Die letzte Frage stellte ich laut.

»Das verstehe ich auch nicht. Sie war mir immer ergeben.«

»Mir hatte sie erzählt, wie sie selbst von den Männern als Sklavin gehalten wurde und nun sollte sie die unterstützen? Wartet!« An meinen nackten Knöcheln spürte ich einen Luftzug und unterbrach unser Gespräch. Nachher würde noch genug Zeit bleiben, um der Sache auf den Grund zu gehen. Jetzt war es wichtiger, hier rauszukommen. »Da muss irgendwo ein Ausgang sein.« Ich leuchtete die Wand entlang und entdeckte eine Tür, die ebenmäßig in die gelbe Wand eingelassen war. »Hier«, sagte ich und stieß sie auf. Dahinter waren mehrere scheibenlose Fenster, deren Gitter herausgenommen oder verbogen waren. Ein Lächeln trat auf mein Gesicht. Doch dann erlosch es wieder, als ich die Blicke der anderen im Flur sah. »Was ist?«

»Das Feuer hat den Flur erreicht.« Andras hustete demonstrativ und nun nahm auch ich den Rauch wahr, der immer dichter wurde.

»Rein hier, schließt die Tür. Vielleicht hält sie das Feuer ein paar Minuten auf«, bellte ich und scheuchte sie zu mir.

Kataja schaffte es kaum, ohne meine zusätzliche Hilfe zu gehen und ich eilte zu ihr. Wie lange konnten wir den Flammen entkommen? Und wie lange dem Rauch? Ich sank auf den Boden. Die Fenster hatten den Rauch wie Magie angezogen und es wurde immer nebliger im Raum. Die Tür stand einfach zu lange offen und nun kroch er durch jede Ritze.

»Zum Fenster«, murmelte Estelle. Auch sie wurde immer schwächer. Wir husteten abwechselnd.

Andras war mit Aslan als Erstes an der Fensterfront angekommen. Ich ließ Kataja los und eilte zu ihnen. Alleine würde er es nie schaffen, meinen Mann aus dem Fenster zu heben. Estelle griff Kataja so, wie Andras und ich es bei Aslan getan hatten, und zog sie alleine weiter.

Ich kletterte als Erstes nach draußen. Dann schafften wir es gemeinsam, die beiden Schwerverletzten über die Fensterschwelle zu heben. Andras kletterte zuletzt raus. Noch nie hatte meinen Lungen etwas so gutgetan, wie die frische Luft der Wüste. Ganz egal wie trocken sie war.

»Wir müssen zurück zu den Pferden«, sagte Andras und zeigte Richtung Mauer.

»Die sind fast einen Kilometer entfernt. Wir bräuchten ewig mit Aslan und der Violetten.« Die Königin hatte recht.

»Dann müssen wir sie hierlassen. Ihr beide holt die Pferde und ich warte hier. Wir müssen nur weg von der Mauer«, schlug ich vor.

»Und die anderen? Was ist mit Chin oder Marcus?«, fragte Andras.

»Das war ein Hinterhalt. Ich glaube nicht, dass sie noch leben. Sonst hätten sie uns doch gesucht«, sagte die Königin kalt. Trotzdem wollte ich die Hoffnung nicht aufgeben, dass sie noch lebten. Es hatte einfach zu viele Tote in meinem Leben gegeben.

Hinter uns krachte ein Stück des Daches ein. »Weg hier«, sagte ich und begann, auf die Mauer zu klettern.

34

Der Rauch stob noch immer in einer gigantischen schwarzen Wolke zum Himmel, doch die Flammen hatten nachgelassen. Wie musste das Ganze von der Spike aus aussehen? Ob der Khan seine Höhenangst für diesen Anblick überwunden hatte? Bisher kam niemand, um das Feuer zu löschen. Auch der Emir ließ sich nicht wieder blicken. Niemand war zu sehen.

Aslan war noch immer bewusstlos. Katajas Bein hatte ich mit ein paar trocknen Ästen geschient. Sie brabbelte vor sich hin, doch wirklich Sinn ergab ihr Gesagtes nicht. Wahrscheinlich stand sie unter Schock oder ähnliches.

Aus der Ferne hörte ich ein Wiehern und stand auf. Der Kampf mit dem Rauch war nichts gegen den Schmerz, den mir das Reiten gebracht hatte und der nun beim Anblick unserer Pferde wieder aufkam. Nur ein Tier fehlte, Sallys.

»Königin, Andras«, begrüßte ich sie mit einem Nicken. Als sie näherkamen, sah ich, dass sie nicht mehr alleine waren. Ich runzelte die Stirn und kniff die Augen zusammen. »Ist das ...?«

»Navi«, sagte Andras bitter und schwang sich von seinem Pferd.

»Ist sie ...« Sie lag längs auf ihrem Schimmel und ihr langes schwarzes Haar fiel herab und streifte den Hals des Tieres. Ihr schönes Gesicht konnte ich nicht erkennen.

»Nein, wenn wir sie jedoch nicht bald richtig versorgen, wird sie es sein. Los, wir müssen uns beeilen. Du kannst mit mir reiten. Vorher müssen wir Aslan und die Violette auf die Pferde bekommen.«

Ich trat an Navi heran und streifte ihre Haare zur Seite. Sie sah mich mit ausdruckslosen Augen an und befeuchtete ihre Lippen mit der Zunge. Ich streifte über ihre Wange und wischte eine Träne weg, die herunterlief.

»Was ist ihr passiert?«, fragte ich die anderen, während ich zu dem braunen Hengst ging und Estelle half, Aslan auf das Tier zu ziehen und festzubinden, damit er während des Ritts nicht herunter glitt.

»Das wissen wir nicht. Sie hat eine Stichverletzung an den Rippen und wurde offenbar angeschossen. Sie ist zu schwach, um zu reden. Aber sie war alleine.« Andras trat zu uns und half, den schweren Körper meines Mannes auf das Pferd zu hieven. Ich habe Aslan noch nie so hilflos, so machtlos und willenlos gesehen. Selbst im Schlaf wirkte er immer wachsam, immer bereit, mich zu schützen. Und nun konnte ich froh sein, wenn er den Ritt überlebte. Wir mussten endlich etwas gegen den Emir tun. Gegen den Khan, gegen all seine Handlanger. Gegen die Männer, die uns Frauen so lange unterdrückten. Gegen die korrupten Wächterinnen ... Wir mussten für unsere Rechte und unsere Freiheit kämpfen!

Als nächstes halfen wir Kataja auf ein Pferd. Sie lag schwach auf seinem Rücken, ihre Arme hingen an seinem Bauch herunter. Sie war fast so schwach wie Navi. Die Flucht aus dem Palast schien ihr einen Adrenalinstoß gegeben zu haben, der nun vorbei war.

Wir banden alle Tiere aneinander, dann ritten wir los. Dieses Mal kamen wir nur sehr langsam voran. Sicherlich würden wir zurück doppelt so lange wie auf dem Hinweg brauchen und erst im späten Morgengrauen Gonggouxiang erreichen. Ich sehnte mich nach Schlaf und danach, meine wunderschöne Tochter wieder in den Armen zu halten. Endlich war unsere Familie wieder vereint. Nun würde ich alles dafür tun, damit dies so blieb.

Ich lehnte meinen Kopf an Andras Rücken an, der zwar immer noch etwas benommen wirkte, aber ansonsten wieder ganz der Alte war – ein Krieger. Ich war unendlich müde. Wann würde diese schreckliche Nacht vorbeigehen? Ich hatte eine Stadt in Flammen aufgehen sehen. Wir wurden alle niedergestreckt. Verraten von einer Vertrauten. Langsam begriff ich, wieso ich immer so misstrauisch war. Man konnte einfach niemandem vertrauen. Diese Welt war voller Intrigen.

Als die Sonne längst aufgegangen war, thronten vor uns die Türme des heruntergekommenen Palastes von Gonggouxiang auf. Wie würde man uns empfangen? Ob die anderen aus Meiguiyingzhen schon hier waren?

Jemand schlug einen Gong, als wir durch das Tor ritten und von überall sah ich Menschen mit hoffnungsvollen Blicken auf uns zuströmen. Nur eine sah alles andere als hoffnungsvoll aus. Das kurze Haare nach hinten gelegt, starrte sie uns an, als kämen wir von einem anderen Planeten. Es dauerte jedoch nur kurz, dann hatte sie ihre Miene wieder im Griff und kam auf uns zu gerannt. Ich konnte mir denken, was sie vorhatte. So eine Heuchlerin.

Andras glitt von unserem Pferd und half mir runter. Dabei bedeutete er mit seinen Händen, nicht nach vorne in die Mitte des Rings, der sich um Estelle gebildet hatte, zu gehen.

»Bei den Göttern des Horizonts, ihr lebt«, sagte Sally fröhlich, ohne Estelle und Andras aus den Augen zu lassen.

Estelle sprang von ihrem Pferd und der Boden staubte, als sie aufkam. »Sally. Dass du es wagst, hierher zurückzukehren. Mir vor die Augen zu treten!« Sie bauschte sich vor der Verräterin auf, die große Augen machte und immer noch versuchte, eine Unschuldsmiene aufzusetzen.

»Estelle, wovon sprichst du?«

»Wovon?« Die Königin lachte schallend. »Du hast uns an die Wächterinnen und den Emir verraten. In der Ruine niedergestreckt und wolltest, dass wir in der brennenden Stadt untergehen. Du hast dein Volk, deine Freunde, uns alle, verraten. Wofür?«

Sally lachte. »Sagt ihr nicht immer, man sollte alles für die Familie tun?« Jetzt verstand ich überhaupt nichts mehr. Auch die Königin und Andras schienen verwirrt zu sein.

Im Licht der Sonne sah ich ein Messer in Sallys Hand aufblitzen. Was hatte die Wachfrau vor? Sie konnte doch nicht ... Ich wollte die Königin warnen, aber sie war bereits zu nah an sie herangetreten. Es dauerte nur den Bruchteil einer Sekunde, dann stürmte Sally los, das Messer vor ihren Rumpf haltend und stieß Estelle die Klinge in den Bauch.

Die Königin holte tief Luft und stieß einen markerschütternden

Schrei aus. Dann brach sie auf den Knien zusammen und hielt sich die blutige Wunde. Ich eilte als Einzige zu ihr und warf mich neben sie. Doch es gab keinen Grund mehr, sie vor Sally zu beschützen.

Andras war zwischen uns getreten und baute sich vor der früheren Wache auf. Er fletschte die Zähne wie ein wildes Tier und ein eigenartiges Knurren stieg aus seiner Kehle, als er Sallys Messer auswich, sie am Arm packte und zu Boden warf. Die anderen Leute blieben alle wie steifgefroren stehen und blickten auf das Spektakel, das sich nun auf dem Boden abspielte, herab. Nur ich versuchte irgendwie, Estelles Blutung zu stoppen. Ich flehte die anderen an, dass sie mir helfen sollten, doch sie schienen wie benommen. Alle schauten in die Mitte und beobachteten den Todeskampf zwischen Andras und Sally. Ich stülpte mein Gewand über meine Schultern und presste es auf die Stelle, in der das Messer gesteckt hatte. Blut durchtränkte es, doch ich hörte nicht auf zu drücken. Estelle durfte nicht sterben. Aslan sollte endlich seine Mutter kennenlernen. Wie sollten wir gewinnen, wenn sie nicht mehr da war?

Die Königin hörte auf zu atmen und verlor ihren Puls, noch ehe Andras Sally ein letztes Mal einen enttäuschten Blick zuwarf. Sie waren Freunde gewesen, sie hatten sich vertraut. Vielleicht waren sie sogar ein Paar gewesen. Das würde den Schmerz in Andras Augen erklären, als er ihr das Messer abnahm und selbst zustieß.

Ich schrie auf. Verzweiflung durchtrieb mich. Ich konnte nicht mehr! Was hatte das alles noch für einen Sinn? Die verschwitzten Haare der Königin strich ich aus ihrem Gesicht und schloss ihre Augen. Sie schimmerten so golden wie Aslans. War der Kampf hiermit verloren? Sollten wir aufgeben, ehe es angefangen hatte?

Jemand trat hinter mich und beugte sich zu uns runter. Sie wirkte trauriger, als ich es je bei einem Menschen gesehen hatte.

»Amandria, könnt ihr sie retten?«

Ein sanftes und zugleich unendlich trauriges Lächeln trat auf ihre Lippen. Ihre Augen sahen aus, als hätte man ihr das Herz gebrochen. »Nein, Kind, sie hat zu viel Blut verloren.«

Blut drang jetzt auch aus Sallys Kehle und sie röchelte laut, sodass wir zu ihr sahen. Sally machte ihren letzten Atemzug und fiel in Andras Armen zu Boden.

»Vielleicht hatte sie keine andere Wahl«, sagte Amandria neben mir zu ihrer Verteidigung.

»Aber man hat immer eine Wahl.« Das hatte ich inzwischen begriffen.

Sallys Körper blieb schwach in Andras' Armen zurück und Estelles in meinen. Heute sollte ein glücklicher Tag sein. Heute sollte Aslan mich wiedersehen, seine Mutter in die Arme schließen können und seine Tochter küssen. Doch nun war die Hoffnung auf eine gemeinsame Zukunft in Frieden mit Estelles Tod gestorben.

Langsam kehrte auch in die beobachtende Menge wieder Leben zurück. Zwei Männer kamen auf mich zu und entrissen mir den Leichnam der Königin und zwei andere trugen Sally davon. Andras stand auf und rieb sich den Hinterkopf, er schwankte leicht. Dann drehte er sich zu mir um und mir fiel auf, wie furchtbar er aussah. Kam das alles von gerade oder waren es auch die Reste der Nacht gewesen? Seine Kutte war zerschlissen und das Gesicht blau marmoriert. Die Lippen rissig vor Durst und nicht zu vergessen die Wunde, die seinen Hals zierte.

»Du musst dich heilen lassen«, sagte ich und sah ihn von unten herauf an.

»Und du dich ausruhen. Hast du noch Schmerzen vom Ritt?«

Jetzt, wo er danach fragte, kamen sie mit einem Schlag wieder. Vielleicht, weil mein Adrenalinspiegel sank und es nun nichts mehr gab, was mich von den Schmerzen ablenken konnte. »Ja, ein wenig.« Ich blickte mich um. »Wo ist Kyra? Ich will meine Tochter sehen. Und wir müssen Aslan, Navi und Kataja behandeln lassen.«

Ich hatte erwartet, dass Amandria mir antworten würde, doch sie war weg.

Andras zeigte auf die leeren Rücken der drei Pferde und ich sah mich überrascht um. »Wo sind sie hin?«

»Ich meine, sie hätten sie in Amandrias Räume gebracht.« Dann war sie bei ihnen. Sie mussten ihnen gefolgt sein, als sie weggebracht wurden. Andras hielt eine der Frauen an, die an uns vorbeigingen, um die Pferde wegzubringen und fragte nach ihrem Aufenthaltsort.

Ich folgte ihm zu der Hütte, in der sie sein sollte. Hoffentlich waren auch die anderen dort, vor allem meine kleine Kyra. Doch die Hütte war leer.

Wir wollten uns gerade auf die Suche nach ihnen machen, als Amandria aus dem Palast heraustrat und uns zu sich rief. Die andere Frau, die in Meiguiyingzhen mit Sally Wache gehalten hatte, stand aufgebracht neben ihr. »Was ist passiert? Wo ist der Rest von euch und warum um alles in der Welt hat Sally Estelle umgebracht? Was ist in sie gefahren?« Sie blieb stehen und stockte. »Bei den Göttern des Horizonts. Ihr seht ja fürchterlich aus.«

»Beruhige dich, Nora«, bat die Priesterin. »Eliza, du möchtest sicherlich zu Maria. Sie ist drinnen mit deiner Tochter. Geh zu ihr und wasch dich. Du kommst mit mir, Andras. Ich muss mir den Schnitt an deinem Hals ansehen. In der Zeit kannst du erzählen, was vorgefallen ist. Estelle und Sally haben wir in den alten Kühlraum gelegt. Ich weiß noch nicht, was wir mit ihren Leichen machen werden.«

Nora und Andras nickten, doch ich wollte erst mehr Antworten.

»Was ist mit Aslan, Navi und Kataja, wo sind sie?« Ich musste endlich meinen Mann sehen.

»Aslan ist noch nicht bei Bewusstsein. Es braucht seine Zeit, bis er aufwacht. Wir haben nicht die besten Instrumente, um ihn untersuchen zu können, doch er wird durchkommen. Man hat ihn ziemlich lange hungern lassen und es wird dauern, bis er wieder ganz bei sich ist. Die anderen beiden werden gut versorgt. Jetzt geh, wasch dich und ruh dich aus. Bei Sonnenuntergang werde ich eine Sitzung einberufen und hoffe, dass wir alle Fragen klären können.« Amandria sah mich streng an und nickte Richtung Tür.

Ich hätte gerne rebelliert, doch mir fehlte die Kraft und ich schlurfte nur noch lustlos davon. Ky und Maria waren nicht schwer zu finden, jetzt wo ich den Palast mit seinen langen Fluren betreten hatte. Kys Hungergeschrei erkannte ich einfach überall. Die beiden waren in einem kleinen Raum am Ende des Ganges. Maria hielt sie im Arm, schaukelte sie hin und her und versuchte, sie zu beruhigen.

»Ich wusste, dass dir nichts passiert sein konnte. Was war draußen los, ich hörte, es gab einen Tumult?«

Ich nahm ihr Kyra ab und legte sie ganz selbstverständlich an. Nach acht Stunden ohne Stillen fühlten meine Brüste sich wie Bomben an, die jeden Moment explodieren konnten. Wie hielten andere Frauen das nur aus? Maria ging zu dem kleinen Kühlschrank, der in einer Ecke stand und surrte, und nahm einen Kohlkopf heraus, von dem sie ein Blatt abriss und es mir auf die andere Brust legte. »Das hilft«, sagte sie und füllte etwas Wasser aus der Leitung in ein Glas, dass sie mir hinhielt.

Wir ließen uns auf einer der Matratzen, die in dem kleinen Raum, der eine Mischung aus Küche und Matratzenlager darstellte, nieder und ich erzählte ihr alles, was passiert war.

»Der Tod der Königin ist bedauernswert. Wie soll es im Widerstand ohne sie weitergehen? Aber mehr Sorgen macht mir diese Wache. Dass Sally euch verraten hat, verstehe ich nicht. Ich kannte sie noch aus dem System, wobei das schon zehn Jahre oder mehr her war, als sie als Violette in die Wüste verstoßen wurde.«

»Sie wurde verstoßen?«

»Ja, das war eine kuriose Geschichte. Niemand wusste so genau, was passiert war. Nur Tamalya, und die schwieg über ihr Vergehen. Normalerweise wurde ein Rat einberufen, so wie bei dir damals. Doch bei ihr nicht. Das sorgte für einigen Gesprächsstoff unter den Frauen. Ihr hatte man einfach das violette Gewand übergezogen und sie verbannt. Das arme Mädchen. So viel Gewalt – kein Wunder, dass sie alles und jeden hasste. Aber lass uns lieber über etwas Positives sprechen. Wie war es für dich, Aslan wiederzusehen?«

»Eigenartig. Ich fühlte mich so leer, seit er verschwunden war. Doch die Leere ist nicht weg. Ich habe so viele Menschen verloren, dass ich langsam das Gefühl habe, irgendwie abgestumpft zu sein.«

Maria nickte. »Das verstehe ich. Es ist nicht leicht, in deinem Alter mit so viel Verlust umgehen und gleichzeitig die Verantwortung für ein Kind übernehmen zu müssen. In drei Wochen wirst du zwanzig.« Das hatte ich völlig vergessen.

Maria stand auf. »Du solltest dich jetzt waschen und dann ausruhen. Ich werde deine Tochter währenddessen wickeln und sie dir anschließend bringen, damit ihr euch hinlegen könnt. Sie sehnt sich nach deiner Nähe, Eliza. Wie die große Kyra damals.« Sie sah mich nachdenklich an. »Du hättest es mir sagen sollen, Eliza. Einfach offen sein müssen. Natürlich wäre ich enttäuscht gewesen, dass du schon wieder gegen die Regeln verstoßen hattest. Aber bei den Göttern des Horizonts, ich war doch auch mal jung. Es ist ganz normal, wenn man nur mit Frauen aufwächst, mehr für eine von ihnen zu empfinden. Bitte versprich mir, dass du mich nicht mehr belügst. Es gibt Dinge, die möchte ich von dir und nicht von Astrid erfahren, wenn es bereits zu spät ist.«

Tränen liefen über meine schmutzigen Wangen und ich wischte sie mit meiner Schulter ab, um Ky nicht loslassen zu müssen. »Maria, es tut mir so leid! Ich war so naiv und hatte so wahnsinnige Angst. Ich fühlte mich verantwortlich für Kyras Verschwinden. Wenn die Wächterinnen es erfahren hätten, sie hätten mich doch gleich verstoßen. Dann wäre ich wahrscheinlich die Nächste gewesen, die Jazar sich geschnappt hätte. Außerdem wollte ich nicht zugeben, dass ich regelmäßig gegen unsere Abmachung verstoßen hatte. Ich wollte dich nicht enttäuschen, aber ich brauchte die Nähe zu Kyra einfach.« Es tat unendlich gut, sich auszusprechen, ihr die Wahrheit zu sagen. Maria hatte es verdient, nicht mehr angelogen zu werden.

»Ist gut, mein Kind. Vergeben und vergessen. Und nun wasch dich. Ich komme in zehn Minuten mit Kyra wieder und dann möchte ich, dass du schläfst. Hol dir die Ruhe, die du und deine Tochter brauchen.«

35

Gegen halb neun trafen wir uns in demselben Raum, in dem man uns am Vortag zurückgelassen hatte, ehe wir losgeritten waren. Es gab für alle etwas zu essen und trinken, und wir setzten uns in einem Halbkreis auf die Kissen und Stühle, die im Raum lagen.

Amandria trat ein, gefolgt von Andras, Kataja und Navi. Welches Wundermittel hatte es geschafft, die drei so schnell aufzupäppeln? Nur Aslan fehlte. Als Amandria die Tür hinter sich schloss, war klar, dass er nicht kommen würde und vermutlich noch immer bewusstlos war.

»Ich habe euch heute zusammengerufen, um die Ereignisse dieser Nacht mit euch zu besprechen. Die meisten von euch haben mitbekommen, was heute Morgen im Palasthof passiert ist und haben im ersten Moment vermutlich genauso wenig wie ich verstanden, wie es zu der Situation kommen konnte. Ich kann es selbst kaum fassen, euch das sagen zu müssen, doch wir hatten mit Sally eine Verräterin unter uns. Sie muss, nachdem Astrid mit der kleinen Kyra bei uns angekommen war, dies dem Emir mitgeteilt haben und ihr dabei auch von Kataja, die Maria über Elizas Auftauchen im System informiert hatte, erzählt haben. Kataja wurde daraufhin von Tamalya gestern Abend aus ihrer Kammer geschliffen und von zwei Männern in die Ruine gebracht, wo man sie folterte, in der Hoffnung, zu erfahren, was wir vorhatten und wo wir uns inzwischen aufhielten. Da dies kurz nachdem sie uns in Meiguiyingzhen angegriffen hatten, geschah, gehe ich davon aus, dass der Emir und Sally erst dort einen Pakt geschlossen hatten. Möglicherweise täusche ich mich in dieser Sache aber auch. Anders kann ich mir jedoch nicht erklären, wieso sie Eliza und Kyra nicht anschließend an sie übergab. Wo sie untergebracht waren, wussten nur der Major und ich. Sally hatte ich erst zu ihnen zum Stall geschickt und ihr erklärt, wo sie hinmussten, als Burka das Dorf bereits verlassen und angezündet hatte. Ich glaube nicht, dass sie danach erneut Kontakt hatten. In der Ruinenstadt teilten die Gefährten sich auf und Sally sollte einen Teil des Trupps zum Stadtportal führen und dort ein Feuer legen. Wie mir Navi berichtete, hielten sie sich an den Plan. Doch dann kam es zu einem Konflikt, weil Sally auch den Palast anzünden wollte. Dabei erlitten Chin und Marcus schwere Verbrennungen und blieben zurück. Efraim versuchte, Sally anzugreifen, die ihn erstach. Sie stürzte sich auf Navi und stach zu. Irgendwie schaffte sie es, mit Simsek vor ihr zu fliehen. Dabei wurden jedoch beide von einem der Männer angeschossen. Navi streifte der Schuss nur an der Schulter und sie schaffte es zurück zu den Pferden. Sally muss in der Zwischenzeit in den Palast gelaufen sein, um den Rest ihres Trupps auszuschalten und sie im Feuer einzusperren. Navi geht davon aus, dass die Männer im Feuer umkamen. Wir wissen, dass Timur, Burkas Sekretär, und der Jäger Atari unter ihnen waren. Wer der dritte war, wissen wir nicht.«

Ich hob meine Hand und die Priesterin verstummte. Es war bemerkenswert und abartig zugleich, wie sie von all den Gräueltaten erzählen konnte, ohne dabei eine Miene zu verziehen. Vielleicht war das ihre Art, mit dem Verlust umzugehen. »Der dritte Mann könnte jener gewesen sein, der mit Atari unterwegs war, als man mich damals einfing«, erklärte ich.

Amandria nickte. »Ja, das ist gut möglich. Jedenfalls wisst ihr jetzt, was passiert ist. Nun ist die Frage, wie wir mit der Situation verfahren wollen. Wir sind uns sicher, dass Tamalya und der Khan eine heimliche Beziehung führen und wir den Wächterinnen nicht mehr trauen können. Gleichzeitig sind wir nicht im Bilde, was Burka über unseren Verbleib und unsere Vorhaben weiß. Und dann gilt es auch, den Tod unserer geliebten Estelle zu verkraften. Und das so kurz, nachdem sie ihren Sohn wiedergewonnen hatte. Aslan ist in einer kritischen Phase, doch er ist wieder bei Bewusstsein und ich konnte ein kurzes Gespräch mit ihm führen.«

Er war wach? Ich wollte gerade aufspringen, als die Priesterin mich anwies, sitzen zu bleiben und ihr zuzuhören. Zu meinem Mann könne ich auch anschließend.

»Er war bereits auf der Rückreise, als Atari und fünf korrupte Soldaten seines Vaters ihn gefangen nahmen und ihn nach Dali in die Ruine brachten. Den Verdacht, den Estelle hatte, bestätigte er. Der Emir wollte ihn aus Freude foltern und sterben lassen, um dann sein Erbe anzutreten. Der Khan, sein bester Freund selbst, würde sein nächstes Ziel sein. Ich gehe davon aus, dass er dem Irrglauben erliegt, dass Aslan im Feuer umgekommen sei. Meine Späher waren heute Mittag in der Ruine, die beinahe völlig ausgebrannt war und haben Estelles und Sallys Leichen dorthin gebracht und sie ebenfalls angezündet. Ich weiß, dass das nicht das Begräbnis ist, dass Estelle verdient hätte. Doch anders wüsste ich nicht, wie wir Aslans und Katajas Befreiung hätten verschleiern können. Sie liegen in jenem Raum, in dem Aslan und Kataja zuletzt vom Emir gesichtet wurden. Wir hoffen, dass die gegnerischen Parteien davon ausgehen, dass der Sohn des Khans den Brand nicht überlebt hat. In diesem Fall wird es sicherlich nicht mehr lange dauern, bis der Emir den Khan angreifen wird. So wie wir den Mann kennen, wird Burka sein Spezialgift dafür nehmen. Wenn es soweit ist, schlagen wir zu und Aslan und Eliza können ihren rechtmäßigen Thron besteigen. Aslan weiß jedoch noch nichts von diesem Plan, und dass wir darauf hoffen, dass Burka seinen Vater töten wird. Da wir nicht wissen, wie er darauf reagieren wird, sollte dies vorerst so bleiben. Jetzt müssen wir uns überlegen, wie wir vorgehen wollen, wenn unser Plan scheitert, und wie wir den Emir und seine Männer ausschalten können. Sind bis hierhin alle damit einverstanden?«

Ein Raunen ging durch den Raum, doch alle nickten, nur meine Hand schoss erneut nach oben.

»Bitte, Eliza.«

»Der Emir handelt doch mit Frauen. Sally soll auch eine von ihnen gewesen sein. Wissen wir, wo sie sich aufhalten? Damals müssen sie in einem Bunker unter dem Palastgarten eingesperrt worden sein. Ich finde, wir sollten sie irgendwie retten.«

»Es sind erst kürzlich zwei Violette aus dem System verschwunden«, meldete Kataja sich zu Wort. Ihre Stimme war fest und klar, keine Spur mehr vom Zittern und den Qualen von heute Nacht. »Anja und Lin. Sie wollten draußen nach Ratten jagen, nachdem Tamalya ihnen die Teilnahme an den öffentlichen Mahlzeiten der Violetten verweigert hatte. Nur kamen sie nicht zurück.« Sie blickte gen Decke und versuchte offenbar, sich an etwas zu erinnern. »Das muss jetzt acht Tage her sein.«

Wieder zwei Mädchen, die verschwunden waren. Die Namen sagten mir nichts. Vielleicht waren sie noch keine Violetten gewesen, als ich verbannt wurde.

»Dann sollten wir sie suchen. Und ich halte es für falsch, den Khan durch die Hand des Emirs sterben zu lassen. Siehst du keine Möglichkeit, dass er von selbst eine Wandlung anstrebt, ohne dass wir ihn entthronen?«, fragte ich. Der Khan war kein guter Mensch, aber niemand hatte den Tod verdient.

Amandria lachte. »Nein, mein Kind. Dein Schwiegervater ist seit vielen Jahren an der Macht und wurde schon oft angehalten, eine neue Richtung einzuschlagen. Er hat so viele Mädchen sterben sehen, hat seine eigenen Töchter umgebracht. Dieser Mann wird niemals von seinem Weg abkommen. Ich weiß nicht, was sein Ziel ist, wovor er Angst hat ...«

»Veränderung! Mein Vater hat Angst vor Veränderung.«

»Aslan!« Die Tür war aufgegangen und niemand schien es während Amandrias Ansprache bemerkt zu haben. Ich sprang auf und lief auf ihn zu, ohne auf ihre überraschten Blicke groß zu achten, und fiel ihm um den Hals.

»Eliza. Wie ich dich vermisst habe. Du bist so wunderschön.« Seine Hände glitten über meine Hüften und er streichelte meinen Bauch. Plötzlich wurden seine Augen glasig und eine Träne lief aus seinem Auge, das golden im Licht der Lampe an der Wand schimmerte. »Unsere Tochter. Wo ist sie?«

Ein Lächeln stahl sich auf meine Lippen. »Sie schläft, nebenan. Aslan, was machst du hi-?«

Seine Lippen berührten meine, während er mich näher an sich

zog. Wie sehr hatte ich seine Küsse vermisst. Wie sehr seinen intensiven Blick.

Amandria räusperte sich und wir hielten inne. Trotzdem konnten wir das Grinsen nicht sein lassen.

»Du solltest dich ausruhen, Aslan.«

»Ich bin so vollgepumpt mit euren Wundermitteln, dass ich nicht mehr schlafen konnte. Also, was ist mit meinem Vater?« Aslan ließ von mir ab, behielt jedoch meine Hand in seiner. Seine Finger waren viel rauer als noch vor einem Monat. Dafür wurde er rasiert und duftete nach Seife. Vielleicht Lavendel. Es war so wohltuend, ihn an meiner Seite zu wissen. Er war wach. Wir hatten ihn gerettet.

»Es wird Zeit für einen Wandel, Aslan. Dein Vater treibt das Land auseinander. Wir können das nicht länger zulassen. Es wird Zeit, dass jemand den Thron besteigt, der diesem Land würdig ist und Frauen und Männer vereint.«

»Du?«

»Nein, Aslan. Du. Du liebst deine Tochter und Eliza, das sehe ich in deinen Augen. Du bist nicht einverstanden mit den Ungerechtigkeiten des Khans. Wenn deine Tochter in Frieden aufwachsen soll, dann musst du den Platz deines Vaters einnehmen. Der Khan wird nie so vernünftig handeln und die Ungerechtigkeiten gegen uns Frauen aus dem Weg räumen. Aber du, du könntest uns allen ein neues Leben schenken. Eines, das lebenswert ist.«

»Mein Vater wird nicht abtreten, bevor er stirbt. Und aktuell fühlt er sich bei bester Gesundheit, soviel ich weiß.«

»Dann hast du das Problem erkannt.« Amandria sah ihn streng an und schwang ihre langen Flechtzöpfe nach hinten.

»Vergiss es. Das werde ich weder selbst tun, noch zulassen, dass ihr es übernehmt.« War dies der Zeitpunkt, auf den Estelle vor ihrem Tod hinauswollte? Ich wollte es ihm nicht jetzt sagen. Nicht vor all den Leuten.

Aslan drehte sich um und knallte die Tür hinter sich zu. Nebenan schrie Kyra laut auf. »Entschuldigt mich«, sagte ich und eilte hinaus auf den Flur und zu dem Zimmer, in dem Ky schlief. Aslan kniete bereits neben der Matratze, auf der sie lag, und streichelte ihr Gesicht.

Ich blieb an der Tür stehen. Es war schön zu sehen, wie die beiden vereint waren. Aslan sah so liebevoll aus, Grübchen umspielten sein glückliches Gesicht und die Augen strahlten seine kleine Tochter an. In diesem Moment wusste ich, dass er kämpfen würde, dass er alles für sie tun würde – für uns.

»Wir haben sie wirklich gut hinbekommen«, sagte er mit einem Lächeln auf den Lippen. Seine Stimme war wieder ruhig – keine Anzeichen mehr von der Wut von gerade.

»Ja, das haben wir.« Auch ich musste lächeln. Mir ging das Herz auf, als ich die beiden sah. Ich trat zu ihnen und kniete mich hinter meinen Mann, um meine Hand auf seinen Rücken zu legen. »Du liebst sie«, sagte ich.

»Wie könnte man etwas so Schönes nicht lieben?« Er drehte sich zu mir, und fuhr mit seinem Daumen über meine Lippen. Sie waren ungewohnt rau und doch genoss ich jede seiner Berührungen. »Ich liebe dich, Eliza. Euch beide.«

»Ich bin so froh, dass du wieder da bist. Dass du lebst. Ich habe mir solche Sorgen um dich gemacht. Aber jetzt bist du hier und ich bin völlig verrückt nach dir.«

Seine Lippen berührten meine und eine Erleichterung, wie ich sie seit Tagen nicht mehr gespürt hatte, durchfuhr meinen Körper. Ich liebte diesen Mann und würde alles für ihn tun. Hoffnung kam in mir auf. Jetzt, wo Aslan wieder da war, wo ich wusste, dass er lebte, dass es ihm gut ging, konnten wir es schaffen. Wir konnten etwas verändern. Frei sein.

Aslan verzog das Gesicht und sah mich schmerzerfüllt an.

»Was ist?«

Er griff sich an die Taille und zog das schwarze Hemd, das man ihm gegeben hatte, hoch. Seine Rippen sah man deutlich durch die geschundene Haut hindurch. Ein Muster aus grünen und blauen Blutergüssen, durchzogen von oberflächlichen Schnittwunden, zierten seinen Oberkörper.

»Was haben sie mit dir gemacht?«, fragte ich erschrocken.

»Dinge, die du nicht wissen willst. Aber am schlimmsten war der Hunger zu Beginn. Immerhin habe ich hin und wieder etwas trinken dürfen. Burka wollte wohl nicht, dass ich ihm zu früh sterbe.

Wer weiß, was er mit mir vorhatte. Konntet ihr ihn erwischen, weiß mein Vater, was mit mir passiert ist? Vielleicht merkt er dann endlich, was sein Emir für eine falsche Schlange ist.«

Ich nahm ihn vorsichtig in den Arm, darauf bedacht, ihm nicht wehzutun. »Ich bin nur froh, dass wir dich heil daraus bekommen haben. Willst du dich nicht noch etwas hinlegen?«

»Nein, es geht schon. Ich möchte nur wissen, wie es weitergeht.«

Ich sah ihn zweifelnd an.

»Ach Eliza, ich bin in Ordnung. Die haben mir irgendein Zeug gespritzt und mich mit so vielen Salben eingeschmiert, dass ich schon wieder ganz der Alte bin.«

»Und wieso steht dir der Schmerz dann immer noch ins Gesicht geschrieben?«, fragte ich mit verschränkten Armen. Er wusste genau, dass ich recht hatte. Er wollte es nur nicht zugeben. Ich kannte das Gefühl. Mir ging es ähnlich. Alles tat noch weh und dennoch schwieg ich darüber, einfach nur, um dabei zu sein. Um mitzubekommen, wie es weitergehen sollte.

Aslan nahm unsere wunderbare Tochter in den Arm, die fröhlich mit ihren kleinen Händchen nach seinen Haaren griff. Kurz zuckten seine Mundwinkel und er zog die Stirn kraus, als sie seinen Oberkörper mit ihren Füßchen berührte, doch dann war gleich wieder alles ruhig. Er schaukelte Ky im Arm, küsste sanft ihre runzlige Stirn und lachte immerzu. Wann hatte ich ihn zuletzt so glücklich gesehen? Und nun musste ich dieses Glück, diesen wunderbaren Moment, zerstören. Aslan musste wissen, was mit Estelle geschehen war. Es stand ihm zu, zu erfahren, welches Schicksal seine Mutter erlitten hatte und wie es um seine Verwandtschaft mit dem Khan stand.

»Wollen wir vielleicht spazieren gehen? Dann kann ich dir erzählen, was ich in der Zwischenzeit erfahren habe.«

»Und wieso Amandria so versessen darauf ist, meinen Vater umzubringen«, ergänzte er mit rauer Stimme.

»Ja, das auch.« Ich nahm ihm Ky ab, damit er aufstehen konnte, dann gab ich ihm seine Tochter wieder. Ich wollte, dass sie seine Nähe spürte, dass er sie so oft es ging, an sich nahm, damit sie eine Bindung zu ihm aufbauen konnte.

Wir gingen nach draußen. Die Versammlung musste sich nach Aslans Ankunft aufgelöst haben. Der Raum war leer. Draußen war es dunkel, nur aus dem Palast und ein paar der alten Bauten und Zelte drang noch hier und da etwas Licht. Es war ungewöhnlich still, wenn ich bedachte, welches Treiben hier tagsüber herrschte. Nur das Surren eines Generators, der den Palast mit Strom versorgen musste, war an der Hauswand zu hören.

Wir setzten uns auf ein abgebröckeltes Stück Mauer neben dem Palast. Ich genoss es, wieder mit meinem Mann vereint zu sein. Erst jetzt, wo er wieder da war, wurde mir bewusst, wie sehr er mir gefehlt hatte. Aslan legte Kyras Köpfchen an seiner Schulter ab und bedeckte ihren Rücken mit der dünnen Decke, die er mit nach draußen genommen hatte. Es schien mir, als genieße sie seine Wärme. Ich lehnte mich behutsam an seiner anderen Schulter an und legte meinen Arm um seinen Rücken. Genussvoll zog ich seinen vertrauten Duft ein.

»Was ist passiert, nachdem ich weg war? Wie hast du es aus dem Palast geschafft und woher wusstet ihr, wo ich war?« Aslans Stimme war leise, als wäre er darauf bedacht gewesen, dass uns niemand belauschen konnte.

»Kyra ist tot«, sagte ich und er runzelte die Stirn. Erschrocken blickte er von mir zu unserer Tochter.

»Meine Freundin, von der ich dir erzählt habe. Deine Wachen gaben mir vor knapp zwei Wochen Bescheid, dass man ihre Leiche in der Wüste gefunden hatte. Ich war so aufgewühlt. Plötzlich platzte meine Fruchtblase und du warst nicht da. Niemand wusste, wo du warst. Oder zumindest wollte es niemand wissen«, sagte ich verbissen und dachte an den Emir und seinen Hinterhalt. »Thomasin kam und hat mir geholfen, Ky gesund auf die Welt zu bringen.« Automatisch musste ich lächeln. »Es war eine lange Geburt, aber er und Fine haben mich wunderbar unterstützt. Und dann war sie da. Ich konnte sie einfach nicht töten lassen. Ich wusste, dass ich fliehen musste. Doch du warst nicht da und ich hatte keine Ahnung, ob du überhaupt noch leben würdest. Ich wusste nicht, wie es weitergehen sollte. Wohin ich fliehen konnte, wo du mich auch findest. Thomasin hat mir bei der Flucht geholfen. Er gab mir eine Woche und sagte im Palast, dass ich krank und geschwächt sei und Ruhe bräuchte. Fine und ich planten indes meine Flucht. Als Thomasin nach einer Woche kam und du immer noch nicht da warst, hatte ich die Hoffnung fast aufgegeben. Ich konnte nicht länger auf dich warten und musste weg. Thomasin habe ich viel Geld gezahlt, damit er uns hilft, und er hat sein Wort gehalten und mich zum System gebracht.«

»Ist er auch hier? Ich würde mich gerne bei ihm bedanken.«

Ich schüttelte den Kopf und Tränen flossen an meinen Wangen herunter. An Aslans Gesichtsausdruck erkannte ich, dass er verstand, warum.

»Jazar muss Kyra in der Wüste weinen gehört haben. Er kam aus dem Nichts und schoss auf uns. Dabei traf er unseren Freund. Ich glaube, er war sofort tot.«

»Wie konntest du entkommen?«

»Das Messer, das in deinem Safe lag.« Ich zog es aus meinem Schuhriemen und hielt die silberne Klinge am roten Schaft ins Licht des Mondes. »Ich habe auf sein Herz gezielt und getroffen. Es tat gut, Rache zu nehmen. Und doch fühle ich mich seitdem leerer denn je. Weißt du, Aslan, die ganze Zeit dachte ich, dass Jazar der Feind sei. Oder Burka, Atari, Timur ... Ja, sie sind Feinde. Sie tun Schreckliches für Macht und Geld. Aber eigentlich ist es doch diese Welt, die Gesetze, die der Khan mit aller Macht durchzieht, die ihre Taten erst möglich machen. Deswegen will Amandria, dass wir gegen ihn in den Krieg ziehen. Damit wir etwas verändern können, zudem er nicht bereit ist. Aslan, solange er an der Macht ist, gibt es keine Zukunft für Kyra oder mich. Er hat sogar ein Kopfgeld auf uns ausgesetzt. Du bist der Einzige, der etwas gegen diesen Irrsinn tun kann.«

Aslan ließ den Kopf hängen. »Und was schlägst du vor? Soll ich meinen eigenen Vater umbringen, damit ich den Thron besteigen kann? Das ist Hochverrat und unmenschlich.« Unmenschlich war auch, was der Khan tat.

Ich schüttelte den Kopf. »Da ist noch mehr, was du wissen solltest.« Ich erzählte ihm, wie Tamalya mich im System einsperrte und ich mit Maria hierher floh. Wie Burka das Dorf der Priesterin angriff und wir hierher ritten – und von Sally, die uns bei seiner Befreiung verriet. Ich erzählte ihm von allem. Nur seine Mutter zu erwähnen, das schaffte ich noch nicht. Wie sollte ich ihm sagen, dass sie die ganze Zeit gelebt hat? Dass sein ganzes Leben auf einer Lüge basierte?

»Es tut mir unendlich leid, was dir passiert ist. Es muss schrecklich gewesen sein.« Das war es. Ich dachte an die Flammen. An die vielen Vertrauensbrüche. An die Schmerzen. An alles. Und dann sah ich meine kleine Ky und wusste, wofür ich all das durchgestanden hatte.

»Wir müssen das beenden. Nur du kannst es beenden. Sei ein Held für dieses Land. Tritt dein Erbe an und zeig den Menschen in Ulanqab, dass Frauen es wert sind, sie in der Stadt zu haben, sie zu lieben und zu achten ... Zeig ihnen, dass es kein Verbrechen ist, eine Tochter zu bekommen. Du liebst Kyra doch. Was glaubst du, was passiert, wenn der Khan sie in die Finger bekommt? Aslan, er wird unsere Tochter töten. Wie kannst du so etwas zulassen wollen? Wir müssen ihn vom Thron holen. Entweder wir selbst, oder Burka wird es tun. Willst du etwa, dass er den Thron besteigt? Wie wird es uns dann erst ergehen?«

»Eliza, er ist mein Vater. Er hat mich großgezogen. Ich kann nicht ...«

Ich stieß einen Seufzer aus, sah mich um, ob uns niemand belauschte und nahm meinen Mut zusammen. Er musste es erfahren. »Nein Aslan, das ist er nicht.«

»Was meinst du damit?«

»Teneg Khan ist nicht dein Vater.«

Er schüttelte den Kopf und kurz hatte ich Angst, dass er Ky loslassen könnte. Doch er blieb ganz ruhig sitzen und sah mich bloß völlig verwirrt an. »Wie kommst du darauf?«

»Deine Mutter hat es mir gesagt.«

Jetzt schien er überhaupt nichts mehr zu verstehen. »Meine Mutter ist tot, Eliza. Sie lebt seit fünfzehn Jahren nicht mehr.« Noch während er das sagte, sah ich einen kleinen Schimmer in seinen Augen aufblitzen. Einen Moment der Erkenntnis. Zählte er eins und eins zusammen und erinnerte sich an unseren Besuch bei Amandria?

Wusste er, wer die Frau, die er gesehen hatte, war? »Wo ist sie?«

»Tot«, sagte ich und ein Schauer lief über meinen Rücken.

Aslans Augen sahen mich an, als wäre ich geisteskrank. »Sie ist heute Morgen verstorben«, fügte ich hinzu und bemerkte, wie die Haare in seinem Nacken sich aufstellen.

»Sie hat die ganze Zeit gelebt? Hier, oder in Meiguiyingzhen?«

»Bei Amandria. Du hast sie gesehen, damals, als wir dort waren.«

Er schüttelte den Kopf und zwinkerte ein paarmal schnell. »Wieso hat sie nichts gesagt? Hat sie mich nicht erkannt?«

Wieder seufzte ich und erzählte ihm alles, was Estelle mir während unseres Ritts anvertraut hatte, bis ich zu der Stelle mit Meo kam.

»Meo war mein Vater? Aber wie ...? Er hat nie etwas erwähnt, mich immer ganz normal behandelt. Wenn ich das gewusst hätte. Wo ist meine Mutter? Ich möchte sie sehen.«

»Es tut mir so leid, Aslan. Amandria hat ihren und Sallys Leichnam in die Ruine von Daliuhaoxiang gebracht und dort verbrennen lassen. Sie liegen nun statt deinem und Katajas Körper dort. Niemand außerhalb dieses Dorfes soll erfahren, dass du noch lebst. Das ist der Plan. Wenn der Emir denkt, du seist tot, dann wird es nicht mehr lange dauern, bis er den Khan angreifen wird. Und wenn es soweit ist, schlagen wir zu und du kannst deinen Platz im Palast einnehmen.«

»Aber wenn er nicht mein Vater ist, dann ist es auch nicht mehr mein Platz. Burkas Sohn hat dann Anrecht auf ihn.«

»Aber Aslan, niemand weiß, dass er es nicht ist. Auf den Papieren bist du sein Sohn und nur das zählt. Für jeden im Land bist du sein Nachfahr. Wir beide sind die Einzigen, die wissen, dass es nicht so ist. Estelle hat nur mir ihr Geheimnis anvertraut.«

»Ich muss darüber nachdenken«, sagte er und stand mit Kyra im Arm auf. Sie war längst eingeschlafen.

Ich konnte ihn verstehen. Das alles war viel zu viel für ihn. Erst die Gefangenschaft, die Folter und nun erfuhr er, dass sein Leben auf Lügen basierte. Dass seine Mutter all die Jahre gelebt hatte und ihn freiwillig verlassen hatte. Ich wüsste selbst nicht, wie ich an seiner Stelle reagieren sollte.

36

Maria hatte mich heute früh geweckt. Aslan schlief mit den drei anderen Verletzten in einem separaten Zimmer, was ihm überhaupt nicht gefiel. Amandria hatte viel Kraft gebraucht, um ihm Vernunft einzureden und schließlich hatte er auf sie gehört. Ein Heiler, der mit aus Meiguiyingzhen geflohen war, kümmerte sich um ihn, Andras, Navi und Kataja. Gestern Abend hatten sie noch alle fit gewirkt. Als ich Aslan zu ihnen begleitet hatte, merkte ich jedoch, wie die Medikamente langsam in ihrer Wirkung nachließen. Auch die Priesterin konnte keine Wundermittel zusammenstellen. Meine eigenen Wunden machten mir nicht viel aus, doch der Muskelkater, den ich vom Reiten hatte, und die Schmerzen im Becken, hatten mich die ganze Nacht über gequält und ließen mich nur unruhig schlafen. Dazu kamen Albträume über die letzten Tage, die mich auch jetzt am Morgen noch nachdenklich stimmten und mir Kopfschmerzen bereiteten.

Wir saßen auf dem Boden im selben Raum wie gestern Abend und frühstückten. Die Menschen in Gonggouxiang waren wahnsinnig freundlich und hilfsbereit. Sie hatten uns Fladenbrot, Reis, verschiedene Pasten und etwas gebratenes Fleisch gebracht, damit wir uns stärken konnten. Von draußen stoben Sonnenstrahlen durch die offenen Fenster herein und der Wind wirbelte die Sand- und Staubkörner im Zimmer auf und ließ sie tanzen. Kyra schlief wieder nebenan, während Astrid bei ihr war und eine Karte des Systems für Amandria erstellte, die bei uns saß.

»Gibt es schon einen Plan, wie wir vorgehen werden?«, fragte ich sie über Aslans Kopf hinweg.

»Nur den, den wir gestern besprochen haben. Ich kenne jemanden in der Vorstadt, der uns hoffentlich helfen kann, wenn es soweit ist. Jetzt müssen wir abwarten, ob Aslans vorgetäuschter Tod bis zum Palast vordringt. Aber das sollte nicht mehr lange dauern. Ein Späher hat Burka heute Nacht in der Nähe von Daliuhaoxiang gesehen. Wenn er in der Ruine war, oder dem, was von ihr übriggeblieben ist, wird er dem Khan sicherlich von Aslans Tod berichtet haben. Sobald das der Fall ist, werde ich davon erfahren und wir können weiterplanen. Die Voraussetzung ist aber nach wie vor, dass Aslan seine Pflicht als zukünftiger Khan erfüllen wird«, sagte sie mit strengem Blick auf meinen Mann, der im nächsten Moment weicher wurde. »Bitte vertrau mir, wie du es schon oft getan hast. Es geht nicht ohne deinen Zuspruch.«

Aslan lächelte matt. »Wieso hat dein Späher Burka nicht getötet?«

»Weil er nicht allein war. Das wäre zu gefährlich gewesen. Außerdem ist es nicht seine Aufgabe. Er beobachtet nur und erstattet uns Bericht.«

Aslan nickte und dachte offenbar wieder nach. Sein Kehlkopf bewegte sich angestrengt auf und ab, während seine Augen Richtung Decke starrten. »Ich werde euch helfen«, sagte er plötzlich und ich bemerkte, wie Amandria erleichtert und zufrieden lächelte.

»Sehr gut. Dann sind wir einen großen Schritt weiter. Und jetzt erzähl mir alles, was du während deinem Aufenthalt in Burkas Gefangenschaft erfahren hast. Berichte mir von jedem Gespräch, das du gehört hast. Jede noch so kleine Kleinigkeit kann uns weiterbringen.«

Aslan leckte sich über die Lippen und sah mich an. Woran dachte er gerade? Dann begann er zu erzählen. Wie sie seinen Konvoi, der ihn durch die Wüste begleiten sollte, angegriffen haben. Wie eine Autobombe seine Wachen umbrachte. Wie Burka und Atari ihn aus dem Auto zogen und die anderen Insassen erschossen. Wie sie ihn fesselten und zu der leerstehenden Stadt brachten und dort in den Kerkern hungern ließen. Und dann wurde es interessant: »Es war schlimm dort, aber auch interessant. Denn eines habe ich erfahren, was mich in dem Moment vollkommen durcheinandergebracht hatte.«

»Was denn?«, fragte ich aufgeregt.

»Burka und Atari haben viel miteinander gesprochen. Wahrscheinlich dachten sie, ich schliefe. Oder es war ihnen egal, dass ich zuhörte, weil sie mich eh töten wollten. Aber Burka hat immer wieder von einer Frau gesprochen. Er hat sie *meine Schläferin* genannt und es klang, als wäre sie mit ihm verwandt, als hätte er eine Tochter, die lebte. Aber ich kenne Burkas Frau. Sie hat keine Tochter, nur drei Söhne. Sie lebt ganz normal mit ihm zusammen. Trotzdem hat er diese Frau einmal *mein Mädchen* genannt, als sie da war. Erst dachte ich, es wäre seine Geliebte, aber das passte nicht zu dem, was er mit Atari besprochen hatte.«

»Sie war da?«

»Ja, aber ich konnte sie nicht sehen. Die beiden standen hinter der Tür, als sie sich unterhielten. Sie sagte ihm, dass man eine Leiche vor dem System gefunden hätte und eine Frau mit einem Baby in ihrem Dorf aufgetaucht sei. Ich hatte gleich an dich gedacht, doch dann erwähnte sie, dass sie schon älter wäre. Also konntest du es nicht sein. Das war alles so verwirrend, sie schien selbst nicht zu wissen, warum die Frau ins Dorf kam. Das muss Astrid mit Kyra gewesen sein, nicht wahr? Sie erzählte ihm auch von Kataja, aber woher wusste sie das?«

Amandria zog die dunklen Brauen zusammen und zuckte mit ihrer schmalen Nase. »Von uns. Sally hatte mich geholt, als die beiden ins Dorf kamen und stand neben mir, als ich Astrid und eure Tochter empfing. Sie muss gehört haben, wie Astrid mir berichtete, dass eine Violette namens Kataja ihre Freundin gewarnt hatte.«

»Aber wie konnte sie so schnell bei Burka sein, um es ihm zu sagen? Und warum kam er dann nicht gleich in unser Dorf, sondern erst hierher?«, fragte ich.

»Weil Sally nicht alles mitbekommen hat. Außerdem liegt dieses Dorf näher an der Ruine. Sie hätten es eh auf ihrem Weg gekreuzt.«

»Habt ihr mir zugehört? Burka hatte eine Tochter.« Aslan sah uns fassungslos an.

»Doch, und ich bin genauso erschüttert darüber wie du. Ich dachte, ich kannte Sally. Aber es erklärt, wieso sie das getan hat. Wir haben so oft über Familie gesprochen und sie erwähnte immer wieder, wie sehr sie sich nach einer sehnte. Vor allem, nachdem Tamalya sie verstoßen hatte. Wahrscheinlich hat sie damals Kontakt zu ihrem Vater aufgenommen. Ihre Mutter war tot, aber sie muss ihr gesagt haben, wer ihr Vater war. Wahrscheinlich entstand sie bei einer Affäre. Es dürfte nicht schwer für sie gewesen sein, ihn ausfindig zu machen. In die Spike kommt man nur schwer herein, aber in die Vorstadt oder den Palastgarten ... Bestimmt hat sie ihn zur Rede gestellt. Er hat seine Chance gewittert und sie bei uns eingeschleust. Was wird er ihr erzählt haben? Dass sie im Palast leben darf, wenn er erst an der Macht ist? Aber das ist nun auch egal. Es kränkt mich bloß, dass ich mich dermaßen in ihr getäuscht habe. Danke Aslan, dass du uns das erzählt hast. Es bringt zumindest ein bisschen Licht in seine Pläne. Burka scheint mir jemand zu sein, der gerne über alles informiert ist. Sicherlich hat er Kontakte im System und durch sie wusste er auch über diesen Ort Bescheid.«

»Aslan, erinnerst du dich an den Jäger, der uns verfolgt hat, als wir damals ins Dorf ritten?«, fiel es mir ein. »Vielleicht wurde er auch von ihm geschickt.«

Aslan schüttelte den Kopf und sein schwarzes Haar, das viel zu lang geworden war, fiel ihm ins Gesicht. »Nein, das war doch auf dem Hinweg. Sie kann ihn frühestens informiert haben, nachdem wir weg waren.« Stimmt, das hatte ich nicht bedacht.

»Wie hat sie es so schnell von eurem Dorf zur Ruine geschafft?«

»Um drei Uhr war Wachwechsel. Sie muss gleich danach losgeritten sein. Sie ist eine grandiose Reiterin und wird nicht lange gebraucht haben.«

Mir fiel ein, wie sie mein Pferd im Galopp beruhigt hatte. Ja, reiten hatte sie wirklich gekonnt.

Inzwischen saßen Maria und Navi neben uns, und hörten gespannt unserem Gespräch zu. »Ich fass es immer noch nicht, was sie getan hat«, sagte Navi und rückte näher an uns heran. »Sie war meine Freundin. Zumindest dachte ich das. Familie hin oder her. Sie wollte uns alle beim lebendigen Leib verbrennen lassen. Sie sah so gestört aus an dem Tag. Einfach krank.«

Jetzt kam auch Andras dazu und kniete sich vor uns. »Wer?«

»Na Sally«, sagte Navi.

Andras hob die Augenbrauen und rieb sich das Kinn. Dann

drückte er seine Hand auf die Wunde im Becken, die sie ihm mit ihrer Klinge zugefügt hatte. Wie musste es ihm erst gehen? »Und jetzt?«, fragte er.

Amandria wiederholte die Antwort, die sie auch uns eben gegeben hatte. Nun hieß es abwarten.

Wir hatten bereits alles weggeräumt und saßen mit zwei neuen Gesichtern, Sam und Alexa, im Kreis auf dem Boden. Ich hatte Ky im Arm, die schlief, während Aslan hinter mir saß und mir den Nacken massierte.

»Wir sollten einfach zuschlagen. Ich habe es satt, durchs Land zu ziehen und nirgendwo zuhause zu sein, nur weil ich mich diesen sinnlosen Gesetzen oder einem mir fremden Mann nicht unterwerfen will«, sagte Alexa, die mürrisch in die Runde sah. Sie trug ein Tattoo auf ihrer braungebrannten Haut, das mich an das Emblem der Boten im Palast erinnerte. Ob der Adler für die Freiheit stand, nach der sie sich sehnte?

Es klopfte und ein schweißnasser Mann, dem die Brühe förmlich vom Kopf floss, stand hechelnd vor uns und stützte sich auf seine Knie.

»Lorus, ist etwas passiert? Gibt es Neuigkeiten?«

Der Mann nickte und Schweiß tropfte auf den Boden. Er musste um sein Leben gerannt oder geritten sein. »Er weiß es. Amandria, es beginnt.«

Ein breites Lächeln stahl sich ins Gesicht der Priesterin und sie klatschte vergnügt in die Hände. »Wunderbar. Danke, dass du dich so beeilt hast, um es mir zu sagen. Wasch dich und ruh dich aus. Du hast einen schnellen, weiten Ritt hinter dir.«

Der Mann verbeugte sich leicht vor ihr, und verließ den Raum rückwärst durch die Tür, ohne sich richtig aufzurichten. Das war also ihr Späher. Der Mann, der Augen und Ohren für sie und Estelle offenhielt.

»Ihr habt es gehört. Aslan, ab jetzt giltst du offiziell als tot. Wir müssen dafür sorgen, dass dies so bleibt. Wenn der Emir dich sieht, ist unser ganzer Plan vereitelt. Trotzdem möchte ich, dass du mit in die Hauptstadt kommst. Dort können wir dich besser verstecken als hier. Außerdem ist es mir lieber, wenn du in unserer Nähe bist.«

»Wieso bringen wir den Khan nicht einfach um?«, fragte Sam und stand auf. »Warum abwarten, bis dieser komische Emir die Drecksarbeit erledigt.«

»Er ist zu gut geschützt«, sagte Aslan und ich sah ihn überrascht an. Eigentlich hatte Sam die Frage an Amandria gewandt gestellt. »Er verlässt nur noch selten den Palast, und der ist sicherlich von Burkas Leuten infiltriert. Burka zu schnappen ist viel leichter. Er ist gerne draußen und besäuft sich in der Vorstadt.«

»Er geht dafür in die Vorstadt?«, fragte ich. Ich erinnerte mich daran, wie er volltrunken im Lift vor mir stand. Damals musste er den Alkohol in der Spike getrunken haben, sonst wäre er doch vom Toliarum aus gekommen.

»Ja, sonntags, wenn die Bars in der Spike geschlossen haben. Dann holt er sich seinen Schwarzgebrannten draußen. Ich habe ihn oft gesehen, wenn er durch den Palastgarten getorkelt ist.«

»Aslan, diese Information ist Gold wert. Dann hoffen wir, dass er seinen Plan bis Sonntag vollzogen hat und wir nicht eine weitere Woche warten müssen.«

Sonntag ... das war in drei Tagen. Wie sollten wir uns so schnell einen vernünftigen Plan zurechtlegen, wie wir es anstellen würden? Und wie würden wir danach vorgehen? Wie schnell undurchdachte Pläne scheitern konnten, hatte ich bei meiner Flucht ins System gemerkt.

37

In der Nacht brachen wir auf. Wir waren zu zehnt: Aslan, Navi und Andras, die mit Maria, Astrid und unserer kleinen Ky in der Vorstadt bleiben sollten. Dann Sam, Alexa und Amandria, die den Emir überwältigen wollten – und ich. Ich wusste noch nicht, was meine Aufgabe sein sollte. Amandria wollte mich nicht dabeihaben, das spürte ich. Wenn es nach ihr ging, sollte ich bei den anderen im Versteck bleiben. Sie dachte, ich sei zu schwach und vielleicht hatte sie sogar recht. Ich war nicht so stark oder fit wie Sam und Alexa aus Gonggouxiang. Sie mussten sich auch nicht aus einer brennenden Ruine freikämpfen und vor Kurzem ein Kind gebären. Das Einzige, was mir immer noch zu schaffen machte, war der Ritt selbst. Außer Astrid, Maria und mir waren alle ausgezeichnete Reiter. Unseretwegen kamen wir wieder nur spärlich voran. Ich saß hinter Aslan, der Ky schützend vor seinem Oberkörper trug. Sie war dicht an ihn in ein Tuch gebunden und ging ihrer Lieblingsbeschäftigung nach: Schlafen.

Sobald wir in Ulanqab sein würden, wollten wir mit Fine und Tam-Niem, einem Mann aus der Vorstadt, Kontakt aufnehmen. Doch bis dorthin lagen noch rund drei bis vier Reitstunden, in denen wir unentdeckt bleiben mussten.

Der Himmel war heute Nacht besonders klar und spendete uns genügend Licht und Orientierung, um gut voranzukommen. Oder zumindest so gut, wie wir es zuließen. Mir wäre es lieber gewesen, wir hätten eines der Autos genutzt, die im Dorf herumstanden, aber Amandria meinte, dass wir mit den Pferden flexibler wären und uns im Notfall besser verstecken könnten. Außerdem machten die

Wagen zu viel Krach. Ein Auto vor der Vorstadt würde sofort auffallen. Also ließ ich mich auf den Ritt ein und bereute es sofort, kaum, dass ich auf dem breiten Sattel saß und das Zwicken im Becken spürte. Dabei hatte ich gehofft, es mit dem letzten Ausritt endlich hinter mich gebracht zu haben.

»Sobald wieder Ruhe eingekehrt ist und du dich endlich von den Strapazen der Geburt erholt hast, bringe ich dir das Reiten bei«, sagte Aslan und sah mich über seine Schulter hinweg an.

Ich lächelte matt. Wollte ich mir das wirklich antun? Ich sehnte mich danach, Aslan wieder nah zu sein, alleine mit ihm zu sein – alleine, ohne Pferde.

»Schau'n wir mal«, sagte ich und legte meinen Kopf auf seinem Rücken ab, um seine Wärme zu spüren. »Wie weit ist es noch, was schätzt du?«

»In einer Stunde sollten wir da sein. Ich kann die Spike schon in der Ferne erkennen.«

Ich lugte an seinem Kopf vorbei nach vorne und tatsächlich sah man das rote-orangene Blinken der Turmspitze in der Ferne leuchten. Ob Fine gerade in unserem Loft, im obersten Stockwerk, saß und auf ein Lebenszeichen von uns wartete? Hatte man ihr schon gesagt, was angeblich mit Aslan passiert war und wusste sie von Thomasin? Das Geld, das der Heiler bekommen sollte, trug ich dicht an meine Hüften gebunden. Sobald alles vorüber war, wollte ich seine Frau in die Stadt holen und es ihr geben. Was wurde wohl aus seinem Sohn, jetzt wo er Niemandem mehr hatte? Ob er es schaffte, sich die paar Tage selbst zu versorgen? Bestimmt wird Thomasin ihn aus Angst, dass der Khan von seiner Krankheit erfahren könnte, nicht ins Schulzentrum in der dritten Etage geschickt haben. Hoffentlich hatte er genügend zu essen zuhause. Bis Sonntag müsste er mindestens aushalten, vielleicht auch länger. Sonntag ... heute war bereits die Nacht auf Samstag. Morgen Abend würde es losgehen. Die Vorstellung, den Emir zu überwältigen, ängstigte mich fast so sehr, wie jene, was danach kommen würde. Wenn es den Khan und den Emir nicht mehr gab, dann würde ich die neue Königin sein und Aslan unser neuer Herrscher. Was war, wenn wir versagten? Wenn wir die Geschlechter nicht vereinen konnten? Wie sollten wir das Land retten, wenn die Leute es nicht wollten? Aber womöglich machte ich mir auch zu viele Gedanken.

Ich schloss die Augen und genoss die einsame Ruhe vor dem Sturm.

Der Ritt nach Ulanqab verlief friedlich. Niemand war uns begegnet, kein Sandkorn hatte uns verraten, keiner ist uns gefolgt. Wir waren nur noch wenige Minuten von der Stadt entfernt. Bis die Sonne aufging, dauerte es noch fast eine Stunde.

Aslan stieg vorsichtig von unserem Pferd ab, bedacht darauf, dass Kyra weiterschlafen konnte. Er war ein wunderbarer Vater und wahnsinnig fürsorglich. Ich liebte es, ihm dabei zuzusehen, wie er sie streichelte und schützend seine Hand über ihr Köpfchen hielt. Dann half er mir herunter und ich atmete erleichtert aus. Ich hatte es geschafft. Alles tat weh, aber ich hatte durchgehalten.

Vor uns thronte der spitz zulaufende Turm auf. Die Spike. Mein Zuhause. War es das tatsächlich? Hatte ich überhaupt ein Zuhause? Im System war ich aufgewachsen und hatte es gehasst. Und in der Spike war so viel geschehen, dass ich nicht wusste, ob ich über all die negativen Erinnerungen hinweg sehen konnte. Aber sie hatte auch so viele schöne Seiten: die Gärten, der Basar, der Ausblick ... und natürlich Freunde wie Fine. Dabei war sie inzwischen meine einzige Freundin. Ich hatte fast alle, denen ich nähergestanden hatte, verloren. Nur Maria und Astrid blieben – und vielleicht noch Kataja, die sich jedoch entschieden hatte, in Gonggouxiang zu bleiben.

Die Stadtmauer rückte näher und mit ihr die Gefahr, gesehen zu werden. Doch noch lag alles ruhig da. Wir führten die Pferde weg von jenem Weg, der zum Palast ging und schlichen stattdessen in jene Richtung, von der aus ich vor fast einem Jahr geflohen war.

»Wo wollen wir hin?«, fragte ich Aslan leise, der voranging. Niemand kannte die Stadt so gut wie er.

Statt zu antworten legte er die Finger auf die Lippen und blieb stehen. Wir lauschten. Irgendwo in der Ferne hörte ich ein Baby weinen und war froh, dass es nicht Kyra war. Die schlummerte immer noch ruhig vor sich hin. Den ganzen Ritt über hatte sie sich nicht einmal gerührt. Wahrscheinlich beruhigten sie die sanften Bewegungen, die Aslan beim Reiten ausführte. Bei mir hätte sie vermutlich ein Schütteltrauma erlitten.

Aslan winkte uns, weiterzugehen. Niemand sprach. Selbst die Pferde wirkten angespannt, als spürten sie, dass sie leise sein mussten. Was hatte er vor? Und dann erkannte ich den Weg, den wir einschlugen. Das konnte er nicht machen! Das war viel zu gefährlich!

»Aslan, wir können nicht hier lang. Meinst du nicht, dass es auffallen wird?«

»Ich weiß, was ich tue«, flüsterte er und führte unser Pferd den Weg zu den Ställen hinunter. Was war, wenn sie bewacht würden? Wir konnten doch nicht einfach so in den Palast reinspazieren. Denn genau das taten wir gerade. Die Ställe lagen unter einem der Palastflügel. Wie sollten wir überhaupt reinkommen? Das Tor war doch sicherlich von außen verschlossen.

Wir standen direkt davor. Über uns thronte eine der beiden Kuppeln des Palastes von Ulanqab, daneben das alte Minarett, das während der Regentschaft Khalaifs, vor über hundert Jahren, aufgestellt wurde. Rechts dahinter war die Spike. Mir wurde schwindelig, als ich den Kopf in den Nacken legte und hoch in den Himmel schaute. Es war bemerkenswert, wie sie es geschafft hatten, eine Stadt in einen Turm zu bauen. Schon früher hatte es Türme wie diese gewesen. In Dubai, später in New York, dann Shanghai ... und die Spike konnte mit all jenen mithalten, sie übertraf sie sogar.

»Wie kommen wir rein?«, fragte Sam, der hinter uns stand, das Tor betrachtete und sich am Kinn kratzte.

»Mit dem Schlüssel«, sagte Aslan und ging rechts zu der Mauer. Er suchte ein paar der Steine ab, dann fand er offenbar, was er gesucht hatte. Es war ein einfacher Schlüssel wie jener, mit dem auch das Tor im System abgesperrt wurde.

Ich konnte mir das Grinsen nicht verkneifen und Alexa sprach das aus, was ich dachte: »Die Spike ist das fortschrittlichste Gebäude im ganzen Wüstenreich und dann kommt man mit einem einfachen Schlüssel, der in einem Mauerspalt steckt, hinein? Wessen genialer Einfall war das denn?«, fragte sie sarkastisch und zog ihre schmalen Brauen hoch.

»Meiner«, war Aslans simple Antwort. »Jeder Einbrecher würde sich die Zähne ausbeißen, wenn er es nicht weiß. Außerdem kommt man damit lediglich zu den Pferden. Für alles, was danach kommt, wird ein Handscan benötigt.« Er schob den Schlüssel ins Schloss, das knackste, als er ihn umdrehte und dann zog er die schwere Eisentür, die sich bei meiner Flucht noch von alleine geöffnet hatte, mit aller Kraft auf.

Wir führten die Tiere zu den anderen und brachten sie in den freien Boxen unter. Erleichtert stellte ich fest, dass jenes Pferd, welches ich für meine Flucht genutzt hatte, zurückgekehrt war. Ich ging zu ihm und streichelte es. »Braves Tier«, sagte ich, ehe wir uns alle am Tor versammelten.

»Und jetzt?«, fragte Sam, der müde wirkte.

»Nun geht es zu Fuß weiter«, meldete Amandria sich zu Wort und ging nach draußen. »Es gibt viele Wege, wie man in die Stadt hineinkommt, ohne gesehen zu werden. Einer davon liegt nicht weit von hier. Er wird uns direkt in die Vorstadt bringen. Aber seid leise. Nicht jedem Vorstädter wird gefallen, was wir vorhaben. Außerdem ist noch immer ein hohes Kopfgeld auf Eliza und ihre Tochter ausgesetzt. Die Menschen, die hier leben, sind arm. Sie genießen nicht die Vorteile der Spike. Sie müssen sich selbst versorgen, und nur wenige erliegen nicht irgendwann der Verzweiflung, wenn sie Tag für Tag den Palast und die Spike mit seinen Annehmlichkeiten vor der Nase haben. Das Geld für Eliza könnte ihren Eintritt in den Wohlstand bedeuten, deswegen wäre es besser, wenn niemand dort sie zu Gesicht bekommt. Und das Aslan nicht entdeckt werden darf, brauche ich euch sicherlich nicht zu erklären. Folgt mir jetzt, es ist nicht sehr weit.«

Wir gingen an der Palastmauer entlang, dicht an sie gedrängt, damit man uns von oben nicht sah. Doch im Grunde war es nicht nötig. Die Wüste lag still da, die Leute in den Häusern und der Spike schliefen. Vielleicht war der Emir schon wach und rührte gerade seinen Giftcocktail zusammen, um ihn gleich beim Frühstück seinem besten Freund unterzujubeln. Wie würde der Khan reagieren, wenn er bemerkte, was passierte? Dass sein bester Freund ihn verraten hatte?

Amandria blieb stehen und zeigte auf einen Durchschlupf in der Mauer, ähnlich dem, durch den ich damals geflohen war.

»Wie soll ich mit Kyra da durchkommen?«, fragte Aslan verständlicherweise.

Amandria musterte ihn. Es dauerte fast eine halbe Minute, bis sie antwortete. »Wir nehmen einen anderen Weg.« Man sah ihr an, wie verlegen sie war. Es passte ihr offenbar überhaupt nicht, dass sie diesen Fehler in ihrem Plan nicht bedacht hatte. Wie viele Wege gab es, die wir mit Kyra nehmen konnten? Wenn wir sie aus dem Tuch wickeln und unter der Mauer herreichen würden, würde sie sicherlich schreien. Das konnten wir nicht riskieren. Doch mit ihr würde niemand von uns hindurchpassen.

»Amandria, warte«, sagte Aslan plötzlich und die Priesterin blieb stehen. »Vielleicht gibt es einen einfacheren Weg. Durch die Tunnel.«

»Welche Tunnel?«, fragten Alexa, Sam und ich zeitgleich. Nur Astrid und Maria schwiegen die ganze Zeit über. Ich hatte das Gefühl, sie wollten überhaupt nicht mitkommen. Aber warum taten sie es dann? Sie hätten wie Kataja im Dorf bleiben können, wenn ihnen der Weg zu gefährlich war.

»Die Tunnel unter Ulanqab. Das Kanalsystem. Aber Aslan, wirklich? Gibt es keine bessere Möglichkeit?« Amandria sah ihn leicht angewidert an.

»Bestimmt. Aber durch die Tunnel kommen wir problemlos zu so ziemlich jedem Ort in Ulanqab. Und so schlimm ist es nicht.«

Es war schlimm. Es war eklig, es war nass und es stank. Um reinzukommen, mussten wir eine Viertelstunde in die andere Richtung laufen. Bald würde es hell werden. In zehn Minuten müsste bereits der Sonnenaufgang beginnen.

Der Eingang lag vor dem künstlichen Tümpel Qúdào, in den die Pampe aus dem Tunnel lief. »Und hier müssen wir durch?«

»Halt dir einfach die Nase zu«, sagte Aslan und zwinkerte mir zu. Na gut, auf ging es ins Abenteuer.

Wir gingen am schmalen Steg, der vorbei am Fluss aus Abfällen, Kot und Urin führte, dicht an die Wand gedrängt, entlang und folgten einfach immer weiter dem Gestank. Hoffentlich verflüchtigte sich der Geruch, wenn wir draußen wären. Sonst würde man uns durch unseren Gestank schneller entdecken, als wir baden konnten.

Ich fand es faszinierend, dass meine kleine Ky sich nicht einmal hier in ihrem tiefen Schlaf gestört fühlte. Trotzdem hoffte ich, dass sie bald aufwachen würde, um meine Brüste zu erleichtern.

Aslan blieb stehen und blickte nach oben. »Hier gehen wir raus.«

»Weißt du, wo wir rauskommen?«, fragte Amandria.

»Ja, ich denke schon. Ich bin als Jugendlicher mal hier lang. Eine Mutprobe unter den Jungs im Palast.« Daher kannte er diesen Weg also.

Eine Leiter führte ein paar Streben nach oben, die Sam zuerst nahm. Oben angekommen hob er den schweren Deckel aus Stein und Metall zur Seite und zog sich hinaus.

Ich spürte den herrlichen Duft der frischen Luft bereits, noch ehe man mir ganz herausgeholfen hatte. Freiheit. Oh du süße Freiheit. Du wunderbarer Wind.

Aslan und Amandria folgten mir, dann Maria und Astrid. Das Schlusslicht bildete Alexa.

Ein tiefer Atemzug streifte gerade meine Kehle, als ein Schrei mein Mark erschütterte. Kyra war aufgewacht. Und mit ihr gefühlt die halbe Vorstadt.

»Weg hier«, sagte Aslan, statt sie zu beruhigen und wir liefen los. Nur wo sollten wir hin? Wo konnten wir uns verstecken, damit ich sie stillen konnte?

An den Fenstern tauchten die ersten Gesichter auf, die verwundert dabei zusahen, wie ein Trupp Männer und Frauen kurz nach Sonnenaufgang mit einem schreienden Baby durch die Straßen pirschten. Ky wurde mit jedem Schritt, den wir taten, lauter. Sie hatte Hunger. Ich kannte diese Schreie genau.

Aslan nahm sich ein Stück der Schlaufe, die vom Tragetuch an seiner Hüfte hinab hing und hielt sie sich vors Gesicht, damit ihn niemand erkannte. Ich versuchte, mich so gut es ging unter meiner weiten Kapuze zu verstecken. Die Leute durften uns unter keinen Umständen erkennen, sonst war der ganze Plan umsonst.

»Hier lang«, sagte Aslan und führte uns in eine schmale Gasse.

Wir bogen erneut ab und dann waren sie da. Vor uns standen zwei Wachen des Palastes, die Säbel gekreuzt und versperrten uns den Weg. Sie waren zu weit weg, als dass sie uns erkennen konnten. Panik stieg in mir auf. Maria und Astrid waren sowieso schon aus der Puste, und ich würde das Gerenne auch nicht mehr lange durchhalten.

Wir starrten uns einen Augenblick an, der eine gefühlte Ewigkeit dauerte, dann drehten wir uns um und liefen zurück. Dieses Mal bogen wir in eine andere Richtung. In eine Straße, in der ich schon einmal war. Zu einem Haus, das ich kannte. Ich betete, dass Martha uns reinlassen würde.

Ich kam als Erste zum Stehen und klopfte an ihre Tür. Beinahe wäre Sam in mich hereingerannt und die anderen an mir vorbei. Wir hatten so viel Staub aufgewirbelt, dass ich das Ende der Gasse nicht mehr erkennen konnte.

Die Tür ging einen Spalt weit auf und ich blickte in ein finsteres Gesicht hinein – doch es war nicht Marthas.

38

»Wer ist da, Liebling?« Ich atmete erleichtert aus, als ich Marthas Stimme aus dem Hintergrund vernahm.

»Wer seid i-« Marthas Mann sah uns skeptisch an, beugte sich an mir vorbei und sah die Straße runter. Dann fiel sein Blick auf Aslan, der mit Ky im Arm, die aufgehört hatte zu schreien, hinter mir stand. »Rein mit euch.«

Ohne zu zögern, trat ich ein und die anderen folgten mir. Wir hatten die Wachen abgehängt, aber wer wusste schon, für wie lange.

»Eliza!« Martha kam auf mich zu gelaufen, noch ehe wir die Tür hinter uns geschlossen hatten. Wir füllten fast das gesamte Zimmer aus, das eine Mischung aus einer heruntergekommenen Küche und einem Wohnzimmer sein musste. »Maria, Astrid. Was macht ihr hier, was ist los?«

»Das frage ich mich auch«, sagte ihr Mann und blickte auf Aslan, als könne er nicht glauben, dass der Prinz lebte. Also hatte die Nachricht auch hier schon die Runde gemacht.

Sam schob den vergilbten Vorhang eine Hand breit zur Seite und sah aus dem Fenster. »Sie kommen. Wir müssen uns verstecken. Habt ihr einen Keller?«

Martha sah fragend von mir zu ihm, dann zu ihrem Mann. »Ja, dort hinten ist die Treppe.«

»Nicht der Keller«, sagte ihr Ehemann plötzlich. »Geht auf den Dachboden. Den Keller durchsuchen sie sicherlich als Erstes. Los. Die Treppe rauf. Aber seid leise, der Junge schläft.« Wir folgten ihm den Flur hinauf in die nächste Etage. Dort zog er mit einer Stange eine Luke in der Decke auf und eine staubige Leiter ratterte nach unten. Kyra begann erneut zu schreien und Aslan redete behutsam auf sie ein. Hoffentlich hörte uns keiner. Mich beschlich ein wahrlich mulmiges Gefühl. Bestimmt würden sie hier nach uns suchen. Sicherlich haben sie noch gesehen, wie die Tür zufiel.

Aslan ging voran und wir folgten ihm nacheinander. Kyra weinte immer noch. Ich musste sie unbedingt anlegen, wenn ich nicht wollte, dass man uns fand.

»Ich helfe dir, Maria«, sagte ich und zog sie die Stufen hoch. Sie war die Letzte auf der Leiter gewesen. In dem Moment pochte es unten an der Tür und Martha sah uns ängstlich an.

»Verrate uns nicht«, formte ich mit meinen Lippen, dann surrte die Treppe auch schon hoch und ihr Mann schloss die Luke. Der Dachboden hatte keine Fenster, darum war es stockfinster. Staub hing in der Luft und es fiel mir schwer, nicht zu husten. »Aslan, wo bist du?«

»Hier«, sagte er mit tiefer Stimme und ich spürte, wie er meinen Arm griff und mich zu sich zog. »Ich konnte sie endlich beruhigen.«

»Hat jemand Licht?«, fragte Astrid ängstlich. Sie klang wahnsinnig nervös.

Im nächsten Moment schaltete Andras seine Lampe ein und leuchte und einmal alle an, sodass ich mir die Hand vor die Augen halten musste.

»Pack das Ding runter«, fluchte Navi und sah mürrisch in die Runde.

»Schon gut. Werden die uns verraten?« Er leuchtete durch den Raum und ich folgte dem Schein seiner Lampe. Sie stoppte bei einem Werkzeugkasten, aus dem er sich einen Hammer nahm und ihn einmal durch die Luft schwang. Dann trat ein Grinsen auf seine Lippen und er steckte den Schaft an seinen Gürtel.

»Leuchte mal hier hin, aber nicht in ihr Gesicht«, bat Aslan und begann, Kyra aus dem Tuch zu wickeln und mir zu geben.

»Na, meine Süße«, flüsterte ich und ging mit meiner Maus in eine Ecke, damit wir endlich etwas Ruhe für uns hatten. Maria und Astrid tuschelten leise miteinander, während Navi und Andras den Raum nach weiteren Waffen absuchten. Aslan hatte sich hingekniet und versuchte offenbar, etwas durch das Holz der Luke zu hören.

Ky trank so begierig, dass es eine Wohltat für mich war. Mein Busen hatte bereits zu schmerzen begonnen, doch nun ging es langsam. Wie lange würde dieser Zustand anhalten?

»Seid leise«, zischte Aslan plötzlich und alle hielten inne. Nur Kyras leises Schmatzen und das Ticken meiner Uhr waren noch zu hören. »Sie sind unter uns«, flüsterte Aslan.

Niemand rührte sich mehr. Wenn Kyra still blieb, würden wir heil aus der Sache rauskommen. Wenn ...

»Unten war niemand. Aber das Schreien kam von hier.«

»Ach, darum geht es«, sagte Marthas Mann. Jetzt, wo alle still waren und lauschten, was unten passierte, hörte man die Stimmen deutlich. »Das war bestimmt der Bub.« Eine Tür wurde geöffnet und quietschte leicht. Bestimmt zeigten sie ihren Sohn.

Einer der Männer gab eine Art Brummen von sich. »Sonst noch irgendwelche Räume?«

Ich hielt die Luft an. »Nein, keine.«

»Sie wissen, dass Sie Hochverrat begehen, wenn sie Flüchtigen Unterschlupf gewähren?«

»Nach wem suchen sie überhaupt?«

»Einer Truppe Frauen und Männer, die eben einige Unruhe in den Gassen der Vorstadt stifteten. Wir glauben, sie wollen ein Mädchen rausschmuggeln.«

»Ich hab' kein Mädchen gesehen.«

»Ich auch nicht«, sagte Martha. »Können wir sie jetzt leise hinausbitten? Der Kleine muss gleich aufstehen und baden.«

»Natürlich, Madam. Bitte verzeihen Sie die Störung so früh am Morgen.«

Die Stimmen wurden leiser und zum Schluss hörte ich nur noch, wie die Tür ins Schloss fiel. Ein paar Sekunden später öffnete Martha die Luke, stieg hinauf und sah uns streng, mit in die Hüften gestemmten Armen, an. »So, und jetzt wollen wir wissen, was hier los ist.«

Kyra hatte endlich fertig getrunken und ich wickelte sie erleichtert in das Tuch ein. Aslan und Andras musterten Martha skeptisch. Sie trauten ihr nicht, das spürte man. Maria war daher die Erste, die auf sie zuging, sich bedankte und dann die Leiter hinabstieg. Ich folgte ihr. Ich kannte Martha, sie war nur ein paar Jahre älter als ich, zwei oder drei, und war immer da, wenn man sie brauchte. So auch heute.

Wir gingen alle in die Wohnstube und setzten uns verteilt an den Küchentisch und auf das Sofa, das mit einer grauen Decke überzogen war. Trotzdem sah man Flecken und Brandlöcher darunter hervorlugen.

»Also, wer seid ihr und was wollt ihr?«

»Chèz, lass sie sich doch erst einmal setzen. Ich hab' dir doch eben erklärt, dass ich Eliza, Maria und Astrid aus dem System kenne. Eliza ist die Prinzessin, das weißt du doch.«

Chèz verschränkte die Arme und zuckte mit seinem Schnauzbart. Er war sicherlich zwanzig Jahre älter als Martha. Ich erinnerte mich nur noch schwach daran, wie er sie ersteigert hatte. Das war bei der letzten Türkisen Nacht gewesen, bei der ich zugesehen hatte. Martha hatte stark abgenommen seitdem. Vielleicht bekamen sie hier im Armenviertel der Vorstadt nicht genügend zu essen oder sie verlor durchs Stillen so viel Gewicht.

Mir war kalt und ich rieb mir die Arme. Ky schlummerte immer noch in Ruhe vor sich hin und sabberte mir das schmutzige Gewand voll. Hoffentlich konnte ich bald wieder in die schönen Stoffe meiner Garderobe schlüpfen. So unbehaglich ich es zu Beginn gefunden hatte, dermaßen im Überfluss zu leben, vermisste ich die Kleider doch.

»Also, ich warte«, murrte Chèz.

»Wir danken Euch sehr. Mich kennt Ihr sicherlich und dies sind Freunde von mir: Andras, Navi, Amandria, Alexa und Sam. Wir sind hier, da der Emir einen Putsch gegen meinen Vater versucht, den wir vereiteln müssen.« So konnte man es auch auslegen ...

»Nein, ich kenne Euch nicht. Ihr seht aus wie Eure Hoheit, der Prinz von Ulanqab, doch dieser wurde erst gestern für tot erklärt. Und daraus schließe ich, dass Ihr ein Betrüger seid.«

Aslan funkelte Chèz an und ich konnte es ihm nicht verdenken. »Der einzige Betrüger ist Emir Burka.«

»Genug!« Marthas Mann stapfte mit dem Schuh auf. »Auf die Prinzessin ist ein hohes Kopfgeld ausgesetzt und das Kind ist ein

Weibsbild. Nennt mir nur einen Grund, wieso ich euch nicht ausliefern sollte.«

»Chèz, ich bitte dich.« Martha trat an ihn heran und tätschelte seinen Arm. Was passierte hier gerade? Hatte er uns nur geschützt, um uns anschließend auszuliefern?

»Ruhig, Weib, wenn du nicht wieder den Gürtel spüren willst.«

Tränen traten in Marthas Augen. Was war dieser Mann nur für ein Arschloch? Wieso war es mir nicht aufgefallen, dass er seine Frau schlug? Wir mussten sie hier rausholen, aus seinen gierigen Klauen befreien. Die Türkise Nacht war nicht dafür da, damit wir Frauen anschließend geschlagen und gedemütigt wurden. Sie war da, damit wir die Liebe fanden und in Frieden eine Familie gründen konnten.

Von oben erklangen Mama-Rufe, die lauter wurden, desto länger wir uns angespannt anblickten.

»Na los, Weib, kümmere dich um den Bub', bevor er wieder die ganze Straße zusammenbrüllt.«

Martha nickte ängstlich. Was würde der Vater mit seinem Kind machen, wenn es nicht aufhörte zu schreien? Automatisch legte ich schützend meine Hand um Kys Köpfchen und drückte sie näher an mich. Am liebsten wäre ich Martha gefolgt, aber mein Gefühl klebte mich am Stuhl fest. Was passierte nun? Alle sahen gespannt auf den Mann, der vor uns am schäbigen Küchenschrank lehnte.

»Wir würden jetzt gerne gehen«, sagte ich.

»Das denke ich nicht.«

In diesem Moment sah ich einen Schatten vor den Fenstern auftauchen. Er hatte uns verraten.

Sam musste dasselbe gedachte haben, denn er sprang sofort auf und zog ein Messer mit langer Klinge aus seinem Schaft am Gürtel. Andras folgte seinem Beispiel und ich sah den Hammer aus dem Werkzeugkasten hinter seinem Rücken aufblitzen. Gleich würde es blutig werden.

Ich trug Ky noch immer im Tuch vor mir. So konnte ich nicht kämpfen – Zeit, um sie an Maria zu reichen, fehlte jedoch. Wir waren auf uns alleine gestellt.

Die Tür wurde einfach aufgestoßen, als wäre sie nie verschlossen gewesen. Ich sprang auf und lief an Chèz vorbei die Treppe hoch und in das Kinderzimmer.

Martha hatte geweint. Ihre Augen waren noch immer gerötet, das Gesicht bleich. »Es tut mir so leid. Ich konnte nicht anders, sonst ...« Sie schluchzte laut auf. Aber ich verstand. Sonst hätte er sie verprügelt.

»Wie kommen wir hier raus?«

Sie zuckte mit den Schultern und drückte den Jungen an sich. Er war bestimmt schon ein Jahr alt und klammerte sich schutzsuchend an ihren Hals.

Von unten ertönten Rufe und irgendetwas zerbrach. Sie kämpften. Sie riskierten ihr Leben, während ich hier oben war und nichts tat. Aber ich konnte nicht mit Kyra im Arm runtergehen. Das war viel zu gefährlich für sie. Ich blickte hilflos von meiner Tochter zu Martha, die liebevoll ihren Sohn streichelte und versuchte, ihn zu beruhigen. »Kannst du die Tür abschließen?«, fragte ich und blickte auf die Kommode.

Sie nickte.

»Gut, dann gebe ich dir Ky. Schließt euch hier ein. Schieb die Kommode vor die Tür. Schaffst du das? Kann ich dir vertrauen? Und dann holen wir dich hieraus. Er wird dir nichts mehr tun, versprochen.«

Unten rumpelte es. In Marthas Gesicht spiegelte sich die pure Angst wider. Ich wickelte Ky mit zittrigen Händen aus meinem Tuch, küsste ihre Stirn und legte sie auf die Matratze am Boden. Hatte ich Angst vor dem, was ich gleich sehen würde? Ja. Was war, wenn die Wachen gewannen? Ich wusste nicht einmal, wie viele es waren.

»Ich passe auf sie auf.« Martha hatte ihre Stimme wiedergefunden. Ihr Gesicht sah aufgedunsen auf, doch die Tränen waren versiegt. Versuchte sie, stark zu sein? Für mich – für uns?

»Ich vertraue dir.« Und das tat ich tatsächlich. Ich hatte ihre Erleichterung gesehen, das kurze Funkeln in ihren Augen, als ich sagte, dass wir sie rausholen würden. Nun musste ich mein Wort halten.

Mit einem letzten Blick auf die drei schloss ich die Tür und hörte, wie Martha sie zusperrte und die Kommode davorschob. Sie waren sicher, im Gegensatz zu mir. Ich hatte nur mein Messer.

Unten riefen sie durcheinander, fluchten. Es waren mindestens zwei fremde Stimmen zu hören. Zwei Wachen und wir waren zu zehnt. Aslan rief etwas und Andras pflichtete ihm bei, dann Gegröle und irgendwer lachte. Was war dort los? Ich stieg leise die Treppen hinab. Vielleicht war es ein Hinterhalt. Sie müssen doch gesehen haben, wie ich hochlief. Ich war allein im Flur und atmete erleichtert aus, als ich die letzte Stufe erreicht hatte, ohne jemandem zu begegnen. Auf dem Boden in der Küche ragten ein paar Beine mit zerschlissenen Schuhen hervor. Sie kamen mir wage bekannt vor und es war definitiv keiner der Wachen. Ich schaute vorsichtig um die Ecke, jederzeit bereit, mein Messer einzusetzen und duckte mich gerade schnell genug weg, als eine Vase an mir vorbeiflog – und gleich darauf ein Stuhlbein. Sie prallten gegen die Wand hinter mir. Die Vase zerschellte in tausend Teile, die auf die Treppe hinabrieselten. Jede Stufe, auf die das Stuhlbein fiel, gab ein eigenartiges Klong von sich, bis es unten angekommen war und die Aufschläge verhallten. Der Rest des Stuhls lag bereits in Trümmern am Boden. Ich hob ein Stück Holz, das offenbar gegen den Küchenschrank geklatscht wurde, auf und machte mich bereit für den Kampf.

Astrid und Maria hatten sich hinter dem Küchentisch am anderen Ende des Raumes verschanzt und warfen mit Gegenständen auf die fremden Männer. Vermutlich hatten sie auch die Vase geschmissen. Chèz lag verwundet am Boden und schien sich nicht mehr bewegen zu können. Ich war mir nicht einmal sicher, ob er bei Bewusstsein war. Zwei andere Männer lagen vor der Haustür, waren sie tot oder nur verwundet? Drei kämpften noch.

Anders als Andras, Aslan, Sam, Navi und Alexa hatten sie ihre scharfen Säbel. Mir blieb kurz die Luft weg, als eine der metallenen Klingen durch den Raum surrte. Man hörte förmlich, wie sie die Luft schnitten. Aslan schaffte es nur knapp, einem der Hiebe der größeren Wache auszuweichen. Jetzt stürmte er auf den kleineren Mann zu, der in eine Art Fechtkampf mit Andras verzettelt war – Säbel gegen Hammer.

Ich wusste kaum, wo ich hinsehen sollte. Alexa traf den dritten Mann mit ihrem Stuhl so hart am Schädel, dass er zusammenbrach. Im selben Moment zog der große Mann eine Schusswaffe aus dem Nichts. Wo kam das Ding plötzlich her? Gegen seine Pistole würden wir kaum eine Chance haben. Er zielte direkt auf Aslans Rücken.

Nicht. Meinen. Mann!

Ohne nachzudenken, tat ich es. Ich hatte es schon einmal geschafft und dieses Mal würde es viel leichter sein. Der Mann stand nur zwei Meter von mir entfernt. Ich schloss die Augen und warf mein Messer. Mein Herz schlug schneller, als es ihm guttat. Hatte ich mein Ziel verfehlt und jemand anderes getroffen? Ich traute mich kaum, hinzuschauen. Einen Augenblick später erklang das Röcheln und Keuchen, nachdem ich mich gesehnt hatte. Ich riss die Augen auf und sah, wie der Mann mit einem dumpfen Aufschlag auf dem nackten Boden aufprallte. Wieder einer weniger, fehlte nur noch einer. Aslan nickte mir anerkennend zu und Andras nutzte den Moment, indem sein Gegner abgelenkt war und zog ihm den Hammer über den Schädel. Eins zu null für uns.

Ich schaffte es kaum, die Hand ruhig zu halten, als ich die Klinge aus seinem Rücken zog. Ich hatte es wieder getan. Ich hatte jemanden getötet. Ich drehte den Mann auf den Bauch und sah in sein Gesicht. Obwohl ihm der Schrecken in den Augen stand, sah er unschuldig aus. Hatte ich einen Unschuldigen getötet? Wurde ich allmählich selbst zu jenem Monster, vor dem ich mich gefürchtet hatte? Ich schloss die Augen des Mannes und fragte mich, ob er Familie hatte. Würden Frau und Kind heute Abend verzweifelt auf ihn warten, nur weil er Befehle ausgeführt hatte?

Aslan kam auf mich zu und legte seine warme Hand auf meine Schulter.

»Kanntest du ihn?«, fragte ich.

Er wirkte traurig. »Ja, alle.« Er blickte zum Boden und schüttelte sich kurz, als überfiele ihn ein Schauer.

Maria und Astrid kamen hinter dem Tisch vor und erst jetzt fiel mir auf, das Amandria fehlte. Wo war sie?

Anscheinend war ich nicht die Einzige, die sie vermisste. Auch die anderen sahen sich mit fragendem Blick im Raum um.

»Wir müssen hier weg«, sagte Navi mit ihrer hohen Stimme, während ihr Pferdeschwanz auf und ab wippte.

»Wo ist Kyra?«, fragte Aslan mich und sah an mir vorbei, als hätte ich sie neben der Küchenzeile versteckt.

Ich zeigte zur Decke. »Oben, bei Martha. Sie konnte nichts dafür, Aslan. Sie hatte bloß Angst vor ihrem Mann, wir müssen sie mitnehmen.«

Er stieß einen leichten Seufzer aus, sah mich jedoch verständnisvoll an. »Ich hole sie.« Aslan ging an mir vorbei und gab mir einen flüchtigen Kuss, dann lief er die Treppen hoch. Im nächsten Moment hörte ich die Möbel über uns verrücken.

»Wo ist Amandria?«, fragte ich in die Runde hinein. Sie war unsere Anführerin, wie konnte sie da einfach mitten im Kampf verschwinden?

»Sie ist weg, als der erste zu Boden ging. Vielleicht hält sie draußen Wache.« Andras zuckte mit den Schultern, als wäre ihr Verschwinden nichts, worüber man sich wundern müsse.

»Was machen wir jetzt? Weiß jemand, wo Amandria hinwollte? Wir brauchen ein sicheres Versteck, eines, wo man uns nicht gleich wegen ein paar Jíts verkauft.« Navi sah wütend an mir vorbei und ich wusste auch, wieso. Martha war mit ihrem Sohn im Türrahmen aufgetaucht. Aslan stand hinter ihr und trug Ky im Arm, die gutgelaunt mit ihren Ärmchen wedelte.

»Es war nicht ihre Schuld«, verteidigte ich Martha. Außer Maria und Astrid schien dies jedoch niemanden zu überzeugen. Sam gab ein dumpfes Schnauben von sich und Alexa rümpfte die Nase.

»Genug geplaudert. Wir können mit den Schuldzuweisungen weitermachen, wenn wir hier raus sind. Amandria wollte mit uns zu Tam-Niem. Weiß jemand, wer das ist oder wo wir ihn finden können?« Aslan sah fragend in die Runde.

Zu meiner Überraschung war es Martha, die antwortete: »Er wohnt nicht weit von hier. Arbeitet mit Chèz im Stahlwerk.« Sie blickte auf ihren Mann, der K.O. am Boden lag. Sein Brustkorb hob und senkte sich noch. Wir hatten ihn nicht umgebracht, nur ausgeschaltet. Außer dem Wachmann schienen alle noch zu leben. Martha trat über ihn hinweg, als wäre er eine große Pfütze und ging voran zur Tür. »Ich zeige euch den Weg.«

Aslan nickte, entschied aber, dass wir zuerst alle in den Keller sperren sollten.

39

Tam-Niem wohnte zwei Gassen weiter. Wir gingen getrennt, immer zwei zusammen und Martha lief mit Sam voran. Ich folgte ihr mit Alexa, die ihr Gesicht unter ihrem langen blonden Haar versteckt hielt. In den Gassen herrschte nun ein reges Treiben. Es war nicht leicht, sich unauffällig zu verhalten. Martha hatte mir einen Korb in die Hand gedrückt und Maria lief mit einem Stapel alter Zeitungen hinter uns, als würde sie diese zum Müll bringen wollen. Außerdem trugen wir Frauen alle schlichte schwarze Masken von Martha. An die hatte ich überhaupt nicht gedacht, als wir aus den Tunneln kamen. Kein Wunder, dass die Wachen es so sehr auf uns abgesehen hatten. Aslan folgte mir und trug einen schweren Mantel, der eigentlich Chèz gehört hatte und versuchte mit der Kapuze, sein Gesicht zu verdecken. Ich war schmutzig und das Haar stand wild zu allen Seiten ab, sodass man mich vermutlich sowieso nicht erkennen würde.

Vor Tam-Niems Haus bildeten wir eine kleine Traube. Es lag am Ende der Gasse, die Tür war mit Symbolen beschmiert, die ich nicht lesen konnte. Wahrscheinlich die Alt-Chinesische Sprache, die nur noch die älteste Generation sprach. Seit sich die Mongolische Allianz mit ihren verschiedenen Kulturen zusammengeschlossen hatte, gab es nur noch eine Sprache – Shinekehl, die Neusprache.

Ich tat den ersten Schritt und machte mich bereit, zu klopfen. Hoffentlich war er da. Wir hatten keine Ahnung, wie er aussah. Nur einen Namen. Und was war, wenn es der falsche Tam-Niem war? Oder schlimmer, wenn Martha uns doch verraten hatte. Aber ich vertraute ihr. Sie würde ihren Fehler nicht wiederholen.

Meine Hand zitterte leicht, als ich den schweren Metallklopfer gegen die Tür schlug. Es gab keine Klingel, nicht einmal einen Türgriff. Die Fenster waren vergittert und dahinter lag eine dicke Schmutzschicht, die das Glas bedeckte. Der raue Ton des Metalls, das auf Holz schlug, hallte durch die Gasse. Anders als der Hauptweg, den wir zuerst gekreuzt hatten, waren wir die einzigen Lebewesen, oder sagen wir Menschen, hier. Ich war mir sicher, eben eine Ratte die Mauer am Ende der Gasse hochhuschen gesehen zu haben. Jetzt wusste ich auch, wo wir waren. Zumindest glaubte ich es. In jedem Fall befand sich ein Durchschlupf unter den Mauersteinen. War dies jener Spalt, durch den wir ursprünglich hatten gehen wollen?

Die Tür öffnete sich nicht, dafür das Guckfenster, das in sie eingelassen war.

»Tam-Niem?«, fragte ich den Mann, der mich bedrohlich ansah.

Eine lange Narbe zog sich über seine dunkle Haut vom Mundwinkel bis zur Augenlidfalte. Seine hervorstehenden Augen sahen an mir vorbei und musterten jeden von uns nacheinander. Mich beschlich ein mulmiges Gefühl. Was war, wenn auch er uns verraten würde? Würden wir noch länger hier draußen vor seiner Tür stehen, dann würde es vermutlich keinen Unterschied machen. Spätestens wenn Marthas Mann sich befreien konnte und den erstochenen Wachmann in seiner Küche finden würde, waren wir verloren. Bestimmt würde er es sofort dem Khan und damit auch dem Emir melden. Hätten wir ihn töten sollen? Jemanden, der bereits wehrlos war?

Tam-Niems Auge blieb auf Aslan ruhen, der seine Kapuze ein Stück nach hinten schob. Plötzlich zuckten die Mundwinkel des Mannes vor mir und ich sah eine Reihe vergoldeter Zähne aus seinem Mund lugen. »Ach ihr seid's. Hab mir schon Sorgen gemacht. Wo ist Amandria? Dachte, die sei bei euch?« Er schloss das kleine Fenster und öffnete die Tür. »Los, rein mit euch. Wimmelt heute nur so von Wachen. Euretwegen? In der Stube ist Platz, habt bestimmt Hunger, was?« Er spähte an der Tür vorbei auf die Straße, bis wir alle eingetreten waren. Dann schloss er sie doppelt und dreifach ab.

Ich sah mich im Raum um, doch viel zu sehen gab es nicht. Da stand ein einzelner Tisch mit zwei Stühlen und ein veralteter Screen hing an der Wand. Ansonsten war der Raum leer.

»Wir dachten, Amandria wäre vielleicht schon hier. Wir hatten ein paar Probleme unterwegs.« Ich drehte mich zu ihm um und sah ihn mit erhobenen Brauen an.

»Hier. Ne. Treibt sich schon irgendwo rum. Weit kann sie nicht sein, was? Also, habt bestimmt Durst. Wein, Bier, Wodka? Oder Sumpfwasser?«

Ich sah fragend zu Aslan. »Für mich nichts«, sagte er und schüttelte mir zugewandt leicht den Kopf.

»Danke, ich brauche auch nichts.«

Tam-Niem zuckte die Schultern und stellte den anderen ein paar Flaschen Bier auf den Tisch.

Ich ging zum Fenster und versuchte, durch die verschmierten Scheiben etwas zu sehen. Doch mehr als ein paar schemenhafte Gestalten in der Ferne erkannte ich nicht. Ich konnte nicht mal sagen, ob dort überhaupt jemand war oder ich es mir nur einbildete. Langsam beschlichen mich Sorgen. Wo war Amandria bloß? Sie war unsere Anführerin, sie hatte einen Plan. Da konnte sie doch nicht einfach verschwinden und uns zurücklassen. Es muss einen guten Grund gegeben haben.

»Komm mal mit, Mädchen, drüben habe ich ein paar Kissen und Decken. Ihr könnt euch daraufsetzen.« Er sah Navi an und nickte Richtung Tür.

»Ich heiße Navi und wenn mich noch einmal jemand als Mädchen bezeichnet, breche ich demjenigen beide Arme.« Sie sah uns alle streng an, als gelte die Warnung nicht nur für Tam-Niem.

»Na, denn. Wenn die Dame jetzt bereit wäre.«

Navi verdrehte die Augen, folgte ihm aber. Tatsächlich sah man ihr kaum an, wie stark sie war. Sie war schlank, aber sportlich und nicht sonderlich groß. Gestern hatte ich gesehen, wie sie sich umzog. Meine Narben waren nichts gegen ihre – meine Muskeln ebenso wenig ... Wahrscheinlich würde sie selbst Aslan im Kampf schlagen. Jetzt, wo er geschwächt durch seine Gefangenschaft war, sowieso, aber auch vorher.

Die beiden kamen wieder und gaben jedem von uns ein Kissen. Ich legte Ky, die die ganze Zeit wach gewesen war und sich umgeschaut hatte, auf eine der Decken.

»Sie ist goldig«, sagte Martha und ließ ihren Sohn herunter, der schon die ganze Zeit auf ihrem Arm am Herumstrampeln war. Sein braunes Haar stob in alle Richtungen ab. Dafür, dass er einen dermaßen schrecklichen Vater hatte, sah er erstaunlich fröhlich aus. Er stolpert sofort auf Sam zu, der ihn auffing und laut loslachte. Dann hangelte er sich von Rücken zu Rücken, hielt sich an unseren Schultern und manchmal auch an den Haaren fest und lief so umher.

»Wie heißt er?«

»Marek. Und du hast sie nach ihr benannt? Weißt du inzwischen, was ihr widerfahren ist?«

Ich nickte.

Martha musste die Antwort in meinen Augen abgelesen haben. »Tut mir leid, ich mochte sie. Wie soll es jetzt weitergehen? Habt ihr einen Plan? Wieso seid ihr überhaupt hier?« Sie blickte zu Aslan. »Und wieso lebt er? Gestern wurden in der ganzen Stadt die Fahnen gehisst und es gab eine Durchsage. Ich verstehe das alles nicht.«

Alle sahen Martha an. Tam-Niem ging an uns vorbei, nahm sich einen der freien Stühle und stellte ihn zwischen Alexa und Andras. »Dann schießt man los. Interessiert mich auch. Von Amandria weiß ich nur, dass es einen Putsch geben soll.«

Überraschenderweise war es Astrid, die als Erstes das Wort ergriff und erzählte, wie ich plötzlich zurück ins System kam und sie mich in den Kerkern fand. Von ihrer Flucht mit Ky, wie Maria mich befreite ... Dann berichtete ich, wie wir vor dem Feuer in Meiguiyingzhen flohen, von Estelle, von Aslan, den wir befreien wollten.

Als Ky plötzlich weinte, übernahm Navi das Wort. Alle hörten gespannt zu, wie sie vom Feuer in der Ruinenstadt, von Sally, die sie beinahe getötet hätte und von unserer Rückkehr nach Gonggouxiang erzählte. Als sie den Kampf zwischen Estelle und Sally erwähnte, sah ich, wie Aslan sich eine Träne wegwischte. Wann würde er den erneuten Verlust seiner Mutter überwinden können?

Tam-Niem schien nicht sonderlich überrascht von Estelles Tod, oder überhaupt davon, dass die Königin all die Jahre gelebt hatte.

Sicherlich hatte Amandria es ihm längst erzählt. Ganz anders Martha, deren Gesichtsausdrücke Bände sprachen.

»Was ist dann passiert?«, fragte sie mit angehaltenem Atem, sodass ich Angst hatte, sie könne jeden Moment in Ohnmacht fallen.

»Dann kamen wir hierher«, antwortete Andras schlicht, mit einem Hauch Sarkasmus in der Stimme.

»Aber warum zu mir?« Martha sah aus, als könne sie das alles nicht begreifen. Ich konnte es ihr nicht verdenken. Sicherlich würde es mir in ihrer Situation nicht anders ergehen. Immerhin hatten wir eben erst ihren Mann überwältigt und das halbe Haus im Kampf zerstört. Ich wäre total fertig gewesen.

Dafür blieb sie sogar noch relativ ruhig. Aslan erzählte, wie wir uns in der Nacht auf den Weg gemacht hatten, von den Tunneln und Kys Geschrei, das die Wachen angelockt haben musste.

Alexa wollte gerade unseren Plan, den Emir die Drecksarbeit erledigen zu lassen, erläutern, als es klopfte und ein lautes Pochen durch den kleinen Raum hallte.

Wir schwiegen augenblicklich. Hatte man uns entdeckt? Was war, wenn Marthas Mann und die Wachen sich befreit hatten. Konnten sie mitbekommen haben, wie wir über Tam-Niem sprachen?

Er bedeute uns, an die Wand zu gehen. Martha hatte Mühe, ihren Sohn ruhig zu halten, der ins Spiel mit Astrid vertieft gewesen war. Wieder klopfte es und der Hausherr trat vor, um das Guckfenster zu öffnen, das gerade so groß war, dass man sein Gesicht komplett erkennen konnte.

Tam-Niem gluckste, dann öffnete er die Tür. Niemand sprach. Wer war es, den er einfach so einließ? War das hier erneut eine Falle gewesen? Liefen wir von einem Wachenansturm in den nächsten?

Erleichterung durchfuhr mich, als ich die langen Rastazöpfe, die der Wind an ihrer locker sitzenden Hose vorbeiwehte, erkannte. Amandria war zurück.

»Gut. Ihr habt es geschafft. Tam, einen Schnaps bitte. Es gibt Neuigkeiten.«

»Verdammt, wo warst du?«, fragte Andras streng und schlug mit der Faust auf den Boden. Es war das erste Mal, dass er wütend schien.

Selbst, als er mit Sally gekämpft hatte, strahlte er Ruhe aus. Jetzt kochte er, als hätte er die Wut die ganze letzte Stunde unterdrücken müssen.

»Das erkläre ich euch gleich. Jetzt brauche ich etwas zu trinken.«

Tam-Niem stand auf und verschwand für einen Augenblick im Nebenraum, dann kam er mit einer Flasche und einem Glas wieder. »Noch jemand?«

Niemand sagte etwas. Die Stimmung war viel zu angespannt. Selbst Marthas Sohn hatte sich beruhigt und saß nun bei seiner Mutter auf dem Schoß, während er die Situation beobachtete.

Amandria trank das Gesöff in einem Zug leer und stellte das Glas lauthals auf dem Boden ab. Sie sollte endlich loslegen. Wir wollten wissen, für welche Neuigkeiten sie uns im Kampf verließ.

»Es wird heute Abend passieren«, sagte sie ruhig und fuhr sich mit der Zunge über die Lippen, als wolle sie keinen hängengebliebenen Tropfen verschwenden.

»Was?«, fragte ich und alle sahen zu mir. Ich mochte es nicht, wenn man mich anstarrte und machte mich klein.

Amandria räusperte sich und ich wurde ihre Blicke wieder los. »Der Anschlag auf den Khan. Als sie eben reinstürmten, stand ein alter Bekannter vor der Tür. Er arbeitet als Wache im Palast. Zum Glück erkannte er mich sofort. Keine Sorge, wir können ihm vertrauen. Ich habe ihm einen Teil unseres Plans erzählt und gehe davon aus, dass er uns helfen kann. Er sollte auch bald hier sein. Er hat für mich die Leiche aus dem Haus geschafft. Ihr hättet abschließen sollen. Wenn alles vorbei ist, kann er die anderen gefangen nehmen, weil sie sich gegen den Prinzen gestellt haben. Solange können sie in dem Keller schmoren. Immerhin habt ihr den gut verriegelt.« Sie nickte Martha anerkennend zu.

»Jedenfalls hat Akai mir erzählt, dass der Khan sich seit der Bekanntgabe von Aslans Tod in seinen Gemächern eingeschlossen hat. Heute Abend sei er jedoch bei Burka und seiner Frau eingeladen, damit diese ihn aufmuntern können. Ich denke, wir wissen, wie der Abend verlaufen wird. Und am Ende wird es heißen, der Khan sei vor Kummer gestorben. Wenn sein Tod morgen festgestellt wird, und der Emir vorläufig den Thron besteigt, müssen wir rasch handeln. Sobald die Krönungszeremonie eine Woche nach dem Tod des vorherigen Herrschers stattfindet, gibt es kein Zurück mehr. Seinem ältesten Sohn würde dann das Erbe zustehen, nicht mehr Aslan, auch wenn er noch lebt. Wenn Aslans Informationen stimmen, die mir Akai übrigens bestätigt hat, dann können wir morgen Abend zuschlagen. Sicherlich wird er seinem Verlangen nachgehen und seinen Sieg mit einem zusätzlichen Schnaps feiern. Solange werden wir hier verharren und darauf warten, dass wir zuschlagen können. Tam, wie steht es mit den anderen? Werden sie uns helfen?«

Tam-Niem nickte. »Batu müsste gleich da sein. Er will Ilhan und Tamer mitbringen.«

»Sehr gut. Dann kann Burka, falls etwas schiefgeht, nicht behaupten, dass Tamer an Tenegs Tod Schuld sei. Sicherlich hätte er es seinem Koch in die Schuhe geschoben.«

»Und du bist dir ganz sicher, dass wir dieser Wache vertrauen können? Ich habe heute schon einmal jemandem mein Vertrauen geschenkt, und wurde verraten.« Andras sah Amandria streng an. Ich war mir nicht sicher, ob er auf Marthas Mann, oder nicht doch auf Amandrias Verschwinden anspielte.

»Absolut. Akai ist mein Sohn.« Jetzt schienen fast alle verwirrt und Alexa begann, aufgeregt mit Navi zu tuscheln. Nur Maria, Astrid, Martha, mich und Andras schien die offensichtliche Neuigkeit kalt zu lassen. Was war so komisch daran, dass sie einen Sohn in der Spike hatte? Hunderte andere Frauen ließen doch auch ihre Söhne bei den Vätern zurück. Ich blickte verwirrt in die Runde.

»Was soll das heißen, dein Sohn?«, fragte Andras einen Tick zu barsch. »Du hast keine Kinder, das wüssten wir doch. Oder hast du uns angelogen?«

Amandria wirkte fast schon verletzt von seinen Worten. »Nein, und das weißt du. Es kam lediglich nie zur Sprache.«

»Und wo kommt er plötzlich her? Du hast nicht in der Spike gelebt. Das hast du mir selbst gesagt. Wie kann es also sein, dass du einen Sohn hier hast? Warum solltest du ihn verlassen haben? Du hättest ihn mitnehmen können. Viele von uns haben Kinder. Warum solltest du ihn freiwillig im Stich gelassen haben?« Andras redete sich geradezu in Rage. Wieso ging ihm das so nah? Wurde er selbst von seiner Mutter zurückgelassen? Wieso sonst störte er sich dermaßen an Amandrias Geschichte und ließ sie nicht einmal ausreden, sodass sie alles erklären konnte? Estelle hatte Aslan auch verlassen. Ihr schien er es nicht böse genommen zu haben.

»Jetzt ist aber gut! Ich habe ihn nicht im Stich gelassen. Es waren lediglich andere Umstände damals. Wenn du es genau wissen willst – sonst gibst du ja doch keine Ruhe – habe ich seinen Vater damals in Tugrug im Westen kennengelernt. Er war im Auftrag des Khans in einem Gefangenenlager, in dem ich mich um die Häftlinge kümmerte. Seine Aufgabe war es, einen der Männer nach Ulanqab zu überführen. Wir sind uns in den drei Tagen, in denen er dort war, schnell nähergekommen. Zu schnell, wenn man bedenkt, dass ich kurze Zeit später erfuhr, schwanger zu sein. Ich war quasi mittellos und ohne Mann. Jonate war längst zur Spike zurückgekehrt. Er war ein angesehener Mann hier, der sein Leben meinetwegen sicherlich nicht aufgeben würde. Sieben Monate später erkrankte ich am Wüstenfieber, während ich auf der Durchreise war. Ich dachte, ich müsste sterben – das wäre ich auch beinahe. Nur den Göttern des Horizonts hatte ich zu danken, dass ich diese Zeit überlebte. Das war auch der Moment, in dem ich mich entschied, Priesterin zu werden. Während ich geschwächt war, sandte ich einen Boten aus, damit man Jonate zu mir brachte. Zu meiner Überraschung kam er nicht alleine, sondern mit seiner Frau Toja. Sie hatten sich nur kurze Zeit später während der Türkisen Nacht kennengelernt. Sie war nicht einmal sauer, als sie von mir erfuhr. Akai kam einen Monat zu früh auf die Welt, während das Wüstenfieber mich außer Gefecht gesetzt hatte. Ich war mir sicher, dass ich die Geburt nicht überleben würde. Doch das tat ich, gerade so. Aber ich habe auch meine letzte Kraft eingebüßt. Jonate und Toja zogen meinen Akai groß. Die Geburt verlief alles andere als unproblematisch und es sah kurz so aus, als würde auch Akai die Nacht nicht überleben. Ich wusste, dass die Chancen für ihn viel besser standen, wenn er in der Spike versorgt wurde. Die Heiler dort hatten ganz andere Möglichkeiten. Also gab ich ihn ab. Es dauerte lange, bis ich mich von all den Strapazen erholt hatte. Akai hatte sich inzwischen gut in seine neue Familie eingelebt. Ich wollte ihn nicht dort rausholen. Zumal alle im Glauben waren, er sei tatsächlich Tojas Sohn. In Wirklichkeit konnte sie keine Kinder bekommen, was ich erst später erfuhr. Obwohl es gewagt war, blieben wir in Kontakt. Als Wachmann konnte er sich ungehindert in Ulanqab bewegen und kam leicht raus. So konnte er auch seine Frau damals mit zu mir bringen. Akai gehört inzwischen zu meinen besten Spitzeln, die ich im Palast habe. Also ja, ich bin mir absolut sicher, dass wir ihm vertrauen können. Vor allem kennt er alle Wachen. Er wird am Ehesten wissen, auf wen wir nach dem Putsch zählen können. Um das Land umzustrukturieren und allem ein Ende zu setzen, können wir jede Hilfe gebrauchen und müssen genau wissen, wem wir trauen können. Das letzte, was wir brauchen werden, ist eine Wache, die unser Königspaar im Schlaf ersticht.«

Ihre Augen ruhten auf meinen. Die Warnung war deutlich. Traue niemandem, bist du weißt, wer zu dir steht.

»Na, dann bin ich ja mal gespannt«, sagte Andras, als wäre er immer noch skeptisch, was Akai anging.

40

Es war bereits später Nachmittag, als Tam-Niems Freunde eintrafen. Ich hatte das Gefühl, sie wüssten selbst nicht, was sie hier taten und ich war zu müde, um mir groß darüber Gedanken zu machen. Batu, der sich mit Alexa unterhielt, war Schmied. So viel hatte ich bei der kurze Vorstellungsrunde mitbekommen. Er stellte aber auch Schmuck her und war daher oft als Händler in der Spike. Ich schätzte, er war hier, weil er uns Waffen, zwei Messer und ein Schwert, mitgebracht hatte. Außerdem kannten die Kaufleute vom Basar so ziemlich jeden in der Spike. Ilhang arbeitete in einer Stahlfabrik rund eine Stunde von hier entfernt. Amandria erklärte, dass es dort regelmäßig zu Aufständen käme, weil die Arbeitsbedingungen so schlecht seien. Daher wäre es gut, einen von ihnen auf unserer Seite zu wissen, der vermitteln könnte, falls es nötig war. Würde Aslan erst herrschen und man die Frauen aus dem System in die Stadt holen, brauchten wir die Arbeiter, um die Spike auszubauen. Tamer war ein alter Freund von Tam-Niem, den er noch aus jener Zeit kannte, in der er selbst in der Spike gelebt hatte. Man hatte Tam-Niems Familie in die Vorstadt verbannt, als er mit fünfzehn gegen den Khan gewettert und die Röhre zum Tropengarten beschmiert hatte. Eine kindliche Rebellion, die seiner Familie das feine Leben in der Spike gekostet hatte.

Während die drei Neuankömmlinge sich mit den anderen unterhielten, hatte ich bei Ky auf der Decke gelegen und versucht, den Schlaf der letzten Nacht nachzuholen.

Inzwischen war es am Dämmern und ich hatte aufgehört, vor mich hinzudösen. Wirklich schlafen konnte ich sowieso nicht und so setzte ich mich hin, umklammerte meine Knie und beobachtete Aslan dabei, wie er Ky in frische Tücher wickelte. Vielleicht hatte ich doch etwas geschlafen. Als ich eben kurz die Augen zugemacht hatte, hatte sie noch neben mir gelegen. Außerdem hatten wir Besuch bekommen. Okay, ich hatte definitiv geschlafen. Ein junger Mann, nur wenig älter als ich, mit braungebrannter Haut und denselben grünen Augen, wie Amandria sie trug, saß mit ihr in einer Ecke in ein Gespräch vertieft. Tam-Niem stand neben ihnen und lauschte offenbar ihrer Unterhaltung, ohne sich daran zu beteiligen.

Ich wollte mich gerade wieder zurücklehnen und auch den Rest des Abends zum Schlafen nutzen, wie es die anderen von uns taten, als sich Batu neben mich setzte. Seine Knie knacksten laut, während er sich im Schneidersitz auf das Kissen sinken ließ. »Prinzessin Eliza, wir haben noch gar nicht miteinander gesprochen, ich bin Batu«, stellte er sich vor und beugte seinen Oberkörper leicht im Sitzen nach vorne, um mir einen flüchtigen Handkuss zu geben. Dann hielt er plötzlich inne, statt meine Hand loszulassen. »Ihr tragt Eure Uhr rechts«, bemerkte er und starrte auf das Ziffernblatt.

»Ja, und doch bin ich keine Linkshänderin.« Ich wusste nicht, worauf er sonst hinauswollen sollte. Eine komische Bemerkung war das.

»Das ist ungewöhnlich. Die meisten Rechtshänder tragen sie links. Ich kannte schon mal eine hübsche Frau wie Ihr es seid, die es ebenso hielt. Dürfte ich?« Er zeigte auf die Uhr, und noch ehe ich hätte widersprechen können, schnippte er den Verschluss mit zwei Fingern auf, als würde er den ganzen Tag nichts anderes machen und streifte sie mir vorsichtig vom Handgelenk. Was war so faszinierend an meiner Uhr?

»Sauberes Handwerk«, murmelte er. »Wo habt Ihr sie her? Sie stammt nicht aus dem System, und der Stempel wird seit Jahren nicht mehr verwendet.«

»Meine Mutter hat sie Maria nach meiner Geburt überreicht und die übergab sie an mich, als ich alt genug war, sie pfleglich zu behandeln. Wieso interessiert diese Uhr Sie?« Sie war das Einzige, was mir von meiner Familie, meiner Mutter, geblieben war und ich mochte es nicht, dass er sie mir einfach abnahm. Seit Aslan sie hatte reparieren lassen, hatte ich sie nicht mehr abgelegt.

Sein Daumen glitt über die Maserung am Rand und die Stempelgravur auf der Rückseite. »Oh, dies war die erste Uhr, die ich vor zweiundzwanzig Jahren herstellte. Ihr seid die Tochter von Elayna und Toba, nicht wahr?«

Ich sah ihn fassungslos an. »Ja ... ja«, stotterte ich. »Elayna war meine Mutter, meinen Vater habe ich nie kennengelernt. Ich wusste nicht einmal, wie er heißt. Man hat es mir nie gesagt.« Fassungslos starrte ich den lächelnden Mann vor mir an. Ich konnte es kaum glauben. Batu war der Erste, der meinen Vater gekannte hatte. Ob er noch lebte? Ich hatte so viele Fragen. Wie er wohl war? Ob es ihm schwerfiel, als meine Mutter mit mir ging? Wusste er, dass sie im System verstarb? Hatte man ihm Bescheid gegeben? Ob er mich erkannt hatte, als wir im Palast gefilmt wurden? Wieso hatte er sich dann nicht gemeldet? Die Fragen schossen auf mich zu. Aber wollte ich sie überhaupt beantwortet wissen? Was war, wenn mein Vater nicht so dachte, wie ich es mir wünschte? Vielleicht war er sogar sauer, weil ich seit einem Jahr hier war und ihn nie gesucht hatte. Bestimmt hätte Aslan die Möglichkeit gehabt, herauszufinden, von wem ich abstammte. Auf der anderen Seite kannte ich keine, die sich in der Spike auf die Suche nach dem Vater gemacht hatte. Es war ein ungeschriebenes Gesetz, dass man dies nicht tat. Während der Zeit im System sowieso nicht und danach ... danach sollte man sich alleine auf den Mann und die eigene Familie konzentrieren.

»Ihr seht ihr so ähnlich, Prinzessin« Batu riss mich aus meinen Gedanken und es bauten sich neue Bilder vor meinem Inneren auf. Ich wusste nicht, wie meine Mutter aussah, und doch hatte ich sie mir schon oft vorgestellt.

Ich schüttelte den Kopf und schniefte kurz auf. Bisher hatte ich nie Probleme damit gehabt, über meine Eltern zu sprechen, einfach, weil ich sie nie kennengelernt hatte. Die Vorstellung meiner Mutter rückte in die Ferne und stattdessen war da, wie so oft, Maria. Das war schon immer so. Ich dachte an meine Mutter und dann übernahm sie ihre Stelle. Sie hatte von klein auf ihre Rolle für mich eingenommen. Warum musste ich dann weinen, wenn ich an sie dachte? Ich wischte die sich anbahnende Tränenflut mit der Schulter weg.

Es gab keinen Grund, ständig um jemanden zu trauern, den man nicht kannte.

»Sie starb, kaum, dass wir im System ankamen. Maria zog mich auf. Ich habe sie nie wirklich kennengelernt.« Ich versuchte zu lächeln, doch das war nicht leicht. Zum Glück schlief Maria, bestimmt hätte sie sich an diesem Gespräch beteiligen wollen. Sie kannte meine Mutter noch aus ihrer beider Kindheit, auch wenn Maria fast zehn Jahre älter war als sie.

»Wo ist denn mein Vater, können Sie mich zu ihm bringen?«, versuchte ich das Thema zu wechseln. Wenn er noch lebte, wollte ich ihn dann wirklich kennenlernen?

»Nein, bedauerlicherweise nicht.« Batu sah mich niedergeschlagen an. »Tut mir leid, Prinzessin. Toba starb vor vier Jahren bei einem Arbeitsunfall, er war Elektriker in der Spike. Der Beste. Aber sein letzter Einsatz ging schief, ein schwerer Stromschlag.«

»Wie waren sie so?« Ich hatte mich mit dem Rücken an die Wand angelehnt und lauschte Batus tiefer Stimme. Vier Jahre ... Beinahe hätte ich meinen Vater noch kennenlernen können. Aber was wäre dann gewesen? Auch wenn er mein Vater gewesen war, so wäre er doch ein Fremder. Meine Familie war das System gewesen. Die Frauen dort hatten mich großgezogen. Von meinen Eltern besaß ich nicht mehr als meinen Namen und die Uhr, die Batu noch immer in seiner Hand hielt.

»Eure Mutter war eine sehr gütige Frau und immerzu gut gelaunt. Und taff, sie wusste, was sie wollte und hat es auch meistens bekommen. Wie diese Uhr. Damals hatte ich frisch einen Stand mit Schmuck, aber auch Messern und Küchenzubehör, auf dem Basar eröffnet. Euer Vater und sie waren gerade ein Jahr lang zusammen und sie frisch schwanger gewesen. Sie sollte sich zur Feier des Tages etwas bei mir aussuchen. Ich glaube, Euer Vater hatte eher an eine hübsche Schopfkelle oder ein gutes Küchenmesser gedacht. Etwas Praktisches für den Haushalt. Aber nein, Eure Mutter ging gleich rüber zu den Uhren und suchte sich diese aus. Ich hatte damals nur drei verschiedene im Angebot und diese hier aus Weiß- und Blattgold war meine erste gewesen. Deswegen erinnere ich mich so genau daran. Ich gab Eurem Vater einen großen Rabatt, da er sie sich sonst nicht hätte leisten können. Daraufhin lud er mich ein paar Tage später zum Essen ein und wir wurden Freunde.« Batu strahlte mich an, doch dann erlosch sein Lächeln. »Toba war total fertig, als Eure Mutter mit Euch ins System musste. Er liebte Euch wie einen Sohn. Ihm war es egal, dass Ihr ein Mädchen wart. Aber er wollte, dass Ihr lebt. Bei Eurer Geburt kam es zu ziemlichen Komplikationen und Eure Mutter verlor viel Blut. Er hatte so einen Hass auf die Spike, den Khan, das ganze System. Er wäre wirklich stolz auf Euch, wenn er wüsste, was Ihr nun vorhabt.«

»Was war genau passiert?« Ich kannte nur das, was Maria mir erzählt hatte, und ihre Geschichte begann erst, nachdem meine Mutter in der Spike angekommen war. Mit Gänsehaut auf den Armen hörte ich ihm weiter zu und versuchte mir vorzustellen, wie es für sie damals gewesen sein musste.

»Ich war nicht dabei, Prinzessin. Ich weiß nur, dass die Heiler sich weigerten, Eure Mutter zu behandeln, solange sie Euch nicht zum Tode verurteilte. Aber lieber ging sie die Gefahr ein, als Euch zu verlieren. Euer Vater hat euch beide zum System gebracht und gehofft, dass sie Eure Mutter noch retten können. Die Nachricht, dass sie es nicht geschafft hatte, erreichte ihn drei Tage später. Er war am Boden zerstört und danach ein völlig anderer Mensch. Hat viel getrunken und durchgemacht. Man munkelte, dass er an seinem Todestag auch etwas zu viel ... Ihr wisst schon. Aber ich glaube das nicht. Nicht bei der Arbeit. Er hat Euch und Eure Mutter wahrlich geliebt. Und jetzt hätte er sogar eine Enkelin gehabt, wenn das alles nicht passiert wäre. Eure Tochter ist wirklich niedlich. Ich habe auch einen Sohn, aber der ist längst erwachsen. Hat selbst erst kürzlich seine Liebe gefunden. Mal schauen, wie lange es bei den beiden dauern wird, bis sich Nachwuchs anbahnt. Das ist auch ein Grund, wieso ich hoffe, dass das Vorhaben klappt. Ich möchte nicht, dass mein Sohn dasselbe Leid wie Euer Vater ertragen muss. Oder dass meine Schwiegertochter uns verlassen wird. Wir sind doch eine Familie. Aber ich glaube an Euch und euren Plan. Tamer hat bestätigt, dass er heute frei bekommen hat vom Emir. Burkas Frau kocht stattdessen für den Khan. Wahrscheinlich sind sie bereits bei der Nachspeise.«

»Ich tippe auf Schokoladenkuchen«, murmelte ich und Batu hob irritiert die Brauen. »Ach nichts ...«

»Sprecht ihr über das Essen?« Amandrias Sohn kam auf uns zu und setzte sich zwischen uns. »Ich bin Akai. Entschuldigt, dass ich mich Euch jetzt erst vorstelle, Prinzessin Elizara. Ich habe Euch eben nur nicht wecken wollen.« Er hielt mir die Hand hin. Von ihm gab es keinen Handkuss, aber das machte mir nichts aus.

Ich sah von ihm zu Batu, der mir die Uhr zurückreichte. Mein Vater war ein guter Mensch gewesen. Wahrscheinlich hätte er mich mit offenen Armen empfangen, wenn ich vor ihm gestanden hätte. Ich habe immer nur an uns Frauen gedacht und die Söhne, die ihre Mütter gehen lassen mussten – aber nie an die Ehemänner. Auch für sie bedeutete es Verluste. Wie schrecklich diese Welt doch im Grunde war. Es wunderte mich, dass es überhaupt noch fröhliche Gesichter gab, wo doch ständig Familien auseinandergerissen wurden. Ich konnte mir ein Leben ohne Aslan oder Ky überhaupt nicht mehr vorstellen. Wenn wir nicht bald etwas änderten, würde auch ich dann unglücklich sterben?

Akai sah mich an, als wartete er auf meine Reaktion.

»Schon in Ordnung«, sagte ich müde und blickte an ihm vorbei auf meinen Mann, der sich mit Ky im Arm zu Tam-Niem und Amandria gesellt hatte. Wie schön er immer lächelte, wenn er seine Tochter in den Armen hielt. Und ausgerechnet sein angeblicher Vater wollte ihm das nehmen.

»Findet das Essen jetzt gerade statt?«, fragte ich Akai, um zum Thema zurückzukommen.

»Ja, davon ist auszugehen.«

»Und konnten Sie sonst noch etwas in Erfahrung bringen?« Wir mussten alles wissen, wenn wir morgen losziehen würden.

Er sah mich nachdenklich an. »Möglicherweise. Ich habe es eben erst meiner Mutter erzählt. Es gab heute Morgen eine Reihe von Festnahmen. Angeblich im Namen des Khans, aber das kann ich mir nicht vorstellen. Ich gehe davon aus, dass der Emir sie befehligt hat. Der Khan ist von Trauer um seinen totglaubten Sohn zerfressen. Ich war schon überrascht, dass er sich zu dem Abendessen mit Burka überreden ließ.«

»Steht es so schlimm um meinen Vater?« Aslan war neben uns aufgetaucht. Ich hatte gar nicht gemerkt, wie er zu uns getreten war.

»Spielt es noch eine Rolle? Morgen wird er sowieso nicht mehr sein, wenn sein Freund seinen hinterlistigen Plan durchzieht.«

»Für mich schon, Akai. Und ist unser Plan denn weniger hinterlistig?« Aslan hatte seine Hand auf meine Schulter gelegt, die nun schwer auf mir ruhte.

Ich legte meine behutsam darüber, und versuchte, meinen Mann so zu beruhigen. »Lass gut sein, Liebling. Wir haben doch darüber gesprochen.«

»Tut mir leid, Eliza. Es ist nur ... Dieser Mann hat mich aufgezogen. Er war kein schlechter Vater. Streng, ja. Und manches Mal ist er einen Schritt bei mir zu weit gegangen. Und doch dachte er, dass er stets das Richtige tat. Dass er zu meinem Wohl handelte. Er liebte mich, Eliza. Vielleicht versuchte er bei mir gut zu machen, was er bei meiner Mutter zu versagen geglaubt hatte.«

»Hätte er dann nicht sein Enkelkind am Leben lassen wollen?«

Ein drückendes Schweigen hing in der Luft. Darauf wusste niemand etwas zu sagen.

»Ich brauche einen Moment für mich«, sagte mein Mann plötzlich und ging mit Ky nach hinten in den anderen Raum.

»Ich wusste nicht, dass ihm so viel an diesem Kerl liegt«, sagte Akai.

»Ja, mir war auch nicht klar, wie eng ihre Bindung ist. Dabei ...« Ich unterbrach mich selbst. Niemand von ihnen musste wissen, dass der Khan womöglich gar nicht sein Vater war. Ich wechselte das Thema. »Sie hatten von Festnahmen gesprochen?«, fragte ich.

»Ja, in der Tat. Eine ganze Reihe ... Und alle standen mit Euch in Verbindung. Deswegen dachte ich, es sei vielleicht wichtig.«

»Wer?« Ich ahnte es bereits, bevor er die Namen aussprach.

»Eure Zofe, Serafine. Der Sohn des Palast Heilers, wie war noch sein Name? Ist auch egal ... Dann eine Hand voll Wachen, die eng mit Eurem Mann zusammenarbeiteten. Außerdem zwei Angestellte von der Krankenstation, sowie einen Boten.«

Serafine ... und Tamlin. Würde Thomasins Sohn das überhaupt

ohne seine Medikamente überleben? Die beiden hatten meinetwegen schon genug durchgemacht. »Wo sind sie?«

»Im Kerker unter dem Ostflügel«, erklärte Akai, während Batu gespannt zuhörte.

»Wer ist im Kerker?« Aslan war wieder da.

»Fine und noch andere«, sagte ich kurz angebunden. »Wir müssen sie da rausholen.«

»Ich bezweifle, dass der Plan das zulässt. Außerdem müsstet ihr euch beeilen. Man munkelt, dass ihnen allen eine Hinrichtung wegen Hochverrats droht. Nur der Termin steht noch nicht fest. Sollte der Khan morgen tot aufgefunden werden, würde es mich nicht wundern, wenn dies Burkas erster Tagespunkt wird.« Akai sah aus, als wäre das alles ein Spiel für ihn. Als amüsiere ihn die Vorstellung der Hinrichtung. Er wurde mir zunehmend unsympathisch. Vielleicht hatten der Palast und seine Arbeit als Wache ihn verdorben. Und doch war ich mir sicher, dass wir ihn noch brauchen würden.

»Du musst Kyra stillen«, meinte Aslan plötzlich. Sein Tonfall sagte jedoch etwas Anderes. Es kam mir vor, als wäre es vielmehr eine Aufforderung an die anderen, zu gehen, damit wir als Familie unsere Ruhe hatten. Warum wollte er mit mir alleine sein?

41

»Bist du wach?«

»Natürlich!«, flüsterte ich. Um uns herum war alles ruhig. Maria lag neben mir auf einer einfachen Decke und atmete flach. Ky schlief zwischen mir und Aslan, der den Kopf auf seiner Hand abgestützt hatte. Ich hatte versucht zu schlafen, wirklich. Aber es ging nicht. Es waren zu viele Leute im Raum und in meinem Kopf hämmerte es unentwegt. Wie sollte ich ein Auge zukriegen, nachdem Akai meinte, der Emir würde Fine womöglich schon morgen früh hängen lassen? Aslan hatte sich immerzu rumgewälzt; er hatte sicherlich auch kein Auge zubekommen.

»Ich habe nachgedacht«, sagte er leise und beugte sich über Ky hinweg zu mir hin.

»Worüber?«

»Ich kann das nicht, Eliza. Bitte sei nicht sauer oder enttäuscht von mir, aber er ist mein Vater. Ich habe gerade erst erfahren, dass meine Mutter all die Jahre gelebt hatte und ich nicht bei ihr sein konnte, und nun soll ich auch ihn verlieren? Ich bin mir sicher, dass es noch eine andere Lösung gibt. Aber ich werde ihn nicht sterben lassen. Es ist erst Mitternacht. Vielleicht kann ich noch etwas für ihn tun, und sei es im schlimmsten Fall nur, ihn verabschieden. Das ist doch das Mindeste.« Seine Stimme klang zittrig. Bestimmt hatte er die ganze Zeit überlegt, wie und ob er es mir sagen sollte. Ich wusste, wie er dachte. Ich wusste es, seit er dem Gespräch von mir und Akai gelauscht hatte. Und ich konnte es verstehen.

»Ich weiß, was du meinst«, flüsterte ich und dachte an meinen Vater. Oder an Maria. Sie war auch nicht meine leibliche Mutter, trotzdem würde ich alles für sie tun – genauso für Fine. Ich hatte in den letzten Monaten in so vielerlei Hinsicht als Freundin versagt. Es wurde Zeit, dass ich all das wiedergutmachte. »Aslan, ich glaube, wir müssen in den Palast.«

Er nickte. »Ja, das denke ich auch. Und ich weiß, wie wir reinkommen. Akai musste doch los, weil er Nachtdienst hat. Er kann uns reinlassen.« Das klang nach einem Plan.

»Und die anderen, willst du sie wecken? Was ist mit Kyra? Wir können sie doch nicht mitnehmen.« Zugegeben, ich war ein wenig nervös. Wir hatten eigentlich einen ziemlich sicheren Plan. Den Emir die Drecksarbeit machen lassen und uns am Abend, sobald er in die Vorstadt ging, auf ihn stürzen. Wenn Fine noch lebte, sie befreien – wenn. Und dieses Wenn war es, das mir zu riskant wurde. Ich wollte nicht noch eine Vertraute verlieren. Aber konnten wir den Khan retten und dennoch seine schrecklichen Machenschaften beenden? Was war, wenn er uns nicht glaubte, wenn er immer noch zum Emir hielt? Es war riskant. Wenn wir Pech hatten, würden wir all die Arbeit der letzten Tage, alle Pläne, unsere ganze Zukunft, vernichten. Aber vielleicht kämen wir zu spät und er war längst tot.

Aslan sah mich hilfesuchend an, ehe er sprach. »Maria wird sich um Kyra kümmern. Vielleicht sind wir sogar zurück, noch ehe alle aufwachen. Wir können den Miniscreen nehmen, den Akai uns dagelassen hat, falls etwas passiert. Amandria würde uns nur ab-« Er hielt inne und ich wusste auch wieso. Hinter ihm rührte Alexa sich. Sie drehte sich nur um und wir atmeten beide erleichtert aus.

»Dann lass uns jetzt losgehen, solange alle schlafen.«

Aslan nickte und half mir hoch. Ein Glück wachte Ky nicht auf. Sie schien zu träumen – immer wieder bewegte sie ihre Ärmchen und griff in die Luft. »Ich bin bald zurück«, flüsterte ich. »Ich verspreche es.« Damit war es offiziell. Wir würden nicht scheitern, und vor allem nicht sterben. Ein Versprechen durfte man schließlich nicht brechen.

Es war nicht einfach, über die vielen Körper hinwegzusteigen, ohne einen von ihnen zu berühren. Der Miniscreen lag in Tam-Niems Tasche, die ein viel zu lautes Geräusch von sich gab, als Aslan die Schnallen öffnete. »Ich hab's«, sagte er leise. »Dann los.«

Ich griff unsere Mäntel und begann, die vielen Schlösser aufzuziehen. Ein Glück quietschte keines von ihnen. Endlich hatten wir es geschafft. Hinter uns murmelte Andras etwas im Schlaf, der direkt unter dem Fenster neben der Tür lag. Kurz dachte ich, er spräche mit uns, doch seine Augen blieben geschlossen. Wir traten nach draußen und Aslan schloss die Tür hinter sich, ein frischer Wind blies uns um die Ohren.

Wir unterhielten uns leise, während wir in die Gewänder schlüpften. Um uns herum war es ruhig. Keine Vögel, keine Leute, keine weinenden Babys. Wie lange würde es dauern, bis Kyra meine fehlende Wärme spürte und Hunger bekam und alle wecken würde? Was würden sie denken, wenn sie unser Fehlen bemerkten?

»Hätten wir einen Zettel oder so hinterlassen sollen?«, fragte ich leise.

»Und dann? Was würde es ändern? Sicherlich können sie sich denken, was wir vorhaben. Batu hat unsere Diskussion am Abend doch mitbekommen. Ich bin mir sicher, dass er eins zu eins zusammenzählen wird. Wahrscheinlich würden sie uns nur aufhalten wollen.«

Stimmt, ich hörte Amandrias Stimme durch meinen Kopf schallen: *»Haltet euch an den Plan, sonst sind wir verloren …«*

»Glaubst du, Akai wird uns einfach so in den Palast lassen? Amandria ist seine Mutter und er kennt den eigentlichen Plan. Warum sollte er sich gegen sie stellen?«

»Ich bin mir ziemlich sicher, dass wir ihm mehr geben können, als sie. Außerdem sah er mir wie jemand aus, der gerne etwas erleben will. Ich glaube, er hat es satt, im Schatten seiner Eltern zu stehen. Wir müssen hier lang.« Aslan zeigte in eine Seitengasse. »Er will mehr, als nur den Informanten spielen. Er möchte richtig dabei sein. Und das kann er heute Nacht. Wenn alles klappt, werden wir mehr als ein Leben retten. Ich weiß, dass du nicht wegen meines Vaters mitkommst.«

»Nein«, flüsterte ich und schämte mich ein wenig, weil der Khan mir tatsächlich relativ egal war. Ich wollte nur Fine retten.

»Das ist in Ordnung. Wir werden erst Fine und die anderen retten, dann kümmern wir uns um meinen Vater. Ich habe die vage

Hoffnung, dass Thomasins Assistenten oder sein Sohn wissen, wie wir ihm helfen können. Aber vorher müssen wir es in das Herz der Spike schaffen. Wenn wir dort nicht reinkommen, ist alles andere hoffnungslos.«

»Was ist das Herz?« Ich hatte noch nie von diesem Ort gehört.

Irgendwo in der Ferne schrie plötzlich ein Baby und ich blieb wie angewurzelt stehen. Was war, wenn diese Nacht unsere letzte wäre? Würde Maria sich um Ky kümmern, wie sie es bei mir getan hatte? Aber ich hatte meiner Tochter ein Versprechen gegeben. Also musste alles gut werden.

»Wir nennen den Kontrollraum Herz. Alles wird von ihm aus gesteuert: die Spiegel im Toliarum, der Lift, die Handscans, Strom- und Wasserversorgung ... alles. Ich glaube nicht, dass wir, ohne umzuprogrammieren, viel erreichen werden. Die Kerker können zum Beispiel nur von meinem Vater, Burka und den zwei obersten Wachen geöffnet werden. Solange mein Handscan keine Freigabe dafür hat, brauchen wir es gar nicht erst versuchen. Wahrscheinlich kämen wir nicht einmal in den Palast. Burka scheint zwar davon auszugehen, dass ich tot sei, trotzdem wird er auf Nummer sicher gegangen sein. Es würde mich nicht wundern, wenn ein Alarm ausgelöst wird, wenn meine Hand auch nur einen dieser Scanner berührt.«

»Und du glaubst, wir schaffen es ohne deinen Scan in dieses Herz? Und was dann? Keiner von uns beiden kann programmieren. Ich bin froh, wenn ich unseren Screen bedient bekomme.«

Aslan lachte leise, doch es kam mir vor, als würde er damit alle in unserem Umkreis wecken. »Nein, wir nicht. Aber Akai.«

Ich sah ihn stutzig von der Seite an. Seine Augen schimmerten im Licht der Straßenlaterne, das gemütlich vor sich hin flackerte. »Akai?« Er war nur eine Wache, und das noch nicht mal sonderlich lange. Was sollte er ausrichten können?

»Ja. Ich habe heute Abend ein Gespräch zwischen ihm und seiner Mutter mitbekommen. Eigentlich wollte er dieses Jahr in Ulaanbaatar Informatik und Informationstechnik studieren. Sein Vater verbot es ihm, als die Unruhen begannen. Stattdessen musste er in seine Fußstapfen treten und für den Palast arbeiten. Er soll sogar ein Stipendium erhalten haben. Amandria sah wirklich stolz aus, als er es ihr erzählt hatte. Kein Wunder. In den letzten Jahren gab es vielleicht eine Hand voll Männer, denen diese Ehre zuteilwurde. Also muss er verdammt gut sein. Wir sind gleich bei den Angestellten-Häusern. Am besten nehme ich jetzt Kontakt zu ihm auf.« Aslan drückte sich mit mir in den Schatten, zog den Miniscreen aus seiner Manteltasche hervor und begann, wie wild darauf einzutippen.

Ich lehnte mich an seinen Arm und starrte auf das helle Display. Hoffentlich bemerkte niemand seinen Schein. Mich beschlich das Gefühl, dass nicht nur Akai Lust auf dieses Abenteuer hatte. Ein bisschen kam es mir vor, als hätte Aslan sich eben selbst beschrieben. Dabei war seine Gefangennahme doch schon recht abenteuerreich gewesen. Hatte es ihm nicht genügt, einmal fast gestorben zu sein? Auf der anderen Seite war ich nicht besser. Ich riskierte unsere Leben für Fine und unsere anderen Freunde. Aber sie waren gute Menschen. Das konnte ich vom Khan nicht sagen.

»Wir sollen in zwanzig Minuten am Hintereingang der Spike bei den Gewächshäusern sein«, sagte Aslan und zeigte auf die Nachricht. »Am besten beeilen wir uns. Kannst du schnell gehen, oder hast du noch Schmerzen?«

»Sie sind auszuhalten. Hauptsache, ich muss mich nicht wieder auf ein Pferd setzen.« Das war wahrlich ein Horror gewesen. Es wurde Zeit, dass ich begann, auf meinen Körper zu hören. Kyra war gerade einmal zwei Wochen alt und ich verhielt mich, als hätte ich nie ein Kind aus mir herausgepresst. Sobald das alles vorbei war, wollte ich mir die Ruhe gönnen, die mein Körper brauchte. Ich hatte Glück, dass die Geburt so problemlos verlaufen war. Fine hatte mir so viele schmerzhafte Szenarien von Rissen und Blutungen erzählt, dass ich Ky damals am liebsten in mir drin behalten hätte. Aber dann war es die schönste Geburt gewesen, die man sich vorstellen konnte.

Trotzdem wusste ich, dass ich meinem Körper die letzten Tage keinen Gefallen getan hatte. Laufen, reiten, kämpfen. Das alles waren keine Dinge, die man nach der Geburt tun sollte. Aber was wäre die Alternative gewesen? Zuhause bleiben und Ky sterben lassen? Nein!

»Ab Morgen sollst du jeden Tag ausschlafen können, mein Liebling. Kuschel so viel mit Ky, wie ihr es braucht.« Aslan drückte mich an sich, blieb stehen und drehte sich zu mir. Seine Hand glitt zu meinem Kinn, und er hob meinen Kopf an. Wir hatten überhaupt keine Zeit hierfür, und doch genoss ich seinen Kuss, als wäre es unser letzter. Ich liebte seine Lippen, das Gefühl, wenn sie meine berührten und wie er mit dem Daumen über meine Wange strich. Ich liebte jede Faser seines Körpers, seine Wärme, wenn er in meiner Nähe war, seinen Geruch. Ich wollte, dass er glücklich war. Und deswegen würde ich heute Nacht alles dafür tun, dass wir den Khan retteten. Ein ungeliebtes Leben für das Seelenheil meines Mannes. Trotzdem würde ich dafür kämpfen, dass dieser Mann nie wieder etwas zu sagen hatte.

Wir mussten laufen, um pünktlich bei den Gewächshäusern anzukommen. Hier wuchs alles, was es an Obst, Gemüse und Getreide auf dem Basar zu kaufen gab. Es erinnerte mich an jene im System, auch wenn diese hier um ein Vielfaches größer waren.

Aslans stattliche Statur trat vor mir aus dem Schatten und ging auf Akai zu, der aussah, als wolle er Aslans aufrechte Haltung nachahmen. Akai stand neben dem Gewächshaus, die Schultern nach hinten gedrückt, und hielt die Tür zur Spike auf. »Da seid ihr ja endlich. Kommt rein, meine Runde hier ist gleich fertig.«

Ich eilte hinter Aslan her und betrat meine neue alte Heimat. Das hier war ein Jahr lang mein Zuhause gewesen – und jetzt war ich nicht mehr willkommen. Sogar ein Kopfgeld war auf mich ausgesetzt. Was würde passieren, wenn uns jemand erkannte?

»Danke dir«, sagte Aslan und klopfte Akai auf die Schulter.

»Kein Ding. Aber wieso die plötzliche Planänderung und wo sind die anderen?« Er schaute über unsere Schultern hinweg, als erwartete er, dass die Tür hinter uns jeden Moment wieder aufsprang und unsere Freunde hereinspazieren würden.

»Hat sich so ergeben«, sagte Aslan. Es überraschte mich, dass sich Akai mit dieser Antwort zufriedengab. Er zuckte nur mit den Schultern und schritt den schmalen Gang Richtung Toliarum entlang. Offenbar hatte Aslan ihn richtig eingeschätzt. Akai tat alles, solange man ihn mit einbezog. In dieser Hinsicht war er mir ähnlicher, als es mir lieb war. Ich ignorierte zu oft die Gefahr und die Schmerzen, nur, um dabei zu sein.

Vor der Spiegelhalle blieb er stehen und drehte sich zu uns um. »Dann schießt mal los. Wir haben ungefähr zehn Minuten, dann findet gegenüber ein Wachwechsel statt. Wie kann ich euch behilflich sein? Oder war ich nur gut, um euch reinzulassen?«

»Stimmt es, dass du ein Computergenie bist?«

Ein breites Grinsen trat auf sein Gesicht, das im Licht der Notfallleuchte über uns wie eine grausige Fratze aussah. Er genoss jedes Wort aus Aslans Mund.

»Ein Genie? Sagen wir, ich bin wahrscheinlich der Beste. Umso schlimmer, dass ich mein Leben als Wachmann in Ulanqab verschwenden muss.« Er kreuzte seine Arme vor der geschwollenen Brust und lehnte sich lässig gegen die Wand. Mein Gott, war er ein Angeber. Kein Wunder, dass Amandria ihn nie erwähnt hatte ... »Also, wofür braucht ihr mich?«

Aslan sah ihn scharf an. »Wir müssen in den Kontrollraum.«

Akais Augen wurden groß. »Ihr wollt, dass ich das Herz manipuliere?« Sein Grinsen wurde immer breiter. Für ihn war das alles ein Spiel und das Herz vermutlich der Endgegner. »Und dann, was ist meine Aufgabe? Wer ist das Ziel?«

»Heute Nacht gibt es zwei Ziele. Die Gefangenen, von denen du uns erzählt hast, und meinen Vater. Eventuell auch Emir Burka. Aber dafür musst du meinen Scan aus dem System löschen und Elizas für alle Bereiche der Spike freischalten.«

Ich blickte überrascht zu ihm hin. Meinen Scan? Bisher war ich froh gewesen, dass ich alleine meine Tür öffnen und den Lift nutzen konnte. »Bist du dir sicher?«

Aslan nickte. »Ja, dafür werden wir Burka aus dem System rausschmeißen. Es kann immer nur einer am Tag ersetzt werden, eine Sicherheitsmaßnahme meines Großvaters. Und Burka ist aktuell der größere Feind. Und deine Ziele sind edler als meine, also sollst du die Gewalt über die Stadt haben.«

Ich fiel ihm in die Arme und drückte meine Lippen fest auf seine. Ich wusste selbst nicht, warum ich das tat. Er vertraute mir. Und er fand Fines Rettung wichtiger. Für mich war sie das definitiv auch.

»Seid ihr fertig?«, fragte Akai genervt und stieß sich von der Wand ab. »Dann sollten wir jetzt los, ehe die Wachen kommen. Das Herz ist in der hundertsten Etage. Am besten nehmen wir den Aufzug in diesem Gang.«

»Können wir den Königslift überhaupt noch nutzen?«, fragte ich leise, während wir die drei Schritte zurück in den dunklen Gang gingen und den Lift holten.

Aslan schürzte die Lippen. »Wahrscheinlich nicht.«

Für mich war es schon komisch, von hier ausgestoßen worden zu sein. Wie musste er sich dann erst fühlen? Immerhin war er hier aufgewachsen. Er kannte jeden Winkel der Stadt und konnte sich immer frei bewegen. Jetzt war er auf Akai angewiesen.

Mir war unbehaglich, in diesem engen Lift aus Stahl zu stehen und mehrere Minuten nach oben zu fahren. Im Königslift konnte man stets die Umgebung beobachten. Man sah, wer draußen herumlungerte. Hier fühlte ich mich wie in einem Käfig.

Außer den Wachen war niemand mehr in der Spike unterwegs. Die Leute lagen um diese Uhrzeit längst in ihren Betten. Aslan hatte mir auf dem Weg hierher erklärt, dass es eine ungeschriebene Sperrstunde gab: von Mitternacht, wenn die letzten Bars, das Theater und das Restaurant in der sechszigsten Etage schlossen, bis morgens um halb sechs, wo sich die ersten Arbeiter auf den Weg zu den Karawanen, die sie in die umliegenden Fabriken brachten, begaben. Es gab zwar keinen wirklichen Ärger, wenn man sich nicht an sie hielt, dennoch musste man sich einer kleinen, unangenehmen Befragung unterziehen, wurde man erwischt.

Der Lift hielt an. Endlich konnte ich wieder ausatmen. Die hundertste Etage beherbergte keine Apartments, wie die meisten anderen. Nur ein Raum schien sich über die gesamte Plattform zu erstrecken. Stellte sich nur die Frage, wie wir hineingelangen sollten.

»Wird der Raum bewacht?«, fragte ich.

»Davon ist auszugehen«, meinte Aslan. Schön, dass er das auch mal erwähnte.

»Und wie gedenken wir, dort reinzukommen?«, fragte Akai. Ich stellte mir dieselbe Frage.

»Ganz einfach: Wir klopfen.« Aslan ging vor zur Tür, ohne auf unseren Protest zu hören und ließ seine Fingerknöchel gegen die Tür hämmern. Drinnen rührte sich etwas. Was hatte er vor?

Schritte ertönten und kamen näher. Dann stieß jemand die Tür auf und blickte verdutzt in Aslans Gesicht, dessen Faust so schnell nach vorne schoss, dass wohl niemand von uns damit gerechnet hatte. Der Mann war ausgeknockt.

»Verdammt«, fluchte mein Mann und schüttelte sich die Hand aus. »Also los, packt mit an, dann können wir ihn fesseln.«

Akai beugte sich über den älteren Herren, der vor uns auf dem Boden lag. »Das ist Torak«, bemerkte er und griff nach seinen Armen, um ihn nach drinnen zu ziehen.

Wir setzten den Mann, der mindestens so alt wie der Khan war, auf einen Stuhl und Aslan band ihn mit seinem Gürtel fest.

»Das hätte ich Euch wirklich nicht zugetraut, Prinz.«

»Ja«, sagte Aslan und blickte auf seine gerötete Hand. »War selbst überrascht, dass es geklappt hat.«

Mich hatte die ganze Situation nur an Sally, und wie sie uns in der Ruine gefangen nahm, erinnert.

»Was machen wir jetzt?«, fragte ich. Wann würde es auffallen, dass wir hier waren? Irgendwann würde jemand den alten Mann ablösen kommen, und dann? Bis dahin mussten wir verschwunden sein.

»Jetzt, überlasst ihr mir das Feld. Das wird ein Spaß.« Akai rieb sich erfreut die Hände und setzte sich vor den PC. Um uns herum blinkte und leuchtete alles. Es war warm und doch herrschte ein leichter Luftzug, der von den vielen Kästen an der Wand kam. Ein leises Summen und Surren hing in der Luft, das etwas Beruhigendes hatte. Überall waren Bildschirme angebracht. Es überraschte mich, dass er nicht längst Alarm geschlagen hatte, obwohl er uns mit Sicherheit im Lift gesehen hatte. Oder hatte er gerade Pause gemacht? Ich sah ein Heft mit Zahlenrätseln vor der Tastatur liegen, daneben Krümel. Offenbar nahm Torak seine Position nicht sonderlich ernst. Ich würde es vermutlich nicht anders halten, wenn ich die ganze Nacht hier rumsäße und nichts anderes täte, als auf die Bildschirme zu starren.

Aslan trat von hinten an mich heran und umschlang mich mit seinen starken Armen. »Bald haben wir es geschafft, meine Schöne.« Seine Lippen streiften meinen Hals und ich schloss die Augen.

Akai tippte wie wild auf der Tastatur rum. Hoffentlich wusste er, was er tat, sonst würde hier schneller ein Trupp Wachen einmarschieren, als uns lieb war. Doch bisher war alles ruhig auf den Bildschirmen. Niemand schien zu ahnen, was wir gerade taten.

»So, ich habe jetzt erstmal den Befehl durchgegeben, dass jemand anderes meine eigentliche Position einnehmen soll. Dann dürfte zumindest nicht auffallen, dass ich weg bin. Und jetzt zu euch ... Freie Bahn für die Prinzessin, nicht wahr?«

Aslan nickte und wir blickten starr auf den Bildschirm vor uns. So viele Zahlen, unverständliche Codes ... Was war, wenn er uns hinterging? Ich hasste es, auf das Können anderer angewiesen zu sein. Die Härchen auf meinen Armen stellten sich auf. Wir hatten keinen Plan B. Wenn wir jetzt scheiterten, war es das für uns.

Er ist Amandrias Sohn, schoss es mir durch den Kopf. *Er wird uns nicht verraten.*

»Wie lange wird es dauern?« Mein Blick fiel auf die Anzeige am Bildschirmrand.

»Die Initialisierung läuft bereits, zum Glück waren Eure Daten noch gespeichert. Danach muss ich mich um Aslans Scans kümmern. Soll ich ihn ganz aus dem System streichen?«

Aslan blickte über seine Schulter. »Nein. Schau bloß, dass sie keinen Alarm auslösen.«

Akai nickte und starrte wieder auf den Bildschirm.

Torak bewegte sich in der Ecke, schien aber nicht aufzuwachen. Wie lange würde Aslans Gürtel ihn gefesselt halten? Leider gab es nichts anderes. Wir konnten schlecht die Kabel aus den Geräten reißen.

»So, das war doch ein Klacks.« Akai rieb sich die Hände und grinste uns an.

»Sehr gut, dafür haben wir jetzt ein anderes Problem«, sagte ich und zeigte auf einen der Bildschirme. »Wenn ich das richtig sehe, fahren die beiden in unser Stockwerk.« Ich schluckte. Hatten wir versehentlich einen stillen Alarm ausgelöst?

»Dann nichts wie weg.« Akai sprang auf und ging zur Tür.

»Nein, warte«, sagte Aslan. »Torak. Wenn wir ihn gefesselt lassen, wissen die gleich, was passiert ist. Los, helft mir. Wir schieben den Stuhl hierher und lösen die Fesseln. Bestimmt werden sie glauben, dass er schläft. Akai, kannst du die Aufnahmen von uns löschen?«

»So gut wie erledigt«, sagte er und zwinkerte. Ich beobachtete die Bildschirme. Noch zehn Etagen, dann waren sie da.

42

»Geschafft, raus hier«, sagte Akai in dem Moment, als Aslan seinen Gürtel zurück um seine Hose geschnallt hatte.

»Dann los.«

Wir stürmten nach draußen und weg von jenem Aufzug, aus dem jeden Moment die Wachen steigen konnten. Was würden sie machen, wenn Torak ihnen nicht gleich die Tür öffnete? Würde er wach werden, wenn sie klopften und ihnen alles erzählen? Oder erinnerte er sich womöglich gar nicht daran, was passiert war und dachte, er sei einfach eingeschlafen?

»Hast du wirklich alles erledigt?«, fragte Aslan außer Atem, als wir am Lift auf der anderen Seite der Plattform ankamen und stützte sich auf den Oberschenkeln ab.

»Na hör mal, ihr sprecht mit dem Meister. Also selbstverständlich. Und jetzt? Nehmen wir uns die Gefangenen vor oder gleich den Khan und seine Handlanger?«

»*Wir* nehmen uns niemanden vor«, betonte ich und Akai verdrehte die Augen. »Wir sind nicht hier, um Ärger zu machen. Das wird in erster Linie eine Befreiungsaktion.«

»Verstehe«, sagte Akai enttäuscht und der Lift öffnete sich.

»Also, wie kommen wir in den Ostflügel und die Kerker?«

»Wir müssen durchs Toliarum und von da aus in den Palast«, erklärte Aslan.

»Da gibt es nur ein Problem«, sagte Akai und wir sahen ihn beide an. »Vor der Röhre werden zwei Wachen stehen.«

»Wo ist das Problem?«, fragte Aslan. Was hatte er vor? Natürlich waren zwei Wachen problematisch. »Du wolltest doch ein bisschen Action.«

»Sorry, aber ich bin kein Kämpfer.«

Aslan zog die Brauen hoch und sah ihn scharf an. »Das nicht, aber dafür die perfekte Ablenkung. Steig im ersten aus und ruf sie zu dir. Sag, du hättest etwas Auffälliges bei den Basarständen bemerkt.«

Akai schnaubte. »Und dann?«

»Gibst du zu, dass du dich offenbar geirrt hast. Wir schleichen uns währenddessen in den Palast.«

»Ich soll mich also als Idiot hinstellen, damit ihr am Ende die Lorbeeren bekommt? Das war nicht der Plan.«

»Nichts hiervon war der Plan«, sagte Aslan streng. »Das hier ist kein Spiel, verdammt. Jeder muss seine Rolle heute Nacht tragen, sonst wird das nie enden. Du magst ja nichts zu verlieren haben, wenn wir es nicht schaffen. Wir schon! Kapier das endlich. Das ist kein Abenteuer. Wir wollen etwas verändern, damit unsere Freunde nicht gehängt werden. Damit mein Vater nicht stirbt, falls es nicht längst zu spät ist, und damit unsere Tochter leben kann. Damit sie in Frieden aufwächst. Wir können heute Nacht alles beenden – und wenn du dich dafür vor deinen Kollegen zum Affen machst, dann ist das so. Also sei verdammt noch mal ein Held und vergiss dein Ego.« Wow, das hat gesessen. Ich hätte nicht gedacht, dass Akai sich dermaßen klein machen kann. Er hat sich in die Ecke des Aufzugs verdrückt und nickte, mit weit aufgerissenen Augen, ängstlich.

»Gut, dass wir das geklärt haben«, sagte ich und drücke auf die eins. »Dann steig gleich aus.«

Akai wich an uns vorbei auf die Türen zu, die kurz darauf aufglitten und verschwand im dunklen Gang vor uns.

»War ich zu hart zu ihm?«, wollte Aslan wissen, nachdem sich die Türen geschlossen hatten.

»Nein, ich glaube, er braucht das mal. Außerdem hast du ihn einen Helden genannt. Das wird sein Ego für diesen Auftrag ausreichend pushen.«

Aslan grinste und gab mir einen Kuss auf die Stirn, als der Lift erneut hielt. Dann mal los.

Wir schlichen uns nach vorne zum Toliarum, dessen Wände in

ein tiefdunkles Grau getönt waren. Von den Spiegeln war nichts zu sehen. Das machte es leichter für uns, das große Foyer zu durchqueren. In der Ferne ertönte das Plätschern des Wasserfall-Brunnens, das wie immer eine beruhigende Wirkung auf mich hatte. Wir mussten uns konzentrieren. Noch standen die Wachen ziemlich steif auf der anderen Seite der Halle. Den Rücken zur Röhre hin, blickten sie sich um. Wenn Akai sich nicht an den Plan hielt, was dann? Ich wollte nicht schon wieder kämpfen. Und Aslan war nicht mehr der Stärkste. Die Gefangenschaft hatte ihn zu sehr geschwächt.

Plötzlich ertönte ein leises Vibrieren durch den Raum und ließ mich aufschrecken. Es ging los. Die beiden Männer starten auf die Miniscreens in ihren Händen und nickten sich zu. Verdammt, unser Plan war für die Katz.

»Was machen wir jetzt?«

»Warten«, sagte Aslan und starrte über meine Schulter hinweg auf die Röhre. Einer der beiden war sofort losgelaufen und hatte die Rolltreppe nach oben genommen, der andere blieb wie angewurzelt stehen. »Jetzt«, sagte Aslan und lief an mir vorbei. Jetzt? Warum jetzt? Ich hechtete hinter ihm her, immer im Schatten der dunklen Wand. Die Wache bemerkte uns und griff nach dem Miniscreen, doch dann hielt sie inne und sah uns mit offenem Mund an. »Prinz Aslan, ihr lebt.«

»Tscht«, machte Aslan und legte seinen Zeigefinger auf die Lippen. »Nicht, wenn Ihr es durch die ganze Spike schreit.«

»Aber ... ich verstehe nicht. Der Khan ... was?«

»Wer ist das, der da mit dir Wache schiebt, Chon-Pi?«

»Sorek, ein Neuer. Der Emir hat ihn gestern erst eingestellt.« Der Emir ... dann war er sicherlich nicht auf unserer Seite.

»Okay, vertraust du mir?« Aslan sah Chon-Pi fragend an.

»Ja, ja, selbstverständlich, mein Prinz.« Er nickte eifrig und ich glaubte ihm. Plötzlich vibrierte sein Screen. »Das war ein Fehlalarm. Sorek kommt gleich wieder.«

»In Ordnung, bis dahin sind wir weg. Sag ihm auf keinen Fall, dass du uns gesehen hast. Wir müssen in den Palast, einen Putsch verhindern. Kann ich mich auf dich verlassen?«

»Ähm, ja ... ja, natürlich.« Der Wachmann beugte sich auf die Seite und drückte seine Hand auf den Scanner. Augenblicklich öffnete sich die Schleuse. Aslan schubste mich beinahe hindurch und ich schaffte es gerade so, die Haltung zu wahren und mein Gleichgewicht zu finden, als sich der Durchgang wieder verschloss. Und jetzt? Wir hatten Akai zurückgelassen. Kamen wir ohne ihn wirklich klar?

»Wohin jetzt?«

Aslan reckte sein Kinn nach vorne. Wie sehr ich es vermisst hatte, hier entlang zu gehen und den Ausblick auf den Tropengarten zu genießen. Malaria hin oder her, der Anblick verzauberte mich jedes Mal aufs Neue. Wir sprinteten durch die Röhre, aus Angst, dass sich die Schleuse erneut öffnen und dieser Sorek uns nachjagen könnte. Völlig verschwitzt und außer Atem kamen wir vor dem Palastzugang an. Ich musste meine Hände in die Seiten stützen, um das Stechen im Becken irgendwie zu unterdrücken. »Woher kanntest du Chon-Pi?«, fragte ich und sah von unten in Aslans Gesicht. Selbst jetzt, wo er kaum Luft bekam und rot angelaufen war, sah er noch gut aus.

»Er war fast zwanzig Jahre lang einer meiner Leibwächter, bis ich in die Spike zog.«

»Warum hat der Emir ihn dann nicht auch weggesperrt?«

»Ich habe keine Ahnung. Würde er jeden wegsperren, der mal mit mir gearbeitet hat, hätte er zu wenig Wachen. Komm jetzt. Wir müssen den Gang runter und dann links. Halt deine rechte Hand auf den Scanner.«

Es war ungewohnt und doch fiel mir ein Stein vom Herzen, als sich auch diese Schleuse öffnete und wir im schummrig beleuchteten Gang des Palastes standen. Hier waren keine Wachen mehr. Sie standen nur an den anderen Ausgängen, wie Aslan mir einmal erklärt hatte.

Ich folgte meinem Mann mit schnellen Schritten. Langsam ließen auch die Seitenstiche nach und ich bekam wieder richtig Luft. Nur der Schweiß perlte noch immer von meiner Stirn. Ich hatte den Palast noch nie so ruhig erlebt. Der rote Teppich schluckte jeden unserer Schritte und wir vermieden es, zu reden. Man wusste nie, ob nicht hinter irgendeiner Tür noch jemand wach war und vertieft in seine Geschäfte nach unpassenden Geräuschen lauschte.

Nach fünfzig Schritten bogen wir in einen Gang ab und betraten den Ostflügel. Noch immer waren wir niemandem begegnet und allmählich beruhigte sich auch mein Puls, der während des Sprints durch die Röhre einen unangenehmen Takt angenommen hatte.

Aslan zeigte auf eine Treppe, die nach unten führte. Sie war nicht beleuchtet, als ginge man ins Nichts hinein. Ich nickte, griff nach seiner Hand und folgte ihm die Stufen hinab. Wie tief gingen wir unter den Palast? Wie lange würde es dauern, bis wir ankamen? Als ich das letzte Mal auf meine Uhr geblickt hatte, war es kurz nach eins gewesen.

Es war unheimlich, nichts zu sehen. Meine andere Hand umklammerte das Geländer. Ich hatte mit jedem Schritt das Gefühl, gleich ins Bodenlose zu stürzen. Wir hätten wenigstens eine Taschenlampe mitnehmen sollen. Warte ... »Aslan, kannst du nicht mit dem Mini-Screen leuchten?«

Mein Mann hielt inne und ich wäre beinahe in ihn hineingelaufen, wenn er mich nicht festgehalten hätte. Er ließ mich los und im nächsten Moment schien uns das schwache Licht des handgroßen Screens entgegen.

»Schon besser. Manchmal vergisst man die einfachsten Lösungen«, murmelte er und leuchtete auf die Treppe.

»Ist das der einzige Zugang?«

»Zu den Kerkern? Ja. Und sie liegen ziemlich weit unten. So sollen die Wachen genügend Zeit haben, um ihnen den Weg abzuschneiden.« Solange uns niemand den Weg abschnitt ...

Wir liefen fast fünf Minuten, bis endlich eines der roten Notausgangsschilder über der untersten Treppenstufe aufleuchtete.

Wie gebannt blieben wir vor der Tür stehen. Mein Herz klopfte wild. Was war, wenn es nicht klappte? Ich schloss die Augen und legte die Hand auf den Scanner. Eins-zwei-drei ... Ein dumpfes Geräusch erklang, dann ein Klicken und die Tür öffnete sich einen Spalt breit. Ich zog sie komplett auf und hielt mir die Hand vors Gesicht. Die Kerker waren hell erleuchtet.

»Eliza?«

»Fine«, sagte ich strahlend und lief zu meiner Freundin vor. Eine Welle der Erleichterung überfiel mich. »Du lebst.«

Jetzt trat auch auf ihr Gesicht ein Lächeln und immer mehr Gefangene traten an ihre Zellengitter. Sie sahen nicht so aus, als hätte man sie gefoltert oder der Gleichen. Vielleicht waren sie dem Emir die Mühen nicht wert. Ihr Schicksal wäre auch so schlimm genug gewesen.

Aslan trat hinter mir herein. Jetzt war er die Attraktion. Ein lautes Raunen ging durch den Raum und jeder tuschelte mit jedem. *»Er lebt ... Wie kann er leben? ... Ich dachte, er sei tot ...«*

»Wo ist Kyra?«, fragte Fine und musterte meinen flachen Bauch.

»In Sicherheit.« Zumindest hoffte ich es. »Los, wir müssen hier raus. Aslan, wir bekommen wir die Türen auf?«

»Sie sind mit Scans gesichert.«

Jetzt sah auch ich das kleine Bedienfeld an den Streben. Ich legte meine Hand flach auf das erste. Ein Surren ertönte, und das Gitter sprang auf. Fine war frei.

Bis wir alle Türen aufhatten, vergingen mehrere Minuten. Ich hatte gerade die letzte Tür geöffnet, als ein ohrenbetäubender Lärm durch den langen Aufgang nach oben erschallte und die Treppe in rotblinkendes Licht getaucht wurde. Jemand hatte den Alarm ausgelöst und als ich über den Türrahmen blickte, wusste ich auch wer. Der Mann im Kontrollraum musste uns über die Kamera entdeckt haben. Wie konnten wir nur so unvorsichtig sein?

»Lauft!«, brüllte ich. Die Wachmänner, die wir befreit hatten, gingen voran. Fine, Aslan und ich folgten ihnen und die anderen bildeten das Schlusslicht.

»Wenn wir oben sind, verteilt euch auf alle Gänge. Ihr kennt euch aus im Palast. Versteckt euch irgendwo. Nur die Heiler kommen mit mir. Und ...« Aslan drehte sich nach hinten um und zeigte auf Thomasins Sohn. »Du auch. Ich brauche dich. An die anderen: Bleibt solange in euren Verstecken, bis ich persönlich eine Durchsage mache. Wachen, verteidigt meinen geliebten Palast, verteidigt unser Leben, wenn ihr nicht wollt, das Burka euch schon morgen hängen lässt.« Das saß. Es schien, als entflamme ein Feuer in den Gesichtern der Männer vor uns, die sich umdrehten und uns zunickten, während wir weiter Stufe für Stufe nahmen.

Wenn das so weiterging, würde ich an Herzversagen sterben. Von oben ertönten die ersten Schritte. Wie viele mussten es sein, dass der Teppich die Laute nicht dämpfte? Rufe drangen zu uns durch. Sie klangen bedrohlich. Aber vielleicht hatten wir Glück ... vielleicht würden sich nicht alle wehren und stattdessen wie Chon-Pi zu uns halten.

Die Rufe wurden lauter, je näher wir dem Flur kamen – aber sie hatten sich verändert. Dort oben wurde gekämpft. Dann gab es Hoffnung. Alleine konnten wir es nicht mit all den Wachen des Palastes aufnehmen – wenn sich aber welche auf unsere Seite geschlagen hatten ...

Die ersten von uns betraten den Flur und stürzten sich sofort ins Getümmel. Einer von ihnen wich nur knapp einem Säbel aus. Ich drückte mich an die Wand und duckte mich an ihnen vorbei. Wir hatten keine Waffen, nur ich mein Messer. Aslan müsste auch eines besitzen, sicher war ich mir nicht.

Als die anderen Aslan erkannten, hing für einen Moment eine unbeschreibliche Stille in der Luft. Alle Kämpfe versagen für den Augenblick – bis einer von ihnen seinen Säbel hob und sich auf Aslan stürzte. Der Kampf war erneut entfacht. Einer unserer Männer warf sich vor meinen Prinzen und entging nur knapp einem Hieb, der tödlich geendet hätte.

Wir mussten hier weg. Jede Minute, die verstrich, war eine, in der der Khan sich seinem Ende näherte. Ich zog mein Messer aus seinem Schaft und drehte mich gerade rechtzeitig um, um einen Angriff abzuwehren. Es lief doch so gut! Fine kämpfte mit einem Mann, der seinen Säbel offenbar verloren hatte, dafür hielt Chon-Pi inzwischen zwei in seiner Hand und versuchte vergeblich, einen davon unseren Männern zuzuwerfen. Fine und der Bote, der mir die Nachricht von Kyras Tod gebracht hatte, standen noch immer im Gang auf der Treppe. Dort waren sie zumindest halbwegs in Sicherheit.

Wieder stürzte sich jemand auf meinen Mann. Ich atmete tief ein, zielte und traf den Kerl auf Höhe des Bauchnabels. So ein Mist. Ich hatte auf die Brust gezielt. Trotzdem blieb er stehen und sank auf die Knie. Aslan gab ihm einen Tritt ins Gesicht und nahm ihm mein Messer ab, das der Wachmann sich aus dem Bauch gezogen hatte.

Ich lief zu ihm und er drückte es mir in die Hand.

»Los, nimm die anderen mit und lauf zu deinem Vater. Ich halte hier Stellung«, bestimmte ich.

Er sah mich unschlüssig an.

»Ich schaff das. Geh jetzt.«

Sein Nicken kam wie in Zeitlupe. Dann packte er einen der Heiler und Tamlin, Thomasins Sohn, und zog die beiden mit sich.

Was würde passieren, wenn sie es schafften, den Khan zu retten? Ich sah ihnen nach, bis sie um die Ecke verschwanden und stürzte mich zurück ins Getümmel. Wir hatten die Oberhand gewonnen, doch noch war es nicht vorbei.

Fine stand nun in der Mitte und wehrte den Schlag eines jungen Burschen ab. Wo war Akai eigentlich? Er musste doch mitbekommen haben, dass hier gerade alles aus dem Ruder lief?

Ich war unkonzentriert. Jemand stieß mich aus dem Nichts gegen die Wand und ein stechender Schmerz schoss in meine Rippen. Wer …? Sorek stand vor mir und fletschte die Zähne. Ich packte mein Messer fester und wich seinem nächsten Schlag aus. Dafür schnitt ich ihm in den Arm, jedoch nicht so, dass es ihm sonderlich wehzutun schien. Er zuckte nicht einmal mit seiner knorrigen Nase. Sein nächster Hieb erwischte mich an der Schulter. Verdammter Wüstensand. Das brannte, als hätte er sie mir ausgekugelt. Ich wandt mich unter seinem Arm durch und traf ihn dieses Mal im Rücken. Jetzt schrie auch er und ein schadenfreudiges Lachen erklang aus meiner Kehle. War ich das, die sich freute, jemanden verletzt zu haben?

Er sah mich mit rot unterlaufenden Augen an. Wie ein Stier in der Arena. Es war erst drei Monate her, als ich einen der Kämpfe auf dem Screen verfolgt hatte. Dieses Mal hatte ich keine Chance. Er stürmte auf mich zu, ehe ich mein Messer in die richtige Position bringen konnte, rammte mir die Schulter in den Bauch und drückte mich an die Wand. Luft! Ich brauchte Luft. Mir wurde schwindelig und ich spürte, wie mit jeder Sekunde die verstrich, ein Hauch meines Lebens aus mir herausgedrückt wurde. Das Messer entglitt meinen Fingern und kam lautlos auf dem Teppich auf.

Plötzlich lockerte sich der Druck auf meinen Körper. Atmen, Eliza! Atmen! Ich glitt zu Boden und starrte an die Decke. Lange dunkle Zöpfe fielen über ihre Schulter hinweg und berührten meine Haut. Sie kitzelten mich. »Amandria«, flüsterte ich. In ihrer Hand schimmerte die Klinge meines Messers. Sie musste es aufgehoben haben.

Die Priesterin, die so viel mehr für mich geworden war, neigte ihren Kopf zur Seite und lächelte mich an. »Sagte ich nicht, ihr sollt euch an den Plan halten?« Sie griff nach meiner Hand und zog mich mit einem Ruck hoch. »Wo ist Aslan?«

»Er verabschiedet sich – von seinem Vater.« In gewisser Weise stimmte es sogar. Wie würde Amandria reagieren, wenn sie erfuhr, dass er ihn retten wollte?

»Verstehe«, sagte sie und blickte an mir vorbei. »Wir kriegen Probleme.«

Hatten wir die nicht längst? Ich schnellte herum und stolperte dabei beinahe über den leblosen Körper meines Peinigers. Der Kampf war noch nicht zu Ende. Vor uns schritt der Endgegner auf uns zu.

Der Emir kam, und er war nicht alleine. Ich blickte mich um. In den wenigen Sekunden, die ich auf dem Boden gelegen hatte, hatte sich einiges getan. Hinter uns kämpften Andras und Navi mit den letzten beiden Wachen. Der Rest von ihnen war bewusstlos oder saß in einer Ecke und krümmte sich. Doch auch unsere Leute hatte es getroffen. Aus dem Rumpf des Boten quoll Blut – viel Blut. Fine stützte sich auf ihre Knie und hechelte laut. Zwei andere Wachen, die sich auf unsere Seite geschlagen hatten, nachdem sie Aslan erkannt hatten, lagen bewusstlos oder tot auf dem Boden. Sie waren zu weit weg, als dass ich es genau erkennen konnte. Und eine der Wachen, die wir befreit hatten, schien es nicht geschafft zu haben. Mir drehte sich der Magen um, als ich die Blutlache, in der sie lag, entdeckte.

Mein Blick fiel zurück auf den Emir, der mit fünf seiner Männer immer näherkam. Wie viele waren wir noch? Ich zählte diejenigen durch, die noch in der Lage schienen, zu kämpfen. Fine gehörte nicht dazu. Dafür standen noch sechs Wachen, Andras und Navi, die ihre Gegner soeben besiegt hatten, sowie Batu. Der Koch und der Schmied waren offensichtlich nicht mitgekommen. Zu meiner Erleichterung fehlten auch Maria, Astrid und Tam-Niem. Dann waren sie in Sicherheit. Alexa und Sam standen in einer Ecke und kümmerten sich um die zitternde Fine. Wer fehlte, war Akai.

»Wo ist dein Sohn?«, fragte ich Amandria.

Ein Grinsen trat in ihr Gesicht. »Der hat eine ganz spezielle Aufgabe bekommen, nachdem er uns geholt hat.« Also wussten sie von ihm, wo wir waren. Vielleicht war er aufrichtiger, als ich angenommen hatte.

»Ich würde gerne sagen, dass ich mich freue, euch zu sehen, aber wir wissen alle, dass das gelogen wäre«, begrüßte uns der Emir und blieb drei große Schritte entfernt vor uns stehen.

»Ich dachte mir, dass du deine Schläger mitbringen wirst, Burka. Ich empfehle dir, sie zurückzupfeifen.« Wie schaffte es Amandria nur so ruhig zu bleiben? Seine Schläger, wie Amandria sie nannte, ragten wie fünf kolossale Türme hinter ihm auf.

»Du empfiehlst? Wirklich sehr nett.« Der Emir nickte und zwei der Männer machten einen Schritt an ihm vorbei.

Ich stand wie angewurzelt da, unfähig, etwas zu tun. Jetzt kamen auch die anderen Kämpfer zu uns und reihten sich hinter unseren Rücken auf. Wie eine Mauer standen sie dicht an dicht und schützten so die Verletzten vor Burkas Kampfmaschinen.

»Wartet. Wenn du ein Herz für deine Familie hast, dann bleiben deine Schläger dort, wo sie sind.«

Der Emir zog fragend eine Braue hoch. »Was willst du mir sagen, Hexe?«

Wieder dieses schalkhafte Grinsen in ihrem Gesicht, das die funkelnden Augen noch untermalte. »Nicht nur du hast ein Kind, von dem niemand wusste. Wir wissen von Sally. Verkraftest du ihren Verlust?«

Er schüttelte den Kopf. Man sah, wie ein Anflug von Panik in ihm aufstieg. »Was willst du, Amandria?«

»Deine Tochter hat meine Freunde umgebracht. Und mein Sohn wird jetzt dasselbe mit deiner Familie tun. Außer ... du stellst dich freiwillig und rufst deine Lakaien zurück.«

Seine Augen verengten sich zu Schlitzen. »Du bluffst.«

»Ach ja? Du kennst meinen Sohn und seinen Vater. Sie arbeiten für dich als Wachen. Akai und Jonate.«

Seine Augen weiteten sich und er sah uns ungläubig an. »Wo sind sie?«

»Jetzt gerade? Bei deiner Frau und deinen Söhnen. Übrigens zusammen mit deinem Koch. Ich denke, ich muss dir nicht sagen, wie wenig er deine Art, über sein Essen zu meckern, schätzt.«

»Warum sollten sie Gesindel wie den Sohn einer Hure hereinlassen?«

»Frag sie doch selbst«, sagte Amandria und zog einen Screen hinter ihrem Rücken hervor. Ich konnte von der Seite nicht erkennen, was abgebildet war, doch Burkas Schweißperlen sprachen Bände. Konnte er sich tatsächlich um jemanden sorgen? Liebte er seine Familie mehr als sein eigenes Leben?

Seine Nasenflügel blähten sich auf. »Du dreckiges Miststück! Dass dein Drecksbalg es wagt, meine Frau anzurühren!« Er machte einen Schritt nach vorne, einen zu viel.

Ich weiß nicht, aus welcher Richtung der Schuss kam oder überhaupt, wer geschossen hatte. Irgendeiner von uns musste eine Pistole bei sich getragen haben. Burka sank auf die Knie, während Blut aus seiner Brust quoll. »Bringt sie um«, röchelte er, doch keiner der fünf Männer machte Anstalten, dem nachzukommen. Schusswaffen waren verpönt in der Spike. Hier kämpfte man nur mit Säbeln. Und mit denen hatten sie keine Chance gegen die Waffe.

Ich hatte das Gefühl, mein Herz sei stehen geblieben, als der Schuss fiel. Fast eine Minute stand ich reglos da und starrte meinen Feind an, der wie unschuldig am Boden lag.

Aslan ... er musste wissen, was passiert war. »Amandria, bringt alle in die Kerker, die sich gegen uns gestellt haben. Die Türen stehen offen. Ich muss zu meinem Mann. Fine, kommst du mit?«

»In Ordnung«, sagte die Priesterin, während die anderen Platz für Fine machten, damit sie zwischen ihnen hindurchgehen konnte.

Ab jetzt mussten sie alleine klarkommen. Der größte Feind war besiegt.

»Wir müssen zum Schlafgemach des Khans, weißt du, wo das ist?«

»Ja, folg mir. Aber bitte nicht mehr rennen. Ich bin auch so völlig aus der Puste.« Fine lachte, aber nicht so fröhlich wie sonst.

»Nicht nur du. Irgendwie hatte ich mir das alles ruhiger vorgestellt.«

»Wie geht es jetzt weiter, Eliza?«

»Das hängt davon ab, ob der Emir Verrat an seinem besten Freund begangen hat«, erklärte ich.

»Wie meinst du das?« Wir bogen um die Ecke, hinter der Aslan eben verschwunden war.

»Wir gehen davon aus, dass er ihn gestern Abend vergiftet hat, um selbst an die Macht zu kommen.«

Fine schien nicht verwundert darüber. »Ja, das wäre ihm zuzutrauen. Aber warum jetzt?«

»Darüber habe ich mir auch schon Gedanken gemacht. Vielleicht ist Aslan vorher keine Gefahr für ihn gewesen oder er wusste nicht, wie er es anstellen sollte, solange er noch im Palast lebte. Aslan meinte, sein ältester Sohn sei auch erst vor kurzem volljährig geworden. Es kann so viele Gründe haben.«

»Dort vorne ist es«, sagte Fine und zeigte auf eine Tür mit goldenem Rahmen. Auf meine Antwort ging sie nicht mehr ein. Das war auch nicht nötig. Wen interessierte es jetzt noch?

Tamlin kauerte auf dem Boden davor, die Hände zitterten mehr, als ich es von seinem Vater gewohnt war. Mir fiel das Geld ein, dass ich noch immer von ihm besaß. Sobald alles vorbei war, würde er es bekommen.

Ich hockte mich neben ihn. »Was ist los? Ist der Khan ...?«

Der Junge nickte.

»Warte hier«, sagte ich zu Fine und legte die Hand auf den Scanner, sodass die Tür aufsprang. »Es tut mir so leid, Aslan.«

Mein Mann saß auf der Kante des Bettes und hielt die Hand des Khans in seiner. Seine Haut war ganz blass und die Augen noch geöffnet. Aslan hatte geweint. Von dem Heiler, der mit ihm gekommen war, fehlte jede Spur. Vielleicht hatte Aslan ihn rausgeschickt und er war nun auf der Krankenstation, um die Verletzten zu behandeln.

Ich setzte mich neben ihn und legte meinen Arm um seinen Rücken. Er beugte sich zu mir und bette sein Gesicht an meiner Brust. Behutsam streichelte ich ihm durch das verwuschelte Haar und küsste seinen Schopf, wie er es so oft bei mir getan hatte.

Ich wusste nicht, was ich fühlen sollte. Der Khan war mir immer zuwider gewesen. Und doch hatte er mich einmal vor seinem besten Freund verteidigt. Er war kein solches Monster, wie der Emir es war. Aber er war auch kein Heiliger. Wie Aslan gesagt hatte. Er versuchte immer, das Richtige zu tun. Nur hatte er oft nicht gewusst, was das Richtige war.

Ich dachte an die letzten Monate zurück. An die Schwangerschaft, an Kys Geburt. Aber auch die Flucht und daran, wie Jazar und Atari Kyra und mich angegriffen hatten. Fast alle unserer Feinde waren inzwischen tot und die, die noch lebten, würden wir auch noch finden. Jetzt, wo der Emir nicht mehr war, würde ich jeden einzelnen Raum der Stadt durchsuchen lassen. Irgendwo mussten auch die verschwundenen Mädchen sein. Ich konnte mir kaum vorstellen, dass der Emir nach meiner Flucht damals mit seinem Menschenhandel aufgehört hatte.

Keine Frau sollte mehr leiden müssen und keine Familie mehr unverschuldet auseinandergerissen werden.

Epilog

7 Jahre später

»Gelb den Kindern, die wie die Sonne lachen. Orange den Ältr'n, die Jugendspäße machen. Blau den Anwärtern, bald in Türkis gehüllt. Gold den Zurückgekehrten, denen der Sohneswunsch nicht erfüllt. Weiß den Weisen, den Heilern, Ammen, Hebammen. Grau den anderen, die nichts mehr haben, wofür es lohnt zu bangen. Violett all jenen, die Sünde begangen. Und rot den Heilg'n Wächterinnen, die um Kontrolle rangen.«

»Wer hat dir das denn beigebracht?« Meine wunderschöne Ky saß im Schneidersitz vor mir und schaukelte ihren Oberkörper hin und her. Das lange Haar fiel über ihre Schulter, während sie mich anstrahlte.

»Maria. Welche ist deine Lieblingsfarbe, Mama?«

Ich sah sie nachdenklich an und tippte mir gegen mein Kinn. »Hmm, meine ... Ich denke, Türkis. Ja, ohne die Türkise Nacht wäre unser Leben jetzt wohl ganz anders. Für mich ist es zur Farbe der Hoffnung geworden.«

Ky grinste mich an. »Ja, Türkis mag ich auch gerne. Aber noch lieber pink. Schau mal, Mama.«

»Was denn, mein Schatz?«

Sie griff mit ihren Zeigefingern in ihre Mundwinkel und zog sie auseinander. »Ich hab' jetzt eine Zahnlücke. Papa hat mir heute Morgen geholfen, ihn zu ziehen.«

»Oh, dann bist du ja schon richtig groß. Warte es ab, bald wächst schon ein neuer.«

»Och menno, ich mag die Lücke. Da kann ich meine Zunge durchdrücken.«

Ich lachte meine Tochter an. »Wo ist denn dein Vater?«

Ky zuckte mit den Schultern. »Bestimmt im Büro, Königskram erledigen.« Königskram, das passte ganz gut. »Darf ich jetzt zu Maria?«

Ich stieß einen Seufzer aus. »Na los. Ich will sowieso zu Fine.«

»Juhu.« Ky sprang in die Luft und stürmte aus der Tür. Sie war ein totaler Wirbelwind. Manchmal vermisste ich die Zeit, in der sie den ganzen Tag geschlafen hatte.

Als ich raus in den langen Gang des Palastflures ging, war sie längst außer Sicht. Ich lief durch mein Zuhause, als hätte ich nie woanders gelebt. Alle, die ich liebte, waren hier. Maria und Astrid, die sich eine riesige Wohnung im Palast teilten. Amandria, die sich in der Spike niedergelassen hatte, Sam, Andras, Navi und all die anderen, die uns im Kampf unterstützt hatten. Sie arbeiteten als Wachen und sorgten dafür, dass ich immer gut schlafen konnte.

»Einen schönen Tag, meine Königin«, begrüßt Chon-Pi mich, als ich die Tropenröhre verließ und das Toliarum betrat. Fine hatte ein größeres Apartment in der neunten Etage bekommen. Ich klopfte an.

»Eliza, komm rein.« Batu umarmte mich freundschaftlich. »Fine ist noch in der Küche. Sie müsste gleich fertig sein. Tamlin ist auch schon mit Tybia und Malin da.«

Ich trat an ihm vorbei in die Wohnstube, wo die drei mir fröhlich zuwinkten. Sie lebten jetzt in unserem alten Apartment. Das war das mindeste, was ich nach Thomasins Tod für sie tun konnte.

Aus der Küche kam der Duft nach Ratatouille. Fine drückte mich und schob mir die Gabel in den Mund, damit ich probierte.

»Köstlich, meine Liebe. Aslan, Maria, Astrid und Ky sollten auch bald kommen.«

»Ich glaube, das dauert noch etwas«, rief Batu aus dem Wohnzimmer und zeigte aus dem Fenster. Hinter ihnen erstreckte sich die Wüste. Das System gab es nicht mehr, Tamalya, die Jazars Schwester war und all die Jahre mit den Jägern zusammengearbeitet hatte, saß in einer Zelle unseres Kerkers. Es gab keine Unterschiede mehr zwischen Mann und Frau. Jeder durfte leben. Die Masken wurden nur noch von den Kindern zum Verkleiden genutzt und wir Frauen durften heiraten, wen wir wollten.

Ich lief zu Fines neuem Mann und blickte nach unten. Die vier liefen im Garten umher und schmissen sich gegenseitig den Ball zu, während drei Mädchen und ein Junge aus der Spike versuchten, ihn zu fangen. Ob das auch noch unter Königskram fiel?

Danksagung

Ein Mammutprojekt wie dieses Buch es für mich war, kann nur dann funktionieren, wenn es Leute gibt, die einen dabei unterstützen. Von der groben Idee (die mir übrigens nach dem Lesen eines Reiseberichtes von Frank Bahr in der Centaur 2019 kam), über das Plotten (hier geht ein großer Dank an Eva und Caro für ihren Input im Viba Cafè Dresden –> #Werbung, Kaffee und Kuchen sind einfach spitze dort und es lässt sich wunderbar über Bücher philosophieren), bis zur Rohfassung (ich hatte wirklich super Testleser, ein riesiges Dankeschön auch an euch) und schlussendlich zum (fast) fertigen Text fürs Lektorat und Korrektorat (Anett und Anna, ihr habt das spitze gemacht!), hat es lange gedauert. Und ich muss sagen, ich liebe dieses Buch einfach. Ich liebe, liebe, liebe es und das kann ich, weil so viele tolle Menschen mich bei diesem Werk unterstützt haben. Ein riesiger Dank geht vor allem an Eva, die mir von Anfang an bis zum Schluss seelischen Beistand geleistet hat und meinem Roman dieses wunderschöne Kleidchen verpasst hat. Ist das Cover nicht der Hammer?

Und ich danke an dieser Stelle auch meinem Mann und meiner Tochter, die mich trotz Corona-Krise und geschlossenen Kitas haben Schreiben lassen.

Und natürlich danke ich euch, weil ihr dieses Buch bis zum Schluss gelesen habt.

Eure

Lisa Summer

Mehr von Lisa Summer

»Wo die *Liebe* hinzieht ...« Reihe

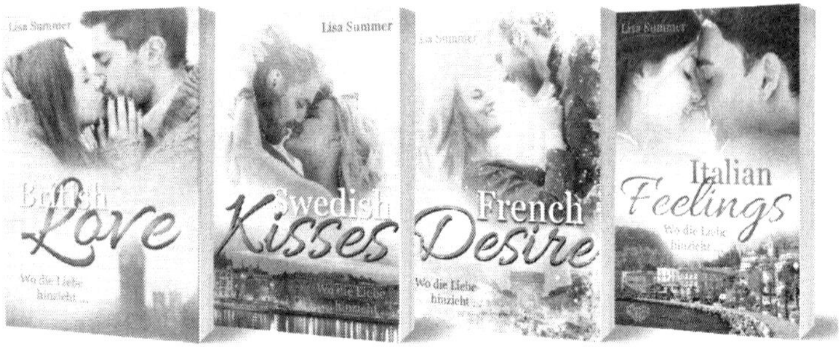

Vier Paare, vier Liebesgeschichten, vier Länder